Der Preis dieses Bandes versteht sich einschließlich
der gesetzlichen Mehrwertsteuer.

Umwelthinweis:
Dieses Buch wurde auf chlor- und säurefreiem Papier gedruckt.

Mit Gift und Glamour

Madison Castelli: erfolgreiche Journalistin in Manhattan. Ihre Stories: brandheiß, schonungslos, entlarvend. Und plötzlich entdeckt sie Mafia-Verbindungen in ihrer eigenen Familie. Genau zu dem Zeitpunkt, als sie mit dem Fotoreporter Jake Sica eine leidenschaftliche Affäre beginnt. Die viel zu schnell vorüber ist – bis sie und Jake sich bei einer Berichterstattung über das Sportereignis des Jahres in Las Vegas wiedertreffen. Für Madison wird es ein Abend des Glamours, des beruflichen Erfolgs. Aber auch der Intrigen. Ein tödlicher Unfall passiert. Eine Nacht der Entscheidung hat begonnen ...

Die Handlung und Figuren dieses Romans sind frei erfunden.
Ähnlichkeiten mit lebenden oder verstorbenen Personen
sind nicht beabsichtigt und wären rein zufällig.

Jackie Collins

Mit Gift und Glamour

Roman

Aus dem Amerikanischen von
Vera Möbius

MIRA®

MIRA® TASCHENBUCH
Band 25101
2. Auflage: Oktober 2004

MIRA® TASCHENBÜCHER
erscheinen in der Cora Verlag GmbH & Co. KG,
Axel-Springer-Platz 1, 20350 Hamburg
Deutsche Erstveröffentlichung

Titel der nordamerikanischen Originalausgabe:
Lethal Seduction

erschienen bei: Pocket Books, New York

Konzeption/Reihengestaltung: fredeboldpartner.network, Köln
Umschlaggestaltung: pecher und soiron, Köln
Titelabbildung: by Zefa, Hamburg
Autorenfoto: © Firooz Zahedi
Satz: D.I.E. Grafikpartner, Köln
Druck und Bindearbeiten: Ebner & Spiegel, Ulm
Printed in Germany
ISBN 3-89941-137-4

www.mira-taschenbuch.de

BUCH EINS
MANHATTAN

1. KAPITEL

„Was war der tollste Sex, den du jemals hattest?“ fragte Jamie Nova ihre beste Freundin, Madison Castelli. Mit ihren neunundzwanzig Jahren war Jamie herzzerreißend schön – eine coole, gertenschlanke, stilvolle Blondine von untadeliger Herkunft, eine Kombination aus einer jungen Grace Kelly und Gwyneth Paltrow.

„Eh?“ Hastig schaute Madison zum Nachbartisch in dem voll besetzten Manhattan-Restaurant hinüber. Zum Glück war das Paar, das dort saß, in sein eigenes Gespräch vertieft und hatte Jamies provozierende Frage nicht gehört.

„Du weißt doch, was ich meine“, erwiderte Jamie und strich eine seidige goldblonde Locke aus ihrer Stirn. „Umwerfenden, welterschütternden, schmutzigen Sex. Danach will man den Kerl nie wiedersehen. Aber solange man’s treibt, schreckt man vor nichts zurück.“ Sie seufzte sehnsüchtig. „Und zwar vor gar nichts.“

„Nun ja ...“ Madison fragte sich, worauf ihre ehemalige College-Zimmerkameradin hinauswollte.

„Komm schon“, drängte Jamie ungeduldig, „du weißt doch, was ich meine.“

„Hm ...“ Madison überlegte kurz. Offenbar würde Jamie nicht lockerlassen. „In Miami. Bei einem Urlaub mit meinem Vater. Ich war sechzehn und der Typ ein 45-jähriger Playboy, der alle nötigen Spielsachen besaß – ein Penthouse, einen Porsche und Pornovideos.“

„Pornovideos?“ In übertriebenem Entsetzen verdrehte Jamie ihre aquamarinblauen Augen. „Klingt nicht besonders sexy."

„Wars aber", behauptete Madison. „Ein breites Bett voller Rosenblätter. Champagner mit Pfirsichscheiben. Ein aufreizendes exklusives Körperöl. Und ...", um die Wirkung ihrer nächsten Worte zu steigern, machte sie eine Pause, „eine ungewöhnlich talentierte Zunge."

„Ach, diese alte Masche!" stöhnte Jamie verächtlich. „Die kenne ich zur Genüge."

Madison hob die Brauen. „Was ist eigentlich los mit dir? Was soll dieses Gerede über Sex? Du bist verheiratet. Und falls ich richtig informiert bin, ist Sex nichts als eine vage Erinnerung, sobald man geheiratet hat."

„Sehr komisch", fauchte Jamie.

„Reg dich ab, das war nur ein Witz." Allmählich witterte Madison ernsthafte Probleme in dem Paradies, in dem ihre Freundin lebte. Alle Welt hielt Jamie und ihren Ehemann Peter, ein Wallstreet-Ass, für den Prototyp eines glücklichen Glamourpaars. Allem Anschein nach hatten die beiden alles, was man sich nur wünschen konnte. Aber heute gewann Madison den Eindruck, ein heftiger Gewittersturm würde sich zusammenbrauen. „Also, was ist los?" Sie beugte sich vor und ergriff Jamies Hand. „Erzähl mir alles."

Jamie biss auf ihre Unterlippe. „Gestern waren wir auf einer Dinnerparty. Und da wurde diese Frage aufgeworfen."

„*Welche* Frage?"

„Nach dem besten Sex, den man jemals hatte." Jamie spielte mit einem Salatblatt. „Und stell dir vor – jeder wusste wirklich gute Antworten."

„Tatsächlich?" Jetzt erwachte Madisons Neugier.

„Als ich an die Reihe kam, erzählte ich natürlich vom ersten Mal mit Peter, eine süße kleine Story, und alle riefen ‚Ooooh' und ‚Aaaah'. Dann war Peter dran. Ein paar Sekunden lang starrte er stumm vor sich hin – bis er murmelte, daran könne er sich nicht erinnern, und abrupt das Thema wechselte."

„Vielleicht war er verlegen?"

„Peter?" Entschieden schüttelte Jamie den Kopf. „Niemals."

„Hatte er getrunken?"

„Keinen Tropfen."

Verwundert runzelte Madison die Stirn. „Und woran hats gelegen?"

„Ich glaube, er hat eine Affäre", platzte Jamie heraus.

„Unsinn! Ihr seid erst drei Jahre verheiratet. Gib dem Jungen wenigstens eine *Chance*, sich zu langweilen."

„Besten Dank", stieß Jamie hervor. „Wieso erwartest du, er würde sich jemals langweilen?"

Stimmt, dachte Madison. Wie konnte sich ein Mann mit Jamie langweilen? Sie war perfekt. Das wussten alle. Außerdem – in einer anständigen Welt würde kein Mann eine solche Frau betrügen.

Aber die Welt ist nicht anständig, sagte sich Madison, und die meisten Männer sind Schweine. Jamie musste Recht haben. Wahrscheinlich probierte Peter seine kostbare Männlichkeit woanders aus ...

„Wieso vermutest du, dass er herumhurt?"

„Intuition. Und wir haben uns seit zwei Wochen nicht mehr geliebt."

„Zwei Wochen!" spottete Madison. „Großer Gott! Am besten rufst du die Army zu Hilfe."

„Das verstehst du nicht", klagte Jamie und drehte den Ehering mit dem funkelnden Diamanten. „Peter ist sehr leidenschaftlich und braucht jeden Tag Sex." Nach einer bedeutsamen Pause fügte sie hinzu: „Gelegentlich mehrmals."

„Hm ..." Seit fast einem Jahr verzichtete Madison auf Sex. Das war *ihre* Entscheidung, denn wer wollte schon mit Vollidioten schlafen? Und unglücklicherweise waren ihr in diesem Jahr nur Vollidioten begegnet.

Nachdem ihr David, dieser Scheißkerl, davongelaufen war, ein TV-Produzent und zwei Jahre lang ihre große Liebe, ließ sie sich nicht mehr mit Männern ein – zumindest nicht ernsthaft. Klar, da gab es einen sehr attraktiven Fotografen, den sie vor einiger Zeit in L. A. kennen gelernt hatte. Dort hatte sie einen Auftrag für *Manhattan Style* erledigt, das Hochglanzmagazin, für das sie arbeitete. Leider war er anderweitig interessiert gewesen. Welch ein Pech ...

Dann der One-Night-Stand in Miami, wo sie Donald Trump interviewt hatte. In einem der angesagten Clubs am South Beach war ihr ein männliches Model über den Weg gelaufen. Nicht besonders schlau, aber bildschön, mit muskulösem Körper und einer widerspenstigen, von der Sonne gebleichten Mähne. Eine lange Nacht voll ungezügelter Lust, selbstverständlich mit Kondom, und später das Gefühl: Warum zum Teufel habe ich *das* getan?

Nein, One-Night-Stands waren nicht ihr Ding.

„Was soll ich denn tun?" jammerte Jamie. „Nichts zu wissen, das ist unerträglich, es macht mich wahnsinnig."

„Dann musst du's eben herausfinden", schlug Madison vor.

„Sehr hilfreich", zischte Jamie. „Hier bist *du* das kluge Mädchen, das alle Probleme löst."

Madison seufzte. Warum wurde sie mit diesem Etikett gestraft? Bedauerlicherweise traf es zu. Auf dem College hatte man sie „das Hirn" und Jamie „die Schöne" genannt. Und eine dritte Freundin, die hübsche Farbige Natalie De Barge, hieß „die Sexbombe". Stets waren die drei unzertrennlich gewesen.

Vor sieben Jahren hatten sie ihr College-Studium abgeschlossen und seither alle Karriere gemacht. Abgesehen von ihrer Ehe und einem hektischen Privatleben voller gesellschaftlicher Verpflichtungen verbuchte Jamie ein erfolgreiches Innenarchitektur-Büro in Manhattan auf ihrer Habenseite. Natürlich war es eine große Hilfe gewesen, dass ihr reicher Daddy den Laden finanziert und Anton Couch als ihren Geschäftspartner engagiert hatte, ein schwules Genie mit Kontakten bis zum Abwinken.

Obwohl Natalie von niemandem gefördert worden war, brillierte sie beim Fernsehen. Derzeit lebte sie in L. A. und moderierte „Celebrity-News", eine beliebte Unterhaltungssendung über Promis.

Auch Madison hatte einen interessanten, anspruchsvollen Job, und sie genoss einen ausgezeichneten Ruf. Ihre Artikel und die Interviews mit den Reichen, Mächtigen und Berühmt-Berüchtigten trugen erheblich zur fabelhaften Auflage von *Manhattan Style* bei, das *Vanity Fair* und den *Esquire* in den Schatten stellte. Vor einigen Monaten hatte ihre Story über Hollywood-Callgirls beträchtliches Aufsehen verursacht. Sie hatte sogar die Filmrechte verkauft, doch sie bezweifelte, dass man den Film jemals drehen würde.

„Okay, ich gebe dir einen Rat", erbot sie sich, weil ihre Freundin offensichtlich Hilfe brauchte.

„Ja?" Erwartungsvoll stützte Jamie die Ellbogen auf den Tisch.

„Lass ihn beobachten."

„Beobachten!" rief Jamie entsetzt und erregte endlich die volle Aufmerksamkeit des Paars am Nachbartisch. „Unmöglich, das wäre – *billig.*"

„Eher teuer“, wurde sie von Madison verbessert. „Aber es würde sich lohnen.“

„Wieso?“

„Du würdest deinen Seelenfrieden retten. Wenn Peter dich betrügt, findest du’s raus. Und wenn nicht – nun, dann hats dich ein paar Dollars gekostet, und du kannst wieder dein normales Leben führen.“

„Nun ja, vielleicht ...“, murmelte Jamie zögernd. Wenige Sekunden später fügte sie entschlossen hinzu: „Also gut, ich machs.“

„Um die Einzelheiten zu besprechen – du musst den allerbesten Privatdetektiv aufspüren.“

„Und den diskretesten“, ergänzte Jamie hastig. „Peter darf nichts davon erfahren.“

„Das verstehe ich.“ Sicher würde ihnen Victor Simons, der Herausgeber von *Manhattan Style*, einen geeigneten Experten empfehlen. Victor war über alles informiert und kannte jeden. Vermutlich wusste er sogar, ob Peter es mit irgendeiner Sexnymphe trieb.

Oder auch nicht. Victor und Peter verkehrten in unterschiedlichen Gesellschaftskreisen.

„Sicher irrst du dich“, versuchte Madison ihre Freundin zu beruhigen. „Aber du hättest wenigstens Gewissheit.“

Jamie nickte. Bei dem Gedanken, Peter mit einer anderen Frau zu ertappen, fühlte sie sich elend.

Nachdem sie sich vor dem Restaurant verabschiedet hatten, schlenderte Madison die Park Avenue entlang zur *Manhattan-Style*-Redaktion. Immer wieder drehten sich Köpfe nach ihr um. Darauf achtete sie nicht, zu sehr mit ihren Gedanken an Jamie und deren Verdacht beschäftigt.

Madison war sehr attraktiv, groß und schlank, mit vollen Brüsten, den Beinen einer Tänzerin und langen, dichten schwarzen Locken, die sie vorzugsweise hochsteckte.

Meistens versuchte sie, ihre äußere Erscheinung herunterzuspielen. Aber die mandelförmigen grünen Augen konnte sie ebenso wenig verbergen wie die ausgeprägten Wangenknochen und die sinnlichen Lippen. Sie war eine Schönheit, obwohl sie das nicht wahrhaben wollte. Ihr Schönheitsideal sah sie in Stella, ihrer honigblonden Mutter, die mit bebenden Lippen und träumerischen Augen nostalgische Erinnerungen an Marilyn Monroe weckte.

Madison glich ihrem Vater. Dunkelhaarig und hoch gewachsen, war Michael Castelli der faszinierendste 58-Jährige in Connecticut. Zudem besaß er verführerischen Charme und eine eiserne Willenskraft – zwei Eigenschaften, die seine Tochter zweifellos geerbt und genutzt hatte, um zu einer angesehenen Reporterin zu avancieren. Sie liebte ihren Job. Und es machte ihr Spaß, die Geheimnisse prominenter Zeitgenossen zu enthüllen. Politiker und schwerreiche Geschäftsleute waren ihre Favoriten, während Filmstars, berühmte Sportler und Hollywood-Bonzen weiter unten auf ihrer Liste standen. Einen Killerinstinkt hatte sie nicht entwickelt. Doch sie legte bei jeder Story, die sie schrieb, großen Wert auf rückhaltlose Ehrlichkeit. Bisweilen führte das zu heftigen Irritationen gewisser Prominenter, die an den Kokon einer schützenden, rosa gefärbten PR gewöhnt waren.

Auch wenn ihnen ihr Stil missfiel – Madison blieb stets bei der Wahrheit.

Seit fünf Jahren arbeitete sie unter Victor Simons‘ wachsamem Auge. Sie verstanden sich großartig, obwohl der Herausgeber des *Manhattan Style* manchmal eine Landplage sein konnte – vor allem, wenn er ihr zumutete, jemanden zu interviewen, der sie nicht im Mindesten interessierte. Normalerweise schlossen sie Kompromisse, und sie erklärte sich widerstrebend bereit, unterbelichtete Filmstars und Sexsymbole zu befragen, wenn er sie dafür mit einem Atomphysiker oder einem Computergenie belohnte.

Victor hatte sie kurz nach ihrem College-Abschluss entdeckt. Damals hatte sie einen provozierenden Artikel über das immer noch brisante Thema der mangelnden Gleichstellung von Männern und Frauen für den *Esquire* geschrieben. Er lud sie zum Lunch ein, empfahl ihr, Erfahrungen zu sammeln, und zwei Jahre später beauftragte er sie, ein paar kurze Storys für sein Magazin zu verfassen. Nach einem weiteren Jahr machte sie ein paar Interviews. Und plötzlich vertraute er ihr eine eigene Kolumne an – „Madison Castelli, Porträts einflussreicher Persönlichkeiten". Ihr erster Gesprächspartner war Henry Kissinger. Geistreich und witzig porträtierte sie das Wesen des erfahrenen Politikers.

Von da an war alles wie am Schnürchen gelaufen. Ein Interview pro Monat gab ihr genug Zeit, um an ihrem Roman zu arbeiten, einem Buch über zwischenmenschliche Beziehungen. Doch solange sie ihren Zorn gegen David zu bezwingen suchte, der sie verlassen hatte, kam sie nur langsam voran. Es fiel ihr nicht leicht, über Beziehungen zu schreiben, während ihre Seele immer noch litt.

Warum war er gegangen? So lautete die entscheidende Frage. Hatte sie irgendetwas getan, um ihn zu vertreiben?

Nein. Im Grunde ihres Herzens wusste sie die Antwort. David hatte es nicht ertragen, dass sie genauso viel Geld verdiente wie er. So einfach war sein Verhalten zu erklären. Er wünschte sich eine Gefährtin, die daheim blieb und tat, was *er* wollte, keine unabhängige Frau mit eigenen Ambitionen. Und der grandiose Sex, zwei Jahre lang genossen, hatte nicht zu einer engeren Bindung geführt. Denn wenn die Leidenschaft erlosch – was blieb dann noch übrig?

In Madisons und Davids Fall offenbar nichts.

Ein paar Wochen nach seiner überstürzten Flucht hatte er seine Sandkastenliebe geheiratet, eine geistlose Blondine mit falschen Brüsten und vorstehenden Zähnen. Was eine ganze Menge über seinen Geschmack aussagte ...

Victor kauerte am Boden seines weitläufigen Büros und spielte mit einer kostbaren Modelleisenbahn, deren Schienen sich quer durch den ganzen Raum und wieder zurück zogen. Ein großer, rundlicher Mann von Ende vierzig, hatte er braunes widerspenstiges Haar, das stets zu Berge stand, passende buschige Brauen, ein Doppelkinn und die seelenvollen Augen eines jungen Hundes.

„Ah, Maddy!" rief er mit seiner Donnerstimme. „Heute habe ich dich gar nicht erwartet. Herein mit dir!"

„Hi, Victor." Vorsichtig stieg sie über eine surrende rote Lokomotive hinweg. „Wie ich sehe, arbeitest du wieder mal hart und unermüdlich."

„Natürlich", bestätigte er und lachte herzhaft. „Damit päpple ich mein altes Herz auf. Außerdem hat mir Evelyn verboten, meine Eisenbahn daheim aufzubauen."

„Warum wohl?" Madison dachte an seine pingelige Frau, einen Hungerhaken in Designer-Garderobe mit permanent verkniffener Miene.

„Weil ich ihr Wohnzimmer nicht verunstalten darf", erwiderte Victor und stand auf.

An die Schreibtischkante gelehnt, ergriff Madison einen gläsernen Briefbeschwerer und inspizierte ihn. „Würdest du mir einen Gefallen tun?"

„Sehr gern", dröhnte er und sank in seinen Ledersessel. „Nichts mag ich lieber, als wenn mir jemand Gefallen schuldet."

„Ich bin nicht *irgendjemand*", betonte sie, erbost über diese Einstufung. „Außerdem ists kein Gefallen, nur eine Bitte um eine Information."

„Welche Information?" Misstrauisch runzelte er die Stirn.

„Nichts Weltbewegendes", versicherte sie und legte den Briefbeschwerer beiseite. „Ich möchte dich nur ersuchen, mir den Namen des besten New Yorker Privatdetektivs zu verraten."

„Und wieso glaubst du, den würde ich kennen?" Victor klopfte mit seinem Zeigefinger auf den Schreibtisch.

„Ganz einfach – weil du alles weißt. Und außerdem", fuhr sie rasch fort, „hast du deine erste Frau vor der Scheidung nicht beobachten lassen?"

Die buschigen Brauen zogen sich zusammen. „Wer hat dir das erzählt?"

„Büroklatsch."

„Wie ich dieses Gerede hasse!" fauchte er.

„Davon lebst du."

„Wozu brauchst du einen Privatdetektiv?"

„Für eine Freundin."

„Welche Freundin?"

„Das geht dich nichts an."

„Biest!"

„Sklaventreiber!"

Und dann grinsten beide.

Madison mochte Victor sehr gern, obwohl er sie manchmal mit seiner lauten Stimme und seinem autoritären Gehabe zum

Wahnsinn trieb. Und Victor vergötterte Madison, die er für seine persönliche Entdeckung hielt.

Nach kurzem Zögern legte er die Fernbedienung für seine elektrische Eisenbahn auf den Tisch und beorderte über die Sprechanlage seine Sekretärin Lynda zu sich, die seit zwölf Jahren für ihn arbeitete. Mit ihrem schlaffen braunen Haar und dem freudlosen Lächeln ähnelte sie einem Basset. Wenige Sekunden später tauchte sie auf. Eine Aura von inniger, unerwiderter Liebe umgab sie. „Ja, Mr. S.?“ fragte sie voller Sorge.

„Eine vertrauliche Angelegenheit ...“

Und was macht sie *dann hier?* schien der giftige Blick zu besagen, den sie Madison zuwarf.

„Suchen Sie den Namen des – eh – der Person heraus, die Rebecca damals beschattet hat“, verlangte Victor. „Möglichst schnell.“

„Ja, Mr. S.“, versprach Lynda und verschwand.

Victor wandte sich wieder zu Madison. „Würdest du mir erzählen, was das zu bedeuten hat?“

„Moment mal, um *mich* gehts nicht“, antwortete sie ausweichend. „Das müsste dir genügen.“

„Nein“, murrte er.

„Lass es gut sein, Victor; die Sache würde dich ohnehin nicht interessieren.“

„Du brauchst einen Mann“, gab er seinen Lieblingskommentar ab, den sie jedes Mal hörte, wenn sie ihn ärgerte. „Wann ist David abgehauen? Wie lange ist das jetzt her?“

„Halt dich aus meinem Privatleben raus!“

„Du bist neunundzwanzig und hast kein Privatleben“, erinnerte er sie.

Wie sie es hasste, wenn er sich in ihre Probleme einmischte! „Leck mich doch!“

„Wann immer du willst."

Unwillkürlich musste sie lachen. Sie konnte ihm einfach nicht böse sein. Immerhin meinte er es nur gut mit ihr, auch wenn er sie mit jedem männlichen Single zu verkuppeln versuchte, der ihm über den Weg lief. Wie alt die Kerle waren oder wie sie aussahen, kümmerte ihn nicht. Solange sie ein bisschen was auf der Bank hatten und einen hochkriegten, fand er, sie müsste ihnen eine Chance geben.

Seit einiger Zeit lehnte sie Victors Dinnereinladungen in sein Haus ab. Als sie das letzte Mal hingegangen war, hatte sie zwischen einem uralten Astronauten und einem 21-jährigen Computerfreak gesessen. Zwei interessante Männer. Aber brauchbares Material für eine Beziehung? Ganz sicher nicht.

Es stört mich nicht, allein zu leben, redete sie sich ein.

Doch, entgegnete eine unliebsame innere Stimme.

NEIN!

Zehn Minuten später verließ sie die Redaktion, mit dem Namen K. Florian und einer Telefonnummer bewaffnet, und ging die Sixty-seventh Street hinab, zu ihrem Apartment an der Lexington. Jetzt, wo sie die Nummer hatte, wollte sie sich erst mal mit ihrer Freundin besprechen, bevor sie den Mann engagierte. Heute Abend würde sie mit Jamie und Peter eine Dinnerparty in Anton Couchs Penthouse-Apartment besuchen. Dort würde sie herausfinden, was genau Jamie von ihr erwartete.

Außerdem musste sie mit Peter reden. Mal sehen, wie er sich verhalten würde ...

Madison besaß eine ausgezeichnete Menschenkenntnis. Wenn er fremdging, würde sie's merken.

2. KAPITEL

„Ich will ihn tot sehen!“ kreischte Rosarita Vincent Falcon, hochrot im Gesicht. „Tot! Tot! Tot!“

„Nicht so laut“, warnte ihr Vater. Die Augen mit den schweren Lidern verengt, beobachtete er missbilligend den Wutausbruch seiner Tochter. „Soll die ganze verdammte Nachbarschaft dein Geschrei mitkriegen?“

„Und wenn schon?“ schrillte Rosarita. „Die ganze verdammte, beschissene Nachbarschaft gehört *dir!*“

„Was für eine reizende Ausdrucksweise ...“, meinte Chas Vincent, ein Bär von einem Mann mit geröteten Wangen und rauer Stimme. „Hab ich dich aufs College geschickt, damit du so was lernst?“

„Zum Teufel mit dem College! Zum Teufel mit der Nachbarschaft! Dex Falcon soll *sterben*!“

„Noch ein bisschen lauter“, höhnte Chas, Schweißperlen auf der Stirn. „Sonst hört dich das Dienstmädchen im Nebenhaus nicht.“

Rosarita stampfte mit dem Fuß auf dem flauschigen Teppich auf. Was war denn *los mit ihrem vertrottelten Vater? Warum kapierte* er nicht, worum es ging?

Nur einssechzig groß, litt sie an Magersucht und neigte zur Bulimie. Sie war sechsundzwanzig Jahre alt und sah sehr apart aus, mit schulterlangem roten Haar, einem schmalen herzförmigen Gesicht und aufgeworfenen Lippen. Die verdankte sie ihrem plastischen Chirurgen, der ihr außerdem zu einer neuen Nase, markanten Wangenknochen und Kinn-Implantaten verholfen hatte. Von den schärfsten Titten in Manhattan ganz zu schweigen. Immer wieder ließ sie ihrem Temperament die Zügel schießen. Vor allem, wenn sie sich über ihren Ehemann Dexter

Falcon ärgerte, ein Model, das sich krampfhaft um eine Karriere als Schauspieler bemühte. Vor achtzehn Monaten hatte sie ihn geheiratet, weil er unglaublich gut aussah, weil er am Times Square auf einem überdimensionalen Plakat in schicker Unterwäsche prangte und weil er verrückt nach ihr war.

Sie hatte ihn für den geborenen Filmstar gehalten. Aber nein, bisher hatte er nur eine einzige schlecht bezahlte Rolle in einer TV-Seifenoper an Land gezogen, die sich kaum jemand anschaute und die bald eingestellt werden sollte. Zum Teufel mit ihm!

Nun wollte sie ihn loswerden, weil sie jemand anderen kennen gelernt hatte, einen Mann mit starker Persönlichkeit, die zu ihrer eigenen passte. Zudem besaß er einen noch größeren Schwanz als Dex, der in dieser Hinsicht nicht zu verachten war. Von diesem neuen Liebhaber versprach sie sich einen gesellschaftlichen Aufstieg.

Aber wie sollte sie das schaffen, wenn ihr Ehemann, ein hoffnungsloser Versager, an ihrem Rockzipfel hing?

Als sie eine Scheidung erwähnt hatte, war Dex ausgeflippt. „Nur über meine Leiche!“ hatte er protestiert.

Okay – wenn er's so wollte ...

„Und ich dachte, du würdest ihn abgöttisch lieben“, seufzte Chas und nippte an seinem Scotch-Glas. „Ich habe dir eine *verdammt* große Hochzeit bezahlt, mit allem Drum und Dran. Genauso, wie du dir's vorgestellt hast. Und ich habe dir ein *verdammtes* Haus und einen *verdammten* Riesenschlitten aus Deutschland gekauft. Dachte, damit wärst du zufrieden.“

„Nein, bin ich nicht“, stieß Rosarita zwischen zusammengebissenen Zähnen hervor. „Dex ist kein Schauspieler, sondern eine totale Nullnummer. Also schaff ihn mir gefälligst vom Hals!“

„Einfach so?“ Chas fragte sich, was er verbrochen hatte,

um eine so zickige Tochter zu verdienen. Warum konnte sie nicht so sein wie ihre ein Jahr jüngere Schwester Venice? So ein süßes Ding ... Zwei Enkelkinder hatte sie ihm geschenkt. Und ihr Ehemann, ein Versicherungskaufmann, stand mit beiden Beinen auf der Erde. „Hab ich dich nicht davor gewarnt, einen verdammten Schauspieler zu heiraten? Diese Typen haben nur Scheiße im Hirn. Gar nicht zu reden von ihren tuntenhaften Neigungen."

„Quatsch, er ist nicht *schwul*", schnaufte sie beleidigt. Wieso glaubte ihr Vater auch nur eine Sekunde lang, sie würde sich mit einer Schwuchtel einlassen? „Nur *blöd.*"

„Das hab ich dir schon vorher gesagt. Aber du hast ja nicht auf mich gehört." Mit übertriebener Fistelstimme äffte er sie nach: „Sobald ich was will, muss ich's kriegen."

„Oh Daddy!" jammerte Rosarita und änderte ihre Taktik. Sie wusste, wie sie ihn umgarnen konnte. „Hilf deinem kleinen Mädchen! Ich *brauche dich!*"

Wenn sie diesen Ton anschlug, vermochte er ihr kaum zu widerstehen. Dann erinnerte sie ihn an ihre liebe Mutter, die bei Venice' Geburt gestorben war und ihn mit einem Baby und einem Kleinkind allein gelassen hatte. Zwei Mädchen hatte er großgezogen. Und er fand, er hätte seine Sache recht gut gemacht – unterstützt von zahlreichen Freundinnen, die in rascher Folge gekommen und gegangen waren. Für die Monogamie war er nicht geschaffen. Er bevorzugte Frauen mit großen Brüsten, die den Mund hielten. Nach zwei oder drei Monaten fiel ihm jede Frau mit ihren weinerlichen, kostspieligen Forderungen auf die Nerven.

Vielleicht geriet Rosarita nach ihm, was die Beziehungen zum anderen Geschlecht betraf. Und dass sie Dexter Falcon abservieren wollte, durfte er ihr nicht verübeln. Außer einem hübschen Gesicht hatte der Kerl nichts zu bieten. Kein Mumm. Darauf hätte er seine Tochter schon bei seiner ersten Begegnung mit dem Schwachkopf hinweisen können. Besser wärs gewesen, sie hätte einfach nur mit Dex gebumst, bis er ihr auf den Geist gegangen wäre. Aber nein, sie hatte das Arschloch unbedingt *heiraten* müssen.

Die Hochzeit hatte Chas ein verdammtes Vermögen gekostet. Sein Kind verlangte – und bekam – immer nur das Beste.

Das hab ich dir gesagt, wollte er wiederholen. Aber die eigensinnige Rosarita hasste es, wenn sie kritisiert wurde. Deshalb schluckte er die Worte hinunter, die ihm auf der Zunge lagen, und tätschelte ihre knochige Schulter, als sie sich auf seine Knie hockte, das Gesicht voller Tränen.

Sie weinte vor Zorn und Frust, weil sie so mühsam kämpfen musste, um ihren Willen durchzusetzen. Doch das wusste er nicht. „Was sollen wir tun, Daddy?" schnüffelte sie. „Ich bin ja so unglücklich – weil Dex so *gemein* zu mir ist."

„Lass dich scheiden", schlug Chas vor. Wenn Dexter gemein zu ihr war, hatte er zweifellos seine Gründe.

„Verstehst du's denn nicht, Daddy?" klagte sie. „Das will er nicht. Also müsste ich endlos lange warten, während die Anwälte streiten. Oh Gott, diese grauenhaften, peinlichen Gerichtsverhandlungen ... Er hat mir gedroht, die Hälfte meines Vermögens zu beanspruchen. Und ich *will* nicht warten, Daddy, das wäre unfair." Eine kurze Pause, heftiges Schluchzen. „Außerdem habe ich jemanden kennen gelernt. Dex würde mir im Weg stehen und alles verderben."

„Hoffentlich nicht *noch* ein Schauspieler mit Spatzenhirn", bemerkte Chas und genehmigte sich einen großen Schluck Scotch.

„Nein, Daddy. Dieser Mann hat Geld. Und er ist jemand –

kein Niemand wie Dex." Ihre Augen verengten sich. „Oh, ich *verabscheue* Dex."

„So langsam wird mir alles klar", murmelte Chas und kratzte sich am Kinn.

Rosarita erhob sich von seinen Knien, zum Glück, denn er war nicht mehr so jung wie früher. Und letzte Nacht hatte er drei Nummern mit einer üppigen Blondine geschoben, deren Titten einzeln je fünf Pfund gewogen haben mussten.

„Lass mich mit ihm reden", sagte er. „Auf mich wird er hören."

„Nur reden nützt nichts", wandte Rosarita ein. „Er muss sterben."

„Hör auf mit der Scheiße!" herrschte er sie in plötzlicher Wut an. „Ich bin kein Killer, sondern ein Bauunternehmer. Vergiss das nicht!"

„Ha!" rief sie.

„Ha – was?"

Rosarita starrte ihren Vater an, und ihr schmales, scharf geschnittenes Gesicht verzog sich zu einer bösartigen Grimasse. „Und was ist mit diesem Vorarbeiter passiert, den du nicht mochtest? Erinnerst du dich? Der Kerl hatte dich bestohlen. Adam Rubicon, dein Expartner, der auf geheimnisvolle Weise verschwand. Und ..."

„Halt deinen verdammten Mund!" schrie Chas und sprang auf. „So was will ich nie wieder hören. Verstanden?"

„Dann tus", verlangte sie kühl und gelassen. „Möglichst bald."

Ohne auch nur zu ahnen, welch ein unheilvolles Gespräch im Haus seines Schwiegervaters geführt wurde, verließ Dexter Falcon das TV-Studio in der City, wo die Daily Soap „Dunkle

Tage" gedreht wurde. Ein Lächeln erhellte sein attraktives Gesicht. In Wirklichkeit hieß er nicht Dexter Falcon, sondern Dick Cockranger. Sozusagen wandernder Schwanz. Einen so lächerlichen Namen musste man ändern, wenn man kein Pornostar werden wollte. Und *das* hatte er gewiss nicht geplant, als er vor vier Jahren aus einer Kleinstadt im Mittelwesten nach New York gezogen war. Nein, er strebte höhere Ziele an.

Der erste Schritt zum erhofften Ruhm war ein Künstlername. Wie der Star in der Lieblingsfernsehserie seiner Mutter nannte er sich Falcon – das klang einprägsam und maskulin.

Und so wurde Dexter Falcon geboren. Ein denkwürdiger Tag. Er war zwanzig Jahre alt, für alles bereit, und wenige Wochen nach seiner Ankunft in der großen Stadt fand er „alles" in der Person Mortimer Marcels, eines französischen Designers, den er beim Joggen im Central Park kennen lernte.

„Sind Sie Model?" fragte Mortimer.

„Nein, Schauspieler", erwiderte Dexter. Noch nie hatte er auf einer Bühne oder vor einer Kamera gestanden. Aber Schauspieler – das hörte sich viel schicker an als Tellerwäscher in einer Snackbar an der Lexington Avenue, wo er derzeit seinen Lebensunterhalt verdiente. Und er wollte sowieso Filmstar werden.

„Vielleicht sind Sie genau der Richtige für meine neue Unterwäsche-Kollektion", verkündete Mortimer. „Kommen Sie heute Abend zu einer Audition in mein Haus. Um sieben." Und dann griff er in eine Tasche seiner modischen Jogginghose und reichte Dexter eine gravierte Visitenkarte.

Während Mortimer davonspurtete, überlegte Dexter, wie er sich verhalten sollte. Er war nicht naiv. Was sich in einer riesigen Stadt wie New York abspielte, wusste er. Offensichtlich war Mortimer Marcel schwul. Und er, Dexter, nicht.

Außerdem war Mortimer Marcel zweifellos erfolgreich. Und er, Dexter, nicht.

Hatte er eine Wahl?

Ja. So etwas sollte er *nicht* tun. Andererseits musste er die Chancen nutzen, die ihm geboten wurden. Und eine innere Stimme befahl ihm, die Einladung anzunehmen.

Innerhalb von sechs Monaten war er der Mortimer Marcel Boy – im TV, im Internet, in Zeitungs- und Zeitschriftenanzeigen. Marcel nahm ihn sogar nach Paris mit und ließ ihn in seiner neuesten Freizeitmode über den Laufsteg tänzeln.

Und Dexter musste nicht einmal mit ihm ins Bett gehen. Mortimer lebte mit Jefferson zusammen, einem hübschen schwarzen Exmodel, das ihn stets eifersüchtig beäugte. Deshalb kam Mortimer gar nicht auf den Gedanken, Dexter anzurühren, und ließ ihn schlafen, mit wem er wollte.

Und das tat Dexter. Jede Nacht ein anderes Supermodel, lauter fabelhafte Mädchen.

Zwei Jahre lang erfüllte er sich alle sexuellen Fantasien, die ihn jemals angetörnt hatten. Aber im Grunde seines Herzens wünschte er sich viel mehr – nicht nur oberflächlichen Sex. Verzweifelt sehnte er sich nach einer Beziehung zu einer Frau, die ihn liebte. Er wollte heiraten, eine Familie gründen, ein glückliches Leben führen wie seine Eltern, die nach fünfundvierzig wundervollen Jahren immer noch zusammen waren.

Eines Abends lernte er Rosarita auf einer Party kennen. So schön wie die Supermodels war sie nicht, aber attraktiv und nett, und was er am wichtigsten fand – sie schien sich für ihn zu interessieren und hing an seinen Lippen. Da er niemals viel zu sagen hatte, war das schmeichelhaft. Es gefiel ihm. Und *sie* gefiel ihm. Von da an trafen sie sich regelmäßig.

Wenn sie essen gingen, redete sie über ihren Familiensinn,

und wie sie die New Yorker Gesellschaftsszene hasste. Eifrig stimmte er ihr zu.

Sie schwatzte von den Kindern ihrer Schwester und betonte, wie inbrünstig sie sich danach sehnte, Mutter zu werden. Oh ja, sie wollte *viele* Kinder bekommen. In Rosarita entdeckte er all die altmodischen Tugenden, die er gesucht hatte.

Einen Monat nach der ersten Begegnung bat er sie, seine Frau zu werden, und sie sagte Ja. Die Hochzeit fand sechs Wochen später statt. Erst in der Hochzeitsnacht schliefen sie zum ersten Mal miteinander. Rosarita zu heiraten – das war das Beste, was er je getan hatte. Davon war er felsenfest überzeugt.

Und dann verkündete sie, er sei viel zu begabt, um als Model zu arbeiten, und verschaffte ihm einen Termin bei einem Agenten. Der Mann versicherte, er könnte einen Star aus Dexter machen. In den nächsten Wochen schickte er ihn zu mehreren Auditions.

Dexter war entzückt. Ebenso wie Rosarita.

Beinahe hätte er eine Rolle in einem Clint-Eastwood-Film bekommen. Und in einem Martin-Scorsese-Meisterwerk. Die Traumrolle als Gwyneth Paltrows Liebhaber in einem Miramax-Film verfehlte er nur um Haaresbreite. Schließlich – nach einigen Monaten ohne Auditions – verfolgte er den Rat seines Agenten und unterschrieb einen Einjahresvertrag für „Dunkle Tage“.

„Mach das“, drängte der Agent. „Wenn du gewisse Erfahrungen gesammelt hast, werden sich alle Leute um dich reißen.“

Sobald er in der Seifenoper auftrat, verwandelte sich die süße Rosarita in eine Xanthippe, die unentwegt an ihm herumnörgelte. Vor allem, weil sie abends nicht mehr ausgehen konnten. Wegen der Dreharbeiten musste er jeden Morgen um fünf Uhr aufstehen. Dauernd beschwerte sie sich. Nichts, was er tat, war gut genug. Und schließlich, vor sechs Wochen, hatte sie zum ersten Mal von Scheidung gesprochen.

Scheidung! Unmöglich! Sie hatten erst vor anderthalb Jahren geheiratet. Und in seiner Familie war eine Scheidung undenkbar. Das würde seine Eltern umbringen. Außerdem gefiel ihm sein Leben so, wie es war.

Eine Zeit lang überlegte er, wie er Rosarita beruhigen könnte. Da gab es nur eine einzige Möglichkeit. Kurz nach dem ersten Rendezvous hatte er mit Rosarita seine Eltern besucht – Martha und Matt. Mom und Dad waren ganz begeistert von ihr gewesen. Und sie hatte die beiden ebenfalls gemocht. Danach hatte sie seine Eltern nur noch ein einziges Mal gesehen, bei der grandiosen Hochzeit. Glücklicherweise hatte Rosaritas Vater die verschwenderische Fete bezahlt *und* dem Paar ein Apartment in Manhattan gekauft. Das zweite Hochzeitsgeschenk war ein schnittiger Mercedes gewesen – den sie nur selten fuhren, weil man in der City keinen Parkplatz fand.

Nun waren Martha und Matt Cockranger die Geheimwaffen ihres Sohnes. Er bezahlte ihnen Flugtickets nach New York für einen Überraschungsbesuch. Dann beauftragte er das Dienstmädchen, Gästezimmer vorzubereiten, und schickte einen Mietwagen zum Flughafen. Heute Abend würden sie eintreffen. Dexter lächelte, als er das Studio verließ. Wenn Martha und Matt Cockranger seine Frau nicht zur Vernunft brachten, würde es *niemandem* gelingen.

3. KAPITEL

Anton Couch gab eine Megaparty. Penibel auf Details bedacht, bot er seinen Gästen immer nur das Allerbeste. Diesmal saßen vierundzwanzig Leute an zwei Tischen, entweder glamourös, talentiert, witzig oder sagenhaft reich – ein New Yorker Mix mit Flair.

Als Madison das feuerrot tapezierte Wohnzimmer betrat, taxierte sie die Versammlung. Den zwielichtigen John Gotti hatte sie schon einmal hier gesehen – vor seiner Verhaftung. Und da waren wie üblich Film- und Rockstars und Politiker.

Heute Abend entdeckte sie auch eine legendäre Rock-Ikone. Kris Phoenix – unverkennbar mit seinem Markenzeichen, der Stachelfrisur, und leuchtend blauen Augen. Trotz seiner über fünfzig Jahre umgab ihn immer noch eine magnetische Aura. So wie Mick Jagger, Rod Stewart und Eric Clapton schien er sich niemals zu verändern. Angeregt unterhielt er sich mit Clive Davis, einem Mogul in der Musikszene.

Da Madison die beiden kannte, wollte sie zu ihnen schlendern, wurde jedoch von Jamies Ehemann aufgehalten. Ein Martini-Glas in der Hand und ein albernes Grinsen im hübschen, aber weichen Gesicht, versperrte er ihr den Weg. Peter kultivierte den Gerade-bin-ich-von-einem-Wochenende-in-den-Hamptons-zurückgekommen-Look. Wie seine Frau war er hoch gewachsen, das ganze Jahr sonnengebräunt, hatte aquamarinblaue Augen und zerzaustes blondes Haar. In der Tat, ein spektakuläres Paar.

„Nun, wie gehts der besten Freundin meiner Gemahlin?" fragte er und beehrte Madison mit einem lasziven Blick.

„Gut, danke." Noch ein Martini, und er fängt sicher zu lallen an, dachte sie besorgt.

„Wie ich höre, hast du heute mit meiner großartigen Gattin zu Mittag gegessen."

„Stimmt."

„Habt ihr über mich geredet?"

„Oh, wir reden immer über dich", erwiderte sie leichthin. „Sicher weißt du, dass du der interessanteste Gesprächsstoff im Universum bist."

„Ich wünschte, das wäre ich", seufzte er wehmütig und nippte an seinem Drink. „Offen gestanden, ich glaube, meine Frau will sich von mir trennen."

„Wie kommst du darauf?"

„Keine Ahnung. Irgendwie spüre ich's."

Madison zuckte die Achseln. „Was soll ich dazu sagen?"

„Nichts. Wenn sie mich rauswirft, ziehe ich einfach zu dir."

„Klar, das wäre amüsant", bemerkt sie trocken. „Du kannst beim Hund schlafen."

„Weißt du, ich war schon immer scharf auf dich", murmelte er und trat näher zu ihr.

Gott, sie hasste es, wenn Peter zu viel trank. Dann erzählte er jedesmal denselben langweiligen Blödsinn, und niemand beklagte sich bei Jamie, weil alle wussten, dass er's nicht ernst meinte.

Hastig wechselte sie das Thema. „Was tut sich auf dem Aktienmarkt?"

„Willst du mit mir über Aktien plaudern?" Peter wirkte erfreut. „Soll ich dein Portfolio checken?"

„Entschuldige mich, Peter", bat sie und eilte an ihm vorbei. „Ich möchte Anton begrüßen."

Bedauerlicherweise folgte er ihr. „Weißt du, was ich überhaupt nicht verstehe, Maddy. Warum ist eine so schöne Frau wie du immer noch ganz allein?"

„Dazu habe ich mich *freiwillig* entschlossen, Peter", entgegnete sie kühl.

„David war ein Narr."

„Nun, wir hatten unterschiedliche Ambitionen."

„Offensichtlich." Er lachte verächtlich. „Hast du Davids Ambitionen gesehen? Große Möpse und kein Hirn."

„Wann hast *du* sie denn gesehen?" Madison runzelte die Stirn. Stand er immer noch in Kontakt mit ihrem Ex? Das hatte sie nicht gewusst.

„Eines Abends gingen wir zusammen essen, als Jamie verreist war. Er wollte mich unbedingt treffen und mit seiner Frau bekannt machen. Deshalb hatte er mich angerufen und geradezu bekniet."

„Bekniet? Dich?" Madison erinnerte sich an Davids wenig schmeichelhafte Meinung über Peter.

Einmal hatte sich ihr ehemaliger Freund von Peter zu einem Investment überreden lassen und eine Menge Geld verloren. So etwas verzieh David normalerweise nicht, weil er erwartete, bei allem, was er unternahm, auf der Siegerstraße zu marschieren.

„Weil ich nichts anderes vorhatte, sagte ich Ja."

„Wie war sie?" Diese Frage konnte sich Madison nicht verkneifen, obwohl sie sich maßlos über ihre Neugier ärgerte.

„Ein blondes Dummchen. Sicher kennst du diesen Typ."

„Nein, eigentlich nicht."

„Jedenfalls muss er verrückt sein. Sonst hätte er dich nicht aufgegeben." Peter rückte so nahe an sie heran, dass sie seine Alkoholfahne roch.

„Wo ist Jamie?" erkundigte sie sich unvermittelt und wich ihm aus.

„Sobald sie Kris Phoenix sah, war sie hin und weg. Was findet ihr Frauen bloß an diesen Rockstars?"

„Immerhin sind wir mit unserer Begeisterung für Kris aufgewachsen. Im College war er unser Idol, der beste von den älteren Rockstars."

„Tatsächlich? Erste erotische Regungen?"

„Willst du das wirklich wissen?"

„Zufällig ja."

„Trotzdem wirst du's nicht erfahren."

„Hm ..." Peter wippte lässig auf den Fersen. „Da du heute mit meiner Frau zu Mittag gegessen hast, wärs nur fair, wenn du deinen Lunch morgen mit *mir* einnehmen würdest." Noch ein anzüglicher Blick. „Dabei könnte ich ein geniales Aktienpaket für dich schnüren."

Sie wusste, er meinte es nicht ernst. Nur dummes Gerede. Oder wollte er sie treffen, weil er Jamies Misstrauen spürte? „Wie wärs, wenn du heute Abend keinen Martini mehr trinken würdest, Peter?" mahnte sie sanft. „Du weißt doch, wie sehr sie es hasst, wenn du dich betrinkst."

„Und wie wärs – wenn du dich um deinen eigenen Kram kümmern würdest?"

Resignierend schaute sie sich nach Bekannten um. Dieses Gespräch würde zu nichts führen, und es war an der Zeit, die Flucht zu ergreifen. „Jetzt muss ich endlich Anton suchen. Bis später."

„Hoffentlich sitzen wir bei Tisch nebeneinander!" rief er ihr nach.

Das würde sie verhindern.

Anton freute sich, sie zu sehen. Ein kleiner Mann mit forschendem Blick, einem spontanen Lächeln und lebhaften Gesten, strahlte er gewinnende Herzenswärme aus.

Gemeinsam mit Jamie war er überaus erfolgreich. Immer wieder wurde das Innenarchitektur-Büro beauftragt, die Residenzen der Reichen und Frivolen einzurichten. Die Fotos der luxuriösen Räumlichkeiten erschienen regelmäßig im *Architectural Digest* und im *In Style.* Meistens stammten die innovativen Ideen von Anton, und Jamie verließ sich auf seinen guten Geschmack. Nachdem ihr Vater die Zusammenarbeit der beiden arrangiert hatte, machte sich seine Investition inzwischen zweifellos bezahlt.

„Wie üblich eine erstaunliche Versammlung“, meinte Madison. Ihr Blick schweifte von Mort Janklow, dem mächtigen Agenten, der in einer Ecke mit den Verlegern Sonny Mehta und Michael Korda plauderte, zum anderen Ende des Zimmers, wo Betsy Bloomingdale, zu Besuch aus Kalifornien, die Konversation einiger New Yorker Ehefrauen dominierte – darunter die attraktive Georgette Moschbacher.

„Nun, ich bemühe mich stets um eine interessante Mischung“, erwiderte Anton bescheiden.

„Was dir jedes Mal gelingt. Ich wünschte, du würdest mir ein Interview geben ...“

„Meine Lippen sind versiegelt – deshalb vertrauen mir die Ladys. Du würdest nicht glauben, was sie mir alles erzählen, während ich ein neues Dekor für ihre Räume vorschlage.“

„Da ich dich kenne, wäre ich nicht überrascht, wenn du Mikrofone hinter den Tapeten verstecken würdest“, bemerkte Madison lächelnd. „Du liebst doch all die Klatschgeschichten.“

„Allerdings, meine Liebe“, bestätigte er. „Aber es ist mein besonderer Vorzug, nichts davon zu verraten – nicht einmal *dir.*“

Beide lachten.

„Falls ich Jamie suchen möchte, wo würde ich sie finden?“ fragte sie.

„In einem der Gästebadezimmer.“ Anton senkte seine Stimme. „Allem Anschein nach hat Kris Phoenix ihr einen unsittlichen Antrag gemacht, und sie ist weggelaufen, um sich davon zu erholen."

„Und was hat Peter unterdessen getrieben?"

„Er hat sich betrunken. Ists dir nicht aufgefallen?"

„Doch. Ich werde ihn im Auge behalten, um dir einen Skandal zu ersparen."

„Tu das. Ich lege großen Wert auf Frieden und Harmonie."

„Obwohl du jeden Monat diese unglaublichen Dinnerpartys gibst?" wandte Madison skeptisch ein.

„Nun, man muss gewisse gesellschaftliche Pflichten erfüllen. Übrigens, deine Mutter hat mich angerufen."

„*Meine* Mutter?" Verblüfft starrte sie ihn an.

„Du hast sicher eine Mutter. Oder bist du einfach vom Himmel herabgefallen, einen Kugelschreiber in der Hand?"

„Natürlich habe ich eine Mutter. Aber warum hat sie *dich* angerufen?"

„Stella, nicht wahr?"

„Ja, die schöne Stella."

„Wenn du nach ihr geraten bist, muss sie *sehr* schön sein."

„Ach, komm schon ..." Mit diesem Kompliment brachte er Madison in Verlegenheit. „Meine Mutter ist eine *wirkliche Schönheit* – Marilyn Monroe in ihrer Glanzzeit."

„Wie aufregend! Hätte ich doch bloß eine Mutter, die der göttlichen Marilyn gleicht."

„Was wollte Stella von dir?"

„Ein Design für ihr neues Apartment."

„Welches neue Apartment?" fragte Madison verwirrt. „Meine Eltern leben in Connecticut. Vor zehn Jahren haben sie New York verlassen."

„Offensichtlich wollen sie zurückkehren."

„Das verstehe ich nicht. Erstens – warum ruft Stella dich an und nicht Jamie? Und zweitens – wieso weiß ich nichts von diesem neuen Apartment?“

„Vielleicht möchten sie dich überraschen.“

„Ja, klar. Das muss es sein“, erwiderte Madison ironisch. „Die einzige Überraschung, die meine Mutter mir jemals bereitet hat, war eine anerkennende Bemerkung über mein Eddie-Murphy-Interview.“

„Eddie Murphy?“

„Ja. Ist das zu fassen? Dauernd interviewe ich Politiker und andere faszinierende Persönlichkeiten – und der einzige Typ, den meine Mutter je erwähnt hat, war Eddie Murphy.“

„Vielleicht mag sie Draufgänger“, scherzte Anton und kicherte.

„Hast du meinen Vater mal gesehen? Der attraktivste Mann, den man sich nur vorstellen kann!“

„Tatsächlich?“ Interessiert riss Anton die Augen auf. „Wie alt?“

„Achtundfünfzig. Zu alt für dich. Einem Gerücht zufolge verschmähst du alle Jungs über fünfundzwanzig.“

„Oh Gott!“ jammerte er in gespieltem Entsetzen. „Wenn sich mein Geheimnis herumspricht ...“

Lachend verdrehte sie die Augen. „Keine Bange. Jetzt gehe ich zu Jamie, ich muss endlich wieder mit einem *vernünftigen* Menschen reden.“

Im Gästebad traf sie ihre Freundin nicht an.

„Miss Jamie ist in Mr. Antons Schlafzimmer“, teilte ihr Antons philippinische Haushälterin mit.

„Danke.“

Madison fragte sich immer noch, was Stellas Telefonat mit dem Innenarchitekten bedeuten mochten. Ihre Eltern *liebten*

Connecticut. Warum wollten sie wieder in New York leben? Wieso hatten sie ihr nichts davon erzählt?

Nun, das würde sie am nächsten Tag herausfinden.

Jamie saß vor Antons Art-déco-Toilettentisch. Einen langen dünnen Pinsel in der zitternden Hand, bemalte sie ihre Lippen.

„Was ist denn los mit dir?“ Madison setzte sich auf die Bettkante.

„Kris Phoenix will sich mit mir in seinem Hotelzimmer treffen“, erklärte Jamie tonlos.

„Was?“

„Das hast du doch gehört. Er bat mich um ein Date.“

„Und wann soll es stattfinden?“

„Heute Nacht.“

„Machst du Witze?“

„Nein.“

„Und Peter?“

„Was soll mit ihm sein?“ entgegnete Jamie herausfordernd.

„Er glaubt, du wirst ihn verlassen.“

„Ha!“

„Das ist einfach verrückt.“

„Warum? Er betrügt mich. Das weiß ich.“

„Du *weißt* es nicht, du verdächtigst ihn nur. Und du kannst nicht mitten in der Nacht davonlaufen, um es mit einem alternden Rockstar zu treiben.“

„Wenn ich will, kann ich's.“

„Hast du mit Peter gestritten?“

„Nein.“

„Warum führst du dich dann so seltsam auf?“

„Um zu sehen, ob er sich noch was aus mir macht.“

„*Natürlich* liebt er dich“, seufzte Madison verärgert. „Sonst würde er nicht bei dir bleiben.“

„Nun, es gibt verschiedene Gründe, warum manche Leute beisammenbleiben“, erwiderte Jamie geheimnisvoll und verteilte Rouge auf ihren ohnehin geröteten Wangen.

„Jedenfalls habe ich die Nummer eines Privatdetektivs, und ich finde, du solltest dich an ihn wenden.“

„Ich?“ jammerte Jamie. „Und *du?*“

„Korrigiere mich, falls mir ein Irrtum unterlaufen ist – aber bist nicht *du* mit einem Mann verheiratet, der möglicherweise fremdgeht?“

„Ja, aber du wolltest mir doch helfen, nicht wahr?“ Flehend wandte sich Jamie zu ihrer Freundin, die leise stöhnte.

„Wenn du drauf bestehst ...“ Jamie hatte schon immer ihren Willen durchgesetzt.

„Allein schaffe ich's nicht, Maddy. Würdest du mit diesem Privatdetektiv einen Termin vereinbaren und mich begleiten?“

„Okay, okay“, stimmte Madison ungeduldig zu und wünschte, sie könnte endlich lernen, Nein zu sagen. „Aber nur, wenn du diese Scheiße mit Kris Phoenix abbläst. Um Himmels willen, ein lüsterner, angejahrter Rockstar! Eindeutig *nicht* der Richtige für dich.“

„Also gut, ich versprechs dir.“ Ein engelsgleiches Lächeln erhellte Jamies schönes Gesicht. „Aber ich schwöre dir – sobald ich rausfinde, dass Peter herumhurt, laufe ich zu Kris und bumse mit ihm mitten auf dem Times Square!“

4. KAPITEL

Während Rosarita mit Joel Blaine im Bett lag, merkte sie, dass er ihr alles zu bieten hatte, was sie bei ihrem Ehemann vermisste. Joel war ein animalischer Liebhaber und befriedigte sie, wie sie's niemals erträumt hatte. Ohne Zögern kommandierte er sie herum und animierte sie zu Aktivitäten, die Dex ihr niemals vorzuschlagen gewagt hätte.

Wenn Joel in sie eindrang, wollte er sie ganz und gar besitzen. Er zwang sie, die Beine um seinen Nacken zu schlingen, und hielt ihr – ob sie es wollte oder nicht – ein Fläschchen mit Amylnitrat unter die Nase. Und er biss in ihre Brustwarzen, bis sie vor Schmerzen und Ekstase schrie. Und er war fabelhaft gebaut. Zweiundzwanzig Zentimeter, die er ihr in den Mund schob, bis sie würgen musste ...

Als sie kam – die Beine auf seinem kraftvollen Körper gespreizt –, kreischte sie so laut und unkontrolliert, dass er seine große, behaarte Hand auf ihre Lippen presste und ihr befahl, verdammt noch mal den Mund zu halten.

Ja, sie mochte dominante Männer.

In seiner Persönlichkeit erinnerte er sie an ihren Vater. Was sein Aussehen betraf, konnte er sich nicht mit Dex messen – nicht besonders groß und stämmig, dunkelhäutig, mit dicht behaartem Körper, düsteren, eng zusammenstehenden Augen und fleischigen Lippen. Aber gerade durch diese Kombination wirkte er unglaublich attraktiv und sexy.

Sie trafen sich zum zweiten Mal – und zum ersten Mal im Bett. Bei der ersten Begegnung, kurz nach der Vernissage in einer Kunstgalerie, hatte er in einer dunklen Seitenstraße von SoHo geparkt und Rosarita auf dem Rücksitz seines glänzenden Bentley unsanft gebumst. Einige Passanten kamen vorbei und spähten durchs offene Fenster ins Auto. Was ein zusätzlicher Anreiz gewesen war ...

An diesem Abend fand sie's noch besser. Mehr Koks. Mehr Sex. Beides gehörte zu ihren Lieblingsamüsements.

„Oh Gott!“ stöhnte sie, nahm sich eine Zigarette und zündete sie an. „Das war sensationell!“

Statt zu antworten, ging Joel ins Bad. Sie zog noch einmal an ihrer Zigarette und warf einen Blick auf ihre Uhr. Nach sechs. Höchste Zeit, heimzugehen und einen weiteren langweiligen Abend mit Dex zu verbringen. Wars ein Wunder, dass sie sich seinen Tod wünschte?

Sobald er aus ihrem Leben verschwand, würde sie ihre Beziehung zu Joel vertiefen können. Im Augenblick trug er ein Pokergesicht zur Schau, weil sie gebunden war, und das wusste er.

Wie gern würde sie die Nacht mit ihm verbringen ... Dafür würde sie alles geben. Dinner in einem gemütlichen Restaurant. Drinks in einer angesagten Bar. Dann noch mehr Sex in seinem Apartment. Träumerisch fragte sie sich, wie es sein mochte, mit Joel verheiratet zu sein. Er war ein Mann der Tat, ein typischer Macher. Mit zweiunddreißig nahm er eine leitende Position in der riesigen Immobilienagentur seines Vaters ein. Das hatte er ihr zumindest erzählt. Wie gut würden sie zusammenpassen ... Beide hatten einflussreiche, millionenschwere Väter – und viel von ihnen gelernt. Gemeinsam könnten sie New York beherrschen.

Nur Dex stand ihr im Weg.

Zur Hölle mit diesem Trottel! Warum hatte sie ihn bloß geheiratet?

Klar, sie hatte geglaubt, er würde sie mit einer grandiosen Filmkarriere beglücken.

Aber *diese* Hoffnung gehörte längst der Vergangenheit an.

Im Bad rauschte die Dusche. Verstohlen öffnete Rosarita die Nachttischschublade und inspizierte den Inhalt. Ein Revolver. Ausgezeichnet, das bewies, dass Joel Mumm hatte. Sechs Packungen Pfefferminz-Tic-Tacs. Ein Pornovideo – „Heiße Flammen". Eine ungeöffnete Schachtel mit extragroßen Kondomen. Und ein hellblaues Kuvert, auf dem „Süßer" stand. Blitzschnell zog sie den Brief heraus. „Baby, ich liebe Dich. Immer werde ich Dich lieben. Wir sehen uns nächste Woche. Halt das Bett für mich warm." Die Unterschrift lautete: „Honigplätzchen."

Honigplätzchen! Wer zum Teufel war *Honigplätzchen?*

Wütend runzelte Rosarita die Stirn. Warum hatte Joel seine Freundin nicht erwähnt?

Sie wollte ihre indiskrete Suche fortsetzen. Aber da verstummte das Plätschern im Bad. Hastig steckte sie den Brief in den Umschlag zurück, legte ihn ins Schubfach und schloss es.

Ein Handtuch lose um die Hüften geschlungen, schlenderte Joel ins Schlafzimmer zurück. Wenn sie nicht alles täuschte, hatte er wieder einen Steifen. Natürlich, was sich unter dem Frotteestoff abzeichnete, war unverkennbar.

Nun musste sie ihm ihren Stempel aufdrücken. Und das konnte sie besser als jede andere.

„Komm her, du scharfer Typ", gurrte sie und winkte ihn zu sich. „Ich hab was für dich."

Das ließ er sich nicht zweimal sagen.

Dexter wanderte im Wohnzimmer umher. Alle fünf Minuten schaute er auf seine Uhr. Schon halb sieben ... Wo blieb Rosarita so lange? Er hatte gehofft, sie würde vor der Ankunft seiner Eltern nach Hause kommen. Damit wäre die Überraschung perfekt. Aber sie glänzte immer noch durch Abwesenheit.

Widerstrebend griff er zum Telefon und rief seinen Schwiegervater an. Chas Vincent jagte ihm eine Heidenangst ein. Nicht nur, weil er wie eine Figur aus den „Sopranos“ aussah – er benahm sich auch so.

Bei seinem ersten Rendezvous mit Rosarita hatte sie voller Stolz verkündet, ihr Vater sei der erfolgreichste Baulöwe von New Jersey. Dafür interessierte sich Dex nicht sonderlich, und er ging Chas tunlichst aus dem Weg.

„Hi, Chas“, begann er und versuchte, in energischem Ton zu sprechen. „Ist Rosarita bei dir?“

„Warum sollte sie hier sein?“ knurrte Chas misstrauisch. „Sie ist schon vor zwei Stunden abgehauen.“

„Hat sie gesagt, was sie machen wollte?“

Wahrscheinlich ein Schießeisen kaufen, um dich niederzuknallen, dachte Chas. „Nein. Sicher geht sie einkaufen. Du kennst ja die Frauen – die schmeißen das Geld zum Fenster raus. Jahrzehntelang, bis ihre Titten zum Nabel runterhängen.“

Dex zwang sich zu lachen. Obwohl er die Welt männlicher Models kennen gelernt hatte, fand er's immer noch unerträglich, wenn sich jemand vulgär ausdrückte.

„Wenn sie um Mitternacht immer noch nicht zu Hause ist, ruf mich an“, schlug Chas jovial vor. „Dann hetze ich die Cops durch die City.“

Oh, ein besorgter Vater, wie nett.

Dex schlenderte durch das Apartment und spähte ins Gästezimmer, um festzustellen, ob alles für die Ankunft seiner Eltern vorbereitet war. Ja, tatsächlich, Conchita war ihr Geld wert. Die Lieblingsblumen seiner Mutter, zwölf perfekte rote Rosen, hatte er selber gekauft. Nun standen sie in einer exquisiten Bernsteinvase auf dem Toilettentisch neben dem Fernseher. Auch für Rosarita hatte er Rosen gekauft – weiße, die er ihr später überreichen wollte, wenn sie allein waren.

Heute Abend würde etwas ganz Besonderes geschehen. Davon war er fest überzeugt.

„Scheiße!" kreischte Rosarita, nachdem sie vor Joels Apartmentgebäude in ein Taxi geklettert war und dabei ihre teure Strumpfhose zerrissen hatte.

„Wohin, Lady?" fragte der Fahrer, ohne sich umzudrehen.

„Unten an Ihrer Tür ist eine scharfe Kante", klagte sie. „Dagegen sollten Sie was tun."

„Wohin?" wiederholte er und ließ seine Fingerknöchel knacken.

Rosarita beugte sich vor, um einen Blick auf seinen Ausweis am Armaturenbrett zu werfen. Moussaf Kiridarian. Noch ein Ausländer, nicht der Mühe wert, mit ihm zu streiten. Chas meinte, die müsste man alle nebeneinander stellen und erschießen. Manchmal war Daddy ziemlich extrem. Wenn man alle Ausländer umbrachte, wer sollte denn die Taxis und Autobusse fahren, den Müll wegschaffen, Elektro- und Fotoläden betreiben?

„Ecke Sixty-first und Park", erwiderte sie brüsk. „So schnell wie möglich, ich habs eilig."

Ruckartig fuhr das Taxi an, und Rosarita fiel fast vom Rücksitz. Erbost flüsterte sie eine Beleidigung vor sich hin und tastete in ihrer Handtasche nach den Zigaretten. Als sie sich eine anzünden wollte, fing Moussaf ihren Blick im Rückspiegel auf und erklärte streng: „Rauchen verboten. Da sehen Sie das Schild."

„Verdammt", murmelte sie und steckte die Zigarette in die Packung zurück. Was war das für ein blödes Gesetz? Wie kam ein mieser kleiner Taxifahrer dazu, ihr Vorschriften zu machen?

Wenn sie ganz besonders nett zu Chas war – vielleicht würde

er ihr eine Limousine mit Chauffeur zur Verfügung stellen. Ja, das würde sie sich zu Weihnachten oder zum Geburtstag wünschen. Immerhin war er reich genug und konnte sich's leisten. Warum sollte sie in einem dreckigen Taxi durch die Stadt fahren, mit einem schwachsinnigen Ausländer, der ihr das Rauchen verbot? Natürlich würde Chas fragen, warum sie den Mercedes nicht fuhr, den er ihr gekauft hatte. Aber wo sollte man in Manhattan parken? Ein gottverdammter Albtraum.

Dann wanderten ihre Gedanken zu Joel. Welch ein Mann! Obwohl er wirklich sauer gewesen war, als sie ihm in den Hals gebissen hatte – so fest, dass ihn unübersehbare Spuren verunstalten würden, wenn er's mit einer anderen trieb.

Erschrocken war er zurückgewichen. „Was zum Teufel machst du da?“ schrie er und rieb seinen Hals.

„Tut mir Leid“, beteuerte sie unschuldig. „Du erregst mich so wahnsinnig. Da konnte ich nicht anders.“

„Verdammt!“ fluchte er. „Das wird anschwellen – und sich rot und blau färben.“

„Oh, ich kenne noch was, das anschwellen wird“, hatte sie gekichert und nach seinem stets bereiten Schwanz gegriffen. Ja, dick und hart. Genauso, wie sie's mochte ...

Während sie jetzt im Taxi saß, fragte sie sich, was die kleine Nutte namens Honigplätzchen sagen würde, wenn sie den Hals ihres Freundes sah. Ihres *Exfreundes*. Denn Rosarita hatte große Pläne mit Joel.

Allzu leicht würde er ihr's nicht machen. Das wusste sie schon jetzt. Er war eigenwillig und ließ sich nicht herumkommandieren. Und wie die meisten Männer hatte er wahrscheinlich eine Scheißangst vor einer festen Beziehung.

Aber sie besaß genug Selbstvertrauen und bezweifelte nicht, dass sie ihn eines Besseren belehren würde.

„Wann sehen wir uns wieder?“ hatte sie beim Abschied gefragt.

„Du bist verheiratet, nicht wahr?“ murrte er.

„Seit wann macht das einen Unterschied?“

Da lachte er. „Ab und zu veranstalte ich eine Matinee im Büro. Du weißt schon – ich schließe die Tür und ziehe die Jalousien auf. Ringsherum gibts viele hohe Gebäude – da kann man nie wissen, wer zuschaut. Hast du Lust?“

„Wann?“ fragte sie eifrig.

„Ruf mich in ein paar Tagen an. Dann denken wir uns was aus.“

Natürlich durfte sie ihn nicht bitten, *sie* anzurufen. Womöglich würde Dex eine Nachricht auf dem Anrufbeantworter hören. „Übrigens, ich will mich scheiden lassen“, verkündete sie.

„Hast du das deinem hübschen Ehemann schon erzählt?“

„Noch nicht. Aber er wirds bald erfahren. Um alles Weitere kümmert sich mein Vater.“

„Wieso?“

„Weil er der Einzige ist, der Dex daran hindern kann, mir Ärger zu machen.“

Bewundernd schaute Joel sie an. „Du bist eine tolle Frau. Weißt du das?“

„Habe ich was anderes behauptet?“ antwortete sie und lächelte wissend. Dann hatte sie ihm einen langen, leidenschaftlichen Kuss gegeben, den er nicht so bald vergessen würde, und sein Apartment verlassen.

Nun stöhnte sie leise, denn sie musste nach Hause zurückkehren, zu ihrem nervtötenden Ehemann. Und sie wusste ganz genau, was er sagen würde. *Rat mal, was heute am Set passiert ist.*

Verdammt noch mal, wen interessierte es schon, was am Set

passiert war? *Sie* ganz sicher nicht. Das verstand Dex einfach nicht.

Sie wollte sich scheiden lassen. Und heute würde sie es ihm klar machen. Wenn er's nicht so schnell wie möglich kapierte, würde er ins Gras beißen. Mit der Hilfe ihres Vaters. Oder auf andere Weise.

5. KAPITEL

„Ich muss Ihnen was sagen ..."

„So?" erwiderte Madison. Was der Mann, der neben ihr saß, zu sagen hatte, interessierte sie nicht im Mindesten.

„Sie haben die sinnlichsten Lippen, die ich jemals sah."

„Oh, tatsächlich? Das freut mich. Gerade wollte ich dasselbe zu *Ihnen* sagen."

Ihr Tischgefährte blinzelte verwirrt. „Genau das ist es, was mir so an Ihnen gefällt. Immer wieder wissen Sie eine smarte Antwort."

Genau das ist es, was mir an Ihnen *nicht* gefällt, wollte sie kontern. Aber sie verzichtete darauf, weil sich die Mühe nicht lohnte.

Sie saß links von Joel Blaine, dem Sohn des Immobilien-Milliardärs Leon Blaine. Zweifellos war Leon eine faszinierende Persönlichkeit. Joel nicht, sondern der typische Sprössling eines reichen Mannes. Wegen seines Vaters glaubte er, die ganze Welt müsste ihm den Hintern küssen. Nach Madisons Ansicht war Joel ein schlechter Witz, der letzte aller nutzlosen Playboys.

„Was ist los mit Ihnen?" fragte er und überlegte, wie er sie flachlegen könnte. „Vertragen Sie keine Komplimente?"

„Verraten Sie mir, was mit Ihrem Hals passiert ist?" Ostentativ starrte sie eine bläulich rote Schwellung an. „War eine Ihrer Freundinnen ein bisschen zu – leidenschaftlich?"

Joel runzelte die Stirn. Zur Hölle mit Rosarita ... Zwei Nummern mit diesem Miststück, und er fühlte sich wie Mike Tyson in der zehnten Runde. Warum konnte er keine Frau wie Madison antörnen? Klug, stilvoll, schön – eine solche Frau müsste er erobern, keine ausgeflippte verheiratete Hure wie Rosarita Falcon. Obwohl er zugeben musste, dass sie im Bett einiges zu bieten hatte, lüstern wie eine Wildkatze, mit Krallen, die das bewiesen ...

„Wenn Sie meine Lippen mögen – gehen Sie mal mit mir aus?" Ermutigend zwinkerte er Madison zu. „Wir beide, Maddy – wir beide würden die Welt aus den Angeln heben."

„Die Welt aus den Angeln heben?" Sie lachte spöttisch. „In welchem Jahrhundert leben Sie denn?"

Ihr Hohn brachte ihn in Wut. Im Grunde waren alle Frauen gleich, lauter miese, heimtückische Biester. Das hatte ihm sein Vater beigebracht. Und es war so ziemlich das Einzige, das Leon ihn gelehrt hatte. „Hat Ihnen schon jemand gesagt, dass Sie eine Nervensäge sind?"

„Hat Ihnen schon jemand gesagt, dass Sie die falsche Frau ankläffen?" entgegnete sie kühl.

„Großer Gott!" murmelte er und zeigte ihr die kalte Schulter.

Madison nahm sich vor, mit Anton über seine Tischordnung zu reden. Warum hatte er sie ausgerechnet neben Joel Blaine platziert? Eigentlich müsste er's besser wissen.

Und warum war Joel überhaupt hier? Auf solchen Partys hatte er nichts verloren, und er stand wohl kaum auf Antons Elite-Gästeliste.

Seufzend wandte sie sich zu dem Mann an ihrer anderen Seite, dem Designer Mortimer Marcel. Er war schwul und stets amüsant, um die fünfzig, groß und schlank, die personifizierte Eleganz. An diesem Abend trug er Nadelstreifen, ein blütenweißes Hemd, eine silbergraue Krawatte und Manschettenknöpfe mit Diamanten.

„Du musst unbedingt zu meiner nächsten Show kommen", drängte er. „Dieses Jahr präsentiere ich ein paar göttliche Outfits, die werden dir gefallen."

„Krieg ich was umsonst?“ scherzte sie.

„Ja, natürlich“, stimmte er zu. Offenbar nahm er dieses Ansinnen ernst. „Du bist eine erstklassige Reklame.“

„Bin ich das?“ Erstaunt hob sie die Brauen. Hm – erst hatte Joel auf ihre sinnlichen Lippen hingewiesen, um sie zu betören, jetzt war sie eine erstklassige Reklame. *He, Mädchen,* dachte sie ironisch. *Heute Abend punktest du grandios!*

Sie schaute zu dem anderen Tisch hinüber, wo Jamie sichtlich entzückt Kris Phoenix‘ Komplimenten lauschte. In sich zusammengesunken, saß Peter ein paar Plätze von seiner Frau entfernt. Besonders glücklich sah er nicht aus. Das bleistiftdünne, heroinsüchtige Supermodel an seiner Seite bemühte sich vergeblich, seine Aufmerksamkeit zu erregen.

Heute hat Anton die Tischordnung eindeutig vermasselt, überlegte Madison und täuschte ein Gähnen vor. „Ich möchte bald gehen“, flüsterte sie Mortimer zu.

„Oh, ich auch“, wisperte er zurück und zeigte auf seinen Lebensgefährten, der am Nachbartisch saß. „Sollen Jefferson und ich dich heimfahren?“

„Großartig.“

Zu ihrer Erleichterung konzentrierte sich Joel inzwischen auf die Frau an seiner anderen Seite, eine attraktive schwarze Opernsängerin.

Armes Ding – es gab keine schlimmere Strafe, als von Joel Blaine angemacht zu werden.

Sobald das Dessert verspeist war, saß Madison mit Mortimer und Jefferson, der ungemein sexy wirkte, im Fond einer Limousine. Welch eine Verschwendung, dachte sie. Warum sind alle reizvollen Männer entweder vergeben oder schwul?

David verabscheute Tunten und behauptete, sie würden seine Männlichkeit bedrohen. Über dieses Thema hatten sie oft genug gestritten. Natürlich fand er Lesben okay, und er hatte ihr manchmal einen Dreier mit einem Mädchen vorgeschlagen. Weil sie das stets abgelehnt hatte, war er sauer geworden. Von Gruppensex hielt sie nichts.

Im Rückblick entdeckte sie immer mehr Wesenszüge an David, die ihr missfielen.

Warum hatte sie zwei Jahre ihres Lebens vergeudet?

Fantastischer Sex, das musste sie zugeben. Toller, unkomplizierter, zutiefst befriedigender Sex.

„Wie wichtig ist Sex für dich, Mortimer?“ fragte sie.

„Was?“ Offenbar traute er seinen Ohren nicht.

„Ich führe gerade eine Umfrage durch. Wie wichtig ist Sex?“

Zu seinem Liebhaber gewandt, erkundigte er sich: „Was würdest *du* antworten?“

Jefferson grinste. „Oh Mann, Sex ist das Wichtigste auf der Welt.“

„Da bin ich anderer Meinung.“ Mortimer rückte einen seiner goldenen, mit Diamanten besetzten Manschettenknöpfe zurecht. „Mit jemandem gut auszukommen – das erscheint mir wichtiger. *Vor allem,* wenn man zusammenlebt.“

„Wie lange seid ihr schon ein Paar?“ wollte Madison wissen.

„Ich habe Jefferson entdeckt, als er noch ein halbes Kind war“, erklärte Mortimer und tätschelte das Knie seines Lebensgefährten. „Damals war er achtzehn oder neunzehn – soeben von Trinidad nach Amerika übersiedelt. Ich teilte mein Apartment mit einem älteren Mann. Also waren Jefferson und ich zunächst nur Freunde.“

„Wie nett“, bemerkte Madison.

„Er war mein Lieblingsmodel. Nicht wahr?“

„Unsinn, Mann.“ Jefferson grinste wieder. „Bei meiner ersten Show kamst du zu mir in die Garderobe, und schon gings los. Darüber haben alle gelacht."

„Wen meinst du mit ‚alle'?" murmelte Mortimer ungehalten.

„Natürlich die Leute, die in deinem Laden arbeiten. Die wissen, wie du bist."

„Wie ich *war*", stellte Mortimer richtig. „Dann lernte ich dich kennen, und jetzt bin ich ein anderer Mensch."

„Hoffentlich. Weil ich verdammt wütend wäre, wenn sich jemand an dich ranmachen würde."

„Okay, ich bin gewarnt."

„Sehr gut", lobte Jefferson, und die beiden wechselten einen langen, schmachtenden Blick.

Madison fühlte sich wie das fünfte Rad am Wagen. Vielleicht wäre ein Taxi eine bessere Idee gewesen.

„Interviewst du uns für das Magazin, Madison?" fragte Mortimer neugierig.

„Nein, ich dachte nur gerade über Beziehungen nach. Vor einiger Zeit war ich mit jemandem zusammen, mit dem mich fast gar nichts verband. Wir mochten nicht einmal dieselbe Musik."

„Dann konnte nichts draus werden", warf Jefferson ein. „Zwei Menschen passen nur zusammen, wenn sie bei derselben Melodie in Stimmung kommen."

„Genau. Ich schwärme für Soul und Jazz. Und er war ein Klassikfan. Wir lasen unterschiedliche Bücher, und wir stritten jeden Abend ums Fernsehprogramm. Er liebt Sport. Dabei langweile ich mich. Wir waren einfach nicht füreinander geschaffen."

„Und was hat euch zusammengeführt?" fragte Jefferson.

„Natürlich Sex. Jetzt, wo's vorbei ist, merke ich, dass ich vielleicht zu bequem geworden bin. Wisst ihr, was ich meine?"

Nun mischte sich Mortimer ein. „Wolltet ihr heiraten, bevor du mit ihm Schluss gemacht hast?"

„*Er* hat *mich* verlassen. Deshalb kommts mir so vor, als wäre das Ganze – irgendwie unvollendet." Nach einer kurzen Pause fügte Madison hinzu: „Er machte sich aus dem Staub und heiratete kurz danach eine andere. Da fühlte ich mich ziemlich beschissen."

„Was für ein Arschloch!" rief Jefferson.

„Stimmt", bestätigte sie.

„Würdest du ihn gern wiedersehen? Nur so zum Spaß. Du könntest dich an ihr rächen, für das, was sie dir angetan hat."

„Nein, sie hat mir nichts angetan", erwiderte Madison in ruhigem Ton. „Sie war einfach nur da, als er was anderes brauchte."

„Aber du bist immer noch ziemlich angefressen." Jefferson nickte verständnisvoll.

Weil er den Nagel auf den Kopf traf, lachte sie leicht verlegen. Sie wollte sich nicht ärgern und David ein für alle Mal vergessen. „Oh Gott", stöhnte sie, „liege ich auf der Couch eines Seelenklempners?"

„Vielleicht solltest du dich dazu entschließen", schlug Mortimer vor. „Mir hats jedenfalls geholfen."

„Niemals! Ich hasse Psychiater – die sitzen nur auf ihren selbstgefälligen Ärschen, nicken und erzählen einem, was man hören will. Oder sie sagen gar nichts. Zum Teufel mit diesen Ekelpaketen!"

„Mädchen, geh zu einem Psychiater", mahnte Jefferson. „Du brauchst dringend Hilfe."

Bevor ihr eine passende Antwort einfiel, hielt das Auto vor ihrem Apartmentgebäude. Sie lud die beiden zu einem Drink ein, was sie jedoch ablehnten. Das war okay, denn sie war müde und nervös, und sie wollte nur noch ins Bett kriechen.

An der Wohnungstür wurde sie von Slammer begrüßt, ihrem

großen schwarzen Labrador. Genau genommen gehörte er nicht ihr. Widerstrebend hatte sie sich bereit erklärt, ihn für eine Freundin zu betreuen, die für eine Woche nach Australien geflogen war. Dort hatte sich das Mädchen verlobt, und aus der Woche waren mittlerweile drei Monate geworden.

Gegen ihren Willen hatte Madison den Hund lieb gewonnen.

Heute Abend musste Slammer nicht mehr ausgeführt werden, denn sie hatte dem Portier einen Wohnungsschlüssel gegeben, und er war bereits mit ihm rausgegangen. Was für eine gute Neuigkeit. Sie hielt nichts von nächtlichen Wanderungen mit einem Gerät, das Hundekot vom Pflaster entfernte.

In ihrer kleinen Küche checkte sie den Anrufbeantworter. Keine Nachrichten. Sie rief ihren Vater an.

Michaels Stimme klang ziemlich verschlafen. Aber davon ließ sich Madison nicht beirren.

„Warum rufst du so spät an, Schätzchen?“ murmelte er. „Alles okay?“

„Hast du schon geschlafen?“

Ein vernehmliches Gähnen. „Allerdings.“

„Tut mir Leid“, log sie.

„Was ist los? Irgendwie kommst du mir deprimiert vor.“

„Nein, nein ... Es ist nur – ich erfahrs nicht gern von Anton Couch, dass ihr ein Apartment in New York beziehen wollt.“

„He, Liebes, ich bin wirklich todmüde. Können wir morgen drüber reden?“

„Klar“, erwiderte sie und legte auf.

Sie ertrug es nicht, wenn ihr Vater ihr seine ungeteilte Aufmerksamkeit verweigerte. Immer war er für sie da gewesen. Im Gegensatz zu ihrer distanzierten Mutter. Nur selten hatte sie Stella, dieses exotisch duftende, glamouröse Wesen, gesehen. In ihrer Kindheit war sie von einer Nanny großgezogen worden und mit elf in ein Internat geschickt worden. Ferien in Sommercamps. Und schließlich das College.

Nach ihrer Abschlussfeier hatte Michael ihr die Schlüssel zu einer kleinen Eigentumswohnung überreicht. Offensichtlich sollte sie nicht nach Hause zurückkehren, und das fand sie sehr angenehm. Sie liebte ihre Eltern, obwohl sie manchmal den Eindruck hatte, sie würde ihre Mutter nur flüchtig kennen. Auch das war okay gewesen, denn Michael entschädigte sie für das mangelnde mütterliche Interesse. Er war ein dynamischer, faszinierender Mann. Welch ein Glück, dass sie einen so wunderbaren Vater hatte ...

Sie zog sich aus, sank ins Bett und versuchte zu lesen. Nach ein paar Minuten schweiften ihre Gedanken ab, und sie konnte sich nicht mehr auf ihre Lektüre konzentrieren. Slammer sprang aufs Bett, kuschelte sich an ihren Körper, und sie schob ihn nicht weg. Immerhin ein tröstlicher Gedanke, dass es jemanden gab, der sich um sie kümmerte – selbst wenn's nur ein Hund war ...

Antons Dinnerparty hatte ihr gründlich missfallen. Weit unter seinem üblichen Niveau. Ausgerechnet Joel Blaine, igitt! Und Peter Nova, betrunken. Widerwärtig! Morgen würde sie einen Termin mit Victors Privatdetektiv vereinbaren, um Jamies Probleme zu lösen. Wozu hatte man denn Freunde?

Madison schaltete das Licht aus. Zehn Minuten später merkte sie, dass sie nicht einschlafen würde. Drohte ihr wieder eine dieser qualvollen Nächte? Vielleicht sollte sie Jeffersons Rat befolgen und einen Seelenklempner konsultieren. Victor würde zweifellos den allerbesten in dieser Stadt kennen. Aber wie konnte sie ausgerechnet ihn danach fragen?

Rastlos warf sie sich im Bett umher. Nach einer Weile gab sie's auf und stellte den Fernseher an, zappte durch diverse Pornokanäle und bewunderte den überdimensionalen Busen eines Mädchens, der gegen die Schwerkraft immun war. Oh Gott, diese Freaks ... Gab es irgendwo auf der Welt Männer, die mit Silikon-Eiern herumliefen?

Silikon-Eier. Was für ein amüsanter Gedanke!

Sie begann zu kichern, und Slammer schnaufte – ein sicheres Zeichen, dass auch er keinen Schlaf fand.

Schließlich stand sie auf und tappte in die Küche, wo sie eine Toastscheibe mit Schinken und Käse, viel Salat und sauren Gurken belegte.

Slammer bekam ein Stück Käse und war sichtlich beglückt.

Endlich zufrieden, kehrten die beiden ins Bett zurück.

6. KAPITEL

„*Was soll das?*“ kreischte Rosarita entrüstet und starrte Dex an, der ihr im Hausflur den Weg versperrte. Hatte er irgendwie herausgefunden, was sie mit Joel trieb? Tausend Entschuldigungen für ihre Verspätung schwirrten ihr durch den Kopf. Nicht, dass sie um Verzeihung bitten musste – aber bis die ganze Sache ausgestanden war, würde sie wenigstens einigermaßen den Schein wahren.

„Ich habe eine Überraschung für dich“, verkündete Dexter.

„Gut oder schlecht?“ fragte sie, vorsichtig wie eh und je.

„Gut.“

„Dann kann ich vielleicht mein verdammtes Apartment betreten“, fauchte sie und versuchte sich an ihm vorbeizuschieben.

„Fluch nicht!“ mahnte er in atemlosem Flüsterton.

Möglicherweise – nur *möglicherweise* – hatte er die Hauptrolle in einem großartigen Film bekommen und wollte ihr davon erzählen. Wäre das keine Mega-Überraschung?

Man durfte doch träumen, nicht wahr?

Plötzlich sprang er zur Seite und wies mit einer theatralischen Geste in die Richtung der offenen Wohnungstür. Zu Rosaritas Entsetzen standen Martha und Matt Cockranger in der Diele, seine gottverdammten Eltern.

„Scheiße!“ Ehe sie's verhindern konnte, entschlüpfte ihr das vulgäre Wort. *Was zum Geier machen die hier*, wollte sie hinzufügen, doch sie beherrschte sich gerade noch rechtzeitig.

„Hallo, Liebes!“ rief Martha, eine verblühte Blondine in einem lindgrünen Polyester-Hosenanzug, zu dem sie weiße Plastiksandalen trug. An ihren Ohren baumelten Rheinkiesel. „Wie schön, dich wiederzusehen!“

Als Matt zu Rosarita eilte und sie ungestüm umarmte, rang

sie immer noch um Fassung. Dexters Dad, Mitte fünfzig, mit rotem Gesicht, kurz geschnittenem grauen Haar und trüben blauen Augen, war früher so attraktiv wie sein Sohn gewesen. Aber der Zahn der Zeit hatte gnadenlos an ihm genagt, und sein Spitzbauch glich einem überdimensionalen Football.

„Nun, wie gehts Dick …"

„Dexter", unterbrach Dex seinen Vater und starrte ihn mit schmalen Augen an.

„Wie gehts *Dexters* kleinem Mädchen?" verbesserte sich Matt hastig, voller Angst vor dem Zorn seines berühmten Sohnes.

Ausnahmsweise war Rosarita sprachlos. Das war ein Albtraum. Welche Sünde hatte sie begangen, um einen Besuch der Cockrangers zu verdienen. „Mom, Dad – ich habe ihr nicht verraten, dass ihr uns besuchen würdet", gestand Dex und strahlte über das ganze Gesicht. „Natürlich ist sie jetzt ganz *überwältigt* vor Freude. Wie sehr sie euch liebt, wisst ihr ja."

Klar, Dex, gieß nur Öl ins Feuer … Wie konnte er ihr das antun? Oh Gott, wie konnte er es wagen?

„Schätzchen, die beiden wohnen bei uns", fügte er hinzu. „Ich habe Conchita beauftragt, das Gästezimmer herzurichten."

„So?" würgte sie hervor. In diesem Moment wünschte sie sich nichts sehnlicher als eine Dusche und einen langen ungestörten Nachtschlaf.

„Ist das nicht eine wunderbare Überraschung?" fragte Dexter und drückte ihren Arm. „Oh, ich wusste es ja – du würdest dich wahnsinnig freuen."

„Ich – eh – bin eher schockiert", stammelte sie leise und wandte sich zu ihrem grinsenden Schwiegervater. „Wieso konntest du dir freinehmen, Matt?"

„Ich habe drei Wochen Urlaub." Voller Stolz musterte er seinen Sohn. „Alle meine Arbeitskollegen schauen sich unseren Jungen in ‚Dunkle Tage' an. Jetzt gehöre ich daheim zur Prominenz."

Drei Wochen! Mit jeder Minute wurde es schlimmer. Verdammt! Sie hatte Dex um die Scheidung gebeten. Und der Hurensohn ließ seine Eltern einfliegen! Allmählich fühlte sie sich wie in einem bösen Traum.

„Wir wollen möglichst viel Zeit mit euch verbringen", erklärt Martha. „Erinnerst du dich, wie ihr uns vor eurer Hochzeit besucht habt, Rosarita? Davon redet die Familie *immer* noch."

„Ja", bestätigte Matt und rieb sich die Hände. „Und ich freue mich ganz besonders auf ein Wiedersehen mit deinem Dad, Mädchen. Er hat versprochen, uns die Stadt zu zeigen."

Großartig. Wie wärs mit einer Tour durch alle Strip-Lokale und ein paar Dinners in Restaurants mit Mafia-Kontakten? Zu dieser Szene würden die Cockrangers irre gut passen.

„Hätte ich bloß gewusst, dass ihr kommen würdet ..." Bedrückt suchte Rosarita nach Worten. „Dann hätte ich ein Abendessen geplant."

„Keine Bange, das ist schon okay", sagte Dexter – Mr. Ich-habe-alles-unter-Kontrolle. „Ich habe einen Tisch im Twentyone reservieren lassen."

Tapfer bekämpfte sie ihr Stirnrunzeln. „Tatsächlich?"

„Um acht Uhr."

„Um acht Uhr", wiederholte sie.

„Nun sollten wir uns alle frisch machen", entschied Dexter. „Kurz vor halb acht treffen wir uns im Wohnzimmer."

„Muss ich eine Krawatte umbinden?" erkundigte sich Matt besorgt.

„Kann ich denn einen Hosenanzug anziehen?“ fragte Martha angstvoll.

Das alles war mehr, als Rosarita ertragen konnte. Direkt vor ihren Augen verwandelte sich ihr Leben in reine Scheiße.

Irgendwie überstand sie das Dinner. Die ganze Zeit kochte sie vor Zorn. Sie hatten keinen vernünftigen Tisch im Restaurant bekommen. Warum, erriet sie mühelos. „Provinz“ stand den Cockrangers ins Gesicht geschrieben. Und der Name Dexter Falcon schien nichts zu bedeuten.

Aber der lausige Tisch, zu dem man sie geführt hatte, störte Rosarita kein bisschen. Auf keinen Fall wollte sie mit ihren Schwiegereltern gesehen werden. Großer Gott – sogar Chas‘ Gangster-Stammkneipen würde sie lieber besuchen. Oh ja, *alles* wäre besser als *das.*

Bisher hatte sie keine Gelegenheit gefunden, mit ihrem Mann unter vier Augen zu sprechen. Wenn’s so weit war, würde er einiges zu hören kriegen. Wie konnte er sich erdreisten, seine Eltern einzuladen und zu allem Überfluss auch noch im Gästezimmer einzuquartieren? Ohne zu fragen, ob sie damit einverstanden wäre! Obwohl er wusste, dass sie die Scheidung wünschte!

So wie er sich aufführte, konnte man sie für das glücklichste Ehepaar der Welt halten. Hatte er den *Verstand* verloren?

Den Großteil des Dinners litt sie unter der qualvollen Angst, Joel könnte ins Lokal kommen und sie entdecken. Umso köstlicher schienen sich die anderen zu amüsieren. Martha schüttete zwei Wodka-Martinis hintereinander in sich hinein. Prompt begann sie zu lallen. Matt bestellte ein Bier nach dem anderen. Immer wieder sprang er auf, um in die Toilette zu flüchten, während Dex den ganzen Abend ein dümmliches

Grinsen zur Schau trug. Oh Mann, der Kerl lebte ja wirklich in einer Traumwelt.

Als sie nach dem Essen den Ausgang des Restaurants ansteuerten, wurde er von einem weiblichen Gast aufgehalten und um ein Autogramm gebeten. Für Martha und Matt ein grandioses Ereignis, Rosarita versetzte es in noch schlechtere Laune. Merkte dieser blöde Fan mit dem Kugelschreiber und dem dämlichen Lächeln auf dem Mondgesicht denn nicht, dass Dexter Falcon ein Niemand war, unterwegs ins Nirgendwo?

Rosarita unterdrückte das heftige Bedürfnis zu schreien. Warum musste sie diese Scheiße hinnehmen? Wieso weigerte sich ihr Vater zu kooperieren, Dex umlegen zu lassen und der Farce ein Ende zu bereiten?

Ins Apartment zurückgekehrt, schwärmte Martha: „Was für ein himmlischer Abend, meine Liebe! Und wie glücklich du meinen kleinen Jungen machst! Wirklich, das erwärmt mir das Herz."

Heiliger Himmel, würde sie ihrer Schwiegermutter beim Begräbnis gegenübertreten müssen? Würde sie sich gezwungen fühlen, die gramgebeugte Witwe zu spielen?

Sobald sie mit Dex allein war, stimmte sie die Litanei ihrer Klagen an. „Was bildest du dir eigentlich ein? Deine gottverdammten Eltern einzuladen, ohne mich zu fragen! Das ist unerträglich!"

„Warum regst du dich auf?" Verständnislos hob er die Brauen. „Du hast gesagt, du würdest Mom und Dad lieben."

„Wann habe ich das jemals behauptet?"

„Als wir sie zum ersten Mal besucht haben. Erinnerst du dich? Vor unserer Hochzeit."

„Ha! Vor unserer Hochzeit habe ich viel gesagt, was ich jetzt *nicht* mehr sagen würde."

„Tatsächlich?"

War er *total* beschränkt, oder was? Zweifellos hatte ihn der Allmächtige mit einem ungewöhnlich hübschen Gesicht, aber bedauerlicherweise mit einem Spatzenhirn ausgestattet.

„Hör mal zu ..." Rosarita betonte jede einzelne Silbe, um sicherzugehen, dass ihm nichts entging. „Anscheinend kapierst du's nicht. Ich – will – mich – scheiden – lassen. Und das bedeutet, dass ich *nicht* beabsichtige, hier herumzusitzen und deinen Eltern um den Bart zu streichen."

„Du bist ein Biest. Weißt du das?"

„Oh ja!" fauchte sie. „Das weiß ich!"

„Du bist nicht mehr das Mädchen, das ich geheiratet habe."

„He, damals dachte ich, du wirst ein Filmstar – kein kleiner Stümper beim Fernsehen."

„Also hast du mich nur deshalb geheiratet?"

„Ehrlich gesagt – ja. *Genau deshalb* habe ich dich geheiratet. Ich dachte, wir würden in ein großes Haus in Beverly Hills ziehen und mit all den anderen Filmstars Partys feiern." Eisig starrte sie ihn an. „Du hast deinen Teil der Vereinbarung nicht eingehalten, Dex."

„Hatten wir eine Vereinbarung? Das wusste ich nicht. Wie auch immer, wir sind verheiratet, Rosarita, und ich lehne eine Scheidung ab."

„So?" Ihre Stimme klang immer schriller. „Dann lass dir mal was sagen – wenn du dich nicht scheiden lässt, wirst du's bitter bereuen."

„Ist das eine Drohung?"

„Hört sich irgendwie so an, nicht wahr? Oder wie würdest du das verstehen?"

Ungläubig musterte er die Frau, der er seinen Namen gegeben hatte. Wie konnte sie so herzlos sein? Das war nicht die süße

Braut, mit der er vor dem Traualtar gestanden hatte. Wohin war jenes Mädchen verschwunden?

„Ich dachte, wir wollen eine Familie gründen“, sagte er traurig.

„Wie denn – wo du doch kaum einen hochkriegst!“ spottete sie.

„Da ich jeden Morgen um fünf Uhr aufstehen muss, brauche ich meinen Schlaf“, erklärte er in ruhigem Ton.

„Auch am Wochenende?“

„Deutest du damit an, wir würden uns zu selten lieben?“

„So gut wie nie! Und wenn's mal passiert, dann immer nur in der Missionarsstellung.“ Die Hände in ihre Hüften gestemmt, starrte sie ihn vorwurfsvoll an. „Hältst du mich für eine verdammte Missionarin?“

Dex schüttelte den Kopf.

„Und ich dachte, du wärst so ein toller Hecht!“ jammerte sie. „Hast du vor unserer Ehe nicht mit ein paar scharfen Models gebumst?“

„Ich wünschte, du würdest dich etwas kultivierter ausdrücken.“

„Seit wann bist du denn so prüde?“ zischte Rosarita. „Ich habe einen Kerl geheiratet, der seinen *Schwanz* am Times Square zur Schau gestellt hat. Und was ist jetzt aus dir geworden?“

„Gar nichts habe ich hergezeigt“, protestierte Dexter. „Ich trug eine Unterhose.“

„Jetzt hör aber auf! Was drunter war, hat jeder gesehen. Und auf diesem Plakat wars geradezu sensationell. Damit hast du mich eingefangen.“

„Ich habe mich kein einziges Mal nackt fotografieren lassen.“

„Wirklich nicht? Nicht einmal privat? Dem lieben alten Mortimer zuliebe?"

„Niemals!" stieß Dexter hervor, die Wangen gerötet.

„Soviel ich weiß, ist er schwul", forderte sie ihn heraus. „Und er hat dich entdeckt, nicht wahr? Erzähl mir bloß nicht, du hättest niemals seinen Schwanz lutschen müssen, um dahin zu kommen, wo du heute bist. Wenn du's auch nicht allzu weit gebracht hast – du warst zweifellos ein erfolgreiches Model. Dabei hättest du bleiben sollen."

„*Du* wolltest, dass ich Schauspieler werde."

„Klar, *ich!* Aber *du* hast dir dauernd die Filme mit Kevin Costner und Harrison Ford reingezogen. Und du hast ständig gefaselt, so wärst du auch gern. Warum bist du's nicht, Dex?"

„Eines Tages werde ich mein Ziel erreichen", entgegnete er. Davon war er felsenfest überzeugt.

„Eher geht die Welt unter", höhnte Rosarita.

Resignierend seufzte er. „Hör mal, ich bitte dich doch nur – sei freundlich zu meinen Eltern. Wenn sie abgereist sind, können wir über eine Scheidung reden. Falls du's dann immer noch willst."

Meinte er es ernst? Daran zweifelte sie. Vorerst blieb ihr jedoch nichts anderes übrig, als auf seinen Vorschlag einzugehen.

„Okay. Abgemacht. Aber ich kann nicht rund um die Uhr hier rumhängen. Ab und zu muss ich raus, um frische Luft zu schnappen."

„Sei einfach nur nett zu meinen Eltern. Besonders zu Mom. Sie hält so große Stücke auf dich."

„Ja, ja, ich gehe mit Martha zu Saks und lasse sie mit meiner Kreditkarte frei herumlaufen. Ist das nett genug?"

Skeptisch runzelte Dexter die Stirn. Er glaubte ihr nicht. Aber er hatte keine Wahl.

7. KAPITEL

„Hallo?“ Madison hielt den Telefonhörer ans Ohr. Sofort begann Slammer ihren nackten Arm mit seiner Schlabberzunge abzulecken. „Hallo!“ wiederholte sie und versuchte, den übertrieben liebevollen Hund beiseite zu schieben.

„Hi, Süße, hier ist Michael.“

Warum nannte er sich niemals „Dad“? Irgendwie fand sie das unheimlich. Aber sie redete ihre Eltern, seit sie denken konnte, mit den Vornamen an. Stella und Michael. Manchmal wünschte sie sich eine Mom und einen Dad.

„Ich schlafe noch“, murmelte sie.

„Okay, ruf mich an, wenn du wach bist“, schlug er gutmütig vor.

„Nein, nein, leg nicht auf!“ bat sie hastig. „Wie spät ist es?“

„Acht.“

„Am Samstag!“ stöhnte sie und setzte sich mühsam auf.

„Wenn du Zeit hast, fahre ich in die Stadt, und wir treffen uns zum Brunch.“

„Oh, das wäre wunderbar“, meinte sie und unterdrückte ein Gähnen. „Du und Stella?“

„Nein, Stella kann nicht ...“, erwiderte er kurz angebunden.

„Warum nicht?“

„Das spielt keine Rolle. Wohin möchtest du gehen? Möchtest du mir einen Vorschlag machen?“

„Wie wärs mit dem Plaza? Dort komme ich mir so erwachsen vor.“

Michael lachte leise. „Manchmal ist mein superschlaues großes Mädchen noch ein kleines Kind.“

Warum nicht? Sie lächelte. Immerhin war er ihr Vater, und es machte ihr Spaß, sich wieder wie ein Kind zu fühlen. „Holst du mich in meinem Apartment ab?“ fragte sie und musste wieder ein Gähnen bekämpfen.

„Einverstanden.“

Madison legte auf und stieg aus dem Bett.

Keuchend folgte ihr der Labrador, als sie zum Bad ging, und beobachtete sie mit seinen großen, seelenvollen braunen Augen. „Ich nehme an, du willst raus“, sagte sie, worauf er bellte. Hin und wieder gewann sie den Eindruck, er würde jedes Wort verstehen. „Okay, okay, ich putze mir nur rasch die Zähne und ziehe was an. Dann gehen wir runter.“

Sie schlüpfte in verwaschene Jeans und ein Sweatshirt, band ihr Haar zu einem Pferdeschwanz zusammen und verließ die Wohnung. Gehorsam trottete ein eifriger Slammer neben ihr her.

Im Lift fiel ihr ein, dass sie das Gerät zum Entfernen des Hundedrecks vergessen hatte. Also kehrte sie um, um das Ding zu holen. Es war so demütigend, die Straße entlangzuwandern und Hundescheiße aufzupicken. Wer zum Teufel hatte *diese* Regel aufgestellt?

Die frische Morgenluft weckte ihre Lebensgeister, und Madison begann, über das Telefonat mit ihrem Vater nachzudenken. Wenn er an einem Wochenende ohne Stella in die Stadt fuhr, hatte er zweifellos was zu erzählen. Sicher hing es mit dem Entschluss ihrer Eltern zusammen, nach Manhattan zu ziehen und statt der Tochter den Geschäftspartner ihrer besten Freundin darüber zu informieren. Das alles war so bizarr. Welche Erklärung würde Michael abgeben?

Während sie mit schnellen Schritten der Straße folgte, überlegte sie, was letzte Nacht zwischen Jamie und Peter geschehen sein mochte. Ein gewaltiger Ehekrach? Oder vielleicht hatten sie sich im Bett versöhnt, bei einem der ausgedehnten Liebesakte, die Peter laut seiner Frau jeden Tag brauchte.

Hm – so war David auch gewesen. Sie erinnerte sich an Andrew Lloyd Webbers Musical, das sie besucht hatten – „Joseph and the Amazing Technicolor Dream Coat“. Danach hatte sie ihrem Freund den Spitznamen verpasst: „David und der erstaunlich unersättliche Schwanz“.

Jetzt brillierte der unersättliche Schwanz woanders. Zu schade.

Ein vertrautes Gesicht joggte vorbei, der Star einer Seifenoper, den sie jedes Wochenende traf. Lächelnd nickten sie einander zu. An der Ecke traf sie BoBo, den berühmten Schotten, der täglich mit den Hunden aus der Nachbarschaft spazierenging. Klein und vierschrötig, mit zerzaustem kupferroten Haar und zahllosen Sommersprossen, war er ein hochinteressanter Typ. Irgendwie schaffte er es, einen Kilt zu tragen und sechs Hunde zu bändigen, während er ihre Exkremente in eine Einkaufstüte von Saks beförderte. Slammer war in einen seiner Schützlinge verliebt – eine süße, winzige Pudeldame namens Candy.

„Guten Morgen, Miss!“ rief BoBo so fröhlich wie eh und je.

„Guten Morgen, BoBo. Wie gehts?“

„Oben am Khyber-Pass ists ziemlich kalt.“ Grinsend zwinkerte er ihr zu. „Aber ich werds überleben.“

„Freut mich zu hören“, erwiderte sie und fragte sich, ob er unter seinem Kilt irgendwas anhatte.

„Wenn ich mal auf Slammer aufpassen soll, müssen Sie’s nur sagen“, erbot er sich und suchte in seinen Taschen nach einem Leckerbissen, mit dem er sich bei dem großen Labrador einschmeicheln konnte.

„Danke, ich werde dran denken.“

Madison freute sich auf den Brunch mit ihrem Vater. Zum letzten Mal hatte sie ihn vor ein paar Monaten gesehen. Sie war in einem Mietwagen zum Haus ihrer Eltern in Connecticut gefahren und vierundzwanzig Stunden später nach New York zurückgekehrt. Manchmal fand sie die Vorfreude auf das Zusammensein viel angenehmer als das tatsächliche Ereignis. Am wohlsten fühlte sie sich, wenn sie mit Michael allein war, ohne Stella, die sicher nicht den Prototyp einer warmherzigen, liebevollen Mutter darstellte.

Bei Madisons letztem Besuch hatte Stella in einem Liegestuhl im Garten gesessen, während Michael mit seiner Tochter über den Rasen geschlendert war, um ihr die Rosen zu zeigen.

„Kommts dir hier nicht furchtbar ruhig vor – nach New York?“ fragte sie verblüfft über seine offenkundige Zufriedenheit.

„Mir gefällts. Kein Druck, keine Aufregung.“

„Und keine Action“, ergänzte sie. „In meiner Kindheit wart ihr ganz versessen drauf, euch schick anzuziehen und all die In-Lokale zu besuchen. Action war euer zweiter Vorname.“

Nachdenklich hatte Michael genickt. „Ja, hin und wieder vermisst Stella die Action. Aber meistens ist sie hier sehr glücklich, ebenso wie ich.“

Manchmal fragte sich Madison, ob er die schöne Stella jemals betrogen hatte.

Nein. So ein Typ war ihr Vater nicht.

Könnte sie doch einen so anständigen Mann finden ... Das wäre viel wichtiger als täglicher Sex.

Wieder in ihrem Apartment, duschte sie und überlegte, was sie anziehen sollte. Schließlich entschied sie sich für eine enge schwarze Hose, Stiefel und ein weißes Männerhemd, dessen Zipfel sie in der Taille verknotete. Zur Abwechslung trug sie ihr Haar offen und bürstete es, bis es glänzte. Dann setzte sie eine ihrer getönten Brillen auf, die David stets bewundert hatte. „Damit siehst du wie ein Filmstar aus“, hatte er gescherzt. Ha! Nur

David würde sie mit einem Filmstar vergleichen. Sie schlang ein paar schwarze Lederbänder mit Kreuzen um ihren Hals und hakte silberne indische Ringe in die Ohren. Da sie nichts anderes zu tun hatte, als auf Michael zu warten, rief sie den Privatdetektiv an, den Victor ihr empfohlen hatte.

Eine unfreundliche Frauenstimme meldete sich. „Ja?"

„Oh – eh – hi, kann ich K. Florian sprechen?"

„Wollen Sie einen Termin vereinbaren?"

„Ja."

„Heute Nachmittag um vier?"

„Am Wochenende ists nicht so günstig. Wie wärs mit Montag oder Dienstag?"

„Montag, um zehn."

„Wo?"

„Möchten Sie hierher kommen? Oder soll ich Sie besuchen?"

„Also sind *Sie* K. Florian?"

„Spielt das eine Rolle?" lautete die aggressive Gegenfrage. „Sind Sie schockiert, weil ich eine Frau bin?"

„Nein", beteuerte Madison hastig. „Ich habe einfach nur mit einem Mann gerechnet. Aber eine Frau ist genauso okay. Das ist wirklich kein Problem."

„Gut, dann komme ich zu Ihnen. Welche Adresse?"

„Eh – die Sache ist streng vertraulich. Meine Freundin wird Sie engagieren. Nicht ich. Also – am Montag um zehn wird sie bei mir sein."

„Worum gehts? Um einen untreuen Ehemann?"

„Wieso wissen Sie das?"

„Weil es immer dieselben Probleme sind." Eine kurze Pause. „Hören Sie, wenn er seine Frau betrügt, finde ich's innerhalb von vierundzwanzig Stunden heraus."

„Klingt verheißungsvoll. Hier ist meine Adresse."

Nachdem sie aufgelegt hatte, beschloss sie, Jamie anzurufen und ihr Bescheid zu geben.

Am anderen Ende der Leitung meldete sich Peter. „Schlechte Neuigkeiten“, ächzte er. „Ich bin total verkatert.“

„Was mich nicht überrascht.“

„Warum nicht? Hast du gestern Abend zusammen mit mir getrunken? Was habe ich denn getan?“

„Nein, ich war nicht dein Trinkkumpan. Aber ich konnte beobachten, wie du ein Glas nach dem anderen in dich hineingeschüttet hast.“

„Ist was passiert? Habe ich irgendwas Falsches gesagt?“

„Nein, Peter, alles in Ordnung – wirklich.“

„Sag mir, dass ich nie wieder trinken soll.“

„Das sage ich dir dauernd.“

„Sogar meine Wimpern tun weh.“

„Ist deine Frau in der Nähe?“

„Jamie!“ schrie er. „Maddy ist am Apparat.“

„Ja, ich komme gleich!“ rief Jamie im Hintergrund.

„Was hast du heute vor, Maddy?“ fragte er. „Irgendwas Aufregendes?“

„Ich treffe Michael zum Brunch. Und ihr beide?“

„Stell dir vor, ich muss mit Jamie einkaufen gehen“, jammerte er. „Zur Strafe, weil ich mich so schlecht benommen habe.“

„Vielleicht sehen wir uns später.“

„Du findest uns im Barney’s, dann im Bergdorf’s, dann im Saks. Ist das nicht ein amüsanter Nachmittag für einen ehemaligen Alkoholiker?“

In diesem Augenblick nahm Jamie den Hörer ihres Telefons ab. „Hallo, Maddy!“ grüßte sie fröhlich. „Wie gehts dir heute?“

„Großartig. Und dir?“

„Gestern Abend wars lustig, nicht wahr?“ kicherte Jamie.

„Offen gestanden, ich fands eher lausig. Weißt du, was es heißt, neben Joel Blaine zu sitzen?“

„Sei nicht unfair. So furchtbar ist er gar nicht. Irgendwie finde ich ihn attraktiv, auf rustikale Art.“

„*Was?*“ protestierte Peter, der am anderen Anschluss immer noch mithörte. „Der Kerl ist ein Idiot. Niemals könnte er seinem genialen Vater das Wasser reichen.“

„Das sagst du nur, weil Leon ein Multimilliardär ist“, entgegnete Jamie. „Und weil du schon immer geldgeil warst.“

„So wie du, meine Süße, so wie du.“

„Leg auf, Peter. Ich würde gern mit Jamie reden, *ohne* dass du deinen Senf dazugibst.“

„Schon gut, ich gehe unter die Dusche und schlucke ein Röhrchen Aspirin. Warum du mir gestern Abend keine Tabletten gegeben hast, verstehe ich noch immer nicht. Du hättest mir einen gewaltigen Kater erspart.“

„Was bin ich denn?“ fauchte Jamie. „Deine Krankenschwester?“

„Oh, ich habs vergessen – du warst viel zu sehr damit beschäftigt, Kris Phoenix anzuhimmeln.“

„Hört mal“, seufzte Madison, „so gern ich euch auch streiten höre – würdet ihr's auf ein andermal verschieben?“

„Klar“, stimmte Peter zu. „Bis demnächst.“

„Hat er aufgelegt?“ fragte Madison.

„Ja“, antwortete Jamie. „Wenn er zuhört, merke ich's immer.“

„Also hast du dich gestern Abend amüsiert?“

„Allerdings“, stimmte Jamie zu und kicherte wieder. „Kris Phoenix hat mir ein paar *sehr* schmeichelhafte Dinge gesagt.“

„Was bedeutet das schon? Seit du zehn Jahre alt warst, hörst du ständig irgendwelche Komplimente. Die Jungs sind schon immer verrückt nach dir gewesen.“

„Aber das war *Kris Phoenix*, Maddy. Früher haben wir seine Platten gekauft und in den Zeitschriften seine Romanzen verfolgt. Dass ich ihn interessiere, finde ich einfach toll. So als würde mich Mick Jagger anmachen."

„Sicher lässt sich das arrangieren, wann immer du willst", bemerkte Madison trocken. „Ganz offensichtlich stürzt sich Mick Jagger auf alles, was atmet."

Jamie lachte.

„Und jetzt reden wir nicht mehr über deine potenziellen Affären", fuhr Madison fort. „Weißt du noch, was wir besprochen haben?"

„Was?"

„Daran musst du dich erinnern. Am Montag um zehn morgens, in meinem Apartment."

„Oh – du meinst diesen Detektiv."

„Was ist los mit dir?"

„Nun, ja ..." Jamie zögerte kurz. „Glaubst du wirklich, ich sollte das durchziehen?"

„Falls du Peter ernsthaft verdächtigst – ja."

„Jetzt bin ich mir nicht mehr so sicher. Letzte Nacht hatten wir phänomenalen Sex. Klar, Peter war angetrunken, und ich – vielleicht ein bisschen high. Einen Rockstar zu becircen – so was bringt das Adrenalin auf Touren."

„Soll ich die Sache abblasen?"

„Nein – ist wohl besser, wenn ich's mache. Was kanns schon schaden. Es ist nur – ich verdächtige Peter nicht mehr. Ich weiß nicht, ob es noch Sinn macht."

„Dann lass es bleiben", erwiderte Madison ungeduldig. „Niemand zwingt dich dazu. Wenn du Bedenken hast, sage ich den Termin ab."

„Was würdest *du* tun?"

„Um *mich* gehts nicht. Ich weiß, du hasst es, Entscheidungen zu treffen. Aber diesmal liegt es einzig und allein bei dir."

„Okay, okay, ich machs. Nur damit ich mir hinterher sagen kann, dass ich eine misstrauische dumme Gans bin."

„Jetzt hast du genau den richtigen Entschluss gefasst."

„Ich habe nichts zu verlieren, oder?"

„Gar nichts. Vorhin hat Peter erwähnt, ihr würdet einkaufen gehen. Erst mal ins Barney's."

„Ja, mein lieber Ehemann hat versprochen, er wird mir alles schenken, was mir gefällt." Jamie lachte leise. „Und glaub mir, das verdiene ich auch nach der letzten Nacht."

Eindeutig – Michael Castelli *war* der attraktivste 58-Jährige in Connecticut. Einsdreiundachtzig groß, schlank und gut gebaut, mit lockigem schwarzen Haar, glatter olivfarbener Haut. Die hohen Wangenknochen und sinnlichen Lippen hatte er seiner Tochter vererbt. Immer wieder freute Madison sich über diese Ähnlichkeit.

Vielleicht war sie voreingenommen – aber sie fand, mit jedem Jahr sah er besser aus. Nicht hübsch im traditionellen Sinn, ganz anders als der Seifenopernstar, der jedes Wochenende an ihr vorbeijoggte. Eher wie Al Pacino oder Robert de Niro, ein bisschen gefährlich. Und diese Aura faszinierte das weibliche Geschlecht. Seit Madison denken konnte, waren die Frauen verrückt nach ihrem Vater gewesen.

„Hi, Michael", begrüßte sie ihn.

„Hallo, meine Süße!" erwiderte er und umarmte sie. „Ich bin so froh, dass wir uns endlich mal wieder sehen."

„Ja, ich auch."

„Lebst du immer noch allein?" fragte er und schlenderte unbefangen in ihr Apartment.

„Wärs dir lieber, jemand würde bei mir einziehen?“ zog sie ihn auf und wünschte, sie hätte sich die Zeit genommen, um Ordnung zu machen.

„Am liebsten würde ich dich mit einem netten Jungen verheiratet sehen.“

„Statt mit einem Mädchen?“

„Lass den Unsinn. Ich mache keine Witze.“

„Aber ich bin erst neunundzwanzig. Warum wünschst du dir plötzlich, ich würde heiraten?“

„Weil wir in einer harten Welt leben, Liebes. Deshalb müsstest du beschützt werden.“

„Beschützt?“ Madison begann zu kichern. „Das erinnert mich an eine Szene aus dem ‚Paten‘.“

Er warf ihr einen vernichtenden Blick zu.

„Nur ein weiterer kleiner Scherz“, versicherte sie.

Slammer trottete heran und sabberte auf die schwarze Armani-Hose ihres Dads.

Das wusste Michael nicht zu schätzen. Ärgerlich wich er zurück. „Halt das Biest von mir fern!“ mahnte er und wischte sein Hosenbein ab. „Ich hasse Hunde.“

„Nun redest du wie Stella.“

„Quatsch ...“

Da sie den Sonnenschein genießen wollten, gingen sie zu Fuß zum Plaza. Glücklich schlenderte Madison an der Seite ihres Vaters die Lexington entlang. Sie wünschte, sie würde ihn öfter sehen. Aber ein paarmal im Jahr war besser als gar nichts.

„Wann darf ich erfahren, was los ist?“ fragte sie.

„Kannst du nicht warten, bis ich eine Tasse Kaffee getrunken habe?“

„Nein“, erwiderte sie – unfähig, ihre Neugier noch länger zu bezähmen. „Ich bin wirklich sauer. Warum hast du mir verschwiegen, dass ihr nach Manhattan zurückziehen werdet?"

Ausdruckslos schaute er sie an. „Wovon redest du?"

„Das hat mir Anton erzählt."

„Wer ist Anton? Und was hat er dir erzählt?"

„Jamies Geschäftspartner, die beiden betreiben ein Architekturbüro. Gestern Abend gab er eine Party, und da erwähnte er, Stella habe ihn angerufen. Er soll euer neues New Yorker Apartment einrichten."

„Hat sie ihm gesagt, wo er sie erreichen kann?"

„Vermutlich. Danach habe ich nicht gefragt. Was ist eigentlich los?"

„Du bist genauso wie ich. Furchtbar ungeduldig. Immer musst du alles *sofort* wissen."

„Sofort? Das klingt in diesem Fall geradezu lächerlich. Wahrscheinlich würdest du mir gar nichts verraten, wenn ich dich nicht bedrängt hätte."

„Und da ich es dir verheimlicht habe, muss es einen Grund dafür geben, nicht wahr?"

„Offensichtlich. Nun? Wann werde ich es erfahren?"

„Großer Gott!" rief er irritiert. „Immer mit der Ruhe! Ich werde es dir schon noch sagen."

„Okay, ich fasse mich in Geduld. Wie gehts Stella? Warum hat sie dich heute nicht begleitet?"

Michael starrte vor sich hin. „Keine Ahnung. Ich habe sie schon länger nicht gesehen."

Unmöglich ... „Was heißt das? Wieso siehst du sie nicht, obwohl ihr zusammenlebt?"

„Du konntest einfach nicht warten, bis wir wie zivilisierte Menschen beim Brunch sitzen", stieß er hervor. „Nein, du musst es *jetzt* herausfinden." Nach einer langen, unheilvollen

Pause fuhr er fort: „Um zu erklären, warum ich Stella nicht mehr sehe – sie hat mich verlassen."

„*Was?*" fragte Madison atemlos.

„Das hast du doch gehört."

„Stella hat dich verlassen?"

„Endlich kapierst du's. Sie ist mit einem 26-jährigen Kerl durchgebrannt."

„Ich glaubs nicht."

„Solltest du aber. Weil's stimmt."

„Aber – ihr habt euch immer so nahe gestanden."

„Genau das dachte ich auch."

„Wie ist es passiert?"

„Wer weiß?" antwortete Michael gleichmütig. „Ich bin einfach nur der Typ, der verlassen wurde. Eines Tages kam ich nach Hause, da war sie verschwunden, und seither habe ich nicht mehr mit ihr gesprochen."

„Oh, mein Gott!" rief Madison und versuchte, die schrecklichen Neuigkeiten zu verkraften.

„Nun, das ist die ganze Geschichte, Prinzessin. Ich nehme an, sie wird nach New York ziehen. Jedenfalls bleibe ich in Connecticut."

Ein paar Minuten lang gingen sie schweigend nebeneinander her, bis Madison abrupt stehen blieb und ihren Vater anstarrte. „Wie kannst du ihr erlauben, mir so was anzutun?"

Michael lachte freudlos. „Dir tut niemand was an."

„Moment mal, ihr seid meine *Eltern!*" betonte sie anklagend. Obwohl sie merkte, wie unvernünftig sie sich benahm, vermochte sie sich nicht zu beherrschen. „Ich *will* keine geschiedenen Eltern."

„Ah, du willst also keine geschiedenen Eltern? Sag mal, wie alt bist du? Acht?"

„Nein!“ erwiderte sie wütend. „Aber ich habe immer zu euch aufgeschaut. Ihr wart meine Vorbilder. Und ich fand eure Ehe – nun ja – so harmonisch. Ihr beide. Für alle Zeiten vereint.“

„Nicht immer ist alles so, wie es scheint“, sagte er grimmig. „Stella wollte einen jüngeren Körper im Bett. Härtere Muskeln. *Alles* musste härter sein.“ Ein frostiges Lächeln. „He, so was geschieht oft genug. Ich dachte nur, ich wäre nicht der Mann, dem so etwas passiert.“

Besorgt umklammerte sie seinen Arm. „Bist du okay?“ Nach ihrer Ansicht nahm er die Katastrophe viel zu ruhig und gelassen hin.

„Ich? Klar, ich bin okay. Ich wollte dir's erzählen, wenn ich dazu bereit gewesen wäre. Wie sollte ich ahnen, dass du es von jemand anderem hören würdest – aus heiterem Himmel?“ Noch ein freudloses Lachen. „Leider haben wir's vermasselt, Stella und ich.“

„Wie lange ist das her?“

„Ein paar Wochen.“

„Warum hat *sie* mich nicht angerufen?“

„Allzu nahe seid ihr euch nie gewesen, oder?“

„Immerhin ist sie meine *Mutter*. Meinst du nicht, ich hätte es von ihr erfahren müssen?“

„Madison, du bist erwachsen. Du hast einen großartigen Job, interviewst interessante Leute, und du machst deine Sache sehr gut. Innerhalb weniger Jahre hast du viel erreicht. Sicher wars schwierig für dich ...“ Ein langes Zögern. „Um der Wahrheit ins Auge zu blicken – wir haben dir nicht die Aufmerksamkeit geschenkt, die du verdient hättest. Manchmal bedrückt mich das.“

„Weißt du, was ich glaube?“ murmelte sie verwirrt und traurig. „In erster Linie gings um dich und Stella – und ich war immer nur die Außenseiterin.“

„Jetzt übertreibst du."

„Nein, Michael. Das ist es ja, warum ich so schockiert bin."

„Da gibt es noch etwas, das ich dir sagen will. Vielleicht wird es dir helfen, die Situation besser zu verstehen."

„Was?" fragte sie und umfasste seinen Arm noch fester.

„Diesmal musst du warten, bis wir beim Brunch sitzen."

Madison nickte wortlos. Diesen Tag würde sie niemals vergessen.

8. KAPITEL

„Hoffentlich habt ihr schon mal über Babys nachgedacht", bemerkte Martha Cockranger, die runden Wangen gerötet.

„Was?" fragte Rosarita, die ihr lustlos durch das Erdgeschoss von Saks folgte.

„Babys", wiederholte Martha und kicherte kokett. „Süße kleine Babys." In vertraulichem Flüsterton fügte sie hinzu: „Dick wünscht sich drei, weißt du ..."

„Wie oft soll ich's dir denn *noch* sagen?" fauchte Rosarita irritiert. „Jetzt heißt er nicht mehr Dick. Und da wir gerade beim Thema sind – wieso habt ihr ihn Dick genannt, obwohl sein Nachname *Cockranger* lautet?"

„Weil sein Großvater Dick hieß", antwortete Martha gekränkt. „Niemals hätte der Junge seinen Namen ändern dürfen. Darüber regt sich sein Daddy immer noch auf."

Heiliger Himmel, dachte Rosarita. Warum gebe ich mir eigentlich so viel Mühe? Diese unkultivierte blöde Kuh wirds nie begreifen.

„Vorerst will ich nicht schwanger werden", erklärte sie und hoffte, damit wäre die Diskussion beendet.

„Wirklich nicht?" Enttäuscht runzelte Martha die Stirn.

„Nein, *wirklich* nicht." Rosarita zerrte ihre Schwiegermutter in die Abteilung für Accessoires und nahm einen langen Armani-Chiffonschal von einem Ständer. „Was hältst du davon?"

Martha lächelte hingerissen. „Sehr schön."

„Okay, dann schenke ich dir den Schal." Rosarita wedelte mit ihrer Saks-Kundenkarte und winkte eine Verkäuferin zu sich.

„Nein", protestierte Martha wenig überzeugend, „das kann ich unmöglich annehmen."

„Warum nicht?“ erwiderte Rosarita leichthin. „Dex zahlt dafür.“

„Bitte, lass das ...“, flehte Martha verlegen. „Der arme Junge soll sein sauer verdientes Geld nicht für mich ausgeben. So hart muss er arbeiten. Und dieser Schal kostet ...“ Sie warf einen Blick auf das Preisschildchen und schnappte entsetzt nach Luft. „Oh Gott, dreihundertfünfzig Dollar!“

Ha, dachte Rosarita. Das soll harte Arbeit sein? Um fünf Uhr morgens steht er auf, lässt sich Make-up ins Gesicht klatschen und sitzt mit ein paar mittelmäßigen Schauspielern in den Kulissen herum. Dann kommt er nach Hause. Was ist denn daran so hart?

Doch das sprach sie nicht aus. Stattdessen nickte sie verständnisvoll. „Ich weiß, er muss sich furchtbar anstrengen.“

„Ja“, stimmte Martha zu. „Aber wenigstens hat er eine nette Frau, die daheim auf ihn wartet.“ Wieder ein vertrauliches Flüstern. „Er betet dich an, Liebes. Oh, du solltest mal die Briefe lesen, die er uns schreibt.“

„Was?“ fragte Rosarita überrascht. „Er schreibt euch?“

„Jede Woche bekommen wir einen handgeschriebenen Brief. Darin schildert er euer aufregendes Leben.“

„Und was genau steht in diesen Briefen?“

„Nun, er erzählt uns, welche vornehmen Restaurants ihr besucht, was du anhast, was ihr esst. Für all diese Einzelheiten interessiere ich mich, und das weiß der Junge.“ Ein tiefer Seufzer drückte reines Mutterglück aus. „So ein guter Sohn ...“

„Klar“, murmelte Rosarita. *Gut und langweilig, und er will sich nicht scheiden lassen. Das ist sein Todesurteil.*

„Als er in ‚Regis & Kathie Lee‘ auftrat – das war der schönste Tag meines Lebens“, vertraute Martha ihrer Schwiegertochter träumerisch an. „Kathie Lee ist mein ganz besonderer Liebling.

So eine nette Frau! Was da behauptet wird – sie würde die Gäste in ihrer Sendung ausbeuten und so –, davon glaube ich kein Wort. Alles Lüge.“

„In dieser Show war er nicht allein, sondern mit dem ganzen übrigen Ensemble der Serie“, wandte Rosarita ein. „Und er kam erst am Ende des Programms dazu. Nur diese Hexe wurde interviewt, die Hauptdarstellerin.“

„Ah – Silver Anderson, eine echte Dame“, meinte Martha bewundernd. „Ich hatte gehofft, Dick – eh – Dex würde uns mal ins Studio mitnehmen und wir könnten sie kennen lernen.“

„Sicher wird er das mal tun.“ Die Unterhaltung begann Rosarita zu langweilen.

„Und wann treffen wir deinen lieben Daddy?“ Den Chiffonschal um den Hals geschlungen, posierte Martha vor einem Spiegel.

„Heute Abend rufe ich ihn an“, versprach Rosarita. Als sie in einiger Entfernung eine Freundin entdeckte, zerrte sie Martha blitzschnell hinter ein Warenregal.

Mit dieser Frau durfte sie sich nicht blicken lassen, das wäre zu blamabel.

„Wann wirst du eine Familie gründen, mein Sohn?“ fragte Matt Cockranger, während er in Dexters Fitnessraum Gewichte stemmte.

„Keine Ahnung“, murmelte Dexter, der am Ruderzug saß.

Matt räusperte sich und senkte seine Stimme. „Vielleicht sollte ich's nicht verraten – aber als ich deine Mutter geheiratet habe, war sie bereits mit deiner älteren Schwester schwanger.“

„Tatsächlich?“ würgte Dex hervor, schockiert über diese intime Enthüllung.

„Wenn sie rausfindet, dass ich's dir erzählt habe, bringt sie mich um." Matt schaute nach allen Seiten, voller Angst, Martha könnte plötzlich auftauchen. „Um dir einen guten Rat zu geben – je früher man Kinder kriegt, desto besser."

„Danke, Dad", erwiderte Dex und hoffte, damit wäre das Thema abgeschlossen.

Aber Matt fuhr beharrlich fort: „Allzu lang darf man nicht damit warten, das ist sinnlos. Leg deine Frau möglichst oft flach, mein Junge. Genau das musst du tun."

Missbilligend runzelte Dex die Stirn. „Dad! Wo hast du solche Ausdrücke gelernt?"

„In meiner Jugend war ich ein richtiger Frauenschwarm." Matt lachte prahlerisch. „Genauso attraktiv wie du. Der Captain unseres Footballteams. Und meine Martha war das hübscheste Mädchen in der Schule, alle Jungs stellten ihr nach."

„Wirklich?" Dex hob die Brauen. Seine liebe alte Mom sollte ein Sexmagnet gewesen sein? Unvorstellbar ...

„Ja, in der Tat." Matt ging zum Ergometer hinüber. „Sobald ich sie sah, wusste ich's – wir beide waren füreinander bestimmt."

„So?"

„Klar." Matt nickte eifrig. „Außer mir ließ sie niemanden an sich ran. Aber ich musste wochenlang warten, bevor sie mir endlich einen Gutenachtkuss gab. Was für ein Mädchen! Bis zum heutigen Tag bin ich der einzige Mann, den sie jemals hatte."

„Bitte, Dad – du erzählst zu viele Einzelheiten", mahnte Dexter nervös.

„Oh, ich weiß, wovon ich rede, mein Sohn. Man muss seine Frau möglichst oft flachlegen, damit sie weiß, wo ihr Platz ist."

„Sicher ..." Dex bezweifelte, dass es ihm jemals gelingen würde, Rosarita in ihre Schranken zu weisen.

„Ist Rosarita in letzter Zeit ein bisschen aufmüpfig?"

„Wie kommst du darauf?"

„Gestern Abend ging ich in die Küche, und da hörte ich das Geschrei in eurem Schlafzimmer. Ich würde mich natürlich niemals einmischen, aber ..."

„Hast du Mom davon erzählt?"

„Nein, ich möchte sie nicht aufregen."

„Wenn sie was von unseren Streitigkeiten mitkriegt, wäre sie todunglücklich."

„Warum streitet ihr denn?"

„Weil ich gern eine Familie gründen würde", seufzte Dexter. „Und Rosarita ist dagegen."

„Nimmt sie die Pille, mein Sohn?" Nun radelte Matt etwas langsamer.

Dexter schüttelte den Kopf. Auf seiner Stirn glänzten Schweißtropfen.

„Und was benutzt sie?" fragte sein Vater. „Ein Diaphragma?"

„Ja", bestätigte Dexter, dem es furchtbar peinlich war, so intime Dinge mit seinem Dad zu besprechen.

„Nimm eine Nadel, such das Diaphragma und stich ein paarmal hinein. Davon wird sie nichts merken. Und ehe sie weiß, wie ihr geschieht, ist sie schwanger. Dann wird sich alles zum Guten wenden. Sei versichert, mein Junge – sobald die Frauen ein Baby in den Armen halten, beruhigen sie sich."

„Glaubst du das wirklich?"

„Ich weiß es aus Erfahrung. Oh ja, Matt Cockranger *weiß*, wovon er redet."

Wieder im Apartment, flüchtete Rosarita ins Schlafzimmer und versperrte die Tür, setzte sich und starrte das Telefon an. Sollte sie ihn anrufen? Oder lieber nicht? Sie sehnte sich nach wildem

Sex, und Joel war genau der Mann, den sie brauchte. Aber an diesem Wochenende konnte sie ihn nicht treffen, weil sie in jeder einzelnen Minute die Cockrangers am Hals haben würde.

Oh, verdammt! Sie begehrte ihn heißer als jemals einen Mann zuvor. Und sie bekam immer, was sie wollte.

Impulsiv wählte sie die Nummer ihres Vaters. „Erinnerst du dich an den kleinen Gefallen, um den ich dich gebeten habe?" begann sie und zupfte nervös am Nagellack ihres Zeigefingers – eine Angewohnheit, die sie nicht abzulegen vermochte.

„Ha!" spottete Chas. „Ein klitzekleiner Gefallen. Darüber will ich in Ruhe mit dir reden."

„Vorerst darfst du in dieser Sache nichts unternehmen. Seine Eltern sind in der Stadt."

„Dexters Mom und sein Dad?"

„Ja, sie wohnen bei uns. Das bringt mich auf den Gefallen Nummer zwei."

„Und der wäre?" fragte er ungehalten. „Soll ich die ganze Familie umbringen lassen?"

„Sehr komisch."

„Also, was willst du?" stöhnte Chas, erbost über seine unberechenbare Tochter.

„Sei nicht so gemein, Daddy", bat Rosarita und wandte wieder einmal ihre Klein-Mädchen-Taktik an. „Dauernd muss ich mich um Dex' vertrottelte Eltern kümmern. Und sie wollen dich *unbedingt* sehen. Wollen wir heute Abend alle zusammen essen?"

„Unmöglich, ich habe ein heißes Date."

„Dann nimm die Frau mit", schlug sie vor. „Das würde mir nichts ausmachen."

„Als wir uns das letzte Mal mit einer meiner Freundinnen trafen, hast du ihr ins Gesicht gesagt, sie sei eine billige Hure."

„Ach, tatsächlich?“ fragte Rosarita in unschuldigem Ton, obwohl sie sich nur zu gut an den Zwischenfall erinnerte.

„Allerdings, und so ein Benehmen fällt mir auf den Wecker – insbesondere, weil ich eine sehr enge Beziehung zu diesem Mädchen hatte.“

„So?“

„Spiel nicht die Ahnungslose! Du weißt ganz genau, was du angerichtet hast. Vor lauter Zorn rannte die Lady so schnell davon, dass sie ihren Slip vergaß.“

„Sei doch froh.“ Rosarita lachte boshaft. „Jetzt kannst *du* ihn anziehen.“

„Freches Ding!“ schimpfte Chas.

Seine Tochter wechselte erneut die Strategie. „Wärs nicht nett, wenn wir dich heute Abend alle besuchen würden?“ flötete sie. „Bei dir ists viel gemütlicher als in einem Restaurant. Und du hast eine Köchin, die den ganzen Tag untätig herumsitzt. Bitte, Daddy, bitte!“

„Jesus!“ jammerte Chas. „Das hat mir grade noch gefehlt. Wie heißen sie? Shipranger?“

„Nein, Daddy“, erwidert sie geduldig, „Cockranger.“

„Was für ein Name!“

„Wenigstens war Dex klug genug, ihn zu ändern“, kicherte Rosarita. „Stell dir vor, ich würde *Mrs. Cockranger* heißen.“

Diesen Namen würdest du verdienen, dachte Chas.

Sobald Chas aufgelegt hatte, rief er seine andere Tochter an.

„Hallo, Daddy“, sagte Venice. „Wie gehts dir, mein Lieber?“

Stets fand sie ein nettes Wort, immer machte sie ein fröhliches Gesicht – ganz zu schweigen von ihren beiden zauberhaften Kindern und dem sympathischen, tüchtigen Ehemann, den sie *nicht* von ihrem Vater beseitigen lassen wollte.

Wie gern er ihre Stimme hörte ... „Gut. Und dir, Baby Doll?"

„Auch gut, danke, Daddy."

„Freut mich."

„Wenn's dir recht ist, bringe ich morgen die Kinder zu dir."

„Sicher, ich möchte sie sehen. Und es wäre wundervoll, wenn du und ..." Chas zögerte, weil er immer wieder vergaß, wie Venice' Ehemann hieß.

„Eddie", informierte sie ihn.

„Ja, ja – ich weiß, Eddie, verdammt noch mal. Kann ich euch für heute Abend zum Dinner bei mir einladen? Rosaritas Schwiegereltern sind in der Stadt."

„Oh, Martha und Matt. Bei der Hochzeit habe ich sie kennen gelernt. Ich erinnere mich noch gut an die beiden, sehr nette Leute."

„Wenigstens ein Mensch, der sich an sie erinnert."

„Wann sollen wir da sein, Daddy?"

„Um halb acht herum."

„Muss Eddie eine Krawatte tragen?"

„Ja, eine gute Idee ..." Er zögerte wieder, denn Venice war sehr sensibel. Deshalb wollte er sie weder schockieren noch überraschen. „Eh, Schätzchen, ists okay, wenn ich eine Freundin einlade? Oder würdest du dich aufregen?"

„Wieso um alles in der Welt sollte ich mich darüber aufregen? Ich weiß, wie sehr du Mommy geliebt hast. Deshalb willst du nicht mehr heiraten. Wenn du eine Freundin hast, freue ich mich für dich. Und da du mit ihr zusammen bist, muss sie etwas ganz Besonderes sein."

„Oh ja, meine Süße, das ist sie."

„Was macht sie denn?"

„Eh – sie ist ..." Chas überlegte kurz. „Also – sie ist eine Krankenschwester", behauptete er und überlegte, wie er seiner

Freundin, einer Stripperin, erklären sollte, dass sie an diesem Abend eine Krankenschwester spielen musste.

Und wie konnte er sie dazu bringen, ihre riesigen Silikon-Titten zu verstecken?

Heiliger Himmel! Probleme über Probleme! Aber glücklicherweise nichts, was ihn überfordern würde.

„Bis später, Kindchen“, verabschiedete er sich und legte auf.

Dexter fühlte sich wie ein Verbrecher, nachdem er den Rat seines Vaters befolgt, Rosaritas Diaphragma praktischerweise im Badezimmerschrank gefunden und vier winzige Löcher hineingestochen hatte. Nun plagten ihn heftige Gewissensqualen. War es richtig, seine Frau zu hintergehen? Andererseits wollte sie sich scheiden lassen, obwohl sie erst seit anderthalb Jahren verheiratet waren und – nach seiner Meinung – eine gute Ehe führten.

Seit dem Streit am letzten Abend benahm sie sich vorbildlich. Sie war mit seiner Mutter einkaufen gegangen und hatte ihr einen wunderschönen Schal gekauft. Dann hatte sie sich doch tatsächlich hingesetzt und mit seinem Vater über einen Clint-Eastwood-Film geplaudert, der ihnen beiden gefiel. Und schließlich hatte sie ihm mitgeteilt, heute Abend seien sie bei Chas zum Dinner eingeladen.

Natürlich freuten sich die Cockrangers über alle Maßen.

„Was soll ich bloß anziehen? Was soll ich bloß anziehen?“ rief Martha immer wieder.

„Mach dir deshalb keine Sorgen.“ Matt zwinkerte seinem Sohn zu. „Halten wir erst mal ein Nachmittagsschläfchen, und lassen wir das junge Liebespaar allein.“

Was sein Dad damit bezweckte, erriet Dexter sofort.

Während sich seine Eltern ins Gästezimmer zurückzogen,

folgte er Rosarita ins Schlafzimmer und schloss die Tür hinter sich. „Gute Idee."

„Was ist eine gute Idee?" fragte sie.

„Ein Nachmittagsschläfchen, bevor wir heute Abend zu Chas gehen. Du hast einen anstrengenden Tag hinter dir. Mit Mom einkaufen zu gehen – ich weiß, das ist wirklich nicht leicht. Sie kann sich nicht so schnell entscheiden wie du."

Misstrauisch runzelte Rosarita die Stirn. „Soll das eine bissige Bemerkung sein?"

„Keineswegs. Ich meine nur, wenn du einkaufen gehst, weißt du immer ganz genau, was du willst. Ich erinnere mich, wie du mal bei Bloomingdale's ein paar Hemden für mich gekauft und in wenigen Minuten genau die richtige Wahl getroffen hast. Fabelhafte Hemden. Die trage ich immer noch."

„Warum bist du so nett zu mir?" Mit schmalen Augen musterte sie ihren Mann.

„Weil – ich dich liebe."

Rosarita sank auf die Bettkante. „Liebe ist es nicht, was die Welt bewegt, Dex. Tut mir Leid."

„Heute siehst du zauberhaft aus."

„So?" murmelte sie, erfreut über das Kompliment. Da sie ihm nichts von ihren diversen kosmetischen Operationen erzählt hatte, hielt er sie für eine natürliche Schönheit. Oh Gott, sie musste endlich ihre alten Fotos zerreißen. Wenn er die finden würde – nicht auszudenken! Früher war ihr Gesicht der reinste Horror gewesen.

Dex schlenderte herüber und blieb vor ihr stehen. Auf Augenhöhe mit seinem Hosenschlitz bemerkte sie wohl oder übel seine wachsende Erregung.

Was für ein Sexprotz du bist, dachte sie. Sobald du in die Nähe einer Frau gerätst, geht die Post ab ...

Sollte sie ihm ein bisschen was beibringen, bevor diese Ehe ein Ende finden würde? Zweifellos besaß er einen perfekten Körper. Und sein Schwanz war auch nicht schlecht. Wenn Dex sich auch nicht mit Joel messen konnte – vielleicht wars ganz amüsant, ihm ein paar Kunststücke zu zeigen, während sie auf die Abreise seiner Eltern wartete.

Grellrote Fingernägel funkelten, als sie den Reißverschluss seiner Hose öffnete.

Prompt sprang sein Penis heraus – einer der Vorteile, wenn man keine Unterhose trug.

„Oh, wie süß der kleine Dexie heute aussieht!“ gurrte Rosarita.

Dexter griff nach der Fernbedienung für die Vorhänge, die sich leise surrend schlossen.

Nicht ganz Joels Stil, dachte sie. Joel wollte immer *sehen*, was sie trieben, und das törnte auch sie an.

Um Dexter zu ermutigen, nahm sie ihn kurz in den Mund. Dann sprang sie auf. „Gleich bin ich wieder da!“ versprach sie und rannte ins Bad.

In der Zwischenzeit versperrte er die Schlafzimmertür und zog sich aus. Dann lag er im Bett und wartete.

Würde sie merken, was er mit ihrem Diaphragma gemacht hatte, und wie eine wütende Furie aus dem Bad stürmen?

Nein, diese Löcher konnte sie unmöglich entdecken – sie waren winzig, gerade groß genug für sein Sperma.

Was er getan hatte, war niederträchtig. Aber Rosarita ließ ihm keine Wahl. Und wenn sie ihr erstes Kind bekamen, einen kerngesunden, hübschen kleinen Jungen, würde sie ihm dankbar sein.

Oh ja, ganz bestimmt.

„Nun, es geht um folgende Tatsachen.“ Mit seinen ausdrucksvollen grünen Augen fixierte Michael das Gesicht seiner Tochter.

Was für Tatsachen? Madison hatte keine Ahnung, wovon er redete. Sie war ohnehin schon ganz durcheinander. Und sie wollte nichts mehr hören.

Sie saßen im Restaurant des luxuriösen Plaza Hotels. Zu ihren Eiern mit Speck und Würstchen hatte sie einen Mimosa-Drink bestellt. Jetzt, wo das Essen serviert worden war, brachte sie keinen Bissen hinunter. Aber sie hatte ihr Glas beinahe geleert.

„Ja, Michael?“ Beklommen erwiderte sie seinen Blick.

Er trank bereits seine zweite Tasse Kaffee. Zum ersten Mal bemerkte sie die dunklen Schatten unter seinen Augen, die grauen Fäden im pechschwarzen Haar. Begann ihr attraktiver Vater doch noch zu altern?

Nein. Nicht Michael. Unmöglich.

„Dass ich es dir eines Tages erzählen würde, hätte ich nie gedacht.“ Der ernste Klang seiner Stimme passte zu seiner Miene. „Irgendwie fand ich es immer überflüssig. Aber nachdem Stella mich verlassen hat, sollst du die Wahrheit erfahren.“

„Worüber?“ Inständig wünschte Madison, das alles wäre nur ein Traum.

„Über dich und mich“, erwiderte er in ruhigem Ton. „Über unsere Familie.“

Sie fühlte sich schwindlig. Sicher würde er etwas ganz Schreckliches aussprechen. Am liebsten hätte sie sich die Ohren zugehalten.

„Wie sehr ich dich immer geliebt habe und lieben werde, weißt du, mein Schätzchen. Du bedeutest mir unendlich viel.“

Plötzlich ging ihr ein Licht auf. Oh Gott! ER WÜRDE IHR GESTEHEN, ER HABE SIE ADOPTIERT.

Also *deshalb* war sie aufgefordert worden, ihre Eltern Stella und Michael zu nennen. *Deshalb* wollten sie niemals Mommy und Daddy genannt werden wie normale Mütter und Väter. Natürlich, nun ergab das alles einen Sinn.

Ihr Magen krampfte sich zusammen, ihre Hände schwitzten, und sie fühlte sich elend. Wie furchtbar ... Niemals hätte sie mit so etwas gerechnet.

Reiß dich zusammen, ermahnte sie sich, und hör dir an, was er zu sagen hat.

„Ja?“ flüsterte sie. *Spucks aus, Michael. Sofort. Diese Anspannung ertrage ich nicht länger ...*

„Es fällt mir nicht leicht“, seufzte er und klopfte mit seinem Zeigefinger auf den Tisch.

Glaubst du, für mich ists einfach, wollte sie schreien. Du willst mir erzählen, ich sei adoptiert worden – und da sitzt du und sagst, es fällt dir nicht leicht. Zum Teufel mit dir, Michael!

Ohne sie aus den Augen zu lassen, fuhr er fort: „Stella ist – eh – nicht deine Mutter.“

Keine große Überraschung. Geduldig wartete sie, bis er ihr mitteilen würde: *Und ich bin nicht dein Vater. Aber sei versichert, wir wollten dich unbedingt zu uns nehmen und haben dich ausgesucht.* War das nicht die Scheiße, die alle Adoptiveltern ihren Kindern einredeten.

„Du hast mich adoptiert ...“ Nur mühsam rangen sich die Worte aus ihrer Kehle.

„Oh nein!“ Entschieden schüttelte er den Kopf. „Ich bin dein Vater – dein *leiblicher* Vater.“

Was für eine unheimliche Situation ... „Wirklich?“ fragte sie mit schwacher Stimme.

„Darauf kannst du wetten. Niemals hätte ich dich im Stich gelassen. *Niemals.*"

„Ich – ich verstehe nicht ..."

„Lass dir alles erklären." Um sich zu stärken, trank Michael einen Schluck Kaffee. „Ich hatte eine Freundin – Gloria Delagado. So viele Jahre lang waren wir unzertrennlich. Wir wuchsen zusammen auf, und keiner unternahm irgendwas ohne den anderen. Und dann bekamen wir ein Baby."

Ihr Atem stockte. Wie konnte er behaupten, Stella sei nicht ihre Mutter? War das möglich?

Nach einer langen Pause fügte er hinzu: „Dieses Baby warst du, Schätzchen."

„Ich?" fragte sie tonlos.

„Damals ließ ich mich auf etwas ein, das nicht ganz astrein war. Die Sache ging schief. Als du sechs Monate alt warst, beschlossen die Leute, mit denen ich zu tun hatte, mich zu bestrafen."

„Bestrafen? Wofür?"

Ohne die Frage zu beachten, erzählte er weiter: „Sie schlugen mir einen Deal vor. Entweder sollte ich ihnen geben, was sie wollten, oder ich würde meine Familie verlieren. Das nahm ich nicht ernst. Außerdem hatte ich Leibwächter engagiert, die euch beide rund um die Uhr beschützten. Aber eines Tages schlich sich Gloria unbemerkt aus dem Haus, um ein Geburtstagsgeschenk für mich zu kaufen. Und da wurde sie erschossen."

„*Wer* hat sie erschossen?"

„Es wäre zu kompliziert, die Zusammenhänge zu erklären. So lange ist es her – neunundzwanzig Jahre ... Die Schurken brachten sie einfach um."

„Oh Gott", hauchte Madison.

„Darüber kam ich nie hinweg. Und das wusste Stella."

Madison fühlte sich wie in einer schlechten Seifenoper. Mühsam rang sie nach Luft. Ihre ganze Welt schien einzustürzen. Stella – die schöne Stella, die Marilyn Monroe glich – nicht ihre Mutter ...

Und wer war Gloria gewesen? Madison wollte ein Foto von ihr sehen, alles über sie herausfinden. Wie hatte sie den Tod gefunden? War sie sofort oder erst später an ihren schweren Verletzungen gestorben?

So viele Fragen. Wer würde sie beantworten? Ihre Gedanken rasten in zahllose verschiedene Richtungen.

„Ein Jahr später lernte ich Stella kennen", setzte Michael seinen bedrückenden Bericht fort. „Sie war ganz anders als Gloria. Als wir überlegten, ob wir heiraten sollten, stellte ich ihr meine Bedingungen. Sie musste dir eine Mutter sein, auf jede erdenkliche Weise. Und ich wollte keine Kinder mehr bekommen. Nur dich würde ich großziehen. Damit war sie einverstanden. Aber sie hat sich nie um dich gekümmert, so wie ich es wünschte – wie Gloria dich umsorgt hätte." Resignierend zuckte er die Achseln. „Was konnte ich tun? Und jetzt ..." Seine Stimme nahm einen harten Klang an. „Nun hat sie mich betrogen. Glaub mir – für mich ist sie gestorben."

In Madisons Schläfen pochte es schmerzhaft. Vielleicht lag es am Mix aus Champagner und Orangensaft. Oder am Anblick des Mannes, den sie – wie ihr plötzlich bewusst wurde – gar nicht kannte. Um Gottes willen, war das ihr Leben? All die Jahre – eine einzige Lüge ...

„Ich – ich möchte nach Hause gehen – und das erst mal verkraften", stammelte sie. Schwankend stand sie auf.

„Lauf mir doch bitte nicht davon", flehte Michael und ergriff ihre Hand. „Ich brauche dich so sehr, Liebes. Immer habe ich dich gebraucht."

„Ja, vielleicht.“ Ihr Herz hämmerte hart und qualvoll gegen die Rippen. „Aber der Schock ist zu groß. Damit muss ich allein fertig werden.“ Zitternd entzog sie ihm ihre Hand und floh aus dem Restaurant.

Die Straße erschien ihr verändert. Unschlüssig schaute sie sich um. Was sollte sie tun? Wohin sollte sie sich wenden? In diesem Moment verspürte sie nur ein einziges Bedürfnis – in Tränen auszubrechen.

Warum willst du weinen, fragte eine innere Stimme.

WEIL ICH NICHT MEHR WEISS, WER ICH BIN.

Fast den ganzen Tag wanderten Jamie und ihr Mann durch Barney's. So wie nach jedem Alkoholexzess wurde Peter von heftigen Schuldgefühlen geplagt, und um sie zu verdrängen, kaufte er alles, was seiner Frau gefiel.

Und Jamie nutzte die Gunst der Stunde. Sie suchte sich Stiefel und Pumps aus, Schmuck, mehrere Pullover und einen langen blauen Kaschmirmantel, in dem sie wie eine russische Prinzessin aussah.

„Weißt du, dass du das schönste Mädchen von New York bist?“ Peter musterte sie bewundernd. „Und da du mich geheiratet hast, bin ich der glücklichste Mann der Welt.“

Jamie lächelte. Warum hatte sie ihn jemals verdächtigt? Er war einfach großartig, und sie führten eine perfekte Ehe.

Nur weil der Sex seit ein paar Wochen zu wünschen übrig ließ, bedeutete das keineswegs, dass Peter fremdging. Außerdem hatte er letzte Nacht alles wieder gutgemacht. Und zwar restlos!

Nein, es gab wirklich keinen Grund, warum sie Madisons Privatdetektiv engagieren sollte. Peter war ein hundertprozentig treuer, liebevoller Ehemann. Das hatte er heute bewiesen.

Schließlich verließen sie Barney's, mit zahlreichen Einkaufstüten beladen. Noch mehr Kaufhäuser wollte sie nun doch nicht mehr besuchen.

„Madison hat gesagt, wir könnten uns später treffen", bemerkte Peter, während sie am Rand des Gehsteigs standen und nach einem Taxi Ausschau hielten.

„Ist dein Handy eingeschaltet?"

„Natürlich", erwiderte er und klopfte auf seine Brusttasche.

„Dann ist ihr sicher was dazwischengekommen."

„Höchste Zeit", meinte er und grinste anzüglich. „Wie lange sitzt sie schon auf dem Trockenen?"

„Nun, du kennst Madison", entgegnete Jamie leichthin. „Wenn's um Männer geht, ist sie *sehr* wählerisch. Besonders nach der bitteren Enttäuschung mit David."

„Ich mochte ihn."

„Wie kannst du so was sagen?"

„Habe ich dir nicht von dem Dinner mit David und seiner Frau erzählt, an dem Abend, wo du mit Anton in Boston warst?"

„Nein, hast du nicht."

„Das wollte ich aber."

„Warum hast du dich so illoyal benommen?"

„Dauernd rief er mich an. Und weil ich nichts anderes zu tun hatte, gingen wir ins Elaine's."

„Wie ist seine Frau?"

„Blond, vorstehende Zähne, gigantische Titten. Wahrscheinlich echt."

„Ha!" schnaufte Jamie verächtlich. „Das bildet ihr Kerle euch nur ein. Solche Mädchen haben *niemals* echte Titten. Sicher sind sie aus Silikon."

„Wie bissig du bist, mein Schatz."

„Schau mal, da ist ein Taxi!" rief sie und winkte hektisch.

Auf der Heimfahrt schmusten sie im Fond, während der Chauffeur vorgab, kein einziges Mal in den Rückspiegel zu spähen. Beinahe hätte Jamie ihre Absicht gestanden, einen Privatdetektiv anzuheuern und ihren Mann beobachten zu lassen. Doch sie besann sich eines Besseren. Das würde er sicher in die falsche Kehle kriegen.

„Was möchtest du heute Abend unternehmen?“ fragte sie, als sie in ihrem Apartment ankamen. „Wir haben keine Pläne.“

„Genau das gefällt mir.“ Peter grinste breit. „Keine Pläne. Ein wundervoller Abend – ganz nach meinem Geschmack.“

„Sollen wir was beim Chinesen bestellen und uns ein Video ausleihen?“ schlug Jamie vor.

„Welches?“

„Irgendwas mit Brad Pitt.“

„Und ich schau mir was mit Charlize Theron an.“

„Dann leihen wir uns *zwei* Videos und bestellen *tonnenweise* chinesische Spezialitäten. Ich bin halb verhungert. Weißt du, dass wir den Lunch verpasst haben?“

„Weil du vollauf damit beschäftigt warst, Barney's leer zu kaufen.“

Sie wartete, bis er in seinem Arbeitszimmer verschwand. Dann schlich sie mit dem Telefon ins Bad und wählte Madisons Nummer. Die Stimme des Anrufbeantworters erklang.

„Sag den Termin am Montag ab“, wisperte Jamie. „Später rufe ich dich noch mal an. Oder *du* meldest dich, wenn du diese Nachricht kriegst. Kein Wort zu Peter!“

Eine Stunde später traf Madison in ihrer Wohnung ein und hörte die Mitteilung ihrer Freundin. Verdammt, warum hatte sie sich überhaupt eingemischt? Jamie glich einem Jo-Jo – immer rauf und runter. Eben war Peter noch ein treuloser Schuft gewesen, und im nächsten Augenblick hielt sie ihn für den idealen Ehemann.

Aber warum rege ich mich auf, fragte sich Madison. Ihr Leben war ein einziger Scherbenhaufen, und Jamie hatte nichts Besseres zu tun, als einen Termin mit einem Privatdetektiv abzublasen.

Slammer begrüßte sie, als wäre sie jahrelang verreist gewesen, und sie setzte sich neben ihn auf den Boden, um seinen Rücken zu streicheln. Sofort wälzte er sich herum, die Beine gespreizt, und erwartete, sie würde ihm den Bauch kraulen – seine liebste Streicheleinheit.

„Was für ein komischer alter Kauz du bist", murmelte sie.

Warum hatte Michael ihr die Wahrheit nicht früher erzählt?

Warum hatte er Stella gezwungen, seine Tochter in all den Jahren zu belügen?

Erinnerungen an die Frau, die sie für ihre Mutter gehalten hatte, gingen ihr durch den Sinn. Die erste Freundschaft mit einem Jungen – darüber hatte Stella nicht mit ihr reden wollen. Der erste BH – den hatten sie nicht gemeinsam gekauft. Stattdessen hatte Stella sie mit einem Dienstmädchen zu Bloomingdale's geschickt. Oder die erste Liebe mit zwölf Jahren – für Stella völlig uninteressant ...

Nun wusste Madison, warum sie sich niemals nahe gestanden hatten. Weil Stella *nicht* ihre Mutter war und niemals den Wunsch empfunden hatte, ihre Mutter zu sein. Vermutlich war sie eifersüchtig auf Gloria gewesen, und deshalb hatte sie eine Abneigung gegen die Tochter der Toten entwickelt.

Und Michael – so attraktiv und charmant, immer für sie da, stets bereit, ihr zuzuhören, sich auf ihre Seite zu stellen.

Jetzt wusste sie, warum.

Wegen seines schlechten Gewissens.

Schweren Herzens entsann sie sich, was er ihr erzählt hatte.

Gloria war erschossen worden.

Von *wem?* Was mochte jene Leute veranlasst haben, Gloria zu töten?

Michael hatte erwähnt, er sei in eine nicht ganz *astreine* Sache verstrickt gewesen. Was hatte er getan? Gab es noch mehr Geheimnisse?

Offensichtlich. Und er verstand es meisterhaft, seine Geheimnisse zu hüten, denn sie hatte niemals auch nur den geringsten Verdacht geschöpft. Oh Gott, welch ein furchtbarer Schock ...

Wenigstens hilft mir mein analytisches Talent, dachte sie, nahm einen Schreibblock und notierte all die Fragen, die sie ihrem Vater stellen wollte. War er mit Gloria verheiratet gewesen? Wo lebten ihre Verwandten, falls welche existierten? Waren die Leute, die ihre Mutter erschossen hatten, verhaftet und vor Gericht gestellt worden? Und wenn nicht – *warum* nicht?

Heiliger Himmel – so viel musste sie herausfinden. Beinahe gewann sie den Eindruck, sie würde sich auf ein Interview vorbereiten. Aber dieses Interview würde das wichtigste ihres Lebens sein.

Wenn Michael anrief, würde sie ihn in ihr Apartment einladen und nicht lockerlassen, bis er alle Fragen beantwortet hatte. Keine Geheimnisse mehr.

Nur die lückenlose Wahrheit würde ihr ermöglichen, den Schock zu überwinden und ihr gewohntes Leben fortzusetzen.

10. KAPITEL

Chas' neue Freundin hatte den Künstlernamen Varoomba gewählt. Da sie ihre riesigen Brüste in den unglaublichsten Verrenkungen präsentieren konnte, hatte sie einen gewissen Ruhm erlangt.

Mit ihrer Quietschstimme und einer stets fröhlichen Miene war sie genau Chas' Typ. Bevor er sie zu Boomingdale's schickte, wo sie sich ein anständiges Kleid kaufen sollte, ermahnte er sie: „Nichts, was deine Titten und Arschbacken betont", mahnte er. „Das alles muss irgendwie kaschiert werden. Kauf einen BH, der deine Formen ein bisschen zusammenquetscht."

„Was ist denn los mit dir?" fragte sie und klimperte mit ihren falschen Wimpern. „Glaubst du, ich werde dich blamieren?"

„Nein, aber meine Kinder dürfen nicht merken, dass ich mich mit einer Stripperin eingelassen habe."

„Ists denn so schlimm, wenn man eine Stripperin ist?" quietschte sie gekränkt.

„Meinen Töchtern würde es missfallen. Und noch was. Sei nett zu ihnen. Das sind nämlich ganz besondere Mädchen."

„Wie alt?" fragte Varoomba und erwartete, er würde antworten, die Kinder seien zehn oder zwölf.

„Älter als du."

Varoomba war klug genug, um vorauszusehen, dass Chas' Töchter sie hassen würden, so wie die meisten Frauen. Vor allem, wenn sie herausfanden, was sie mit ihren Vätern trieb.

„Wenn jemand fragt, wie alt du bist, sagst du dreißig", befahl er. Ihr richtiges Alter, dreiundzwanzig, würde er Venice und Rosarita nicht plausibel machen können.

„Dreißig!" kreischte sie entsetzt und sah ihn wütend an. „Willst du mir meine Karriere vermasseln?"

„Wie du deine Brötchen verdienst, darf niemand erfahren. Wir sagen, du bist meine Freundin. Eine Krankenschwester."

„Eine Krankenschwester?" wiederholte sie schockiert. „Sehe ich wie eine Krankenschwester aus?"

„Wenn du dieses gottverdammte Make-up runterwaschen würdest – ja. Und ich will dich mit einer anderen Frisur sehen. Diese hochtoupierten Haare stehen dir ohnehin nicht."

„Was verlangst du eigentlich von mir?" Nun geriet sie ernsthaft in Wut. „Soll ich mich um eine Rolle in einer Seifenoper bewerben?"

„Benimm dich einigermaßen, okay? Wenn du's schaffst, darfst du bei mir bleiben. Wenn nicht – du weißt ja, was ich mit dir machen kann."

„Klar, du bist der große Boss", zischte sie.

„Ja, und das gefällt dir, nicht wahr?" murmelte er und tätschelte ihren prallen Hintern.

„*Du* gefällst mir, Chas", erwiderte sie kokett. „Und ich bin genau die Richtige für dich. Ich könnte die Mommy deiner kleinen Mädchen werden."

„Hab ich's nicht gesagt?" stieß er irritiert hervor. „Du bist ein paar Jahre jünger als die Jüngere."

„Oh nein", widersprach Varoomba und riss die Augen auf, „ich bin dreißig."

Eins musste man ihr lassen – sie war sehr gelehrig.

Zuerst traf Venice mit Eddie ein, ihrem Mann. Chas hatte sie nach der romantischen Stadt Venedig genannt, in der sie gezeugt worden war.

Besonders hübsch sah sie nicht aus, aber apart – mit langem, glattem braunen Haar, ausdrucksvollen Augen, einer etwas zu langen Nase und schmalen Lippen. Trotzdem war sie nach der

Meinung ihres Ehemanns die schönste Frau der Welt, und nur darauf kam es an.

Während Rosarita fast ihren ganzen Körper mittels plastischer Chirurgie verändert hatte, war an Venice alles natürlich geblieben. Sie küsste ihren Vater auf beide Wangen. „Sind wir die Ersten?"

„Ja, kommt rein. Ihr müsst meine – eh – Freundin kennen lernen."

„Deine neue Gespielin?" hänselte sie ihn.

„Nun ja ... Sie ist Krankenschwester. Und falls du glaubst, sie wäre zu jung für mich, vergesst es. Sie ist älter, als sie aussieht."

„Niemals würde ich jemanden kritisieren, mit dem du *befreundet* bist, Daddy", beteuerte Venice. „Immer wieder hab ich dir das versichert. Ich freue mich, wenn eine Frau dich glücklich macht. Alles andere interessiert mich nicht."

Eddie, ein eher unscheinbarer Mann, stand im Hintergrund. Nachdem Chas seinem Schwiegersohn die Hand geschüttelt hatte, betraten sie alle das Wohnzimmer, wo Varoomba, für diesen Abend „Alice" getauft, die Gäste erwartete.

Kritisch musterte Chas seine Geliebte. Sie hatte es tatsächlich geschafft, ihre Riesenbrüste in ein hochgeschlossenes orangegelbes Kleid zu zwängen. Wäre sie etwas intelligenter gewesen, hätte sie was Schwarzes gekauft. Wie er verärgert feststellte, zeichneten sich ihre Brustwarzen unter dem hellen Stoff ab. Wenigstens hatte sie sich etwas dezenter geschminkt als normalerweise. Aber wie sie sich auch zurechtmachen mochte, sie würde niemals wie eine Krankenschwester aussehen, sondern wie die Stripperin in der schrillen Howard-Stern-TV-Show.

„Das ist Venice, meine Tochter", erklärte Chas.

„Venice", wiederholte Varoomba mit ihrer hohen Quietschstimme, die Chas jetzt maßlos irritierte. Im Bett konnte er ihr befehlen, den Mund zu halten, was sie meistens tat. Leider war das in seinem Wohnzimmer nicht möglich.

„Und das ist Alice", stellte er sie vor.

„Hi", grüßte Venice. „Was für ein fabelhaftes Kleid! Diese Farbe steht Ihnen."

Damit wurde Varoomba sofort die Befangenheit genommen. Triumphierend zwinkerte sie Chas zu, als wollte sie sagen: *Siehst du, eine deiner Töchter habe ich schon für mich gewonnen.*

Zwanzig Minuten später erschien Rosarita mit ihrer Begleitung – unpünktlich wie eh und je.

„Oh Mr. Vincent!" sprudelte Martha hervor und drängte sich an den anderen vorbei. „Was für ein wunderbares Haus! Ich war noch nie in einem New Yorker Stadthaus. Welch ein Erlebnis!"

Um Himmels willen, reg dich ab, dachte Rosarita.

„Vielen Dank." Einladend wies Chas auf eine üppig gepolsterte Couch. „Machen Sie sich's bequem. Was möchten Sie trinken?"

Beim Anblick ihrer Schwester erstarrte Rosarita sekundenlang. Sie waren nie die besten Freundinnen gewesen, und sie hasste weibliche Konkurrenz in jeder Form. Nach ihrer Ansicht bemühte sich Venice etwas zu intensiv um Daddys Gunst, von seinem Geld ganz zu schweigen.

Was Rosarita am empfindlichsten störte – Venice hatte zwei Bälger, die wahrscheinlich eine Menge erben würden.

„Hallo", murmelte sie kühl. „Dass *du* kommen würdest, hat niemand erwähnt."

Venice hatte nie herausgefunden, warum ihr die ältere Schwester so feindselig begegnete, aber im Lauf der Jahre gelernt, das zu akzeptieren und sich – mit Eddies Hilfe – in Geduld zu fassen. „Vermutlich ist sie unglücklich", hatte er eines Tages erklärt, als sie wieder einmal in Wut geraten war. „Sei nett zu ihr und lass dich nicht aus der Ruhe bringen."

Diesen Rat befolgte sie auch jetzt. Sie lächelte ihre Schwester an und umarmte Dexter. Zu Rosaritas konstantem Leidwesen verstanden sich die beiden sehr gut. Obwohl sie nur selten zusammentrafen, befanden sie sich jedes Mal auf derselben Wellenlänge.

„Wie gehts dir?" fragte Dexter und tätschelte ihre Schulter.

„Danke, gut."

„Und die Kinder? In letzter Zeit haben wir sie gar nicht mehr gesehen."

„Du bist uns immer willkommen."

„Ja, ich weiß. Es ist nur – ich bin vollauf mit meiner TV-Serie beschäftigt und habe kaum Zeit für was anderes."

„Diese Sendung schaue ich mir immer an. Du bist großartig."

„Meinst du das ernst?" fragte er erfreut.

„Natürlich. Ohne dich wäre die Serie langweilig. Allerdings muss ich sagen – in dieser Rolle ist Silver Anderson auch nicht zu verachten."

Wie schon so oft dachte Dexter, er hätte die falsche Schwester geheiratet. Venice war warmherzig und liebenswert. Niemals würde ein Außenstehender glauben, dass die beiden von denselben Eltern abstammten.

Während Rosarita die Freundin ihres Vaters taxierte, bemühte sich Venice um die Cockrangers.

Mit einem gewinnenden Lächeln wandte sie sich zu Martha. „Was für ein fantastischer Schal!"

„Schön, nicht wahr?" erwiderte Martha voller Stolz. „Den hat mir Rosarita heute gekauft." Ehrfürchtig senkte sie die Stimme. „Wissen Sie, was er gekostet hat? Dreihundertfünfzig Dollar! Ich wollte nicht, dass sie so viel Geld für mich ausgibt. Aber sie bestand darauf."

„Wirklich zauberhaft. Und die Farbe betont Ihre blauen Augen."

„Danke." Vor lauter Glück strahlte Martha übers ganze Gesicht.

Rosarita setzte sich zu ihrer Schwester. „Wer zum Teufel ist diese unmögliche Person, die unserem Dad den Kopf verdreht hat?" fauchte sie.

„Alice. Eine Krankenschwester."

„Wenn das eine verdammte Krankenschwester ist, bin ich eine verdammte Nuklearmedizinerin."

Schweigend stand Venice auf und ging davon.

Beim Dinner fiel Rosarita ihrer Schwester unentwegt ins Wort, was den Abend für die übrigen Gäste nicht besonders angenehm gestaltete. Wann immer Venice den Mund aufmachte, widersprach ihr Rosarita.

„Was ist eigentlich los mit dir?" fragte Chas schließlich. „Wieso hackst du dauernd auf uns allen herum?"

Nicht auf euch allen, wollte Rosarita entgegnen. *Nur auf meiner süßen Schwester, die du für einen Engel hältst. Aber ich kenne die Wahrheit. Sie hat nur Kinder gekriegt, damit sie dein ganzes Geld einheimsen kann.*

Während der Mahlzeit begann Venice, Fotos von ihrem Nachwuchs herumzureichen, und Rosarita hätte sich am liebsten übergeben. Martha betrachtete die Bilder, mit Ooohs und Aaahs, zum richtigen Zeitpunkt. „Was für *hinreißende* Kinder!" schwärmte sie. Dann schaute sie Chas an. „Matt und ich hoffen, dass unsere kleine Rosarita bald schwanger wird."

Chas kicherte. Seine *kleine* Rosarita. Offenbar kannten sie das Mädchen nicht, das ihn immer wieder bekniete, ihren Ehemann, den kostbaren Sohn der Cockrangers, aus dem Weg zu räumen. Oh Gott, wenn sie das wüssten – das würde zu einem hochinteressanten Tischgespräch führen.

Allmählich ärgerte er sich ernsthaft über Rosarita. Für wen hielt sie ihn eigentlich? Für einen Killer? Sie lebte in einer Traumwelt, und das missfiel ihm. Nach seiner Ansicht war Dexter okay. Ein attraktiver Junge, der nicht herumhurte. Nicht einmal Varoombas Megatitten hatte er angestarrt. Bei diesem Anblick würden die meisten Männer zu sabbern anfangen. Matt Cockranger hatte schon ein paarmal verstohlen zu Varoombas Oberweite hinübergespäht. Großer Gott! Wahrscheinlich hatte es der alte Knabe schon jahrelang nicht mehr getrieben.

Diesen Abend genoss Varoomba in vollen Zügen. Sie war nicht daran gewöhnt, die Familien ihrer Freunde kennen zu lernen. Nachdem sie zwei Gläser Wein in sich hineingeschüttet hatte, konnte Chas sie kaum noch zum Schweigen bringen. Bald würde sie ihre Visitenkarten verteilen und sie alle zu einer Privataufführung in den Boom Boom Club einladen.

Lebhaft erinnerte sich Chas an die erste Begegnung. Er war in den Club gegangen, und da hatte sie ihre riesigen Möpse umhergeschwenkt. Eine angenehme Erinnerung.

„Jetzt werden wir uns verabschieden“, verkündete Rosarita, als die Mahlzeit beendet war.

„Schon so früh?“ fragte Martha in flehendem Ton. „Wo ich mich doch so köstlich amüsiere!“

„Ja, wir gehen“, stieß Rosarita zwischen zusammengebissenen Zähnen hervor. „Morgen ist Dex’ einziger freier Tag. Da will er möglichst lange schlafen.“

„Wenn er lange schlafen kann, warum müsst ihr uns dann jetzt schon verlassen?“ fragte Venice unschuldig.

Am liebsten hätte Rosarita ihre Schwester geohrfeigt. „Begreifst du's denn nicht?" zischte sie. „Er braucht endlich mal zwölf Stunden Schlaf. Und die kriegt er nur, wenn wir sofort verschwinden. Würden wir länger bleiben, hätte er womöglich nur acht Stunden."

Dexter musterte seine Frau und begann an ihrem Verstand zu zweifeln. „Wie wärs mit einer Viertelstunde?" schlug er vor.

Und wie wärs, wenn du dich ins Knie ficken würdest? „Okay", murmelte sie und verkniff die Lippen. *Natürlich, es macht mir so viel Spaß, hier zu sitzen – mit meiner zickigen Schwester, deinen blöden Eltern und Daddys Nutte, die er in ein paar Tagen abservieren wird ...*

Chas beobachtete seine Töchter, und wieder einmal wurde ihm klar, wie verschieden sie waren. Warum konnte sich Rosarita nicht ein Beispiel an Venice nehmen? Obwohl er beide gleichermaßen liebte, hatte er bereits beschlossen, den Großteil seines Vermögens Venice und ihren Kindern zu vererben, weil sie verantwortungsbewusster war. Wenn er Rosarita zu viel hinterließ, würde sie womöglich an einen Glücksritter geraten, und der würde das Geld zum Fenster rauswerfen. Bei Venice wären die Millionen gut aufgehoben. Außerdem würde sie stets für Rosarita sorgen. Diese Klausel hatte er in seinem Testament eingefügt. Nur zur Sicherheit. Und das Allerbeste an seinem Plan – wenn er unter der Erde lag, würde er Rosaritas Geschrei nicht hören.

„Warum lächelst du, Daddy?" fragte Rosarita. Plötzlich schlug sie wieder ihren honigsüßen Ton an.

„Oh, ich habe nur über was nachgedacht."

Varoomba ergriff seine Hand. „Was für ein bezauberndes Lächeln Ihr Daddy hat, Rosarita!" rief sie. „Und sein Lachen liebe ich ganz besonders. So ein toller Mann!"

In Rosaritas Kehle stieg neuer Brechreiz auf. Bald würde sie diesen dämlichen Albtraum mit den Megabrüsten und der Piepsstimme in die Hölle schicken ...

„Red nicht so mit mir, vor meinen Mädchen", mahnte Chas verlegen.

„Tut mir Leid, mein Süßer", flötete Varoomba.

Und so neigte sich der Abend dem Ende zu. Rosarita und ihre Eskorte brachen zur selben Zeit auf wie Venice und Eddie.

Sobald sie gegangen waren, schüttelte Varoomba ihr dichtes rotes Haar frei und ließ es in ihr Gesicht fallen. Dann öffnete sie den Reißverschluss ihres orangegelben Kleids. In einem rot-weiß-blauen Tanga und einem BH, der die Brustwarzen nicht bedeckte, postierte sie sich vor Chas. „Nun, Baby?" gurrte sie. „War ich nicht der Hit dieser Party?"

„Komm her!" murmelte er und kniff in eine der großen, harten Knospen. „Komm her und mach mich glücklich mit diesen prallen Kugeln."

Und genau das tat sie.

Inzwischen saß Joel Blaine am anderen Ende der Stadt im Boom Boom Club und beschwerte sich beim Manager: „Wo bleibt denn die Braut mit den fetten Möpsen? Wieso ist sie am Samstagabend nicht hier?"

„Sie hat angerufen und sich krankgemeldet", erklärte der Manager, ein Mann mit grimmigem Gesicht, gegeltem Haar und permanentem Stirnrunzeln.

„Scheiße, ich will mein Geld zurück."

„Beruhige dich, ich habe eine nette kleine Puerto-Ricanerin. Erst seit gestern."

„Mit Ausländerinnen mach ich's nicht."

„Wie wärs mit einer Texanerin?"

„Große Titten?"

„Klein, aber hübsch."

„Vergiss es. Nächste Woche komme ich wieder. Und dann muss das Busenwunder da sein, verstanden?"

Wenn er kleine Brüste haben wollte, konnte er sie woanders kriegen. Rosarita war nicht besonders üppig bestückt. Wenn sie auch behauptet hatte, ihre Oberweite sei echt – er wusste es besser, weil er die Narben an der Unterseite gesehen hatte.

Schätzchen, wenn schon Silikon – warum nicht ein bisschen mehr? hätte er beinahe gefragt.

Instinktiv wusste er, dass sie ziemlich sauer auf Kritik in jeder Form reagieren würde. Aber vielleicht sollte er herausfinden, wie weit sie ihm zuliebe gehen würde. „Süße, du hast die großartigsten Titten von der Welt", würde er ihr schmeicheln. „Aber *ich* mag sie nun mal größer. Da hast du zwanzig Riesen – lass das mal machen."

War sie zwanzigtausend Dollar wert? Wohl kaum.

Die einzige Frau, für die er zwanzigtausend ausgeben würde, war Madison Castelli. Eine *tolle* Frau. Klar, sie hatte nicht so üppige Kurven zu bieten wie die groteske Stripperin, aber eine ganze Menge im Hirn. Und genau das suchte er – richtige Klasse.

Mal sehen, ob er sie rumkriegen konnte, wenn er seinen ganzen Charme spielen ließ und ihr stets auf den Fersen blieb. Zumindest würde er sie anrufen.

Demnächst.

Gute Idee.

„Danke", sagte Dexter.

„Wofür?" fragte Rosarita argwöhnisch.

„Du warst so nett zu meinen Eltern. Seit unserem Gespräch benimmst du dich fabelhaft."

„Findest du?“

„Oh ja.“ Die Hände hinter dem Kopf verschränkt, lag er auf dem Bett und beobachtete, wie sie sich auszog. Bewundernd musterte er ihr schwarzes Höschen und den Spitzen-BH. „Leg dich zu mir, und wir reden“, schlug er vor.

Hm, dachte Rosarita. Mit ihrer Beschwerde, sie würde nicht genug Sex bekommen, hatte sie einiges bewirkt. Gestern war er geradezu enthusiastisch gewesen – und heute Abend schon wieder in Stimmung, das sah sie deutlich genug.

Sie sprang neben ihm aufs Bett. „Soll ich dir einen blasen?“ Verführerisch ließ sie ihre Zunge über die Lippen gleiten.

Wie er ihre vulgäre Ausdrucksweise hasste ... „Können wir nicht einfach daliegen, und ich halte dich in den Armen?“ fragte er, ein eingefleischter Romantiker.

„Wenn das alles ist, was du willst ...“, flüsterte sie und streichelte seinen halb erigierten Penis.

Schon wenig später war er vollends erregt, was sie nicht überraschte.

„In einer Sekunde bin ich wieder da“, versprach sie, stieg aus dem Bett und verschwand im Bad.

Er zählte bis zwanzig, dann kehrte sie zurück.

Noch einmal mit Gefühl, dachte er.

Irgendwie ahnte er, dass er sie in dieser Nacht schwängern würde.

Slammer hinkte und keuchte und sabberte. Nichts ließ er unversucht, um Madisons Aufmerksamkeit zu erregen. Nun wanderte seine Herrin schon seit zwei Stunden durch den Central Park, und er hatte die Schnauze voll. Als verhätschelter New-York-City-Haushund wollte er endlich in seine vier Wände zurückkehren. Es war heiß, und er sehnte sich nach kaltem Wasser, um seinen Durst zu stillen, und einem Schläfchen.

Schließlich zerrte er an seiner Leine, schaute mit flehenden braunen Augen zu Madison auf und winselte leise.

Wie so oft verständigten sie sich ohne Worte. „Okay, okay", seufzte sie, „ich bringe dich nach Hause." Hatte sie sich lange genug bewegt, um ihren Frust und ihre Wut abzureagieren? War sie die quälenden Dämonen losgeworden?

Ich bin neunundzwanzig, dachte sie, und es gibt keinen Mann, der daheim auf mich wartet. Mein Leben lang hat mich mein Vater belogen. Und ich habe keine Mutter ... Nein, das stimmt nicht – ich habe eine tote Mutter, die ich niemals kannte.

Mit irgendjemandem musste sie sprechen, irgendwem ihr Herz ausschütten, bevor sie durchdrehte. Ihrem Vater wollte sie gezielte Fragen stellen. Und die musste er verdammt noch mal beantworten. Seine Ausweichmanöver würde sie nicht mehr hinnehmen.

Sollte sie Jamie besuchen? Nein, am Samstag war Peter zu Hause. Den konnte sie nun wirklich nicht gebrauchen. Natalie, ihre zweite gute Freundin, lebte in Los Angeles. Klar, ein zweistündiges Telefonat wäre sündhaft teuer. Aber es würde sich lohnen, nicht wahr?

In ihrem Apartment blinkte das rote Lämpchen des Anrufbeantworters. Drei Anrufe, der erste von Michael. „Hi, wir müssen reden.“ Seine Stimme klang angespannt und fremd. „Ich habe mich im Plaza einquartiert. Bevor ich dich gesehen habe, fahre ich nicht nach Connecticut zurück. Melde dich.“

Dann dröhnte Victors Stimme aus dem Apparat. „Ich habe ein paar Ideen für dein nächstes Opfer. Die meisten wirst du wahrscheinlich hassen. Komm am Montag in die Redaktion, und wir unterhalten uns darüber. Wenn du brav bist, lade ich dich zum Lunch ein.“

Und die dritte Nachricht stammte von einem Mann aus der Vergangenheit – von Jake Sica, den sie in L. A. kennen gelernt hatte, als sie Anfang des Jahres dort gewesen war, um jemanden zu interviewen. Der Bruder von Jimmy Sica, Natalies ehemaligem Co-Moderator.

„Hallo, hier ist Jake. Nächste Woche komme ich für ein paar Tage nach New York und würde dich gern treffen. Weißt du, Madison, ich glaube, wir ...“ Und dann schaltete sich das Gerät plötzlich aus.

„Verdammt“, fluchte sie. Jake ... Welch eine willkommene Ablenkung von all der Scheiße, die ihr im Moment durch den Kopf ging! Ein preisgekrönter Fotograf. Soviel sie sich entsann, hatte er langes dunkles Haar und ein fröhliches Funkeln in den braunen Augen. Er bevorzugte alte Lederjacken und Jeanshemden. Ein lässiger, umgänglicher Typ, und sie hatte ihn gemocht, sogar sehr.

Aber damals war sie mit einem Aufsehen erregenden Mordfall in L. A. beschäftigt gewesen, und er hatte sich in ein Callgirl verknallt – eine ziemlich verwirrende Situation. Madison hatte Victor veranlasst, Jakes Fotos im *Manhattan Style* zu veröffentlichen. Bis zu seiner Rückkehr nach Arizona waren sie sporadisch in Verbindung geblieben. Dann war der Kontakt abgebrochen. Und nächste Woche würde er in New York eintreffen.

Hmmm, dachte sie. Vielleicht war Jake genau der Mann, den sie brauchte. Jemand, den sie nicht besonders gut kannte, bei dem sie sich ihren Kummer von der Seele reden konnte. Und er würde zuhören, denn er war intelligent und einfühlsam – und vor allem sehr sympathisch.

Aber wie sollte sie ihn erreichen, wenn sie keine Telefonnummer hatte?

Klar, in letzter Zeit ging alles schief, also durfte sie sich nicht wundern.

Sie griff zum Telefon, um ihre Freundin in L. A. anzurufen.

„Hallo", meldete sich Cole, Natalies Bruder.

„Rat mal, wer ich bin."

„Muss ich nicht. Diese sexy Stimme würde ich überall erkennen."

„Wie gehts dir?"

„Fabelhaft."

„Natalie hat mir erzählt, du wohnst bei Mr. Mogul. Wieso bist du bei ihr?"

„Gelegentlich komme ich vorbei. Aber meine große Schwester redet kaum mit mir. Sie ist immer noch sauer, weil ich mit Mr. M. zusammen bin, und sie wartet drauf, dass er mich rauswirft, damit sie triumphieren kann: ‚Ich habs dir ja gleich gesagt.'"

Von seinem derzeitigen Freund hielt Natalie nichts – einem wesentlich älteren Mega-Geschäftsmann, den sie inoffiziell Mr. Mogul getauft hatte.

„Deine Beziehung zu diesem Mann dauert schon sehr lange, nicht wahr?"

„Genau deshalb regt sie sich so auf. Er ist der stinkreiche Bonze, und was mache ich? Um meinen Lebensunterhalt zu verdienen, trainiere ich die Muskeln anderer Leute. Trotzdem haben mein Süßer und ich viel Spaß miteinander. Und wie gehts dir?"

„Ich schlage mich durchs Leben."

„Kommst du wieder mal nach L. A.?"

„Das hängt von Victor ab. Wenn er mich mit einem Auftrag hinschickt, bin ich da."

„Was ist aus den Filmrechten für deinen Artikel über die Callgirls geworden?"

„Nach zwei Entwürfen hat das Studio das Handtuch geworfen. So läufts nun mal in Hollywood. Trotzdem habe ich eine Menge Geld gescheffelt und den fantastischen Regisseur Alex Woods kennen gelernt. *Das* ist vielleicht ein Typ."

„Hör mal, du musst unbedingt herkommen. Dann joggen wir wieder. Ich weiß doch, wie du auf körperliche Aktivitäten abfährst."

„Ist das eine Stichelei?"

„Erraten!"

Darüber mussten beide lachen. Madison mochte Natalies kleinen Bruder sehr gern. Eigentlich war er gar nicht so klein, sondern ein attraktiver 23-Jähriger mit stählernen Muskeln und einem strahlenden Lächeln. Er sorgte dafür, dass die Luxuskörper der Reichen und Berühmten in Form blieben, und zählte zu den angesagtesten Fitnesstrainern in L. A.

Lebhaft erinnerte sie sich, wie verblüfft sie bei der Begegnung Anfang des Jahres in Los Angeles gewesen war. Statt des Teenagers, verrückt nach Rap und Straßengangs und Dope, hatte ein Mann vor ihr gestanden, der zur Vernunft gekommen war. Wie Natalie sich ausdrücken würde, hatte der hübsche, schwule Cole „seine Scheiße auf die Reihe gekriegt". Es war auch an der Zeit gewesen, dachte sie.

„Wo ist Natalie?" fragte Madison.

„Wahrscheinlich im Studio", erwiderte er. „Sie arbeitet wirklich hart. In diesem neuen Job geht sie völlig auf."

„Ich dachte, sie hätte die Showbusiness-Nachrichten satt."

„Das hat sie behauptet, bevor sie ihre eigene Sendung bekam."

„Hat sie die Show nicht zusammen mit Jimmy Sica moderiert?"

„Jetzt steht sie eine Sprosse höher auf der Karriereleiter."

„Sag ihr, sie soll mich anrufen."

„Wird gemacht."

Da sich Jake Sica bei ihr gemeldet hatte, waren ihre Gedanken wenigstens kurzfristig von Michael und seinen erschütternden Enthüllungen abgelenkt worden. Sollte sie ihren Vater zurückrufen? Nein, zum Teufel mit ihm – im Augenblick würde sie es nicht verkraften.

Sie ging ins Schlafzimmer und zog das Telefonkabel aus dem Stecker, nahm eine von den Schlaftabletten, die David zurückgelassen hatte, und schluckte sie. Ohne sich auszuziehen, kroch sie unter die Bettdecke.

Bald versank sie im Tiefschlaf.

Am nächsten Morgen erwachte sie, weil gegen die Wohnungstür gehämmert wurde. Es dauerte eine Weile, bis sie die Augen öffnete. An Tabletten war sie nicht gewöhnt. Das Schlafmittel hatte sie umgehauen – was ja auch der Sinn der Sache gewesen war.

Bellend kauerte Slammer neben dem Bett und schaute mit seinen seelenvollen Augen zu ihr auf, als wollte er fragen: *Wann kann ich endlich pinkeln?*

Madison griff nach dem Wecker. Schon zehn. Verdammt, ein totaler K. o., dachte sie und stieg widerstrebend aus dem Bett.

Erst jetzt merkte sie, dass sie in den Kleidern geschlafen hatte. Das Klopfen verstummte nicht. Auch in ihren Schläfen pochte es, vermutlich wegen der Schlaftablette.

Oh Gott, wer mochte das sein? Und warum ging der lästige Typ nicht weg?

Madison schleppte sich zur Tür. „Ja?“ rief sie so unfreundlich wie möglich.

„Hi, ich bins“, antwortete Michael. „Heiliger Himmel, lass mich rein? Nun stehe ich schon seit zehn Minuten hier draußen rum.“

Was wollte er? Noch mehr Schauergeschichten erzählen und sie endgültig in den Wahnsinn treiben?

Als sie die Tür öffnete, stürmte er an ihr vorbei ins Apartment. „Was stimmt denn nicht mit dir?“ fuhr er sie erbost an. „Gestern Abend habe ich sechsmal angerufen. Und heute Morgen dreimal. Wo warst du?“

„Im Bett“, erwiderte sie kühl und kehrte ihm den Rücken. „Störts dich, wenn ich schlafe?“

„Wie bitte?“ Ihr ungewohnter Sarkasmus verwirrte ihn.

„Dreimal im Jahr sehen wir uns. Und dieses Mal lädst du mich zum Brunch ein, um mir mitzuteilen, meine Mutter sei nicht meine Mutter, sondern eine gewisse Gloria habe mich zur Welt gebracht. Entschuldige, *Dad*, ich bin ganz durcheinander und aufgeregt. Deshalb nahm ich eine Schlaftablette und fiel ins Koma. Kannst du mir verzeihen?“

„Tut mir Leid. Ich fühle mich elend. Niemals hätte ich gedacht, das würde eines Tages passieren.“

„Was hast du erhofft, Michael?“ fragte sie frostig. „Dass ich’s nicht herausfinden würde? Dass ihr irgendwann tot umkippen würdet, Stella und du – und ich würde jammern: ‚Ist das nicht traurig? Meine Eltern sind gestorben ...‘? Dann wäre mir die Wahrheit *für immer* erspart geblieben. Hattest du das geplant?“

Frustriert und gekränkt wandte sie sich zu ihm. „In ein paar Wochen werde ich dreißig. *Wann* wolltest du mich einweihen? Wenn ich vierzig oder fünfzig geworden wäre?“

Er schüttelte den Kopf. „Die ganze Zeit dachte ich, du müsstest es *nie* erfahren.“

„Als ich sieben oder acht war, hättest du's mir sagen sollen“, stieß sie anklagend hervor. „Damals hätte ich es akzeptieren und damit leben können.“

„Ja, du hast Recht!“

„Weißt du, wie herzlos Stella mich immer behandelt hat?“ Von Minute zu Minute wuchs ihr Zorn. „Niemals umarmte sie mich, niemals taten wir, was kleine Mädchen und ihre Mütter normalerweise zusammen unternehmen. Was glaubst du, warum es mir egal war, dass ich nach meinem Studium nicht mehr daheim wohnen durfte? In meinem eigenen Apartment bin ich *glücklich* gewesen – und heilfroh, weil ich meinem Elternhaus entronnen war.“

„Das hast du mir verschwiegen.“

„Was sollte ich denn sagen? ‚Ich ertrage meine Mutter nicht, dieses eiskalte Biest‘? Klar, sie ist bildschön, und alle lieben sie. Aber ich mag sie *nicht.*“

„Wie oft muss ich dir noch versichern, es tut mir Leid?“

„Hör mal zu – *du* tust mir Leid.“ Madisons Stimme klang immer schriller. „Jetzt hast du die Quittung für deine Lüge bekommen, nicht wahr?“

Auf perverse Weise genoss sie sein sichtliches Unbehagen. Michael, stets Herr der Lage. Michael, der perfekte Vater. Zumindest hatte sie ihn dafür gehalten.

„Ich mache Kaffee“, sagte sie abrupt. „Möchtest du eine Tasse?“

Wortlos nickte er.

Sie ging in die Küche und füllte Kaffee in den Filter, goss Wasser in die Maschine und schaltete sie ein. Dann ergriff sie Slammers Leine und eilte zur Tür. „Bin gleich wieder da. Schau dir inzwischen den Schreibblock auf dem Tisch an. Da findest du eine Liste der Fragen, die du schriftlich beantworten sollst. Und streu mir bloß keinen Sand in die Augen, Michael! Nun will ich endlich *alles* wissen."

12. KAPITEL

Als Rosarita erwachte, joggte Dexter bereits durch den Central Park. Lächelnd räkelte sie sich im warmen Bett. Ein Punkt für Dex ... Letzte Nacht war er ein sensationeller Liebhaber gewesen, so traumhaft, dass sie Joel für mindestens fünfzehn Minuten vergessen hatte. Wozu sich ihr Mann aufraffen konnte, war ihr seit den Flitterwochen auf den Bahamas, die Chas bezahlt hatte, nicht mehr vergönnt worden.

Leider gabs da ein Problem – er kannte keine Finessen. Okay, er wusste, wie man bumste. Aber das war auch schon alles. Er hatte keine Ahnung, wie man küsste, und verstand nichts vom Oralsex. Wenn *sie* ihm einen blies, schien er es nicht zu genießen. *Du legst dich hin, und ich besorgs dir* – darin erschöpfte sich seine erotische Fantasie.

Trotzdem, manchmal war es großartig, sich einfach nur durchficken zu lassen. Und sie musste zugeben – Dex sah wirklich gut aus mit seinem kraftvollen Körper und den breiten Schultern.

Hatten seine Eltern gehört, was in der Nacht geschehen war? Sie hatte ziemlich laut geschrien – und Matt wahrscheinlich in höchste Erregung versetzt. Zweifellos schlief Martha mit Ohropax in den rosigen Provinzohren.

Okay, es war an der Zeit, aufzustehen. Da Conchita am Sonntag nicht arbeitete, hoffte Rosarita, Dex hätte bereits Kaffee gekocht – oder seine Mom. Und wenn sie besonders süß lächelte, würde Martha vielleicht Eier mit Speck braten.

Ihre Schwiegermutter saß im Wohnzimmer und las die neueste *Cosmopolitan*-Ausgabe. „Hast du gut geschlafen, meine Liebe?" fragte sie und legte die Zeitschrift beiseite.

„Mhm ..." Rosarita streckte sich. „Wo ist Matt?"

„Die Jungs joggen. Oh, es ist so nett, Dick und ..." Hastig verbesserte sich Martha. „... Dexter und seinen Daddy zusammen zu sehen. Als Dex ein kleiner Junge war, nahm Matt ihn überallhin mit."

„Tatsächlich?" murmelte Rosarita. Das Gespräch langweilte sie schon nach wenigen Sekunden. „Hat irgendjemand Kaffee gekocht?"

„Soll ich das machen, Liebes?" erbot Martha sich eifrig.

„Wenn du so freundlich wärst ... Dann hätte ich noch Zeit, um zu duschen."

„Ja, gewiss."

„Im Kühlschrank findest du Eier und alles andere – falls du was für die Jungs vorbereiten willst. Nach dem Joggen sind sie sicher hungrig."

„Was für eine gute Idee!" meinte Martha freudestrahlend. „Störts dich nicht, wenn ich in deiner Küche herumwerkle?"

„Auf der Theke steht die Saftpresse. Und in der großen Dose liegt genug Brot."

„Gut, ich kümmere mich um alles. Und dann wollen wir vier ein gemütliches Frühstück genießen."

„Klingt gut." Rosarita kehrte ins Schlafzimmer zurück und schloss die Tür. Aus einem Impuls heraus griff sie zum Telefon und wählte Joels Privatnummer. Der Anrufbeantworter meldete sich. Verdammt! Vermutlich schlief er noch. Hatte der Honigkuchen, oder wie immer seine Freundin heißen mochte, den Knutschfleck an seinem Hals bemerkt? Rosarita versuchte sich die Szene vorzustellen.

Joel, woher hast du das?

Keine Ahnung, Babe.

Joel, triffst du dich mit einer anderen?

Niemals, Babe.

Das glaube ich dir nicht. Ich verlasse dich!

Rosarita lachte leise. Dann rief sie ihren Vater an. „Bist du schon wach, Daddy?“ flötete sie.

„Was ist denn jetzt schon wieder los?“ fragte er argwöhnisch.

„Oh, ich wollte dir nur für das Dinner gestern Abend danken. Es war so nett von dir, Dex und seine Eltern einzuladen.“

„Schon gut.“ Chas war immer noch auf der Hut. Wenn sie diesen zuckersüßen Ton anschlug, der überhaupt nicht zu ihr passte, führte sie meistens irgendwas im Schilde.

„Venice kam mir ziemlich blass vor.“

„So?“

„Und Eddie sah auch nicht allzu gut aus. Nun ja, besonders attraktiv war er nie.“

„Vielleicht brauchen die beiden ein bisschen Erholung.“ In der Absicht, Rosarita zu ärgern, fügte er hinzu: „Ich glaube, ich werde sie mit den Kindern nach Hawaii schicken.“

„Heißt das – du *bezahlst* ihnen den Urlaub?“

„Warum nicht? Um Himmels willen, das sind meine Tochter, mein Schwiegersohn und meine Enkel.“

Hastig wechselte sie das Thema und hoffte, er würde Hawaii vergessen. „Wer war die Frau, die gestern Abend mit uns am Tisch saß?“ Nun klang ihre Stimme kühl und missbilligend.

„Das geht dich nichts an.“

„Daddy!“ Sofort schlüpfte sie wieder in die Rolle der besorgten Tochter, der einzig und allein das Wohl ihres Vaters am Herzen lag. „Mit einer so – *billigen* Frau dürftest du dich nicht einlassen.“

„Wieso billig? Die ist verdammt teuer. Dauernd kaufe ich ihr Geschenke.“

„Oh Daddy, du bist unmöglich.“

„Du etwa nicht?“

„Schon seit meiner Kindheit gibst du dich mit unpassenden Frauen ab. Immer der gleiche Typ – üppig und vulgär. Was *siehst* du bloß in ihnen?“

„Heute Morgen bin ich nicht in der Stimmung, um mir dein dummes Geschwätz anzuhören. Also nörgle nicht auch noch an mir herum.“

„Ich habe nur angerufen, um dir für das Dinner zu danken.“

„Unterhalten wir uns ein andermal“, erwiderte er und legte auf.

Rosarita bezweifelte nicht, dass Venice die Schuld an seiner schlechten Laune trug. Wann immer er ihre blöde Schwester sah, sank seine Stimmung auf den Nullpunkt.

Oft genug hatte Rosarita versucht herauszufinden, warum Venice sie so sehr irritierte. Weil sich ihre Schwester niemals einer Schönheitsoperation unterzogen hatte und trotzdem irgendwie gut aussah? Oder weil sie ein Jahr jünger war und schon zwei Kinder hatte? Oder weil sich Eddie niemals nach anderen Frauen umdrehte? Gestern Abend war sein Blick kein einziges Mal zu der vollbusigen Kuh geschweift, während Dexter ein- oder zweimal hinübergespäht hatte. Ganz zu schweigen von Matt, der Mund und Nase aufgesperrt hatte.

Nun, das bewies wenigstens, dass heißes Blut durch Dexters Adern floss, was man von Eddie wohl kaum behaupten konnte. Ein mieser kleiner Schlappschwanz ...

„Wie ich sie alle hasse“, flüsterte sie.

Und dann, nur zum Spaß, wählte sie noch einmal Joels Nummer.

„Hast du die böse Tat vollbracht, mein Junge?“ Verschwörerisch zwinkerte Matt seinem Sohn zu, während sie Seite an Seite durch den Central Park joggten.

„Danach darfst du mich nicht fragen, Dad, das ist zu persönlich."

„Was ist denn so persönlich? Dass du's getan hast? Oder dass du's *nicht* getan hast?"

„Rosarita ist meine *Frau.*"

„Das weiß ich. Das hat ihr Geschrei letzte Nacht bewiesen."

Dexter wandte sich ab und starrte zwischen den Bäumen hindurch. So sehr er seinen Dad auch liebte – manchmal stellte Matt viel zu indiskrete Fragen. Gewisse Dinge im Leben mussten privat bleiben. Wenn er auch den Rat seines Vaters befolgt und Rosarita den Streich mit dem Diaphragma gespielt hatte, um sie gegen ihren Willen zu schwängern, so bedeutete das noch lange nicht, dass er über sein Liebesleben reden würde.

„Als deine Mutter jung war ...", begann Matt.

Entnervt hob Dexter eine Hand und fiel seinem Vater ins Wort. „Davon will ich nichts hören."

„Warum nicht?" rief Matt ärgerlich. „Da ist doch nichts dabei."

„Was zwischen Mom und dir geschehen ist, solltest du für dich behalten."

„Wieso?"

„Weil es peinlich ist, so was zu erwähnen." Allmählich verlor Dexter die Geduld.

„Keineswegs, es tut einem sogar gut, sich alles von der Seele zu reden."

„Manche Leute denken anders drüber."

„Hast du Löcher in das Diaphragma gestochen, so wie ich's dir gesagt habe?"

„Dad!" warnte Dexter. „Fall mir nicht auf den Wecker!"

„Aber ich will Großvater werden, bevor ich zu alt bin", murrte Matt verärgert.

„Sag das Rosarita, nicht mir.“

Ein hübsches Mädchen joggte vorbei. Unter einem engen Tanktop hüpften kleine pralle Brüste. Matt blieb doch tatsächlich stehen und starrte ihr nach.

„Großer Gott!“ klagte Dexter. „Wann schlafen deine Hormone endlich ein?“

„Viagra!“ prahlte Matt und grinste selbstgefällig. „Funktioniert großartig. Das Zeug nehme ich jeden Abend. Bedauerlicherweise lässt der Enthusiasmus deiner Mutter zu wünschen übrig. Niemals gibt sie mir das Gefühl ...“

„Bitte, Dad, was es auch ist – ich wills nicht hören.“

„Toller Hintern“, meinte Matt, der dem Mädchen immer noch nachschaute.

Dex nahm sich vor, Ohropax in seine Ohren zu stecken, wenn sie das nächste Mal miteinander joggen würden.

Mittlerweile hatte Martha ein Festmahl zubereitet – gebratene Würstchen, gegrillte Tomaten, Speck mit Rühreiern und einen Stapel Toastscheiben. Die Kaffeemaschine blubberte, und auf dem Tisch stand ein Krug mit frisch gepresstem Orangensaft.

„Offensichtlich hat Rosarita noch keinen Fuß in die Küche gesetzt“, bemerkte Dexter, umarmte seine Mutter und küsste sie.

„Was für eine himmlische Kücheneinrichtung!“ schwärmte sie, die Wangen gerötet.

„Wo ist Rosarita?“

„Unter der Dusche.“

Als er das Schlafzimmer betrat, sah er seine Frau in einem seidenen Kimono auf dem Bett liegen. „Hi, Darling“, murmelte sie, ohne von der neuen *Women's Wear Daily*-Ausgabe aufzublicken, in der sie gerade blätterte.

„Anscheinend hast du meine Mom mit irgendeinem faulen Trick dazu gebracht, für uns alle das Frühstück zu machen“, sagte er und schlüpfte aus seinem Joggingdress.

„Darauf hat sie bestanden.“

„Ja, natürlich.“ Splitternackt stand er vor ihr. „Jetzt dusche ich, dann treffen wir uns in der Küche.“

„Soll ich dir beim Duschen Gesellschaft leisten?“ schlug sie vor – unfähig, seinem wohlgeformten Körper zu widerstehen. Ganz zu schweigen von seinem perfekten Schwanz.

Warum nicht, dachte er. Wenn ich sie schwängern will, muss ich's möglichst oft mit ihr treiben.

„Okay“, stimmte er zu ihrer Verblüffung zu. „Aber wir sollten uns beeilen – meine Mutter hat schon alles fürs Frühstück vorbereitet.“

„Sicher wird Mommy noch ein Weilchen auf ihren kleinen Jungen warten“, hänselte Rosarita ihn und sprang aus dem Bett. „Und da wir gerade von kleinen Jungs reden ...“ Blitzschnell umfasste sie seine Hoden.

„Lass das, ich bin ganz verschwitzt“, protestierte er und wich zurück.

Unbeirrt folgte sie ihm. „Das ist es ja, was mich aufgeilt.“

„Aber *mich* nicht“, erwiderte er und schob sie weg.

Seufzend verdrehte sie die Augen. Es war so schwierig, ihm irgendwas beizubringen. Aber warum sollte sie sich die Mühe machen? Allzu lange würde er nicht mehr hier bleiben.

„Komm, gehen wir duschen!“ drängte sie. „Soll ich dir einen Trick mit dem Brausekopf zeigen? Der wird deine verschwitzten Eier in den Himmel und wieder zurück schleudern.“

13. KAPITEL

Irgendwie überstand Madison den Sonntagvormittag. Nach einem langen Spaziergang mit Slammer kehrte sie in die Wohnung zurück. Michael hatte keine einzige Frage beantwortet.

„So was kriege ich schriftlich nicht hin. Frag mich, und ich werde deine Neugier befriedigen."

Diesen Rat befolgte sie, obwohl sie es hasste, neben ihm zu sitzen und seinem Bericht zu lauschen. Immer wieder betonte er, wie wundervoll Gloria gewesen sei, und er würde sicher ein paar Fotos finden.

Aber als Madison wissen wollte, warum Gloria erschossen worden war, verschloss sich seine Miene. „Wegen einer kleinen Spielschuld, die ich nicht beglichen hatte."

Ungläubig starrte sie ihn an. „Deshalb haben diese Leute meine Mutter erschossen? Wegen einer Lappalie?"

Michael nickte und wich ihrem Blick aus.

„Offenbar war die Summe größer, als du dachtest", meinte sie und beobachtete ihn aufmerksam.

„Wie könnte ich mich dran erinnern? Es ist schon so lange her."

„Um Himmels willen, Michael!" rief sie. „Allzu viel verrätst du mir nicht. Habe ich kein *Recht* auf die ganze Wahrheit?"

„Ich sage dir alles, was ich noch weiß", erwiderte er in scharfem Ton. „Weil ich jemandem Geld schuldig war, wurde ich bedroht. Ich dachte, ich hätte Gloria ausreichend beschützt. Trotzdem haben sie deine arme Mutter getötet."

„Wer waren *sie?*" fragte Madison anklagend.

„Leute."

„Welche Leute?"

„Ein Spielersyndikat."

„Von wem geleitet?“

„Wie zum Teufel soll ich das wissen?“

Madison wollte Einzelheiten hören. Aber ihr Vater war anscheinend nicht bereit, nähere Erklärungen abzugeben.

Wer mochte die Geschichte sonst noch kennen? Wen konnte sie fragen? Vielleicht Stella. Immerhin schuldete ihr die so genannte Mutter ein paar Informationen.

„Wo ist Stella zu erreichen?“

„Keine Ahnung“, entgegnete er kühl. „Einmal rief sie mich an, ohne mir ihre Adresse zu geben. Falls du sie aufspürst, gib mir Bescheid.“

Nach ein paar Stunden war sie keinen Schritt weitergekommen. „Ich bin müde, Michael. Bitte, geh jetzt.“

„Wann besuchst du mich?“

„Wo?“

„In Connecticut.“

„Bleibst du in diesem Haus? Ohne Stella?“

„Das habe ich noch nicht entschieden.“

„Erst mal brauche ich Zeit, um das alles zu verdauen“, sagte sie erschöpft. „Was ich gestern erfahren habe – das war wirklich ein Schock. Und ich weiß nicht einmal, wie meine Mutter ausgesehen hat.“

„Sie war sehr schön. So wie du. Ich werde ein Foto suchen – und mein Bestes tun.“

Instinktiv wusste sie, dass er sein Versprechen nicht halten würde.

Nachdem er das Apartment verlassen hatte, wanderte sie noch einmal mit Slammer durch den Park. Ihre Gedanken überschlugen sich.

Was hatte ihr Vater verschwiegen? Fast allen Fragen war er ausgewichen, oder er hatte sie nur unvollständig beantwortet.

Über ihre Mutter wusste sie noch immer nichts. Nur dass eine 21-jährige Frau, deren Familie offenbar nicht mehr lebte, erschossen worden war.

Gegen Abend rief Natalie aus L.A. an. Madison war nicht mehr in der Stimmung, ihrer Freundin am Telefon anzuvertrauen, was sie bedrückte – insbesondere, weil sie die Wirkung der Schlaftablette noch nicht vollends überwunden hatte. Den ganzen Tag war sie groggy und missgelaunt gewesen.

Und so hörte sie nur zu, während Natalie von den Prominenten erzählte, die sie in letzter Zeit interviewt hatte, und sich beschwerte, weil die meisten jungen Schauspieler „die reinsten Arschlöcher“ waren. „Nur weil wir gemeinsam vor einer Kamera sitzen, glauben sie, ich würde bereitwillig mit ihnen ins Bett hüpfen“, klagte sie. „Aber die sollen ihre arroganten kleinen Schwänze sonst wohin stecken.“

„Überleg doch, worauf's ankommt. Was du jetzt machst, gefällt dir besser als dein letzter Job.“

„Okay, das muss ich zugeben.“

„Na also.“

„Wann kommst du wieder mal hierher? Du fehlst mir.“

„Morgen rede ich mit Victor, und vielleicht wird mich eine seiner brillanten Ideen nach L. A. führen.“

„Hoffentlich wirds nicht so schlimm wie letztes Mal.“

„Ja, das war ein Albtraum.“ Unbehaglich erinnerte sich Madison an Salli T. Turner, den blonden TV-Star, den sie interviewt hatte. Kurz danach war die Schauspielerin ermordet worden.

„He, wenigstens hast du einen tollen Artikel drüber geschrieben“, erwiderte Natalie aufmunternd.

„Danke.“

„Und was macht das Liebesleben? Hast du jemanden gefunden?“

„Wie sollte ich? Hier laufen nur Trottel rum.“

„Oh, du bist ja bestens gelaunt! Ist das deine Ich-hasse-alle-Männer-Woche?“

„Und du?“ Madison ignorierte die sarkastische Frage.

„Keine Zeit. Für die neue Sendung muss ich mir den Arsch aufreißen.“

„Und wie ist dein Co-Moderator?“

„Ein älterer Typ, dem die Zusammenarbeit mit einer Schwarzen ganz und gar nicht gefällt. Längst nicht so nett wie Jimmy Sica.“

„Also geht er dir nicht an die Wäsche?“

„Natürlich nicht.“ Natalie lachte. „Wieder mal ein verheirateter Mann. Außerdem würde er lieber neben den Starreporterinnen Barbara Walters und Diane Sawyer sitzen. Auf *die* beiden wäre er sicher scharf.“

„Vermisst du Jimmy?“

„Oh ja, der war mein liebster verheirateter Seitenspringer. Ständig auf der Pirsch.“

„Sein Bruder Jake hat mich angerufen.“

„Tatsächlich? Für den hast du dich interessiert, nicht wahr? Leider war er hinter dieser Nutte her, Christine Sowieso.“

„Danke, dass du mich dran erinnerst.“

„Stimmt doch.“

„In ein paar Tagen rufe ich dich noch mal an. Hoffentlich habe ich dann Neuigkeiten, was meine beruflichen Pläne angeht. Glaub mir, ich würde New York nur zu gern den Rücken kehren.“

Am nächsten Morgen um zehn läutete es an ihrer Tür.

„Verdammt!“ murmelte sie. Auf dem Weg zum Spion stolperte sie beinahe über Slammer.

Eine ungewöhnlich große Frau stand im Hausflur.

„Guten Morgen“, grüßte sie, als Madison die Tür öffnete, „ich bin Kimm Florian. Soviel ich weiß, sind wir verabredet.“

Sofort ging der Labrador in Angriffsstellung, knurrte bösartig, und Madison zerrte ihn am Halsband beiseite.

Kimm Florian, eine grobknochige Frau mit indianischen Gesichtszügen, trug eine schlichte Khakihose, ein braunes Sweatshirt und Joggingschuhe. Kein Make-up. Das pechschwarze Haar war zu einem langen Zopf geflochten.

„Oh …“ Von ihrem schweren Schock abgelenkt, hatte Madison vergessen, den Termin abzublasen. „Tut mir Leid – ich wollte Sie anrufen.“

„Gibts Probleme?“ Die Arme vor der Brust verschränkt, stand Kimm da, eine imposante Erscheinung.

„Nun, meine Freundin hat sich anders besonnen“, erklärte Madison. Nach ihrer Meinung sah Kimm Florian kein bisschen wie ein Privatdetektiv aus.

„So?“

„Tut mir wirklich Leid.“

„Daran sind Sie nicht schuld.“

Trotz ihrer verständnisvollen Antwort hatte Madison ein schlechtes Gewissen, weil Kimm umsonst hierher gekommen war, und lud sie ein: „Kann ich Ihnen eine Tasse Kaffee oder einen Orangensaft anbieten?“

„Lieber einen Schluck Wasser“, erwiderte Kimm und betrat das Apartment.

„Sie sehen nicht wie ein Privatdetektiv aus“, bemerkte Madison und sah Kimm verwundert an.

„Nein?“ Kimm lächelte belustigt. „Und wie müsste ein Privatdetektiv denn aussehen?“

„Keine Ahnung. Vielleicht wie Don Johnson.“

„Mal sehen, ob ich mir einen Dreitagebart zulegen kann“, erwiderte Kimm trocken und sank auf die Couch. „Immerhin bringt meine äußere Erscheinung gewisse Vorteile mit sich – wenn ich die Leute beobachte, kriegen sie's nicht mit.“

„Sehr gut.“ Madison holte eine Flasche Evian aus der Küche und goss ein Glas Wasser ein.

„Erzählen Sie mir von Ihrer Freundin.“

„Eh – nun – etwa fünf Minuten lang hat sie Ihren Ehemann verdächtigt und dann erkannt, dass es ein Irrtum war.“

„Frauen irren sich nie“, betonte Kimm. „Und sie können sich immer auf ihren Instinkt verlassen. Sobald eine Frau auf den Gedanken kommt, ihr Mann könnte herumhuren, hat sie Recht.“

„Wieso wissen Sie das?“

„Nach hundertfünfzig Fällen sollte ich's wissen. Ihre Freundin wird meine Dienste sicher beanspruchen. Vielleicht nicht jetzt oder nächste Woche. Aber irgendwann wird sie mich anrufen.“

„Offenbar sind Sie Ihrer Sache sicher.“

„Ich würde ihr einen Test empfehlen.“

„Welchen denn?“ fragte Madison, um der Frau einen Gefallen zu tun.

„Sagen Sie ihr, sie soll nachsehen, ob er ein Kondom in seiner Brieftasche verwahrt. So was tragen die meisten Männer mit sich herum.“

„Ehemänner nicht.“

„Oh, Sie würden staunen.“

„Okay, sie durchsucht seine Brieftasche und entdeckt zu ihrer Verblüffung ein Kondom. Was dann?“

„Sie markiert eine Ecke des Päckchens mit einem möglichst unauffälligen Punkt. Eine Woche später sieht sie nach, ob dasselbe Päckchen immer noch in der Brieftasche steckt."

„Was würde denn *das* beweisen?"

„Wenn sie ein neues Päckchen findet – und wenn er im Ehebett keine Kondome benutzt ..."

„Das alles kommt mir ziemlich simpel vor."

„Meistens sinds die einfachen Dinge, die zum Erfolg führen." Kimm nickte wissend.

„Wirklich?" Und dann hatte Madison eine brillante Idee. „Können Sie auch die Vergangenheit erforschen – und zum Beispiel feststellen, was vor neunundzwanzig Jahren geschehen ist?"

„Gewiss."

„Ich würde mich gern über einen Mann und eine Frau informieren."

„Nennen Sie die Namen, und sagen Sie mir alles, was Sie über die beiden wissen."

„Nicht allzu viel. Die Frau hieß Gloria Delagado und war mit einem Mann namens Michael Castelli liiert. Anscheinend wurde sie erschossen."

„Lautet Ihr Nachname nicht auch Castelli?"

„Eh – ja."

„Ist Michael ein Verwandter?"

„Mein Vater", antwortete Madison, und Kimm musterte sie mit schmalen Augen.

„Also soll ich Erkundigungen über Ihren Vater einziehen?"

„Ja, ich will alles über ihn wissen, weil ich das schreckliche Gefühl habe, ich würde ihn gar nicht kennen."

„Okay, ich kümmere mich drum. Aber ich muss Sie warnen. Wenn Ihr Vater Ihnen verschweigt, was damals geschehen ist, wird Ihnen die Wahrheit nicht gefallen."

Irgendwie wirkte Kimm tröstlich – eine starke, sympathische Persönlichkeit, die unerschütterliches Selbstvertrauen ausstrahlte, und Madison glaubte an ihre Fähigkeiten. „Das weiß ich. Finden Sie so viel wie möglich raus."

Am frühen Nachmittag traf Madison in der Redaktion ein, und Victor begrüßte sie mit einem herzhaften Klaps auf den Rücken. „Hallo, junge Dame, ich muss dir zwei Dinge sagen", verkündete er mit seiner dröhnenden Stimme. „Sicher werden dir beide gefallen."

„Nenn mich nicht junge Dame."

„Warum nicht?"

„Weil das so herablassend klingt."

„Tut mir Leid", erwiderte er, ohne auch nur das geringste Bedauern zu zeigen.

„Demnächst wird in Las Vegas ein großer Boxkampf veranstaltet. Antonio ‚The Panther' Lopez gegen den Champ Bull Ali Jackson. Nach meiner Ansicht ist der Panther eine faszinierende Persönlichkeit."

„Klar, du bist ein *Mann*. Und unsere *Leserinnen?*"

„Du musst sein Privatleben erforschen. Wie üblich. Seine Frauen, seine Kleidung, gesellschaftliche Aktivitäten ..."

„Ist er verheiratet?"

„Nein, aber er hat drei Kinder mit drei verschiedenen Frauen. Und er ist erst dreiundzwanzig. Interessant genug für dich? In sechs Wochen findet der Kampf statt. Und du wirst am Ring sitzen."

„Am Ring! Wie sich das anhört!" rief sie angewidert. „Wer will schon sehen, wie sich zwei Arschlöcher verprügeln? Was soll daran interessant sein?"

„Das willst *du,* Schätzchen. Du wirst begeistert sein."

„Manchmal zweifle ich ernsthaft an deinem Verstand, Victor. Glaubst du wirklich, so was gefällt den Frauen?"

„Oh, ich *weiß*, was den Frauen gefällt", seufzte er. „Jeden Winter ein neuer Nerz. Das törnt Evelyn an."

„Hast du ihr nicht erklärt, es sei politisch inkorrekt, Pelz zu tragen?"

„Oft genug – bis ich mich heiser geschrien habe. Das macht keinen Unterschied. Sie erwartet immer noch, ich würde ihr jedes Jahr einen neuen Pelzmantel kaufen."

„Tus nicht", mahnte Madison. „Unterstütz lieber die Tierschützer. Und was würdest du sagen, wenn jemand einen Farbkanister über dem Kopf deiner Frau ausschüttet?"

Unwillkürlich grinste Victor. „Diesen wundervollen Menschen würde ich großzügig belohnen."

„Also soll ich nach Vegas fliegen?"

„Was hältst du davon?"

„Gar nicht so übel – ich hatte gehofft, ich könnte New York für eine Weile verlassen."

„Warum?"

„Nur so ..."

„Du siehst müde aus." Victor schaute sie mit zusammengekniffenen Augen an. „Alles in Ordnung?"

„Was sollte denn nicht stimmen?"

„Wieder mal ein langes, einsames Wochenende?"

„Unsinn, ich kenne keine langen, einsamen Wochenenden", entgegnete Madison irritiert. „Erstens habe ich haufenweise Freunde und zweitens einen Hund. Nur weil's in meinem Leben keinen Kerl gibt, heißt das noch lange nicht, ich hätte keinen Spaß."

„Du vermisst David."

„Zum Teufel mit David!"

„Klar, er fehlt dir. Aber ich habe eine Lösung für dein Problem gefunden. Und damit wären wir bei meiner zweiten Mitteilung."

„Oh, ich kanns gar nicht erwarten", murmelte sie desinteressiert.

„Wir geben eine Dinnerparty. Und Evelyn besteht darauf, dass du kommst."

„Wieso?"

„Weil sich meine teure Gemahlin für die erfolgreichste Kupplerin von Manhattan hält. Und sie hat den perfekten Mann für dich aufgespürt."

„Nein, Victor", stöhnte Madison, „Nicht schon wieder! Das habe ich in deinem Haus oft genug durchgemacht. Lass mich mal überlegen – der letzte perfekte Typ war ein 21-jähriger Chaot. Und der vorletzte sechsundachtzig. Bei allem Respekt vor Evelyn – sie hat keine Ahnung, was ich suche. Außerdem bin ich gar nicht auf der Jagd. Wenn ich über einen tollen Mann stolpere, okay. Wenn nicht, bin ich genauso glücklich mit mir selber."

„Schon gut, ich habs verstanden."

„Warum braucht eigentlich jede Frau einen Mann?"

„*Diese* Party musst du wohl oder übel ertragen. Evelyn hat Geburtstag."

„Oh Gott!"

„Heißt das ja?"

„Okay, ich komme, und ich bringe sogar ein Geschenk mit. Aber *bitte*, sag deiner Frau, sie soll mich mit perfekten Männern verschonen."

14. KAPITEL

„Komm um Viertel vor eins in mein Büro", schlug Joel vor.

Das musste er Rosarita nicht zweimal sagen. Es war Dienstag, und sie hatte ihren Schwiegereltern schon viel zu viel Zeit geopfert. Allerdings gab es einen kleinen Lichtblick. Der neu entflammte Sex mit Dex machte ihr richtig Spaß.

Seit sie Chas gebeten hatte, ihren Ehemann zu beseitigen, verlor er kein Wort mehr darüber. War es denn so schrecklich, was sie verlangte? Wenn Dex weiterhin sein Bestes tat, um ihr Leben zu vermasseln, *musste* sie ihn doch loswerden. Da hatte sie nun wirklich keine Wahl.

Andererseits – wenn er kooperierte und sich nicht gegen die Scheidung sträubte, würde sie ihm vielleicht einen Hinrichtungsaufschub gewähren.

Sollte er Ärger machen und Chas ihren Wunsch nicht erfüllen, gab es eine Alternative. Notgedrungen würde sie einen Profi anheuern. Ein beklemmender Gedanke – aber sie würde nicht davor zurückschrecken. Was immer es kosten mochte – sie würde dem Gefängnis einer unbefriedigenden Ehe entfliehen.

Noch nie hatte sie Joels Büro im Blaine-Gebäude besucht, einem imposanten, schimmernden Turm aus Glas und Beton, der seinem Vater gehörte. Wie Joel ihr erklärt hatte, würde er demnächst die Geschäftsleitung übernehmen. „Leon wird bald in den Ruhestand treten. Und ich bin sein Nachfolger."

Zu Rosaritas Verblüffung lag sein Büro im vierunddreißigsten Stock. Soviel sie wusste, befand sich der Olymp, wo Leon Blaine und seine engsten Mitarbeiter residierten, in der fünfunddreißigsten Etage.

Joels Sekretärin Jewel, eine magere Farbige mit endlos langen, grün lackierten Fingernägeln, aufgebauschtem Haar und kampflustiger Miene, saß hinter einem Schreibtisch aus hellem Holz. „Ja?“ fragte sie unfreundlich, als Rosarita das Vorzimmer betrat.

„Ich möchte zu Mr. Joel Blaine“, verkündete Rosarita hochnäsig.

„Und wer sind Sie?“

„Mr. Blaine erwartet mich.“

„Dann haben Sie sicher einen Namen“, konterte Jewel.

Erbost versuchten sie, einander mit Blicken zu erdolchen.

„Sagen Sie ihm, Rosarita ist da.“ Nicht zum ersten Mal wurde ihr bewusst, dass sie mit dem Namen einer mexikanischen Nutte gestraft war, weil ihre Eltern sie am Strand vom Puerto Vallarta gezeugt hatte.

„Ro-sa-ri-ta ...“, wiederholte Jewel gedehnt. Jede einzelne Silbe klang vulgär. „Okay, ich sags ihm. Setzen Sie sich, Schätzchen.“

Schätzchen! Jetzt geriet Rosarita ernsthaft in Wut. Sie sank in einen Sessel, ergriff eine Ausgabe des *People*-Magazins und starrte blicklos das Foto eines halb nackten Brad Pitt an.

Die dreiste Person mit den grünen Fingernägeln telefonierte. Offenbar führte sie ein Privatgespräch. Sie wisperte und kicherte und ignorierte Rosaritas Anwesenheit.

Nach zehn Minuten hatte Rosarita genug von diesem Unsinn. Sie stand auf und ging zum Schreibtisch. „Weiß Mr. Blaine, dass ich warte?“ fragte sie mit schriller Stimme.

„Oh“, erwiderte Jewel ungerührt, „bei Ihrer Ankunft hat er gerade telefoniert. Mal sehen, ob er jetzt Zeit hat.“ Sie drückte auf einen Knopf an ihrer Sprechanlage und schlug einen viel zu vertraulichen Ton an. „Joel, da ist eine Lady namens Rosarita. Soll ich sie reinschicken?“ Eine Pause. „Okay“, fuhr sie fort und schenkte der Besucherin ein unverschämtes Lächeln. „Jetzt dürfen Sie hineingehen.“

Rosarita rauschte in Joels Büro, etwas konsterniert, weil sie nicht den Luxus erblickte, den sie sich vorgestellt hatte. Gewiss, die Ledermöbel und das große Fenster mit der Aussicht auf die Avenue of the Americas waren ganz schön, aber keineswegs grandios.

In einem rosa Kaschmirpullover saß Joel hinter seinem Schreibtisch und begrüßte sie mit einem breiten Grinsen. „Hi, Babe. Mach die Tür zu."

Sobald sie seinen Wunsch erfüllt hatte, sprang er auf und schlenderte um den Schreibtisch herum zu ihr, von der Taille abwärts splitternackt.

„Joel!" kreischte sie halb schockiert, halb belustigt. „Allem Anschein nach freust du dich, mich wiederzusehen."

„Nun, ich dachte, diese Überraschung würde dich beglücken."

Unfähig, den Blick von seinem Penis abzuwenden, der dem Wort „groß" eine ganz neue Bedeutung verlieh, fragte sie sich: Kann ein Mädchen noch mehr verlangen?

„Was für ein unartiger Junge du bist!" schimpfte sie. „Unartig und unmoralisch."

„Und dich machts total an, was?"

Durch das große Fenster hinter ihm sah sie ein anderes hohes Bürogebäude. Natürlich waren Joels Jalousien hochgezogen. Das steigerte Rosaritas Erregung. Sicher beobachteten einige Leute, was hier geschah. Genau das wollte er.

„Wie war dein Wochenende, Joel?"

„Ziemlich cool", entgegnete er und berührte seine Erektion.

Sie holte tief Luft. „Was hast du gemacht?"

„Frag lieber, was ich *nicht* gemacht habe."

Ein Instinkt warnte sie davor, weitere Fragen zu stellen.

„Würdest du niederknien und mich mit einer Spezialbehandlung verwöhnen?“ schlug er vor und postierte sich dicht vor Rosarita.

„Sollten wir nicht die Tür versperren?“ Wie seine Antwort lauten würde, wusste sie schon vorher.

„Wozu? Hier kommt niemand rein, ohne anzuklopfen.“ Er drehte sich ein wenig zur Seite, um dem potenziellen Publikum sein Profil zu zeigen.

Als Rosarita auf die Knie sank, fühlte sie sich lasterhaft, unzüchtig und unglaublich angetörnt.

Sie versuchte seinen prachtvollen Penis zu umfassen.

„Keine Hände“, befahl er. „Nur dein Mund, Babe.“

Ihre Wollust wuchs.

„Komm schon!“ drängte er. „Besorgs mir. Du weißt doch, wie ich's mag.“

Nur zu gern gehorchte sie.

Nach seinem Höhepunkt wartete sie vergeblich auf ihre Belohnung. Er kehrte hinter den Schreibtisch zurück und schlüpfte in seine Hose.

Empört erhob sie sich von den Knien. „Und ich?“

„Komm morgen wieder“, sagte er beiläufig. „Dann lege ich dich auf meinen Schreibtisch und verschlinge dich, als hätte ich eine Woche lang nichts gegessen.“

Wohlig erschauerte Rosarita.

„Okay, Babe.“ Mit einer knappen Geste entließ er sie. „Jetzt habe ich zu tun. Bis morgen. Um die gleiche Zeit.“

Noch nie war sie so respektlos behandelt worden, und das erregte sie ungemein.

Während sie das Vorzimmer durchquerte, warf ihr Jewel einen wissenden Blick zu. Verdammt, sie hatte vergessen, sich über das Mädchen zu beschweren.

Doch das eilte nicht. Morgen würde sie es nachholen.

Am anderen Ende der Stadt trank Dexter mit dem Star der Soap „Dunkle Tage“ Kaffee. Silver Anderson, eine eindrucksvolle Lady über sechzig, beherrschte seit zwanzig Jahren die TV-Branche. Auch Martha und Matt saßen am Tisch. Voller Ehrfurcht musterten sie die legendäre Schauspielerin.

„Freut mich, Sie beide kennen zu lernen, meine Lieben“, sagte sie mit ihrem übertriebenen pseudobritischen Akzent. „Ich *vergöttere* das Showbusiness. Und das Showbusiness vergöttert mich. Wenn ich mit jungen, aufstrebenden Schauspielern zusammenarbeite, zum Beispiel mit Ihrem Sohn, ist es ein Hochgenuss. Schauen Sie den Jungen doch an! Ist er nicht die personifizierte kraftvolle, hinreißende Männlichkeit?“

Dexter setzte eine angemessen bescheidene Miene auf.

„Oh ja, das ist er!“ stimmte Martha enthusiastisch zu.

Matt brachte kein Wort hervor. Fasziniert von dieser unglaublichen Frau, dachte er an die Tage zurück, wo sie ein großer Filmstar und er selbst ein 14-jähriger Junge gewesen war, der ganz hinten im heimischen Kino gesessen und sich beim Anblick der schönen Diva auf der Leinwand einen runtergeholt hatte. Silver Anderson hatte sich seither nicht allzu sehr verändert – sie war immer noch wunderschön.

Nach dem Kaffee verfrachtete Dexter seine Eltern in ein Taxi und schickte sie in sein Apartment.

Ins Studio zurückgekehrt, fand er Silver Anderson in ihrer Garderobe und steckte den Kopf zur Tür herein. „Vielen Dank, dass Sie so nett waren.“

„Ah – liebster Dexter“, erwiderte sie gedehnt, „Ihre Freunde sind auch meine.“

„Sie ahnen gar nicht, was es für meine Eltern bedeutet hat, Sie kennen zu lernen. Vor allem, weil Sie sich dann sogar noch mit ihnen fotografieren ließen.“

„Ihr Vater ist *wirklich* charmant", meinte sie und spähte in den Spiegel über dem Schminktisch. „Übrigens, Dexter, wo ist eigentlich Ihre Frau? Warum besucht sie uns nie, wenn wir unsere Serie drehen?"

„Nun, Rosarita ist immer sehr beschäftigt", entgegnete er hastig.

„Arbeitet sie?"

„Nein, sie hat was anderes zu tun."

„Was denn?"

„Die Frisur, die Fingernägel, Beine enthaaren – Sie wissen schon."

Belustigt verdrehte Silver die Augen und brach in heiseres Gelächter aus. „Oh Gott, das klingt ja beinahe so, als wäre sie eine typische Hollywood-Ehefrau."

„Ich versuche gerade, ein Kind mit ihr zu zeugen."

„Gute Idee." Silver starrte immer noch in den Spiegel. „Barfuß in der Küche, Sklavenarbeit von morgens bis abends, so hält man eine Frau unter Kontrolle. Vor allem, wenn sie draußen herumläuft und Ihr Geld ausgibt, Dexter."

„Glücklicherweise hat sie einen steinreichen Dad."

„Also, *das* sind die allerschlimmsten Mädchen." Seufzend ergriff Silver eine Haarbürste. „Dauernd laufen sie mit ihren Problemen zu Daddy und unterminieren die Autorität ihres Ehemanns."

Autorität – dieses Wort gefiel ihm. Natürlich, er war Rosaritas Mann, und das verschaffte ihm eine ganz gewaltige Autorität.

Wenn sie das nächste Mal von einer Scheidung sprach, würde er ihr mit seiner ganzen Autorität über den Mund fahren.

15. KAPITEL

Die nächsten Tage vergingen sehr schnell. Dafür war Madison dankbar, denn sie wollte keine Zeit finden, um über all das nachzudenken, was sie erfahren hatte. Nach ihrem Gespräch mit Victor begann sie sofort, Informationen über Antonio „The Panther“ Lopez zu sammeln. Erst dreiundzwanzig und ein echter Aufsteiger, hatte der Boxer noch keinen Kampf verloren. Jetzt wollte er in Vegas dem Champion Paroli bieten. Offenbar war der Panther ein interessanter Typ, mit einer ereignisreichen Vergangenheit für einen so jungen Mann.

Während sie vor ihrem Computer saß, entschied sie, es würde ihr gut tun, New York für eine Weile zu verlassen. Las Vegas war eine verrückte Stadt. Vor ein paar Jahren hatte sie sich eine Zeit lang dort aufgehalten. Nun würde sie herausfinden, was sich inzwischen verändert hatte.

Am Mittwochabend ging sie mit Jamie, Peter und Anton essen. Sie besuchten ihr chinesisches Lieblingsrestaurant und bestellten fast alles, was auf der Speisekarte stand.

„Tut mir so Leid, meine liebe Madison“, entschuldigte sich Anton mit ausdrucksvollen Gesten. „*Nie wieder* werde ich den unmöglichen Joel Blaine neben dich setzen. Um für mildernde Umstände zu plädieren – ich habe nicht ihn, sondern Leon zu meiner Dinnerparty eingeladen, und der Kerl nahm einfach den Platz seines Vaters ein.“

„Hätte ich mir denken können“, sagt Madison und biss in ihre zweite Frühlingsrolle.

„Am nächsten Tag rief ich Leons Sekretärin an und beschwerte mich. Der Junge ist wirklich ein Witz. Immer und überall geht er mit dem Namen seines Dads hausieren.“

„Mach dir deshalb keine Sorgen.“ Madison griff nach einem Rippchen mit Honigkruste. „Zum Glück hab ich's überlebt."

„Oh, du überlebst immer alles", warf Jamie ein.

„Wenn man sich ins Spiel bringt, muss man spielen lernen", betonte Madison lächelnd.

„Das ist es, was ich so an dir bewundere", sagte Anton. „Du bist nicht nachtragend."

Kurz danach ging Jamie auf die Toilette, und Madison begleitete sie.

Sobald Madison die Tür hinter sich geschlossen hatte, erklärte sie: „Ich habe vergessen, den Termin mit deiner Privatdetektivin abzublasen. Am Montagmorgen war sie bei mir."

„Meine Privatdetektivin?"

„*Du* wolltest Peter doch beobachten lassen."

„Pst ...", zischte Jamie.

„Hier ist niemand."

„Man kann nie wissen, von wem man belauscht wird."

„Glaubst du, Ally McBeal versteckt sich in einem Klo?"

„Okay, okay, es war meine Schuld, und ich bezahls. Wie viel?"

„Wer denkt schon ans Geld? Wie sich herausgestellt hat, ist das eine wahnsinnig interessante Frau. Indianische Abstammung. Ach ja – sie hat mir gesagt, was du tun müsstest."

„Was?" Jamie starrte in den Spiegel und betupfte ihre vollen Lippen mit rosa Gloss.

„Schau nach, ob in Peters Brieftasche ein Kondom steckt."

Jamie lachte schallend. „Warum sollte er ein *Kondom* bei sich tragen?"

„Falls alles in Ordnung ist, hat er keinen Grund dazu. Aber Kimm meint, wenn eine Ehefrau Verdacht schöpft, würde sich ihr Instinkt niemals irren."

„Charmant!“ rief Jamie. „Ich versichere dir – ich hatte Unrecht. So liebevoll wie jetzt war Peter noch nie.“

„Schau trotzdem nach. Was kanns schon schaden?“

„Und was tu ich, wenn ich ein Kondom finde?“

„Du markierst eine Ecke des Päckchens mit einem Punkt – so unauffällig wie möglich, damit er nichts merkt. Eine Woche später schaust du noch mal in Peters Brieftasche. Wenn ein neues Päckchen drin steckt, weißt du, dass er dich betrügt.“

„Was für ein krummes Ding! Und so kompliziert ...“

„Also, ich finds clever.“

„Wir benutzen keine Kondome“, wandte Jamie ein.

„Umso besser. Dann hast du den Beweis für seine Untreue, wenn du eins findest. Wie könnte er es leugnen? Indem er behauptet, er würde das Kondom für einen Freund verwahren?“

„Das ist lächerlich!“ protestierte Jamie und bürstete ihr kurzes blondes Haar etwas zu heftig.

„Wenn es so lächerlich ist, hast du nichts zu verlieren und solltest den Versuch wagen.“

„Mal sehen.“ Jamie verstaute die Haarbürste in ihrer Handtasche. „Übrigens, Peter hat bei der Arbeit einen Mann kennen gelernt und schwört, der wäre genau der Richtige für dich.“

„*Was* für ein Mann?“ stöhnte Madison.

„Oh, ein ganz heißer Typ.“ Jamie besprühte sich mit Parfüm.

„Hör mal, ich habe die Leute satt, die mich dauernd mit irgendwem verkuppeln wollen“, fauchte Madison. „Wenn's den Richtigen für mich gibt, spüre ich ihn selber auf.“

„Das machst du ziemlich dilettantisch.“

„Danke.“

„Stimmts etwa nicht?“

„Was ich noch sagen wollte – Jake Sica hat mich angerufen.“

„Wer ist Jake Sica?“

„Von dem habe ich dir doch erzählt – der Junge in L. A., der hinter einem blonden Callgirl her war. Dieses Mädchen ließ sich mit einem Mega-Psychopathen ein."

„Klingt nach L. A.", meinte Jamie amüsiert. „Wie hast du deinen Trip genannt?"

„Meine magische, mysteriöse Psycho-Tour", antwortete Madison und dachte an die sexy TV-Schauspielerin, mit der sie sich auf dem Flug nach Los Angeles angefreundet hatte. Am nächsten Tag war Salli T. Turner ermordet worden. Madison hatte sie wirklich gemocht. Mit ihrer Mischung aus Herzenswärme und Verletzlichkeit war Salli unwiderstehlich gewesen, und sie hatte Frauen ebenso bezaubert wie Männer. Schließlich war der Mörder geschnappt worden – der Talkmaster Bo Deacon.

Eine typische Hollywood-Tragödie.

„Und was hat Jake Sica am Telefon gesagt?"

„Er kommt diese Woche nach New York. Unglücklicherweise ist das Band meines Anrufbeantworters plötzlich abgeschnappt, und ich konnte das Ende der Nachricht nicht hören."

„Ich hasse diese Apparate. Deshalb wollen wir uns ein Voicemail-Gerät anschaffen."

„Da würde ich das blinkende rote Lämpchen vermissen."

„Was für ein altmodisches Mädchen du im Grunde deines Herzens bist ..."

„*Ich?*"

„Wirst du ihn sehen?"

„Natürlich."

„Sehr gut. Aber das bedeutet noch lange nicht, dass du dir's ersparen kannst, Peters Freund zu treffen."

„Das werde ich *nicht* tun."

„Warten wir's ab." Jamie lächelte geheimnisvoll.

„Gar nichts warten wir ab.“

„Peter meint, der Junge wird dir gefallen.“

„Obwohl er meinen Geschmack gar nicht kennt?“

„Welchen Geschmack hast du denn? Das habe ich ganz vergessen, weil's seit deiner letzten Beziehung schon so lange her ist.“

„Hm …“ Nachdenklich runzelte Madison die Stirn. „Ein Mann, der mich interessieren würde, müsste charakterstark und ehrlich sein – ach ja, und treu. Außerdem sollte er Humor und einen Knackarsch haben.“

„Oh, das klingt genau nach Peters Freund“, behauptete Jamie grinsend.

„Quatsch!“

„Wie kannst du denn wissen, dass er keinen fabelhaften Hintern hat?“

Nun begannen beide zu kichern.

„Das erinnert mich an unsere College-Zeit“, sagte Madison. „Was war damals unser wichtigstes Gesprächsthema?“

„Jungs, Jungs, Jungs.“

„Und wir waren gar nicht so übel, was? Dauernd standen sie vor deiner Tür Schlange.“

„Vor *deiner* Tür wäre das Gedränge genauso wüst gewesen, wenn du es nur zugelassen hättest.“

„Oh nein. Auf mich waren nur die Freaks scharf“, erwiderte Jamie und schnitt eine Grimasse. „Ich war das Hirn. Erinnerst du dich?“

„Ein paar Professoren hast du auch scharf gemacht. Da war doch dieser Typ in Kunstgeschichte – den hast du total angetörnt.“

Jamie lächelte versonnen. „Damals kam er uns uralt vor.“

„Das war er auch.“

„Oh Gott, der Mann war vierzig!“ rief Madison. „Da fällt mir ein – in ein paar Wochen werde ich dreißig.“

„Und ich ein bisschen später“, seufzte Jamie. „Alt, nicht wahr?“

„Eigentlich nicht. Wenn man zwanzig ist, findet man die 30-Jährigen alt. Und mit dreißig die 40-Jährigen. Mit vierzig die 50-Jährigen – und so weiter.“

„Deshalb sollten wir uns erst mal noch jung fühlen“, meinte Jamie fröhlich.

„Du hasts erfasst“, stimmte Madison zu.

„Also? Gehen wir mit Peter und seinem neuen Freund essen?“

„Tu mir das nicht an!“ stöhnte Madison.

„Warum nicht? Du wirst dich großartig amüsieren.“

„Wer sagt das?“

„Ich.“

„Ha!“

„Wenn du mitkommst, schaue ich nach, ob in Peters Brieftasche ein Kondom steckt. Abgemacht?“

„Moment mal, das tust du nicht für *mich*, sondern für dich selbst.“

„Ja, da hast du Recht, aber ...“

„Okay, ich gehe mit euch essen, lerne den großartigen Typ mit dem perfekten Hintern kennen, dann heiraten wir und kriegen sechs wunderbare Kinder. Macht dich das glücklich?“

„Nun, es sind schon seltsamere Dinge passiert.“

„Allerdings!“

Immer noch lachend, kehrten sie zum Tisch zurück.

„Was habt ihr so lange getrieben?“ beschwerte sich Peter. „Fast eine Stunde wart ihr auf der Toilette.“

„Übertreib nicht!“ Jamie versetzte ihm einen spielerischen

Kinnhaken. „Falls du's wissen willst, wir haben über dich geredet."

„Hochinteressanter Gesprächsstoff. Wie ich immer wieder zugeben muss, bin ich ein faszinierendes Thema."

„Zweifellos. Und du *liebst* es, wenn du erfährst, dass man über dich spricht." Lächelnd schmiegte sie sich an ihn und küsste sein Ohrläppchen.

„Diese Liebesbeweise in der Öffentlichkeit finde ich einfach geschmacklos", jammerte Anton.

„Klar, so was ist furchtbar", bestätigte Madison. „Man sollte meinen, die beiden könnten was Besseres mit ihrer Zeit anfangen."

„Damit triffst du den Nagel auf den Kopf." Peter grinste anzüglich. „Und deshalb werde ich jetzt zahlen."

Als Madison ihre Wohnungstür aufsperrte, hörte sie das Telefon läuten. Sie rannte in die Wohnung und hörte, wie der Anrufbeantworter sich einschaltete. Von Slammer bestürmt, riss sie den Hörer von der Basis. „Hi!" rief sie atemlos. Wahrscheinlich Michael, dachte sie. Oder vielleicht Kimm Florian mit Informationen ...

„Gerade wollte ich auflegen", sagte Jake Sica.

Sie erkannte seine Stimme sofort. „Wie gehts dir?" fragte sie, erfreut über seinen Anruf. „Vor ein paar Tagen bekam ich deine Nachricht. Ich wollte zurückrufen. Aber du hast mir keine Nummer genannt."

„Weil ich in den letzten Monaten keine hatte. Dauernd war ich unterwegs, kreuz und quer durch Amerika."

„Auf der Flucht?"

„Nun, du weißt ja, wie das ist. Ich denke, irgendwie musste ich – mich selbst finden."

„Wie das ist, weiß ich sehr gut." Eine kurze Pause. „Im Augenblick habe ich Probleme."

„Sehr schlimm?"

„Darüber will ich nicht am Telefon reden." Nein, das war wirklich nicht der richtige Moment, um Jake mit ihren Schwierigkeiten zu belasten.

„Dann sollte ich dich zum Dinner oder Lunch oder Tee oder Frühstück ausführen. Ich bin jetzt in New York. Wofür entscheidest du dich?"

Wäre es zu aufdringlich, wenn sie antworten würde: *für alle vier Vorschläge?* „Treffen wir uns zum Dinner. Morgen Abend hätte ich Zeit."

„Okay, ich auch."

„Freut mich."

„He, es ist wirklich ein Vergnügen, wieder mal deine Stimme zu hören."

„Und ich bin froh, dass du dich gemeldet hast." War dieses Glücksgefühl nicht geradezu lächerlich?

„Wohin gehen wir? Das musst du bestimmen. In New York kenne ich mich nicht so gut aus."

„Isst du gern chinesisch?" Madison dachte an das Lokal, das sie soeben besucht hatte.

„Meine Lieblingsküche."

„Ich gebe dir meine Adresse, und du holst mich ab."

„Klingt gut."

„Wo wohnst du?"

„In einem schäbigen Hotel beim Times Square. Du kennst mich ja – von Luxusschuppen halte ich nichts."

„Gib mir die Telefonnummer. Falls ich mir ein Bein breche oder sonst was."

„Das hast du doch nicht vor?"

„Nein.“

„Da bin ich sehr erleichtert.“ Jake räusperte sich. „Soeben bin ich auf einen Gedanken gekommen.“

„Ist das so außergewöhnlich?“ hänselte sie ihn.

„Wie wärs ... Nein“, unterbrach er sich, „das willst du sicher nicht.“

„Was?“ fragte sie etwas zu schnell.

„Du musst eben erst nach Hause gekommen sein. Also bist du noch angezogen – nicht wahr?“

„Oh, bitte, du wirst doch nicht fragen, was ich anhabe?“

„Nein“, entgegnete er und lachte. „Ich dachte nur – könnten wir uns *jetzt* irgendwo treffen und was trinken?“

„Jetzt?“ wiederholte sie und kam sich idiotisch vor.

„Ja.“

Nun, eh – warum nicht, dachte sie.

„Nun, eh – warum nicht?“ sagte sie.

„Fantastisch! Ich hol dich ab.“

Sie nannte die Adresse. Dann legte sie auf. Aus unerklärlichen Gründen war sie völlig durcheinander.

Verrückt. Sie kannte den Mann kaum. Trotzdem schlug ihr Herz wie rasend. Sehnte sie sich wirklich so inbrünstig nach angenehmer männlicher Gesellschaft? Sie eilte ins Bad.

Kritisch spähte sie in den Spiegel. Sie trug eine weiße Bluse, schwarze Jeans und eine kurze schwarze Jacke. Immer wurde sie von Jamie gedrängt, etwas mehr Make-up zu benutzen. Um den Rat ihrer Freundin zu befolgen, pinselte sie ein bisschen Gloss auf die Lippen. Sie tuschte die Wimpern, zog das Gummiband aus ihrem Haar und ließ es auf die Schultern fallen. Schon immer hatte sie sich langes glattes Haar gewünscht, nicht diese wilden Locken. Aber heute Abend sahen sie plötzlich gut aus. Lächelnd fuhr sie mit allen Fingern hindurch und bauschte ihre Mähne auf.

Slammer schaute sie erwartungsvoll an, als wollte er fragen: Gehen wir spazieren oder was?

Das hatte sie ganz vergessen. Sie rief Calvin, den Portier, über die Sprechanlage an. „Können Sie meinen Hund ausführen?“

„Klar, Miss Castelli. Für meine Lieblingshausbewohnerin tu ich doch alles.“

„Danke.“ Nervös lief sie ins Bad zurück und starrte wieder in den Spiegel. Nein – die weiße Bluse gefällt mir nicht, dachte sie. Viel zu streng. Kurz entschlossen nahm sie ein rotes Kaschmir-Tanktop aus dem Schrank und zog es an. Sehr sexy.

Will ich sexy aussehen?

Ja, zum Teufel.

Wenig später läutete Calvin an der Tür, ein kleiner Mann mit rundem Gesicht, grellrotem Haar und ständig hochgezogenen Brauen. Sie vertraute ihm Slammer an, dem das sichtlich missfiel.

„Wie hübsch Sie aussehen, Miss Castelli“, meinte der Pförtner und musterte sie von Kopf bis Fuß. „Schicke Frisur.“

„Danke“, murmelte sie und warf ihm praktisch die Tür vor der Nase zu.

Natürlich – jetzt brauchte sie noch ein Parfüm. Hastig besprühte sie sich mit dem Duft, der David immer ganz schwach gemacht hatte. Nicht schwach genug, um bei mir zu bleiben, dachte sie bitter.

Sein Verlust. Definitiv.

Eigentlich hätte er merken müssen, dass ihn niemand jemals so lieben würde wie sie. Denn wenn sie einen Mann liebte, war sie ihm treu. Unerschütterlich. Und so was fand man heutzutage nur selten.

Das rote Tanktop betonte ihren Busen und die schmale Taille. Noch ein bisschen Schmuck – sie legte ihre goldenen Ohrringe an. So gut hatte sie sich schon lange nicht mehr gefühlt. Und es war eine halbe Ewigkeit her, seit sie sich zum letzten Mal so intensiv um ihr Aussehen bemüht hatte.

Als die Sprechanlage surrte, meldete sie sich. „Ja, Calvin?"

„Da ist ein Gentleman für Sie, Miss", erklärte der Pförtner, und seine Stimme klang nicht sonderlich begeistert.

„Sagen Sie ihm, ich komme gleich."

Offenbar hatte Jake vorhin die Telefonzelle an der Straßenecke benutzt. Seit seinem Anruf war nur eine Viertelstunde vergangen. Sie warf einen letzten Blick in den Spiegel, nahm ihre Handtasche und verließ das Apartment.

Während der scheinbar endlosen Liftfahrt zum Erdgeschoss stand sie reglos da und versuchte, sich zu fassen. *Hi, Jake*, würde sie sagen. *Wie schön, dich wiederzusehen! Oh, übrigens – wie gehts dem – eh – zauberhaften Callgirl, auf das du so scharf warst?*

Nein, nein, nein – bloß keine bissigen Bemerkungen! Sei cool. Sei nett. „Hi, Jake, wie schön, dich wiederzusehen."

Ja. Das ist besser. Cool und freundlich.

Als die Lifttüren auseinander glitten, kehrte er ihr den Rücken zu, bückte sich und tätschelte Slammer.

Sehr gut, er mag Hunde.

Sie schlenderte zu ihm. Lässig berührte sie seine Schulter. „Hi, Fremder."

Da richtete er sich auf.

Lächelnd drehte er sich um.

David.

16. KAPITEL

Manchmal wünschte Chas Vincent, er hätte einen Sohn. Warum musste er sich mit zwei Töchtern begnügen, einer guten und einer schlechten? Er liebte beide, obwohl Rosarita zweifellos eine Nervensäge war. Vielleicht lags an der heißen mexikanischen Sonne, unter der er sie gezeugt hatte.

Umso liebenswerter war Venice. Ein Engel. Ebenso wie ihre Kinder. Nicht, dass er sie allzu oft sah. Aber er freute sich bei jeder Begegnung über das Vincent-Blut in ihren Adern. Das fand er sehr wichtig.

Chas Vincent blickte auf eine legendäre Karriere zurück, was er niemanden vergessen ließ. Unangefochten regierte er in seinem Umfeld. Er hatte Feinde, er hatte Freunde. Doch er war – im Gegensatz zu Rosaritas Meinung – kein Killer. Wie konnte sich das verrückte Huhn einbilden, er würde jemanden beauftragen, einen Mann zu beseitigen? Noch dazu seinen eigenen Schwiegersohn.

Anscheinend brauchte sie dringend einen Seelenklempner. Je früher sie einen konsultieren würde, desto besser. Die Kosten für diese Therapie wollte er übernehmen. Alles andere bezahlte er auch. Warum keinen Psychiater für seine durchgeknallte Tochter?

Sollte er mit Dexter reden und ihn warnen?

Nein! Niemand würde glauben, dass Rosarita von ihrem Vater verlangte, ihren Ehemann umlegen zu lassen – nur weil sich der Kerl gegen eine Scheidung sträubte. Unfassbar!

Varoomba war im Badezimmer und tat, was sie vor jeder Nacht tat. Seit dem Familiendinner gehörte sie praktisch zum Inventar. Es wusste sie sehr gern in seiner Nähe, und er überlegte sogar, ob er sie auffordern sollte, den Job im Club aufzugeben und für eine Weile in sein Haus zu ziehen. Da gabs nur ein Problem – sobald die Bräute bei ihm wohnten, wars schwierig, sie wieder loszuwerden. Diesen Ärger wollte er sich ersparen.

Vermutlich war es besser, die Miete für ihr Apartment zu bezahlen. Dann konnte er sie zu sich bestellen, wann immer er sie begehrte, und heimschicken, wenn er genug von ihr hatte.

In ihren schicksten Victoria's-Secret-Dessous kam sie aus dem Bad. Auf sexy Wäsche fuhr er ab, und das wusste sie.

„Baby, du siehst richtig heiß aus", bemerkte er und schaltete den Ton des Fernsehapparats leiser.

„Danke, Daddy", gurrte sie.

Daddy! Eine ganz neue Masche, und er war nicht sicher, ob sie ihm gefiel.

„Nenn mich nicht so", warnte er.

„Okay." Geistesabwesend kniff sie in ihre linke Brustwarze. „Aber du hast gesagt, ich bin jünger als deine Töchter. Also könntest du gewissermaßen mein Daddy sein." Sie kicherte kokett. „Mein *Sugar* Daddy."

Und diese Worte genügten, um seine Erektion auf null zu reduzieren.

Warum konnten die Frauen nicht lernen, ihren albernen Mund zu halten?

Rosarita rauschte ins Vorzimmer von Joels Büro, als würden die Räume ihr gehören. Hinter dem Schreibtisch saß dieselbe Schwarze und feilte dieselben grässlichen grünen Fingernägel.

„Erinnern Sie sich an mich?" fauchte Rosarita.

„Nein", murmelte die unhöfliche Sekretärin so mürrisch wie eh und je.

„Sagen Sie Mr. Blaine, Rosarita ist da."

„Ach ja ..." Jewel lachte spöttisch. „Rosarita ... Komischer Name für eine Nicht-Mexikanerin, oder?"

„Was?" kreischte Rosarita wütend.

„Sie habens doch gehört", entgegnete Jewel herausfordernd, in der Gewissheit, dass Joel sie niemals feuern würde. Dafür wusste sie zu viel.

Ungeduldig klopfte Rosarita mit einem Gucci-Stiletto auf den Boden. Nun hatte sie die Unverschämtheit dieses Mädchens endgültig satt. Warum hatte sie Joel nicht klar gemacht, er müsste das Miststück feuern?

Ohne die unmögliche Person noch länger zu beachten, ging sie an ihr vorbei zu seinem Büro.

„Moment mal!" Jewel sprang auf und folgte ihr. „Da dürfen Sie nicht einfach reingehen."

„Versuchen Sie doch, mich dran zu hindern", zischte Rosarita und öffnete die Tür.

Joel stand vor seinem Schreibtisch und holte sich einen runter, sein gigantisches Glied deutlich sichtbar in einer Hand.

„Oh Joel!" schrie Rosarita.

„Uff!" Kichernd zog sich Jewel zurück.

„Warum kommst du so spät?" fragte Joel, ein einladendes Grinsen auf dem fleischigen Gesicht.

Rosarita fürchtete, die Situation würde ihr über den Kopf wachsen. Offensichtlich war er verrückt. Aber sehr sexy.

„Was *tust* du denn?" japste sie.

„Wie siehts denn aus, was ich tue?" antwortete er seelenruhig.

„Konntest du nicht auf mich warten?"

„Warum sollte ich einen respektablen Ständer verschwenden?" konterte er, die rechte Hand immer noch in Aktion.

Rosarita schloss die Tür hinter sich und trat näher. „Lass dich nicht stören“, sagte sie sarkastisch.

„Sei versichert, Babe, du störst mich nicht.“ Stöhnend griff er nach einem Papiertaschentuch und beendete den Job.

„Verdammt, Joel!“ jammerte sie. „Was ist eigentlich los mit dir? Warum stehst du hier herum und treibst es *allein?*“

„Bin ich allein?“ Ungerührt zog er seinen Reißverschluss zu. „Ich dachte, du wärst da.“

„Oh ja, ich bin da, ebenso wie deine so genannte Sekretärin.“

„Kümmere dich nicht um Jewel. So was hat sie schon oft genug gesehen.“

„Hast du etwa Sex mit diesem Biest?“ stieß sie erbost hervor.

„Denk mal nach, Babe. Ich bin Joel Blaine. Aber weißt du ...“, fuhr er fort und zwinkerte ihr zu. „Wenn man dauernd mit jemandem zusammen ist, hat man kaum Geheimnisse voreinander.“

Fassungslos starrte sie ihn an. Der Mann war völlig ausgeflippt. Und das erregte sie wahnsinnig.

„Beweg deinen Arsch hierher und hör zu zetern auf“, befahl er.

Langsam ging sie zum Schreibtisch. „Meine Schwiegereltern sind immer noch in der Stadt“, verkündete sie, als würde ihn das interessieren.

„Setz dich auf den Tisch, Babe. Jetzt werde ich dir's mit meiner Zunge besorgen, wie du's noch nie erlebt hast.“

Etwas ungeschickt kauerte sie sich auf die Kante, und er schob sie grinsend nach hinten, so dass ihr Gesäß in der Tischmitte landete und ihre Beine über den Rand hinabhingen.

„Heb den Arsch und zieh dein Höschen aus“, kommandierte Joel ungeduldig.

„Wie kommst du darauf, dass ich eins anhabe?“ fragte sie und hoffte, ihre Stimme würde provozierend klingen.

„Oh Baby, Baby – wir beide sind ein Paar, das im Himmel erschaffen wurde. Und nun will ich dich ins Paradies entführen.“

„Wo warst du?“ fragte Dexter, sobald sie die Wohnung betrat.

„Oh, ich musste einiges erledigen“, antwortete Rosarita ausweichend und versuchte, nicht an Joels unermüdliche Zunge zu denken. War er in dieser Hinsicht tatsächlich unschlagbar?

„Meine Mom dachte, du würdest mit ihr ins Museum gehen. Natürlich war sie bitter enttäuscht.“

„Okay, dann holen wir’s eben morgen nach.“ Schnippisch fügte sie hinzu: „Weißt du, ich führe auch noch ein *eigenes* Leben.“

„Du lebst mit *mir* zusammen.“

Wenn du das glaubst …

„Deine Schwester hat angerufen.“

„Was wollte sie?“

„Vielleicht möchte sie sich wie eine *Schwester* benehmen. Kommst du nie auf die Idee, es wäre nett, sie mal zum Tee einzuladen? Meine Mom würde so gern die Kinder sehen.“

„Warum kennst du in letzter Zeit keinen anderen Gedanken, als deine gottverdammte Mutter glücklich zu machen?“

„Fang nicht zu streiten an!“ Dexter warf ihr einen warnenden Blick zu.

„Immer dreht sich alles nur um *dich!*“ klagte sie. „Um deine Wünsche! An und zu solltest du auch mal berücksichtigen, was ich will. Was das ist, *weißt* du. Wenigstens solltest du es inzwischen wirklich wissen.“

„So? Was denn?“

„Die Scheidung", erklärte sie triumphierend.

Unbehaglich senkte er die Stimme. „Du hast versprochen, das Thema nicht zu erwähnen, bis meine Eltern abreisen."

„Aber *du* darfst ständig auf mir rumhacken."

„Tut mir Leid, ich sage nichts mehr." Und er hielt tatsächlich Wort.

In dieser Nacht liebte er sie zweimal, fest entschlossen, sie zu schwängern. So, wie sie's trieben, würde es nicht mehr lange dauern, bis er sein Ziel erreichte.

17. KAPITEL

„Wow!“ rief David bewundernd. „Du siehst sensationell aus!“

Verwirrt starrte sie ihn an. „David ...?“ Nur zögernd, mit gepresster Stimme sprach sie den Namen aus, als würde sie nicht glauben, dass er tatsächlich vor ihr stand. „David!“ wiederholte sie schockiert und blickte der Realität ins Auge. „Was zum Geier machst du hier?“

„Ich hatte gerade in der Nähe zu tun, und da wollte ich sehen, ob du da bist“, erwiderte er lässig. Warum erweckte er den Eindruck, dass sie sich ständig trafen, und sein Besuch wäre nichts Besonderes?

Aber es war etwas Besonderes – die erste Begegnung, seit er sich von ihr getrennt hatte.

„Ich bin *nicht* da. Gerade wollte ich ausgehen.“

„So?“ fragte er überrascht.

„Ja.“

„Was für eine liebenswürdige Begrüßung.“ Kannst du nicht netter zu mir sein, las sie in seiner Miene.

„Nur damit ich nichts falsch verstehe ...“ Mühsam rang sie nach Fassung. „Bist du hergekommen, um *mich* zu sehen?“

„Offensichtlich.“

„Warum?“

„Ich finde – wir sollten uns aussprechen. Was geschehen ist, tut mir so Leid – wirklich.“

„Und wieso konntest du nicht anrufen?“

„Weil ich nicht sicher war, ob du mit mir reden würdest.“

„Ah, ich verstehe“, erwiderte sie eisig. „Also dachtest du, es wäre besser, um halb elf Uhr abends hier aufzutauchen und mir persönlich gegenüberzutreten.“

„Du siehst sensationell aus“, wiederholte er.

„Das sagtest du bereits", antwortete sie, immer noch bestürzt über die unerwartete Begegnung.

„Was hast du denn im letzten Jahr so gemacht?" fragte er im Konversationston.

„Oh Gott, was soll der Quatsch?" rief sie in plötzlichem Zorn. „Geh heim zu deiner Frau, wo du hingehörst."

„Ich habe meine Frau verlassen. Zwischen uns ist es aus."

„Bist du weggegangen, um Zigaretten zu holen? Und dann hast du vergessen, nach Hause zurückzukehren?"

Davids Augen verengten sich. „Damit hilfst du mir nicht."

„Oh, *verzeih mir – natürlich will ich mein Bestes tun, um dir das Leben zu erleichtern.*"

„Ich hasse es, wenn du sarkastisch bist."

Verblüfft schüttelte sie den Kopf. „Du bist wirklich einmalig."

„Belästigt Sie dieser Mann, Miss Castelli?" Calvin kam aus der Pförtnerloge, einen kampflustigen Ausdruck im runden Gesicht, in der Hand die Hundeleine, an der Slammer kläffend zerrte.

Der Labrador wollte endlich hinaus. Aber Calvin weigerte sich, einen Fuß vor die Tür zu setzen, bevor er herausgefunden hatte, was hier geschah.

„Nein, Calvin, alles in Ordnung", beteuerte sie hastig. „Das ist nicht der Mann, den ich erwarte, und er wird gleich gehen."

„Uh – eh ...", stotterte der Portier und starrte David an.

Unbehaglich überlegte Madison, ob sie in der Eingangshalle bleiben und eine Konfrontation mit Jake riskieren oder in ihr Apartment flüchten sollte.

„Wohin gehst du?" fragte David.

„Das braucht dich nicht zu kümmern." Hatte er drei oder vier Pfund zugenommen? Aber vielleicht bildete sie sich das nur ein. Jedenfalls sah sein Haar ziemlich ungepflegt aus. Glanzlos und strähnig.

„Es war so wundervoll mit uns beiden", seufzte er.

„Gewiss, David", bestätigte sie in ruhigem Ton und schaute Calvin nach, der mit Slammer das Haus verließ. „Bis du alles vermasselt hast. Und nun schlage ich dir vor – wein dich bloß nicht bei *mir* aus, nachdem deine Ehe schief gelaufen ist. Ehrlich gesagt, das ist mir völlig egal."

„Oh nein", protestierte er eifrig. „Seit unserer Trennung warst du mit niemandem zusammen. Das habe ich herausgefunden, und es muss bedeuten, dass ich dir noch immer nicht gleichgültig bin."

„Irrtum – es bedeutet, dass ich niemanden kennen gelernt habe, mit dem ich schlafen will. Und das ist ein großer Unterschied."

„Ich weiß nicht, wo ich diese Nacht verbringen soll", murmelte er.

„Hast du schon mal das Wort ‚Hotel' gehört?" fragte sie ironisch. „So was gibts überall in dieser Stadt."

Ärgerlich runzelte er die Stirn. „Diese Reaktion hätte ich nicht von dir erwartet."

„Und was hast du erwartet?"

„Ein bisschen Mitgefühl."

„David ...", begann sie geduldig. „Als du damals abgehauen bist, sind alle meine Gefühle für dich gestorben."

„Großer Gott, Madison, es tut mir Leid. Wie oft soll ich's denn noch sagen?"

„Sooft du willst. Es wird dir nichts nützen."

„Gehst du morgen Mittag mit mir essen?"

„Bist du jetzt völlig übergeschnappt?"

„Gibst du mir nicht einmal eine ganz kleine Chance?"

„Ich gebe dir nur zurück, was ich von *dir* gekriegt habe."

„*Das* ist es also – du willst mich bestrafen", klagte er.

„Begreifst du's denn nicht, David?" stöhnte sie frustriert. „Ich bestrafe dich nicht, es ist einfach nur vorbei, nachdem du alles, was zwischen uns war, in tausend Scherben zerbrochen hast."

„Nein", widersprach er hartnäckig, „niemals wird es vorbei sein."

„Doch, es ist aus, definitiv. Nun gehe ich in meine Wohnung zurück, und du solltest verschwinden."

David schüttelte den Kopf, als könnte er nicht verstehen, warum sie ihn wegschickte.

Bitte, hau endlich ab, drängte sie ihn stumm. Bevor Jake kommt ...

Natürlich betrat Jake in diesem Augenblick die Halle. Wie gut er aussah! Mehrere Zentimeter größer als David, mit kragenlangem, leicht zerzaustem Haar – und diese betörenden braunen Augen ... Oh ja, er war sexy, auf lockere, selbstverständliche Art.

„Hallo", grüßte er, ohne zu merken, dass er in eine brisante Situation geriet.

„Hi." Blitzschnell packte Madison den Ärmel seiner Lederjacke und zog ihn zum Ausgang. „Gehen wir."

David wollte ihnen folgen. Daran hinderte sie ihn mit einem Blick, der besagte: Untersteh dich!

„Habe ich irgendwas unterbrochen?" fragte Jake, sobald die Tür hinter ihnen ins Schloss gefallen war. „Du hast mich rausgescheucht, als würde das Haus brennen."

„Genau genommen hast du mich gerettet."

„Vor diesem Kerl? Wer ist das?"

„Jemand, den ich mal kannte." Nach einer langen, bedeutsamen Pause fügte sie hinzu: „Seit einiger Zeit kenne ich ihn nicht mehr."

„Sehr gut."

„Oh ja."

Jake musterte sie prüfend. „Offensichtlich tut dir New York gut."

„Heißt das – L. A. ist mir nicht bekommen?"

„Schon in L. A. hast du bildschön ausgesehen. Aber wie wir beide wissen, war ich damals mit meinen Gedanken woanders. Verdammt", fluchte er grinsend, „ich muss blind gewesen sein."

„Jedenfalls bin ich froh, dass du jetzt hier bist."

„Warum?"

„Weil ich dringend jemanden brauche, mit dem ich reden kann."

„Ist das der einzige Grund?"

„Einer meiner Gründe."

„Okay, schieß los."

„Erst muss ich was trinken, dann erzählst du mir, warum du in der Stadt bist, welche Pläne du hast, wohin dich dein Job demnächst führen wird. Und – eh – danach möchte ich mich einfach nur amüsieren."

Jake lächelte. Wie gut sie sich an dieses verführerische Lächeln erinnerte ...

„Das habe ich auch vor. Spaß – mit dir. Eine perfekte Nacht."

Drei Stunden später lagen sie in Madisons Bett. Soeben hatten sie sich leidenschaftlich geliebt.

„So was habe ich noch nie getan." Wohlig streckte sie sich.

„Wirklich nicht?" Jake lachte leise. „Versuchst du mir weiszumachen, du wärst eine 29-jährige Jungfrau gewesen?"

„Du weißt doch, was ich meine. Beim ersten Date bin ich noch nie im Bett gelandet.“ Nach kurzem Zögern gab sie zu: „Nun ja, vielleicht einmal – auf dem College. Und ein One-Night-Stand in Miami. Aber sonst ...“

„He“, fiel er ihr ins Wort und berührte ihre Schulter. „Deine Vergangenheit interessiert mich nicht. Außerdem ist das unser zweites Date. Erinnerst du dich an L. A.?“

„Natürlich.“

„Seit damals habe ich oft an dich gedacht.“

„Und ich an dich.“

Gähnend drehte er sich zur anderen Seite. „Ich hoffe, ich bin nicht nur ein Trostpflaster. Weil dein Verflossener aufgetaucht ist.“

„Über ein Jahr lang habe ich David nicht gesehen – und ihn kaum wiedererkannt“, erklärte sie und verschränkte ihre Arme hinter dem Kopf.

„Das freut mich.“ Jake wandte sich wieder zu ihr und küsste ihren Hals. Langsam ließ er seine Lippen nach unten wandern. Ganz langsam.

Sie stöhnte erwartungsvoll. Mit Jake zu schlafen – das übertraf alle ihre Träume. Verzweifelt hatte sie diese Erfüllung herbeigesehnt, und sie würde jeden einzelnen Moment in vollen Zügen genießen.

Bei ein paar Drinks in einer Bar an der nächsten Straßenecke hatte sie ihm von Michaels Enthüllungen erzählt. Aufmerksam hörte er zu und bekundete seine Anteilnahme. Sie erwähnte auch die Privatdetektivin, der sie den Auftrag erteilt hatte, Informationen über ihre Eltern zu sammeln.

„Hat sie schon was rausgefunden?“ fragte Jake.

„Seit sie hier war, hat sie sich nicht mehr gemeldet. Ich weiß nicht, ob das ein schlechtes Zeichen ist.“

„Falls sie gründlich arbeitet, wird sie sich erst wieder an dich wenden, wenn sie dir alles sagen kann."

Seufzend hatte sie die Achseln gezuckt. „Was ist *alles?* Ich weiß so gut wie gar nichts. Und ich fühle mich völlig verloren."

Jetzt, wo sie neben Jake im Bett lag, fühlte sie sich kein bisschen verloren. Zur richtigen Zeit war sie am rechten Ort. Das fand sie wundervoll. Und dieser fabelhafte Sex, natürlich und hemmungslos. Seltsam, so vertraut gingen sie miteinander um – als wäre es nicht das erste Mal, als hätte sich der eine schon längst an den anderen gewöhnt.

Mit erregender Langsamkeit begann er wieder ihren Körper zu erforschen und jagte heiße Wellen durch ihre Adern.

Oh Gott, sie liebte seinen Geruch, und es beglückte sie, seine Haut zu spüren, seine Zärtlichkeiten. Er war stark und liebevoll und – am allerwichtigsten – für sie da, in einem Augenblick, wo sie ihn dringend brauchte.

Am nächsten Morgen lag er immer noch an ihrer Seite. Auf einen Ellbogen gestützt, betrachtete sie sein markantes, im Schlaf entspanntes Gesicht. Er war nicht so attraktiv wie sein Bruder, der TV-Moderator in L. A., besaß nicht dessen ebenmäßige Züge. Stattdessen wirkte er etwas kantiger und deshalb umso interessanter. *Und er ist ein ausgezeichneter Liebhaber ...*

Aber vielleicht, dachte sie ironisch, war ich so lange aus der Übung, dass ich einen guten Liebhaber nicht mehr von einem schlechten unterscheiden kann.

Ohne ihn zu stören, stieg sie aus dem Bett. Auf leisen Sohlen schlich sie ins Wohnzimmer. Dort traf sie Slammer an, den sie die Nacht über aus dem Schlafzimmer ausgesperrt hatte. Er warf ihr einen vorwurfsvollen Blick zu. Dann trottete er in eine andere Ecke des Raums, um sie zu bestrafen.

Sie ging in die Küche und machte Kaffee. Ins Schlafzimmer zurückgekehrt, zog sie ein T-Shirt und Jeans an. Danach verließ sie mit Slammer das Apartment und jagte ihn einmal um den Häuserblock. Als sie in die Wohnung zurückkehrte, füllte Jake gerade zwei Tassen mit Kaffee.

„Sogar am *Morgen* sieht sie hinreißend aus“, bemerkte er und schenkte ihr sein umwerfendes Lächeln.

„Was bist du? Ein Poet?“

„Für mich war diese Nacht was ganz Besonderes“, verkündete er und reichte ihr eine Tasse. „Wirklich – eine *traumhafte* Nacht.“

Madison setzte sich auf einen Hocker an der Theke. „Warum konnte es so schnell geschehen?“ fragte sie verwundert.

„Weil ich unwiderstehlich bin“, scherzte er.

„Klar, daran muss es liegen“, stimmte sie belustigt zu. „Wahrscheinlich hast du mit deinen knochigen Knien meine Sinnenlust geweckt.“

„Moment mal, meine Knie sind nicht knochig, sondern perfekt geformt“, protestierte er und setzte sich zu ihr.

„Wer sagt das?“

„Ich.“

„Okay, du hast fantastische Knie. Das akzeptiere ich.“

„Und *du* hast wundervolle Lippen.“

„Wie auch immer ...“ Nun wurde sie ernst. „So problematisch finde ich's gar nicht.“

„Was? Meine Knie?“

„Unsinn! Ich meine, dass wir so schnell im Bett gelandet sind.“

„Na und? Wieso sollte es deshalb Probleme geben? Wir sind schon lange befreundet. Fast ein Jahr.“

„Ja, das stimmt. Und wie du sagtest, das ist unser *zweites*

Date. Wieso habe ich nicht schon beim *ersten* mit dir geschlafen?"

„Um was für alberne Kinkerlitzchen du dich kümmerst ..."

„Schon gut, ich will versuchen, damit klarzukommen."

Lächelnd nippte er an seinem Kaffee. „Was macht die Arbeit?"

„Dieselbe alte Tretmühle. Weißt du, dass ich für *Manhattan Style* einen Artikel über die Callgirls in L. A. geschrieben habe? Selbstverständlich ohne deine Freundin zu erwähnen. Darum hattest du mich gebeten."

„Sie war nicht meine *Freundin*", entgegnete Jake. „Nur ein nettes Mädchen, mit dem ich eine kurze Affäre hatte. Übrigens arbeitet sie nur als Callgirl, weil sie für ihre Schwester sorgen muss."

„Wie großherzig ..."

„Sei nicht so bissig."

„Nun – sie war wunderschön", gab Madison widerstrebend zu.

„Eher *hübsch*", erwiderte er und schaute ihr tief in die Augen. „*Du* bist schön."

„Danke." Viel zu intensiv spürte sie die Intimität dieses Moments, und sie wusste nicht, wie sie sich verhalten sollte. Nach der Pleite mit David hatte sie beschlossen, sich nie wieder verletzen zu lassen. Nur lockere Liaisons. Keine Erwartungen. Keine Enttäuschungen. Einfach nur Spaß. „Und du? Wie läufts in deinem Job?"

„Alles bestens. Vor einer Woche kam ich aus Afrika zurück. Da habe ich Geparden in der Wildnis fotografiert."

„Oh, mein Gott! Ich *liebe* Geparden. Was für bildschöne Tiere!"

„Die solltest du mal laufen sehen. Ein überwältigender Anblick, das sage ich dir."

„Zeigst du mir deine Fotos?“

„Jederzeit.“

„Darauf freue ich mich.“

„Und ich freue mich auf ...“

„Was?“ fragte sie atemlos.

„Das weißt du sehr gut“, flüsterte er, beugte sich hinüber und küsste sie.

Als sie seine Zunge spürte, stieg neue Erregung in ihr auf. Sie begehrte ihn wieder. Und es gab keinen einzigen Grund, warum sie sich ihren Wunsch nicht erfüllen sollte.

Eine Woche später verließ er New York. Bevor er nach Paris flog, wo er einen Auftrag erledigen musste, verabschiedete sich Jake mit einem langen, leidenschaftlichen Kuss. „Komm mit mir“, schlug er vor.

Doch sie wusste, es war noch zu früh, um mit ihm von einem Kontinent zum anderen zu ziehen. „Unmöglich. Ich warte auf eine Nachricht von der Privatdetektivin. Außerdem muss ich arbeiten – und mit Stella reden.“

Nur Ausreden ... Wenn ich's wirklich wollte, könnte ich ihn begleiten, dachte sie.

„Ich werde dich vermissen, Madison. Alles an dir.“

„Wie lange bleibst du weg?“

„Solange der Job dauert. Du kennst mich – ich schmiede nicht gern Pläne.“

Ja, das begann sie zu verstehen.

Nach einer Woche voller Liebesglück verschwand er aus ihrem Leben, so schnell, wie er aufgetaucht war. Und nun kehrte sie in die Normalität zurück. Zuerst checkte sie ihren Anrufbeantworter. Der war randvoll. Tagelang hatte sie sich mit Jake vor der Außenwelt versteckt – jetzt musste sie mehrere Leute anrufen und ihre Abwesenheit erklären. Zum Beispiel Victor. Michael hatte jeden Tag angerufen. Jamie, Natalie, Anton und David.

Wenigstens gab es einige Menschen, die es interessierte, ob sie noch existierte oder schon gestorben war.

Zuerst rief sie Victor an.

„Und wo genau warst du?" gellte es in ihren Ohren. „Wie kannst du es wagen, dich irgendwo zu verkriechen und niemandem Bescheid zu geben? Du hast Evelyns Geburtstagsparty versäumt! Noch wichtiger – das Date, das sie für dich arrangiert hat. Natürlich ist sie wütend, und das ist kein angenehmer Zustand."

„Tut mir Leid, Victor, ich habe mich verliebt."

„*Was?*"

„Ein Wiedersehen mit einem alten Freund ..."

„Heißt das – du hattest Sex?"

„Ich glaube, das geht dich nichts an."

„Ha!" rief er. „Überleg dir möglichst schnell, wie du Evelyn beschwichtigen kannst. Sie ist *wirklich* wütend. Auch auf mich. Stell dir mal vor, wie ich jetzt dastehe!"

„Wir hatten keine feste Verabredung getroffen."

„Doch, du hast versprochen, du würdest zu der Party kommen."

„Unsinn, ich wusste nicht einmal, wann sie stattfinden würde."

„Obwohl ich sechs Nachrichten auf deinem Anrufbeantworter hinterließ?"

„Den habe ich erst heute Morgen abgehört."

„Ha!" wiederholte er. „Und wenn es sich um einen Notfall gehandelt hätte?"

„So schlimm wars nicht, oder?"

„Du weißt auf alles eine Antwort, nicht wahr?"

„Weil du ein guter Lehrer warst."

„Wie kommst du mit deinen Recherchen über den Panther voran?"

„Ganz ausgezeichnet", log sie.

„Also bist du auf die Reise nach Vegas vorbereitet?"

Plötzlich kam ihr eine großartige Idee. „Ich hätte eine Frage ..."

„Ja?"

„Welchen Fotografen engagierst du für den Job?"

„Darüber habe ich noch nicht nachgedacht. Wenn der Panther gewinnt, liefert er uns die Titelgeschichte. Dafür brauche ich natürlich einen erstklassigen Fotografen."

„Und wenn er verliert?"

„*Sein* Pech."

Madison zögerte kurz. „Eh – erinnerst du dich an Jake Sica, den Fotografen, den du in L. A. angeheuert hast?"

„Meinst du den Kerl, der mir erklärt hat, er könnte nicht mehr für uns arbeiten, weil er irgendwo wilde Tiere fotografieren müsste?"

„Jetzt ist er wieder da."

„In deinem Bett?"

„Das würdest du gern wissen, was?"

„Also in deinem Bett", konstatierte er im Brustton der Überzeugung. Seine Stimme klang lauter denn je.

„Sicher wäre er genau der Richtige für den Job am Boxring. Seine Action-Fotos sind einsame Spitze. Deshalb finde ich, du solltest ihn mit mir nach Las Vegas schicken."

„Hör mal, ich brauche keinen Wink mit dem Zaunpfahl. Ich habs schon kapiert. Wo erreiche ich ihn?"

„Jetzt ist er in Paris. Ich sage ihm, er soll dich anrufen."

„Was ich dich schon die ganze Zeit fragen wollte – was macht dein Buch? Irgendwelche Fortschritte?"

„Oh – mein Buch ...“, erwiderte sie schuldbewusst. Seit Wochen hatte sie nicht mehr daran gearbeitet. „Läuft wie am Schnürchen.“ Allmählich gewöhnte sie sich daran, Victor zu belügen. „Du bist der Erste, der es lesen darf. Großes Ehrenwort.“

„Gut. Schick Evelyn Blumen.“

„Nein, *du* schickst Evelyn Blumen und schreibst meinen Namen auf das Kärtchen.“

„Geizkragen!“ schimpfte er.

„Leider ist mein Spesenkonto nicht so unerschöpflich wie deins“, betonte sie. „Ich bin nur eine kleine Angestellte.“

Danach telefonierte sie mit Michael.

„Was ist eigentlich los?“ Seine Stimme klang nervös und gepresst. „Warum hast du die Stadt verlassen, ohne mir zu verraten, wo du dich rumtreiben würdest?“

„Warum willst du das wissen?“ fragte sie, nicht bereit, irgendwelche Erklärungen abzugeben.

„Weil ich zwei Tage lang versucht habe, dich anzurufen.“

Oh, wie bedauerlich, dachte sie ironisch. Vergeblich versuchte sie, sich über ihre Gefühle für ihn klar zu werden.

Er ist mein Vater, und ich liebe ihn.

Er hat meiner Vergangenheit den Boden entzogen, und ich hasse ihn.

„Was ist denn so wichtig?“ fragte sie in beiläufigem Ton, um ihn mit ihrem Desinteresse zu bestrafen.

Am anderen Ende der Leitung entstand ein langes Schweigen. Schließlich antwortete er: „Es geht um Stella – sie ist tot.“ Noch eine unheilvolle Pause. „Morgen findet das Begräbnis statt, und ich möchte, dass du daran teilnimmst.“

18. KAPITEL

Dem Himmel sei Dank für Daddy, dachte Rosarita. Wenn's darum ging, die Cockrangers zu amüsieren, war er einfach großartig. Was sie in dieser Woche ohne ihn getan hätte, wusste sie nicht. Vermutlich hätte sie sich in den Tod gestürzt. Sogar der Tod erschien ihr erstrebenswerter als die langweilige Gesellschaft ihrer Schwiegereltern.

Eines Abends gingen sie alle zum Dinner ins Le Cirque. Chas nahm seine Freundin mit, obwohl Rosarita versucht hatte, ihn daran zu hindern.

Mit ihrem Genörgel brachte sie ihn in Wut. „Verdammt noch mal, was stimmt denn nicht mit Alice?" hatte er sie angefahren. „Sie ist Krankenschwester und verdient deinen Respekt."

„Krankenschwester? Dass ich nicht lache! Sie ist eine Stripperin mit falschen Riesentitten. Klar, du hast schon immer für Silikon geschwärmt. Warum bemühst du dich nicht, diese peinliche Schwäche zu überwinden?"

Nach diesem kurzen Wortwechsel ignorierte er seine enervierende Tochter und widmete sich Martha und Matt, die an seinen Lippen hingen, als wäre er ein weltberühmter Filmstar. Selbstgefällig sonnte er sich in ihrer Bewunderung und unterhielt sie mit einigen seiner exotischen Geschichten.

Rosarita konsumierte zwei Martinis und ein dickes Steak, das sie später erbrechen würde. Plötzlich entdeckte sie Joel.

Eine große dünne Blondine am Arm, betrat er das Restaurant. Dieser Anblick trieb Rosarita fast zum Wahnsinn. Gewiss, sie akzeptierte, dass er sein eigenes Leben führte – *ohne* sie, denn was hatte sie ihm schon zu bieten? Immerhin war sie verheiratet und konnte nicht ihre ganze Zeit mit ihm verbringen. Aber ihn in aller Öffentlichkeit an der Seite einer anderen zu sehen, die noch dazu wie eine Klette an ihm hing – das stieß ihr ziemlich übel auf.

Die Frau hatte langes, glattes blondes Haar wie die Models in Modezeitschriften, milchweiße Haut und endlose Beine. Und eine Brust, flach wie ein Bügelbrett, was Rosarita voller Genugtuung feststellte. Das Mädchen war größer als Joel. Vielleicht missfiel ihm das. Oder auch nicht.

In diesem Moment erkannte Rosarita, dass sie sich nicht die Mühe gemacht hatte, alle seine Vorlieben und Abneigungen zu erforschen.

Sie schüttete den Rest ihres dritten Martinis in ihre Kehle und richtete sich kerzengerade auf. Was sollte sie tun? Hinübergehen und winken und „Hallo“ sagen?

Soviel Dexter wusste, kannte sie Joel nur flüchtig. Sie hatte beiläufig erwähnt, auf einer Cocktailparty seien ihr Leon Blaine und sein Sohn vorgestellt worden. Dafür interessierte sich Dex nicht. Wahrscheinlich hatte er keine Ahnung, wer Leon Blaine war.

Sie nahm Puderdose und Lippenstift aus ihrer Handtasche.

Wie ihr der kleine Spiegel in der Puderdose verriet, sah sie elend aus. Genauso fühlte sie sich auch. Natürlich – wer würde denn nicht verzweifeln, wenn er jeden Abend gezwungen wurde, Matt und Martha Cockranger zu ertragen? Und diesmal war Chas keine große Hilfe, nachdem er darauf bestanden hatte, sein Busenwunder mitzuschleppen. Oh Gott, in welcher Gesellschaft musste sie sich zeigen?

Schweren Herzens beobachtete sie, wie der Oberkellner die Neuankömmlinge zu einem Tisch führte. Joel setzte sich, den Rücken zu ihr gewandt. Glücklicherweise hatte er sie nicht gesehen. Und jetzt lautete die große Frage – sollte sie rübergehen oder nicht?

Nein. Mit dieser blonden Wasserleiche wollte sie nicht bekannt gemacht werden. Warum sollte sie ihr so viel Ehre erweisen?

„Ich bin müde", beklagte sie sich bei ihrem Mann.

Die Stirn gerunzelt, studierte er die Speisekarte. „Wir hatten noch kein Dessert."

„Das weiß ich. Aber ich bin völlig erschöpft."

„Nun, vielleicht hättest du auf den dritten Martini verzichten sollen", entgegnete er mit scharfer Stimme.

„Zählst du meine Drinks?" fauchte sie kampflustig.

„Nein, ich weiß nur zufällig, wie viele du dir genehmigt hast."

„Bitte, meine lieben Kinder", mischte sich Martha ein und lächelte fröhlich. „Keine Streitereien am Tisch."

Chas lachte schallend, und Varoomba kicherte.

„In welchem Krankenhaus arbeiten Sie denn, Alice?" erkundigte sich Martha. „In einer dieser ER-Stationen, wo man im TV all diese Schwerverletzten sieht?"

„Was ist ER?" fragte Varoomba verwirrt.

„Das bedeutet Emergency Room", erklärte Chas und trat unter dem Tisch gegen ihr Schienbein. „Die Notaufnahme."

„Ach ja – Emergency Room ... Ich bin Privatschwester. Und ich leiste nur private Dienste."

„Oh, ich verstehe." Interessiert beugte sich Martha vor. „Also gehen Sie zu den Patienten nach Hause?"

„Nur wenn sie genug zahlen", antwortete Varoomba.

Chas warf ihr einen Halt-deinen-verdammten-Mund-Blick zu. Gehorsam verstummte sie. Während Rosarita den Rücken ihres Liebhabers im geübten Auge behielt, bestellte sie noch einen Martini. Seine Freundin schien ihm fasziniert zu lauschen und legte einen langen, dünnen Arm um seine Schulter. Dann liebkoste sie mit spitzen Fingern seinen Nacken.

Ekelhaftes Biest! Nur Haut und Knochen!

Wenigstens gelang es ihr, das Lokal zu verlassen, ohne Joels Aufmerksamkeit auf sich zu ziehen. Hin und wieder musste man dem Schicksal sogar für geringfügige Gefälligkeiten danken.

Am nächsten Morgen rief sie ihn an. Weil sich der Anrufbeantworter meldete, wählte sie die Nummer seines Büros.

„Joel hat sich ein paar Tage freigenommen", verkündete das Mädchen mit den grünen Fingernägeln. Zumindest nahm Rosarita an, es müsste diese dreiste Person sein.

„Kann ich ihn irgendwo erreichen?"

„Wer spricht denn da?"

Oh Gott, nicht schon wieder, dachte Rosarita und legte auf.

Verdammt! Joel hatte ihr nicht erzählt, dass er verreisen würde. Andererseits, warum sollte er? So eng war die Beziehung nicht. Und dafür gab es nur einen einzigen Grund – Dexter stand ihr im Weg und weigerte sich, das Feld zu räumen.
Je schneller sie ihn loswurde, desto besser für alle Beteiligten.

Immerhin ein Vorteil sprang beim Besuch der Cockrangers heraus – ihre Anwesenheit im Apartment schien Dexters sexuellen Appetit anzuregen.

„Was ist denn mit *dir* passiert?" fragte Rosarita eines Abends nach einer besonders leidenschaftlichen Nummer.

„Du bist meine Frau, und ich liebe dich."

„Manchmal genügt die Liebe nicht."

„Warten wir's ab", schlug er vor.

Wusste er irgendwas, das sie nicht wusste?

Martha war sichtlich entzückt von Chas. Bei jedem Wort, das er äußerte, schaute sie ihn schmachtend an. Midlife-Crisis, dachte Rosarita. Wie armselig. Daddy ist wohl kaum der Typ, der Frauenherzen betört ...

Natürlich genoss er die Bewunderung, die er erregte. In den Augen der Cockrangers war er der Big Boss, der mit seiner üppig gebauten jungen Freundin ein luxuriöses New Yorker Stadthaus bewohnte und spannende Geschichten aus seiner ereignisreichen Vergangenheit in der Baubranche erzählte. Wie gebannt hörten sie ihm zu – vor allem Martha, während Matt seinen Blick nicht von Varoomba und ihren kolossalen Möpsen losreißen konnte – oder von Alice, wie sie im Familienkreis hieß. Meistens ignorierte Rosarita die neueste Eroberung ihres Vaters. Mochte sich Daddy auch für solchen Abschaum begeistern – es gab keinen Grund, warum *sie* der dummen Kuh höflich begegnen sollte.

Seit fünf Tagen versuchte sie vergeblich, Joel zu erreichen, und ihr Zorn wuchs. Wo trieb er sich herum? Noch wichtiger – mit wem? Als er sich endlich am Telefon meldete und Rosarita ihn fragte, wo er gewesen sei, war er nicht besonders mitteilsam. „Ich wusste nicht, dass ich dir Rechenschaft schuldig bin", sagte er. Hielt er sie für eine flüchtige Bekannte?

„Neulich habe ich dich gesehen."

„Wo?"

„Im Le Cirque. Mit einer blassen blonden Bohnenstange."

Joel lachte leise. „Zufällig ist die blasse blonde Bohnenstange ein berühmtes Supermodel."

„Berühmt? Ha!" schnaufte Rosarita verächtlich. „Welcher Unterschied besteht denn zwischen Supermodels und diesen Mädchen, die in besseren Boutiquen Kleider vorführen? Keiner! Supermodel – das ist nur ein Wort, das die Medien erfunden haben, und es bedeutet gar nichts. Außerdem", fügte sie hinzu, um ihren wirksamsten Giftpfeil abzuschießen, „bisher ist mir ihr Foto in keiner einzigen Zeitschrift aufgefallen."

„Sei nicht eifersüchtig", mahnte er und lachte wieder. „Sie ist viel zu mager, um mich zu reizen."

„Wer ist denn eifersüchtig?" konterte sie irritiert. Warum bildete er sich so was ein?

„Möchtest du heute zu mir kommen? Um die Lunch-Zeit herum?"

Oh *ja.* Aber er durfte nicht glauben, sie wäre ganz versessen drauf. „Das hängt davon ab, was auf der Speisekarte steht", erwiderte sie in beiläufigem Ton.

„Was meinst du, wer sich heute satt essen soll? Du oder ich?"

Jetzt musste auch Rosarita lachen. „Ich bin *sehr* hungrig", gab sie zu.

„Wie wärs mit einem zweigängigen Menü?"

Schon jetzt erhitzte sich ihr Blut. „In deinem Büro?"

„Auf meinem Schreibtisch. Da will ich deinen süßen Arsch sehen. Um halb eins. Ich verspreche dir einen Fensterplatz. Wie klingt das?"

Verlockend ... „Okay, ich komme. Aber tu mir den Gefallen und sag dieser blöden Gans in deinem Vorzimmer, sie soll mich sofort reinlassen. Ich warte nicht gern."

„Hat Jewel dich beleidigt?"

„Die musst du feuern."

„Bis später, Babe."

Rosarita schaute auf ihre Uhr. Halb elf. Hm ... Für ein zweigängiges Menü brauchte sie eine enthaarte Bikini-Zone. Von heißer Vorfreude erfasst, rief sie im Elizabeth-Arden-Salon an und vereinbarte einen Termin.

„Haben Sie die Neuigkeiten schon gehört?“ Silver Anderson schaute zu Dexter auf.

„Welche Neuigkeiten?“ Eben erst im Studio eingetroffen, wartete er auf die Maskenbildnerin.

„Dass Sie’s von *mir* erfahren, ist mir wirklich unangenehm ...“, versicherte sie. „Aber Sie sollten es wissen. Sie gehören zu meinen Lieblingsschauspielern, Dexter, weil Sie sich ernsthaft bemühen und fantastisch aussehen. Eines Tages werden Sie ein Star sein, glauben Sie mir.“

„Was versuchen Sie mir zu sagen, Silver?“

„Unsere Serie wird eingestellt.“

„Eingestellt?“ wiederholte er entsetzt. Sein Magen krampfte sich zusammen. „Wann haben Sie’s erfahren?“

„Nun, ich habe meine Spione. Und da ich der Star in dieser Show bin, wird mir natürlich sofort alles zugetragen. Eine offizielle Erklärung wurde noch nicht abgegeben. Aber in der nächsten Woche werden Sie den rosa Zettel kriegen. Und mag es noch so lächerlich erscheinen – dieses Schicksal droht auch mir.“

„Oh Gott!“ stöhnte Dexter. „Und ich dachte, die Soap wäre erfolgreich. Jede Woche bekomme ich mindestens hundert Fan-Briefe.“

„Und *ich* tausende“, betonte Silver. „Doch das scheint keinen Unterschied zu machen. Bei diesem Sender treffen die großen Bonzen alle Entscheidungen. Bedauerlicherweise sind sie auf dem geistigen Niveau zwölfjähriger Kinder stehen geblieben. Die Fans bedeuten ihnen gar nichts. Und was das Publikum will, interessiert sie kein bisschen.“

Dexter riss sich schnell zusammen, um nicht etwa den Eindruck zu erwecken, die Welt würde untergehen. „Womit wird die Serie ersetzt?“

„Wer weiß? Vermutlich mit einem albernen Teenie-Drama, in dem präpubertäre Amateure auftreten. Klar, das ist ein furchtbarer Schock. Wo sie doch von Glück reden konnten, weil es ihnen gelungen ist, *mich* zu verpflichten!"

„Ja, Sie sind ein großer Star, Silver. Einfach unglaublich. Schon zu Lebzeiten eine Legende ..."

Sie lachte. „Sekundenlang dachte ich, Sie würden sagen, ich würde mich nur für einen Star *halten.*"

„Was werden Sie tun?" Mühsam verdrängte er seine Verzweiflung und konzentrierte sich auf Silver. „Gehen Sie nach L. A. zurück?"

„Vielleicht. Oder ich bleibe in New York. Hier gefällts mir. Möglicherweise ziehe ich nach Europa. Dort werden ältere Frauen *vergöttert.* In der Alten Welt versteht man, dass *wir* die Geheimnisse kennen, die Männer beglücken." Durchdringend schaute sie ihn an. „Sind Sie glücklich mit Ihrer Frau, Dexter?"

Dexter zuckte verlegen die Achseln. So sehr er Silver Anderson auch bewunderte und respektierte, es widerstrebte ihm, mit ihr über sein Liebesleben zu reden. „Nun ja, wir haben guten – eh, befriedigenden Sex", murmelte er.

„Darauf wette ich", flötete sie. „Wissen Sie, Darling, in früheren Zeiten schlief ich *immer* mit dem Hauptdarsteller meiner Filme. Das war sozusagen ein Gesetz."

„Tatsächlich", würgte er hervor und sah verlegen an ihr vorbei auf den Boden.

„In meinen Augen gehörte das zu den Sternstunden dieser Branche." Silver lachte kehlig. „Und glauben Sie mir, die männlichen Stars dachten genauso. Heutzutage ist alles anders", seufzte sie und streckte lässig eine Hand aus. „Kommen Sie her, Dexter."

Plötzlich fühlte er sich wie ein Hirsch im Visier eines Jägers. Nur widerstrebend trat er näher.

„Sie fürchten sich doch nicht vor mir?“ fragte sie und jagte ihm kaltes Grauen ein.

„Sie sind – so berühmt“, stammelte er. „Und ich habe große Ehrfurcht vor Ihnen.“

„Wie ich gestehen muss, finde ich Sie *ungewöhnlich* attraktiv.“ Silvers Stimme nahm einen etwas tieferen, heiseren Klang an. „Und zu meiner Glanzzeit habe ich *viele* schöne Männer gesehen. Oh, ich könnte Ihnen *Geschichten* über einige Stars erzählen, mit denen ich zusammengearbeitet habe. Burt Reynolds. William Shatner. Sogar der liebe alte Clint. Aber ich war immer diskret. Niemals bin ich mit meinen Affären hausieren gegangen, im Gegensatz zu gewissen Kolleginnen. Andererseits ...“ Eine vielsagende anzügliche Pause. „Wenn ich's verraten *wollte*, ich weiß einiges über Esther Williams – die Haare würden ihr zu Berge stehen. Haben Sie ihr Buch gelesen? Nein, vermutlich nicht.“ Mit kraftvollen Fingern umfasste sie seine Hand. „Ich nehme an, Sie lesen nicht viel?“

„Eh – nur selten.“

Ihr Zeigefinger zeichnete kleine Kreise auf seine Handfläche.

Zu seiner eigenen Verblüffung spürte er eine Regung in seiner Hose.

„Versperren Sie die Tür, Dexter“, befahl sie in sanftem, sinnlichem Ton. „Jetzt ists an der Zeit für Ihr Abschiedsgeschenk.“

Erfolglos versuchte er zu schlucken. Silver zog seinen Reißverschluss nach unten. Oh Gott, wenn sein Dad ihn jetzt beobachten könnte ...

Diesmal würde Rosarita keine respektlosen Faxen dulden. Auf hohen Absätzen stelzte sie in Joels Vorzimmer und gönnte dem

Mädchen mit den grünen Fingernägeln, das gerade telefonierte, kaum einen Blick. „Meine liebe Jewel, Ihr Boss erwartet mich", verkündete sie herablassend. „Und er hat gesagt, ich soll *sofort* in sein Büro gehen."

„So?"

Lächelnd entblößte Rosarita ihre schönen, schneeweißen, ebenmäßigen Zähne, die Chas ein Vermögen gekostet hatten. „Kümmern Sie sich nicht um mich, Darling." Noch ehe Jewel sie unverschämt anstarren konnte, verschwand sie im Chefbüro.

Auch Joel telefonierte, die Füße auf dem Schreibtisch. Zu Rosaritas Überraschung war er vollständig bekleidet.

Rosarita warf die Tür hinter sich zu und schlenderte zu ihm. „Willkommen daheim in New York. Wo warst du?"

„In Miami", erklärte er und legte eine Hand über die Sprechmuschel. „Dort habe ich mir die Seele aus dem Leib gebumst." Herausfordernd zwinkerte er ihr zu. „Nimm doch Platz", lud er sie ein und setzte sein Telefonat fort. „Okay, Babe, bis später."

Nur zu gern hätte Rosarita gefragt, mit wem er sprach. Aber sie war klug genug, den Mund zu halten. Natürlich wäre es uncool, ihn zu bedrängen.

„Wie gehts?" erkundigte er sich und legte auf.

„Meine Schwiegereltern sind immer noch in der Stadt. Sobald sie abreisen, lasse ich mich von Dex scheiden."

Als er das hörte, überschlug er sich nicht gerade vor Begeisterung. Statt irgendwas zu sagen, öffnete er eine Schublade und nahm ein Röhrchen mit Koks heraus. Sorgfältig streute er das Pulver auf den Schreibtisch, arrangierte es in geraden Linien und reichte Rosarita einen kurzen Strohhalm. „Schnupf mal ein bisschen, meine Süße."

Sex vor interessierten Zuschauern auf der anderen Straßenseite – das war okay. Aber Drogen?

„Sollen wir das wirklich tun, wenn uns die Leute da drüben beobachten?"

„Wieso glaubst du, irgendjemand würde uns sehen?"

„Immer wieder läufst du hier herum und lässt die Kronjuwelen raushängen", gab sie zu bedenken. „Glaubst du nicht, dass du mit der Zeit ein dankbares Publikum gezüchtet hast?"

Joel schrie vor Lachen. „Also wirklich, du bist unbezahlbar."

„So wie *du.*"

Und dann dachte sie: Und wenn schon ... Ein wenig Koks zum Lunch. Warum nicht? Gut für die Figur. Kein Essen, nur Koks. Wunderbar ...

Vorsichtig begann sie zu schnupfen. Joel grinste. Blitzschnell konsumierte er zwei Linien. Nur noch eine blieb übrig.

„Du oder ich, Babe?"

„Alles für dich", erwiderte sie großzügig.

Das ließ er sich nicht zweimal sagen. Er vertrug eine ganze Menge. Als nur noch ein winziges weißes Häufchen auf dem Schreibtisch lag, befeuchtete er einen Finger, pickte es auf und bestrich seine Zunge damit.

„Zieh dich aus, Babe."

„Sollten wir nicht die Tür versperren ..."

„Wie oft soll ich's dir noch sagen?" unterbrach er sie. „Hier kommt niemand rein, wenn er nicht eingeladen wird."

Und da wurde sie von den gleichen glutvollen Gefühlen erfasst, die sie stets in seiner Gegenwart verspürte. Hastig knöpfte sie ihre Bluse auf und stieg aus ihrem Rock. Eigens für ihn trug sie einen Tanga und einen tief ausgeschnittenen Spitzen-BH.

„Hast du kein Höschen mit einem Schlitz über der Muschi?" fragte er enttäuscht.

„Doch, natürlich“, log sie und beschloss, solche Slips zu kaufen.

„Zieh nächstes Mal eins an.“

Rosarita nickte und fieberte einer ungestümen Berührung entgegen.

Langsam stand er auf, ließ seine Hose fallen und beförderte sie mit einem Fußtritt unter den Schreibtisch. „Los, Babe, zieh *alles* aus“, befahl er. „Dann leg dich auf den Tisch und mach die Beine breit.“

Sollte sie widersprechen? Gehorsam schlüpfte sie aus ihrem BH und dem Tanga und kletterte auf den Schreibtisch.

„Hab ich nicht gesagt, du sollst die Beine breit machen?“ murmelte er und schob ihre Schenkel auseinander, legte sich auf ihren Körper, um die berühmte 69-Position einzunehmen.

Und so begann der wilde Tanz.

19. KAPITEL

Jamie und Peter fuhren Madison zum Begräbnis nach Connecticut. Immer noch unter Schock, bemühte sie sich verzweifelt, einen Sinn in den Ereignissen zu entdecken. „Es ist so unwirklich, und ich kanns nicht erklären", sprach sie ihre Gedanken im Fond des BMW aus. „Aber es kommt mir so vor, als würde alles im Zeitlupentempo geschehen."

„Das verstehe ich." Mitfühlend wandte Jamie sich zu ihrer Freundin um.

„Erst erfahre ich, dass Stella nicht meine Mutter ist. Und dann – bevor ich mit ihr reden kann, stirbt sie. Es ist so – schrecklich."

„Was genau hat Michael dir erzählt?"

„Nicht viel. Offenbar wurden Stella und der Mann, mit dem sie zusammenlebte, bei einem Raubüberfall erschossen."

„Verdammt!" murmelte Peter erbost. „Heutzutage ist man nirgendwo sicher."

„Haben sich die beiden gewehrt?" fragte Jamie.

„Keine Ahnung." Madison erinnerte sich, wie seltsam die Stimme ihres Vaters am Telefon geklungen hatte, mit einem kalten Unterton, den sie unbegreiflich fand. Obwohl man Stella – siebenundzwanzig Jahre lang seine geliebte Ehefrau – ermordet hatte, war der Eindruck entstanden, die Tragödie würde ihn nicht betreffen.

Die Menschen reagieren ganz verschieden auf den Tod, überlegte sie. Wahrscheinlich wird er am Grab zusammenbrechen ...

Zum hundertsten Mal wünschte Madison, sie hätte eine Gelegenheit erhalten, mit Stella zu sprechen – zu erfahren, warum ihr die Wahrheit so lange verheimlicht worden war.

Zu spät. Jetzt gab es kein Zurück mehr.

Michael erwartete sie vor der Tür seines großen Landhauses. In seinem schwarzen Anzug wirkte er völlig normal und gelassen.

„Tut mir so Leid", flüsterte sie und schlang beide Arme um seinen Nacken. Tränen brannten in ihren Augen. „Wie – furchtbar ..."

„Ja, gewiss." Seine Stimme klang wieder eigenartig.

Ehe sie noch etwas sagen konnte, ließ er sie los, um Jamie und Peter zu begrüßen. Forschend schaute sie ihn an. Seine Augen waren nicht rot gerändert. Also hatte er nicht geweint.

Empfand er keine Trauer, weil Stella ihn wegen eines anderen Mannes verlassen hatte? War er wirklich so kaltherzig?

Wieder einmal wunderte sie sich über den Vater, den sie so viele Jahre lang zu kennen geglaubt hatte. Sonderbar, wie fremd er ihr plötzlich erschien ...

In der Zufahrt parkte eine schwarze Limousine, die sie alle zur Kirche bringen sollte. Madison stieg ein und setzte sich neben Michael, der beharrlich schwieg.

Nur etwa zwei Dutzend Personen nahmen am Trauergottesdienst und am Begräbnis teil. Victor war in einem Wagen mit Chauffeur aus New York hierher gefahren, um Stella die letzte Ehre zu erweisen. Voller Mitleid nahm er Madison in die Arme und flüsterte tröstliche Worte. Sie dankte ihm und blickte sich um. Die meisten anderen Trauergäste kannte sie kaum – größtenteils Leute, mit denen sich Stella und Michael in Connecticut angefreundet hatten. Aber sie erkannte Stellas beste Freundin, die New Yorker Schmuckdesignerin Warner Carlysle, sofort wieder. Schon in der Kindheit war Madison ihr zum ersten Mal begegnet. Obwohl sie sich niemals besonders nahe gestanden hatten, tauschten sie Beileidsbezeugungen aus.

Weiß sie, dass Stella nicht meine Mutter war? fragte sich Madison. Vermutlich ...

Warner, eine hoch gewachsene, attraktive Frau mit kastanienbraunem Haar und getönter Brille, verbarg ihren Kummer nicht.

„Wie konnte das nur geschehen?“ klagte sie. „Wer hatte ein Interesse daran, die beiden zu töten?“

„Es ist so bizarr“, seufzte Madison.

„Bizarr – genau das richtige Wort“, stimmte Warner in klagendem Ton zu. „Wurde ihr Schmuck gestohlen?“

„Das weiß ich nicht.“ Madison dachte an Stellas kostbare Art-déco-Juwelen. Warum sorgte sich Warner ausgerechnet in diesem Moment darum? „Sie legte großen Wert auf die Sicherheit ihres Eigentums, und ich glaube, die meisten Schmuckstücke wurden in einem Banksafe verwahrt.“

„Sehr klug“, meinte Warner und berührte ihre goldene, mit Smaragden verzierte Halskette.

„Eh – kannten Sie den Mann, mit dem sie zusammenlebte? Wer war er?“

„Lucien Martin, ein Künstler, Mitte zwanzig.“ Nervös befingerte Warner ihre Sonnenbrille. „Sobald sie sich zum ersten Mal sahen, hats sofort gefunkt. Ein paar Wochen später zog sie zu ihm.“ Sie schüttelte ungläubig den Kopf. „Und jetzt sind beide tot.“

Nach dem Gottesdienst ging die Trauergemeinde auf den kleinen Friedhof. Dort wurde eine weitere kurze Zeremonie abgehalten, dann fand der Leichenschmaus in Michaels Haus statt.

Madison ging zu Warner, die am Buffet stand. „War sie *so* unglücklich mit Michael?“

„Nun ja – dein Vater schenkte ihr nicht die Aufmerksamkeit,

die sie sich wünschte", erklärte Warner und häufte diverse Köstlichkeiten auf ihren Teller. „Dauernd wollte Stella hören, sie sei das schönste Geschöpf auf Erden. Aber nach einigen Jahren war Michael es leid, ihr das ständig zu versichern. Dann traf sie Lucien, und er sagte es ihr tausendmal am Tag."

„Wie war er?"

„Eine jüngere Version von Michael. Und er betete sie an." Von Madison gefolgt, durchquerte Warner das Wohnzimmer, sank in die Polsterung der Couch und stellte den gefüllten Teller auf ihre Knie. „Was immer Sie tun – erwähnen Sie auf *keinen* Fall den Namen Lucien, wenn Sie mit Michael reden", warnte sie. „Als Stella ihn verließ, war er furchtbar wütend und verbittert." Bevor sie weitersprach, schaute sie sich unbehaglich um. „Er hat sie sogar bedroht."

„*Bedroht?*" wiederholte Madison. Ihr Herz begann schneller zu schlagen.

„Ja, und Stella hatte solche Angst, dass sie mit Lucien in ein Apartmenthaus zog, wo es strenge Sicherheitsvorkehrungen gab. Sie sagte sich endgültig von Michael los und wollte nichts mehr von ihm – nicht einmal sein Geld. Um ihm zu entrinnen, übersiedelte sie mit Lucien nach New York. Das fand Michael heraus, und er war außer sich vor Zorn."

Bevor Madison zu sprechen begann, holte sie mehrmals tief Atem. „Deuten Sie an – er könnte irgendwas mit dem Mord zu tun haben?"

Ausdruckslos starrte Warner sie an. „Treffen wir uns nächste Woche. Hier kann ich nicht reden."

Sie ist völlig durcheinander, dachte Madison, und sie weiß nicht, was sie sagt ...

„Vor einiger Zeit erfuhr ich die Wahrheit über Stella und mich", platzte sie heraus und wartete auf eine Reaktion.

„Die Wahrheit?" Vorsichtig stellte Warner ihren Teller auf den Couchtisch.

„Michael hats mir erzählt."

„Oh Gott, ich dachte, das würde er Ihnen niemals verraten."

„Also wussten Sie's die ganze Zeit."

„Ja, über dreißig Jahre lang war ich mit Stella befreundet. Ich machte sie mit Michael bekannt."

„Tatsächlich?"

„Er war ein Freund des Mannes, mit dem ich damals zusammenlebte."

„Davon wusste ich nichts."

„Jetzt bereue ich es zutiefst."

„Und ich bedauere, dass ich nicht mehr Stella sprechen konnte, bevor sie starb."

„Sicher war das sehr schwierig für Sie, Madison."

„Oh ja – vor allem, weil wir uns niemals wirklich nahe standen. Stella war immer ... Nun, ich will nicht sagen – kalt, eher distanziert. Verstehen Sie, was ich meine?"

„Oh ja. Weil Sie nicht ihr Kind waren und es niemals sein konnten. Immer wieder erinnerten Sie Stella an Michaels ehemalige große Liebe. Natürlich wollte sie die Nummer eins in seinem Leben sein. Und sie fürchtete, das war sie nie."

„Wie konnte sie das glauben? Michael hat sie angebetet."

Warner nickte. „Über all das müssen wir reden. Aber nicht hier. Nächste Woche rufe ich Sie an."

„Bitte, Warner!" flehte Madison. „Ich habe so viele Fragen, und ich hoffte, Stella würde sie beantworten. Vielleicht können *Sie* mir einiges erklären."

„Okay, ich wills versuchen."

Irgendwie überstand Madison den restlichen Tag. Später, nachdem die meisten Leute gegangen waren, fragte sie Michael, ob sie in seinem Haus übernachten sollte. Das lehnte er ab, und sie bedrängte ihn nicht weiter. Stattdessen verabschiedete sie sich, dann stieg sie mit Jamie und Peter in den BMW.

„Jesus!“ stöhnte Peter auf der Rückfahrt nach New York. „Was für ein grauenhafter Tag!“

Madison seufzte müde. „Nie wieder will ich so etwas erleben.“

„Wie fühlst du dich?“ fragte Jamie.

„Ich kann nur sagen – Gott sei Dank, dass ihr mitgekommen seid! Ohne euch hätte ich es nicht ertragen.“

„Niemals würden wir dich im Stich lassen“, beteuerte Jamie.

„So was käme gar nicht in Frage“, ergänzte Peter.

„Welch eine Ironie!“ Madison schüttelte den Kopf. „Heute begrub ich eine Mutter, die ich niemals hatte. Ist das nicht sonderbar?“

Verständnisvoll nickte Jamie. „Du warst wirklich tapfer.“

„Wisst ihr, was mich beunruhigt? Ich liebe Michael sehr. Aber im Augenblick bin ich völlig verwirrt. Und ich frage mich unentwegt, wer er wirklich ist.“

„Willst du für ein paar Tage bei uns wohnen?“ schlug Jamie vor. „Ich würde mir Sorgen machen, wenn du allein in deinem Apartment herumsitzt.“

„Oh, ich bin nicht allein. Ich habe einen Hund und einen Pförtner. Ach ja, und David ruft jeden Tag an.“

„Schick ihn zum Teufel.“

„Und natürlich ist Jake auch noch da. Irgendwo in Paris. Keine Ahnung, wo.“

„Ich will ja nicht gemein sein – aber das klingt nach einem One-Night-Stand.“

„Nicht ganz“, widersprach Madison. „Immerhin war er eine ganze Woche bei mir.“

„Ich sage keineswegs, dass er dich nicht *mag*", fuhr Jamie hastig fort. „Aber ich habe das Gefühl, er ist nicht besonders verlässlich."

„Warum glaubst du das?"

„Hat er in L. A. nicht mit einem Callgirl zusammengelebt?"

„Nein, das war nur eine kurze Affäre."

„Hört mal, Mädchen", mischte sich Peter ein, die Stimme der Erfahrung. „Ein Mann, der mit Callgirls schläft, versteht nicht allzu viel von der Liebe. Weil – wenn man dafür zahlen muss ..."

„Dafür hat er nicht gezahlt", fiel Madison ihm ärgerlich ins Wort. „Welches Gewerbe sie betrieb, wusste er zunächst gar nicht."

„Oh, *bitte!*" Peter lachte kurz auf. „So was merkt ein Mann sofort."

„Wieso?" Misstrauisch starrte Jamie ihn an.

„Solche Frauen wenden gewisse Techniken an", erklärte er. „Alle sind sehr professionell."

„Wieso weißt du das?" beharrte Jamie.

„Immerhin bin ich ein Mann, nicht wahr?"

„Ein *Ehemann,* Peter. Hast du jemals eine Nutte für ihre Dienste bezahlt?"

„Niemals, Darling."

„Und wieso weißt du das alles?" fragte sie anklagend.

„So was hört man auf Junggesellenpartys", erwiderte er grinsend.

„Auf Junggesellenpartys!" riefen Jamie und Madison wie aus einem Mund.

Dann fragte Madison verwundert: „Wurden die nicht schon 1965 abgeschafft?"

Ungeduldig zuckte Peter die Achseln. „Ihr Frauen werdet nie verstehen, dass es einen doppelten Moralkodex gibt."

„Blödsinn!" schimpfte Madison.

„Mist!" zischte Jamie.

Als Peter den BMW vor Madisons Apartmentgebäude parkte, sorgte sich Jamie immer noch.

„Keine Bange, mir gehts gut", versicherte Madison. „Jetzt brauche ich nur Zeit, um nachzudenken."

„Okay." Jamie gab sich geschlagen. „Aber vergiss nicht – wenn wir helfen sollen, brauchst du nur anzurufen."

„Ja, ich weiß. Vielen Dank." Madison stieg aus dem Auto. „Ist es nicht wundervoll, dass ich Freunde habe, auf die ich mich jederzeit verlassen kann?"

„Wir lieben dich!" betonte Jamie.

Calvin freute sich, Madison wiederzusehen. „Hoffentlich ist alles gut gegangen, Miss", bemerkte er und begleitete sie zu ihrem Apartment hinauf. „Vor etwa einer Stunde habe ich den Hund spazieren geführt, also muss er nicht mehr hinaus."

„Danke, Calvin, gute Nacht." Sie lächelte ihm zu, dann sperrte sie ihre Tür auf.

In seiner Herzensgüte beschloss Slammer, sie *nicht* zu bestrafen. Stattdessen sprang er an ihr hoch und leckte jedes entblößte Fleckchen Haut ab, das er finden konnte. Etwa eine Minute lange tätschelte sie ihn. Dann ging sie in die Küche und warf ihm einen Leckerbissen zu und checkte ihren Anrufbeantworter – das übliche Ritual.

Kein Wort von Jake.

Umso mehr Nachrichten von David.

Verdammt! Wo mochte Jake stecken?

„Treffen wir uns?" wollte David wissen. „Ich finde, das bist du mir schuldig."

Gar nichts bin ich dir schuldig, David. Das solltest du endlich begreifen.

Der dritte Anruf stammte von Kimm Florian. „Rufen Sie mich sofort zurück", lautete die rätselhafte Aufforderung.

Madison wählte die Nummer.

Schon nach dem ersten Läuten meldete sich Kimm. „Wir müssen uns so schnell wie möglich sehen. Kann ich jetzt rüberkommen?"

Madison schaute auf ihre Uhr. Fast Mitternacht. „Tut mir Leid, das müssen wir auf morgen verschieben. Heute nahm ich an einem Begräbnis teil, und ich fühle mich völlig erschöpft."

„Oh – ein Begräbnis ...", sagte Kimm langsam. „Wer wurde beerdigt?"

„Die Frau, die nicht meine Mutter war."

„Was? *Stella* ist gestorben?"

„Bedauerlicherweise."

„Was ist geschehen?"

„Ein Raubüberfall, sagt die Polizei. Dabei wurden Stella und ihr Freund erschossen."

„Eine Hinrichtung?"

„Was bedeutet denn *das?*"

„Wurden die beiden im Stil einer Hinrichtung getötet?"

„Die Einzelheiten kenne ich nicht", erwiderte Madison. „Ich weiß nur, dass beide erschossen wurden."

„Kann ich Sie morgen früh besuchen?" fragte Kimm in eindringlichem Ton.

„Haben Sie Neuigkeiten für mich?"

„Ja. Die sollten Sie möglichst schnell hören." Eine kurze Pause. „Ich habe was über Gloria herausgefunden."

„Tatsächlich?" Madison stockte der Atem. „*Was?*"

„Am Telefon kann ich nicht darüber reden. Ich muss Sie sehen, Madison."

„Kommen Sie, wann Sie wollen."

„Okay. Und machen Sie sich auf einiges gefasst. Was ich zu sagen habe, wird Ihnen nicht gefallen."

20. KAPITEL

Von heftigen Schuldgefühlen geplagt, konnte Dexter seine Frau kaum anschauen. Er saß am Tisch und stocherte mit seiner Gabel auf dem Teller herum, ohne auch nur einen einzigen Bissen zu essen.

„Was ist los mit dir?" fragte Rosarita schließlich, verärgert über sein lustloses Verhalten.

„Ja, mein Lieber", warf Martha ein. „Heute Abend bist du schrecklich still. Hats dir die Sprache verschlagen?"

„Ich – eh – habe was gehört", stammelte er. Wenn es ihm auch widerstrebte, die Neuigkeit zu verraten, er konnte sie nicht länger für sich behalten.

„Was denn?" fragte Matt und kaute an seinem Steak.

„Da geht ein Gerücht um", erwiderte Dexter beklommen. „Vielleicht wird meine Soap eingestellt."

„Um Himmels willen!" Bestürzt presste Martha eine Hand an den Kopf. „Das dürfen sie nicht tun!"

„Die können tun, was sie wollen", erwiderte Dexter und wünschte ausnahmsweise, seine Mutter hätte Recht.

„Wer hat es dir gesagt?" fragte Rosarita, ohne zu erwähnen, dass ihr dieses Gerücht schon vor zwei Monaten zu Ohren gekommen war.

„Silver Anderson."

In Matts Augen begannen Sterne zu leuchten. „So eine wunderbare Frau! Kein bisschen gealtert."

„Natürlich ist sie gealtert!" schnaubte Martha gehässig, was ganz und gar nicht zu ihrem Wesen passte. „Wahrscheinlich bist du auf einem Auge blind und brauchst eine Brille."

Sehr gut, dachte Rosarita. Also hast du *doch* ein wenig Mumm in den Knochen. Erstaunlich ...

Matt ignorierte den Temperamentsausbruch seiner Frau. „Was wirst du tun, wenn die Serie eingestellt wird, mein Junge?“

„Da gibts viele Möglichkeiten.“ Missmutig schob Dexter seinen Teller beiseite. „Ich werde mit meinem Agenten sprechen.“

„Meinst du nicht, er hätte schon längst mit dir reden sollen?“ wandte Rosarita ein. „Zweifellos ist er über die Pläne des Senders informiert. Wenn das Gerücht stimmt – warum hat er's dir verheimlicht?“

„Klar, das überrascht mich auch“, gestand Dexter. „Es ist ja nicht so, dass ich für die Agentur völlig unwichtig wäre. Jede Woche bekomme ich ein paar hundert Fan-Briefe.“

„Die würde ich gern lesen, Darling“, sagte Martha. „Was schreiben die Leute denn so?“

„Sie schildern ihm ihre Sexfantasien“, witzelte Rosarita boshaft.

Mit einem vernichtenden Blick brachte Dexter sie zum Schweigen. Dann schaute er rasch weg. Sex war eine machtvolle Waffe, die gewisse Frauen skrupellos gebrauchten. Und Silver Anderson hatte sie angewandt, um ihn zu verführen. Was sie alles mit ihm gemacht hatte ... Er konnte gar nicht aufhören, daran zu denken. Großer Gott, er war ein verheirateter Mann, und er hielt die Ehe für heilig. Trotz all ihrer Fehler – Rosarita würde ihn *niemals* betrügen. Und er hatte sich widerstandslos von Silver benutzen lassen. Diese Demütigung lag bleischwer auf seiner Seele.

Nicht, dass er die Initiative ergriffen hätte. Aber sein Penis in ihrem Mund – diese Erinnerung genügte, um seine Gewissensqualen immer wieder neu zu entfachen. Und er hatte eine Dame in ihr gesehen. Welch eine Ironie!

Was würde Rosarita sagen, wenn sie es herausfand?

Das wollte er sich gar nicht vorstellen.

„Wann treffen wir uns wieder mit Chas?“ fragte Martha. „Ich vermisse sein Lächeln.“

Darauf wette ich, dachte Rosarita. Sicher willst du mit ihm ins Bett hüpfen. Aber du bist ein bisschen zu alt für meinen Daddy. Außerdem hängen deine Brüste bis zu den Knien hinab.

„Planen wir doch ein Abschiedsdinner.“ Inständig sehnte sie den Tag herbei, an dem ihre Schwiegereltern aus New York verschwinden würden. Mit honigsüßer Stimme fügte sie hinzu: „Immerhin werdet ihr bald abreisen.“

Martha nickte traurig. „Wie ich all die aufregenden Erlebnisse vermissen werde ... So gut haben wir uns amüsiert.“

„Oh ja“, bestätigte Matt und schob noch ein Stück Fleisch in den Mund. „Allerdings – was ich heute Abend erfahren habe, beunruhigt mich.“ Durchdringend starrte er Dexter an. „Was wirst du jetzt machen, mein Sohn?“

„Das sagte ich doch schon.“ Sosehr Dexter seine Eltern auch liebte, diese Krise betraf nur ihn allein. „Mein Agent wird sich was einfallen lassen.“

„Am besten gehst du zum Film“, trillerte Martha, als wäre das ein Kinderspiel. „Du könntest ein neuer Harrison Ford werden. Allmählich braucht die Welt einen *jüngeren* Harrison Ford.“

„Mein Agent weiß sicher, was zu tun ist“, erwiderte Dexter und wünschte, die beiden würden den Mund halten. Schlimm genug, dass er seinen Job verlieren würde – da brauchte er nicht auch noch Moms und Dads unqualifizierte Einmischung.

Nach dem Dinner setzten sich die Cockrangers ins Wohnzimmer, um auf dem großen TV-Bildschirm „Chicago Hope“ zu sehen. „Meine Lieblingssendung“, verkündete Martha, eine

Bonbonniere neben sich. „Um nichts auf der Welt würde ich eine Folge versäumen."

„Ich habe Mom versprochen, ihr zu Weihnachten einen Videorecorder zu schenken", erklärte Dexter.

„Schön und gut." Martha steckte zwei Bonbons auf einmal in den Mund. „Da gibts nur ein Problem – ich werde niemals lernen, so ein Gerät zu benutzen."

„Das wird Dad für dich machen."

„Oh ja, sie weiß, wie geschickt ich mit meinen Händen umgehen kann", bemerkte Matt und zwinkerte anzüglich. „Das sollte sie auch, nach all den Jahren."

Dexter hasste die sexuellen Anspielungen seines Vaters. Heute Abend zerrten sie besonders schmerzhaft an seinen Nerven.

Wie sollte er Silver morgen gegenübertreten? Noch war die Show nicht offiziell eingestellt worden. Vielleicht mussten sie noch wochenlang zusammenarbeiten. Würde er es ertragen, diese Frau jeden Tag zu sehen? Und wie sollte er mit seiner Untreue leben? Nun ja – irgendwie. Hatte Präsident Clinton nicht öffentlich verlauten lassen, Fellatio sei kein richtiger Sex? Vermutlich war es gar nicht so schlimm, wie er glaubte.

Sollte er Rosarita alles beichten?

Nein, unmöglich. Das würde sie ihm niemals verzeihen – und umso hartnäckiger auf einer Scheidung beharren.

Und Silver? Er würde sein Bestes tun, um ihr aus dem Weg zu gehen. Was anderes blieb ihm gar nicht übrig.

Varoomba betrat den Boom Boom Club, um ihre Sachen zusammenzupacken. Wie Chas unmissverständlich erklärt hatte, wünschte er, dass sie ihren Job aufgab. Er würde sie in einem Apartment einquartieren und alle ihre Rechnungen bezahlen.

Endlich hatte sie einen Mann gefunden, der für sie sorgen wollte. Welch ein Glück ... Gewiss, manchmal konnte Chas ziemlich ekelhaft sein. Aber was sie an ihm mochte – er war schon etwas älter. Deshalb betatschte er sie nicht Tag und Nacht, so wie die jüngeren Kerle, mit denen sie sich eingelassen hatte. Ein Blick auf ihre riesigen Titten, und schon war ohne Ende die Post abgegangen. Bei Chas dauerten die Aktivitäten nicht lange, und das war gut so. In ihrem jungen Leben hatte sie schon genug Aktivitäten ertragen.

Der Abschied vom Club fiel ihr nicht schwer. Hier kreuzten viel zu viele Freaks auf, um sie tanzen zu sehen. Während sie ihre Silikonbrüste umherschwenkte, saßen diese Typen wie hypnotisierte Zombies da, mit glasigen Augen, die beinahe aus den Höhlen quollen. Das fand sie richtig unheimlich. Sicher, es war okay, wenn irgendein armer Junge ihren Körper bewunderte. Auch die Junggesellenpartys waren in Ordnung. Aber sie wurde viel zu oft von Perverslingen angemacht, die abartige Wünsche äußerten.

Ihrem Boss – die Mädchen hatten ihn Mr. Lackhaar getauft – passte ihre Kündigung ganz und gar nicht. „Hast du ein besseres Angebot?“ murrte er. „Wenn’s ein anderer Club ist, bezahle ich dir mehr, als du da kriegen würdest.“

„Nein.“ Hastig stopfte Varoomba ihre Kosmetika, Perücken und diverse Outfits in eine Reisetasche. „Da gibts einen Gentleman, der mich ganz für sich allein haben will.“

„Unsinn, solche Affären dauern höchstens fünf Minuten“, höhnte Mr. Lackhaar.

„Keineswegs!“ protestierte sie. „Dieser Mann ist verliebt in mich.“

„Verliebt!“ stöhnte Mr. Lackhaar. Dann hustete er. „Wenn du heute Abend rausgehst und tanzt, gebe ich dir hundert Dollar extra. Weil einer deiner Fans schon die ganze Woche auf dich wartet – und ganz verrückt nach deinen Titten ist."

„Wer ist das?" fragte sie neugierig.

„Dieser Joel."

„Ach, *der!*" Angewidert rümpfte sie die Nase. „Vor dem fürchte ich mich. Ich glaube, er ist nicht ganz dicht."

„Was willst du denn? Der Kunde schwimmt im Geld. Sicher wird er ein paar Scheine zwischen deine kleinen Möpse stecken."

„*Klein?*" kreischte Varoomba beleidigt. „So wurden meine Brüste noch nie genannt. Das lasse ich mir nicht von dir bieten!"

„Wirst du jetzt frech – nur weil du beschlossen hast, einfach abzuhauen?"

Sorgfältig verstaute sie lange schwarze Haare in ihrer Perückenschachtel und überlegte, ob sie auf die Schnelle noch ein bisschen Geld einheimsen sollte. „Wie viel, hast du gesagt, würdest du zahlen, wenn ich heute Abend für diesen durchgeknallten Kerl tanze?"

„Hundert Dollar extra."

„Zu wenig." Je mehr sie beiseite legen konnte, desto besser. „Dann mache ich lieber die Fliege."

„Okay – zweihundert. Das ist alles, was ich mir leisten kann. Außerdem wird dir der Freak ein üppiges Trinkgeld spendieren."

„Ist er schon da?"

„Ja. Die ganze Woche hat er nach dir gefragt."

Zweihundert in bar. Varoomba musste doch langsam an spätere Zeiten denken. Wenn ihre Brüste langsam, aber sicher der Schwerkraft Tribut zollen würden. „Zweihundertfünfzig, und wir kommen ins Geschäft."

„Heiliger Himmel!“ murmelte Mr. Lackhaar erbost. „Für eine Stripperin bist du ganz schön überheblich.“

„Mit gutem Grund“, konterte sie und warf ihm einen arroganten Blick zu.

Mr. Lackhaar verschwand, und Varoomba überlegte, in welchem Fummel sie das Publikum bei ihrer Abschiedsvorstellung betören sollte. Vielleicht in der Schulmädchenuniform? Die war sehr beliebt bei den Jungs. Beim Anblick der gestärkten weißen Bluse, der roten Krawatte, des dunkelblauen kurzen Faltenrocks, des züchtigen Baumwollhöschens, der weißen Kniestrümpfe und derben Sportschuhe flippten sie völlig aus.

Kurz entschlossen schlüpfte sie in die Uniform und flocht ihr Haar zu zwei putzigen Zöpfchen. Eines Abends würde sie Chas mit diesem Look umgarnen – und ihn ins Paradies entführen.

Mr. Lackhaar teilte ihr mit, Joel sei hocherfreut über ihre Anwesenheit und habe einen privaten Table Dance bestellt. Warum nicht? Sie hatte schon öfter privat für ihn gearbeitet. Letztes Mal hatte er so fest in ihre Titten gekniffen, dass ihre Brustwarzen eine Woche lang ganz wund gewesen waren. Und *das* hatte ihn einen Extrahunderter gekostet.

Als sie den Privatsalon betrat, hob sie warnend einen Finger. „Heute Abend fasst du mich nicht an! Das ist in diesem Etablissement verboten.“

„Zeig mir deine Riesenkugeln, und halt deinen verdammten Mund.“ Bequem in seinen Sessel zurückgelehnt, blickte Joel einer aufreizenden Show entgegen.

„Und kein vulgäres Gerede!“ mahnte Varoomba und zupfte an einem ihrer Zöpfchen. „Ich bin ein *braves* Mädchen – ein gutes kleines katholisches Schulmädchen.“ Und dann begann sie auf dem zu Tisch tanzen. Zu den Klängen von Mariah Careys

„Butterfly“ schwang sie ihre Brüste hin und her – ein echter Profi.

Jetzt bereute Joel, dass er eine Privatvorstellung verlangt hatte. Varoomba müsste vor einem großen Publikum auftreten. Wie sollte er sich aufgeilen, wenn niemand außer ihm zuschaute?

Wie viel mochte es kosten, wenn er sie um die Mittagszeit in sein Büro bestellte?

Wer kümmerte sich schon ums Geld? Die Frage lautete nur – würde sie's tun?

Natürlich, sie war eine Nutte. Anständige Mädchen würden ja nicht strippen.

Als sie nur noch ihren BH und das Höschen trug, erläuterte er sein Anliegen.

Langsam stieg sie vom Tisch, trippelte zu ihm und schüttelte ihre Titten vor seinem Gesicht. „Tut mir Leid.“ Eine große dunkle Brustwarze streifte seine Nase. „Heute tanze ich zum letzten Mal. Ich steige aus.“

„Das würde ich dir nicht raten. Wenn du dich auf private Shows spezialisierst, kannst du die ganz große Kohle machen.“ Joel richtete sich auf. „Komm morgen Mittag in mein Büro, und ich zahle dir fünfhundert.“

„Hm ...“, murmelte sie. Dieses großzügige Angebot war unwiderstehlich. „Vielleicht ein andermal – im Lauf der Woche. Ich gebe dir Bescheid.“

„Ist gebongt“, erwiderte er und knetete ihre rechte Brust. „Ruf mich an. Glaub mir, Babe, du wirst es nicht bereuen.“

21. KAPITEL

Trotz ihrer Erschöpfung fand Madison keinen Schlaf. Kimms Anruf jagte ihr kalte Angst ein. Warum würde ihr missfallen, was sie hören würde? Was mochte es sein?

Sie warf sich rastlos im Bett umher. Schließlich knipste sie die Nachttischlampe an und versuchte halbherzig zu lesen.

Doch es war unmöglich. Sie konnte sich nicht auf ihre Lektüre konzentrieren. Irgendwann schaltete sie den Fernseher ein, zappte langsam durch die Kanäle und hoffte, irgendeine Sendung würde sie einschläfern. Damit hatte sie auch kein Glück. Verdammt! Noch eine von Davids Schlaftabletten, die sie immer noch in ihrem Apothekenschränkchen verwahrte, würde sie auf keinen Fall schlucken. Solche Medikamente vertrug sie nicht.

Und so ließ sie ihre Gedanken wandern. In den letzten Wochen hatten sich viel zu viele verwirrende Dinge ereignet, die ihre Nerven strapazierten. Zu allem Überfluss war David wieder aufgetaucht. Was bildete er sich eigentlich ein? Dass sie freudestrahlend in seine Arme sinken und hauchen würde: *Ich verzeihe dir alles?*

Nein, zum Teufel. *Niemals* würde sie ihm verzeihen.

Und Jake? Was hatte sein Verhalten zu bedeuten? Warum rief er sie nicht an? Noch wichtiger – wieso beunruhigte sie das dermaßen? Es war einfach nur Sex gewesen. Keine Verpflichtungen. Kein Versprechen.

Aber sein Schweigen bedrückte sie, sosehr sie sich auch gegen dieses Gefühl sträubte.

Bis fünf Uhr morgens sehnte sie erfolglos einen erholsamen Schlaf herbei, dann gab sie es auf und stieg aus dem Bett. War es zu früh, um Kimm anzurufen?

Ja, natürlich. Also verzichtete sie trotz ihrer wachsenden

Ungeduld darauf. Sie zog einen dicken Pullover, Jeans und Stiefel an und unternahm einen ausgedehnten Spaziergang mit ihrem Hund. Auf dem Heimweg kaufte sie Brötchen, Frischkäse und zwei Becher Starbucks-Kaffee.

Die *New York Times* lag vor der Tür, und Madison nahm sie in die Wohnung mit. Gähnend sank sie auf die Couch und begann, die Zeitung zu lesen.

Wie sie nach ein paar Minuten feststellte, konnten nicht einmal die neuesten Nachrichten ihre Aufmerksamkeit fesseln. Stattdessen dachte sie an das Begräbnis und Warners Behauptungen. Angeblich hatte sich Stella vor Michael gefürchtet, was Madison etwas zu dramatisch fand. Gewiss, der Zorn ihres Vaters war verständlich, nachdem seine Frau ihn wegen eines wesentlich jüngeren Mannes verlassen hatte. Aber es passte nicht zu Michaels Charakter, jemanden in Angst zu versetzen, geschweige denn zu bedrohen.

Auch an Kimms seltsame Frage musste sie denken. *Wurden die beiden im Stil einer Hinrichtung getötet?*

Großer Gott, was sollte das bedeuten?

Madison ging in die Küche, toastete zwei Brötchen, bestrich sie großzügig mit Frischkäse und verschlang sie heißhungrig. Welch eine großartige Methode, einen Tag zu beginnen! Sehr gesund. Glücklicherweise musste sie sich niemals wegen ihres Gewichts sorgen.

Heute Morgen war sie nicht in der Stimmung, um ihre Recherchen über Antonio „The Panther“ Lopez fortzusetzen. Außerdem wusste sie schon genug über ihn. Wie schwierig mochte es sein, einen Boxer zu interviewen? Sicher kämpfte er leidenschaftlich gern, oder? Seine Gegner zusammenzuschlagen – das gab ihm den totalen Kick. Wundervoll ...

Hätte sie nicht für eine Weile aus New York fliehen wollen,

hätte sie Victor gebeten, den Auftrag jemand anderem zu erteilen.

Um halb acht stand Kimm Florian vor der Tür. Die große, kräftig gebaute Frau trug einen dunkelblauen Jogginganzug und Nike-Schuhe. Wie üblich wies ihr Gesicht keine Spur von Make-up auf, und das schwarze Haar war zu einem langen Zopf geflochten.

„Möchten Sie einen Becher Kaffee?“ fragte Madison und führte sie ins Wohnzimmer.

„Nein, danke, ich trinke nie Kaffee.“ Kimm kraulte Slammer hinter den Ohren. Offenbar hatte er seine anfängliche Abneigung gegen sie überwunden, denn er winselte geradezu verzückt. Madison fragte sich, ob er etwas wusste, das ihr verborgen geblieben war.

„Tatsächlich? Ohne Kaffee könnte ich nicht leben.“

„Morgens Wasser, mittags Saft, abends Kräutertee.“

„Kein Alkohol zwischendurch?“ erkundigte sich Madison, nur halb im Scherz.

Über Kimms normalerweise ausdrucksloses Gesicht glitt ein schwaches Lächeln. „Alkohol lähmt meine kleinen grauen Zellen. Ebenso wie Tabak und Zucker. Ein gesunder Geist in einem gesunden Körper – das ist mein Motto.“

„Wäre ich bloß auch so diszipliniert ...“, seufzte Madison wehmütig. „Das würde mir sehr schwer fallen.“

„Was sich wirklich lohnt, ist niemals leicht zu vollbringen.“

Ah, nicht nur eine Privatdetektivin, sondern auch eine Philosophin, dachte Madison. Ob sie Kimm mochte oder nicht, hatte sie noch nicht entschieden. Diese Frau strahlte kein bisschen Herzenswärme aus.

„Okay, ich hole Ihnen eine Flasche Evian“, erbot sie sich und eilte in die Küche.

„Zimmertemperatur wäre fabelhaft!“ rief Kimm ihr nach.

Also warf Madison die Kühlschranktür wieder zu und nahm eine Mineralwasserflasche aus einem Schrank.

„Seit unserem letzten Gespräch ist einige Zeit vergangen“, bemerkte sie, als sie ins Wohnzimmer zurückkehrte und Kimm die Flasche reichte. „Ich dachte, ich würde früher von Ihnen hören.“

„Hat Ihre Freundin den Kondomtest gemacht?“ Kimm setzte sich auf die Couch.

„In den letzten Wochen ist so viel passiert, dass ich vergessen habe, sie danach zu fragen.“

„Fragen Sie danach. Und sagen Sie, sie solls unbedingt tun.“

„Warum?“ Lächelnd hob Madison die Brauen. „Wollen Sie eine neue Klientin an Land ziehen?“

Nach kurzem Zögern erwiderte Kimm das Lächeln. „Nein, ich bemühe mich niemals um Klienten. Die Leute vertrauen meinen Fähigkeiten auf Empfehlungen hin. Haben Sie sich nicht auch an mich gewandt, weil Sie von einem meiner Kunden an mich verwiesen wurden?“

„Doch – ja ...“, stimmte Madison zu und wünschte, sie wäre etwas klarer im Kopf. Sie hasste es, wenn eine schlaflose Nacht ihr Gehirn benebelte. „Eh – kommen wir zur Sache. Was Sie gestern Abend am Telefon sagten, hat mich ziemlich beunruhigt. Warum haben Sie betont, die Information würde mir nicht gefallen?“

„Weil ich Sie darauf vorbereiten wollte – um den Schock ein wenig zu mildern.“

„*Worauf* sollte ich mich gefasst machen?“ fragte Madison unbehaglich.

Kimm schaute ihr prüfend in die Augen. „Obwohl ich Sie nur flüchtig kenne, gewinne ich den Eindruck, dass Sie sich gut im Griff haben. Solche Beobachtungen gehören zu meinem Job.“

„Danke“, murmelte Madison und fürchtete, ihre gewohnte Selbstkontrolle allmählich zu verlieren.

„Soll ich die Schmusefassung oder die knallharte Wahrheit erzählen?“

„Bloß keine Umschweife“, erwiderte Madison. *Bevor ich durchdrehe ...*

„Das dachte ich mir.“ Kimm stand auf und begann im Zimmer umherzuwandern. „In meinem Beruf ist es vorteilhaft, einiges über die Leute zu wissen, für die man arbeitet. Deshalb habe ich ein paar Ihrer Interviews gelesen.“

Spuck endlich aus, was du festgestellt hast.

„Was andere Menschen betrifft, gehen Sie den Dingen stets auf den Grund“, fuhr Kimm fort. „Nur Ihr eigenes Leben haben Sie nie erforscht.“

„Weil ich's nicht für nötig hielt“, entgegnete Madison leichthin und versuchte, das flaue Gefühl in ihrem Magen zu ignorieren.

„Was genau wissen Sie über Ihren Vater?“ Kimm sah sie wieder an, mit diesem entnervenden, eindringlichen Blick.

„Welch eine unheimliche Frage ...“

„Unheimlich? Vielleicht. Aber wesentlich.“

„Ja, das nehme ich an.“

„Also?“

„Michael ist ein – ungewöhnlicher Mann ...“, erklärte Madison langsam. „Und ein großartiger Vater.“

„Welchen Beruf übt er aus?“

„Welchen Beruf?“ wiederholte Madison erstaunt. „Nun – als wir vor ein paar Jahren nach Connecticut zogen, trat er in den Ruhestand. Wahrscheinlich glauben Sie, damals sei er zu jung dafür gewesen. Aber genau darauf kam es an – er beschloss, sein Leben zu genießen, *bevor* er älter wurde. Stella und Michael gingen gern auf Reisen – am liebsten flogen sie nach Europa und bewunderten all die Sehenswürdigkeiten. Keine Ahnung, was er jetzt tun wird – ohne Stella ...“

„Bitte, beantworten Sie meine Frage nach dem Beruf Ihres Vaters.“

„Investments.“

„Das klingt ziemlich vage.“

„Jedenfalls hat er ein Vermögen verdient.“

„Davon bin ich überzeugt.“

„Und er führt ein sehr luxuriöses Leben.“

„Auch daran zweifle ich nicht.“

„Worauf wollen Sie hinaus?“ rief Madison ärgerlich. „Schenken Sie mir endlich reinen Wein ein, Kimm! Sie machen mich nervös!“

Nun entstand ein langes Schweigen, das Kimm offensichtlich nur widerstrebend brach. „Ihr Vater war ein Mafia-Killer.“

„*Waaas?*“ Wie ein Hilfeschrei rang sich das Wort aus Madisons Kehle. „Nein – unmöglich!“

„Seien Sie versichert, es ist nicht unmöglich, sondern eine nackte Tatsache.“ Mit stoischer Miene starrte Kimm sie an.

Madison fühlte sich wie in einem grotesken bösen Traum. *Wach auf, bitte, wach auf,* drängte eine innere Stimme.

Beruhige dich. Das alles passiert nicht wirklich.

„Wieso behaupten Sie so etwas?“ würgte sie mühsam hervor. „Das – das ist lächerlich. Unvorstellbar. Einfach nicht *wahr!*“

„Leider doch“, entgegnete Kimm, und ihre Gelassenheit goss zusätzlich Öl ins Feuer. „Der richtige Name Ihres Vaters lautet Vincenzio Michael Castellino. Nach dem Prozess ließ er ihn auf legalem Weg ändern und nannte sich Castelli.“

„Von welchem Prozess reden Sie?“

„Er wurde des Mordes an Ihrer Mutter angeklagt.“ Nach einer langen unheilvollen Pause fügte Kimm hinzu: „Übrigens hieß sie nicht Gloria. Auch in diesem Punkt hat er Sie belogen, Madison. Ihr richtiger Name war Beth. Tut mir Leid, dass ich Ihnen so schreckliche Neuigkeiten mitteilen muss. Bedauerlicherweise ist das alles die reine Wahrheit. Dafür habe ich Beweise.“

22. *KAPITEL*

„Ich habe eine Überraschung für euch alle", verkündete Chas.

Oh nein, dachte Rosarita, Daddy und seine Überraschungen ... Was ist ihm jetzt schon wieder durchs Hirn geschossen?

Heute Abend fand das Abschiedsdinner für die Cockrangers statt, und deshalb war sie bester Laune.

Leb wohl, Matt.

Leb wohl, Martha.

Und sobald sie verschwunden sind – *auf Nimmerwiedersehen, Dex.*

Ihr Vater gab die Party in seinem Domizil, wo sich Varoomba vor kurzem häuslich niedergelassen hatte und nun die Gastgeberin spielte.

Was für ein Witz, überlegte Rosarita. Warum lässt er diese blöde Kuh unter seinem Dach wohnen? Es gibt doch nichts Erbärmlicheres als einen alten Mann, der's mit einem jungen Dummchen treibt. Noch dazu mit einer Nutte, die zwei Fußbälle vor sich herschleppt ...

Chas hatte auch Venice, Eddie und ihre zwei Bälger eingeladen, was Rosarita gründlich missbehagte. Zur Tante eignete sie sich nicht.

Wenn Martha dem Hausherrn keine koketten Blicke zuwarf, alberte sie mit Venice' Brut herum. Wie üblich sabberte Matt, wann immer er verstohlen in Varoombas ausladendes Dekolletee spähte. Und Dexter saß in sich zusammengesunken da, so wie immer, seit der TV-Sender der Serie „Dunkle Tage" offiziell den Garaus gemacht hatte. Was seine sexuellen Leistungen glücklicherweise nicht beeinträchtigte ...

Zweimal pro Woche wurde sie von Joel gebumst, jede Nacht von Dex, und sie fürchtete allmählich, das wäre zu viel des Guten. Ein Mädchen konnte nur ein gewisses Quantum an Sex verkraften.

„Was für Überraschungen hast du dir denn ausgedacht, Daddy?" fragte Venice mit ihrer zuckersüßen Stimme, die Augen weit aufgerissen.

„Für dich ists eine Reise nach Hawaii", erklärte er und sonnte sich sichtlich in seiner Großmut. „Mit Eddie und den Kindern."

Rosaritas Kinnlade klappte nach unten. Wie konnte er es wagen, ihr Erbe zu verschleudern? Außerdem verdiente Venice einen so luxuriösen Urlaub nicht.

„Dir und Dexter", fuhr er fort, zu seiner älteren Tochter gewandt, „spendiere ich einen Trip nach Vegas, weil ich weiß, wie gern du dich dort amüsierst."

„Vegas?" wiederholte sie verblüfft.

„Ja – Vegas. Ich hab uns Karten für den großen Boxkampf besorgt. Was hältst du davon?"

Was sie davon hielt? Nicht viel.

„Und jetzt komme ich zum absoluten Hammer", fügte er hinzu. „Ich bezahle Martha und Matt zwei Spitzenplätze direkt am Ring. Weil Martha mir erzählt hat, sie sei noch nie in Las Vegas gewesen. Und wer Vegas nicht kennt, hat nicht gelebt."

Ekstatisch klatschte Martha in die Hände. „Oh, wie himmlisch!" jubelte sie. „Ich bin ja *so aufgeregt!*"

Wie betäubt starrte Rosarita vor sich hin. Was zum Henker ging da vor? Hatte sie ihm nicht klar gemacht, er müsse sie von ihrem lästigen Ehemann befreien? Und jetzt lud er Dex nach Vegas sein – seine idiotischen Eltern *inklusive*. Am liebsten hätte sie ihren Dad *erwürgt*.

Matt räusperte sich. „Dafür kann ich Ihnen gar nicht genug danken, Chas. Wirklich – das ist überaus großzügig."

„Kümmern Sie sich um gar nichts“, sagte Chas. „Soviel ich weiß, reisen Sie beide morgen ab. Der Kampf steigt erst in ein paar Wochen. Also schicke ich Ihnen die Flugtickets, und wir treffen uns alle in Vegas.“

Ausnahmsweise war Rosarita sprachlos. Sie schaute Dex an, um zu sehen, wie er die Neuigkeiten aufnahm. Anscheinend hatte er gar nicht zugehört, in seinen neuerdings üblichen Mordsbammel versunken. Zur Hölle mit diesem Jammerlappen!

Am Spielfeldrand postiert, sagte Varoomba kein Wort. Inzwischen hatte sie gelernt, in Chas' Gesellschaft am besten den Mund zu halten – besonders, wenn seine beiden Töchter dabei waren. Venice war okay, aber die andere ein ausgemachtes Biest. Deshalb begegnete ihr Varoomba stets mit der gebotenen Vorsicht.

„Nun, wie gefällt euch das?“ Strahlend schaute Chas von einem zum anderen und genoss die Rolle des Wohltäters.

„Oh, Hawaii, das klingt einfach himmlisch!“ hauchte Venice. „Davon habe ich schon immer geträumt.“

„Vielen Dank, Chas“, sagte Eddie, ein Arschkriecher wie eh und je. „So einen tollen Urlaub haben wir wirklich nötig.“

Und was ist mit mir? Diese Frage brannte Varoomba auf der Zunge. Doch sie schwieg klugerweise, weil sie Chas nicht ärgern wollte. Falls er sie nach Vegas mitnehmen wollte, war es besser, *nicht* zu erwähnen, dass sie früher dort gearbeitet hatte. Und ihre Großmutter, die einstige Königin aller Stripperinnen, lebte immer noch da.

Rosarita konnte es kaum erwarten, mit ihrem Vater unter vier Augen zu sprechen. Oh Mann, dem würde sie die Meinung geigen!

Auf der ganzen Heimfahrt schmollte sie im Auto, während Martha von diesem *fantastischen* Abend schwärmte, und wie wunderbar es doch sei, dass sie alle nach Las Vegas fliegen würden.

„Leider kannst *du* nicht mitkommen", bemerkte Rosarita und warf ihrem Mann einen finsteren Blick zu.

„Warum nicht?"

„Weil du arbeiten musst."

„Nein, diese Woche trete ich zum letzten Mal in der Show auf. Danach bin ich frei – und mein eigener Herr."

„Wie schön für dich!" erwiderte sie sarkastisch. „Ein netter kleiner Trip nach Vegas – genau das, was du jetzt brauchst. Warum *arbeiten*? Warum nicht von morgens bis abends in Spielsalons rumhängen?"

„Sei nicht so verdammt negativ! Warum hältst du nicht die Klappe?" Mit diesem unerwarteten Wutanfall überraschte Dexter alle Anwesenden.

„Was?" schrie Rosarita erbost. „Wie redest du denn mit mir, noch dazu vor deinen Eltern?"

„Ja, Lieber", mischte sich Martha ein und musterte ihren Sohn vorwurfsvoll. „Diese Ausdrucksweise ist wirklich nicht nett. Eigentlich dachte ich, das hätte ich dir in deiner Kindheit beigebracht."

„Nein, Dex, das ist *gar nicht* nett", spottete Rosarita.

„Weißt du ..." Martha wandte sich zu ihr, ohne die miserable Laune ihres Sohnes zu bemerken. „Als Dickie neun Jahre alt war, kam er eines Tages von der Schule nach Hause und sagte das Wort mit S. Da wusch ich ihm den Mund mit Seife aus."

„Tatsächlich?" Rosarita genoss Dexters Verlegenheit in vollen Zügen.

„Jetzt sind wir alle müde", meinte Matt und gähnte herzhaft. „Diese zwei Wochen waren ziemlich hektisch."

„*Drei* Wochen“, betonte Rosarita. Schließlich hatte sie Tag für Tag jede einzelne Minute gezählt.

Sobald sie am nächsten Morgen erwachte, rief sie ihren Vater an. „Verdammt, was bildest du dir bloß ein?“ kreischte sie.

„Was ist denn *jetzt* schon wieder los?“

„Ich komme zu dir“, kündigte sie an und knallte den Hörer auf die Basis, ehe Chas ihren Plan durchkreuzen konnte.

Zwanzig Minuten später betrat sie sein Haus, ignorierte Varoomba, die in einem prall gefüllten rosa Negligee durch die Halle schlenderte, und stürmte in die Bibliothek.

Bevor ein widerstrebender Chas erschien, dauerte es eine ganze Weile. Was auf ihn zukam, wusste er – gellendes Gezeter. Dagegen war er machtlos. Nichts vermochte Rosarita zu stoppen, wenn sie so richtig in Fahrt kam.

„Was stimmt eigentlich nicht mit dir?“ Wütend warf sie die Bibliothekstür ins Schloss. „Habe ich dir nicht gesagt, was ich für Dex empfinde? Wieso wagst du es, ihn mitsamt seinen dämlichen Eltern nach Vegas einzuladen? Das begreife ich nicht. Worum ich dich gebeten habe, weißt du. Und da du meinen Wunsch nicht erfüllst, bin ich gezwungen, andere Arrangements zu treffen.“

„Verschone mich mit dieser Scheiße!“ mahnte Chas, die Stirn gerunzelt. „Mach doch einfach, was normale Leute tun, die sich scheiden lassen wollen. Wart ab, bis alles geregelt ist!“

„Soll ich ihm etwa die Hälfte meines Vermögens in den Rachen schieben? Den Mercedes hast du *mir* gekauft. All die Hochzeitsgeschenke und das Apartment gehören *mir.* Gar nichts wird er kriegen.“

„Es geht doch nur ums Geld.“

„*Nur* ums Geld?“ zischte sie. „Was ist denn mit dir passiert?

Früher hast du dich immer um alles gekümmert. Und *jetzt*? Schau dich doch an. Du verwandelst dich in einen senilen Greis!"

„Halt deinen verdammten Mund!" befahl er verärgert. „Dexters Eltern sind anständige Leute. Und obwohl er ein grottenschlechter Schauspieler ist, finde ich ihn okay. Noch wichtiger, möge der Allmächtige dem armen Bastard helfen – er *liebt* dich. Wo willst du einen anderen finden, dem du so viel bedeutest? Die meisten Kerle sind Arschlöcher. Und das weißt du."

Ihre Augen verengten sich. „Also meinst du, ich soll die Chance auf mein Lebensglück opfern und bei Dex bleiben?"

„Da könntest du's schlimmer treffen."

„Und du könntest etwas mehr für mich tun. Übrigens, nur zu deiner Information ..." Nach einer dramatischen Pause fuhr sie triumphierend fort: „Es hat gefunkt."

„So?" murmelte er und kaute an seiner Unterlippe.

„Das wollte ich dir erzählen, Daddy. Ich bin mit jemandem zusammen."

„Weiß Dexter davon?"

„Natürlich nicht!" Irritiert über die Dummheit ihres Vaters, verdrehte sie die Augen. „Deshalb will ich ihn doch loswerden. Weil er mir nicht im Weg stehen soll."

„Mit wem bist du zusammen?"

„Sicher hast du schon von Leon Blaine gehört."

Chas' Mundwinkel zuckten. „Treibst du's etwa mit diesem alten Knacker?"

„Nein", entgegnete sie verächtlich. „Nicht mit *ihm*, sondern mit seinem Sohn Joel. Der ist ganz verrückt nach mir."

„Tatsächlich? Joel Blaine ist verrückt nach dir?" Ungläubig schüttelte Chas den Kopf. Was für Illusionen machte sich das Mädchen denn nun schon wieder?

„Schau nicht so verblüfft drein, Daddy!“ klagte sie. Offenbar nahm er sie nicht ernst, und das kränkte sie zutiefst. „Die Männer sind nun mal scharf auf mich. Ich finde, die Gelegenheit, Joel Blaines Sohn einzufangen, darf ich mir nicht entgehen lassen. Daran soll mich *niemand* hindern.“

Seufzend hob Chas die Brauen. „Dir gelingt es immer wieder, mich zu verblüffen.“

„Ich werde Joel Blaine nicht aus den Augen lassen“, erklärte sie fest entschlossen. „Und ich muss was tun. Möglichst schnell.“

„Mit jedem Tag wirst du verrückter“, bemerkte Chas und kratzte sich am Kinn.

„Zum Teufel mit dir!“ schrie sie frustriert. Warum wollte er es denn nicht verstehen? „Statt mir zu helfen, zwingst du mich, das Problem allein zu lösen. Und genau das werde ich tun. Ich schwörs dir!“

Ehe ihm eine passende Antwort einfiel, rannte sie aus dem Haus.

Joel wartete vergeblich auf Varoombas Anruf. Darüber ärgerte er sich maßlos, denn er hatte alles geplant. Sie sollte vor ihm auf seinem Schreibtisch tanzen, und sie würden dem Publikum auf der anderen Straßenseite eine Show bieten, die sie nie zuvor gesehen hatten. Mittlerweile langweilte er sich mit Rosarita, und er brauchte dringend eine Abwechslung. Die sollte Varoomba ihm bieten.

Nach ein paar Tagen rief er den Manager des Boom Boom Clubs an, der ihm mitteilte, er habe keine Ahnung, wo Varoomba zu erreichen sei.

Jewel meldete sich über die Sprechanlage. „Da ist schon wieder diese Frau mit dem mexikanischen Namen am Telefon. Was soll ich ihr sagen?“

„Dass ich nicht da bin. Für sie bin ich *nie mehr* da.“

„Okay.“ An die Art, wie er die Frauen behandelte, war Jewel längst gewöhnt. Sie kamen und gingen. Ein paar Wochen amüsierte er sich mit dieser oder jener, dann wurde sie abserviert, und die Nächste kam an die Reihe.

Was regelmäßig in seinem Büro geschah, wusste sie. Das störte sie nicht, solange er *sie* nicht störte. Und das tat er nie, denn wenn er vor seinem Schreibtisch stand und sich einen runterholte, belästigte er sie nicht. Keine E-Mails, kein Faxe, keine Akten. Wie man arbeitete, davon hatte er keine Ahnung. Außerdem wussten alle Leute, dass sein Daddy der große Zampano war – Leon Blaine hatte alles unter Kontrolle. Und der arme Joel durfte von Glück reden, wenn sein Vater einmal pro Woche mit ihm telefonierte.

In der Zwischenzeit tat Dexter sein Bestes, um jeden Kontakt mit Silver Anderson zu vermeiden. Da sie zusammenarbeiteten, war das nicht so einfach, und manchmal traten sie sogar in denselben Szenen auf. Einen Tag, nachdem offiziell das Ende der Soap angekündigt worden war, trieb sie ihn schließlich in die Enge. „Warum gehst du mir aus dem Weg, du böser Junge?“ schimpfte sie und drohte ihm mit einem Finger, an dem mehrere Ringe steckten.

„Eh – das – das ist nicht wahr“, stotterte er.

„Doch!“ warf sie ihm vor. „Und ich weiß auch, warum. Du willst mich nicht kompromittieren.“ Eine Pause. Ein Lächeln. „Gerade das gefällt mir so an dir – du bist ein echter Gentleman.“

Obwohl er nicht sicher war, wie sie das meinte, ging er darauf ein. „Ja, du hast Recht, Silver. Niemals würde ich dir schaden. Und wie du weißt, bin ich verheiratet.“

„Das verstehe ich, Darling. Für mich machts keinen Unterschied, denn ich habe *wirklich* nicht vor, dich deiner Frau wegzunehmen." Ein anzügliches Kichern. „Und habe nichts weiter verbrochen, als an deinem Schwanz zu lutschen. Kein Grund zur Sorge."

Schockiert starrte er sie an. Wie konnte eine respektable Frau in ihrem Alter so reden? Zum ersten Mal freute er sich über das Ende der TV-Serie, wenn das bedeutete, dass er Silver Anderson nie wiedersehen musste.

Vor zwei Tagen hatte er erfolglos versucht, seinen Agenten telefonisch zu erreichen, und die Sekretärin um einen Rückruf gebeten. Aber er meldete sich nicht. Kein gutes Zeichen. Aber das beeinträchtigte Dexters Selbstvertrauen kein bisschen. Irgendeinen Job würde er schon kriegen, davon war er fest überzeugt. Zweifellos hatte das Schicksal noch einiges mit ihm vor – viel mehr als eine Hauptrolle in einer Soap, die eingestellt werden sollte.

Oh ja, grandiose Chancen erwarteten ihn, und wenn es so weit war, würde er sie eiskalt nutzen.

Dexter Falcon, der künftige Megastar ...

23. KAPITEL

Eine Woche lang hatte Madison mit den Neuigkeiten gelebt – eine endlos scheinende, albtraumhafte Woche. Sie verkroch sich in ihrem Apartment und sprach mit niemandem, entwickelte sich zur Einsiedlerin und schaltete sogar den Ton des Anrufbeantworters ab, um die Bitten um Rückruf nicht hören zu müssen. Kimms Information erschütterte sie bis in die Tiefen ihrer Seele. Hatte sie zuvor geglaubt, sie wäre bestürzt, ließ sich das nicht im Entferntesten mit den Gefühlen vergleichen, die sie jetzt erfüllten.

Kimm hatte einen Aktenkoffer voller Dokumente zurückgelassen – alte Zeitungsausschnitte, Zeitschriftenartikel, Videoaufnahmen von der Gerichtsverhandlung. Einige Tage lang weigerte sich Madison, den Koffer zu öffnen. Aber schließlich tat sie es doch und studierte den Inhalt. Voller Spannung sah sie sich die Dokumente an.

Wie sie bald herausfand, hatte Kimm die Wahrheit erzählt. Michael war *tatsächlich* verhaftet, des Mordes an ihrer Mutter angeklagt und freigesprochen worden. Die Fakten sah sie schwarz auf weiß: mehrere Zeitungsausschnitte mit Vermutungen, die seine Vergangenheit betrafen, und Gerüchten über die Leute, mit denen er in Verbindung gestanden hatte. Dazu gehörte auch sein Anwalt, einer der besten Strafverteidiger, von dem Mann engagiert, für den Michael angeblich tätig gewesen war – den berühmten Don Carlo Giovanni aus der berüchtigten Giovanni-Familie.

Aufmerksam las sie die Reportagen über den Prozess. Michael hatte zusammen mit Beth ein Haus in Queens bewohnt. Während seiner Abwesenheit hatte eines Abends jemand die Tür aufgebrochen, Beth in den Hinterkopf geschossen und die

Flucht ergriffen. Madison – damals neun Monate alt – hatte in ihrem Bettchen geschlafen.

Am Tag des Freispruchs war Michaels Foto in allen Zeitungen erschienen. Die rechte Hand zum Victory-Zeichen erhoben, hatte er auf den Eingangsstufen des Gerichtsgebäudes gestanden.

Immer wieder betrachtete sie die Fotos. Ihr Daddy. Michael. Damals hatte er ganz anders ausgesehen, viel jünger, mit langem, glatt zurückgekämmtem Haar und dunkler Brille, in einem Anzug im Stil der 70er-Jahre. Unglaublich attraktiv.

Auf einem Foto in der *New York Post* sah sie zum ersten Mal das Gesicht ihrer Mutter. Beths unschuldige Schönheit nahm ihr den Atem.

Etwas später an diesem Abend starrte sie in den Spiegel und erkannte, dass sie beiden Eltern glich. Geradezu unheimlich – sie war ohne jeden Zweifel das Kind dieser Menschen.

Auf Kimms Frage nach dem Beruf ihres Vaters hatte sie geantwortet: „Investments."

Natürlich, das klang vage. Kein einziges Mal hatte sie ihn gefragt, was er machte. Wie naiv von ihr, vorbehaltlos an ihn zu glauben ...

Nun gab sie Kimm Recht. Über ihre Interviewpartner hatte sie stets alles herausgefunden, was sie wissen musste – und doch niemals die Geschichte ihrer eigenen Familie erforscht. Warum hätte sie auch auf diesen Gedanken kommen sollen?

Sie war verletzt, wütend und verwirrt.

Würde sie es ertragen, Michael je wieder gegenüberzutreten – jetzt, wo sie die Wahrheit kannte?

Legte sie überhaupt Wert darauf?

Nein, er war ein verlogener Schuft, und sie hasste ihn.

Und doch – er ist immer noch mein Vater.

Seit sie denken konnte, hatte er ihr ständig erzählt, weder Stella noch er selbst hätten Angehörige. „Meine Eltern kamen bei einer Brandkatastrophe ums Leben, als ich zehn Jahre alt war." Danach sei er bei verschiedenen Pflegeeltern aufgewachsen, hatte er behauptet, und von einigen misshandelt worden.

Und Stellas Geschichte? Angeblich war sie mit sechzehn von zu Hause weggelaufen und hatte nie mehr Kontakt mit ihrer Familie aufgenommen.

In all den Jahren hatte Madison akzeptiert, dass es keine Großeltern gab, keine Vettern und Cousinen, keinen einzigen Verwandten. Nur Michael und Stella. Ihre liebevollen Eltern. Zumindest hatte sie das geglaubt. Welch eine niederträchtige Heuchelei!

Ihre ersten Lebensjahre hatte sie in einem New Yorker Apartment verbracht, von einem Kindermädchen betreut. Sobald sie das schulpflichtige Alter erreichte, wurde sie in ein Internat geschickt. Wenn die Ferien begannen, fuhr sie in ein Sommercamp. Aber manchmal war sie auch nach Hause gekommen. Daran erinnerte sie sich ganz genau. Gelegentlich unternahm Michael Geschäftsreisen, die ein paar Tage oder höchstens eine Woche dauerten. Dann schloss sich Stella in ihrem Schlafzimmer ein und hörte klassische Musik, nachdem sie Madison erklärt hatte, sie wolle nicht gestört werden.

Wenn Michael von seinen Reisen zurückkehrte, brachte er seiner Tochter stets Geschenke mit, Teddybären oder Puppen – und später, als sie älter geworden war, Bücher, Schmuck, goldene Füllfederhalter. Was ihr Herz begehrte ... Jedes Mal freute sie sich auf seine Abreise, denn seine Heimkehr war wie Weihnachten.

Sie verlebte eine einsame Kindheit. Aber da sie keine anderen Kinder näher kannte – nur die Schulkameradinnen im Internat –, hielt sie das für normal. Während sie aufwuchs, lernte sie, sich mit ihrer eigenen Gesellschaft zu begnügen. Sie war eine Leseratte, brillierte in der Schule mit Aufsätzen und bekam in allen Fächern ausgezeichnete Noten.

Erst auf dem College schloss sie Freundschaften. Dort war sie Jamie und Natalie begegnet. Und seither standen sie ihr so nahe wie Schwestern.

„Tut mir Leid, dass ich Ihnen so schreckliche Dinge erzählen musste", hatte Kimm beim Abschied beteuert. „Denken Sie in Ruhe über alles nach. Sicher werden Sie mir noch einige Fragen stellen wollen. Wenn Sie dazu bereit sind, komme ich wieder."

Ja, sie hatte nachgedacht – und in diesen letzten Tagen nichts anderes getan.

Ihr Vater war ein Mafia-Killer.

Er wurde des Mordes an Ihrer Mutter angeklagt.

Übrigens hieß sie nicht Gloria. Auch in diesem Punkt hat er Sie belogen, Madison. Ihr richtiger Name war Beth.

Unentwegt gellten ihr Kimms Worte in den Ohren und ließen sich nicht zum Schweigen bringen.

Sie wusste, warum Michael einen falschen Namen ihrer Mutter angegeben hatte. Weil er sie daran hindern wollte, Nachforschungen anzustellen. Natürlich erwartete er nicht, sie würde das jemals tun. Nur zur Sicherheit hatte er sie in die Irre geführt. Und dank seines Mafia-Jobs hatte er gelernt, seine Spuren zu verwischen.

Nun musste sie die Privatdetektivin wiedersehen und dies alles mit ihr diskutieren. Denn Kimm war der einzige Mensch, der verstand, was in ihr vorging, und sie würden sich mit bisher unausgesprochenen Fragen befassen. Wer trug die Schuld an Stellas Tod? Michael? War er in die Wohnung eingebrochen, um seine Frau und ihren Liebhaber zu erschießen?

Welch ein furchtbarer Verdacht ...

Noch ein Gedanke – sollten sie und Kimm die Polizeibeamten, die im Fall des Mordes an Stella und ihrem Liebhaber ermittelten, über Michaels dunkle Vergangenheit informieren? Oder würden diese Cops die Wahrheit selbst herausfinden?

Wohl kaum. Warum sollten sie auch? Er hatte eine neue Identität angenommen. Und seit jener Gerichtsverhandlung waren fast dreißig Jahre verstrichen.

Slammer schien Madisons Kummer zu spüren und blieb ständig in ihrer Nähe, schlief in ihrem Bett und schaute zu ihr auf, die dunklen Augen voller Mitleid.

Nur wenn Calvin ihn zu einem Spaziergang abholte, verließ er das Apartment. „Ich habe mir eine Grippe eingefangen", erklärte sie dem besorgten Pförtner. „Bis ich mich besser fühle, müssen Sie den Hund hinausführen."

„Selbstverständlich, Miss Castelli", erwiderte er beflissen.

Sobald sie aus ihrer Verzweiflung aufzutauchen begann, rief sie Kimm an. „Ich will noch mehr wissen."

„Das verstehe ich", antwortete die Privatdetektivin in ruhigem Ton.

„Kommen Sie zu mir?"

„In einer Stunde bin ich da", versprach Kimm.

Wie üblich erschien sie pünktlich auf die Minute. Beim Anblick ihrer blassen, sichtlich mitgenommenen und ziemlich derangierten Klientin fragte sie: „Haben Sie was gegessen? Seit ich Sie zuletzt gesehen habe, sind Sie mindestens um zehn Pfund dünner geworden."

„Würden *Sie* an meiner Stelle auch nur einen Bissen runterbringen?" entgegnete Madison verbittert. „Um Himmels willen – alles, was ich jemals über meine Eltern wusste, war eine Lüge. Seit einer Woche bin ich ganz allein auf der Welt."

„Unsinn, Sie sind nicht allein."

„Vielleicht habe ich einen Nervenzusammenbruch erlitten." Mit zitternden Händen strich Madison durch ihr ungekämmtes Haar.

„Jedenfalls brauchen Sie Hilfe. Von einer Dusche ganz zu schweigen."

„Welche Hilfe?"

„Sind Sie bei einem Psychiater in Behandlung?"

„Von diesen Seelenklempnern halte ich nichts."

„Da bin ich ganz Ihrer Meinung. Trotzdem sollten Sie mit jemandem reden."

„Mit Ihnen rede ich doch, oder?" erwiderte Madison gereizt. „Wenigstens begreifen Sie, was ich durchmache. Das kann ich niemand anderem erklären. Und ich habe es auch nicht vor."

Kimm nickte. „Wo ist mein Mineralwasser? Zimmertemperatur. Erinnern Sie sich?"

„Wie autoritär Sie sind ..." Irgendwie brachte Madison ein Lächeln zustande, während sie eine Flasche Evian für Kimm holte.

„Ja, ich weiß." Kimm sah sich um und entdeckte den Anrufbeantworter. „Wissen Sie, dass da sechzehn Nachrichten drauf sind?"

„Eine von Ihnen?"

„Nein, ich habe gewartet, bis Sie sich melden."

„Dann kümmern Sie sich nicht drum." Wer angerufen hatte, interessierte Madison kein bisschen. „Ich bin nicht in der Stimmung, mit irgendwem zu reden." Herausfordernd starrte sie Kimm an. „Das ist mein gutes Recht – oder?"

„He!" Kimm hob eine Hand, als wollte sie negative Signale abwehren. „Lassen Sie Ihre schlechte Laune nicht an *mir* aus. Ich versuche nur, Ihnen zu helfen."

„Und wie wollen Sie das anfangen? Können Sie ändern, was mir zugestoßen ist?“

„Analysieren wir die Situation“, schlug Kimm vor, immer noch die Ruhe selbst. „Was genau ist Ihnen widerfahren? Sie wussten nicht, womit Ihr Vater sein Geld verdiente, Ihre Mutter war nicht Ihre Mutter, Ihre leibliche Mom wurde ermordet, und dieses Verbrechen hat man Ihrem Vater angelastet.“

„Großartig!“ warf Madison ein.

„Sie sind erwachsen, also imstande, so etwas zu verkraften. Wie ich zu sagen pflege – ganz egal, welches Schicksal uns der Allmächtige auferlegt, wir Menschen werden damit fertig.“

„Jetzt traktieren Sie mich schon wieder mit Ihrer Philosophie“, seufzte Madison. „Wo nehmen Sie dauernd diese Sprüche her?“

„Missfällt Ihnen meine Philosophie? Vielleicht sollte ich Ihnen meine Lebensgeschichte erzählen.“

„Warum? Ist sie denn schlimmer als meine?“

„Schon möglich. Sie sind eine schöne, erfolgreiche Frau mit einem tollen Job, kerngesund, und Sie genießen Privilegien, von denen die meisten Leuten nur träumen. Während ich eine einszweiundachtzig große Lesbierin indianischer Abstammung bin, die ein paar Pfunde abspecken müsste. Als ich sieben Jahre alt war, wurde ich von meinem Onkel vergewaltigt. Mit zehn geriet ich unter die Räder eines Autos, und man sagte mir, ich würde nie wieder gehen können. Kurz nach meinem zwölften Geburtstag vergewaltigte mich mein Bruder, dann drehte er durch und ermordete meine ganze Familie. Er sitzt jetzt in einer geschlossenen Anstalt.“ Bevor Kimm weitersprach, schwieg sie sekundenlang. „Trotzdem habe ich was aus mir gemacht. Da werden Sie mir sicher zustimmen, Madison. Ich habe einen einträglichen Job und arbeite selbstständig. Vor niemandem muss ich mich verantworten. Und obwohl ich im Augenblick ungebunden bin, hatte ich schon mehrere fantastische Beziehungen. Also, da bin ich – ein lebendiges Zeugnis für die These, dass man nicht über die Vergangenheit jammern darf. Stattdessen muss man in die Zukunft blicken."

„Oh Gott, was für eine deprimierende Geschichte!"

„Und ich habs überlebt."

„Ganz offensichtlich."

„Einfach weitergehen, das ist die einzige Möglichkeit", fuhr Kimm leichthin fort und nahm einen Schluck aus ihrer Evian-Flasche. „Haben Sie mit Ihrem Dad geredet?"

„Nein, will ich auch gar nicht."

„Okay, wie Sie meinen."

„Diese Strafe verdient er, nachdem er mich so viele Jahre betrogen hat."

„Wenn Sie es so empfinden ..."

„Genauso empfinde ich's."

„Dann müssen Sie Ihrem Instinkt folgen."

„Wissen Sie ...", begann Madison zögernd, „darüber haben wir noch nicht diskutiert. Was Stella und ihren Freund betrifft ..." Sie unterbrach sich, denn es fiel ihr schwer, ihre Angst in Worte zu fassen. Wenn sie ihren Verdacht aussprach, würde sie sich schwach und verletzlich fühlen – Emotionen, an die sie nicht gewöhnt war und die ihr missbehagten. „Glauben Sie, eh – Michael könnte irgendwas mit dem Doppelmord zu tun haben?"

Bis Kimm antwortete, dauerte es eine Weile. „Möglich wärs. Einer meiner Freunde hat den Polizeibericht gelesen. In dieses Apartment ist *tatsächlich* jemand eingebrochen. Und Stella wurde ebenso wie ihr Liebhaber im Stil einer Hinrichtung erschossen. So wie Ihre leibliche Mutter, Madison."

„Heiliger Himmel!“ stöhnte Madison. „Das ist doch Wahnsinn!“

Tröstend berührte Kimm ihren Arm. „Sie müssen Abstand gewinnen.“ Noch eine längere Pause. „Ich warne Sie. Wenn es Ihnen nicht gelingt, werden Sie nie über das alles hinwegkommen.“

„Was steht eigentlich auf dem Schild an Ihrer Bürotür?“ fragte Madison ironisch. „Privatdetektivin und Seelenklempnerin?“

„Ich habe kein Büro.“ Mit einem schwachen Lächeln erklärte Kimm: „Ich arbeite daheim, das ist diskreter.“

„Natürlich, Sie tun alles auf *Ihre* Art.“

„Warum auch nicht? Das funktioniert fabelhaft.“

„Jetzt lautet die große Frage – sollen wir der Polizei verraten, was wir wissen?“

„Immer mit der Ruhe. Unternehmen Sie nichts, was Sie später vielleicht bereuen werden.“ Nachdenklich runzelte Kimm die Stirn. „Was wissen wir denn schon? Nichts Konkretes.“

Madison nickte. „Und was haben Sie mir heute zu bieten? Noch mehr gute Neuigkeiten?“

„Vielleicht.“ Kimm nippte wieder an ihrer Mineralwasserflasche. „Zum Beispiel habe ich herausgefunden, dass Ihre Mom eine Zwillingsschwester hatte, und ihre Telefonnummer eruiert. Sie lebt in Miami. Wahrscheinlich möchten Sie mit ihr reden.“

„Oh ja, natürlich!“ rief Madison atemlos.

24. KAPITEL

Mit einer dunklen Brille, ein Kaschmirtuch über dem verräterischen roten Haar, betrat Rosarita ein Café. Hier wollte sie jemanden treffen, der ihr von ihrem Zahnarzt als fähiger Mann empfohlen worden war, für jeden Job zu gebrauchen.

Natürlich wusste der Zahnarzt nicht, *was* geregelt werden sollte, ebenso wenig wie der Mann – ein erbärmlicher Typ in einem schmutzigen Regenmantel, mit borstigem Haar und einem nervösen Zucken im Gesicht. Rosarita verabscheute ihn auf Anhieb.

„Was können Sie für mich tun?“ Rosarita wählte ihre Worte sehr sorgfältig, falls sich der Kerl als Undercover-Cop entpuppen sollte.

„Alles, was Sie wollen, Ma'am“, entgegnete die Kreatur. „Ich beseitige jede Art von Müll, repariere Abflussrohre oder Dächer ...“

„Und was genau meinen Sie mit Müllbeseitigung?“ erkundigte sich Rosarita. In ihren Ohren klang das vielversprechend.

„Nun, wenn Sie Haustiere haben, die ihr Geschäft auf dem Teppich verrichten – so was in der Art.“ In seiner Wange zuckte es immer heftiger. „Dann bin ich genau der richtige Mann für Sie.“

„Wie wärs denn ...“, sie sprach ganz langsam und betonte jede einzelne Silbe, um ihm klar zu machen, worauf sie hinauswollte, „... wenn ich ein totes Haustier hätte?“

„Nun, ich würde den Kadaver entsorgen, Ma'am“, erklärte er, ohne den Wink mit dem Zaunpfahl zu verstehen.

Rosarita lachte und bemühte sich um einen möglichst beiläufigen Ton. „Und wenn's ein toter Mensch wäre?“

„Oh nein, nein, Ma'am!“ Das Zucken beschleunigte sich.

„Auf so was lasse ich mich nicht ein, das ist ein Job für den Leichenbestatter."

Erbost warf sie ein paar Münzen für den Kaffee auf den Tisch und stürmte aus dem Lokal. Offensichtlich hatte ihr Zahnarzt keine Ahnung, was sie suchte. *Verdammt!* Wie sollte man einen Killer engagieren, wenn einem der *eigene* Vater nicht helfen wollte? Sie war richtig *wütend* auf Chas. Mühelos könnte er ihr Problem lösen. Warum weigerte er sich? Gemeiner Bastard!

An diesem Nachmittag hatte sie einen Termin bei ihrem Gynäkologen – nicht ihr liebster Zeitvertreib, aber eine lästige Notwendigkeit.

Mit seinen silbergrauen Koteletten sah Dr. Ship sehr distinguiert aus. Und er ging sehr sanft mit ihr um. Rosarita bezweifelte nicht, dass er sie ungewöhnlich attraktiv fand. Warum auch nicht, wenn sie vor ihm lag, die Beine weit gespreizt, und er direkt ins Paradies schauen konnte?

„Wie fühlen Sie sich heute, Rosarita?" fragte Dr. Ship, als er den Untersuchungsraum betrat, diskret von seiner affektierten Sprechstundenhilfe gefolgt.

„Wie würden *Sie* sich denn fühlen, Doc, wenn *Sie* hier liegen und alles auf dem Silbertablett präsentieren müssten?"

„Nun, ich wäre froh, weil ich einen verständnisvollen Arzt hätte", antwortete er und zog dünne Gummihandschuhe an.

Würde er bei der Untersuchung ihr ereignisreiches Sexualleben bemerken? Jede Nacht der Ehemann, alle paar Tage der Liebhaber ... Allerdings hatte sie in der letzten Woche nichts von Joel gehört, und er war auch nicht zu erreichen, was sie mit wachsendem Zorn erfüllte.

„Da sehe ich eine leichte Entzündung", sagte Dr. Ship und betastete sie mit seinen Gummifingern.

„Kein Wunder – ich habe einen sehr enthusiastischen Ehemann“, verkündete sie und zwinkerte ihm kokett zu.

Ohne ihren Kommentar zu beachten, fuhr er fort: „Ich verschreibe Ihnen eine Salbe. Damit müssen Sie sich vor jedem Geschlechtsverkehr eincremen, das ist sehr wichtig.“

Klar, er muss es ja wissen!

Nach ein paar Minuten beendete Dr. Ship die Untersuchung. „Und jetzt schauen wir uns Ihre Brüste an. Irgendwelche beunruhigende Knoten?“

Joels Eier. Zwei Zuckerklumpen, die ich gern in meinen Mund stopfe. Wie ich sie vermisse ...

„Nein, Doktor, alles in bester Ordnung“, versicherte sie, während er ihren Silikonbusen abtastete. „Aber ich bin völlig erschöpft – wahrscheinlich, weil meine Schwiegereltern in der Stadt waren und mich beinahe in den Wahnsinn trieben. So anspruchsvolle Leute ...“

„Daran könnte es liegen. Bringen Sie nächstes Mal eine Urinprobe mit. Wir sollten checken, was mit Ihnen los ist.“ Als sie sich anzukleiden begann, verließ er den Raum.

Vor dem Eingang der Praxis holte sie ihr Handy aus der Tasche und wählte Joels Nummer.

„Nicht da“, fauchte Jewel. „Heute kommt er auch nicht mehr.“

„Haben Sie ihm meine Nachricht mitgeteilt?“ Wo zum Teufel mochte er stecken?

„Natürlich“, behauptete Jewel.

Aber Rosarita glaubte ihr nicht. Was für ein Biest dieses Mädchen war, hatte sie schon bei der ersten Begegnung erkannt.

Sie eilte aus dem Gebäude, winkte ein Taxi heran und schmollte auf der ganzen Heimfahrt.

„Vorhin hat dein mexikanisches Schätzchen wieder angerufen." Jewel stand in Joels Bürotür, an den Pfosten gelehnt, das rote Haar von frisch blondierten Strähnen durchzogen. „Offenbar gibt sie nicht auf."

„Wenn du ihr oft genug sagst, ich sei nicht da, wird sie's allmählich begreifen. Meine Privatnummer musste ich ändern lassen."

„Ja, ich weiß." Jewels tödliche Fingernägel klopften auf den Türrahmen. „Leider hast du vergessen, mir deine neue Nummer zu geben."

„Hat Varoomba angerufen?"

„Varoomba?" kreischte Jewel, die hauchdünnen Brauen hochgezogen. „Was für ein Name ist denn *das?*"

„Du hast es doch gehört. Hat sie angerufen?"

„Bisher nicht, soviel ich weiß."

„Wenn sie sich meldet, musst du sie sofort mit mir verbinden."

„Sehr wohl, *Sir*", zischte Jewel und kehrte ins Vorzimmer zurück.

Sobald sie verschwunden war, öffnete Joel eine Schublade und nahm einen kleinen Zellophanbeutel mit Koks heraus. Er schüttete den Inhalt auf den Schreibtisch, arrangierte ihn zu säuberlichen Linien und begann zu schnupfen.

Unglaublich, dass ihm diese blöde Stripperin das Leben schwer machte. Varoomba hatte versprochen, anzurufen und in sein Büro zu kommen. Dafür hatte er ihr fünfhundert Dollar versprochen. Warum ließ die dämliche Zicke so lange auf sich warten?

An Frauen, die ihm einen Korb gaben, war er nicht gewöhnt. Er griff zum Telefon und rief eine seiner Supermodel-Freundinnen an. Wenn sie nicht verreist waren, um ihre hoch bezahlten

Jobs zu erledigen, stand ihm zumindest ein Mitglied dieses Harems zur Verfügung. Sie zeigten sich gern an seiner Seite in den Szenelokalen. Und *er* genoss es ebenso, mit diesen Mädchen anzugeben. Also benutzten sie einander, damit ihre Fotos regelmäßig in den Klatschspalten erschienen. Außerdem liebten die Models Koks und Champagner und all die anderen Amüsements, die Joel Blaine ihnen bot. Ehrlich gesagt, in sexueller Hinsicht interessierten sie ihn nicht – zu dünn, und Sex in der Öffentlichkeit war nicht ihr Ding. Wenn man versuchte, ein Supermodel auf dem Rücksitz eines Rolls vor einem begierigen Publikum zu bumsen, erlebte man eine bittere Enttäuschung. Und alle lehnten es ab, ihm einen zu blasen – weil sie glaubten, dafür wären sie viel zu berühmt und zu schön.

Immerhin gab es ein paar Ausnahmen, und die kannte er alle.

Nachdem er sich für diesen Abend mit einer blutarmen Brünetten verabredet hatte, beschloss er, das Büro vorzeitig zu verlassen.

Jewel saß im Vorzimmer am Schreibtisch und bemalte ihre beängstigenden Fingernägel mit kunstvollen rotweißen Streifen.

„Wenn mich jemand braucht – ich bin in einer Besprechung", erklärte er und dachte, jeder Mann, der seinen Schwanz diesen tödlichen Krallen ausliefern würde, müsste sich einer Therapie unterziehen.

„Klar, Joel." Wen will er eigentlich zum Narren halten, fragte sie sich. Die letzte geschäftliche Besprechung, an der er teilgenommen hatte, lag schon viele Monate zurück.

Joel drückte auf den Liftknopf und wartete ungeduldig auf die Ankunft der Kabine. Wie sollte er den restlichen Nachmittag verbringen? Da gab es mehrere Möglichkeiten. Er konnte mit den Jungs pokern oder im Fitnesscenter trainieren – was *nicht* zu seinen bevorzugten Aktivitäten zählte. Oder er konnte nach

Hause fahren, auf die überdimensionale Couch vor seinem überdimensionalen TV-Bildschirm sinken und die Sportsendungen sehen. Vielleicht würde er seinen Buchmacher anrufen und ein paar Wetten abschließen.

Während ihm diese Gedanken durch den Kopf gingen, glitten die Lifttüren auseinander, und er stand der Person gegenüber, die er von allen Menschen auf dieser Welt am widerlichsten fand – Marika, gewissermaßen die bessere Hälfte seines Vaters. Sie war eine sehr große, sehr magere Asiatin, das ebenholzschwarze Haar straff nach hinten gekämmt und zu einem strengen Knoten geschlungen, mit gefährlich glitzernden Schlitzaugen, hauchdünnen Brauen und dem Gesichtsausdruck einer Sphinx. Seit einigen Jahren führte sie eine wilde Ehe mit Leon Blaine. Seine Frau, mit der er fünfunddreißig Jahre lang verheiratet gewesen war, hatte er bei der Scheidung mit einer halben Milliarde abgefunden. So viel ließ er sich die Chance auf einen Neuanfang kosten. Prompt war Joels Mutter nach Neuseeland ausgewandert, wo sie seither glücklich und zufrieden mit einem Farmer zusammenlebte.

Joel hatte sie einmal besucht. Und dieses eine Mal genügte ihm völlig.

„Hallo, Joel", grüßte Marika und lächelte kaum merklich.

„Hallo, Marika", erwiderte er und stieg zu ihr in den Lift.

„Fährst du nach unten?"

Muss ich mich vor ihr verantworten?

Er nickte.

„Heute Morgen haben dein Vater und ich über dich gesprochen." Die Blicke ihrer Schlangenaugen schienen ihn zu durchbohren.

„Tatsächlich?" Wochenlang hatte er Leon nicht gesehen, und er vermisste ihn auch gar nicht. „Und was kam dabei heraus?"

„Dein Vater möchte mit mir nach Vegas fliegen, um sich den Boxkampf anzusehen, und du sollst uns begleiten."

Scheiße, dachte er. Was zum Teufel hatte Leon in Vegas verloren? Joel besaß schon eine Karte für einen Platz am Ring, und er wollte sich mit den Jungs in all den Casinos und Strip-Kneipen amüsieren. Falls Dad seine Gesellschaft wünschte, müsste er sich fügen. Welch eine gottverdammte *Zeitverschwendung!*

Darin lag das Problem, wenn man der Sohn eines reichen, mächtigen Mannes war. Um ihn zu beerben, musste man nach seiner Pfeife tanzen. Das tat Joel, seit er denken konnte, und er hatte es gründlich satt.

„Klingt gut", murmelte er und versuchte, wenigstens ein *kleines* bisschen Begeisterung zu zeigen.

„Wir fliegen möglichst früh hin", verkündete Marika und starrte ihn immer noch an. „Dann können wir alle gemeinsam zu Abend essen und nach dem Boxkampf eine Show sehen."

Oh – *wir alle*, dachte Joel. Würde Joel die Gefängniswache mitschleppen? Wenn ja ... „Kann ich jemanden mitbringen?"

„Gäbe es da eine – passende Person?"

Oh Mann, am liebsten würde er dieser Kuh in die Fresse hauen. Sie war so verdammt fies, das ertrug er nicht. „Wie wärs mit Carrie Hanlon?" So lautete der Name des aktuellen Top-Supermodels.

„Kennst du Carrie Hanlon etwa näher?" Marika konnte ihre Überraschung kaum verbergen. Ausgerechnet Joel sollte eine so fabelhafte Eroberung gemacht haben?

„Nun, wir sehen uns regelmäßig", antwortete er beiläufig.

„Weiß Leon Bescheid?"

„Keine Ahnung."

„Sie ist sehr hübsch." Nur zu deutlich bekundete Marikas

Tonfall, dass sie nicht verstand, warum sich ein erfolgreiches Model wie Carrie Hanlon ausgerechnet mit Joel einließ.

„Ja, und – eh – sehr nett."

In Wirklichkeit hatte er Carrie nur ein einziges Mal auf einer Party getroffen – eine blöde Zicke. Seine Bitte um ein Rendezvous hatte sie rundweg abgelehnt. Einer seiner Freunde, ein Filmstar, war ein paarmal mit ihr ausgegangen und hatte erzählt, sie sei einsame Spitze im Bett. Nun – jede Frau hatte ihren Preis. Also musste er nur herausfinden, wie viel Carrie Hanlon kostete.

„Gut, dann sage ich deinem Vater, wir hätten alles besprochen", erbot sich Marika. Inzwischen hatte der Lift das Erdgeschoss erreicht, und sie durchquerten die Halle. „Er wird sich sicher freuen."

Natürlich wurde sie vor dem Eingang von einer Limousine mit Chauffeur erwartet. Auf solche Privilegien, von der Firma bezahlt, musste Joel verzichten. Aber er fuhr immerhin einen Maserati, den ihm seine Mutter zum letzten Geburtstag geschenkt hatte.

„Bye, Marika", murmelte er. „War mir wie immer ein Vergnügen."

Nun musste er sich an die Arbeit machen und Carrie Hanlon zu einem Trip nach Vegas überreden.

Zwei Tage später erwachte Rosarita in miserabler Laune. Sie hasste es, wenn Dex den ganzen Tag daheim herumhing, hasste den Anblick seines hübschen Gesichts auf dem Kissen an ihrer Seite, und sie hasste es, dass sie bei jeder Mahlzeit seine Gesellschaft verkraften musste.

„Heute bleibe ich den ganzen Tag im Bett", kündigte sie an. „Ich fühle mich nicht gut."

„Was hast du denn?"

„Kopfschmerzen. Und Magenbeschwerden – wahrscheinlich das chinesische Essen gestern." Anklagend wandte sie sich zu ihm. „Dieses Restaurant hast *du* ausgesucht. Ich sagte doch, es ist beschissen."

„Nein, Rosarita", widersprach Dexter geduldig, „du hast dich für dieses Lokal entschieden."

So schnell gab sie sich nicht geschlagen. „Aber du bist mit mir hingegangen."

„Tut mir Leid, dass dir schlecht ist. Soll ich dir irgendwas bringen?"

„Ein Glas Orangensaft", verlangte sie und zog die Decke bis ans Kinn.

„Besser nicht. Das würde deinem Magen schaden. Zu viel Säure."

„Dann frag nicht, ob ich was will!" kreischte sie und funkelte ihn wütend an.

„Ich werde Conchita sagen, sie soll eine Tasse Kräutertee für dich aufbrühen und eine Scheibe Toast rösten", bot er ihr an und wünschte, sie wäre etwas netter zu ihm. In diesen schweren Zeiten brauchte er Liebe und Unterstützung, nicht das ständige Genörgel seiner Frau.

„Klingt *sehr* verlockend", spottete sie und stieg aus dem Bett, schlüpfte in ihren Morgenmantel und eilte ins Bad.

Der wahre Grund ihres Missmuts war die Befürchtung, Joel würde ihre Anrufe nie wieder entgegennehmen. Wie unfair von ihm – obwohl sie wusste, warum ... Sicher ärgerte er sich, weil sie Dex noch immer nicht den Laufpass gegeben hatte. Damit wollte er sich nicht länger abfinden. Kein Wunder. In der umgekehrten Situation, wenn *er* eine Ehefrau am Bein hätte, wäre sie genauso sauer.

Eins stand jedenfalls fest – Joel durfte ihr nicht durch die Lappen gehen. Dafür war er eine viel zu gute Partie.

Und Rosarita Vincent Falcon würde zur ersten Mrs. Joel Blaine avancieren – mochte es kosten, was es wollte.

„Das verstehe ich nicht.“ Victors Stimme dröhnte lauter denn je aus dem Telefonhörer. „Einfach von der Bildfläche zu verschwinden – das sieht dir gar nicht ähnlich. Und jetzt hast du’s schon zweimal getan.“

„Ich hatte persönliche Probleme“, erklärte Madison und hoffte, er ließe es dabei bewenden, was aber nicht geschehen würde. Denn er gehörte zu den Leuten, die immer alles wissen wollten.

„Hängts irgendwie mit der Privatdetektivin zusammen, die du engagieren wolltest?“

„Nein“, entgegnete sie kurz angebunden.

„Was ist es dann?“

„Meine persönlichen Probleme sind einzig und allein *meine* Sache!“ fauchte sie. „Zumindest dachte ich, das wäre im zwischenmenschlichen Bereich allgemein üblich.“

„Gehts um David?“

„Nein.“ Ihre Geduld hing nur mehr an einem seidenen Faden. „Wann wirst du endlich begreifen, dass David zu meiner Vergangenheit gehört?“

„Moment mal, deshalb musst du nicht gleich so zickig werden.“

„Jedenfalls“, seufzte Madison, „rufe ich an, weil ich weiß, dass du in Panik gerätst, wenn ich mich eine Zeit lang nicht melde. Was diesen Boxer betrifft – da habe ich mich inzwischen schlau gemacht. Sicher wirds ein interessantes Interview. Mit Jake Sica habe ich noch nicht geredet, aber das werde ich bald tun.“

„Nicht nötig“, erwiderte Victor beiläufig, „er hat mich schon angerufen.“

„Er? Dich?“ *Großartig, nicht wahr? Ich schlafe mit dem Kerl, und er ruft Victor an. Was zum Teufel ist los mit ihm? Sind denn alle Männer total bescheuert?*

„Ja, von Paris aus. Er wollte wissen, ob er wieder mal fürs *Manhattan-Style*-Magazin arbeiten könnte, und ich sagte ihm, ich würde es genauso wie du für eine gute Idee halten, wenn ihr zusammen den Bericht über den Boxkampf in Vegas macht.“

„Das hast du gesagt?“ murmelte sie möglichst beiläufig.

„Du wolltest es doch.“

„Vor einer Woche. Jetzt bin ich mir nicht mehr so sicher.“

„Warum nicht?“ fragte Victor neugierig. „Hast du nichts mehr von ihm gehört?“

„Natürlich habe ich was von ihm gehört“, log sie. Keine einzige der sechzehn Nachrichten auf ihrem Anrufbeantworter stammte von Jake, was ihre Sorgenlast noch erschwerte. „Treffe ich ihn in Vegas, oder kommt er vorher nach New York?“ erkundigte sie sich in geschäftsmäßigem Ton.

„Er hat versprochen, mir Bescheid zu geben. Oder dir. Wer von uns beiden eben mehr Glück hat. Und nach allem, was ich mir zusammenreime ...“, ein anzügliches Kichern, „... hattest du bereits Glück.“

„Lass den Unsinn, Victor“, mahnte sie kühl. „Wie gesagt, ich wüsste es zu schätzen, wenn du dich aus meinen Privatangelegenheiten raushalten würdest.“

„Wie reizbar du heute bist ...“

„Und du bist furchtbar indiskret.“

„Übrigens, ich habe Evelyn Blumen von dir geschickt. Orchideen, falls es dich interessiert. Sie war hocherfreut und möchte ein neues Date für dich arrangieren.“

„Um Himmels willen, ich bin nicht in der Stimmung für diesen ausgemachten Quatsch!“

„Aber Evelyn besteht darauf."

„Sag ihr, sie soll sich das Date in den Arsch schieben."

„Madison!"

„Tut mir Leid, Victor", entschuldigte sie sich und legte seufzend auf.

Wenigstens hatte sie sich um ihren Job gekümmert. Wegen ihrer privaten Probleme durfte sie ihre Karriere nicht gefährden.

Sie hatte im Fotoladen an der Straßenecke ein Zeitungsfoto von ihrer Mutter vergrößern und rahmen lassen. Jetzt stand es auf ihrem Toilettentisch – das Porträt einer schönen Frau mit seelenvollen Augen und dichten schwarzen Locken.

Und ich bin ihre Tochter. Das gleiche Haar, die gleichen Wangenknochen, die gleichen Augen. Ja, ich sehe ihr ähnlich. Aber Beth war viel hübscher.

Auf ihrem Anrufbeantworter fand sie Nachrichten von Michael und David, der offenbar glaubte, wenn er sie lange genug bedrängte, würde sie ihren Widerstand schließlich aufgeben und sich mit ihm treffen, was sie nicht vorhatte. Ein paar geschäftliche Anrufe. Und Jamies wiederholte flehentliche Bitten um einen Rückruf, weil sie sich ebenso wie Peter Sorgen machte.

Madison hatte nicht geplant, irgendwen außer Victor zurückzurufen. Andererseits – Jamie bedeutete ihr sehr viel, und es wäre unfair, sie aus ihrem Leben auszuschließen. Also wählte sie die Nummer.

„Bevor du irgendwas sagst", begann sie hastig, sobald sich Jamie meldete, „es tut mir schrecklich Leid."

„Okay, ich weiß, dass du dich beschissen fühlst", erwiderte Jamie mit gepresster Stimme. „Aber konntest du nicht zumindest deinen *Freunden* mitteilen, dass du noch lebst?"

„Versuchs doch zu verstehen. So viel stürmt auf mich ein –

mehr, als ich am Telefon erzählen kann. Es ist wirklich grauenhaft."

„Was?" rief Jamie erschrocken. „Bist du krank?"

„Nein, es – dreht sich um meine Vergangenheit."

„Hast du irgendwas Schlimmes erfahren?"

„Erinnerst du dich an die Privatdetektivin, die für dich arbeiten sollte? Ich habe sie beauftragt, Nachforschungen anzustellen. Und was dabei herauskam ... Oh Gott, im Augenblick will ich nicht drüber sprechen."

„Kann ich irgendwas tun?"

„Nein. Sei einfach nur da, wenn ich dich brauche."

„Immer bin ich für dich da. So wie Peter. Aber lass uns nie mehr im Ungewissen, Maddy. Das macht mich nervös."

„Beruhige dich, ich schwörs."

„Und wenn du deinen Anrufbeantworter das nächste Mal tagelang ignorierst, komme ich zu dir und trete die Tür ein, verstanden?"

„Ist gebongt."

„Übrigens", fuhr Jamie fort, „ich habe mit deinem Pförtner telefoniert, der in dich verknallt ist. Er sagte, du hast Grippe und willst niemanden sehen. Da bat ich ihn, in den Supermarkt zu gehen und eine Dose Hühnersuppe für dich zu kaufen. Hat er's getan?"

„Oh ja." Madison lachte leise. „Dafür hat er nicht mal Geld genommen."

„Sehr gut."

„Gar nicht gut. Jetzt stehe ich in seiner Schuld, und so was hasse ich."

„Es war doch nur eine Hühnersuppe, Maddy."

„Klar, du hast Recht."

„Wann sehen wir uns?"

„In ein paar Tagen."

„Meinst du nicht, es würde dir helfen, über alles zu reden?"

Vermutlich, dachte Madison. Doch sie war noch nicht dazu bereit. „Vorerst fällts mir zu schwer", entgegnete sie und hoffte, Jamie würde das verstehen.

Und Jamie war glücklicherweise eine wundervolle Freundin, der es nicht an Einfühlsamkeit mangelte. „Okay. Aber vergiss nicht, wenn du jemanden brauchst, der dir zuhört – ich bin da."

Nachdem Jamie aufgelegt hatte, rief sie Peter im Büro an. „Gerade hat sich Madison gemeldet."

„Gott sei Dank! Nun musst du dich nicht mehr aufregen."

„Auch *du* hast dir Sorgen gemacht, gibs zu!"

„Nur bis zu deinem Telefongespräch mit ihrem Portier."

„Findest du's nicht seltsam, dass sie so lange nicht zurückgerufen hat? Immerhin ist sie meine beste Freundin."

„Ich glaube, Stellas Begräbnis hat sie sehr deprimiert."

„Sicher ..." Nach einer kurzen Pause platzte Jamie heraus: „Ich habe eine fantastische Idee."

„Welche?" fragte Peter, der den fantastischen Ideen seiner Frau stets mit Misstrauen begegnete.

„Natalie wird zum Boxkampf nach Las Vegas fliegen. Und Maddy soll einen der Boxer für ihre Zeitschrift interviewen."

„Und?"

„Wenn wir auch hinfliegen, wirds eine tolle Wiedervereinigung. An Maddys Geburtstag wären wir alle zusammen, und nach dem Kampf könnten wir eine Überraschungsparty organisieren. Klingt das nicht fabelhaft?"

„Hast du nicht was vergessen?"

„Was?"

„Keine Stadt auf dieser Welt hasse ich so abgrundtief wie Vegas. Und sosehr ich dich auch liebe, Darling – in diesem Höllenloch werde ich keine einzige Minute verbringen."

„Oh Peter, *bitte*! Es wäre so eine grandiose Überraschung für Maddy."

„Nein, Schätzchen", erwiderte Peter in entschiedenem Ton. „Alles, nur nicht Vegas. Dort würde mein Magen rebellieren."

„Peter!"

„Nein, habe ich gesagt. Ich tue fast alles, was du willst. Aber das nicht."

Da er zum Starrsinn neigte, wusste Jamie, dass es nichts nützen würde, ihn noch länger zu bedrängen. „War nur so eine Idee", seufzte sie niedergeschlagen. „Ich dachte, es wäre nett, Maddy zu überraschen. Gerade jetzt, wo sie so unglücklich ist. Wenn wir alle zusammen ihren Geburtstag feiern würden – das wäre was ganz Besonderes."

„Wir schicken ihr Blumen und kaufen ein Geschenk bei Tiffany's. Und wenn sie zurückkommt, geben wir eine Party für sie und lassen Natalie einfliegen. Was hältst du davon?"

„Einverstanden." Jamie konnte ihre Enttäuschung kaum verbergen. *Was ist denn so schrecklich an Vegas, dass er's nicht einmal ein paar Tage dort aushalten würde?*

Gewiss, er war ein wunderbarer Ehemann und Liebhaber, aber manchmal furchtbar selbstsüchtig.

Als er an diesem Abend nach Hause kam, bemühte sie sich noch einmal, ihn umzustimmen. Ohne Erfolg.

Später wollte er mit ihr schlafen. Sie schützte Kopfschmerzen vor, rückte zur Bettkante, möglichst weit von ihm weg, und begann, in einer *In-Style*-Ausgabe zu lesen.

„Okay." Allzu verärgert wirkte er nicht. „Zeig deinem Mann nur die kalte Schulter ..." Dann griff er nach der Fernbedienung, schaltete den TV-Apparat ein und zappte durch die Kanäle, bis ein Footballspiel über den Bildschirm flimmerte.

Nach zehn Minuten nickte er ein, die Fernbedienung fest in der Hand.

Jamie legte die Zeitschrift beiseite und versuchte ihm das kostbare Gerät zu entwinden. Das gelang ihr nicht, weil jeder Mann eine Fernbedienung für die Verlängerung seines Penis hielt. Sogar im Halbschlaf klammerte er sich daran. „Ich schaue noch zu“, murmelte er.

Ha! Du weigerst dich, nach Vegas zu fliegen und deiner Frau eine Freude zu machen. Und ich darf nicht mal die Sendungen sehen, die mir gefallen. Warum bist du nicht so großzügig und selbstlos wie ich?

Dieses blöde Footballmatch würde sie sich nicht antun. Also kroch sie aus dem Bett und betrat den geräumigen begehbaren Kleiderschrank.

Das Erste, was ihr ins Auge sprang, war Peters Brieftasche auf dem Toilettentisch.

Plötzlich erinnerte sie sich an den Test, den sie nach der Ansicht dieser Privatdetektivin durchführen sollte. Das hatte sie bisher bleiben lassen, weil sie es idiotisch fand.

Warum sollte Peter ein Kondom bei sich tragen, obwohl sie diese Dinger nie benutzten? Einfach lächerlich.

Aber – was hatte sie zu verlieren?

Zu gewinnen auch nichts ... Trotzdem war die Versuchung zu groß, und so ergriff sie die Brieftasche, ein teures Gucci-Exemplar aus schwarzem Krokodilleder, das sie ihm vor zwei Jahren zu Weihnachten geschenkt hatte. Ihr Gewissen meldete sich, denn sie hatten am Anfang ihrer Ehe vereinbart, keiner würde jemals in die Privatsphäre des anderen eindringen.

Zögernd öffnete sie die Brieftasche. Kreditkarten. Geld. Ein

Foto von ihnen beiden auf der Hochzeitsreise. Und ein Kondom.

EIN KONDOM.

Jamie traute ihren Augen nicht. Wirklich und wahrhaftig, ein Kondom in seiner Brieftasche. So, wie es die Privatdetektivin geahnt hatte.

Oh, mein Gott – wie schrecklich ...

Aus einem ersten Impuls heraus wollte sie ins Schlafzimmer stürmen, ihren Mann wachrütteln und anschreien: *Wozu in Gottes Namen steckt ein Kondom in deiner Brieftasche?*

Doch das tat sie nicht. Stattdessen blieb sie ruhig und erinnerte sich an die Anweisungen, die Madison ihr im Namen der Privatdetektivin gegeben hatte. Sie holte einen Filzstift aus dem Arbeitszimmer, kehrte in den begehbaren Schrank zurück und malte einen winzigen Punkt auf eine Ecke des Kondompäckchens. Dann schob sie es in die Brieftasche zurück – genau so, wie sie es vorgefunden hatte – und legte sie auf den Toilettentisch.

Kochend vor Wut kletterte sie ins Bett zurück. Peter schnarchte, ein sanftes Lächeln im Gesicht.

Zum Teufel mit ihm! Wenn Madison und die Detektivin Recht hatten? Wenn sie nächstes Mal ein neues Kondompäckchen in der Brieftasche finden würde?

Dann würde sie Peter umbringen. Sie würde seinen kostbaren Schwanz abschneiden, so wie Lorena Bobbitt das 1994 mit ihrem Ehemann gemacht hatte. Und dann würde sie das verdammte Ding aus dem Autofenster werfen – oder in den Müll, wo es hingehörte.

An diesem Abend verwandelte sich Jamie, die perfekte gestylte Blondine – in eine zornige Rachegöttin.

Madison und Kimm aßen in einem kleinen italienischen Restaurant an der Lexington zu Mittag. Bei Spaghetti bolognese und zwei großen Schüsseln mit gemischten grünen Salaten berichtete die Privatdetektivin von Beths Zwillingsschwester, mit der sie inzwischen telefoniert hatte. Die Frau wollte nichts mit Michael zu tun haben. Eindringlich hatte sie Kimm beschworen, Michael nicht zu verraten, wo sie lebte.

„Natürlich erklärte ich ihr, *Sie* würden gern mit ihr sprechen. Leider ist sie nicht dazu bereit. Sie will ihre Vergangenheit vergessen."

„Aber ich bin ihre Nichte!" wandte Madison frustriert ein. „Wie kann sie sagen, dass sie mich nicht kennen lernen will?"

Kimm zuckte die Achseln. „So ist es nun mal."

„Außer Michael weiß nur sie, was damals wirklich geschehen ist." Nachdenklich runzelte Madison die Stirn. „Oh, ich wünschte, sie würde mir alles über meine Mutter erzählen."

„Vielleicht sollten Sie Michael zur Rede stellen", schlug Kimm vor. „Erzählen Sie ihm, was Sie wissen. Dann ist er gezwungen, Ihnen reinen Wein einzuschenken."

„Nein. Er ist ein Lügner. Und ich will die Wahrheit hören – keine ätzende Sülze. Deshalb werde ich nach Miami fliegen. Sie *muss* mit mir sprechen."

„Glauben Sie, das wird sie tun?"

„Ganz bestimmt."

„Okay, ich komme mit."

„Nicht nötig."

„Da bin ich anderer Meinung. So, wie ich Sie kenne, werden Sie sich verirren."

„Wohl kaum. Ich habe mich gut in Griff. Das waren *Ihre* Worte."

„Sie *hatten* sich gut im Griff. Vor dieser Katastrophe. Und der liebe Gott hat mich zu Ihnen geschickt, damit ich auf Sie aufpasse."

„Oh, bitte!" stöhnte Madison.

„Keine Bange." Kimm schenkte ihr ein Lächeln, was nur selten geschah. „Seien Sie versichert – ich werde nicht über Sie herfallen. Meine lesbischen Neigungen offenbare ich nur, wenn sie erwidert werden."

„Oh, das erleichtert mich maßlos", entgegnete Madison trocken.

Und so entstand eine tiefe Freundschaft. Sie hatten etwas entdeckt, was sie miteinander verband – eine Seelenverwandtschaft, die für beide neu war.

„Morgen fliegen wir nach Miami", entschied Madison. Allein schon dieser Gedanke gab ihr neue Kraft. „Ich werde alles arrangieren."

26. KAPITEL

„Sie sind schwanger“, verkündete Dr. Ship am Telefon.

„*Was* bin ich?“ kreischte Rosarita.

„Schwanger, Mrs. Falcon“, bekräftigte der Gynäkologe in jovialem Ton.

„Sind Sie *sicher*?“

„Wenn ich nicht sicher wäre, würde ich's Ihnen nicht sagen.“ Dr. Ship räusperte sich. „Lassen Sie sich bitte einen Termin für die nächste Woche geben. Dann besprechen wir alles Weitere.“

Schockiert starrte Rosarita ins Leere. *Schwanger!* Unmöglich ... Ohne ihr Diaphragma hatte sie niemals Sex. „Sie müssen sich irren.“

„Nein, gewiss nicht“, beteuerte der Doktor fröhlich. „Bis nächste Woche, Mrs. Falcon. Herzlichen Glückwunsch.“

Mit bebenden Fingern legte sie auf. Welch eine grauenvolle Neuigkeit ... Sie hasste Babys, diese winzigen Dinger mit den verschrumpelten Gesichtern, die jede Nacht stundenlang brüllten. Außerdem würde die Schwangerschaft ihre Figur ruinieren. Und die schmerzhafte Geburt ... Von einigen Freundinnen hatte sie wahre Schauergeschichten gehört.

Nein! Nein! Nein! Das würde sie nicht ertragen.

Abtreibung. Plötzlich ging ihr das Wort durch den Sinn, und sie klammerte sich daran. Ja, eine schnelle, unkomplizierte Abtreibung.

Und dann erinnerte sie sich an den ersten Sex mit Joel, in seinem Auto. Ohne Diaphragma. Und das konnte nur eins bedeuten – Joel war der Vater des Babys, denn wenn sie mit Dex schlief, benutzte sie stets ihr Diaphragma.

Ich bin mit Joel Blaines Kind schwanger ... Leon Blaines Enkel. Leon Blaine, der Milliardär ...

OH – MEIN – GOTT!

Damit waren einige ihrer Probleme gelöst. Allerdings würde ihr die Schwangerschaft nicht helfen, Dex loszuwerden. Und das war ihr größtes Problem. In diesem Augenblick traf er sich mit seinem Agenten und würde vorerst nicht nach Hause kommen.

Rosarita legte sich ins Bett, um nachzudenken. Schwanger mit Joels Kind – das änderte *alles*. Es verlieh ihr eine ungeheure Macht. Einfach genial – jetzt war ihre Position fürs ganze Leben gesichert.

Offensichtlich stimmte das alte Klischee: Gottes Wege sind unerforschlich.

Sie rief Conchita über die Sprechanlage an und bestellte Orangensaft, frischen Kaffee und weiche Eier. Dann schaltete sie den Fernseher an und schaute sich die Starreporterinnen in „The View“ an – eine tägliche Gewohnheit. Star Jones amüsierte sie immer wieder mit ihrer mokanten Art. Auch die anderen, vor allem die streitbare Barbara Walters.

Aber heute konnte sich Rosarita nicht auf die Sendung konzentrieren. Vor ihrem geistigen Auge erschienen unzählige Dollarscheine. Eine Million. Nein, eine *Milliarde*. Sie würde zu den reichsten Frauen der Welt gehören. Und sie würde ein Baby bekommen. Nicht nur irgendeins, sondern Joel Baines Baby.

Bei dieser Erkenntnis fühlte sie sich sicher und geborgen. Jetzt eilte es nicht mehr, ihre Liaison mit Joel zu zementieren. Sobald sie ihn über seine künftige Vaterschaft informierte, würde er ganz bestimmt vor lauter Glück ausflippen. Ihre Schwangerschaft würde nicht nur seine Manneskraft beweisen, sondern auch, wie viel er ihr bedeutete. Immerhin hatte sie ungeschützt mit ihm geschlafen.

Nun musste sie nur noch Dex aus dem Weg räumen, dann wäre alles in bester Ordnung.

Dexters Agent – ein Mann mit strengem militärischen Bürstenhaarschnitt, der einen braunen Brooks-Brothers-Anzug trug und ungewöhnlich schnell sprach – teilte ihm mit, er würde die Agentur verlassen. „Demnächst übernehme ich einen neuen Job. Indie Prod. Von dieser Agentenscheiße habe ich die Nase voll."

„Indie Prod?" fragte Dexter, immer noch ein Neuling im Showbusiness-Jargon.

„Independent Production – unabhängige Produktion." Der Mann warf ihm einen Blick zu, der besagte: *Wo leben Sie eigentlich?*

„Und *ich*?" Dexter zog seine Hauptdarstellerstirn in Falten.

„Für Sie habe ich gesorgt, mein Junge. Ich bringe Sie mit einem Mädchen zusammen, das Sie lieben werden – Annie Cattatori, ein Juwel."

„Ich brauche kein Juwel, sondern einen guten Agenten."

„Habe ich etwa behauptet, sie wäre *keine* gute Agentin? Folgen Sie mir, ich führe Sie in Annies Büro und mache Sie mit ihr bekannt."

Dexter seufzte enttäuscht. Nun war er nicht nur seinen Job los, er musste sich auch noch an eine neue Agentin gewöhnen.

In letzter Zeit lief alles schief.

Annie Cattatori, eine extrem dicke Frau Ende dreißig, saß an ihrem Schreibtisch. Hoffnungslos verloren sich ihre Baby-Doll-Reize in einem ausladenden Doppelkinn und prallen Pausbacken. Aber sie besaß ein gewinnendes Lächeln und große blaue Augen. An ihrem Hals hing an einer langen Goldkette eine mit Strass geschmückte Brille.

„Das ist Mr. Falcon", verkündete Dexters Beinahe-Exagent. „Sicher hast du ihn in ‚Dunkle Tage' gesehen."

„*Gesehen*? Fast hätte er mich um den Verstand gebracht", scherzte sie. Etwas mühsam erhob sie sich, watschelte hinter dem Schreibtisch hervor und enthüllte noch mehr von ihrer phänomenalen Fülle. „Kommen Sie, mein Lieber, umarmen Sie mich. Zweifellos werden wir die engsten Freunde."

Was Dexter zurzeit am wenigsten brauchte, war eine enge Freundschaft. Umso dringender benötigte er einen tüchtigen Agenten, und irgendwie gewann er den Eindruck, Annie würde seinen Ansprüchen nicht genügen.

Trotzdem umarmte er sie, weil ihm nichts anderes übrig blieb. Sie roch nach Mottenkugeln, Flieder und Knoblauch. Und sie drückte ihn so fest an sich, dass er fürchtete, sie würde ihm die Rippen brechen.

„Und jetzt wollen wir uns näher kennen lernen", entschied sie und nahm wieder hinter ihrem Schreibtisch Platz.

„Okay, meine Lieben." Dexters ehemaliger Agent zog sich zur Tür zurück. „Am besten lasse ich euch allein."

Annie wartete, bis er hinausgegangen war, bevor sie im Brustton der Überzeugung prophezeite: „Glauben Sie mir, mein Seifenopernheld, ich werde einen Superfilmstar aus Ihnen machen. Wenn Sie genug Mumm in den Knochen haben. Genug Energie ..."

Das habe ich schon mal gehört. Diese Antwort lag ihm auf der Zunge. *Bei einer Audition für Scorsese. Als ich beinahe in einem Clint-Eastwood-Film gelandet wäre. Und ehe ich erfuhr, ich hätte es nur um Haaresbreite verpasst, Gwyneth Paltrows Liebhaber in einem Miramax-Film zu spielen.*

„Würde Ihnen das gefallen?" Annie nahm eine Zigarette aus einer Packung, die auf ihrem Schreibtisch lag.

„Wem würde es nicht gefallen?“ Dexter sank ihr gegenüber in einen abgewetzten Ledersessel. Dass sie ihn einen Seifenopernhelden nannte, missfiel ihm, und er fand, das müsste er von Anfang an klarstellen.

„Ich kann Sie ganz nach oben bringen“, versprach sie und verengte die babyblauen Augen. „Weil ich gut bin. *Sehr* gut.“

„Für wen arbeiten Sie?“ fragte er und hoffte, Ben Affleck oder Matt Damon würde auf ihrer Klientenliste stehen.

„Für zahlreiche Talente“, erwiderte sie, setzte ihre Brille auf und musterte ihn. „Erwarten Sie keine Erfolgsbilanz von mir. *Sie* kommen zu mir. Nur Sie sind wichtig, wenn Sie mein Büro betreten.“

„Ausgezeichnet.“

„*Ich* arbeite für Sie, daran müssen Sie immer denken, mein Seifenopernheld“, fuhr sie fort. „In dieser Branche kenne ich mich aus. Solange Sie mir keinen Quatsch erzählen, werden wir großartig miteinander auskommen.“ Sie zündete die Zigarette an und inhalierte den Rauch. „Sind Sie verheiratet?“

„Ja.“ Was hatte das mit seiner Karriere zu tun?

„Hängen Sie's nicht an die große Glocke. Das weibliche Publikum bevorzugt ungebundene Schauspieler.“

„Tatsächlich?“

„Was meinen Sie, warum unsereins im Kino sitzt? Wir wollen Sie *bumsen* und uns nicht vorstellen, wie Sie's mit Ihrer kleinen Frau treiben.“ Wieder ein tiefer Zug an der Zigarette. „Irgendwelche Chancen, die Lady abzuservieren?“

„Ich bin *glücklich* verheiratet.“ Noch während er das behauptete, erkannte er, dass es nicht ganz stimmte.

„Okay, okay, war ja nur eine Frage.“ Annie blies blaugrauen Qualm über den Schreibtisch hinweg, Dexter direkt ins Gesicht, so dass er husten musste. „Und jetzt reden wir über Ihre schlechten Gewohnheiten. Drogen?"

„Nein."

„Alkohol?"

„Gelegentlich."

„Huren Sie herum?"

„Nein."

Annie nahm ihre Brille ab. „Was sind Sie? Der personifizierte Mr. Perfect?"

„Zumindest nach der Ansicht meiner Frau."

„Was für ein glückliches Mädchen ..."

„*Ich* muss mich glücklich schätzen", betonte er und wünschte, das wäre die Wahrheit. Nichts auf dieser Welt ersehnte er inbrünstiger als eine gute Ehe mit einer Frau, die ihn aufrichtig liebte.

„So was höre ich gern. In diesem Geschäft brauchen wir alles Glück, das wir kriegen können."

„Da gebe ich Ihnen Recht", sagte er hastig. „Glück und Talent. Und ich habe beides."

„Ich schicke Sie zu einem Schauspiellehrer", kündigte sie an und betrachtete ihn forschend. „Wenn Sie eine Karriere anstreben, müssen Sie nicht nur ein hübsches Gesicht oder einen knackigen Körper vorweisen. Zwischen New York und L. A. waten wir knietief in hübschen Gesichtern. Jeder Kerl will der nächste Brendan Fraser oder Jude Law sein. Aber Sie, mein Junge ..." Sie pustete einen imposanten Rauchring in die Luft. „Offensichtlich haben Sie mehr zu bieten als der Durchschnitt – fabelhafte äußere Erscheinung, tolle Figur, genau die richtige Größe. Und nun wollen wir sehen, ob Ihre Begabung ausreicht."

Warum zweifelte sie an seiner Schauspielkunst? Das störte ihn. Hatte er nicht soeben versichert, er sei talentiert? „Die Produzenten von ‚Dunkle Tage' waren zufrieden mit meiner Leistung", erwiderte er kühl. „Darüber hat sich niemand beklagt."

„Klar", schnaubte Annie, „davon waren sie so begeistert, dass sie die Serie eingestellt haben." Sie ergriff ein Kleenex und putzte sich die Nase. „Hören Sie, ich bringe Sie mit einem erstklassigen Schauspiellehrer zusammen. Strengen Sie sich an, reißen Sie sich den Arsch auf. Danach sehen wir weiter. Bevor Sie ernsthaft an sich gearbeitet haben, verschaffe ich Ihnen kein Engagement. Verstanden?"

„Aber ich brauche einen Job", protestierte er.

„Wer bezahlt Ihre Miete? Sie? Oder waren Sie schlau genug, ein reiches Mädchen zu heiraten?"

Widerwillig gab er zu: „Meine Frau hat ein bisschen Geld."

„Dann nutzen Sie's aus. Lassen Sie sich von ihr unterstützen, und wenn Sie an der Spitze stehen, kann sie Ihnen jeden Cent aus der Tasche ziehen, den Sie verdienen." Gackernd lachte sie über ihren eigenen Humor. „Vergessen Sie nicht, was ich Ihnen versprochen habe – ich mache einen Star aus Ihnen, Seifenopernheld. Wenn Sie Little Orphan Annie vertrauen, wird der Abdruck Ihrer Eier eines Tages im Zement des Hollywood Boulevards prangen."

Sollte er dieser Zukunftsmusik widersprechen?

Problemlos fand Joel heraus, wo Carrie Hanlon gerade für die Zeitschrift *Allure* posierte. Er kannte die meisten Frauen in den Modelagenturen und kultivierte ihre Freundschaft, indem er ihnen Bonbonnieren oder andere kleine Geschenke schickte. Deshalb wurde er stets sofort verständigt, wenn ein neues Mädchen in der Stadt ankam.

Der Mann, der Carrie fotografierte, zählte glücklicherweise zu seinen Freunden – Testio Ramata, ein Playboy und ein außergewöhnlich talentierter, allseits gefragter Fotograf. Weil er die Models mit der Kamera liebte und weil sie auf seinen Fotos so hinreißend sexy wirkten, arbeiteten sie sehr gern mit ihm zusammen. Oft genug hatten sich Testio und Joel mit zwei Mädchen amüsiert – oft in Europa, zum Beispiel auf Sardinien oder Korsika. Wenn Testio an solchen Orten einen Job erledigte, gesellte sich Joel meistens hinzu.

Nun hatten sie sich eine Zeit lang nicht gesehen, denn ihr letztes Treffen war keineswegs freundschaftlich verlaufen. Joel hatte dem Fotografen versehentlich ein knochiges dänisches Model ausgespannt, das Testio ernsthaft interessierte. Das hatte Joel etwas zu spät gemerkt.

Aber inzwischen waren mehrere Monate verstrichen. Die Dänin hatte New York längst verlassen. Also verspürte Joel keine Gewissensbisse, als er beschloss, ungebeten in Testios Studio aufzutauchen.

Wie hart sein Freund arbeitete, erkannte er sofort. Aus dem Studio drangen Rolling-Stones-Klänge. Immer wieder schwor Testio, die besten Fotos würden ihm gelingen, wenn Mick Jagger „Satisfaction" stöhnte, die Mädchen ihre Kleider ablegten und in die Linse starrten, von dem scharfen Gesang ihrerseits angetörnt.

Joel schlenderte durchs Vorzimmer zum Empfang und wurde von Debbie aufgehalten, Testios tüchtiger Assistentin.

„Lange nicht gesehen, Joel", sagte sie und nahm ihre stilvolle Brille ab.

„Nun, ich war sehr beschäftigt – wie das ist, wissen Sie ja", antwortete er, an den Schreibtisch gelehnt. „Wen knipst der Meister heute?"

„Carrie Hanlon. Gehen Sie lieber nicht unangemeldet rein. Sie ist *sehr* temperamentvoll."

„Oh, ich kenne Carrie. Das macht ihr nichts aus."

„Tut mir Leid, Joel, Sie müssen hier draußen warten."

„Ist das ein Witz?"

„Nein. Wenn Sie die Session ruinieren, bringt Testio mich um."

„Warum sollte *ich* irgendwas ruinieren?"

„Weil Carrie ein Biest ist." Debbie senkte ihre Stimme. „Da drin hat sie ihr eigenes Gefolge um sich versammelt. Wenn sie vor der Kamera steht, will sie nicht von Fremden beobachtet werden."

„Ich sagte doch, wir kennen uns", entgegnete Joel leichthin.

„Mag sein, und *ich* kenne meine Anweisungen", konterte sie.

„Okay, okay." Er schaute auf seine Uhr. Kurz nach drei. „Haben sie schon ihre Mittagspause gemacht?"

„Gleich ists so weit."

„Gut, dann will ich mit meinen Freunden Testio und Carrie ein Glas Wein trinken. Also werde ich die Session nicht stören. Sagen Sie Ihrem Boss, in zehn Minuten bin ich wieder da."

Er verließ das Studio und kaufte in einem Blumenladen an der Straßenecke drei Dutzend rosa Rosen.

Biest hin, Biest her, alle Frauen schwärmten für Blumen. Und Carrie war eine Frau, nicht wahr? Gewiss, ein Supermodel, aber er nahm an, bei ihr würde es genauso funktionieren.

Zweifellos würde mit diesen Rosen eine wunderbare Freundschaft beginnen.

27. KAPITEL

Obwohl sich der Sommer dem Ende neigte, schmorte Miami in einer Hitzewelle. Auf dem Flughafen herrschte lärmendes Gedränge, zahllose Menschen verschiedener Nationalitäten eilten in alle Richtungen.

Madison schaute sich nach einem Chauffeur um, der eine Tafel mit ihrem Namen hochhielt.

„Warum hast du eine Limousine bestellt?" fragte Kimm, während sie sich einen Weg durch die Menschenmenge bahnten. „Je weniger Aufmerksamkeit wir erregen, desto besser."

„Wenn ich in einer Stadt ankomme, die ich nicht kenne, ist ein Chauffeur die einzige Lösung des Problems. Durch schmerzliche Erfahrung bin ich klug geworden. Wir brauchen den Mann. Sonst würden wir zur falschen Zeit am falschen Ort landen."

„Also, *ich* würde mich zurechtfinden", behauptete Kimm voller Selbstvertrauen. „Ich kann immer für mich selber sorgen."

„Vielleicht bist *du* dazu fähig. Was *mich* betrifft, hege ich gewisse Zweifel. In letzter Zeit überlege ich immer öfter, ob ich mir einen Revolver kaufen soll."

„Lass es bleiben, solange du nicht weißt, was du tust", warnte Kimm.

„Oh, das weiß ich."

„Nimm lieber an einem Karatekurs teil. Eine Frau muss lernen, sich selbst zu verteidigen."

„Dazu bin ich durchaus imstande." Madison lachte freudlos. „Wenn ein Kerl über mich herfällt, poliere ich ihm die Eier."

„Sehr wirksam – wenn's richtig gemacht wird. Da werde ich dir ein paar Tipps geben. Mit so was kenne ich mich aus."

„Was für eine erstaunliche Frau du doch bist! Ich finde es großartig, dass ich dich kenne."

„Danke", murmelte Kimm verlegen, an Komplimente nicht gewöhnt.

„Natürlich freue ich mich nicht über die Tatsachen, die du herausgefunden hast. Aber ich sollte eigentlich froh sein ... Die ganze Zeit dachte ich, alles wäre in bester Ordnung. Und das wars nicht. Womöglich hat der liebe Gott dich wirklich zu mir geschickt – um mir die Wahrheit vor Augen zu führen."

„Du bist sicher nervös."

„Nein." Madison schaute sich immer noch vergeblich nach dem Fahrer um. „Heute fühle ich mich sogar viel ruhiger als in den letzten Wochen. Die Zwillingsschwester meiner Mutter kennen zu lernen – das ist beängstigend, aber auch wundervoll."

„Vielleicht wirst du sie gar nicht sehen. Sie könnte uns die Tür vor der Nase zuschlagen."

„Um Himmels willen, hoffentlich nicht!"

„Mach dich auf eine Enttäuschung gefasst", mahnte Kimm, die Stimme der Vernunft. „Offensichtlich fürchtet sich die Frau vor Michael. Nach der Ermordung ihrer Schwester ergriff sie die Flucht und nahm sogar einen anderen Namen an."

„Wie heißt sie jetzt?" Diese Frage hatte Madison noch nicht gestellt.

„Catherine Lione. Sonst habe ich keine Informationen, außer der Adresse und der Telefonnummer."

„Versuchen wir unser Glück ..." Endlich entdeckte Madison einen Mann, der eine große weiße Tafel mit ihrem Namen hochhielt. „Sie wird mit mir reden. Ganz bestimmt."

Als Jamie am frühen Morgen unter der Dusche stand, stieg Peter zu ihr in die Glaskabine, um sie zu überraschen.

„Nein, Peter, ich bin ganz glitschig“, protestierte sie.

„Nass und glitschig ...“ Er grinste anzüglich. „So mag ich dich am liebsten.“

„Und ich bin nicht in Stimmung“, betonte sie, als er ihre Brüste berührte.

„Gestern Abend hattest du Kopfschmerzen, heute Morgen bist du nicht in Stimmung.“ Peter strich über ihre Brustwarzen, weil er wusste, das würde sie reizen. „Was ist eigentlich los?“

„Muss ich ständig verfügbar sein?“ Entschlossen versuchte sie, die kunstfertige Liebkosung zu ignorieren.

„Du bist meine Frau, oder?“ Mit seinem Daumen und dem Zeigefinger kniff er in eine bereits erhärtete Knospe.

„Ja ...“ Seine Hände wanderten an ihrem Körper hinab, und sie erschauerte.

„Freut mich, dass wir das geklärt haben“, flüsterte er, trat hinter Jamie und presste seine Erektion an ihren verlängerten Rücken.

„Peter ...“, hauchte sie, von plötzlicher Lust erfasst.

„Was ist denn, meine Süße?“ Behutsam knabberte er an ihrem Ohrläppchen.

„Wir sind doch glücklich, nicht wahr?“

„*Sehr* glücklich“, bestätigte er und streichelte die Innenseiten ihrer Schenkel.

„Liebst du mich?“ Weil sie in seine Augen schauen wollte, drehte sie sich um.

Mit einer Hand umfing er ihren Körper, mit der anderen schlang er ihr rechtes Bein um seine Taille, dann ihr linkes und drang so vehement in sie ein, dass sie verblüfft nach Atem rang. „Wie sehr ich dich liebe, weißt du“, keuchte er. „Nie bekomme ich genug von dir.“

„Liebe ist mehr als Sex ...“ Stöhnend warf sie ihren Kopf in den Nacken.

„Hör zu reden auf“, befahl er.

„Du wirst mich niemals betrügen. Oder doch?“

„Bist du verrückt?“ stieß er hervor. „Wie kannst du so was auch nur denken?“

Und während er sich immer schneller bewegte, vergaß sie das Kondom in seiner Brieftasche.

„Hier sind wir sicher am falschen Ort“, meinte Madison, als das Auto vor einem Restaurant zwischen bonbonfarbenen Gebäuden in South Beach hielt.

„Diese Adresse haben Sie mir genannt, Ma'am“, erwiderte der Fahrer.

Madison wandte sich zu Kimm. „Aber es ist ein Restaurant.“

„Das sehe ich. Schau dir mal das Schild an. Da steht ‚Leon's‘ drauf.“

„Hast du's gewusst und mir nichts davon erzählt?“

„Anscheinend werde ich auf meine alten Tage vergesslich“, sagte Kimm trocken und stieg aus.

„Würden Sie auf uns warten?“ ersuchte Madison den Chauffeur. „Ich weiß nicht, wie lange es dauern wird.“

Wortlos nickte er.

„Wenn sie dich nicht sehen will, kriegen wir wenigstens eine anständige Tasse kubanischen Kaffee“, bemerkte Kimm auf dem Weg zur Terrasse, wo einige Leute an den Tischen saßen und an ihren Drinks nippten. Aus dem Lokal drang laute Salsa-Musik. Es war vier Uhr nachmittags. „Also, wir fangen es folgendermaßen an“, fuhr die Privatdetektivin fort. „Wir sind Gäste, nehmen Platz, setzen uns und checken, was hier vorgeht. Vielleicht sehen wir *sie*, bevor sie *uns* sieht.“

Unbehaglich biss Madison auf ihre Unterlippe. „Das kann ich meinen Nerven unmöglich antun."

„Seit wann bist du nervös? Vor einer Weile hast du das Gegenteil behauptet."

„Mit einem Restaurant habe ich nicht gerechnet. Ich dachte, wir würden sie in ihrem Haus besuchen."

„Wahrscheinlich wohnt sie hier", vermutete Kimm und führte Madison zu einem freien Tisch.

Ein junger Kellner mit schmalen, biegsamen Hüften, in einer hautengen schwarzen Lederhose und einem weißen T-Shirt, tänzelte heran. Lässig schwenkte er zwei Speisekarten. „Möchten die Damen Tee? Oder darfs was Stärkeres sein? Ich würde Ihnen den Haus-Margarita empfehlen."

„Den nehme ich." Madison konnte einen Drink gebrauchen.

„Für mich Mineralwasser", sagte Kimm.

„Ah ..." Der Kellner starrte Madison an. „Lebt die schöne Lady gern gefährlich?"

„Eh?" Verwirrt erwiderte sie den eindringlichen Blick des etwa 19-jährigen Burschen, der vor Selbstvertrauen zu strotzen schien.

„Ich bin Juan", stellte er sich vor. „Wenn Sie einen Wunsch haben, rufen Sie mich."

„Was für ein interessantes Lokal ... Dieser hinreißende Art-déco-Stil ... Wem gehört es denn?"

„Einer anderen schönen Lady." Lächelnd entblößte er schneeweiße, nur von einer einzigen Goldkrone verunstaltete Zähne. „Schon etwas älter. Aber Frauen sind wie Wein ... Je älter, desto süßer und edler."

„Moment mal!" Lachend schüttelte Madison den Kopf. „Deuten Sie etwa an, mit diesem Süßholzgeraspel hätten Sie tatsächlich bei Frauen Erfolg?"

„Oh ja." Er grinste noch breiter. „Vor allem in der Urlaubssaison. Sind die Ladys Touristinnen?"

Dieses Geplänkel amüsierte Kimm kein bisschen. „Nein, wir sind aus geschäftlichen Gründen hier", fauchte sie.

„Tut mir Leid, gestrenge Lady", entschuldigte sich Juan. „Ich wollte Sie nicht beleidigen. Jetzt hole ich Ihre Drinks."

„Was soll der Scheiß?" Erbost schaute Kimm ihm nach, als er davonschlenderte. „Warum nennt er mich ‚gestrenge Lady'? Am liebsten würde ich ihn in den mageren kleinen Hintern treten."

„Reg dich ab", bat Madison. „Vielleicht erzählt er uns was über Catherine."

„Oder über ihren Mann."

„Nein, Juan hat gesagt, das Restaurant gehört einer Frau. Und es heißt ‚Leon's'. Wäre Catherine inzwischen verheiratet, hätte sie einen anderen Namen."

„Ein toller Schlupfwinkel, falls sie sich vor Michael verstecken will! Warum glaubt sie, er würde nie nach Miami kommen? Wo South Beach doch so populär ist!"

„Wer weiß?" Madison zuckte die Achseln. „Mir gefällts hier. Das Ambiente wirkt so ungezwungen, sexy und – irgendwie einladend. Allmählich fühle ich mich besser."

„Weil du dir einbildest, deine Tante würde zu dir laufen, die Arme ausbreiten und jubeln: ‚Oh Madison, jahrelang habe ich auf dich gewartet! Von jetzt an musst du bei mir leben, ich werde deine Familie sein!' Sei bloß vorsichtig, sonst geht deine Fantasie mit dir durch."

„Hör zu spinnen auf!" entgegnete Madison ärgerlich. „Hältst du mich wirklich für so dumm?"

„Natürlich bist du nicht dumm, du folgst einfach nur einem Naturgesetz. Wir alle sehnen uns nach einer Familie, nach Menschen, die uns lieben – ganz egal, was wir tun. Nachdem du die Wahrheit über Michael erfahren hast und deine Mutter tot ist, brauchst du eine neue Bezugsperson. Und im Augenblick ist Catherine die Einzige, an die du dich wenden kannst."

„Unsinn, ich möchte sie nur kennen lernen", verteidigte sich Madison. „Und ich hoffe, sie wird mir was über meine Herkunft erzählen. Ich weiß gar nichts über meine Mutter. Nicht einmal, wo sie geboren wurde ..."

„Jetzt hast du die Chance, das herauszufinden", fiel Kimm ihr ins Wort. „Ich glaube, da kommt Catherine."

Aufgeregt drehte Madison sich um und hielt den Atem an. Die Frau, die sich näherte, war das Ebenbild der schönen Beth auf dem Foto – die gleichen schwarzen Locken, die hohen Wangenknochen, die vollen Lippen, die ausdrucksstarken Augen. In ihrem scharlachroten Kleid und den hochhackigen Schuhen sah sie umwerfend aus.

Wie alt ist sie? überlegte Madison. Blitzschnell rechnete sie nach. Sie war neunundzwanzig, und ihre Mutter hatte sie mit siebzehn zur Welt gebracht. Also musste Beths Zwillingsschwester sechsundvierzig sein.

Catherine ging an Madison und Kimm vorbei zum Nachbartisch. Dort blieb sie stehen und begrüßte einen dicken Mann im weißen Anzug mit einem Panamahut. Die beiden küssten sich auf die Wangen und begannen zu plaudern.

„Wie schön, dass du wieder da bist!" rief Catherine. „So schmerzlich habe ich dein lächelndes Gesicht vermisst! Du warst lange fort!"

Erstaunt hörte Madison den schwachen Akzent.

„Sie ist Kubanerin", flüsterte Kimm.

„Wieso weißt du das?"

„Wegen ihrer Sprechweise."

„Oh, mein Gott! Bin ich eine Halb-Kubanerin? Keine echte Amerikanerin?"

„Vermutlich zog deine Mutter vor deiner Geburt in die Staaten, und du bist eine waschechte Amerikanerin."

„Aber in meinen Adern fließt kubanisches Blut." Madison starrte verwundert vor sich hin. „Und ich hatte keine Ahnung ..."

„Sicher musst du dich auf weitere Überraschungen vorbereiten. Kannst du tanzen?"

„Verdammt gut."

„Jetzt weißt du, warum."

„Ah, sie ist nicht nur eine hervorragende Privatdetektivin, sie hat auch Humor – den sie sorgsam verbirgt."

Kimm lächelte. „Endlich bist du wieder die alte Madison. Das gefällt mir."

„Die *alte* Madison kennst du gar nicht."

„Aber ich reime mir einiges zusammen. Harte Schale, weicher Kern. Intelligent. Eine loyale Freundin. Hasst Dummheit und engstirnige Leute. Bin ich auf der richtigen Spur?"

„Hoffentlich. Jedenfalls klingts nett."

Beide lachten.

„Ah, die Ladys amüsieren sich, wie erfreulich." Juan kehrte zurück und servierte die Drinks.

„In gewisser Weise sind wir Touristinnen", erklärte Madison. „Aber nicht *nur*. Ich arbeite für ein Reisemagazin, und die Redaktion hat meine Kollegin und mich beauftragt, South Beach zu erkunden, die schicksten Restaurants und Clubs, verstehen Sie? Vielleicht können Sie uns helfen, Juan."

„Wenn das so ist, bin ich der geeignete Mann für Sie, Ladys", verkündete er und grinste voller Stolz. „In ganz Miami gibts nichts, was ich nicht weiß."

„Wann hören Sie heute zu arbeiten auf?“

„Um sechs habe ich vier Stunden Pause, und um zehn muss ich wieder da sein und ein bisschen Ordnung ins Chaos bringen.“

„Welches Chaos meinen Sie?“ fragte Madison.

„Sie sitzen in einem der angesagtesten Schuppen von South Beach“, prahlte er.

„Tatsächlich?“

„Oh ja.“

„Und Sie sagen, die Besitzerin ist eine Frau?“

„Da drüben sehen Sie Madame.“ Juan zeigte auf Catherine, die sich zu dem dicken Mann im weißen Anzug gesetzt hatte.

„Kann ich sie kennen lernen?“

„Miss Leon mag keine Publicity, die sie persönlich betrifft. Schreiben Sie was über ihr Lokal, nicht über sie.“

„Und hier geht also die Post ab?“

Schweigend schüttelte Kimm den Kopf, und ihre Miene besagte: *Was machst du eigentlich?*

Madison zwinkerte ihr zu, in der festen Überzeugung, ihr Ziel auf einem verheißungsvollen Weg anzusteuern. „Darf ich Ihnen einen Vorschlag machen? Würden Sie uns für hundert Dollar herumführen und ein bisschen was über die Geschichte von South Beach erzählen?“

„Meinen Sie – wenn ich um sechs Uhr freihabe?“

„Das wäre großartig. Heute Abend wollten wir nach New York zurückfliegen. Aber wir könnten noch eine Nacht hier bleiben.“

„Dann empfehle ich Ihnen ein sehr gutes Hotel. Wenn Sie was über das Nachtleben von South Beach schreiben wollen, müssen Sie's selber erleben. Ich erkläre Ihnen ganz genau, wo Sie hingehen müssen, und ich sorge dafür, dass man Sie überall willkommen heißt.“

„Oh, sehr freundlich von Ihnen. Aber ich konzentriere mich lieber auf das ‚Leon's'. Würden Sie einen Tisch für uns reservieren?"

„Natürlich, für Sie und Ihre – eh – Freundin. Sind Sie in Herrenbegleitung?"

„Nein, das ist eine reine Geschäftsreise, die nur wir beide unternehmen."

„Nun, es gibt genug Gentlemen, die Ihnen heute Abend gern Gesellschaft leisten würden." Der Kellner grinste vielsagend.

„Nein, danke, wir suchen keine Gesellschaft", erwiderte Madison und tätschelte Kimms Hand. „Wir sind wunschlos glücklich. Zu zweit."

„Ah, ich verstehe!" Ausdrucksvoll verdrehte Juan die Augen, um über seine eigene Begriffsstutzigkeit zu spotten. „Die Ladys sind ein Paar."

„Genau", bestätigte Madison lächelnd, und Kimm warf ihr einen vernichtenden Blick zu. „Ein Paar."

An einem Tisch in ihrer Nähe rief eine Frau nach der Rechnung.

„Gleich bin ich wieder da", versprach Juan.

„Was soll das?" fragte Kimm, sobald er seinen schmalen, von schwarzem Leder umspannten Hintern entfernt hatte.

„Auf diese Weise bereite ich das Terrain vor. Nun können wir Catherine auf unverfängliche Weise begegnen, und später erkläre ich ihr, was mich hierher führt."

„Also übernachten wir hier?"

„Ja."

„Oh, sehr gut!" flötete Kimm sarkastisch. „Sag Juan, er soll ein kuscheliges Doppelzimmer für uns buchen. Wo wir doch schließlich ein Paar sind!"

„He, das habe ich ihm nur eingeredet, damit er uns vor unwillkommener Aufmerksamkeit beschützt."

„Einfach nur zwei kesse Väter auf einer Spritztour ..."

„Sei nicht so empfindlich! Außerdem – sollte dich die Abenteuerlust packen, bist du besser dran, wenn du jemanden im Schlepptau hast. Dann kannst du alles ablehnen, was dir missfällt."

Verwundert legte Kimm den Kopf schief. „Seit wir New York verlassen haben, sehe ich eine ganze neue Madison. Irgendwie hast du dich – verändert."

„Oh nein!" widersprach Madison entschieden. „Ich versuche nur zu überleben. Inzwischen habe ich über deine Worte nachgedacht, und ich gebe dir Recht. Um das alles zu verkraften, darf ich nicht über die Vergangenheit jammern. Stattdessen muss ich in die Zukunft blicken. Die schrecklichen Neuigkeiten werden mich nicht unterkriegen. Eigentlich war ich immer auf mich selbst gestellt. Und ich halte nichts von den Leuten, die ihre Eltern für alles verantwortlich machen. Du weißt schon – mein Vater war ein Versager, also bin ich auch ein Versager. Oder ich trinke, weil meine Mutter eine Alkoholikerin war." Sie holte tief Atem. „War mein Vater ein Mafia-Killer? *Vielleicht*. Hat er meine Mutter ermordet? *Vielleicht.* Nichts davon ist erwiesen. Aber ich nehme es zur Kenntnis, und allmählich wird mir klar, dass es *mit* mir nichts zu tun hat."

„Okay. Machen wir's auf deine Art."

„Danke. Und wer weiß? Womöglich findest du in South Beach die Frau deiner Träume."

„Die suche ich nicht."

„Glaub mir, das Glück winkt uns immer dann, wenn wir *nicht* danach suchen."

Ein begeisterter Juan kam zurück. „Ladys, diesen Abend

werden Sie niemals vergessen – und Ihren Entschluss, hier zu übernachten, sicher nicht bereuen. Vertrauen Sie mir, ich werde Ihnen ein unübertreffliches Unterhaltungsprogramm bieten."

28. KAPITEL

„Wie war deine Besprechung?“ fragte Rosarita, nicht besonders interessiert. Aber sie wusste, dass sie den Schein wahren musste.

„Mein Agent hat gekündigt“, berichtete Dexter, das attraktive Gesicht düster umschattet.

„Bei *dir*?“ Das überraschte sie nicht, denn seine so genannte Karriere stagnierte seit Monaten.

„Nein, in der Agentur.“

„Und jetzt?“

„Er hat mich mit einer Frau bekannt gemacht, die für mich arbeiten wird.“

„Oh. Hübsch?“

„Anscheinend ist sie sehr nett.“

„Dynamisch?“

„Keine Ahnung. Sie redet viel.“

„Genau das brauchst du, Dex. Jemanden, der auf dich einredet und dir Vernunft beibringt.“

„Du siehst frisch und munter aus. Offensichtlich hast du dich von deiner Übelkeit erholt.“ Wie er von Conchita bei seiner Ankunft erfahren hatte, war Rosarita den ganzen Tag im Bett geblieben. Das hielt er für ein gutes Zeichen. Vielleicht versuchte ihr Körper ihrem Gehirn einen Wink zu geben ... „Bist du eben erst aufgestanden?“

„Zufällig ja“, antwortete sie und gähnte. „In meinem Magen rumort immer noch dieser chinesische Fraß, den du mir gestern Abend aufgezwungen hast.“

Er war nicht in der Stimmung, sie erneut daran zu erinnern, dass *sie* das Restaurant ausgesucht hatte.

„Übrigens, Annie will mich zu einem Schauspiellehrer schicken. Was hältst du davon?“

„Wer ist Annie?"

„Meine neue Agentin."

„Keine schlechte Idee." Was ihm vorschwebte, war ihr völlig egal. Während sie in ihrem komfortablen Bett lag, hatte sie gründlich nachgedacht und einen Plan geschmiedet. Gift!

Versonnen lächelte sie vor sich hin. So eine einfache Methode ... Warum war sie nicht früher darauf gekommen? Sie brauchte keinen Killer – und ihren Vater auch nicht. Warum sollten andere Leute irgendwas für sie erledigen? Nein, *dieses* Projekt würde sie selber realisieren.

Dazu hatte sie ein alter Bette-Davis-Film inspiriert, auf den sie beim Zappen durch die TV-Kanäle gestoßen war. Gift. Die ideale Lösung des Problems.

Ja, sie würde Dexter vergiften. Und zwar in Las Vegas!

Carrie Hanlon wurde von einem Visagisten, einem Body-make-up-Spezialisten, zwei Friseuren, drei Stylisten, einem Redakteur und seinem Assistenten vom *Allure*-Magazin und einem Journalisten umringt, der einen Artikel über sie schrieb. In der Tat, sie genoss die Aufmerksamkeit eines imposanten Gefolges.

Anscheinend war sie – dem Nimbus eines Supermodels getreu – von Joels Rosen nicht sonderlich beeindruckt. Sie starrte ihn an, als wäre er eine Kreatur von einem anderen Stern, und warf den üppigen Blumenstrauß einem ihrer dienstbaren Geister zu.

Nur sekundenlang fühlte sich Joel eingeschüchtert. Dann dachte er, zur Hölle mit dem Biest. Mein Vater gehört zu den reichsten Männern der Welt. Warum nimmt sie das nicht zur Kenntnis, so wie alle Leute?

Testio – ein Italo-Amerikaner in Joels Alter, mit manischem Flair, langen fettigen Haaren und mehreren goldenen Steckern in den Ohrläppchen – freute sich über den unerwarteten Besuch.

„Wie in alten Zeiten!“ rief er und schlang einen Arm um Joels Schulter. „So lange habe ich dich nicht gesehen und nichts von dir gehört. Wo hast du dich denn versteckt, Mann?“

Statt zu antworten, fragte Joel: „Was ist mit Miss Dänemark passiert?“ Er hoffte, nun würde es kein böses Blut mehr zwischen ihnen geben. Natürlich war es blöd gelaufen. Ausgerechnet über *diese* Frau herzufallen, wo doch so viele andere in seiner Nähe herumgehangen hatten ...

„Ach, *die*!“ Offensichtlich war Testios große Liebe erloschen. „Genauso wie *alle* Models. Sie ist nach Dänemark zurückgekehrt und hat einen Bauern geheiratet.“

„Vom wem redest du?“ erkundigte sich Carrie, die inmitten ihres Gefolges an einem langen Tisch saß.

„Von Dagmar“, erklärte Testio. „Erinnerst du dich an sie?“

„Nur vage.“ Carrie biss in ein Salatblatt. „Also kann sie nicht besonders wichtig gewesen sein.“

Carrie Hanlon stellte den Prototyp reizvoller Weiblichkeit dar – einsachtundsiebzig groß, mit einer dichten kastanienroten Mähne, strahlenden Augen, vollen Lippen, einer geraden Nase und einer Figur, von der jeder heißblütige amerikanische Junge träumte. Zweifellos wünschten sich viele Männer, Tür an Tür mit einem solchen Mädchen zu wohnen.

„Lange nicht gesehen, Carrie“, bemerkte Joel, setzte sich an den Tisch und rückte seinen Stuhl möglichst nahe an sie heran.

„Kennen wir uns?“ Mit dieser Frage provozierte sie ein gedämpftes Kichern ihres bisexuellen Stylisten.

„Sicher entsinnen Sie sich ... Oder vielleicht waren Sie an jenem Abend zu stoned."

„Ich nehme keine Drogen", betonte sie, worauf ein anderer Stylist in schrilles Gelächter ausbrach. Irritiert hob sie die Brauen. „Koks ist keine Droge – der reinigt die Stirnhöhlen. Und meine sind ziemlich anfällig. Jedenfalls tu ich's nicht."

Einen Rekorder in der Hand, richtete sich der Journalist, ein dünner, bebrillter Mann, abrupt auf. „Was tun Sie nicht?"

„Ich nehme keine Drogen", wiederholte Carrie und riss die Augen weit auf, „sondern Vitamine, denn sie stärken meine Energie und helfen mir, gut auszusehen."

„Nein, ich helfe dir, gut auszusehen", widersprach der chinesische Visagist, der am anderen Ende des Tisches saß.

„Was führt dich heute hierher?" wandte sich Testio an Joel und reichte ihm eine Flasche Rotwein.

„Nun, ich hatte in der Nähe zu tun." Joel füllte ein Glas. „Und da dachte ich, nach so langer Zeit müssten wir uns mal wiedersehen. Ich hatte keine Ahnung, dass du gerade mit Carrie zusammenarbeitest."

„Einfach habe ich's nicht mit ihr", raunte Testio seinem alten Freund ins Ohr. „Aber sie ist die Mühe wert."

„Hoffentlich redest du über die Fotos", warf Carrie ein. Sie liebte es, im Mittelpunkt der Aufmerksamkeit zu stehen, obwohl sie in diesem Stadium ihrer Karriere daran gewöhnt war. Seit ihrem fünfzehnten Lebensjahr posierte sie vor der Kamera.

„Nein, über Sex", witzelte Testio.

„Von Sex will ich noch nichts wissen." Sie schaute den Journalisten an. „Den hebe ich für die Ehe auf."

Testio schrie vor Lachen.

„Stimmt das?“ fragte der Reporter, und Carrie schenkte ihm ein bezauberndes Lächeln.

„Jedenfalls werden Sie's schreiben“, säuselte sie. „Nicht wahr?“

Der Mann nickte. Von ihrer makellosen Schönheit überwältigt, war er ein nervöses Wrack und Wachs in ihren Händen.

„Übrigens, Carrie ...“, begann Joel und schenkte ihr Wein ein. „Ich möchte Ihnen einen geschäftlichen Vorschlag machen.“

Lässig winkte sie ab. „Reden Sie mit meinem Agenten.“

„Aber es geht um etwas Persönliches.“

„Ich habe keine Geheimnisse vor meinem Agenten“, entgegnete sie und fuhr sich mit einer rosigen Zungenspitze über ihre sinnlichen, glänzenden Lippen.

„Vielleicht sollten Sie mir trotzdem zuhören. Warum wollen Sie ihm zehn Prozent zahlen, wenn's nicht nötig ist?“

„Fünfzehn Prozent“, verbesserte sie ihn, als wäre die höheren Provision ein Beweis für ihren Ruhm. „Die kriegt er, weil er mir die besten Deals verschafft.“

„Und ich dachte, Sie wären clever“, sagte Joel, womit er Carries Sympathie wohl kaum gewann. Aber er konnte sich nicht zurückhalten.

Ohne ihn einer Antwort zu würdigen, warf sie ihre Mähne in den Nacken und schwatzte mit einem Friseur über das Jeff-Beck-Konzert, das sie neulich besucht hatte.

Joel erkannte, dass er es vermasselt hatte, und schaute Testio an.

Seufzend schnitt der Fotograf eine Grimasse und stand auf. „Gehen wir in mein Büro, ich zeige dir was.“

„Okay.“ Joel folgte ihm aus dem Studio.

In seinem Büro angekommen, versperrte Testio die Tür. „Die Tussi ist der reine Wahnsinn, nicht wahr?“

„Allerdings“, bestätigte Joel. „Es ist nur – ich brauche sie.“

„So? Dann viel Glück.“ Geistesabwesend kratzte sich Testio zwischen den Schenkeln.

„Nein, im Ernst. Mein Vater glaubt, ich bringe sie nach Vegas zum Boxkampf mit. Wenn ich ohne sie auftauche, stehe ich wie ein Idiot da. Was soll ich tun?“

Desinteressiert zuckte Testio die Achseln. „Dein Problem, nicht meins. Willst du was schnupfen?“

„Warum nicht?“ murmelte Joel, obwohl er keine Lust dazu hatte.

„Jetzt fällt mir was ein.“ Testio holte seinen Koksvorrat hervor, den er in einer verschlossenen Gucci-Reisetasche aus schwarzem Leder zu verwahren pflegte. „Weißt du, was unsere Carrie am liebsten mag?“

„Was?“

„Jungs.“

„Jungs?“

„Ja, sie ist auf 16-jährige Jungs scharf.“

„Versuchst du mich zu verarschen?“

„Klar, es klingt verrückt.“ Testio arrangierte ein paar weiße Linien auf seinem Schreibtisch. „Da bewundert man eine phänomenale 23-Jährige, und sie fährt nur auf 16-jährige Kerle ab. Letzten Sommer hat ein Internatsschüler für mich gearbeitet, und ich dachte, Carrie würde ihn zerstückeln und zum Dinner verspeisen. Nun weißt du, wie du sie rumkriegst. Du musst nur einen hübschen Teenager an Land ziehen. Und vergiss nicht – mit gut gebauten Puerto-Ricanern verlustiert sie sich besonders gern.“

„Blödsinn! Das glaube ich nicht.“

„Glaubs lieber", empfahl Testio seinem Freund und konsumierte eine Linie Kokain. „Carrie führt ein Leben wie ein Mann. Was sie will, weiß sie ganz genau, und das nimmt sie sich. Sicher kannst du sie zu diesem Trip nach Vegas überreden."

Verwirrt runzelte Joel die Stirn. „Wie du das sagst – als wärs ein Kinderspiel. Wo zum Teufel soll ich einen geilen, hübschen 16-jährigen Puerto-Ricaner aufstöbern?"

„Geh zu Madame Sylvia", schlug Testio leichthin vor.

„Wer ist Madame Sylvia?"

„Wo *warst* du denn die ganze Zeit?" stöhnte der Fotograf und schnupfte eine zweite Linie. „Madame Sylvia versorgt reiche Ladys mit Begleitern. Wenn du genug Bares rausrückst, stellt sie dir einen Jungen zur Verfügung."

„Und wieso wendet sich Carrie nicht an diese Madame?"

„Weil sie zu berühmt ist. Das muss jemand für sie erledigen." Testio machte sich über eine dritte Linie her. „Sei versichert, Joel – wenn du ihr einen brandheißen, blutjungen puerto-ricanischen Knackarsch vor die Nase hältst, gehört sie dir."

Jetzt, wo Dexter daheim war, wollte Rosarita ausgehen. Es widerstrebte ihr, im Apartment herumzusitzen und mit einem Ehemann zu plaudern, den sie bald beseitigen würde.

„Wohin gehst du?" fragte er.

„Ins Barney's", erwiderte sie, obwohl sie plante, diverse Buchhandlungen zu besuchen und sich über geeignete Giftsorten zu informieren. Sie hatte entschieden, ein Hotel in Las Vegas, wo es von Leuten wimmeln würde, wäre der geeignete Tatort. Natürlich brauchte sie ein schnell wirkendes Gift wie Arsen oder Strychnin. Und in Vegas, wo *alles* passieren konnte, würde nicht einmal der Schatten eines Verdachts auf sie fallen – hoffte sie.

„Ich komme mit“, erbot sich Dexter.

„Nein“, protestierte sie hastig. „Ich möchte mir ein paar Outfits für Vegas aussuchen. Dabei wärst du nur im Weg.“

„Aber ich will sehen, was du anziehen wirst.“

„Das wirst du. Wenn ich meine Wahl getroffen habe. Heute möchte ich mich nur umschauen.“

Rosarita pflegte das Geld mit beiden Händen auszugeben, da Chas ihre Kreditkartenrechnungen bezahlte. Kurz nach der Hochzeit hatte Dexter seine Frau gewarnt: „Leider verdiene ich nicht genug, um dir deinen gewohnten Lebensstil zu finanzieren.“

„Das weiß ich“, hatte sie ihn angefahren. „Glücklicherweise habe ich einen reichen Daddy.“

Und so beglich Chas immer noch die exorbitanten Rechnungen.

Rosarita kündigte an, sie würde in einer Stunde zurückkommen, und rauschte aus der Wohnung.

Also frühestens in drei Stunden, dachte Dexter. Da er nicht mehr ins Studio ging, wusste er nichts mit sich anzufangen. Er vermisste die Kameraderie am Set, die Leute, die ihn wie einen Star behandelten. Am schmerzlichsten vermisste er Silver Anderson, die ihm das Gefühl gegeben hatte, endlich mit einem echten Profi zusammenzuarbeiten. Trotz ihres vulgären Benehmens kurz vor dem Aus der Serie fehlte sie ihm.

Bedrückt wanderte er in dem geräumigen Apartment umher und überlegte, was ihm die Zukunft bringen würde. Annie hatte versprochen anzurufen, weil sie ihm die Adresse und die Telefonnummer des Schauspiellehrers geben wollte, den sie für ihn ausgesucht hatte. „Nehmen Sie sich ein Beispiel an Johnny Depp. Scheuen Sie keine Mühe. Arbeiten Sie an sich, so hart wie möglich. Jetzt hält man Johnny Depp für einen richtigen Schauspieler, nicht nur für ein weiteres attraktives Gesicht – nachdem er von einem Experten unterrichtet wurde."

Als das Telefon läutete, riss er den Hörer von der Basis, bevor sich Conchita am Apparat in der Küche melden konnte.

„Ist Mrs. Falcon zu sprechen?" fragte eine weibliche Stimme.

„Im Augenblick nicht. Soll ich ihr was ausrichten?"

„Hier ist Dr. Ships Sprechstundenhilfe. Der Doktor hat mich gebeten, mit Mrs. Falcon einen Termin für nächste Woche zu vereinbaren."

„Warum will er sie sehen?"

„Wie, bitte?"

„Eh – hier ist Mr. Falcon, und ich wüsste gern, warum meine Frau einen Termin braucht."

„Oh Mr. Falcon, ist das nicht wundervoll?" sprudelte die Sprechstundenhilfe hervor. „Ich gratuliere Ihnen von ganzem Herzen."

„Danke ..." Und dann fügte er auf gut Glück hinzu: „Meinen Sie das Baby?"

„Wir freuen uns ja so für Sie beide. Sicher hat Mrs. Falcon diese Schwangerschaft schon ungeduldig herbeigesehnt. Und – wenn ich das erwähnen darf, ich *bewundere* Sie in den ‚Dunklen Tagen'. Jeden Morgen schalte ich den Videorecorder ein, damit ich die Serie am Abend nach der Arbeit sehen kann. Ja, ich bin ein *enthusiastischer* Fan."

„Vielen Dank." Ein so überschwängliches Lob vernahm er immer wieder gern, da er es von Rosarita nie zu hören bekam. „Wenn meine Frau nach Hause kommt, werde ich ihr sagen, sie soll zurückrufen."

Als er auflegte, wurde er beinahe von dem wilden Impuls

überwältigt, in der Wohnung umherzutanzen und in Triumphgeheul auszubrechen.

Er hatte Rosarita geschwängert!

In ihrem Bauch wuchs ein Baby!

Kein Wunder, dass sie den ganzen Tag im Bett verbracht hatte.

Diese Neuigkeit war die Antwort auf alle seine Gebete.

Jetzt musste er sich nicht mehr um seine Ehe sorgen.

Nur um seine gefährdete Karriere.

29. KAPITEL

„Was jetzt?" Die Hände in die breiten Hüften gestemmt, stand Kimm neben Madison in dem Doppelzimmer, das Juan gebucht hatte. Soeben hatten sie mit dem jungen Kellner eine kurze Besichtigungstour durch South Beach unternommen.

„Wahrscheinlich muss ich auf dem Fußboden schlafen", meinte Madison, ohne eine Miene zu verziehen.

„So eine lächerliche Situation!" schimpfte Kimm.

„Aber wahnsinnig *komisch*, wie du zugeben musst. Und ich habs bitter nötig, endlich mal wieder zu lachen. Außerdem", fügte Madison nachdenklich hinzu, „werden die Kerle nicht scharenweise über uns herfallen, wenn wir als Paar auftreten."

„Wieso glaubst du, sie würden scharenweise über dich herfallen?" fragte Kimm.

„Über uns", wurde sie von Madison verbessert. „Das weißt du doch – sobald sie Frauen ohne männliche Begleitung sehen, laufen ihre Schwänze Amok."

„Ehrlich gesagt, ich finde das alles gar nicht amüsant." Kimm setzte ein Pokergesicht auf. „Seit einiger Zeit nervst du mich dauernd mit albernen Sprüchen. Hältst du Lesben für Witzfiguren?"

„Unsinn!" protestierte Madison. „Es ist nur – ich war noch nie mit einer Lesbierin befreundet. Deshalb benehme ich mich vielleicht nicht ganz richtig. Soll ich deine Veranlagung ignorieren und nie mehr erwähnen?"

„Du sollst sie nicht *ignorieren*, aber auch nicht überall ausposaunen, du würdest meine Gesellschaft schätzen, weil ich dich vor zudringlichen Männern beschütze. Oh Gott", schnaufte Kimm ungeduldig, „wahrscheinlich bist du dein Leben lang ganz furchtbar verwöhnt worden."

„Tut mir Leid, falls ich dich irgendwie beleidigt habe." Madison verstand nicht, warum Kimm sich dermaßen aufregte. „Jetzt gehe ich zur Rezeption runter und nehme mir ein anderes Zimmer. Dass ein Doppelbett ein Problem ist, wusste ich nicht."

„Es ist kein *Problem*", erwiderte Kimm, immer noch verärgert. „Zweifellos kann ich mich beherrschen und eine Nacht lang meine Finger von dir lassen."

„Ah, jetzt bist du der tolle Scherzkeks."

„Jedenfalls", fuhr Kimm trotzig fort, „habe ich noch andere Klienten. Wenn du mit deiner Tante reden möchtest, solltest du das heute Abend erledigen, weil ich morgen früh nach New York zurückfliege."

„Natürlich rede ich mit ihr. Sie *kann* mich nicht abwimmeln."

„Und wie wirst du's anfangen? Pirschst du dich an sie heran und sagst: ‚Oh, übrigens, ich bin die Nichte, die du nicht sehen willst ...'"?

„Wie ich vorgehe, werde ich entscheiden, wenn's so weit ist", erklärte Madison. So leicht ließ sie sich nicht entmutigen.

„Gut." Kimm setzte sich auf die Bettkante. „Offenbar brauchst du mich nicht. Also bleibe ich im Hotel."

„Doch, ich brauche dich. Komm mit, dann fühle ich mich sicherer."

„Warum?"

„So ists nun mal."

„Okay", stimmte Kimm widerstrebend zu. „Wenn du drauf bestehst ..."

„Ja, darauf bestehe ich. Und da wir für heute Abend nichts Schickes zum Anziehen eingepackt haben, gehen wir jetzt shoppen. Keine Bange, ich zahle alles."

„Ich hasse Shopping", murrte Kimm. „Weil mir nie was

passt. Am liebsten trage ich meinen Jogginganzug, das ist meine Uniform."

„Nein, nein, nein. Wir sind in Miami. Hier müssen wir uns herausputzen. Außerdem habe ich dich noch nie in einem Kleid gesehen."

„Wirst du auch nicht", murmelte Kimm.

Am Abend herrschte reges Leben und Treiben im „Leon's". Eine Band spielte pulsierende kubanische Musik. Überall tummelten sich exotische Gestalten – bildschöne Frauen und attraktive Machos mit biegsamen Hüften wie Juan. Und die ganze Schar war in Partystimmung.

„Heiliger Himmel, Kimm", seufzte Madison und schaute sich im Gedränge um. „Und ich dachte, South Beach wäre nur von den Medien hochgejubelt worden. Offenbar ein Irrtum ..."

Es war zehn Uhr, und Juan, der die beiden Frauen an der Tür begrüßte, verkündete voller Stolz, die *richtige* Action würde erst nach Mitternacht losgehen.

„Oh, ich kanns kaum erwarten", erwiderte Madison trocken.

„Tanzen, trinken, rauchen – bumsen", fügte er hinzu und grinste wie ein unartiger kleiner Junge. „Habe ich was Falsches gesagt?" fragte er unschuldig.

„Keineswegs." Madison hob lässig die Schultern. „Zu meiner Zeit habe ich das auch alles gemacht."

Kimm warf ihr einen kurzen Blick zu, als wollte sie ihre Freundin warnen: *Ermutige ihn nicht.*

„Wo sitzen wir?" fragte Madison. „Hoffentlich an einem Tisch mit gutem Überblick übers Getümmel." Sie trug ein schwarzes Kleid, das wie eine zweite Haut an ihrem Körper klebte. In wilden Locken hing das schwarze Haar auf ihre

Schultern herab. An ihren Ohren baumelten goldene Zigeunerohrringe, und sie hatte sich sogar zu einem auffallenden Makeup entschlossen. Zahlreiche Männer drehten sich nach ihr um.

Doch das störte sie nicht. Sie fühlte sich verändert, irgendwie freier. Warum, wusste sie nicht. Nur eins stand fest – sie brauchte dringend einen Drink, um ihren Mut zu stärken.

Kimm hatte ihr neues Outfit angezogen – eine schwarze Lederhose, schwarze Stiefel, ein rotes Hemd und einen langen schwarzen Ledermantel. Trotz ihres heftigen Protests hatte Madison darauf bestanden, ihr die Sachen zu kaufen.

„Um Himmels willen, wir gehen doch nicht zu einer Modenschau", grollte Kimm.

„Aber wir müssen gut aussehen", argumentierte Madison. „Außerdem macht es mir heute ganz besonderen Spaß, Geld auszugeben. Und diese schwarzen Ledersachen stehen dir einfach fabelhaft."

Widerstrebend hatte Kimm sich geschlagen gegeben. Trotz ihrer Größe und des kräftigen Körperbaus war sie eine attraktive Frau mit markanten Gesichtszügen, die ihr indianisches Erbe bekundeten. Madison hatte das Gefühl, dass bei entsprechenden eigenen sexuellen Neigungen Kimm die ideale Partnerin wäre. Falls k. d. lang, die hinreißende kanadische Country-Sängerin, nicht zur Verfügung stehen würde.

Am frühen Abend hatte sie Jamie angerufen.

„Was treibst du denn in Miami?" hatte die Freundin verblüfft gefragt. „Eigentlich dachte ich, du machst gerade eine Krise durch."

„Das stimmt. Und dieser Trip hat damit zu tun."

„Miami hängt mit deiner Krise zusammen?" Wie Jamies erstaunter Tonfall verriet, hielt sie das für den größten Unsinn, den sie je gehört hatte.

„Morgen komme ich zurück und erkläre dir alles."

„Das möchte ich dir auch geraten haben!"

„Auf bald", hatte sich Madison verabschiedet.

Beflissen führte Juan die beiden Frauen zu einem Tisch in der Mitte des Lokals. „Darf ich erwähnen, wie *umwerfend* die Ladys heute Abend aussehen? Schade, dass Sie – gebunden sind ..."

Kimm warf Madison einen warnenden Blick zu. *Komm bloß nicht auf dumme Gedanken!*

„Haben Sie eine Freundin, Juan?" fragte Madison.

„Eine, zwei, drei ..." Er grinste wieder. „Sehr viele."

„Warum überrascht mich das nicht?"

Inzwischen hatten sie einen Tisch am Rand der dicht bevölkerten Tanzfläche erreicht. Juan rückte den „Ladys" Stühle zurecht, und Madison bestellte eine Margarita.

Wie viel war in dieser kurzen Zeit auf sie eingestürmt ... Sie hatte geglaubt, ihr Leben im Griff zu haben. Und plötzlich war ihre ganze Welt zusammengebrochen. Aber das würde sie durchstehen. Sie war eine Überlebenskünstlerin. Und heute Abend fing der Kampf erst richtig an.

Eine Stunde und drei Margaritas später war ihr Kummer verflogen. Sogar Kimm begann sich unter dem Einfluss der sinnlichen Musik und der ausgelassenen Atmosphäre zu entspannen. Obwohl sich Madison nicht betrunken fühlte, merkte sie, dass sie sich nicht mehr fest im Griff hatte. Immer wieder sah sie sich nach Catherine um. Aber ihre Tante ließ sich nicht blicken.

Als Kimm auf die Toilette ging, wandte sich Madison an Juan und fragte, wo die Besitzerin des Lokals sei.

„Das habe ich Ihnen doch gesagt, sie lässt sich nicht interviewen, auf gar keinen Fall."

„Und wenn ich das Gespräch nicht veröffentliche? Dann kann ich doch sicher mit ihr sprechen."

„Warum wollen Sie das, wenn Sie das Interview nicht verwenden?"

„Weil das ‚Leon's' *ihr* Werk – und zweifellos sehr erfolgreich ist. Hat sie das Restaurant allein eröffnet? Oder hatte sie einen Ehemann, vielleicht einen Geschäftspartner?"

„Wieso stellen Sie so viele Fragen?" Argwöhnisch runzelte Juan die Stirn.

„Ich bin Journalistin, das ist mein Job."

„Von Journalisten hält Miss Leon nichts." Sein Gesicht nahm harte, kalte Züge an.

„Sicher will sie für das ‚Leon's' Reklame machen. Noch nie im Leben habe ich von einem Restaurantbesitzer gehört, der das *nicht* möchte."

„*Dieses* Etablissement spricht für sich selbst", erwiderte Juan starrsinnig. „Wie gesagt, Miss Leon legt keinen Wert auf Publicity."

„Dann lassen Sie mich mit ihrem Ehemann sprechen."

„Es gibt keinen Ehemann."

„Wenn ich verspreche, mit keinem Wort zu erwähnen, dass ihr dieses Restaurant gehört – würden Sie mich dann mit ihr bekannt machen?"

„Warum wollen Sie Miss Leon unbedingt kennen lernen?" fragte er und musterte Madison misstrauisch.

„Weil es eine faszinierende Frau sein muss, die das alles geschaffen hat. Es ist ungewöhnlich. Wahrscheinlich wissen Sie es nicht – aber in New York gibts ein Restaurant namens ‚Elaine's', von einer Frau geleitet. Und das Regine's in Paris. Zwei Ausnahmen. Nur wenigen Frauen gelingt es, eine so prickelnde Atmosphäre zu erzeugen. Darauf sollte Ihre Chefin stolz sein."

„Glauben Sie etwa, ich bin ein Dummkopf?" entgegnete Juan hochnäsig. „Kurz nach meiner Ankunft in Amerika arbeitete ich als Aushilfskellner im ‚Le Cirque'. Über Restaurants weiß ich Bescheid."

„Und wann sind Sie in die Staaten gezogen?"

„Mit dreizehn wurde ich von meiner Mutter aus Havanna hierher geholt."

„Was macht Ihre Mutter?"

Bevor er antworten konnte, kehrte Kimm zurück, und er tauchte in der Menge unter.

Kimm setzte sich. „Solltest du nicht schwarzen Kaffee bestellen? Deine Augen werden immer glasiger."

„Quatsch! Ich amüsiere mich nur – was ich mir sehr selten genehmige."

„Du bist betrunken."

„Sei nicht albern!" protestierte Madison. „Ich entspanne mich nur."

„Ha!" Kimm glaubte ihr nicht. Mit gutem Grund.

„Trinkst du wirklich keinen Tropfen?"

„Weißt du's nicht?" Kimms Stimme nahm einen sarkastischen Klang an. „Wir vertragen keinen Alkohol."

„Wen meinst du mit *wir*?"

„Amerikaner indianischer Abstammung."

„Oh, bitte, was für ein Schwachsinn ist *das*?"

„Wie auch immer, ich will keine Probe aufs Exempel machen und einen klaren Kopf behalten."

„Okay, und während du einen klaren Kopf behältst, übersiehst du vielleicht das schöne schwarze Mädchen, das da drüben sitzt und dich seit einer halben Stunde anstarrt."

„Was?" Dunkle Röte stieg in Kimms Wangen.

„Schau mal hin!" Madison zeigte auf einen Ecktisch.

Verstohlen spähte Kimm hinüber. Tatsächlich – da saß eine Farbige mit einer langen blonden Perücke in einem knappen goldenen Kleid. Lächelnd prostete das Mädchen ihr zu.

„Irgendwie habe ich das Gefühl, irgendjemand wird eine aufregende Nacht erleben“, bemerkte Madison. „Leider nicht *ich.*“

„Weißt du ...“, begann Kimm ganz langsam. „Gewisse heterosexuelle Leute finden es ganz normal, wenn sie herumhuren. Aber im Gegensatz zur landläufigen Meinung ist die Schwulengemeinde etwas wählerischer.“

Madison brach in Gelächter aus. „So was Blödes habe ich noch nie gehört. Ich habe schwule Freunde, die sich nichts dabei denken, wenn sie drei Jungs in einer Nacht vernaschen.“

„*Vor* Aids“, betonte Kimm. „Seit diese Krankheit grassiert, hat sich einiges geändert.“

„Vielleicht am Anfang. Jetzt sind sie alle wieder zu ihrem gewohnten Lebensstil zurückgekehrt.“

„Offenbar hast du keine Ahnung, wovon du redest. Du bist zumindest *halb* betrunken. Ein hoffnungsloser Fall ...“

In diesem Augenblick erhob sich die Farbige von ihrem Tisch, schlenderte herüber und blieb dicht vor Kimm stehen. „Möchten Sie tanzen?“

Kimm wollte ablehnen. Doch Madison kam ihr zuvor und stieß sie mit dem Ellbogen an. „Oh ja, das möchte sie sehr gern.“

Widerstrebend stand Kimm auf und folgte dem Mädchen.

Kurz danach sah Madison ihre Tante durch eine Hintertür eintreten, von dem Mann im weißen Anzug begleitet.

Madison sprang auf, lief am Rand der Tanzfläche entlang und versuchte den schwankenden Gestalten auszuweichen. Ohne Zögern eilte sie zu Catherine. „Verzeihen Sie!“ rief sie aufgeregt. In diesem Moment vergaß sie ihre übliche coole Gelassenheit. „Schon den ganzen Abend warte ich auf Sie. Ich schreibe für eine Zeitschrift einen Artikel über das ‚Leon's'. Und obwohl man mir versichert hat, Sie würden nichts von Publicity halten, möchte ich Ihnen zu diesem außergewöhnlichen Lokal gratulieren."

Das Gesicht völlig unbewegt, starrte Catherine sie an, ein paar Sekunden lang, die wie eine halbe Ewigkeit wirkten. „Meine Nichte Madison, nicht wahr?" fragte sie emotionslos. „Vor einer Weile rief mich eine Frau an, und ich sagte ihr, dass ich dich nicht sehen will. Warum bist du hier?"

„Weil ich nicht mehr weiß, wer ich bin", erklärte Madison verzweifelt. Um sie herum begann sich der Raum zu drehen. „Und vielleicht gibt es außer dir keinen einzigen Menschen, der mir helfen kann, das herauszufinden."

30. KAPITEL

„Hi, Schätzchen, wie fühlst du dich?"

Rosarita musterte Dexter voller Misstrauen. Warum war er so besorgt um sie? „Danke, es geht mir ganz ausgezeichnet", log sie.

Nach einer extrem frustrierenden Tour durch mehrere Buchhandlungen konnte sie ihre schlechte Laune kaum verbergen. Es war nicht so einfach, Informationen über tödlich wirkendes Gift zu sammeln. Immerhin hatte sie einiges herausgefunden: Zum Beispiel verstärkte Strychnin die Reflexe und verursachte zuckende Muskeln, wenn sie berührt wurden, gefolgt von schmerzhaften Krämpfen, erweiterten Pupillen und Asphyxia Cyanosis – was ihr nicht viel sagte. Arsen war kaum brauchbarer – starker Temperaturanstieg und Irritationen im Hals, Erbrechen, Krämpfe und Rastlosigkeit, sogar Schüttelkrämpfe, Erschöpfung und Ohnmacht.

Wie sollte sie ein diskretes Gift aufspüren, das sie Dexter unauffällig verabreichen könnte und das ihn innerhalb einer Stunde tötete? In einer Stunde hätte sie genug Zeit, um ihn in eins der zahlreichen Casinos zu schicken, wo er praktischerweise zusammenbrechen und sterben würde, weit von ihr entfernt. Eklatante Anfälle oder ein Delirium konnte sie nicht gebrauchen. Ihr Alibi hatte sie bereits geplant. Sie würde irgendwo in der Öffentlichkeit auftauchen, mit Chas und ihren Schwiegereltern. Hieb- und stichfest.

Verdammt! Warum war es so schwierig, jemanden zu vergiften?

„Können wir reden?" bat Dexter, umfasste ihren Arm und führte sie ins Schlafzimmer.

Oh Gott, was ist los?

„Was gibts, Dex?“ fragte sie ärgerlich. „Ich bin soeben nach Hause gekommen. Nun möchte ich mich erst mal erholen und eine Tasse Kaffee trinken, bevor ich mir deine Probleme anhöre.“

„Keinerlei Probleme, Schätzchen.“ Schon wieder dieser sanfte, entnervende Ton. „Wahrscheinlich wolltest du's mir erst später sagen. Aber ich hab es erfahren und kann es einfach nicht für mich behalten. Und – sei mir nicht böse – ich habe meine Eltern angerufen und ihnen die Neuigkeit erzählt.“

„Welche Neuigkeit?“ Die zärtliche Besorgnis in seinem Blick begann Rosarita zu erschrecken.

„Was für ein wundervolles Mädchen ich geheiratet habe! Ich bin ja so stolz auf dich.“

Wundervolles Mädchen? Stolz? Zum Teufel, was hatte das zu bedeuten?

„Wärst du so freundlich, mir zu erklären, was du meinst?“ bat sie ganz langsam.

„Das Baby!“ erwiderte er freudestrahlend. „*Unser* Baby!“

Kraftlos sank sie auf die Bettkante. Ihr Magen drehte sich um. „Woher weißt du es?“

„Vor einer Weile rief Dr. Ships Sprechstundenhilfe an, um einen Termin mit dir zu vereinbaren. Da hatte ich so eine Ahnung und fragte sie.“ Er kniete vor ihr nieder, ergriff ihre Hände. „Warum hast du es mir verschwiegen, Schätzchen?“

„Ich ... ich habs selber erst vor ein paar Stunden erfahren“, stammelte sie verwirrt. „Heute Abend wollte ich's dir sagen.“

„Ist es nicht großartig?“ jubelte er und nahm sie in die Arme. „Oh, ich bin so glücklich!“

„Ja – ich auch“, murmelte sie und versuchte, ihre Gedanken zu ordnen. Wahrscheinlich war es ganz gut, dass er es wusste ... Nun waren sie in den Augen der Welt das liebende, frohen Herzens vereinte Paar – ein Ehepaar, das ein Baby erwartete. Wenn Dexter in Las Vegas tot umfiel, würde niemand seine Frau verdächtigen. Stattdessen würde man sie bemitleiden. Die trauernde Witwe. Die *schwangere* trauernde Witwe. Diese Rolle würde sie geradezu perfekt spielen.

Und was würde Joel von alldem halten? Sollte sie ihn einweihen?

Nein. Vermutlich würde er einen Mord nicht als ideale Lösung ihres Problems betrachten.

„Oh, es ist so fantastisch, dass du dich darüber freust, Dex", gurrte sie, um sich der neuen Situation anzupassen. „Anfangs war ich schockiert – denn ich benutze immer mein Diaphragma, das weißt du, und ... Eh – ich verstehe nicht, wie es passieren konnte."

„Auf diese Verhütungsmittel ist nun mal kein hundertprozentiger Verlass." Dexter rückte ein wenig von Rosarita ab und schaute ihr in die Augen. „Außerdem *wollte* ich eine Familie gründen."

Dem Himmel sei Dank, er schöpfte keinen Argwohn. Vielleicht hätte ein anderer Mann gefragt: *Wie konnte das passieren, obwohl du stets dein Diaphragma benutzt? Hast du herumgehurt?*

„Tut mir Leid, dass es ausgerechnet jetzt geschehen ist, wo du deinen Job verloren hast. Nach diesem Schicksalsschlag dürftest du dich nicht mit neuen Schwierigkeiten belasten."

„Wie feinfühlig du bist! Wenn du dein gutes Herz auch verbirgst – es schlägt unerschütterlich hinter deiner hartgesottenen Fassade. Deshalb habe ich dich geheiratet. Weil ich dein wahres Wesen kenne."

„Danke", murmelte sie und senkte bescheiden den Kopf.

„Keine Ursache."

„Was haben deine Eltern gesagt?“

„Die waren vor lauter Freude ganz aus dem Häuschen. Wenn's ein Junge wird – könnten wir ihn Dexter nennen?“

„Natürlich.“

„Und ein Mädchen Rosarita?“

„Was immer du willst, Darling.“

„Wie eine Prinzessin werde ich dich verwöhnen, und du bekommst alles, was du willst.“

„Vielen Dank, Dex, aber mach bitte kein übertriebenes Getue. Übrigens, mir wärs lieber, wenn wir es den Leuten erst erzählen, wenn wir aus Vegas zurückkommen.“

„Ich bin mir nicht sicher, ob du dir diese Reise zumuten solltest.“

„Wovon redest du?“ fragte sie hastig. „Ich bin schwanger, nicht krank.“

„Meinst du wirklich, es wäre zu verantworten?“

„Oh, ich liebe Vegas! Diese himmlischen Läden! Ich möchte mit Martha einkaufen gehen – und mit Matt. Mit *allen* gehe ich shoppen! Du weißt ja, wie gut ich das kann.“

„Ja, gewiss“, bestätigte er lächelnd. „Und ich verspreche dir, Rosarita – bald kriege ich einen neuen Job, was Besseres als die Soap. Ich werde ein Star, so wie du es dir immer gewünscht hast. Glaubst du an mich?“

„Ganz fest, Dex. Ich weiß, du wirst mich nicht enttäuschen.“

„Madame Sylvia?“

„Wer will sie sprechen?“ lautete die Gegenfrage, die ziemlich misstrauisch klang.

„Ich rufe an, um ihr ein Geschäft vorzuschlagen. Diese Nummer hat mir ein Freund gegeben, Testio Ramata.“

„Nie gehört.“

Oh Gott, dachte Joel, was tue ich eigentlich? Das wird niemals klappen. „Sicher kennen Sie den berühmten Fotografen, Testio Ramata. Bitte, holen Sie Madame Sylvia an den Apparat."

„Warten Sie."

Ein paar Minuten später meldete sich eine andere Stimme. „Hier ist Madame Sylvia. Kann ich Ihnen helfen?"

„Eh – ja, Testio hat gesagt, ich soll Sie anrufen. Er meint, Sie hätten genau das, was ich brauche."

„Und das Kennwort?"

Jetzt verlor er die Geduld. „Keine Ahnung, verdammt noch mal!"

„Dann kann ich Ihnen leider nicht helfen."

„Wissen Sie, wer ich bin?"

„Nein."

„Joel Blaine. Leon Blaines Sohn."

„Geben Sie mir Ihre Nummer, Mr. Blaine, ich rufe Sie zurück."

„Ist das nötig?"

„Allerdings. Falls sich Ihre Sekretärin meldet, nenne ich mich Mrs. Brown."

„Bemühen Sie sich nicht, ich gebe Ihnen meine Privatnummer."

Nervös trommelte er mit den Fingern auf seinen Couchtisch. Es dauerte nicht lange, bis das Telefon klingelte.

„Verzeihen Sie, Mr. Blaine, aber man kann gar nicht vorsichtig genug sein."

„Das verstehe ich", log er.

„Hat Testio Ihnen erklärt, dass mein Service nur Frauen zur Verfügung steht? Ich vermittle keine schwulen Spielgefährten, nur heterosexuelle Männer an heterosexuelle Frauen. Deshalb weiß ich nicht, was Sie von mir wollen."

„Nun, ich habe ein – eh – Problem. Am Telefon rede ich nicht gern drüber. Würden Sie sich mit mir treffen?"

„Das ist ungewöhnlich. Im Allgemeinen verhandle ich nicht persönlich mit meinen Klienten."

„Hören Sie, ich habe Ihnen gesagt, wer ich bin. Und ich komme bestimmt nicht mit einem Peilsender unter dem Hemd zu Ihnen, von einem Polizeiaufgebot verfolgt."

Höflich kicherte sie über seinen Witz. „Davon bin ich auch nicht ausgegangen. Übrigens nehme ich unser Telefonat auf Band auf. Und Sie wollen sicher nicht, dass alle Welt davon erfährt. Was *ich* sage, ist keinesfalls für die Öffentlichkeit bestimmt."

„Also treffen wir uns?"

„Einverstanden. Wie wärs um sieben, in der Bar des Four Seasons Hotels?"

„Wie erkenne ich Sie?"

„Wenn Sie der Mann sind, als der Sie sich vorgestellt haben, werde ich *Sie* erkennen."

Wütend warf er den Hörer auf die Basis und fühlte sich wie ein Idiot. In diese peinliche Situation hatte er sich nur durch diese asiatische Schlange Marika gebracht. Zum Teufel mit ihr! Warum hatte er ihr erzählt, er würde Carrie Hanlon nach Vegas mitbringen, ein Mädchen, das so schwierig zu erobern war?

Er trat ans Fenster seines Apartments und starrte auf den Central Park hinab. Unglücklicherweise gab es auf der anderen Straßenseite keine Häuser. Wenn er sich nach einem Publikum sehnte, mietete er manchmal eine Suite in der obersten Etage des Four Seasons, lud eine Frau ein und trieb es mit ihr vor dem Schlafzimmerfenster. Günstigerweise lag der Raum einem anderen Hotel gegenüber. Das geilte ihn jedes Mal auf. Natürlich mussten die Touristen, die da drüben wohnten, New York für einen Sündenpfuhl halten. Bei diesen angenehmen Erinnerungen lachte er leise.

Vielleicht sollte er das mal mit Rosarita machen. Nun hatte er sie schon eine ganze Weile nicht gesehen, und sie war wahrscheinlich sauer auf ihn. Und wenn schon? Sobald er ihr ein Date vorschlug, würde sie auf allen vieren zu ihm kriechen. Verheiratete Frauen waren die besten. Wenn man sie wie Scheiße behandelte, konnten sie nichts dagegen tun.

„Ruf mich nicht an", hatte sie ihn ermahnt, „ich rufe dich an." Aber nachdem er sie so lange ignoriert hatte, musste *er* wohl oder übel die Initiative ergreifen.

Verdammt! Wie sollte er sich verhalten, wenn der Ehemann den Hörer abnahm – dieser große hübsche TV-Schauspieler mit dem Spatzenhirn. Dass sie es lieber mit *ihm* trieb als mit ihrem attraktiven Mann, erregte ihn. Warum auch nicht? Immerhin hatte er erstklassigen Sex *und* Geld zu bieten. Wenn sein Vater ins Gras biss, würden all die Milliarden ihm gehören. Leon Blaine war fast siebzig. Wie lange würde es der alte Knacker noch machen?

Aus einem plötzlichen Impuls heraus blätterte er in seinem kleinen schwarzen Adressbuch, suchte Rosaritas Nummer und griff zum Telefon.

Eine weibliche Stimme meldete sich.

„Rosarita?" fragte er.

„Joel?" wisperte sie atemlos, offensichtlich einer Panik nahe. „Ich hab dir doch gesagt, hier darfst du mich nicht anrufen. Wo warst du denn? Oh Gott, leg auf – ich rufe dich zurück."

„Ich bin in meinem Apartment, und ich habe eine neue Nummer."

„Das weiß ich, sie steht nicht im Telefonbuch. Und ich konnte sie nicht kriegen. Deine Sekretärin, dieses verdammte

Biest, wollte nicht damit rausrücken. Schnell, sag mir die Nummer."

Joel erfüllte ihr den Wunsch und legte auf. Ein Fehler. Niemals hätte er ihr die Nummer verraten dürfen. Nur ihretwegen hatte er sie geändert.

Andererseits – sie war zweifellos die experimentierfreudigste Frau, die er je gekannt hatte, und keine Hure.

Nutten sind immer zu allem bereit, überlegte er. Aber eine normale Frau, die ohne Zögern tat, was er wollte ... Nun, so was durfte man sich nicht entgehen lassen. Außerdem konnte Rosarita sensationell blasen.

Zehn Sekunden später läutete sein Telefon, und er hob den Hörer ab. „In einer halben Stunde, im Four Seasons Hotel."

„Unmöglich!" Ihre Stimme klang immer noch angstvoll.

„Warum nicht?"

„Mein Mann ist daheim."

„Sag ihm, du willst was erledigen."

„Und wohin soll ich um sechs Uhr abends gehen?"

„Eigentlich dachte ich, du führst dein eigenes Leben. Spielt er nicht in dieser Soap mit?"

„Die wurde eingestellt. Jetzt ist er zu Hause, im Nebenzimmer. Oh Gott, warum hast du hier angerufen? Das war viel zu riskant. Wenn er sich gemeldet hätte ..."

„Das hat er nicht getan, also hör zu jammern auf."

„Dass es dich gibt, darf er auf keinen Fall erfahren."

„Warum nicht?"

„Ich habs dir doch gesagt. Bald wird er der Vergangenheit angehören."

„Ja, ja – das behauptest du seit einer halben Ewigkeit. Also? Treffen wir uns oder nicht?"

„Nun ..."

Da wusste er, dass er gewonnen hatte. „Im Four Seasons, in der Halle. Sei pünktlich! Ich habe nicht viel Zeit."

„Willst du mir irgendwas Besonderes sagen?" fragte sie und wartete auf ein paar nette Worte.

„Was glaubst du denn?"

„Keine Ahnung, was ich glauben soll ... Seit Wochen versuche ich, dich zu erreichen. Und jetzt rufst du plötzlich an und beorderst mich zu dir – in einer halben Stunde ..."

Frauen! Warum mussten sie ständig plappern? Warum konnten sie nicht ihre verdammte Klappe halten? „Hast du noch diese Höschen mit dem Schlitz?"

„Ja", hauchte sie.

„Zieh eins an. Bis dann."

„Wer war denn am Telefon?" fragte Dexter, als sie ins Wohnzimmer ging, wo er fernsah.

„Daddy – er möchte mich sehen. Wahrscheinlich gehts um die Frau, mit der er zusammenlebt. Die behauptet, sie wäre eine Krankenschwester."

„Warum will er mit dir reden?"

„Wegen einer Familienangelegenheit", erwidert sie vage. „Ich muss hinfahren."

„Okay, ich komme mit." Dexter schaltete den Fernseher aus.

„Nein", protestierte sie, „er will unter vier Augen mit mir sprechen. Er hat irgendwas von einer Privatsache genuschelt."

„Wenn es familiäre Probleme gibt, sollte ich vielleicht dabei sein. Außerdem bist du schwanger und darfst nicht allein durch die Stadt fahren."

„Sei nicht paranoid, Dex. In einer Stunde komme ich zurück."

Eine besonders gute Lügnerin war sie nie gewesen. Aber

diesmal schien sie ihren Mann zu überzeugen, denn er erhob keine Einwände mehr und schaltete den TV-Apparat wieder an.

Sie rannte ins Schlafzimmer zurück, öffnete die Schublade, in der sie ihre Dessous verwahrte, und inspizierte die Höschen mit dem Schlitz. Die hatte sie in allen erdenklichen Farben gekauft und ganz hinten im Schubfach versteckt, damit sie Dexter nicht in die Hände fielen. Nicht, dass er in ihrer Wäsche herumwühlte ... Nun, man konnte nie wissen. Sie suchte einen scharlachroten Slip mit schwarzer Spitze aus.

Dann lief sie ins Bad, versperrte die Tür und wechselte das Höschen. Nachdem sie in aller Eile ihr Make-up erneuert hatte, rief sie Chas auf ihrem Handy an.

„Daddy, es ist wichtig. Ich komme jetzt zu dir. Aber nicht wirklich. Wenn Dex anruft, sag ihm, ich wäre auf dem Weg zu dir oder gerade gegangen. Je nachdem, wann er sich bei dir meldet. Okay?"

„Was zum Teufel ist jetzt schon wieder los?" stöhnte Chas.

„Nichts, worum du dich sorgen musst. Ich möchte was Privates erledigen. Und Dex versucht mich auf Schritt und Tritt zu überwachen."

„Was treibst du denn?" fragte Chas misstrauisch. „Ists nicht ganz astrein?"

Rosarita schlug einen möglichst unschuldigen Ton an. „Was *meinst* du denn?"

„Setz ihm lieber *keine* Hörner auf, sonst prügelt er dich windelweich."

„Wie dramatisch du bist, Daddy ...", seufzte sie. „Vergiss nicht – wenn er fragt, bin ich auf dem Weg zu dir oder gerade gegangen. Hast du's begriffen?"

„Hältst du mich für einen Trottel? Natürlich hab ich's kapiert, was denn sonst."

„Danke, Daddy."

Sie drückte die Aus-Taste ihres Handys, warf einen letzten Blick in den Spiegel und verließ die Wohnung.

Glücklicherweise konnte Joel die gewohnte Suite mieten – im siebenunddreißigsten Stock des Four Seasons, an der linken Seite, gegenüber dem anderen Hotel.

Er saß in der ultramodernen Halle und wartete auf Rosarita. Als sie endlich erschien, erkannte er zu seiner eigenen Verblüffung, dass er sie vermisst hatte. Grinsend ging er ihr entgegen und drückte ihr einen Kuss auf die Wange.

„Du kannst wirklich von Glück reden", bemerkte sie und rang nach Luft.

„Warum?"

„Dass ich hier bin. Obwohl du mich so abscheulich behandelt hast!" schimpfte sie. „Klar, du bist sauer – wegen meiner Ehe. Trotzdem müsstest du ein bisschen netter zu mir sein."

„Da du verheiratet bist, komme ich doch kaum dazu, dich überhaupt irgendwie zu behandeln", klagte er. „Was erwartest du denn? Soll ich bei dir zu Hause aufkreuzen und mit deinem Mann Händchen halten?"

„Sei nicht albern, Joel."

„Ich habe eine Überraschung für dich", kündigte er an und ergriff ihre Hand.

„Was denn?"

„Gleich wirst du's sehen", versprach er und führte sie zum Lift. Schweigend fuhren sie zum siebenunddreißigsten Stock hinauf und betraten die Suite.

Sollte sie ihm von ihrer Schwangerschaft erzählen?

Zu früh, warnte eine innere Stimme. *Viel zu früh.* Ich muss den richtigen Zeitpunkt abwarten.

„Geh ins Schlafzimmer", befahl er und tätschelte ihre Kehrseite. „Zieh alle Jalousien hoch."

„Ich kann nicht die ganze Nacht hier bleiben. Nur eine Stunde. Mehr Zeit habe ich nicht."

„Keine Bange, eine Stunde genügt vollkommen. Es ist zehn nach sechs. Um sieben habe ich eine Besprechung in der Hotelbar. Deshalb wirst du rechtzeitig verschwinden."

„Was tun wir denn?" fragte sie neugierig.

„Was glaubst du?" Joel lachte dreckig. „Wir amüsieren die Leute da drüben im Hotel."

Als sie die Jalousien nach oben zog, sah sie, was er meinte.

„Lichter an, Kleider aus!" kommandierte er. „Jetzt bieten wir den Touristen eine tolle Show, die sie am Broadway nie zu sehen kriegen. Los, Babe!"

31. KAPITEL

Widerstrebend erklärte sich Catherine Leon bereit, mit ihrer Nichte zu sprechen. Madison folgte der schwarzhaarigen Frau in ein komfortables Büro, das sich an das Restaurant anschloss.

An den Wänden reihten sich Videomonitore aneinander, aus mehreren Lautsprechern tönte Musik. Catherine schaltete alles ab und starrte Madison ein paar Sekunden lang an. Dann seufzte sie tief auf. „Als ich dich heute Nachmittag sah, wusste ich sofort, wer du bist“, begann sie mit ihrer weichen Stimme. „Ziemlich clever von dir, mich aufzustöbern ... Andererseits – wenn man nach mir sucht, bin ich wahrscheinlich nicht allzu schwer zu finden.“

„Meine Privatdetektivin hat dich aufgespürt“, sagte Madison nervös.

„Ah, ich verstehe.“ Catherine sank in die Polsterung einer langen Art-déco-Couch.

Weil Madison sich etwas unsicher auf den Beinen fühlte, nahm sie neben ihr Platz.

Zögernd fuhr Catherine fort: „Nun, Madison ... Nach dem Mord an meiner Schwester musste ich mich möglichst weit von Michael und seinen verbrecherischen Machenschaften entfernen. Und so floh ich nach Miami und heiratete einen Mann, der gut zu mir war. Er finanzierte dieses Lokal. Ein paar Jahre später erlitt er einen tödlichen Unfall. Das ‚Leon's‘ rentierte sich zunächst nicht. Aber nach dem katastrophalen Erdbeben in L. A. zogen zahlreiche Leute hierher. Fotografen, Models, Designer – alle entdeckten die Vorzüge von South Beach. In den ersten Monaten fürchtete ich, die Publicity würde mich in die Schlagzeilen bringen. Doch die Menschen, die mich mochten, halfen mir, meine Anonymität zu wahren. Das ‚Leon's' florierte von selbst. Und ich blieb hinter den Kulissen ..."

„Für die Geschichte des Restaurants interessiere ich mich nicht", fiel Madison ihr erregt ins Wort. „Nur für dich – und alles, was du mir über meine Eltern mitteilen kannst."

„Gewiss, das ist verständlich."

Madison stand auf und begann umherzuwandern. „Vor einigen Wochen erfuhr ich von Michael, dass ich nicht die Tochter der Frau bin, die ich mein Leben lang für meine Mutter gehalten hatte." Aufmerksam beobachtete sie Catherines Reaktion. „Du hast vielleicht in den Zeitungen gelesen, dass Stella und ihr Liebhaber ermordet wurden."

„Ja", bestätigte Catherine tonlos, mit unbewegter Miene. „Sie wurde auf dieselbe Weise erschossen wie meine Schwester."

Bedrückt strich Madison mit allen Fingern durch ihr langes Haar und wünschte, sie könnte etwas klarer denken und die Situation besser meistern. Zu viele Margaritas hatten ihr Gehirn benebelt. „Glaubst du ... Michael ist für diesen Doppelmord verantwortlich?"

Catherine musterte sie eindringlich. „Was weißt du über deinen Vater? Hat er dir alles erzählt?"

„Nein. Sobald ich herausfand, dass Stella nicht meine Mutter war, engagierte ich die Privatdetektivin. Heute Abend hat sie mich hierher begleitet. Kimm stellte einige Nachforschungen an, brachte mir alte Zeitungsausschnitte und informierte mich, Michael sei ... Oh Gott, ich kann es noch immer nicht glauben."

„Was hat sie dir gesagt?" fragte Catherine sanft.

„Michael sei früher ... ein Mafia-Killer gewesen." Hoffnungsvoll schaute Madison ihre Tante an. „Das ist doch Unsinn, nicht wahr?"

„Natürlich kommt es dir unsinnig vor. Was mich betrifft –

ich wusste es von Anfang an und warnte Beth vor dem gefährlichen Spiel, auf das sie sich einließ. Aber sie liebte Michael, und ich konnte sie nicht zur Vernunft bringen."

„Hast du's oft genug versucht?" Madison setzte sich wieder.

„Unentwegt."

„Und sie hörte nicht auf dich?"

„Beth und ich übersiedelten als Teenager von Kuba in die Staaten, und wir lebten bei einer Tante. Kurz nach unserer Ankunft starb sie. Meine Schwester lernte Michael kennen, während wir die High School besuchten – und sie waren schon sehr bald unzertrennlich ..." Noch ein schwerer Seufzer. „Eine Zeit lang sorgte Michael für uns beide. Er bezahlte die Miete unseres Apartments, und er unterstützte mich sogar, nachdem Beth zu ihm gezogen war." Bevor Catherine weitersprach, holte sie tief Atem. „Damals liebte ich ihn wie einen Bruder – weil er Beth vergötterte. Aber dann brachte er sie um ..." Unglücklich verstummte sie. In ihren Augen glänzten Tränen.

„Glaubst du wirklich, er hat sie getötet?" würgte Madison hervor.

Catherine lachte bitter. „Das *glaube* ich nicht, ich *weiß* es. Bedauerlicherweise kam er ungeschoren davon, weil er einen ausgezeichneten Strafverteidiger hatte – von der Mafia bezahlt."

„Oh Gott ..." Madisons Herz schlug wie rasend. „Also ist es wahr."

„Ich versuchte, dich deinem Vater wegzunehmen. Das ließ er nicht zu. Er war einflussreich, hatte Geld, die besten Anwälte. Und ich hatte gar nichts."

„*Warum* hat er meine Mutter ermordet?"

„Er dachte, sie hätte einen Liebhaber – was nicht stimmte."

„Unfassbar ...", flüsterte Madison wehmütig. Nur widerwillig blickte sie der Realität ins Auge. „Stella hat ihn tatsächlich betrogen. Offenbar musste sie deshalb sterben."

Catherine zuckte die Achseln. „Dass ich über seinen Mord an Beth informiert bin, weiß er. Jederzeit könnte er mich ausfindig machen, wenn er's wollte. Nach seinem Freispruch fühle ich mich halbwegs sicher. Er hatte keinen Grund mehr, mich zu suchen, denn wegen jenes Verbrechens kann man ihn nicht noch einmal vor Gericht stellen, und deshalb braucht er nicht zu befürchten, ich würde gegen ihn aussagen. Trotzdem liegt ein geladener Revolver neben meinem Bett, für alle Fälle."

Mühsam kämpfte Madison mit den Tränen. „Warum hast du dich geweigert, mich zu sehen? Das begreife ich nicht."

„Es ist so schmerzlich", stieß Catherine hervor. Dann fügte sie etwas leiser hinzu: „Für mich war meine Schwester das Liebste auf der Welt. Und du – tut mir Leid, dich kenne ich nicht. Du bist Michaels Tochter."

„Nein, Beths Tochter ..." Madisons Stimme drohte zu brechen. „Und ich habe eben erst die ganze Wahrheit erfahren. Bedeutet dir unsere Begegnung denn gar nichts?"

„Ich weiß, ich dürfte nicht so denken", gab ihre Tante ausdruckslos zu. „Aber ich möchte keine bösen Erinnerungen auffrischen. Ich wünsche dir alles Gute, Madison. Mehr habe ich nicht zu sagen, weil Michael dein Vater ist."

„Also willst du nichts mit mir zu tun haben."

„Versteh mich nicht falsch. Ich muss verhindern, dass Michael in mein Leben zurückkehrt. Wenn ich dich mit offenen Armen aufnehme, wird er hier auftauchen. Ich kenne ihn. Glaub mir, er neigt zu krankhafter Eifersucht. Sollte er den Eindruck gewinnen, wir beide würden uns nahe stehen – das könnte sein Ego nicht ertragen. So ist er nun mal. Die Menschen, die ihm wichtig sind, muss er mit Haut und Haaren besitzen."

„*Mich* besitzt er *nicht*!“ betonte Madison. „Obwohl ich seine Tochter bin, gestand er mir die Freiheit zu, die ich brauchte, und ich durfte tun, was ich wollte.“

„Das gaukelt er dir nur vor.“

„Immerhin übe ich den Beruf aus, den *ich* mir ausgesucht habe. Ich bin Journalistin, und ich arbeite für die Zeitschrift *Manhattan Style.*“

„Da erzählst du mir nichts Neues. Ich habe deine Karriere verfolgt.“

„Wirklich?“ fragte Madison erstaunt.

„Ich habe Freunde, die mich stets auf dem Laufenden hielten. Zum Beispiel weiß ich, dass du im Glauben aufgewachsen bist, Stella wäre deine Mutter. Nach ihrer Ermordung habe ich erwartet, du würdest zu mir kommen, auf der Suche nach der lückenlosen Wahrheit. Seltsam – Michael hat dir offenbar schon vorher verraten, wer dich in Wirklichkeit geboren hat. Auf diese Weise wollte er Stella vermutlich bestrafen.“

„Ja, das wäre möglich ... Hör mal, morgen reise ich ab. Aber ich würde gern wiederkommen.“

„Nein!“ entgegnete Catherine mit scharfer Stimme. „Das kann ich dir nicht erlauben, und du solltest meine Gründe verstehen.“

„Aber ich habe noch so viele Fragen ...“

„Tu mir den Gefallen, sammle deine Informationen woanders.“ Catherine stand auf. „Jetzt muss ich mich wieder um meine Gäste kümmern. Bitte, Madison, erzähl Michael nichts von unserem Gespräch und sag ihm nicht, wo ich lebe. Sonst würde er alles ruinieren, was ich mir aufgebaut habe.“

„Von mir erfährt er nichts.“

„Danke. Darüber bin ich froh. Und nun wünsche ich dir alles Gute für die Zukunft.“

„Wars das?“ flüsterte Madison ungläubig.

Catherine nickte, die dunklen Augen voller Trauer. „Mehr kann ich dir leider nicht bieten.“

Erbost sprang Madison auf und verließ das Büro, kehrte zu ihrem Tisch zurück und setzte sich.

Das Erste, was sie sah, war Kimm, die sich in inniger Umarmung mit ihrer neuen Freundin auf der Tanzfläche wiegte.

„Was für ein hübsches Paar, nicht wahr?“ Juan neigte sich zu ihr herab. „Eifersüchtig?“

„Kein bisschen. Bringen Sie mir noch eine Margarita, Juan. Und dann will ich tanzen. Mit Ihnen.“

Selbstgefällig grinste er. „Mit mir?“

„Ja“, bestätigte sie und hielt seinen Blick fest. „Heute Nacht sind Sie der Mann meiner Träume.“

Er servierte ihr den Drink, und sie leerte das Glas in einem Zug. Gedanken wirbelten ihr durch den Kopf. Zu viel war auf sie eingestürmt. Sie hatte ihre Tante gefunden, die nichts von ihr wissen wollte.

Und wenn schon ...

Auch das würde sie verkraften.

Jeden Schicksalsschlag würde sie bewältigen.

Und doch ... Tiefe Verzweiflung lastete auf ihrer Seele. Was war aus ihrem perfekten Leben geworden?

Sie packte Juans Hand und zog ihn auf die Tanzfläche. Wie sie bald feststellte, war er ein hervorragender Tänzer. Die letzte Margarita beflügelte auch sie. Temperamentvoll bewegte sie sich im Takt der Musik und vergaß ihren Kummer.

Und dann erinnerte sie sich an einen früheren Besuch in Miami – an das verführerische männliche Model, an den leidenschaftlichen One-Night-Stand.

Gefährlicher Sex ...

Na und? In diesem Moment empfand sie den brennenden Wunsch, sich in eine andere Frau zu verwandeln.

„Wann hast du Feierabend?“ murmelte sie und klammerte sich an Juan, während er sie umherwirbelte und ihr Schwindelgefühl verstärkte.

„Das kann ich selbst bestimmen. Vorhin hat Miss Leon gesagt, ich soll dich gut unterhalten. Sie freut sich, dass du hier bist.“

„Wohl kaum ...“ In ihren Augen brannten Tränen. „Aber das spielt keine Rolle. Nichts ist wichtig.“

„Das Gespräch mit dir hat sie beeindruckt, und sie meint, du bist eine großartige Journalistin. Solange du ihren Namen nicht erwähnst, hilft sie dir gern.“

„*Was*?“ Madison lachte spöttisch. „Nein, sie hat mir nicht geholfen. *Du* hilfst mir.“

Plötzlich fanden sich ihre Lippen, seine Zunge erforschte ihren Mund, und sie spürte seine wachsende Erregung.

„Verschwinden wir von hier“, flüsterte sie atemlos.

„Und deine Freundin?“

Sie schaute zu Kimm hinüber, die immer noch eng umschlungen tanzte. „Oh, die ist okay. Gehen wir, bevor ich mich anders besinne.“

Einen Arm um ihre Schulter gelegt, führte er sie zur Tür. „Bist du sicher?“

Die heiße Salsa-Musik und die Wirkung der Margaritas hatten ihr Blut erhitzt. In Juans Armen würde sie alles vergessen. „*Völlig* sicher.“

Ihr schwindelte immer noch, und sie wusste es – nie wieder würde ihr Leben so verlaufen wie früher.

32. KAPITEL

Joel verlangte *alles* von Rosarita, das volle Programm. In ihrer Freude, ihn wiederzusehen, und vom Wissen um ihre Schwangerschaft hochgeputscht, erfüllte sie ihm sämtliche Wünsche. Helles Licht erfüllte das Schlafzimmer, die Jalousien waren hochgezogen.

Zweifellos würden die Hotelgäste da drüben einiges zu sehen bekommen: Rosarita auf dem Bett, in dem Höschen mit dem Schlitz an der wichtigsten Stelle, die Beine gespreizt – und Joel, der seine Erektion vor den Fenstern spazieren führte.

Und dann trieben sie es auf dem Fensterbrett.

In vollen Zügen genoss Joel jeden einzelnen Moment dieser Show. Jetzt stand er im Rampenlicht. Was solche Aktivitäten betraf, konnte ihm sein Vater sicher nicht das Wasser reichen.

Joel Blaine – der Exhibitionist.

Joel Blaine – die Nummer eins.

Oh ja, das war sein liebster Zeitvertreib. Gelegentlich warf er einen Blick auf die Uhr neben dem Bett.

„Ich habe dich so vermisst, Joel", japste Rosarita, während er sich immer schneller in ihr bewegte. „Habe ich dir auch gefehlt?"

„Klar", log er. Auf seiner Oberlippe glänzten Schweißperlen. Allmählich forderte seine Ekstase ihren Tribut.

Was war nur los mit den Frauen? Warum mussten sie beim Bumsen immer quasseln? Konnten sie nicht *ausnahmsweise* mal den Mund halten?

„Lass das Geschwafel bleiben, meine Süße", murmelte er und beschloss, die Stellung zu wechseln. „Nun werde ich dir erklären, was du tun sollst."

„Ja, Joel?" hauchte sie fügsam.

„Runter mit dir auf alle viere – jetzt machen wir's im Hundestil."

Okay. Er war Joel Blaine, Leon Blaines Sohn, der Vater ihres ungeborenen Kindes. Deshalb würde sie ihm nichts verweigern. Außerdem wurde sie gern von hinten genommen.

Sie versuchte sich auszumalen, wie er dreinschauen würde, wenn sie ihm von dem Baby erzählte. Vorher musste sie Dex loswerden. Und dann, nach ein paar Trauerwochen, würde sie Joel mit der wundervollen Neuigkeit beglücken.

Als er heftig keuchte, erreichte Rosarita ebenfalls ihren Höhepunkt.

Welch ein grandioses Wiedersehen ... Damit konnte man nicht einmal einen Tag im Wellness-Center vergleichen.

Als sie das Hotel verließ, fühlte sie sich wie nach einem besonders schweißtreibenden Fitnesstraining. So was Ähnliches war es ja auch gewesen. Sie nahm sich vor, Dr. Shipp zu fragen, ob zu viel Sex dem Baby schaden würde. Vielleicht war eine etwas sanftere Tour empfehlenswert.

Der Hotelportier winkte ein Taxi für Rosarita heran. Während sie im Fond saß, frischte sie ihr Make-up auf. Sex mit Joel war jedes Mal der absolute Wahnsinn. Mit Dex machte es nicht halb so viel Spaß. Entweder beherrschte ein Mann die Liebeskunst oder er hatte keine Ahnung. Letzteres traf auf Dex zu. Eigentlich sollte man meinen, er wäre etwas versierter, nach all den Erfahrungen, die er in der Model-Branche gesammelt hatte.

Hm ... Vielleicht war er eine heimliche Tunte. So animalisch wie Joel benahm er sich nie. Ja, möglicherweise tendierte Dex zum anderen Ufer, und er hatte es noch gar nicht gemerkt. Immerhin war er von Mortimer Marcel entdeckt worden, und was Schwuleres gab es gar nicht.

Doch das interessierte sie nur am Rande. Sie musste ihren Mann aus dem Weg räumen. Nur darauf kam es an.

Sobald Joel die Bar betrat, winkte Madame Sylvia ihn zu sich. Seltsam – sie sah ganz anders aus, als er es erwartet hatte. Er war auf eine elegante, weltgewandte, kultivierte Erscheinung gefasst gewesen. Stattdessen saß eine kleine, unscheinbare Frau an einem Ecktisch, das Gesicht voller Falten, kaum geschminkt, mit schütterem roten Haar und einer selbstzufriedenen Miene. Zu einem schlichten moosgrünen Kostüm trug sie unauffällige Ohrringe. So stellte er sich eine Hausfrau aus einer Reihenhaussiedlung vor, keine Madame von zweifelhaftem Ruf.

„Sind Sie Madame Sylvia?“ fragte er, kaum fähig, seine Überraschung zu verbergen.

„Ja“, bestätigte sie. „Was haben Sie erwartet? Einen glamourösen Vamp?“

„Darüber habe ich gar nicht nachgedacht“, log er. „Jedenfalls sehen Sie nicht wie eine Madame aus.“

„Genau das ist der springende Punkt“, erklärte sie und lachte herzhaft. „Niemand wird mich verdächtigen, oder? *Mich* wird man nicht einlochen wie diese Tante aus Kalifornien – wie hieß sie doch gleich?“

„Heidi Fleiss.“

„Ach, ja ... Wissen Sie, in diesem Geschäft spielen sich kluge Frauen wie ich und Madame Alex – eine der *ganz* Großen – niemals in den Vordergrund. Äußerste Diskretion, das ist unser Motto.“

„Freut mich.“

Ein selbstgefälliges Lächeln. „Ja, das wissen unsere Klienten zu schätzen.“

„Daran zweifle ich nicht.“

„Setzen Sie sich, Mr. Blaine, und sagen Sie mir, was ich für Sie tun kann."

„Also, das ist so ..." Nachdem er Platz genommen hatte, kam er sofort zur Sache. „Ich interessiere mich für eine Frau, und ich glaube, sie mag mich auch. Aber sie hat eine kleine – eh – Schwäche, der sie zügellos frönt."

„Menschliche Schwächen sind meine Spezialität", warf Madame Sylvia ein und hob überlegen die Brauen.

„Das habe ich gehört." Joel schnippte mit den Fingern, um die Aufmerksamkeit eines Kellners zu erregen, und bestellte einen Dewar's on the rocks.

„Erzählen Sie mir doch, worum es geht", bat Madame Sylvia.

„Sie – eh ..." Er schaute sich in der geräumigen Bar um und stellte fest, dass niemand in Hörweite war. „Nun, sie steht auf junge Burschen."

„Wie jung?" fragte sie in sachlichem Ton. „Unter zwölf Jahren ist bei mir nichts zu machen."

„Nicht *so j*ung. Fünfzehn, sechzehn. Am besten aus Puerto Rico. So eine Art junger Ricky Martin."

Sie nickte wissend. „Oh, das wird teuer."

Fasziniert beobachtete er eine gertenschlanke Blondine, die zur Theke schlenderte. „Geld spielt keine Rolle."

„Wann brauchen Sie den Jungen?"

„Über die Einzelheiten reden wir später. Ich will mich erst mal vergewissern, dass es klappen wird. Genaueres können wir dann noch besprechen."

„Vierundzwanzig Stunden vorher muss ich Bescheid wissen."

„Das verstehe ich." Der Kellner servierte den Drink, und Joel dankte ihm.

„Wollen Sie schon jetzt hören, was es kostet?" fragte Madame Sylvia.

Er nahm einen großen Schluck Scotch. „Für mich machts keinen Unterschied." Warum erwähnte sie das überhaupt?

„Tut mir Leid, das habe ich vergessen. Die Söhne reicher Väter kann nichts erschrecken."

Da brach er in lautes Gelächter aus. Allmählich erwärmte er sich für diese unscheinbare Frau. „Verraten Sie mir doch – wer gehört zu Ihrer Klientel?"

Sie lächelte mysteriös. „Das würden Sie gern herausfinden, nicht wahr? Wenn Sie's wüssten, würden Sie staunen."

„Ehrlich gesagt, ich hatte noch nie von Ihnen gehört, bis Sie mir von Testio empfohlen wurden. Dass es einen solchen Service für Frauen gibt, wusste ich gar nicht."

„Warum nicht? In dieser Stadt leben respektable Frauen, mit mächtigen, viel beschäftigten Männern verheiratet, die keine Zeit für sie haben. Und es gibt gewisse sexuelle Genüsse, die Ehemänner ihren Frauen nicht bieten. Also wenden sich die Ladys an mich, um ihre Bedürfnisse zu befriedigen."

„Sind sie dann nicht ..."

„*Was*, Mr. Blaine?" unterbrach sie ihn.

„Huren", fuhr er fort, ehe er sich zurückhalten konnte.

„Nein – weibliche Freier." Madame Sylvia lächelte verkniffen. „Und an *männlichen* Freiern haben Sie sicher nichts auszusetzen, oder?"

„Das ist was anderes."

„Keineswegs. Frauen wünschen sich das gleiche Amüsement wie Männer, und ich sorge dafür, dass sie's kriegen."

„Arbeiten Sie nur für Frauen?"

Noch ein geheimnisvolles Lächeln. „Ja. Und glauben Sie mir, Mr. Blaine, ich bin *sehr* gefragt."

„Ich wünschte, das würdest du nicht tun", murrte Chas und starrte Varoomba an, die ihn allmählich zu nerven begann.

„Was?" fragte sie unschuldig.

„Schneid deine verdammten Zehennägel im Badezimmer."

„Stimmt was nicht mit meinen Zehennägeln?"

„Wie du dich benimmst – das ist nicht damenhaft."

„Ach, Scheiße!" fauchte sie, erbost über seine konstante Nörgelei. „Bestimmt hast du mich nicht zu dir geholt, weil ich damenhaft bin, Chas."

„Nein", stimmte er zu. „Aber wenn mich irgendwas an dir nervt, sag ich's, okay?"

„Und was nervt dich so schrecklich, wenn ich meine Zehennägel schneide?" fragte sie und schwenkte einen Fuß vor seiner Nase.

Bei dieser Diskussion würde er den Kürzeren ziehen, das sah er jetzt ein. „Tus im Badezimmer. Das ist ein Befehl."

„Oh!" keifte sie und sprang empört aus dem Bett, so dass ihre riesigen Brüste bebten. „Gibts noch irgendwelche Befehle, die ich heute befolgen muss? Soll ich an deinem großen fetten Schwanz lutschen?"

Verblüfft über ihre vulgäre Ausdrucksweise hob er die Brauen. „*Was* hast du gesagt?"

„Das hast du doch gehört!"

In diesem Augenblick erkannte er endgültig, dass die Beziehung nicht funktionieren würde. Varoomba ging ihm ganz gewaltig auf den Senkel. Und wenn er ihre unglaublichen Vorzüge auch schätzte – jetzt hatte er die Nase voll und wollte sie nicht mehr länger um sich haben.

Wie sollte er sie loswerden? Zwar war es *immer* schwierig, in diesem Fall jedoch besonders kompliziert, da er Varoomba veranlasst hatte, ihren Job aufzugeben und aus ihrem Apartment auszuziehen. Ein idiotischer Fehler. Jetzt hatte er sie am Hals, und das passte ihm ganz und gar nicht.

Aber er hatte einen Plan. Chas Vincent hatte in sämtlichen Lebenslagen einen Plan. Bald würde er nach Vegas fliegen, und sie hatte ihn neulich gefragt, ob sie ihn begleiten dürfe. Ja, hatte er gesagt. Da war sie vor lauter Freude ganz aus dem Häuschen gewesen und hatte erklärt, ihre Großmutter würde in Vegas leben. Bingo! Bevor sie verreisten, würde er seine Haushälterin beauftragen, Varoombas Sachen zu packen und in eine Mietwohnung zu bringen. Wenn sie zurückkamen, würde er ihr einen Nerzmantel kaufen, ein paar Tausend Dollar geben und drei Monatsmieten zahlen. Das wärs dann. Goodbye, Varoomba. Niemand konnte Chas Vincent einen Erbsenzähler nennen.

Andererseits – wenn Varoomba nicht mehr da war, musste er eine neue Freundin finden. Allein zu leben – das ertrug er nicht. Diese permanente Grabesstille trieb ihn zum Wahnsinn. Außerdem schlief er schlecht, wenn kein warmer Körper neben ihm lag. Und er hatte nun mal ein Faible für Titten, große, warme, tröstliche Titten.

Warum gab es keine Frau, die sich nett benahm und ihn nicht ärgerte?

Warum begegnete er keinem Mädchen, das seiner Tochter Venice glich?

In der Tat, Venice war ein Pfirsich. Und er geriet immer nur an saure Pflaumen.

Vielleicht hatte er sich bisher in der falschen Szene umgeschaut. Wäre es eine gute Idee, seinen Horizont zu erweitern, die Bars und Strip-Lokale zu verlassen und in die *normale* Welt hinauszuziehen?

Nein, dachte er missmutig. Nach seiner Erfahrung waren die

Frauen in der normalen Welt auch nicht besser. Die stellten noch höhere Ansprüche. Und sie hatten wohl kaum die Möpse, die einen Mann aufgeilten.

Als Rosarita zu Hause ankam, war Dexter gerade auf dem Weg nach draußen. Jetzt war es an ihr, die Frage zu stellen: „Wohin gehst du?"

„Vorhin hat Silver Anderson angerufen. Sie will mich sehen."

„Silver Anderson? Was will diese alte Schachtel von dir?"

„Nun, sie hat irgendwas über ein Drehbuch gesagt."

„Hoffentlich keine weitere ätzende Seifenoper", bemerkte sie und unterdrückte ein Gähnen.

„Wer weiß? Jedenfalls wirds sich lohnen, das herauszufinden."

„Bleib nicht zu lange weg, ich bin halb verhungert."

„Ist Chas okay?"

„Wer?"

„Dein Dad."

„Oh ja", versicherte sie hastig, als sie sich an ihre Ausrede erinnerte. „Alles in bester Ordnung."

„Geht es dir nicht gut? Du siehst ziemlich mitgenommen aus."

„Weil ich Taxis hasse. Diese blöden Ausländer rasen wie die Wilden. Die sollte man alle dorthin zurückschicken, wo sie hergekommen sind."

„So dürftest du nicht reden", mahnte er. „Das ist gar nicht nett."

Rosarita musterte ihn mit schmalen Augen. Was für ein kleinkariertes Arschloch ... Sie konnte es kaum erwarten, ihn um die Ecke zu bringen.

„Bald bin ich wieder da. Geh ins Bett, ruh dich aus und pass gut auf dich auf.“

„Genau das habe ich vor“, murmelte sie und wünschte, er würde endlich Leine ziehen. „Ja, ich werde *sehr* gut auf mich aufpassen.“

Ein philippinischer Hausdiener öffnete Silvers Wohnungstür. „Folgen Sie mir“, bat er und führte Dexter in ein großes Wohnzimmer, wo sich Silver auf einer Chaiselongue mit glänzendem Brokatbezug räkelte. Sie trug ein pfirsichrosa Negligee, mit passend gefärbtem Pelz besetzt, und hochhackige silberne Pantoffeln.

Eindeutig ein verführerisches Outfit. Dexter krampfte sich der Magen zusammen. Noch einmal würde er sich *nicht* rumkriegen lassen. Schon gar nicht jetzt, wo er den ersehnten Vaterfreuden entgegenblickte.

„Hi, Silver“, grüßte er, an den Türrahmen gelehnt.

„Dexter, Darling!“ Gebieterisch schwenkte sie einen graziösen Arm in seine Richtung. „Komm herein und setz dich.“

Dieses Apartment hatte er nie zuvor besucht. Zögernd betrat er das Wohnzimmer und sah sich um. Luxuriöser Diva-Stil, üppige weiße Sofas, Leopardenfelle, zahlreiche Fotos in silbernen Rahmen, die Silver mit diversen prominenten Persönlichkeiten zeigten – mindestens zwei Präsidenten. Unwillkürlich war er beeindruckt.

Als er ihr gegenüber auf eine weiche Couch sank, fragte sie: „Ein Drink?“

„Nein, danke.“

„Wie wärs mit einem Glas Champagner zur Feier des Tages?“

„Was feiern wir denn?“

Lächelnd nahm sie ein Manuskript vom marmornen Couchtisch und warf es ihm zu. „Unser neues Projekt, Darling ...“, erwiderte sie gedehnt. „Vergiss Agenten und Manager, *ich* werde dich zum Star machen! *Ich* bin es, der du ewigen Dank schulden wirst.“

Und er glaubte ihr.

Warum auch nicht?

33. KAPITEL

Schweigend saßen Madison und Kimm im Flugzeug. Madison litt an einem heftigen Kater und fürchtete, ihr Kopf würde jeden Augenblick zerspringen. Während des Starts schaute sie blicklos aus dem Fenster. Oh Gott – glaubte sie, auf *diese* Art würde sie ihre Probleme lösen? Wenn sie sich betrank und flachlegen ließ?

Sie hasste sich selbst. Und Kimm grollte ihr, weil sie erst um sechs Uhr morgens ins Hotel zurückgekehrt war.

„Bist du gar nicht auf den Gedanken gekommen, ich könnte vor lauter Sorge um dich durchdrehen?“ hatte sie geschimpft.

„Tut mir Leid“, murmelte Madison und floh ins Bad.

Fast eine Stunde lang stand sie unter der Dusche und ließ sich vom kalten Wasserstrahl in die Wirklichkeit zurückholen. Dabei überlegte sie, was aus ihrem Leben geworden war, und das missfiel ihr gründlich.

Als sie neben Kimm im Bett lag, bemerkte sie: „Irgendwie hatte ich den Eindruck, auch du hättest deinen Spaß.“

„Stimmt“, gab Kimm zu. „Aber es war nur Spaß. Kein One-Night-Stand.“

„Okay. Bloß keine Moralpredigt! Was ich getan habe, weiß ich. Statt meiner Tante klar zu machen, wir könnten einander was bedeuten, hab ich's vermasselt. Ich saß in ihrem Büro, von zahllosen Margaritas zugedröhnt, hörte mir an, was sie erzählte, und reagierte kaum. Dann rannte ich mit Juan davon und schwelgte in sinnlosem Sex. Ist das nicht großartig?“

Missbilligend schüttelte Kimm den Kopf.

„Und nun erkläre ich dir meine Theorie: Manchmal muss man ausflippen, um nicht zu explodieren. Daran habe ich mich immer gehalten, und jetzt will ich endlich versuchen, meine Schwierigkeiten zu meistern.“

Kimm hatte genickt, so unverbindlich wie vor dem Beginn ihrer Freundschaft. „Wenn das deine Methode ist ...“

Und jetzt saßen sie nebeneinander im Flugzeug und schwiegen sich an.

Madison nippte an einem Tomatensaft und entschied, was sie nach ihrer Heimkehr tun würde. Vor allem würde sie sich auf ihre Karriere konzentrieren. Michael musste erst mal auf Eis gelegt werden.

Im Augenblick konnte sie sich unmöglich mit ihm auseinander setzen. Er war ein Lügner und Betrüger. Vielleicht sogar ein Mörder.

Michael. Ihr Vater. Daddy. Ein Verräter.

Bei dem Gedanken, was er womöglich verschuldet hatte, erschauerte sie.

Sobald die Maschine ihre Flughöhe erreicht hatte, schlief sie ein und erwachte erst kurz vor der Landung.

„Damit sind unsere Geschäfte vermutlich beendet“, meinte Kimm und schnallte sich mit dem Sicherheitsgurt fest. „Eine interessante Begegnung ...“

„Allerdings“, stimmte Madison da. „Und ich bin dir sehr dankbar.“

„Tatsächlich? Vielleicht wärst du glücklicher, wenn ich gewisse Fakten *nicht* herausgefunden hätte.“

„Nein. Ich gehöre zu den Menschen, die immer alles wissen wollen. Und jetzt weiß ich's.“ Madison nahm einen Schluck Tomatensaft. „Vielen Dank, dass du mich nach Miami begleitet hast. Ohne dich hätte ich's nicht geschafft.“

„Ich wünschte, ich wäre dir eine größere Hilfe gewesen.“

„Wie denn? Hättest du deine Klientin dran hindern können, sich lächerlich zu machen?“

„Unsinn, du hast dich nicht lächerlich gemacht – und einfach nur mit einem hübschen jungen Kerl geschlafen. Das ist verständlich."

„Jung – das maßgebliche Wort", seufzte Madison wehmütig. „Ach, was solls? Ich bin ungebunden und darf verdammt noch mal machen, was ich will."

Leicht gesagt, dachte sie. Im Grunde ihres Herzens schämte sie sich. Ein One-Night-Stand mit einem Knaben. Welch eine Demütigung ... Das hatte sie nicht beabsichtigt, aber niemand anderen gefunden, an den sie sich klammern konnte. Wäre Jake in ihrer Nähe gewesen, hätte sie wahrscheinlich eine beglückende Nacht erlebt. Leider unterschied er sich kein bisschen von den meisten Männern. Er betrachtete sie nur als sexuelles Zwischenspiel, und das verletzte sie zutiefst. Wie dumm von ihr, sich einzubilden, sie würde ihm etwas mehr bedeuten ...

Sie wollte ihn nicht wiedersehen. Deshalb musste sie Victor bitten, einen anderen Fotografen für den Vegas-Auftrag zu engagieren.

Um Kimm von ihrer Flugangst abzulenken, fragte sie: „Hast du dich wenigstens ein bisschen amüsiert?"

„Jedenfalls wars eine ganz nette Abwechslung. Und ich habe einen neuen Fummel."

„In vollen Zügen hast du's genossen. Ich habe dich auf der Tanzfläche beobachtet."

„Nun ja, die knisternde Atmosphäre in diesem Lokal ..." Kimm lächelte schwach. „Davon ließ ich mich anstecken."

„Wem sagst du das?" fragte Madison trocken.

Vor dem Flughafengebäude nahmen sie sich gemeinsam ein Taxi und fuhren in die City. Der Chauffeur – ein redseliger Armenier – setzte Madison zuerst ab. Als sie auf dem Gehsteig stand, schlug sie Kimm einen gemeinsamen Lunch vor. „Ehe ich nach Vegas fliege."

„Ruf mich an." Kimm schloss das Seitenfenster, und das Taxi fuhr davon.

Doch sie wussten beide, sie würden sich wohl kaum treffen. Diese Phase ihres Lebens wollte sie schnell vergessen. Und Kimm würde sie schmerzlich daran erinnern.

Bei ihrem Anblick verwandelte sich Slammer, von ihrer langen Abwesenheit frustriert, in einen Berserker, kläffte gellend und sabberte aufgeregt.

„Okay, ich bin nicht besonders fair zu dir", gab sie zu, setzte sich zu ihm auf den Boden und kraulte seinen Bauch. „Die ganze Zeit habe ich dich vernachlässigt. Keine vergnüglichen Spaziergänge. Und ich war dauernd schlecht gelaunt. Das wird sich ändern, ich versprechs dir. Jetzt soll sich alles wieder normalisieren."

Slammer bellte noch einmal, als hätte er jedes Wort verstanden. Wahrscheinlich stimmte das sogar, denn er war ein außergewöhnlich kluger Hund.

Auf ihrem Anrufbeantworter meldeten sich die üblichen Leute: David, immer noch hartnäckig; Jamie; Victor, der wissen wollte, wie weit ihre Recherchen für den Boxkampf fortgeschritten seien. Und Michael, zum Teufel mit ihm. Vorerst wollte sie nichts von ihm wissen. Sogar ein kurzes Telefongespräch wäre eine Qual.

Während ihrer zweiten Dusche an diesem Tag kehrten ihre Gedanken zum vergangenen Abend zurück. Schon jetzt schien South Beach einer anderen Welt anzugehören, einer anderen Zeit.

Mit gutem Grund hatte Kimm die knisternde Atmosphäre des „Lione's" erwähnt. Hilflos war Madison dem Einfluss dieses erotischen Prickelns erlegen.

Nachdem sie sich angezogen hatte, fuhr sie zur Redaktion des *Manhattan Style*.

Victor begrüßte sie mit übertriebenem Enthusiasmus. „Ah, meine Starreporterin geruht zu erscheinen! Welch eine Sensation!"

„Ich hatte in Miami zu tun", erklärte sie.

„In *Miami*?" Sein Doppelkinn zitterte. „Was könnte vernünftige Menschen dorthin locken?"

„Mach mal mit deiner Frau Urlaub in South Beach, Victor. Das wird sie entspannen und den Stöpsel aus ihrem Arsch entfernen."

Seine buschigen Brauen schnellten nach oben. „*Wie*, bitte?"

„Das hast du doch gehört. Ein *ungewöhnlich* lässiges Ambiente."

„Ah, also ist jemand beglückt worden."

„Nicht so wichtig ... Übrigens, ich möchte dich bitten, einen anderen Fotografen anzuheuern. Jake Sica eignet sich nicht für den Vegas-Job."

„Zu spät", erwiderte Victor mit seiner Donnerstimme. „Ich habe ihn schon engagiert. Einen Besseren würde ich nicht finden."

„Verdammt", murmelte Madison.

„Gibts ein Problem?"

„Nun, ich hatte gehofft, du würdest dein Sparschwein zertrümmern und Annie Leibovitz an Land ziehen. Ihre Fotos sind einsame Spitze."

„Darüber wären die Macher von *Vanity Fair hoch*erfreut", bemerkte er trocken. „Sie haben einen Exklusivvertrag mit Annie."

„Für mich wärs eine angenehme Abwechslung, mal mit einer Frau zusammenzuarbeiten." Victor beschäftigte meistens nur Männer. Darüber hatte sie sich oft genug beschwert.

„Warum?"

„Warum nicht?" forderte sie ihn heraus. „Du bist furchtbar

sexistisch. Versuch doch endlich, deinen beschränkten Horizont zu erweitern."

„Sexistisch?" wiederholte er gekränkt. *„Ich?"*

„Okay, Boss, lass deine Eier nicht Amok laufen."

„Kümmere dich bloß nicht um meine Eier!"

Madison lachte. „Keine Bange, *das* verspreche ich dir nur zu gern."

„Was ich noch sagen wollte – höchste Zeit, dein nächstes Opfer auszuwählen. Ich dachte an Bruce Willis."

„Was? Bruce Willis?"

„Ein extrem unterschätzter Schauspieler. Seit seiner Scheidung ist er doppelt interessant – und weil er der Prototyp eines Machos ist, von seinen exorbitanten Gagen ganz zu schweigen ... Sicher würde unsere Leserschaft dein Interview mit Willis begierig verschlingen."

„Warum bist du eigentlich so versessen auf Filmstars?"

„Wegen der gesteigerten Auflage."

„Hast du noch einen anderen Vorschlag?"

„Charlie Dollar."

„Mit dem würde ich Ärger kriegen."

„Und wenn schon. Ist es nicht dein ganz besonderes Talent, schwierige Typen zu zähmen?"

„Offenbar willst du mir ein weiteres langweiliges Hollywood-Interview einreden."

„Genau."

„Wie wärs mit Lucky Santangelo, der Titanin von den Panther Studios?"

„Also, *das* wäre ein echter Coup", rief Victor begeistert. „Aber soviel ich weiß, hasst sie Publicity."

„Vielleicht kann ich sie umstimmen."

„Wie denn?"

„Von Frau zu Frau. Sie ist eine unglaubliche Persönlichkeit, die eine ganze Menge für ihre Geschlechtsgenossinnen getan hat. Und mit Alex Woods bin ich befreundet. Erinnerst du dich? Beinahe hätte er mein Callgirl-Projekt verfilmt. Wie ich gehört habe, steht er Lucky sehr nahe. Schick mich für eine Weile an die Westküste. Mal sehen, was dabei rauskommt."

„Täusche ich mich, oder willst du mit aller Macht aus New York verschwinden?" „In letzter Zeit hatte ich einige persönliche Probleme. Deshalb brauche ich einen Tapetenwechsel."

„Ach ja, der Tod deiner Mutter war eine schreckliche Tragödie."

„Da gibts noch andere Dinge." *Wenn er bloß wüsste ...* „Darüber kann ich jetzt noch nicht reden."

„Bist du sicher?" Victor schaute sie durchdringend an. „Ich bin ein *sehr* guter, mitfühlender Zuhörer."

„Eines Tages, wenn ich mich an die Situation gewöhnt habe."

Besorgt runzelte er die Stirn. „Was immer es ist, Madison – du weißt, ich bin immer für dich da."

„Das ist der einzige Vorteil meiner Schwierigkeiten. Ich habe herausgefunden, dass ich wirklich wunderbare, loyale Freunde habe."

„Klar, jeder Mensch kriegt die Freunde, die er verdient. Und dir, meine Liebe, steht das Allerbeste zu."

Als sie das Bürogebäude verließ, rief jemand ihren Namen. Madison blieb stehen, drehte sich um und sah Jake Sica die Lexington herablaufen. „He, ich wusste ja – du bist es!"

„Ah, der fliegende Fotograf – falls mich meine Augen nicht trügen", sagte sie frostig. „Hallo, Fremder."

„Fremder?" wiederholte er verblüfft. „Seit unserer letzten

Begegnung sind nur zwei Wochen vergangen. Und jetzt bin ich plötzlich ein Fremder?"

„Hast du dich gut in Paris amüsiert?" fragte sie, immer noch in eisigem Ton. „Allem Anschein nach, denn ich habe nichts von dir gehört."

„Nur weil ich diese verdammten Anrufbeantworter hasse."

„Also hast du mich angerufen, ohne eine Nachricht zu hinterlassen?"

„Nein, ich habe *nicht* angerufen, weil ich weiß, dass dieses verdammte Ding immer eingeschaltet ist. Und ich dachte, wenn ich zurückkomme, würde ich dich ohnehin sehen."

„Tatsächlich?"

„Ich bin auf dem Weg zu Victor. Und du?"

„Gerade war ich bei ihm."

„Kommst du mit? Wollen wir ihn gemeinsam überraschen?"

Du wirst überrascht sein, dachte sie. Wenn Victor genug Mumm hat, dein Vegas-Engagement abzublasen ...

„Nein, danke", erwiderte sie und zwang sich, eine gelangweilte Miene aufzusetzen.

„Du siehst müde aus. Alles okay?"

Zum Teufel mit dir, Jake Sica! Ich bin nicht müde, sondern verkatert. Außerdem habe ich auch einen sexuellen Kater – denn der Sex letzte Nacht war erstaunlich – besser als unserer. Du kannst nicht einmal ahnen, was ich seit deiner Abreise durchgemacht habe. Fahr zur Hölle!

„Heute Morgen bin ich aus Miami zurückgekommen", erklärte sie und bemühte sich um einen etwas sanfteren Ton. „Ich habe mehrere Bars in South Beach abgeklappert. Die ganze Nacht ..."

„Miami, eh? Sicher hats Spaß gemacht."

„Oh ja. Diese Gelegenheit wollte ich nicht versäumen."

Er trat etwas näher zu ihr. „Ist *wirklich* alles in Ordnung?"

„Warum fragst du dauernd danach?" Madison wich zurück. „Natürlich bin ich okay."

„Soviel ich weiß, soll ich die Fotos für deine Vegas-Story machen."

„So?" Sie hob die Brauen, als würde sie zum ersten Mal davon hören.

„Victor sagt, du hättest mich empfohlen. Vielen Dank."

Ich will nicht mit dir zusammenarbeiten, Jake. Und ich möchte nie wieder mit dir schlafen. Du bist genauso niederträchtig wie die meisten Männer.

„Jetzt musst du mich entschuldigen", murmelte sie und schaute ostentativ auf ihre Uhr. „Ich bin verabredet und darf mich nicht verspäten. An erster Stelle steht die Arbeit, alles andere an zweiter."

„Sehen wir uns heute Abend?"

War er wirklich so schwer von Begriff? „Wenn du mir die Frage gestattest" begann sie, unfähig, sich noch länger zu beherrschen, „willst du mich treffen, weil ich dir zufällig über den Weg gelaufen bin? Oder hattest du vor, mich anzurufen?"

„Oh, nun geht mir ein Licht auf. Du bist sauer, nicht wahr?"

„Warum sollte ich sauer sein?"

„Eindeutig, du bist sauer."

„Keineswegs", protestierte sie und hasste ihn, weil er eine so fatale Wirkung auf sie ausübte.

„Doch."

„Okay", gab sie zu. Plötzlich hatte sie genug von diesem albernen Spiel. „Vielleicht. Eine ganze Woche waren wir zusammen, und es war wundervoll. Dann fliegst du nach Paris, und ich höre kein einziges Wort – bis du zufällig vor mir stehst. Sag mal, Jake, warum zum Geier sollte ich *nicht* sauer sein?"

„Du hättest mich ja auch anrufen können", wandte er ein und schürte ihren Zorn.

„Gewiss. Da gabs nur ein kleines Problem – du hast mir keine Telefonnummer gegeben und mir auch nicht verraten, in welchem Hotel du absteigen würdest."

„Ja", gestand er verlegen, „das war sicher ein Problem."

„Tut mir Leid, ich habe keine Zeit mehr. Ich *bin* sauer. Und ich wünsche nicht, darüber zu diskutieren."

Ohne eine Antwort abzuwarten, eilte sie davon und warf keinen einzigen Blick zurück.

Verdammt, für wen hielt er sich eigentlich? Was war er denn schon? Nur ein selbstsüchtiger Kerl mit Schlafzimmeraugen und einem fantastischen Körper. *Der Teufel sollte ihn holen.*

Im nächstbesten Café ging sie in die Telefonzelle und rief Jamie an. „Da bin ich wieder", verkündete sie. „Und bereit, mit dir zu reden."

„Dem Himmel sei Dank!" rief Jamie. „Es ist wirklich verdammt schwer, mit dir in Kontakt zu bleiben."

„Rat mal, wen ich soeben auf der Straße getroffen habe."

„Wen?"

„Jake. Ist das zu glauben? Und der Hurensohn hat sich benommen, als wäre nichts passiert."

„Was meinst du?"

„Das weißt du doch. Nachdem der Widerling eine ganze Woche in meinem Apartment verbracht hat, haut er nach Paris ab und ruft kein einziges Mal an. Was erwartet er denn? Dass ich sofort wieder in seine Arme sinke? Das werde ich *nicht* tun – ich *hasse* ihn."

„Du brauchst eine Therapie", erwiderte Jamie gelassen.

„Großer Gott! Wenn mir *noch* jemand erzählt, ich müsste zu einem Seelenklempner gehen, drehe ich durch!"

„Von einem Seelenklempner habe ich nichts gesagt. Ich finde, du brauchst ein therapeutisches Gespräch – mit mir."

„Blödsinn."

„Nein. Du musst dir alles von der Seele reden. Glaub mir, das ist sehr hilfreich. Hast du heute Mittag Zeit?"

„Ja."

„Dann treffen wir uns."

„Wenn du drauf bestehst."

„Allerdings."

„Okay. Wo?"

„In irgendeinem Lokal, wo wir uns in Ruhe unterhalten können."

Sie trafen sich zum Lunch im renovierten Russian Tea Room. Bei Borschtsch, Blinis und mehreren Black Russians erzählte Madison die ganze Geschichte.

Mitfühlend hörte Jamie ihrer Freundin zu und unterbrach sie nur, wenn sie glaubte, sie hätte irgendetwas nicht ganz richtig verstanden.

„Wenn das ein Drehbuch wäre, würde ich es für unrealistisch halten", seufzte sie, als Madison ihren langen Bericht beendete.

„Ja, ich weiß ... Ich bin immer noch schockiert. Deshalb habe ich mich gestern Abend betrunken und mir's so richtig besorgen lassen."

„War er gut?" fragte Jamie anzüglich.

Madison verdrehte die Augen und nippte an ihrem Drink. „Heiliger Himmel, er war neunzehn, und ich kam mir vor wie eine alte Lady, die einen knackigen jungen Körper vernascht."

„Hm ... Angeblich sind die 19-jährigen Burschen heutzutage doch ganz große Klasse."

„Sei versichert, das stimmt", erklärte Madison lächelnd.

Jamie lachte leise. „Dann muss ich's eines Tages ausprobieren."

„Klar, das wird Peter wahnsinnig freuen. Übrigens, wie läufts mit euch?"

„Grandios. Obwohl etwas passiert ist ..."

„Was?"

„Erinnerst du dich an den klugen Rat deiner Privatdetektivin, den du mir ausgerichtet hast?"

„Oh ja."

„Ich habe ein Kondom in Peters Brieftasche gefunden."

„Kein Witz?"

„Nackte Tatsache. Vielleicht ist das ein typisch männliches Ding. So wie die Story von der Computermaus. Ich meine, die Kerle fühlen sich nur sicher, wenn sie eine Maus in der Hand und ein Kondom in der Brieftasche haben. Nicht, dass er's jemals benutzen würde."

„Hast du das Päckchen markiert?"

„Obwohl ich mir schrecklich blöd vorkam – ja."

„Und?"

„Nichts. Ich war viel zu glücklich mit Peter, um noch mal in seine Brieftasche zu gucken. Außerdem fühle ich mich ziemlich mies, wenn ich seine Sachen inspiziere."

„Als du dachtest, er würde dich betrügen, hast du dich *nicht* mies gefühlt", wandte Madison ein. Nach zwei Drinks besserte sich ihre Laune ein wenig.

Jamie strich sich durch ihr kurzes blondes Haar. „Ich *will* nicht nachschauen."

„Weil du fürchtest, was du finden würdest?"

„Nein!" protestierte Jamie etwas zu schnell.

„Dann tus."

„Okay“, versprach Jamie seufzend. „Heute Abend, sobald er schläft.“

„Was ist sonst noch passiert?“ fragte Madison. „Habe ich viel versäumt?“

„Anton hat wieder eine Party gegeben.“

„War Kris Phoenix da?“

„Nein.“

„Enttäuscht?“

„Kein bisschen“, kicherte Jamie.

„Du hättest dich ohnehin nicht mit ihm eingelassen.“

„Nur wenn ich drauf gekommen wäre, dass Peter fremdgeht.“

„Vielleicht findest du's noch raus, und Kris Phoenix steht auf deiner Hitliste an erster Stelle.“

„Also wirklich, Maddy!“ schimpfte Jamie. „Du übst einen sehr schlechten Einfluss auf mich aus.“

„Stimmt. Ich bin wütend und durcheinander und würde am liebsten schreien. Eben hatte ich noch eine Familie, eine Mutter und einen Vater – und plötzlich löst sich alles in Luft auf. Zudem besteht die Möglichkeit, dass Michael, der Mann, den ich mein Leben lang bewundert habe ... Oh Gott, ich brings kaum über die Lippen.“

„Was?“

„Dass er ein Mörder ist, ein Mafia-Killer. Wer zum Teufel weiß das alles? Es ist so verrückt.“

„Wenn ich dir bloß helfen könnte ...“

„Eine kluge Frau hat mir einen guten Rat gegeben. Statt über die Vergangenheit zu jammern, muss ich in die Zukunft schauen. Genau das werde ich tun und meinen eigenen Weg gehen.“

„Gewissermaßen warst du schon immer eine Einzelgängerin“, meinte Jamie. „Ich erinnere mich noch gut an die College-

Ferien. Damals kamst du oft zu meiner Familie, oder wir besuchten Natalie. Aber wir waren nie bei dir zu Hause. Ich hab Stella nur zweimal gesehen – und deinen Vater bei der Abschlussfeier. Irgendwie hatte ich den Eindruck, dass er sich gar nicht da blicken lassen wollte. Stocksteif saß er im Auditorium, während Stella ihren ganzen Glamour demonstrierte und alle Jungs auf ihren Busen starrten. Die beiden benahmen sich nicht wie Eltern, machten keine Fotos, schenkten dir keine Blumen ... Das hast du vergessen, nicht wahr?"

„Wahrscheinlich hab ich's verdrängt", erwiderte Madison wehmütig.

„Das überrascht mich nicht."

„Seltsam – ich liebe Michael immer noch, obwohl ich ihn nicht mag."

„Wie wirst du dich jetzt verhalten? Sagst du ihm, was du weißt?"

„Vielleicht, eines Tages. Im Augenblick konzentriere ich mich auf mein nächstes Interview. Ich fliege nach Vegas und schreibe eine sensationelle Story. Dann bleibe ich vermutlich eine Zeit lang in L. A. Bevor ich meinem Vater gegenübertrete, muss ich meine Gedanken ordnen."

„Ein vernünftiger Plan."

„Außerdem überlege ich, ob ich nach Miami zurückkehren und versuchen soll, noch mal mit Catherine zu sprechen. Sobald sie sich mit mir zusammensetzt, wird sie auch *reden*. Diesmal werde ich nüchtern sein und klar denken – und mich *nicht* in die Arme eines jungen Kerls werfen. Die Reise soll nur einen einzigen Zweck erfüllen – ich will alles über meine Herkunft erfahren."

Wenig später verließen sie das Restaurant und schlenderten in freundschaftlichem Einvernehmen zum Bergdorf's. Dort schwelgte Madison in therapeutischem Shopping. Sie kaufte einen ärmellosen Kaschmirpullover mit Rollkragen und eine sündhaft teure *Dolce & Gabbana*-Sonnenbrille mit fast schwarzen Gläsern. „Immerhin fliege ich nach Las Vegas", rechtfertigte sie ihre Verschwendungssucht. „Da muss ich gut aussehen."

Jamie war frustriert, weil sie ihr nicht zu helfen vermochte. Könnte sie Peter bloß zur Reise nach Vegas überreden ... Doch sie wusste, sie würde auf taube Ohren stoßen.

Vor dem Laden winkte Madison ein Taxi heran.

„Kommst du heute Abend zu uns?" schlug Jamie vor. „Wir bestellen was beim Chinesen, leihen uns ein Video aus ..."

„Danke für das Angebot, aber – nein", entgegnete Madison und stieg in das Taxi. „Im Moment bin ich eine Alkoholikerin, die sich von den Exzessen der letzten Nacht erholt. Glaub mir – für eine Frau, die normalerweise kaum was trinkt, habe ich eine ganze Menge in mich hineingeschüttet. Außerdem habe ich ein Rendezvous mit meinem Computer und meinem Hund versprochen, daheim zu bleiben."

„*Deinem* Hund?" Jamie hob die Brauen.

„Genau."

„Er gehört dir gar nicht."

„Inzwischen habe ich ihn adoptiert."

„Okay, du verrücktes Mädchen. Morgen telefonieren wir."

„Abgemacht."

34. KAPITEL

Chas erfuhr die Neuigkeit nicht von Rosarita, sondern von Martha Cockranger, die doch tatsächlich den Nerv hatte, ihn aus ihrem Provinznest anzurufen und ihm mitzuteilen, seine eigene Tochter sei schwanger.

Sekunden später wählte er Rosaritas Nummer. „Warum hast du's mir nicht erzählt?" explodierte er. „Was zum Teufel soll das? Wieso muss ich's von deiner Schwiegermutter hören, dieser alten Schachtel, die ich kaum kenne?"

„Was heißt das – du kennst sie kaum?" schrie Rosarita in heller Wut. *Sie* hatte ihn informieren wollen. Und nun war ihr diese verdammte dumme Kuh zuvorgekommen. „Die ganze Zeit hat sie dich angehimmelt, als wärst du der zweite George Clooney!"

Chas beruhigte sich und lachte leise. „Kann ich was dafür, wenn ich diese Wirkung auf die Mädchen ausübe?"

„Erspar mir diesen Quatsch, Daddy!" fauchte sie. Schon immer war ihr Vater ein eitler Hurensohn gewesen, und je älter er wurde, desto stärker blähte sich sein Ego auf.

„Also hast du einen Braten in der Röhre, Kindchen. Das wird deine Ehe retten."

Oh nein, dachte sie grimmig. Aber ich muss die Sache cool angehen. Immerhin kennt Daddy meinen ursprünglichen Plan, und da er mir seine Hilfe verweigert, darf ich ihm nicht verraten, was ich jetzt vorhabe. Das wird eine ganz große Überraschung für ihn ...

„Hast du's Venice schon gesagt?"

„Ich lege keinen Wert auf eine öffentliche Verlautbarung", antwortete sie gereizt. „Bevor wir aus Vegas zurückkommen, werde ich *niemanden* informieren."

„Warum denn das?"

„Weil mein Arzt drauf besteht, dass ich mich schone und die Neuigkeit vorerst *nicht* in alle Welt hinausposaune. Falls du's nicht weißt – die ersten Wochen einer Schwangerschaft sind eine extrem gefährliche Zeit." In schrillem Ton fügte sie hinzu: „Ruf diese gottverdammte Cockranger an und sag ihr, sie soll ihr blödes Maul halten!"

„Zu spät ..." Chas unterbrach sich und bekam einen kurzen Hustenanfall. „Red lieber mit deinem Alten."

„Klar." Nur zu gern lastete sie Dexter das Missgeschick an. „Daran ist *er* schuld."

Wo steckte ihr todgeweihter Ehemann überhaupt? Heute hatte sie ihn noch nicht gesehen – wahrscheinlich, weil sie immer noch im Bett lag. Und vorerst beabsichtigte sie auch gar nicht aufzustehen. In ihrem Zustand durfte sie sich doch ein bisschen verwöhnen, oder?

Nachdem sie das Telefonat mit ihrem Vater beendet hatte, rief sie Conchita über die Sprechanlage zu sich.

„Ist Mr. Falcon da?" fragte sie, als das Dienstmädchen ins Schlafzimmer trat.

„Nein, Madam, er joggt." Beflissen glättete Conchita die Fenstervorhänge.

„Sagen Sie ihm, ich will ihn sofort sehen, wenn er zurückkommt. Und bringen Sie mir eine Scheibe Toast – und heiße Schokolade."

„Ah, sehr gut für das Baby", bemerkte Conchita und lächelte bedeutungsvoll.

„Wie, bitte?" fragte Rosarita hochnäsig. „Was meinen Sie?"

„Nun, Madam ist doch schwanger."

„Wieso wissen Sie das?"

„Mr. Falcon hats mir verraten."

Oh Gott ... Rosarita unterdrückte ein Stöhnen. Sobald Dex

das Schlafzimmer betrat, würde sie ihn in den Arsch treten – in seinen billigen, idiotischen Seifenopernarsch.

Warum war sie jemals an einen solchen Trottel geraten? Er glaubte allen Ernstes, sie würde *sein* Baby erwarten. Und jetzt erzählte er es jedem, der zuhörte.

Aber in ihrem Bauch wuchs *Joel Blaines* Erbe. Und eines Tages, wenn sie nicht mehr an Dex gebunden war, würde alle Welt die Wahrheit erfahren.

Dexter joggte doppelt so lange wie früher. Seit er nicht mehr jeden Morgen im Studio erwartet wurde, konzentrierte er sich auf andere Dinge, zum Beispiel auf Gesundheit und Fitness. Seine äußere Erscheinung war sehr wichtig, immerhin sein größter Vorzug. Den Bierbauch seines Vaters fand er widerwärtig. Niemals würde er sich so gehen lassen wie Matt. Er hoffte nur, dass das nicht in der Familie lag. Wenn er irgendwann so aussah, würde er sich umbringen.

Nun ließ er seine Gedanken wieder einmal zu Silver und ihrem Skript wandern. Sie hatte angekündigt, sie würde einen Star aus ihm machen. Jedem, der ihm das versprach, müsste er eigentlich zu Füßen liegen ...

Obwohl er ihr nicht ganz glaubte, hatte er das Drehbuch genommen und war nach Hause zu seiner schwangeren Frau geeilt.

„Was wollte die alte Hexe?“ hatte Rosarita gefragt.

„Nichts Besonderes“, erwiderte er.

Später, als sie im Bett lag, den Fernseher einschaltete und Don Johnson in „Nash Bridges“ anschmachtete, ging er ins Wohnzimmer, sank in einen bequemen Lehnstuhl und las das Skript.

Einfach genial! Da war alles drin – Liebe, Sex, Gewalt, Tragik. Und mitten drin eine leidenschaftliche Dreiecksbeziehung, ein Mann und zwei Frauen.

Ja, Silver hatte Recht: In der Rolle des Lance Rich musste ein Star geboren werden. Und er, Dexter Falcon, würde sie spielen.

In seiner freudigen Erregung beschloss er, Silver sofort anzurufen und sich nach dem Deal zu erkundigen. Gehörte ihr das Drehbuch? Wollte sie den Film selbst produzieren? War es ein Fernsehfilm oder ein Kinostreifen?

So viele Fragen ... Aber als er seine Lektüre beendete, war es spät geworden. Um diese Stunde durfte er Silver nicht mehr stören.

Er war ins Schlafzimmer gegangen, um sein Glück mit Rosarita zu teilen. Bedauerlicherweise hatte sie vor dem flimmernden Bildschirm geschnarcht.

Jetzt, am frühen Morgen, joggte er schwitzend durch den Central Park, von seinem Enthusiasmus beflügelt. Er konnte es kaum erwarten, nach Hause zu laufen und Silver anzurufen. Offenbar glaubte sie, er würde sich für die Hauptrolle eignen, sonst hätte sie ihm das Skript nicht gegeben. Aber er musste unbedingt wissen, wie alles ablaufen würde. Hatte sie genug Einfluss, um ihn für die Rolle zu engagieren? So lautete die entscheidende Frage. Im Augenblick war es sinnlos, mit seiner Agentin zu telefonieren, denn er wollte erst einmal sehen, wie sich die Dinge entwickelten.

Ruhe bewahren – das war in diesem Stadium die beste Methode.

Inzwischen schleuderte Rosarita mit einem Fußtritt ihre Steppdecke zu Boden, starrte die Zimmerdecke an und erinnerte sich versonnen an gestern Nachmittag – die wundervolle Begegnung mit Mr. Joel Blaine.

Was für ein hinreißender Sexprotz! Und er wusste ganz genau, was sie antörnte – besser als jeder andere Mann in ihrem bisherigen Leben. Während des wilden Liebesakts vor dem Hotelfenster hätte sie schwören können, dass in einem der gegenüberliegenden Zimmer mehrere Leute versammelt waren, um fasziniert zuzuschauen. Klar, warum auch nicht? So eine tolle Show ließ man sich nicht entgehen.

Oh ja, Joel und ich passen perfekt zusammen, dachte sie. Natürlich wusste sie, dass er sich mit Supermodels und Schauspielerinnen traf, wenn sie keine Zeit für ihn fand. Das las sie immer wieder in den Klatschspalten. Aber was bedeutete es schon, wenn er seine Seelenverwandte gefunden hatte? Und das war zweifellos *sie.*

Conchita brachte ihr ein Tablett mit heißer Schokolade und einer Scheibe Toast.

Die Stirn gerunzelt, richtete sich Rosarita im Bett auf. „Konnten Sie keine Marmelade draufstreichen?“ klagte sie.

„Madam, Sie sind schwanger. Zu viel Zucker würde Ihnen schaden.“

„Wenn mich Ihre Meinung interessiert, frage ich danach!“ zischte Rosarita.

Conchita murmelte eine spanische Beleidigung vor sich hin und stapfte aus dem Zimmer.

Kurz nach diesem kleinen Wortwechsel kam Dexter nach Hause. Wie Rosarita zugeben musste, sah er in seinem roten Jogginganzug umwerfend aus. Schade, dass er so ein Versager war ...

„Guten Morgen“, begrüßte er sie und lächelte strahlend.

„Hi, Dex.“

Er beugte sich hinab, um sie zu küssen.

„Nicht!“ mahnte sie und drehte den Kopf zur Seite. „Du bist ganz verschwitzt. Geh unter die Dusche.“

Mit aller Macht drängte es ihn, seine große Neuigkeit loszuwerden. Aber er beschloss, erst mal zu duschen.

Während er unter dem Wasserstrahl seinen Körper einseifte, sang er laut vor sich hin. Er war glücklich. Kein Wunder.

Schließlich tauchte er aus dem Badezimmer auf, ein Handtuch lose um die schmalen Hüften geschlungen, und lächelte immer noch.

„Warum bist du so fröhlich?“ Rosarita biss in den geschmacklosen trockenen Toast.

„Nun, bald werde ich Daddy. Also habe ich allen Grund, mich zu freuen.“

Über der Erinnerung an den fabelhaften Sex mit Joel hatte sie das Baby in ihrem Bauch ganz vergessen. „Ach ja“, erwiderte sie ohne Begeisterung. „Darüber muss ich mit dir reden.“

„So?“

„Um Himmels willen!“ rief sie gereizt. „Untersteh dich, herumzulaufen und die Neuigkeit aller Welt zu erzählen!“

„Nun ja, meiner Mom habe ich’s gesagt.“ Warum wollte sie nicht aufs Dach des Empire State Building steigen und das Ereignis lauthals ausposaunen? „Ist das so schrecklich?“

„Du hast es Martha erzählt, sie hats Chas erzählt, und er ist verdammt *wütend*.“

„Warum denn?“ fragte Dexter unbehaglich und sah ein Problem auf sich zukommen.

„Hätte *ich* ihn nicht informieren sollen? Eigentlich dachte ich, das wäre *meine* aufregende Neuigkeit.“

„Unsere“, verbesserte er sie in ruhigem Ton.

Ohne seinen Einwand zu beachten, schob sie das Tablett beiseite und befahl: „Ruf Martha sofort an und sag ihr, sie soll ihr blödes Maul halten.“

„Sprich nicht so über meine Mom“, mahnte er entrüstet.

„Okay, dann hindere sie daran, meine Schwangerschaft bekannt zu geben, als wäre sie dazu berechtigt."

„Wenn dich das so furchtbar stört ..."

„Und noch was", unterbrach sie ihn, nicht gewillt, sich seine lahmen Argumente anzuhören.

„Was?"

„Wieso weiß Conchita Bescheid?"

„Weil sie's wissen *muss*. Immerhin wird sie dich betreuen."

„Oh, um Himmels willen, Dex!" kreischte sie. „Geht das denn nicht in deinen sturen Schädel? Ich bin nicht *krank*. *Niemand* muss mich betreuen. Meine Haushälterin schon gar nicht." Empört starrte sie ihn an. „Wie kannst du es wagen, meine *privaten* Geheimnisse einem Dienstboten anzuvertrauen?"

„Schätzchen, das ist kein Geheimnis", versuchte er sie zu beruhigen. „Darauf sollten wir stolz sein. Ich bin so froh *und* ... Um mein Glück zu vervollkommnen – Silvers Drehbuch ist sensationell, und sie will mir die Hauptrolle geben."

„Welches Drehbuch? Davon hast du nichts erwähnt."

„Gestern gab sie mir ein Skript, das ich lesen sollte. Und ..." Vergeblich versuchte er, eine bescheidene Miene aufzusetzen. „Sie versicherte mir, diese Rolle würde einen Star aus mir machen."

Rosarita lächelte spöttisch. „Wie oft haben wir das schon gehört?" entgegnete sie verächtlich.

„Ja, ich weiß ... Aber dieses Skript ist Dynamit."

Natürlich, dachte sie. Als könnte er ein Drehbuch, das ihm in den Schoß fällt, beurteilen ... „Ein Kinofilm? Oder ein beschissener Fernsehfilm der Woche?"

„Das muss ich noch rausfinden. Ich rufe Silver an. Und ich überlege, ob ich's meiner Agentin sagen soll."

„Selbstverständlich! Mal sehen, ob sie weiß, was sie tut. Außerdem sollte *sie* mit der guten alten Silver telefonieren. Und denk dran – du arbeitest nicht umsonst. Das musst du deiner Agentin klar machen."

„Übers Geschäft haben Silver und ich noch nicht geredet. Sie gab mir nur das Drehbuch."

Mittlerweile war Rosaritas Interesse erloschen. „Okay. Ruf jetzt deine Mutter an, bevor sie noch mehr Schaden anrichtet."

„Hoffentlich darf ich mich zuerst anziehen."

Nachdem Dexter wieder im Badezimmer verschwunden war, klingelte das Telefon. Venice war am Apparat.

„Oh, ich freue mich ja so für dich und Dexter", flötete sie. „Auf das erste Baby zu warten – das ist für euch beide eine ganz besondere Zeit."

Rosarita kochte vor Wut. Was bildete sich ihr Vater eigentlich ein? Wieso hatte er es Venice brühwarm erzählt? Noch dazu, wo sie ihm erklärt hatte, sie würde die Neuigkeit erst *nach* der Vegas-Reise bekannt geben ... „Ich nehme an, das weißt du von Daddy." Halbherzig versuchte sie, einen freundlichen Ton anzuschlagen.

„Nein, Dexters Mom rief mich an. Ist das nicht süß von ihr?"

Süß! SÜSS! Was für eine Scheiße!

„*Sehr* süß." Beinahe erstickte Rosarita an diesen Worten. Heiße Wut schnürte ihr die Kehle zu. Jetzt hatte sie endgültig die Schnauze voll. „Dex!" schrie sie und warf den Hörer auf die Basis. „Komm sofort her, bevor ich ausflippe! Deine Mutter treibt mich zum Wahnsinn!"

Als ihr Telefon klingelte, schminkte Silver sich gerade. Am anderen Ende der Leitung meldete sich Dexter. „Oh, guten Morgen, mein lieber Junge." Den Hörer in einer Hand, zog sie mit der anderen einen dramatischen schwarzen Lidstrich. „Was kann ich für dich tun?“

„Erzähl mir ein bisschen mehr über das Drehbuch. Es ist sensationell.“

„Also gefällts dir?“ fragte sie belustigt.

„Welchem Schauspieler würde es missfallen?“

„Ja, ich dachte mir, es würde deinen Geschmack treffen“, erwiderte sie selbstgefällig.

„Gehört es dir?“

„Ein junger Mann hat es geschrieben und mir per Post geschickt. Offenbar glaubt er, ich wäre der perfekte Star für seinen Film.“

„Und wie sieht der Deal aus?“

„Nun, ich habe eine Option auf das Skript, und ich brauche einen Investor – eine nette, reiche Person, die im Hintergrund bleiben und unseren Film finanzieren wird. Nach heutigem Standard wirds eher ein Low-Budget-Projekt. Sieben Millionen Dollar würden genügen. Und – *quelle surprise* – da ist meine Gage inbegriffen. Während ich mit dir rede, wird das detaillierte Budget errechnet.“

„Wirds ein Kinofilm?“

„Natürlich. Von diesem langweiligen Fernsehen will ich nichts mehr wissen. Silver Anderson muss endlich auf die große Leinwand zurückkehren, wo sie hingehört.“

„Denkst du an einen bestimmten Investor?“

„Ich hatte gehofft, *du* würdest jemanden auftreiben. Das wäre sicher leicht für dich.“

„Ich?“ fragte Dexter verblüfft und ein bisschen geschmeichelt.

„Wie wärs mit deinem Schwiegervater? Wie ich höre, *schwimmt* er im Geld.“

„Also, ich – ich – weiß nicht recht ...“, stammelte Dexter. „Meines Wissens hat er noch nie in irgendwas investiert.“

„Es gibt immer ein erstes Mal ...“, entgegnete Silver gedehnt. „Wenn er in einem gewissen Alter ist, hat er vermutlich ein Leben lang für mich geschwärmt. Bring mich mit ihm zusammen, dann versprühe ich meinen Charme, bis er das Geld rausrückt.“

„Heißt das ...“, begann Dexter zögernd. „Wenn ich dir einen Geldgeber verschaffe, kriege ich die Rolle des Lance Rich?“

„Oh Darling, die bekommst du so oder so“, antwortete sie beiläufig. „Dafür eignest du dich geradezu perfekt. Bei der Lektüre des Drehbuchs dachte ich sofort an dich.“ Eine vielsagende Pause. „Andererseits – wenn wir *gezwungen* werden, mit einem bestimmten Studio zusammenzuarbeiten, werden die Leute wahrscheinlich auf einem Star bestehen. Selbstverständlich werde ich für dich kämpfen. Aber du weißt ja, wie's in dieser Branche zugeht.“

„Ja“, bestätigte er. Zweifellos würden diesen Überfliegern Brad Pitt oder Ben Affleck vorschweben. Deshalb musste er radikale Maßnahmen ergreifen, um sich die Rolle zu sichern.

„Übrigens – vorhin dachte ich an diesen göttlichen Mann, für den du früher gearbeitet hast. Erinnerst du dich an das Plakat – wo wars doch gleich?“

„Am Times Square.“

„Da hast du in diesem winzigen Höschen posiert, und das sah wahnsinnig sexy aus. Sicher war das der Grund, warum du für ‚Dunkle Tage‘ engagiert wurdest. Wie hieß dieser Designer?“

„Mortimer Marcel.“

„Ach ja, Mortimer Marcel. Er muss steinreich sein. Und vermutlich *liebt* er dich. Mit dem solltest du auch ein Treffen arrangieren.“

Allmählich verstand Dexter, worauf sie hinauswollte. „Mal

sehen, was ich tun kann. Sobald ich irgendwas in die Wege geleitet habe, melde ich mich wieder."

„Braver Junge", gurrte Silver. „Diese Chance dürfen wir nicht verpassen."

„Das weiß ich. Überlass alles Weitere mir."

35. KAPITEL

Um die verlorene Zeit wettzumachen, arbeitete Madison jeden Tag bis in die Nacht hinein. So gründlich wie möglich informierte sie sich über Antonio „The Panther“ Lopez, auch über seinen Gegner, den Weltmeister. Zwischendurch schrieb sie zwei Kapitel ihres Romans und ging mehrmals zum Yoga-Training, weil sie glaubte, das würde ihre innere Anspannung lockern. Sie rief Warner Carlysle an, Stellas beste Freundin, und hinterließ eine Nachricht auf dem Anrufbeantworter. Aber die Frau meldete sich nicht. Ein paarmal traf sie Jamie zum Lunch.

Und sie schrieb einen Brief an Michael. Darin erklärte sie, vorerst würde sie ihn nicht sehen wollen und ihm Bescheid geben, wenn sie dazu bereit sei. Sie führte ein langes Telefongespräch mit Natalie und besuchte eine von Evelyns unglaublich langweiligen Dinnerpartys. Dabei brüskierte sie den Mann, den die Gastgeberin neben sie gesetzt hatte und mit dem sie verkuppelt werden sollte.

Schließlich fielen ihr Davids unablässige telefonische Attacken dermaßen auf die Nerven, dass sie ihn zurückrief. „Wenn ich mit dir zu Mittag esse – lässt du mich dann in Ruhe?“

„Das verspreche ich dir.“

Nun ja, Davids Wort war ungefähr so vertrauenswürdig wie ein therapierter Sexsüchtiger bei einer Orgie. Wahrscheinlich, weil er eine morgendliche TV-Nachrichtensendung produzierte und dabei verschiedene Strategien entwickelt hatte, um kniffligen Situationen zu entrinnen.

Auf dem Weg zu dem italienischen Restaurant, das er ausgesucht hatte, wurde ihr bewusst, dass sie es kaum noch erwarten konnte, New York den Rücken zu kehren. Sie brauchte dringend einen Tapetenwechsel. Je früher, desto besser. Leider hatte sich Victor, der Feigling, nicht getraut, Jake eine Absage zu erteilen. Also würde sie Jake in Vegas sehen – der einzige Nachteil dieser Reise. Aber das würde sie verkraften, denn ihr Entschluss stand fest: Sie würde sich nicht mehr mit ihm einlassen, mochte er sie auch noch so sehr bedrängen.

Wie problematisch Beziehungen zwischen Männern und Frauen doch waren ... Wer wurde schlau daraus? *Sie* jedenfalls *nicht*. Jakes Verhalten verwirrte sie immer noch. In jener Woche hatte sie geglaubt, zwischen ihnen wäre etwas ganz Besonderes entstanden. Diese Meinung hatte er offenbar nicht geteilt.

Als sie mit David an einem gemütlichen Ecktisch saß, lautete seine erste Frage: „Hast du einen anderen?"

„Wenn ich einen *anderen* hätte", erwiderte sie kühl, „würde das bedeuten, dass es jemanden in meinem Leben gibt. Und glaub mir, David, du gehörst längst der Vergangenheit an."

„Du weißt doch, wie ich's meine", sagte er und füllte Madisons Glas mit ihrem Lieblingsrotwein, den er raffinierterweise schon vor ihrer Ankunft bestellt hatte.

„Nein, das weiß ich nicht." Madison schob das Glas beiseite. „Spar dir die Mühe, heute trinke ich keinen Alkohol."

„Okay, lass mich die Frage anders formulieren. Hast du jemanden kennen gelernt?"

„Nein, David", antwortete sie geduldig und bezähmte ihren Ärger, „ich habe niemanden kennen gelernt. Und ich will es auch gar nicht. Im Augenblick habe ich null Bock auf Männer."

„Wie bitter das klingt ..." Seufzend schnitt er eine Grimasse.

Nur zu gut wusste sie, dass er ein Chauvinist war *und* alle Homosexuellen hasste. Deshalb beschloss sie, ihn zum Narren zu halten. „Genau genommen überlege ich gerade, ob ich zum anderen Ufer wechseln soll."

„Was?" Verblüfft hob er die Brauen.

„Vielleicht suche ich mir eine Freundin", fuhr sie boshaft fort, „eine *einfühlsame* Frau, die auf meine Bedürfnisse eingeht."

„Was für ein Blödsinn!" schnaufte er ungläubig. „Du liebst *richtigen* Sex!"

„Ja, ich liebe Sex mit einem Menschen, den ich für was Besonderes halte", konterte sie. „Und *dich* hielt ich für was Besonderes. Leider wars ein Irrtum."

Der Kellner kam an den Tisch, überreichte ihnen die Speisekarten und zählte die Tagesspezialitäten auf. Während Madison eine gegrillte Brasse mit gemischten grünen Salaten bestellte, entschied sich David für die Empfehlung des Hauses – eine Lasagne mit Meeresfrüchten und einen kleinen Caesar's Salat.

„Hör mir zu", bat er, nachdem sich der Kellner entfernt hatte. „Ich habe einen schweren Fehler gemacht." Eindringlich schaute er Madison an.

„Weißt du was, David?" seufzte sie und bereute, dass sie hierher gekommen war. „In meinen Augen war es kein Fehler, denn es hat mir gezeigt, was für ein Mensch du bist. Wenn du mir so etwas antun kannst, bist du auch zu anderen Dingen fähig."

„Vielen Dank", stieß er gekränkt hervor.

„Manchmal ist die Wahrheit schwer zu ertragen, nicht wahr?"

Erbost runzelte er die Stirn. „Hast du denn gar kein Mitleid? Übrigens – ich lasse mich scheiden. Wusstest du das?"

Ha! Als würde mich das interessieren! Hält er mich für einen Fußabstreifer?

„Nein, das wusste ich nicht", entgegnete sie in gleichmütigem Ton. „Und ich finde es bedauerlich, denn deine Ehe war sicher einsame Spitze. Wie auch immer, ich habe keine Lust, deinen Seelendoktor zu spielen und mir deine Probleme anzuhören."

„Das habe ich auch gar nicht verlangt."

„Doch, David. Und um dich an den *einzigen* Grund zu erinnern, warum ich diesem Lunch zugestimmt habe – weil du mich von jetzt an in Ruhe lassen sollst. Das meine ich ernst."

„Nein – unmöglich!" David versuchte ihre Hand zu ergreifen, die sie ihm blitzschnell entzog.

„Oh, *bitte!* Diese Scheiße brauche ich wirklich nicht."

Da er merkte, dass er auf gefährliches Terrain geraten war, änderte er hastig seine Taktik. „Ich habe in der Zeitung einen Bericht über den Tod deiner Mutter gelesen. Wie schrecklich ... Ich weiß doch, wie gut du dich immer mit ihr verstanden hast. Wurde schon jemand verhaftet?"

Nun bemühte er sich, mit einem plumpen Schmusekurs Intimität zu erzeugen. Damit würde er sie nicht ködern. *Niemals* würde sie ihm erzählen, was geschehen war. „Ich weiß deine Anteilnahme zu schätzen. Aber es ist vorbei, und ich will nicht darüber reden."

„Das respektiere ich."

Tatsächlich? Du hast keine Ahnung, was Respekt ist.

„Wenn ich dir einen Vorschlag machen darf ...", begann er, nachdem der Kellner die Salate serviert hatte. „Wollen wir ein Wochenende in Montauk verbringen? Dort hat einer meiner Freunde ein Haus gemietet, das er mir nächste Woche zur Verfügung stellen möchte." Sein Blick bekundete: *Ich bin der aufrichtigste Junge der Welt.* „Sag ja, Schätzchen. Diese beiden Jahre, die wir zusammen waren, sollten nicht verschwendet sein."

Unwillkürlich lachte sie. Glaubte er wirklich und wahrhaftig, er könnte sie wieder einfangen? „*Was* würden wir denn verschwenden? Es ist *vorbei*, David. Begreifst du das nicht? Du hast mich verlassen. Erinnerst du dich?"

„Das ist es doch, was ich zutiefst bereue – und jetzt bin ich zu dir zurückgekehrt. Es tut mir ehrlich Leid."

„Keine Chance."

Jetzt nahm seine Stimme einen weinerlichen Klang an. „Wir haben nicht direkt Schluss gemacht."

„Doch, du hast eine andere geheiratet."

„Wie ich bereits sagte – es war ein Fehler. Fahren wir nächstes Wochenende weg, reden wir über alles. Mal sehen, ob wir wieder zueinander finden."

Typisch David. Seine Ehe hat nicht funktioniert, und nun glaubt der Idiot, er könnte in mein Leben zurückkehren und da weitermachen, wo er aufgehört hat. Sicher nicht, du Arschloch ...

„Nein", erwiderte sie eisig. „Weil ich dir nie wieder vertrauen kann. Und ohne Vertrauen gibt es keine echte Beziehung."

„Solange wir zusammen waren, habe ich dich nie betrogen", betonte er, als wäre das eine preiswürdige Leistung.

Erstaunt schüttelte sie den Kopf. „Was soll ich dir dafür geben? Einen Rosenstrauß?"

„Das ist immerhin *etwas*. Überleg doch mal, wie viele Jungs ihre Freundinnen betrügen."

Warum langweilte er sie unentwegt mit diesen armseligen Argumenten? „Um Himmels willen, du machst es nur noch schlimmer. Warum suchst du dir keine Schönheitskönigin mit großen Titten? Oder eine Schullehrerin? Irgendwen – nur nicht mich!"

„Sei nicht albern."

„Ganz egal, was du tust – es interessiert mich nicht. Und – ja", fügte sie hinzu, in der Hoffnung, ihn ein für alle Mal loszuwerden. „Wenn du's unbedingt wissen willst, da gibt es jemanden."

Seine Augen verengten sich. „Ist das der Kerl, den ich in der Eingangshalle deines Apartmenthauses gesehen habe?"

„Nein."

„Wer dann?"

„Das geht dich verdammt noch mal nichts an."

„Jesus, Madison!" Stöhnend schüttelte er den Kopf. „Wie herzlos du bist!"

„*Was? Ich* bin herzlos?" Nun konnte sie ihren Zorn nicht länger zügeln. „Fahr zur Hölle, David!" fauchte sie und sprang vom Tisch auf. „Ruf mich nie wieder an, lass dich nie mehr bei mir blicken. Sieh doch endlich zu, dass du's in deinen sturen Schädel kriegst – es ist *aus!*" Ohne ein weiteres Wort stürmte sie aus dem Restaurant.

Nach diesem *allerletzten* Abschied fühlte sie sich maßlos erleichtert. Endlich konnte sie ihn vergessen.

Leb wohl, David. Es war kein bisschen amüsant.

Während Madison sich in die Arbeit stürzte und versuchte, ihr Leben wieder in den Griff zu kriegen, machte Jamie keine Fortschritte. Jede Nacht, wenn Peter eingeschlafen war, beschloss sie, in seine Brieftasche zu schauen. Aber irgendwie konnte sie sich nicht dazu durchringen. Sie fand, es wäre unehrenhaft. Außerdem *glaubte* sie an seine Treue. Tag für Tag schlief er mit ihr und behandelte sie wie eine Königin. Okay, was die Vegas-Reise betraf, blieb er bei seinem Entschluss. Aber davon abgesehen, erfüllte er alle ihre Wünsche.

Am Montagabend rief er sie aus dem Büro an und erklärte, er würde später nach Hause kommen. Sie erinnerte ihn an das Dinner bei Anton, zu dem sie eingeladen waren.

„Scheiße!“ erwiderte er. „Das habe ich ganz vergessen. Keine Bange, wir treffen uns dort.“

„Willst du nicht heimkommen, duschen und was anderes anziehen?“

„Ich dusche im Büro. Und ich muss meinen Anzug nicht wechseln. Heute sehe ich fabelhaft aus.“

„*Immer* siehst du fabelhaft aus. Verdammt!“ fuhr sie bedrückt fort. „Ich hasse es, ohne dich dahin zu gehen.“

„Ruf Maddy an, sie soll dich begleiten.“

„Nein, sie hat die Einladung abgelehnt, weil sie arbeiten muss.“

„Okay, ich beeile mich“, versprach Peter. „Antons Cocktailstunde dauert immer endlos. Das weißt du doch. Wenn das Dinner anfängt, bin ich da.“

Es widerstrebte ihr, allein irgendwo hinzugehen oder in ein Taxi zu steigen. Besonders am Abend. Eine Zeit lang dachte sie nach, dann beschloss sie, die Party etwas später zu besuchen. Sie musste Anton nur anrufen und erklären, sie und Peter würden erst zum Dinner kommen.

Um ihrem Mann Bescheid zu geben, rief sie in seinem Büro an. Das Telefon läutete und läutete – er meldete sich nicht. Als sie sich erinnerte, dass die Telefonzentrale ab einem bestimmten Zeitpunkt nicht mehr besetzt war, wählte sie Peters Handynummer. Eine elektronische Stimme bat sie, eine Nachricht zu hinterlassen.

Sofort schrillten Alarmglocken in Jamies Kopf. Wenn Peter in seinem Büro war – warum erreichte sie ihn nicht?

Verdammt! Ihr Misstrauen erwachte erneut. Heute Abend würde sie endlich nachsehen müssen, ob das blöde Kondom immer noch in seiner Brieftasche steckte, mit einem schwarzen Punkt markiert.

Sobald sie Antons Apartment betrat, spürte er ihre Nervosität. „Was ist los, Prinzessin?"

„Nichts", antwortete sie vage. „Gerade dachte ich an unseren Auftrag in den Hamptons. Vielleicht solltest *du* ihn übernehmen."

„Warum schlägst du mir das vor?"

„Weil ich letzte Woche zwei Tage dort war. Und ich möchte Peter nicht allein lassen."

„Wieso nicht?" fragte Anton grinsend. „Ist er unartig gewesen?"

„Natürlich nicht!" protestierte sie in scharfem Ton.

„Oh, tut mir *Leid.*"

Beklommen dachte sie an die vergangene Woche. Zwei Tage hatte sie in den Hamptons verbracht, um distinguierten Kunden beim Einzug in ihr neues Haus zu helfen – das fantastisch aussah und von einem *Architectural-Digest*-Team fotografiert werden sollte. Jeden Abend hatte sie Peter angerufen – jeden Abend war er daheim gewesen. Aber wie sollte sie wissen, ob er nicht ausgegangen war, nachdem sie den Hörer aufgelegt hatte? Gab es eine andere Frau in seinem Leben?

Getreu seinem Versprechen, erschien er kurz vor dem Beginn des Dinners. Einen Arm um Jamies Schultern gelegt, flüsterte er ihr ins Ohr: „Hi, mein Engel. Hast du mich vermisst?"

„Ich vermisse dich immer. Übrigens – ich wollte dich anrufen, und du hast dich nicht gemeldet."

„Ab sechs ist niemand mehr in der Telefonzentrale."

„Auf deinem Handy konnte ich dich auch nicht erreichen."

Ohne mit der Wimper zu zucken, klopfte er auf seine Brusttasche. „Dann muss der Akku leer sein."

„Und wieso hat sich der Anrufbeantworter gemeldet?"

„Okay, das werde ich checken. Wahrscheinlich muss das Handy aufgeladen werden. Weißt du was?“ Er neigte sich wieder zu ihrem Ohr. „Dich werde ich auch ein bisschen aufladen. Später, in unserem Schlafzimmer.“

„Pst!“ Sie kicherte nervös. „Wenn uns jemand hört ...“

„Oh, sicher würde der Lauscher einen Schock fürs Leben erleiden. Ein Ehepaar plaudert über Sex.“

Leise lachte sie. Natürlich war ihr Verdacht unbegründet. Und doch – das Unbehagen ließ sich nicht restlos verscheuchen.

Zu Hause liebten sie sich, und es war so wundervoll wie eh und je.

Trotzdem stieg sie aus dem Bett, nachdem Peter eingeschlafen war, und schlich in den großen begehbaren Schrank.

Wie üblich lag die Brieftasche auf dem Toilettentisch. Jamie öffnete sie und inspizierte den Inhalt. Zu ihrem Entsetzen entdeckte sie kein Kondom.

KEIN VERDAMMTES KONDOM IN SEINER BRIEFTASCHE.

Wo mochte es sein? Was hatte er damit gemacht?

Hatte dieser Hurensohn das Kondom *benutzt*?

Jedenfalls war es verschwunden, und diese Tatsache erfüllte sie mit hellem Zorn. Also hatte sie ihren Mann zu Recht verdächtigt.

DER BASTARD TRIEBS MIT EINER ANDEREN.

Atemlos rannte sie ins Bad, nahm das Hemd aus dem Wäschekorb, das er heute getragen hatte, und roch daran.

Eindeutig – der schwache Geruch eines Parfüms. Nicht *ihres*.

Zur Hölle mit diesem Schuft!

Ich muss cool bleiben, ermahnte sie sich. Erst wenn es erwiesen ist, darf ich ihn beschuldigen.

Um Maddy anzurufen, war es zu spät. Und Jamie brauchte so dringend den Rat ihrer Freundin.

Vor dem nächsten Morgen konnte sie nichts unternehmen. Und so kehrte sie ins Bett zurück und versank in einen rastlosen Schlaf.

Am Morgen rang sie sich dazu durch, ihrem Ehemann ganz normal zu begegnen.

Sobald er das Apartment verlassen hatte, rief sie Madison an. „Erinnerst du dich an die Privatdetektivin, die du engagiert hast? Ich muss mit ihr reden. Noch heute.“

36. KAPITEL

Es dauerte ein paar Tage, aber schließlich konnte Dexter einen Termin mit Mortimer Marcel vereinbaren, der in luxuriösen Büroräumen an der Park Avenue residierte.

Um fünf Uhr nachmittags erwartete er sein einstiges Model. Dexter traf pünktlich ein, und Mortimer begrüßte ihn, ohne sich hinter seinem eleganten antiken Schreibtisch zu erheben. An seiner Seite stand sein getreuer schwarzer Lebensgefährte Jefferson. Offenbar misstraute er seinem Liebsten und wollte ihn nicht mit Dexter allein lassen, auf den er extrem eifersüchtig war und den er für einen Rivalen hielt. Deshalb hatte stets eine feindselige Atmosphäre zwischen ihnen geherrscht.

Dexter nickte beiden zu. Dann wurden die üblichen Wie-gut-du-aussiehst-Floskeln gewechselt.

„Wie ich vor kurzem erfahren habe, wurde deine Soap eingestellt.“ Jefferson konnte es gar nicht erwarten, das zu erwähnen. „Heißt das, du willst wieder in Mortimers Unterwäsche posieren?“

Dexter brachte ein Lächeln zustande. „Keineswegs. Im Augenblick befasse ich mich mit mehreren Projekten, und meine neue Agentin glaubt, dass wir bald was ganz Großes an Land ziehen werden.“

„Was für fabelhafte Neuigkeiten!“ meinte Mortimer, während Jefferson die Lippen zusammenpresste. „Und was kann ich für dich tun?“ Er richtete sich ein wenig auf, jeder Zoll ein Modeexperte, in einem hellblauen Sporthemd mit weißem Kragen und einer untadelig gebügelten sandfarbenen Hose.

„Sicher hast du schon von Silver Anderson gehört.“

„Wer kennt sie *nicht*?“ murmelte Jefferson und strich über seinen glänzenden kahlen Schädel.

„Ich hatte die Ehre, mit ihr in der TV-Serie zusammenzuarbeiten."

„Die jetzt abgeblasen wurde?" warf Jefferson ein.

„Ja", bestätigte Dexter und wünschte, der Kerl würde verschwinden. *Offensichtlich missfällt es Mortimers Freund, dass ich wieder auf der Bildfläche erscheine ...*

„Was ist mit Silver Anderson?" Mortimers Adamsapfel hüpfte auf und ab.

„Wie du zweifellos weißt, ist sie eine Legende in der Filmbranche."

„Eine alte Schachtel", schnaufte Jefferson verächtlich. „Längst jenseits des Verfalldatums."

„In Silvers Fall spielt das Alter keine Rolle." Dexter bemühte sich cool zu bleiben. „Immer noch schön, mit einem weltberühmten Namen."

„Okay, ich habs begriffen", seufzte Mortimer ungeduldig. „Und was führt dich zu mir?"

„Silver besitzt die Option auf ein Drehbuch."

„Daran sind wir nicht interessiert." Jefferson verdrehte die Augen, und Mortimer warf ihm einen vernichtenden Blick zu.

„Sprich weiter, Dexter."

„Dieses Skript ist sensationell", betonte Dexter. Allmählich wurde er nervös. „Sie hats mir zum Lesen gegeben, und ich bot ihr an, einen Investor zu suchen, bevor sie sich damit an ein Studio wendet."

„Scheiße!" kreischte Jefferson. „Das bedeutet, ein Studio würde kein Geld dafür lockermachen."

„Silver möchte die Kontrolle über das Projekt behalten", erklärte Dexter geduldig und ignorierte seinen Feind. „Weil's ein ganz besonderes Skript ist. Deshalb braucht sie einen Finanzier für die Dreharbeiten."

„Und wie komme *ich* ins Spiel?" erkundigte sich Mortimer, nur vage interessiert. „Soll ich die Kostüme entwerfen?"

„Nein, obwohl das eine phänomenale Idee ist. Und wenn Silver in dem Film mitspielt – stell dir die PR vor."

„Ha!" höhnte Jefferson. „Das Letzte, was Mortimer Marcel nötig hat, ist Publicity. Mittlerweile ist er so berühmt wie Calvin Klein, Ralph Lauren und Tommy Hilfiger *zusammen*. PR? Nein, wohl kaum."

Ohne ihn zu beachten, konzentrierte Dexter seine ganze Energie und seinen Enthusiasmus auf Mortimer. „Ich dachte, das wäre deine Chance, ins Filmgeschäft einzusteigen. Sicher hat dich das schon immer gereizt."

„Die Filmbranche ist beschissen", zischte Jefferson. „Wenn man in diese Jauchegrube Geld steckt, sollte man sich am Gehirn operieren lassen."

„Würdest du deinen verdammten Mund halten?" mahnte Mortimer. Endlich riss ihm der Geduldsfaden. „Das ist *meine* Besprechung, Jefferson. Nicht deine. Also quatsch nicht dauernd dazwischen. Wenn du dich nicht beherrschen kannst, verpiss dich und such dir irgendeine nützliche Beschäftigung."

Erbost zog Jefferson die Stirn in Falten.

„Wärst du bereit, Silver Anderson zu treffen, Mortimer?" drängte Dexter. „Und dir anzuhören, was sie plant?"

„Warum? Erstaunlich, dass sie nicht zu meiner Kundschaft zählt ..." Mortimer legte seine Fingerspitzen aneinander. „Was für zauberhafte Outfits könnte ich für sie entwerfen, im verfeinerten Bob-Mackie-Stil."

„Großer Gott, Bob Mackie!" japste Jefferson entsetzt. „Dieser *kitschige Typ!* Oh, *bitte!*"

„Mach einen Termin mit ihr aus, Dexter." Mortimer strafte seinen Liebhaber mit einem stechenden Blick. Was Mortimer

Marcel zu tun oder zu lassen hatte, ließ er sich von *niemandem* vorschreiben. „Mal sehen, was draus wird."

Zur gleichen Zeit frönten Rosarita und Joel in der Tiefgarage des Federal Building einem hektischen Liebesakt.

„Weißt du, was passiert, wenn wir hier erwischt werden?" Rosarita genoss jede einzelne dekadente Minute, während sie halb nackt, mit gespreizten Beinen, auf dem Rücksitz von Joels Bentley lag.

„Klar, ich komme in die Schlagzeilen." Den Hintern entblößt, bewegte er sich immer schneller in ihr.

„Und ich?" fragte sie und versuchte, eine etwas bequemere Position einzunehmen. „Immerhin bin ich mit einer prominenten Persönlichkeit verheiratet."

Joel schrie vor Lachen. „Nennst du diesen Trottel, mit dem du verheiratet bist, eine prominente Persönlichkeit?"

„Hör mal, Dex ist fast ein Jahr lang in einer TV-Soap aufgetreten!" erwiderte sie eingeschnappt.

„Red kein Blech", keuchte er, dem Höhepunkt nahe.

„Hier ist es so dunkel, dass uns niemand sieht." Rosarita bemühte sich erneut, ihre Hüften zu verlagern.

„Nächstes Mal machen wir's draußen", versprach er. „Ich dachte, hier wäre mehr Betrieb. Offenbar habe ich mich geirrt ..." Einem atemlosen Stöhnen folgte ein gestöhntes „Oh ja, Baby, Baby, Baby", als er seinen Orgasmus erreichte.

Zu Rosaritas Genugtuung ignorierte er ihre Anrufe nicht mehr. Seit er sie ins Four Seasons bestellt hatte, trafen sie sich fast jeden zweiten Tag. Sie hatte ihre bevorstehende Reise nach Las Vegas nicht erwähnt. Stattdessen sollte er sich wundern, wo sie stecken mochte. Es würde ihm zu denken geben, wenn er merkte, dass sie nicht jederzeit verfügbar war.

Abgesehen vom Sex mit Joel, der regelmäßig in aller Öffentlichkeit praktiziert wurde, war sie nicht untätig gewesen. Sie hatte sich gründlich über verschiedene Giftsorten informiert und alles gelesen, was ihr in die Hände gefallen war. Dabei galt ihr Hauptaugenmerk den Substanzen, die keine Spuren hinterließen, und schließlich entschied sie sich für ein obskures holländisches, in Amerika verbotenes Unkrautvernichtungsmittel. Rein zufällig hatte sie es im Internet entdeckt, auf einer ziemlich gruseligen Website. Genau das Gift, das sie für ihre Zwecke brauchte – eine farblose, geschmacklose, geruchlose Flüssigkeit, die man in einen Drink gießen konnte. Danach dauerte es etwa eine Stunde, bis die grausige Wirkung einsetzte. Rosarita triumphierte. Jetzt gab es nur noch ein einziges Problem. Wie sollte sie sich das Unkrautvernichtungsmittel beschaffen?

Aber nachdem sie geduldig durchs Internet gesurft war, fand sie die Adresse der Amsterdamer Herstellungsfirma. Da sie das Gift nicht als Rosarita Falcon bestellen konnte, hatte sie in SoHo ein Postfach unter falschem Namen gemietet und der Firma einen Barscheck geschickt.

Nun wartete sie auf die Lieferung. Da sie in drei Tagen nach Las Vegas fliegen würde, wurde sie allmählich nervös. Wenn das Unkrautvernichtungsmittel nicht rechtzeitig eintraf ... Dann wäre all die Mühe umsonst gewesen.

„Hast du schon mal in der letzten Sitzreihe eines Kinos gebumst?“ Etwas ungeschickt zog Joel seine Hose hoch.

„Als Teenager“, antwortete Rosarita und tastete auf dem ledernen Rücksitz nach ihrem Tanga. „Nun ja – nicht direkt gebumst. Ich hatte einen Freund, der ständig den Boden aus seiner Popcornschachtel entfernte. Und jedes Mal, wenn ich reingriff – was hatte ich in der Hand?“

„Einen heißen, harten Schwanz." Joel lachte lüstern.

„Genau. Und niemand hat was gemerkt. Nicht einmal mein Mathelehrer, der eines Tages neben uns saß."

„Wollen wir's auch mal im Kino treiben? Das wird dich an deine Teenagerjahre erinnern."

„Ist das nicht zu riskant?" fragte sie, hellauf begeistert von dieser Idee.

„Im Risiko liegt die Würze, Babe."

„Und wenn wir ertappt werden?"

„Wäre das so schlimm?"

Rosarita malte sich aus, was dann passieren würde, und erschauerte. Nein, das wäre gar nicht gut ...

Inzwischen hatte Joel seine Pläne verwirklicht. Madame Sylvia hatte ihm einen perfekten Jungen beschafft – Eduardo, einen dunkelhäutigen puerto-ricanischen Teenager, so hübsch, dass Joel beinahe selber scharf auf ihn war.

Glücklicherweise hatte sich Testio bereit erklärt, seinem Freund zu helfen und Carrie Hanlon an diesem Abend in Joels Apartment zu bringen, wo eine kleine Dinnerparty stattfinden sollte.

Joel hatte ein paar Freunde eingeladen – und natürlich auch Eduardo. Wenn Carrie ihn sah, würde ihr das Wasser im Mund zusammenlaufen. Testio würde sie an Joel verweisen, der ihr einen Trip nach Vegas vorschlagen wollte. Dort würde sie den Jungen wiedersehen.

Falls Testio die Wahrheit über Carries besondere Vorliebe gesagt hatte, musste es klappen.

Mit seinem Vater sprach Joel nicht über die Reise. Es war Marika, die asiatische Schlampe, die alle Arrangements traf. Am Donnerstagmorgen sollte Joel mit Carrie zum Flughafen kommen, und sie würden alle an Bord von Leons Gulfstream-Jet gehen.

„Sag Carrie, sie soll genug zum Anziehen einpacken, Joel", befahl Marika. „Leon ist in Partystimmung. Also wirds mehrere Feten geben."

Klar, dachte Joel, wahnsinnig amüsant.

Dass er für ein paar Tage verreisen würde, verschwieg er Rosarita. Wenn sie sich wunderte, wo er war, würde ihr das nur gut tun.

Nichts steigerte die sexuelle Lust so sehr wie die Frage: *Wo zum Teufel treibt er sich rum?*

37. KAPITEL

Jamie war ein nervliches Wrack. Erst nach zwanzig Minuten konnten Madison und Kimm sie einigermaßen beruhigen.

„Das glaube ich einfach nicht!“ kreischte sie und lief aufgeregt im Wohnzimmer ihrer Freundin herum. „Warum tut er mir so was an, dieser Bastard? Ich dachte, wir wären so *glücklich!* Was ist bloß los mit den Männern und ihren streunenden Schwänzen? Sagts mir!“ forderte sie noch schriller. „Ich wills wissen!“

„Reg dich ab“, bat Madison in mildem Ton. „Du hast ja noch gar keinen Beweis.“

„Immerhin weiß sie, dass das Kondom verschwunden ist“, warf Kimm ein, stoisch wie eh und je.

„Deshalb muss er es nicht benutzt haben“, argumentierte Madison.

„So ungern ich es auch erwähne ...“, begann Kimm. „Meistens habe ich Recht. Peter wird genauso gründlich überprüft, wie ich in allen meinen Fällen vorgehe.“

„Und was werden Sie tun?“ erkundigte sich Jamie.

„Meine Leute beschatten ihn und machen Fotos. In achtundvierzig Stunden bekommen Sie einen lückenlosen Bericht.“

„Wie grauenhaft!“ jammerte Jamie.

„Du willst es doch wissen, oder?“ fragte Madison.

„Ja, zum Teufel. Wenn der Schuft herumhurt, verlasse ich ihn.“

„Manche Frauen wollen sich Gewissheit verschaffen, und dann unternehmen sie nichts“, erklärte Kimm. „Sie ziehen es vor, an ihrer Ehe festzuhalten.“

„Warum?“ fauchte Jamie wütend. „Was sind denn das für Frauen? Dumme Kühe?“

„Ihr Wissen verleiht ihnen Macht."

„Auf die pfeife ich. Alles, was ich mir wünsche, ist ein treuer Ehemann."

„Wie Peter ist, weißt du doch", versuchte Madison ihre Freundin zu besänftigen. „Nach ein paar Drinks ..."

„Ja?" Jamies aquamarinblaue Augen schienen Funken zu sprühen.

„Nun ..." Madison wählte ihre Worte sehr vorsichtig. „Manchmal geilt ihn der Alkohol ein bisschen auf."

„Wieso weiß du das?"

Oh Gott, dachte Madison, jetzt habe ich mir was eingebrockt. Sie wird nicht lockerlassen ... „Also, wenn er was getrunken hat, macht er sich – eh – an deine Freundinnen ran."

„*Was* tut er?"

„Nur wenn er *zu viel* getrunken hat", betonte Madison hastig.

„Hat er es bei dir auch probiert?" fragte Jamie anklagend.

„Nicht so intensiv, dass der Eindruck entstanden wäre, er würde es wirklich ernst meinen."

„Um Himmels willen!" rief Jamie erbost. Dann wandte sie sich zu Kimm. „Wann können Sie anfangen?"

„Erst mal brauche ich seine Sozialversicherungsnummer, die Adresse seines Büros, Telefonnummern, sein Handy inklusive ... Am besten gebe ich Ihnen eine Liste."

„Ist es nicht schrecklich, jemanden verfolgen zu lassen, Maddy?" stöhnte Jamie. „Wenn er unschuldig ist – und ich einfach nur ein eifersüchtiges Biest bin ..."

„Wenigstens wirst du's wissen."

„Klar", bestätigte Jamie bitter. „Trotzdem werde ich mich auf jeden Fall beschissen fühlen. Meinem Mann nachzuspionieren – das finde ich richtig fies."

„Er wird nichts davon erfahren", versicherte Madison.

„Du kennst mich ..." Bedrückt dachte Jamie an die möglichen Konsequenzen. „Ich kann kein Geheimnis für mich behalten. Falls er unschuldig ist, werde ich ihm in einem Augenblick hilfloser Schwäche alles gestehen."

„Das musst *du* entscheiden."

„Okay, Kimm, Sie sind engagiert. Bitte, fangen Sie sofort an."

„Leider bin ich im Moment zu beschäftigt, um selbst an dem Fall zu arbeiten. Aber ich habe vertrauenswürdige Mitarbeiter."

„Nein, nein!" Heftig schüttelte Jamie den Kopf. „*Sie* müssen sich drum kümmern."

„Das geht nicht."

„Aber es muss gehen!" beharrte Jamie.

„Unmöglich."

„Vielleicht – um mir einen persönlichen Gefallen zu tun?" schlug Madison vor.

„Was passiert, wenn ich *dir* einen *persönlichen Gefallen* erweise, weiß ich nur zu gut", murrte Kimm.

„Danke. Ich kaufe dir noch einen Ledermantel."

„Genau das, was ich *nicht* brauche." Kimm brachte ein dünnes Lächeln zustande.

„Und was geschieht jetzt?" fragte Jamie aufgeregt.

Die Privatdetektivin wühlte in ihrer großen Handtasche. Dann gab sie ihr einen Notizblock und einen Bleistift. „Schreiben Sie alle wichtigen Informationen auf – Peters Familie, ihre Adresse, die Namen seiner Eltern, seiner Mitarbeiter und so weiter."

„Wozu brauchen Sie das alles?"

„Wissen ist Macht."

Nachdem Kimm gegangen war, mit allen nötigen Informationen versehen, fragte Jamie: „Ist sie okay? Sie wirkt etwas sonderbar."

„Warum sagst du das?"

„Vielleicht sollte ich lieber einen Mann beauftragen ..."

„Weil du glaubst – Männer wären die besseren Detektive", erwiderte Madison gedehnt, und Jamie errötete.

„Wie ich das meine, weißt du doch. Männer arbeiten schneller, effektiver. Und Kimm ist eine große, kräftige Frau, die zu Aggressionen tendiert."

„Was für eine alberne, sexistische Bemerkung!" schimpfte Madison. „Ein Glück, dass Natalie dir nicht zuhört! Sie wäre schockiert!"

„Damit wollte ich Kimm nicht verunglimpfen. Es ist nur ... Wie soll ich's ausdrücken? Ich hatte nicht erwartet, dass sie so ist – wie sie ist."

„Redest du von ihrer Sexualität?"

„Dafür interessiere ich mich nicht."

„Offensichtlich sind dir ihre lesbischen Neigungen aufgefallen."

„Nein, und ich wünschte, du hättest mich nicht darauf hingewiesen. Das macht alles noch schlimmer."

„Oh Gott, Jamie, wenn sie großartige Arbeit leistet – wieso stört dich ihre Veranlagung?"

„Die stört mich nicht."

„Doch."

„Keineswegs!" widersprach Jamie irritiert. „Mir geht es nur um Peter. Die ganze Zeit habe ich mich bemüht, ihm eine gute Ehefrau zu sein. Und nun bumst er womöglich mit seiner verdammten Sekretärin."

„Das wäre zu klischeehaft. *Falls* er dich betrügt, dann sicher nicht mit einer Mitarbeiterin."

„Wieso behauptest du das?“

„Peter ist ein Snob, was du wohl kaum bestreiten kannst. Also würde er sich nur mit einer Frau einlassen, die seiner Gesellschaftsschicht angehört.“

„Oh – zum Beispiel mit meiner besten Freundin?“ fragte Jamie herausfordernd.

„Die bin *ich*.“

„Und er schläft nicht mit dir, oder?“

„Wenn er mein Liebhaber wäre, wüsste ich's“, witzelte Madison.

Jamie warf sich auf die Couch. „Wie wird Kimm mich verständigen? Sie darf nicht bei mir daheim anrufen.“

„Keine Bange, sie wird sich an mich wenden, und ich arrangiere ein Treffen zwischen euch.“

„Aber du fliegst nach Vegas.“

„Erst in zwei Tagen.“

„Tut mir Leid, dass ich dich damit belaste“, seufzte Jamie. „Im Vergleich mit *deinem* Kummer ist mein Problem belanglos.“

„Natürlich nicht. Wenn Peter fremdgeht, kannst du nicht mehr mit ihm zusammenleben. Dafür bist du zu schön, zu intelligent.“

„Wow! Genau das brauche ich – eine Freundin, die mein Ego aufmöbelt.“

„Die Zukunft liegt noch vor dir, Jamie. Alles kannst du haben, jeden Mann, der dir gefällt. Wenn Peter dich wirklich betrügt, solltest du Schluss mit ihm machen. Was mit David und mir passiert ist, weißt du ja.“

„Wenigstens hast du ihn nicht bei einem Seitensprung ertappt.“

„Nein, er ist abgehauen, und das war noch schlimmer.“ Madison fügte nicht hinzu, wie beharrlich er sie zurückzugewinnen versuchte – dies war der falsche Zeitpunkt.

„Okay, beenden wir das Trauerspiel." Jamie sprang auf. „Jetzt will ich alles vergessen, bis mir deine Detektivin erzählt, ich hätte mir das Ganze nur eingebildet."

„Das Beste, was du tun kannst."

„Kommst du mit mir ins Büro? Holen wir Anton zum Lunch ab."

„Du willst ihn doch nicht einweihen?"

„Machst du Witze? Ausgerechnet Anton, die schlimmste Klatschbase unter Gottes Sonne? Niemals! Außerdem gibts nichts zu erzählen. *Noch* nicht."

„Okay." Madison entschied, es würde ihr gut tun, ihr Apartment für eine Weile zu verlassen. „Ich hole nur rasch meinen Mantel. Dann gehen wir."

Nach dem Lunch mit Jamie und Anton – der sehr amüsant und abwechslungsreich verlief, weil Anton wie üblich ungeheuerliche Klatschgeschichten erzählt hatte – beschloss Madison spontan, Stellas Freundin Warner Carlysle einen Überraschungsbesuch abzustatten. Sie musste unbedingt mit ihr reden, obwohl Warner seit dem Begräbnis jedem Kontakt mit ihr auswich. Das wollte sie noch vor der Reise nach Vegas erledigen, und so fuhr sie mit einem Taxi zu Warners Laden, in der Hoffnung, sie dort anzutreffen.

In dem Schmuckgeschäft herrschte reges Treiben. Aber Madison ließ sich nicht von ihrem festen Vorsatz abbringen, mit der Designerin zu sprechen. Sie ging zum Empfang und stellte sich vor. „Hi, ich bin Madison Castelli von *Manhattan Style.* Warner erwartet mich. Ist sie in ihrem Büro?"

„Ja", antwortete das genervte Mädchen, das von mehreren

Kunden gleichzeitig bestürmt wurde. „Ich werde ihr über die Sprechanlage Bescheid geben."

„Nicht nötig, ich kenne den Weg."

Warner saß hinter einem überdimensionalen Schreibtisch mit einer dicken Glasplatte voller Papiere und telefonierte gerade. Als sie aufblickte und Madison erkannte, schnappte sie erschrocken nach Luft.

Lässig winkte Madison ihr zu, setzte sich auf eine Couch und nahm eine Zeitschrift.

„Eh – kann ich zurückrufen?" Offenbar stimmte die Person am anderen Ende der Leitung zu, denn Warner legte hastig auf. „Madison! Was für eine Überraschung!"

„Ich hatte gerade in der Nähe zu tun", log Madison und legte das Magazin beiseite. „Und da Sie meine Anrufe nicht erwidert haben, wollte ich mal vorbeischauen – wenn's Ihnen recht ist ..."

„Tut mir Leid. Bald beginnt die Modewoche, und ich habe alle Hände voll zu tun. Sämtliche Kunden wollen rechtzeitig ihren Schmuck haben ..."

„Das verstehe ich."

„Trotzdem freue ich mich, Sie wiederzusehen."

Tatsächlich? Irgendwie habe ich das Gefühl, da gibts was, über das du nicht mit mir reden willst ... irgendetwas, was du mir verheimlichen möchtest ...

„Unglücklicherweise ist der Zeitpunkt äußerst ungünstig, weil ich verabredet bin", fuhr Warner fort und schaute auf ihre Uhr. „In fünf Minuten. Und danach lade ich einen Einkäufer aus Houston zum Dinner ein."

„Würden Sie einen Termin mit mir vereinbaren? Am Freitagmorgen reise ich ab, und vorher möchte ich mit Ihnen sprechen."

„Schlechtes Timing", bedauerte Warner. „Wie ich bereits erwähnt habe, ich bin sehr beschäftigt."

„Können Sie nicht einmal eine Stunde für mich erübrigen?"

„Ich weiß, das klingt albern", entschuldigte sich Warner. „Aber ich laufe tatsächlich von einem Einkäufer zum nächsten, meine Designer treiben mich zum Wahnsinn ... Und – eh – meine Frühjahrskollektion, Silber mit Türkisen, ist noch nicht fertig. Ach ja, und zu allem Überfluss macht mir die Fabrik in Hongkong auch noch Schwierigkeiten. Deshalb wärs mir lieber, wir würden uns erst *nach* Ihrer Rückkehr treffen."

„Wenn Sie mir keine Wahl lassen ...", erwiderte Madison.

„Oh, ich wusste ja, das würden Sie verstehen." Erleichtert erhob sich Warner. „Ich rufe Sie an. Oder *Sie* melden sich bei mir. Diesmal werde ich ganz bestimmt zurückrufen. Bis dahin müsste mein Schreibtisch leer sein – von meinem Kopf ganz zu schweigen."

Madison nickte, ging zur Tür und drehte sich noch einmal um. „Übrigens, Warner", fragte sie aus einem Impuls heraus, „haben Sie jemals mit Michael geschlafen?"

„Was?" Warner wurde blass, und Madison starrte sie durchdringend an.

„Nun?"

„Also, ich – ich begreife nicht, was Sie meinen", stammelte Warner. Sekundenlang schien sie die Fassung zu verlieren.

„Ganz einfach. Ein schlichtes Ja oder Nein würde mir genügen."

„Nein." Warners Lippen bildeten einen dünnen Strich. „Bye, Madison."

„Bye, Warner."

Als die Ladentür hinter Madison ins Schloss fiel, verstand sie nicht, wie sie auf den Gedanken gekommen war, diese Frage zu stellen. Jedenfalls hatte Warner etwas zu verbergen. Was mochte das sein, nach all den Jahren? Hatte Michael ihr befohlen, den Mund zu halten?

Madison beschloss, der Sache auf den Grund zu gehen, sobald sie aus Vegas zurück war. Außerdem würde sie Victor einreden, sie müsste einen Artikel über die alteingesessenen New Yorker Verbrechersyndikate schreiben. Bei diesen Recherchen würde sie eine ganze Menge herausfinden. Warum nicht ein paar interessante Fakten über die Giovanni-Familie? Besonders über Don Carlo Giovanni – den Mann, für den Michael angeblich gearbeitet hatte? Vielleicht würde sie endlich die ganze Wahrheit über ihren Vater erfahren.

Und wenn sie alles wusste, wäre es an der Zeit, Michael wiederzusehen und sich anzuhören, was er zu sagen hatte.

38. KAPITEL

Joels Dinnerparty war eine Sensation.

Ohne jeden Zweifel – Testio wusste, wie man einen Abend auf Touren brachte. Nicht nur die zauberhafte Carrie Hanlon hatte er im Schlepptau, sondern auch noch zwei andere Supermodels, die sein Freund schon seit einiger Zeit kennen lernen wollte.

Joel selbst hatte ebenfalls zwei Models eingeladen, außerdem einen blutjungen, sehr attraktiven Latino und eine Freundin, mit der er regelmäßig Karten spielte.

Mit der Zusammensetzung seiner Gästeschar hatte er Carries Geschmack ganz und gar nicht getroffen. Sechs Mädchen und drei Männer – einfach unmöglich ... Während sie sich bei Testio beschwerte, fiel ihr Blick auf Eduardo. Sie musterte ihn etwas genauer, und ihre Laune besserte sich sofort. „Wer ist denn dieser hübsche Junge?"

„Keine Ahnung." Testio spielte seine Rolle ausgezeichnet. Gleichmütig zuckte er die Achseln. „Da musst du Joel fragen."

Carrie rümpfte die Nase. „Nein, er ist so – *vulgär.*"

„Sobald du ihn etwas näher kennst, ist er okay."

„Ich *will* ihn nicht näher kennen lernen."

„Solltest du aber. Sein Vater gehört zu den reichsten Geldsäcken von New York."

„Klar, sein *Vater.* Nicht *er.*"

„Joel mag dich. Das weiß ich."

„Kein Wunder – *alle* Männer mögen mich." Einem übertriebenen Seufzer folgte ein arrogantes Lächeln.

Oh Mann, dachte Testio, diese Zicke verleiht dem Wort Eitelkeit eine neue Dimension.

Für die Dinnerparty hatte Joel einen der besten New Yorker Köche engagiert und sich sogar die Mühe gemacht, Carries

Lieblingsspeisen herauszubekommen. Die musste der Spitzenkoch alle zubereiten.

Er stellte Eduardo als seinen Neffen aus Puerto Rico vor. „Mütterlicherseits“, erklärte er und zwinkerte Carrie zu. Dann führte er sie zur Dinnertafel, platzierte den Jungen an ihrer Seite und setzte sich selbst auf die andere.

Bald waren Carrie und Eduardo in ein lebhaftes Gespräch vertieft.

Hab ich's nicht gesagt? formten Testios Lippen gegenüber von Joel.

Allmählich begann sich Carrie zu entspannen. Nach mehreren Gläsern ihres Lieblingsweins trank sie exquisiten Château d' Yquem, und schließlich frönte sie einem ihrer Lieblingsdigestifs, Pfirsichbrand.

Eduardo spielte seinen Part perfekt. Obwohl er wie ein gut entwickelter 16-Jähriger aussah, war er in Wirklichkeit neunzehn. Madame Sylvia bildete jeden ihrer Mitarbeiter hervorragend aus, ehe sie ihm einen Auftrag erteilte. Und der Puerto-Ricaner wusste genau, worauf es ankam.

Aufmerksam beobachtete Joel, wie der Junge das verwöhnte Supermodel umgarnte. Bloß nichts überstürzen! Erst musste Carrie dem Vegas-Trip zustimmen.

Nach der Mahlzeit nutzte er seine Chance. „Ich fliege am Donnerstag nach Vegas, im Privatjet meines Vaters“, verkündete er im aufrichtigsten Joel-Blaine-Ton. „Dort findet am Samstag der große Boxkampf statt. Ich wäre überglücklich, wenn Sie mich begleiten würden. Selbstverständlich in allen Ehren. Getrennte Hotelsuiten.“

„Warum sollte ich Sie nach Vegas begleiten?“ Carrie schüttete ihren dritten Pfirsichbrand in sich hinein.

„Vielleicht, weil Eduardo auch hinkommt“, schlug er vielsagend vor. „Und ich weiß, er würde sich über Ihre Gesellschaft freuen. Was ich noch betonen muss – meinem Vater gegenüber sollten Sie ihn lieber nicht erwähnen. Wie gesagt, er entstammt der Familie meiner Mutter – das illegitime Resultat eines Seitensprungs."

Carrie setzte ihr strahlendes Julia-Roberts-Lächeln auf. „Hätte ich doch einen Joint ..."

„Was immer Sie wünschen, sollen Sie haben", erwiderte Joel, ganz der großzügige Gastgeber.

Wohlig streckte sie sich. „Okay, dann nehme ich Ihren besten Stoff."

„Heißt das Ja zur Vegas-Reise?" versuchte er sie festzunageln. „Eine Limousine würde Sie von zu Hause abholen. In Vegas gibts grandiose Partys und eine Menge PR. Außerdem ist Leon sehr spendabel, wenn sich die Ladys an den Spieltischen amüsieren möchten – nicht, dass Sie's nötig hätten. Aber sogar Ihnen wirds Spaß machen, ein paar Tausender auf seine Kosten zu verlieren."

„Hmmm ...", murmelte sie gedehnt. „Und Eduardo wird ganz bestimmt da sein?"

„Wenn Sie wollen, erwartet er Sie in Ihrer Suite." Verblüfft fragte er sich, warum sie auf einen Teenager scharf war, wenn sie's mit *ihm* treiben konnte.

Carries Lächeln blendete ihn ein zweites Mal. „Nun, ich muss zugeben – was Sie mir bieten, klingt verlockend."

„Oh, ich tue mein Bestes."

„Vielleicht habe ich mich auch in Ihnen getäuscht", bemerkte sie und zog nachdenklich die Nase kraus. „Man hat mir immer wieder erzählt, Sie wären hinter allen Models her. Sobald ein neues Mädchen in der Stadt auftaucht, wirds sofort von Joel Blaine abgeschleppt."

„Nur zu Publicity-Zwecken", behauptete er, um sein neues respektables Image bemüht. „Wenn ich Ihnen die Wahrheit gestehen darf – ich habe eine feste Freundin."

„Tatsächlich?" rief sie erstaunt.

„Eine vertrauliche Information ... Leider ist sie verheiratet."

Oh Gott, wenn Rosarita das hören konnte, würde sie ein feuchtes Höschen kriegen und glauben, dass er's ernst meinte.

„Ist auf Carrie Verlass?" fragte er Testio.

Mittlerweile völlig stoned, lallte der Fotograf: „Klar, Mann, wenn du ihr den Jungen auf einem Silbertablett servierst ..."

Kurz bevor Carrie das Apartment verließ, sah Joel, wie sie mit Eduardo im Badezimmer kokste und ihn begrapschte. Glücklicherweise kannte der Puerto-Ricaner die Regeln. Was sie wollte, würde sie erst in Vegas kriegen.

Rosarita ging jeden Tag zweimal zu ihrem Postfach, obwohl ihr der Mann am Schalter versichert hatte, die Sendungen würden nur einmal täglich geliefert. So lästig die Trips nach SoHo auch waren – sie erschienen ihr unerlässlich. Sorgsam tarnte sie sich mit einer dunklen Brille, einem langen Mantel und einem Schlapphut.

Gott, sie wäre eine fantastische Spionin! Wie clever sie ihre Spuren verwischte ...

„Ich erwarte eine Sendung aus den Niederlanden", hatte sie dem Schalterbeamten mehrmals erklärt, „und die müsste jeden Moment eintreffen."

„Gut, Lady", antwortete er, sichtlich genervt von der dauernden Belästigung. „Aber ich sags immer wieder, Sie verschwenden Ihre Zeit. So was kann zwei Wochen dauern."

Und dann, als sie die Hoffnung schon aufgeben wollte, wurde ihr ein Paket ausgehändigt – mit der Aufschrift: TULPENZWIEBELN, VORSICHTIG BEHANDELN.

Ohne das Päckchen zu öffnen, warf sie es hastig in ihre große Gucci-Tasche. Dann kündigte sie ihr Postfach.

Sobald sie nach Hause kam, eilte sie ins Badezimmer und versperrte die Tür, öffnete das Paket und entnahm ihm eine Schachtel. Darin lag eine kleine Flasche. Vorsichtig griff sie danach. So furchtbar gefährlich sah sie nicht aus. Zu der Sendung gehörte eine Gebrauchsanweisung auf Holländisch, die sie natürlich nicht verstand. Doch das spielte keine Rolle – sie wusste, was sie zu tun hatte. Nur ein paar Tropfen in einen Drink und – bye-bye, Dex.

Eine ganze Stunde verbrachte sie im Bad, riss die Gebrauchsanweisung in winzige Fetzen und spülte sie in der Toilette hinunter. Auf dieselbe Art versuchte sie, die Schachtel loszuwerden. Das war nicht so einfach. Zuerst musste sie den Pappkarton in Wasser einweichen und danach Stück für Stück in der Kloschüssel verschwinden lassen. Als nur mehr das Fläschchen mit dem tödlichen Gift übrig blieb, seufzte sie erleichtert.

Sie nahm eine Plastikflasche mit Badeöl aus dem Badezimmerschrank, schüttete ihren Inhalt weg und spülte sie sorgfältig, bis der Duft restlos verflogen war. Dann zog sie Conchitas Gummihandschuhe an, die sie in einem Fach unter dem Waschbecken gefunden hatte, und goss das Gift in die leere Plastikflasche, die sie in mehrere Papiertaschentücher wickelte. Dieses Päckchen legte sie in ihren Kosmetikkoffer und verschloss ihn.

Gut gemacht, dachte sie. Bald ist es so weit ...

Dexter saß in Annie Cattatoris Büro und zog die Stirn in Falten. Besonders kooperativ war die dicke Frau nicht. Er hatte ihr von dem Skript erzählt und erwähnt, Silver habe ihn gebeten, Geld dafür aufzutreiben. Ungeniert lachte ihm die Agentin ins Gesicht.

„Was für eine lächerliche Idee!“ spottete sie. „Lassen Sie sich bloß nicht drauf ein! Diese Frau versucht Sie nur auszunutzen.“

„Wie denn?“ fragte Dexter perplex.

„Nun, Silver Anderson beauftragt Sie, Finanziers für das Projekt zu gewinnen. Dann nimmt sie das Geld und macht sich aus dem Staub. Hören Sie, Schätzchen, Sie haben nicht die geringste Chance, in diesem Film mitzuspielen. Außerdem – wer wäre denn dumm genug, einem abgehalfterten Star ein paar Millionen in den Rachen zu werfen?“

„Vielen Dank, Annie“, erwiderte er kühl. „Wie nett, dass ich eine Agentin habe, die so viel Vertrauen in mich setzt.“

„Ich bin nur realistisch“, erklärte sie und spielte mit einem überdimensionalen goldenen Ring, der an ihrem dicken Ohrläppchen hing.

„Und ich bin kein Idiot!“ stieß er hervor. „Falls ich das Geld zusammenkriege, werde ich mir selbstverständlich einen Anwalt nehmen, und er muss einen Vertrag abfassen, in dem Silver sich verpflichtet, mich für den Film zu engagieren. Sonst bekommt sie kein Geld.“

„Oh Gott, was für ein naiver Schwachkopf Sie sind!“ rief Annie und zündete sich eine Zigarette an. „Wie Sie in dieser Branche so lange überleben konnten, ist mir rätselhaft.“

„Allzu lange habe ich nicht überlebt“, murmelte Dexter. „Die TV-Serie wurde eingestellt. Erinnern Sie sich?“

„Hat mein Schauspiellehrer Sie schon angerufen?“

„Nein.“

„Dann rufen *Sie* ihn an. Es ist sinnlos, untätig herumzusitzen. Vergessen Sie Silver Anderson und nehmen Sie Schauspielunterricht. Nur das ist wichtig. Tun Sie's, und ehe Sie wissen, wie Ihnen geschieht, werden Sie wieder arbeiten."

„Das gefällt mir so an Ihnen, Annie."

„Was?" Die Agentin blies Rauchringe über den Schreibtisch hinweg.

„Ihr Enthusiasmus."

„Ja, mein Enthusiasmus. Und ich weiß sehr gut, was ich tue." Sie lächelte selbstgefällig. „Befolgen Sie meine Anweisungen, dann werden Sie eines Tages ganz oben stehen, mein Seifenopernheld."

Aber er hatte nicht die Absicht, auf diese grässliche Agentin zu hören. Silvers Drehbuch war eine wundervolle Chance, die er nicht in den Sand setzen wollte. Und Annie sollte sich's endlich abgewöhnen, ihn Seifenopernheld zu nennen. Sonst würde er sie feuern.

Sobald er ihr Büro verlassen hatte, eilte er in eine Telefonzelle und rief seinen Schwiegervater an. „Ich würde dich gern besuchen und mit dir reden."

Heiliger Himmel, dachte Chas, der Kerl kriegt ein Kind, und jetzt will er sicher einen Kredit ... „Okay, ich bin in meinem Büro", seufzte er.

„Wo ist das?" fragte Dexter.

„In Queens. Willst du sofort herfahren? Oder erst später?"

„Sofort", erwiderte Dexter, weil diese wichtige Angelegenheit nicht warten konnte. „Es geht um ein Geschäft."

„Um ein Geschäft, eh?" Chas kratzte seine Eier.

„Ja", bestätigte Dexter in entschiedenem Ton. „Ich möchte dir einen Vorschlag machen."

Ach, du meine Güte, dachte Chas, der blöde Schwiegersohn will mich in irgendwas reinziehen ...

Das hatte ihm gerade noch gefehlt.

39. KAPITEL

„Er betrügt sie tatsächlich", verkündete Kimm am Telefon.

„Oh Scheiße!" stöhnte Madison. Morgen würde sie nach Vegas fliegen, und sie packte gerade ihre Sachen. „Hast du Beweise?"

„Ja, leider. Soll ich rüberkommen?"

„Natürlich." Madison hoffte, sie würde Jamie noch im Büro erreichen.

„In einer Stunde bin ich da", versprach die Privatdetektivin und legte auf.

Wenn Madison auch mit einem solchen Resultat gerechnet hatte – das waren *sehr* unangenehme Neuigkeiten. Sicher würde Jamie in tiefster Verzweiflung versinken, und ihre Freundin konnte ihr in der nächsten Zeit nicht beistehen, weil sie verreisen musste. Verdammt schlechtes Timing ... Jamie würde dringend Hilfe brauchen. An solche Schwierigkeiten war sie nicht gewöhnt. Bisher hatte sie ein problemloses Leben geführt – immer die strahlende Schönheit, die Frau, die ihren Märchenprinzen geheiratet und einer wunderbaren Zukunft entgegengeblickt hatte.

Jamie und Peter. Das Traumpaar.

Damit wars offensichtlich vorbei.

Madison hörte auf, ihre Sachen zu packen, und rief die Freundin im Büro an.

„Hallo!" meldete sich Jamie atemlos.

„Ich bins."

„Hi, Maddy, was gibts?"

„Was machst du gerade?"

„Das wirst du nicht glauben. Ich arbeite an einem Design-Konzept für Kris Phoenix."

„Wann ist *der* denn wieder aufgetaucht?"

„Nun ja – das habe ich dir nicht erzählt", gestand Jamie verlegen. „Genau genommen war er nie verschwunden. Nach Antons Dinnerparty rief er mich an. Er würde ein Penthouse in New York kaufen, erklärte er, und dann fragte er, ob ich bereit wäre, die Einrichtung zu entwerfen."

„Warum hast du das nie erwähnt?"

„Mit ihm persönlich habe ich nichts zu tun, nur mit einem Manager und ein paar Assistenten. Übriges, du wirst ihn früher sehen als ich. Er tritt in Vegas auf."

„Wieso weißt du das?"

„Wir haben telefoniert", gab Jamie zu. „Ein einziges Mal. Und – da lud er mich zu seiner Show ein."

„Interessant, dass du das verschwiegen hast ..."

„Sonst ist ja gar nichts passiert. Glaubst du, ich benehme mich wie ein kicherndes Schulmädchen? Ich laufe doch nicht jedes Mal zu meiner besten Freundin, wenn ein Kerl anruft."

„*Jedes* Mal?"

„Sei nicht albern."

„Kimm will dich sehen. Kannst du zu mir kommen?"

„Jetzt *gleich*?" frage Jamie erschrocken. „Ist es *so* dringend?"

„Morgen früh reise ich ab, und ich finde, ich sollte dabei sein, wenn du mit Kimm redest."

„Warum? Ist es *sehr* schlimm?"

„Warten wir ab, was sie zu sagen hat."

„Oh Gott!" jammerte Jamie. „Wie soll ich eine Katastrophe verkraften? Ich liebe Peter. Und ich bin mir sicher, er liebt mich auch ..." Plötzlich senkte sie ihre Stimme zu einem Flüstern. „Jetzt kann ich nicht drüber reden. Anton lungert hier rum."

„Steig in ein Taxi und komm her."

„Okay."

Kimm trug den schwarzen Ledermantel, den Madison ihr in Miami geschenkt hatte, und einen Hauch von Make-up.

„Wie hübsch du aussiehst!" meinte Madison und führte sie ins Wohnzimmer, wo Slammer an den Beinen der Besucherin zu schnüffeln begann.

Kimm bückte sich und streichelte ihn.

„Nun bringe ich dir erst mal ein Evian", erbot sich Madison. „*Ohne* Eis. Anscheinend freut sich mein Hund über deine Gesellschaft."

„Tut mir Leid, dass ich schlechte Nachrichten habe." Kimm tätschelte Slammers Kopf. „Irgendwie hab ich's geahnt", fügte sie hinzu, nachdem Madison ihr eine Mineralwasserflasche gebracht hatte. „Sobald eine Ehefrau Verdacht schöpft, gibts einen Grund dafür."

„Das wird Jamies Herz brechen", seufzte Madison. „So stark wie ich ist sie nicht. Viel empfindlicher."

„Ja, das habe ich gemerkt."

„Weißt du – wegen ihrer Schönheit wurde sie stets von allen Leuten verwöhnt – die blonde, blauäugige Göttin, der sämtliche Männer zu Füßen liegen. Sie erweckt nicht Lust, sondern Liebe. Deshalb ist sie immer beschützt worden."

„Wie erfreulich für sie", sagte Kimm trocken.

„Kurz nach dem College-Abschluss lernte sie Peter kennen, und vor drei Jahren haben sie geheiratet. Sie sind – waren – sehr glücklich. Was du herausgefunden hast, wird Jamie am Boden zerstören."

„Wenn sie die Fotos sieht, wird sie sich noch mehr aufregen."

„Warum? Ist Peters Geliebte so schön?"

„Warten wir, bis Jamie da ist."

„Einverstanden." Wie ich diese Situation hasse, dachte Madison. „Es ist *ihre* Sache, nicht meine. Vielleicht sollte ich gar nicht dabei sein."

„So habe ich's nicht gemeint", entgegnete Kimm. „Ich will es bloß nicht zweimal erzählen."

„Das verstehe ich."

Slammer bellte, um Jamies Ankunft zu melden, und Madison lief zur Wohnungstür, um sie aufzureißen.

„Hi!" In einem langen blauen Kaschmirmantel sah Jamie zauberhafter aus denn je. „Wie schnell du bist! Ich musste nicht einmal läuten."

„Weil ich ein vierbeiniges Radargerät habe."

„Du gewöhnst dich viel zu sehr an den Hund", warnte Jamie ihre Freundin. „Was machst du denn, wenn der Besitzer ihn zurückhaben will?"

„Dazu wirds niemals kommen, der bleibt in Australien. Und falls er wider Erwarten auftaucht, behaupte ich, inzwischen sei ihm die Vormundschaft entzogen worden."

„Komisch ..." Jamie strich sich das kurze Haar aus der Stirn und folgte ihrer Freundin ins Wohnzimmer. „Früher hattest du eine Heidenangst vor großen Hunden."

„Und jetzt ist Slammer ein besserer Gefährte als jeder Mann", scherzte Madison. „Treu, liebevoll und immer da."

Anscheinend spürte der Labrador, dass über ihn gesprochen wurde. Er sank zu Boden, drehte sich auf den Rücken und streckte alle viere in die Luft.

„Typisch Mann!" bemerkte Jamie amüsiert. „Zeigt seine wichtigsten Teile und ist stolz drauf."

„Hallo, Jamie", grüßte Kimm. „Freut mich, Sie wiederzusehen."

„Nun – hoffentlich freue ich mich auch, *Sie* wiederzusehen", erwiderte Jamie unbehaglich. „Was haben Sie mir zu bieten?"

„Eine Überraschung."

„Normalerweise liebe ich Überraschungen." Jamie schlüpfte aus ihrem Mantel und hängte ihn über eine Sessellehne.

„Diese wird Ihnen vielleicht *nicht* gefallen."

„Was ists denn?" fragte Jamie und wappnete sich gegen das Unvermeidliche.

„Fotos. Und Bandaufnahmen von Handygesprächen Ihres Mannes."

„Durften Sie die denn aufzeichnen?"

„Das spielt keine Rolle für mich – ich tus einfach."

Sekundenlang schloss Jamie die Augen. „Okay."

„Hör mal, ich bin im anderen Zimmer, wenn du mich brauchst und ...", begann Madison.

„Nein!" unterbrach Jamie ihre Freundin mit scharfer Stimme. „Bleib bei mir!"

Kimm öffnete ihre Aktentasche. „Vermutlich möchten Sie erst mal die Fotos sehen." Ihr breites Gesicht wirkte ernst, fast traurig.

„Was für eine Qual das ist!" klagte Jamie. „Bitte, Maddy, schau du dir die Bilder an – ich schaff das nicht."

„Doch, du schaffst es."

„Oh nein! Wenn ich die Frau kenne ..."

„Trotzdem – das musst du selber machen", beharrte Madison.

Widerstrebend nahm Jamie die Fotos mit zitternder Hand entgegen und betrachtete sie eine Zeit lang. Ihre klassisch schönen Züge zeigten keine Regung. Schließlich reichte sie die Bilder ihrer Freundin. „Was bedeutet das? Was zum Teufel *bedeutet* das?"

Madison inspizierte das erste Foto, das Peter am Straßenrand im Gespräch mit einem Mann zeigte. Auf dem zweiten war eine intime Szene zu sehen. Die beiden neigten sich zueinander. Auf dem dritten umarmten sie sich. Und auf dem vierten betraten sie Hand in Hand ein Hotel.

„Oh Gott ...“ Madison fühlte sich elend.

Für eine Weile herrschte tiefe Stille im Zimmer, dann räusperte sich Kimm. „Tut mir Leid, Jamie, aber irgendwann mussten Sie's erfahren.“

„Was?“ Aus Jamies Wangen wich alle Farbe.

„Ist es denn nicht offensichtlich?“ würgte Madison hervor.

„*Was*?“ schrie Jamie. „Sag es mir!“

Madison wechselte einen Blick mit Kimm. Fast unmerklich nickte sie und forderte sie auf zu sprechen.

„So sehr ich es auch bedauere, Jamie ...“, begann die Privatdetektivin und zögerte kurz. „Peter hat eine Affäre mit einem Mann.“

Diesen Worten folgte drückendes Schweigen.

40. KAPITEL

Um sich für Vegas zu rüsten, erwarb Rosarita zwei sündhaft teure Designeroutfits bei Barney's. Danach besuchte sie ihren Lieblingsladen, Bigelow Apothecaries an der Sixth Avenue. Als Kosmetik- und Make-up-Freak flippte sie völlig aus und kaufte einen roten CE-Nagellack mit Glitzerteilchen, einige Laura-Mercier-Lippenstifte, diverse portugiesische Seifen von Klaus Porto und eine Feuchtigkeitscreme von Peter Thomas Roth, ihrer bevorzugten Pflegeserie.

Sie bezahlte mit ihrer Kreditkarte – auf Chas' Rechnung, dann stieg sie in ein Taxi und fuhr nach Hause.

Jetzt, wo ich schwanger bin, lässt Daddy vielleicht einen Wagen mit Chauffeur springen. Oder soll ich auf den kalten New Yorker Straßen dauernd in Taxis rein- und wieder rausklettern?

In Vegas wollte sie mit ihm darüber reden, am besten, wenn Martha zuhörte, die ihr sicher zustimmen würde.

Ins Apartment zurückgekehrt, packte sie die Neuerrungenschaften von Bigelow sorgfältig in ihren Kosmetikkoffer und vergewisserte sich, dass die Giftflasche gut versteckt zuunterst lag.

Sie fühlte sich nervös, was nicht zu ihr passte, aber auch freudig erregt. Endlich würde sie nach Vegas fliegen, und wenn alles planmäßig lief, bald ihre Freiheit erlangen.

Musste das nicht gefeiert werden?

Am anderen Ende der Stadt erschien Dexter voller Enthusiasmus zum ersten Mal beim Schauspielunterricht. Erfolgreiche Tage lagen hinter ihm. Sowohl Chas als auch Mortimer hatten sich zu einer Besprechung mit Silver bereit erklärt. Wenn er aus Vegas zurückkam, würde er sofort einen Termin festlegen. Silver hatte die gute Neuigkeit begeistert aufgenommen. „Setz mich mit einem potenziellen Investor ins selbe Zimmer, Darling, und das Geld gehört uns." Ein kehliges Lachen. „Ich kann *sehr* überzeugend wirken."

Ja, das wusste er.

Der Schauspiellehrer, den Annie ihm empfohlen hatte, war ein hoch gewachsener, dünner, bleicher Mann namens Finian Price, mit schmalen Augen, bedrohlich verkniffenen Lippen und gelben Dracula-Zähnen. Früher hatte er winzige Rollen in bedeutsamen Filmen gespielt, und Dexter erkannte ihn auf Anhieb.

„Sir, es ist mir eine Ehre, Sie kennen zu lernen", beteuerte er und stellte sich vor.

Finian kanzelte ihn mit einem verächtlichen Blick ab. „Verschonen Sie mich mit dieser Sir-Scheiße – setzen Sie sich da drüben hin", befahl er und zeigte zum Ende einer Stuhlreihe mit kerzengeraden Lehnen.

Eigentlich hatte Dexter einen freundlicheren Empfang erwartet, nachdem Annie versichert hatte, sie würde den Mann persönlich kennen. Aber Finian hatte offensichtlich andere Dinge im Kopf.

Das Klassenzimmer füllte sich mit Schülern, etwa zwanzig zumeist jungen Leuten. Aufmerksam schaut sich Dexter um und überlegte, ob einige schon als Schauspieler gearbeitet hatten, so wie er selbst. Er kannte niemanden.

Schließlich setzte er sich auf den Platz, den Finian ihm zugewiesen hatte. Das Mädchen an seiner Seite wandte sich zu ihm – ein zierliches Geschöpf mit naturblondem Haar, das bis zur Taille reichte, einem unschuldigen Gesicht, großen Augen, vollen Lippen und einer bezaubernden Stupsnase. „Hi, ich bin Gem", begrüßte ihn die Lichtgestalt mit sanfter, melodischer

Stimme, schenkte ihm ein traumhaftes Lächeln und streckte ihre Hand aus.

Zum ersten Mal in seinem Leben wurde er vom Schwindel erregenden Gefühl wahrer Liebe erfasst.

„Eh – Dexter Falcon“, stotterte er und schüttelte ihre Hand.

„Freut mich, Sie kennen zu lernen, Dexter. Sind Sie neu hier?“

„Ja“, murmelte er, restlos fasziniert von diesem Engel.

„Sehr gut“, seufzte sie erleichtert. „Das bin ich auch – und furchtbar nervös.“

„Keine Bange“, hörte er sich sagen, „ich werde Sie beschützen.“

„Wirklich?“ fragte sie leise.

„Oh ja.“ Beinahe überwältigte ihn das Bedürfnis, sie vor allem Bösen zu bewahren.

„Ich bin erst letzte Woche nach New York gekommen. Aus Indiana. Eine Freundin erzählte mir von diesem Kurs, und ich wusste sofort, das ist meine Welt – obwohl die Aufnahmegebühr fast meine ganzen Ersparnisse verschlungen hat.“

„Angeblich ist Mr. Price ein ausgezeichneter Schauspiellehrer.“

„Das will ich hoffen. Mein Geld reicht nur noch für drei Monate. Wenn ich in der Zwischenzeit kein Engagement finde, muss ich in den Bus steigen und nach Hause fahren. Vielleicht brauche ich einen Agenten ...“, fügte sie zögernd hinzu.

Genauso war Dexter bei seiner Ankunft in New York gewesen. Naiv und vertrauensvoll. Und so durfte man in dieser unbarmherzigen Stadt nicht sein.

Nun, *ihn* hatte das Schicksal begünstigt. Irgendjemand würde dafür sorgen müssen, dass auch Gem eine Chance bekam.

„Darf ich um Ruhe bitten?“ donnerte Finian und postierte

sich vor seinen Schülern. „Um Himmels willen, konzentrieren Sie sich!"

Zustimmendes Gemurmel erfüllte den Raum.

„Heute besprechen wir den Film ‚Fight Club'. Wir analysieren die handelnden Personen und erörtern, was Sie von ihnen halten. Außerdem versuchen wir herauszufinden, warum ihr armen Schweine Schauspieler werden wollt, denn das ist weiß Gott ein harter Beruf. *Ich* habs geschafft", prahlte er. „Ja, ich zähle zu den Glücklichen. Und jetzt dürft ihr von Glück reden, weil ich meine sauer erworbenen Kenntnisse mit euch teile."

„Er ist ein berühmter Schauspieler, nicht wahr?" wisperte Gem ehrfürchtig. „Ich habe ihn in mehreren Filmen gesehen."

„Kein Star, wenn Sie das meinen", flüsterte Dexter. „Aber laut meiner Agentin ein exzellenter Schauspiellehrer."

„Oh", hauchte sie, noch tiefer beeindruckt. „Sie haben also eine Agentin?"

„Nun, ich habe bereits als Schauspieler gearbeitet", erklärte er und hoffte, das würde nicht angeberisch klingen. „Ich bin nur hier, um mir ein paar Tipps zu holen."

„Haben Sie in Filmen mitgewirkt?" Diese weiche, musikalische Stimme ... Welch ein Unterschied zu Rosaritas schrillem Geschrei ...

„In einer TV-Daily-Soap. ‚Dunkle Tage'."

„Wie aufregend. Leider hatte ich zu Hause nie Zeit, um tagsüber fernzusehen. Ich war Kassiererin in einem Supermarkt."

„Doch nicht *Sie*?"

„Ja, *ich*", bekräftigte sie lächelnd.

„Glückliche Kunden ..."

„Danke." Verlegen senkte sie den Blick. „Drei Jahre lang habe ich für New York gespart. Seit ich sechzehn war."

„Haltet den Mund da drüben!" rief Finian erbost. „Wofür

bezahlt ihr Idioten eigentlich den Kurs? Nur um mich anzuschauen? Oder um mir zuzuhören? Wenn ihr mich *sehen* wollt, geht ins Kino und bewundert mich in meinen Filmen. Aber wenn ihr *zuhören* und was lernen wollt, solltet ihr *das* tun, verdammt noch mal! Schlimm genug, dass ich Amateure unterrichten muss! Also seid still, oder ich weigere mich, fortzufahren."

Sein ungehobeltes Benehmen schockierte Dexter. Und es erschreckte ihn ebenso, dass Annie ihn in einen Kurs geschickt hatte, der offenkundig für Anfänger bestimmt war. Er war kein Anfänger. Immerhin hatte er ein Jahr lang in „Dunkle Tage" mitgespielt und gewisse Erfahrungen gesammelt. Jeder, der auch nur ein bisschen was vom Showbiz verstand, musste wissen, dass so eine Daily Soap einem Intensivkurs glich. Tag für Tag lernte man seitenweise Dialoge auswendig. Und er hatte sich jede einzelne Silbe gemerkt. Außerdem konnte er blitzschnell auf ein Stichwort reagieren. Zum Teufel mit Annie! Der achtwöchige Kurs kostete ihn fünfzehnhundert Dollar, eine exorbitante Summe.

„Tut mir Leid", murmelte Gem. „Jetzt ist er böse, und daran bin *ich* schuld."

Dexter konnte sie nicht aus den Augen lassen. Wie hübsch sie war. Und so unschuldig. „Beruhigen Sie sich", flüsterte er. „Von solchen Rüpeln lasse ich mich nicht einschüchtern."

Während der restlichen Stunde tat Finian sein Bestes, um die Schüler zu entmutigen. Diesen oder jenen beorderte er zu sich, befahl ihm, eine Szene zu lesen, und danach zerriss er die schauspielerische Leistung in der Luft. Außerdem verunglimpfte er das gesamte Ensemble vom „Fight Club", nannte Edward Norton einen Langweiler, Helena Bonham Carter eine übertrieben dramatische Ziege und Brad Pitt einen überschätzten Sexprotz.

Oh Gott, wie verbittert er ist, dachte Dexter. Wahrscheinlich bin ich hier am falschen Ort. Das werde ich Annie sagen.

Erstaunlicherweise hing Gem voller Bewunderung an Finians Lippen, und Dexter bedauerte, dass sie ihr schwer verdientes Geld für diesen Kurs verschwendete. Er konnte sich das leisten – *sie* sicher nicht.

Nach dem Ende des Unterrichts gingen sie zusammen hinaus.

„Wie wärs mit einer Tasse Kaffee?“ schlug er vor.

„Okay.“

„Sehr gut.“ Dass sie die Einladung annahm, beglückte ihn – obwohl er sich lächerlich vorkam.

„Ich fühle mich so unbedeutend“, seufzte sie, während sie die Straße entlangwanderten. „Und völlig dilettantisch ... Ich glaube, dieser Lehrer hasst uns alle.“

„O nein“, widersprach er. „Finian ist ein deprimierter Schauspieler, der es niemals zum Star gebracht hat. Jetzt lässt er seinen Frust an uns aus. Das ist gewissermaßen seine Rache an der Menschheit.“

„Wie kann so jemand Schauspielunterricht geben?“

Dexter zuckte die Achseln. „Keine Ahnung. Aber was sollte er auch sonst tun?“

„Und ich habe mich so auf den Kurs gefreut.“

„Vielleicht bessert er sich.“

„Hoffen wir's ... Wie lange sind Sie schon Schauspieler, Dexter?“

„Nicht allzu lange“, gab er zu. „Davor war ich ein Model – der Mortimer Marcel Boy.“ Er lachte beschämt. „Klingt schrecklich, nicht wahr?“

„Keineswegs.“

„Ein paarmal habe ich für Marcels Werbekampagnen posiert, und man konnte mich sogar auf einem Plakat am Times Square bestaunen.“

„Wirklich?“ Hingerissen schaute sie zu ihm auf. „Das ist ja *fantastisch!*“

So hatte ihn Rosarita noch nie angesehen.

Plötzlich wurde er in die Realität zurückgeholt. Oh Gott, was *tat* er denn? Seine Frau war schwanger, und er dachte nur noch an dieses Mädchen. Das musste sofort aufhören. „Eh – hören Sie, Gem – was den Kaffee betrifft ... Gerade ist mir eingefallen, ich bin – eh ... verabredet.“

„Oh“, murmelte sie, sichtlich enttäuscht. „Schon gut, das verstehe ich.“

„Sehen wir uns nächste Woche beim Unterricht?“

„Ja“, antwortete sie erwartungsvoll.

Was sie sich wünschte, wusste er – dass er sie nach ihrer Telefonnummer fragen würde. Doch das tat er nicht – das durfte er nicht. „Passen Sie auf sich auf. Diese Stadt ist ziemlich brutal.“

„Das weiß ich.“ Entschlossen nickte sie. „Aber ich habe wenigstens einen Job als Kellnerin.“

„Wo?“

„In einem Restaurant in TriBeCa. Solange ich genug verdiene, um zu überleben, kann ich meinen Traum verfolgen.“

Ein Mädchen mit einem Traum.

Wie erfrischend.

Nachdem Varoomba ihre Sachen für den Vegas-Trip gepackt hatte, rief sie ihre Großmutter an. Das musste sie mehrmals versuchen, bis sich die Lady endlich meldete. Renee war eine viel beschäftigte Frau, die einen Telefonsex-Service betrieb. Obwohl sie Varoomba großgezogen hatte, deren Mutter an einer Überdosis Drogen gestorben war, war sie wohl kaum der gütige, großmütterliche Typ.

„Hi“, grüßte Varoomba.

„Wer ist da?“ fragte Renee misstrauisch.

„Ich bins, Grams. Erkennst du meine Stimme nicht?“

„Ach – *du*“, antwortete Renee mürrisch.

„Hör mal, Grams, ich fliege nach Vegas und möchte dich mit meinem Freund besuchen. Würdest du dich nett anziehen?“

„Was für ein Freund ist das?“

„Was Festes. Hoffentlich wird er mich heiraten.“ Hysterisches Gekicher. „Wer weiß? Vielleicht komme ich in Vegas unter die Haube.“

„Und was habe *ich* dabei zu tun? Was erhoffst du dir denn von meiner Anwesenheit?“

„Chas ist ein Familienmensch. Sicher freut er sich, wenn er erfährt, dass ich eine Verwandte habe und nicht nur eine blöde Stripperin bin.“

„Meinst du, er liebt dich wegen deiner Familie?“ spottete Renee. „Nicht wegen deiner gigantischen Titten?“

„Bitte, Grams!“

„Schon gut, schon gut. Ruf mich an, wenn du da bist. Und bring Geld mit. Seit Monaten hast du mir nichts mehr geschickt.“

„Klar, Grams, ich versprechs dir. Nur eins noch – bevor wir uns treffen, darfst du dich nicht betrinken.“

„Ha!“ rief Renee entrüstet. „Wieso glaubst du, ich würde immer noch saufen?“

Vielleicht, weil ich dich noch nie ohne ein Glas in der Hand gesehen habe ...

„Wirklich, das ist sehr wichtig für mich, Grams“, erklärte sie fast flehend. „Und wir hätten beide was davon. Dieser Mann ist stinkreich.“

„*Endlich* kommt das Mädchen zur Vernunft.“

„Wir fliegen nach Vegas, um uns diesen sensationellen Boxkampf anzuschauen. Sobald wir gelandet sind, melde ich mich bei dir."

Im Lauf der letzten Tage hatte Varoomba einen Plan geschmiedet und entschieden, das wäre die beste Chance, Chas einzufangen. Offensichtlich legte er großen Wert auf Familienbande. Sonst würden seine zwei Töchter nicht dauernd bei ihm antanzen. Und die jüngere, die ihm Enkelkinder geschenkt hatte, liebte er ganz besonders.

Deshalb dachte sie, wenn ihre Grandma sich anständig benahm und vor allem nüchtern blieb, könnte sie einen guten Eindruck auf ihn machen.

Höchste Zeit, den richtigen Platz im Leben einzunehmen. Und Mrs. Chas Vincent – das klang verdammt gut.

„Hi, Schätzchen", sagte Dexter und küsste Rosarita flüchtig auf die Wange.

„Hi, Schätzchen", imitierte sie seinen Tonfall. Jetzt bloß keinen Argwohn erregen ...

„Hast du alle deine Einkäufe erledigt?"

„Oh ja, ich habe mir zwei großartige Fummel ausgesucht. Darin sehe ich richtig scharf aus."

Dexter brachte ein schwaches Lächeln zustande, obwohl er fand, eine werdende Mutter dürfte sich nicht aufreizend kleiden. So etwas würde Gem niemals tun.

„Und wie wars in diesem Schauspielkurs?" Rosarita inspizierte ihre perfekt manikürten Nägel.

„Okay." *Besser als okay. Ich habe die Frau meiner Träume getroffen. Und ich kann nicht aufhören, an sie zu denken.*

„Nur okay?" Rosarita unterdrückte ein gelangweiltes Gähnen. „Hat dir der Lehrer nicht versichert, du wirst der nächste Harrison Ford?"

„Leider nicht."

„Wie schade." In ihrer Stimme schwang ein spöttischer Unterton mit. „Vielleicht solltest du ihm deine Videos vorführen, damit er dich in Aktion sieht."

Manchmal fragte er sich, *warum* sie so ein Biest war. Fast alles, was über ihre Lippen kam, klang verächtlich.

Er wandte sich ab und dachte wieder an Gem. Genau das war sie – eine Gemme, ein Juwel, eindeutig das Mädchen, nach dem er sich immer gesehnt hatte.

Wieso er das wusste?

Weil er es spürte.

Vor ein paar Monaten hatte Rosarita die Scheidung verlangt. Das hatte er abgelehnt. Nun war es zu spät. Wie ein Volltrottel hatte er den Rat seines Dads befolgt und sie geschwängert. Natürlich durfte er nicht verlangen, sie solle das Baby loswerden. Wie seine Mutter zu sagen pflegte: *Wie man sich bettet, so liegt man.*

„Möchtest du heute Abend essen gehen?" fragte er. Weil er nicht in der Wohnung herumsitzen und sich vorstellen wollte, was gewesen wäre, wenn ...

„Gute Idee." Auch Rosarita wollte nicht in der Wohnung herumsitzen und sich fragen, was gewesen wäre, wenn ...

Dexter strich sich durchs Haar. Vor seinem geistigen Auge erschien Gems Bild. „Wann müssen wir morgen aufbrechen?"

„Um neun, Daddy holt uns ab."

„Willst du wirklich nach Vegas fliegen?" fragte er und hoffte, sie würde sich anders besinnen.

Rosarita fixierte ihn mit einem langen, durchdringenden Blick. „Um nichts auf der Welt würde ich darauf verzichten. Glaub mir, das wird eine unvergessliche Reise. Für uns alle."

41. KAPITEL

Antonio „The Panther" Lopez – ein Muskelpaket mit dunklem, nach hinten gegeltem Haar, einem frechen Grinsen und mehreren vorstehenden Goldzähnen – litt offensichtlich nicht an mangelndem Selbstvertrauen.

„Gegen mich hat der Champ keine Chance", prophezeite er, während er mit Madison auf einer Bank im Trainingslager saß. Sein Manager und diverse Betreuer hingen in der Nähe herum.

„Warum?" fragte sie und betrachtete sein kantiges Gesicht, den Stiernacken und die breiten Schultern. In Gedanken formulierte sie bereits eine anschauliche Beschreibung des jungen Boxers.

„Weil ich in seinen armseligen Arsch treten werde, wie er's noch nie erlebt hat", prahlte er.

„Tatsächlich?"

„Das werden Sie ja sehen."

„Haben Sie schon in Ihrer Kindheit vom Weltmeistertitel geträumt?"

Seufzend verzog er die Lippen. „Ich hatte keine Kindheit."

„Wieso?"

„Mein Alter glaubte, die würde ich nicht brauchen."

„Warum?"

„Weil ich zusammen mit ihm arbeiten musste."

„Was war er denn?"

„Ein gottverdammter Handlanger für die reichen Arschlöcher in Mexico City."

„Hat es Ihnen keinen Spaß gemacht, Ihrem Dad zu helfen?"

„Heiliger Himmel, damals war ich zehn."

„Ein hartes Leben, nicht wahr?"

„Wenigstens hab ich dabei gelernt, jeden Hurensohn in den Hintern zu treten."

„Tonio!" mahnte sein Manager, ein dicker älterer Mann in einem zerknitterten Anzug, und trat hastig näher. „Nun mach mal halblang. Das ist eine feine Lady von einer berühmten Zeitschrift."

„Wenn ich nett und höflich war, hats mir nie was eingebracht", fauchte der Panther. „Höchstens Hundescheiße."

„Bitte, Tonio!" flehte der Manager. Über seine Stirn rannen Schweißtropfen. „Beruhige dich. Spar dir deinen Zorn für morgen Abend."

Antonio grinste durchtrieben, stand auf und streckte sich. Zu grün gestreiften Shorts trug er ein locker geschnittenes Tank-Top; die Füße steckten in silbernen Turnschuhen. Mehrere Goldketten hingen um seinen Hals, zwei mit Medaillons, die mit Brillanten besetzt waren. „Wie ich rede, geht ihr am Arsch vorbei. Die ist cool. Nicht wahr, Lady?"

„Klar", stimmte Madison zu und schaute sich nach Jake um. Er hätte längst ankommen müssen. Nun verpasste er ein paar gute Schnappschüsse. Außerdem wäre es interessant, sich anzuhören, was er zu sagen hatte – obwohl sie nichts mehr mit ihm zu tun haben wollte.

Konzentrier dich lieber auf Antonio. Lass deine Gedanken nicht in andere Richtungen wandern.

Falls Antonio den Titel gewann, würde er sich nicht mehr so umgänglich verhalten – eine echte Persönlichkeit, der neue Champion. Zweifellos würde ihm der Ruhm zu Kopf steigen. Und der würde explodieren. Also musste sie ihn *jetzt* aushorchen, vor der Detonation.

Gestern war sie am späten Abend in Las Vegas gelandet, mit einem Taxi vom Flughafen zum Hotel gefahren und sofort ins

Bett gesunken, um sich vor dem Interview, das frühmorgens im Trainingscamp stattfinden sollte, halbwegs zu erholen.

Bedrückt dachte sie an Jamie. Nachdem Kimm gegangen war, hatten sie bis in die Nacht hinein diskutiert.

„Was soll ich nur tun?“ hatte Jamie gejammert. „Was zum Teufel soll ich tun?“

„Stell ihn zur Rede“, schlug Madison vor. „Geh nach Hause und sag ihm, was du weißt. Dann gib ihm eine Chance, alles zu erklären.“

„Was denn?“ schrie Jamie wütend. „Dass er mit einem Kerl bumst?“

„Zeig ihm die Fotos.“

„Sicher wird er alles abstreiten.“

„Du hast Beweise.“

„Nein, eine Konfrontation würde ich nicht ertragen. Ich will einfach nur weg von ihm.“

„Komm schon, Jamie, du musst ihm gegenübertreten.“

„Warum?“

„Weil ihr euer Leben miteinander teilt. Ein Apartment. Euer Eigentum. Alles. Mach ihm klar, dass es vorbei ist. Falls du dich *wirklich* von ihm trennen möchtest.“

„Niemals!“ fauchte Jamie sarkastisch. „Ich *sehne* mich geradezu nach einer glücklichen Ehe mit einem Schwulen!“ Und dann brach sie in Tränen aus. „Zur Hölle mit diesem Bastard! Ich hasse ihn und will ihn nie wiedersehen!“

Sie übernachtete bei Madison. Als Peter anrief, um nach ihr zu fragen, ließen sie den Anrufbeantworter laufen.

Am nächsten Morgen war Madison zum Flughafen gefahren, und Jamie hatte beschlossen, vorerst im Apartment ihrer Freundin zu bleiben.

„Werden Sie morgen Abend auf mich wetten?“ Antonio

musterte Madison mit zusammengekniffenen Augen und versuchte, ihre Gedanken zu lesen. „Wenn ja, sollten Sie eine größere Summe einsetzen."

„Ich wette nie."

„Wieso nicht?"

„Nur Verlierer spielen."

Der Boxer brüllte vor Lachen. In seinen Goldzähnen spiegelte sich helles Sonnenlicht. „So eine Scheiße, Baby! Wenn Sie auf mich wetten, *gewinnen* Sie."

„Danke, besser nicht", erwiderte sie und überlegte, dass sie das Interview fortsetzen müsste.

Sie bereitete ihre Fragen niemals vor. Stattdessen ließ sie sich vom jeweiligen Gesprächspartner führen, wohin er wollte. Am liebsten verteilte sie ein Interview auf mehrere Tage. Auf diese Weise gewöhnten sich die Leute an sie, mit der Zeit fielen die Masken, und sie bekam die Antworten, die sie sich wünschte. Bei Antonio war diese Methode überflüssig, weil er kein Blatt vor den Mund nahm und redete, ohne nachzudenken.

Die Augen verengt, starrte er sie an. „Wie ich höre, genießen Sie einen erstklassigen Ruf, Lady."

„Oh, Sie auch", konterte sie.

„Mein Manager hat Sie gecheckt."

„Und ich habe mich über Sie informiert."

„Was haben Sie erfahren?" forderte er sie heraus, irgendwas Neues zu erzählen.

„Zum Beispiel, dass Sie dreiundzwanzig sind und drei Kinder von drei verschiedenen Frauen haben. Keine dieser Frauen wollen Sie heiraten."

„Weil die Ehe beschissen ist."

„Warum?"

„Sie sind eine kluge Frau. Also müssen Sie's wissen."

„Erklären Sie's mir."

„Mit der Zeit wird es langweilig."

„So? Wie sind Sie zu dieser Erkenntnis gelangt?"

Ein anzügliches Grinsen. „Wer will schon jede Nacht dieselbe Frau ficken?"

Der Manager stöhnte vernehmlich.

„Waren Ihre Eltern glücklich miteinander, Antonio?" fragte Madison.

„Glücklich? *Scheiße*! Meine Mom hat sich zu Tode geschuftet, und mein Alter hats mit allem getrieben, was Röcke trug."

„Also hat die Beziehung zwischen Ihren Eltern Ihre Meinung über die Ehe beeinflusst?"

„Eh?" murmelte Antonio verständnislos.

Madison wechselte den Kurs. „Und die Liebe?"

„Ah, die Liebe!" Er lachte spöttisch. „Diesen Unsinn haben die Frauen erfunden."

„Haben Sie noch nie jemanden geliebt?"

„Meine Kinder liebe ich", erwiderte er ärgerlich, „die sind ein Teil von mir."

„Der gute Teil?"

Misstrauisch starrte er sie an. „Ja, vielleicht."

Aus den Augenwinkeln sah sie Jakes Van auf den Parkplatz fahren. Eine junge Blondine mit sensationeller Figur und neckischen Zöpfchen sprang vom Beifahrersitz und begann, die Fotoausrüstung auszuladen.

Sichtlich entzückt, spähte Antonio hinüber und leckte ostentativ über seine wulstigen Lippen. „Wer ist denn *dieser* Zuckerarsch?"

Madison verpasste niemals eine Chance, sachdienliche Fragen zu stellen. „Mögen Sie lieber schwarze Frauen oder weiße?"

„Egal – solange sie Muschis haben."

Hübsches Zitat. Das würde sie verwenden.

„He!" Jake schlenderte zu ihr. „Wieso bist du ohne mich hergekommen? Ich dachte, wir sollen diesen Auftrag zusammen erledigen."

„Tut mir Leid", entgegnete sie kühl, „ich nahm an, du würdest früher aufkreuzen."

„Warum?"

„Nun, ich hatte es erwartet ..." Ehe sie sich zurückhalten konnte, fragte sie: „Wer ist das Mädchen?"

„Oh – Trinee. Derzeit meine Assistentin, die Tochter eines Freundes. Das ist ihr erster Job."

„Wie nett." Typisch Jake, dachte sie, eine Assistentin zu engagieren, die sich für den *Playboy* entblättern müsste.

„Bist du etwa eifersüchtig?" Grinsend hob er die Brauen. „Sie ist noch ein Kind."

„Eifersüchtig? Ich? Hast du den Verstand verloren?"

Ehe er antworten konnte, postierte sich der Manager zwischen ihnen. „Sind Sie der Fotograf?"

Jake nickte.

„Knipsen Sie Antonio nicht von rechts", befahl der Manager, immer noch schweißüberströmt. „Nur von links. Und keine Fotos unterhalb der Gürtellinie."

„Wie bitte?"

„In dieser Zone ist er ungewöhnlich gut bestückt", erläuterte der Manager *sotto voce.* „Das wollen wir nicht herausstreichen."

„Alles klar." Jake zwinkerte ihr zu, womit er ihr bedeutete, jetzt wisse er, worauf er besonders achten musste. Wahrscheinlich würde Antonio die Fotos lieben.

„Hallo, Süße", versuchte Antonio die Blondine anzumachen, die gerade einen Film in die Kamera legte. „Möchten Sie am künftigen Champ nuckeln?"

Wortlos errötete das Mädchen. Ein echter rosiger Hauch.

„Ich könnte Ihnen Dinge zeigen, die Sie niemals durch eine Kamera sehen würden", fuhr er mit einem lüsternen Unterton fort, worauf sich Trinees Wangen noch dunkler färbten. Vermutlich war sie höchstens siebzehn.

„Hi, Antonio, ich bin Jake Sica", stellte sich ihr Boss vor, „und ich mache die Fotos für *Manhattan Style.* Haben Sie was dagegen, wenn ich knipse, während Sie reden? Die offiziellen Porträts heben wir uns für später auf."

„Natürlich, Mann, schießen Sie los!" rief Antonio strahlend. „Ich bin sehr fotogen. Sogar mein Arsch sieht affengeil aus."

„Wie schön für Sie", bemerkte Madison trocken. Unglücklicherweise verlief das Interview nicht so, wie sie es erwartet hatte. Diesem Boxer legte sie keine Worte in den Mund – er setzte sich selber in Szene.

Gegen Mittag hatte sie mehr unflätige Zitate gesammelt, als sie verkraften konnte. Jake machte ein paar interessante Fotos, während Antonio schamlos mit der bezopften Blondine flirtete, mit einem Sparringspartner im Freiluftboxring trainierte, mit zwei Betreuern um das Camp herumjoggte und dann ein herzhaftes spätes Frühstück verspeiste – Steaks, Eier und einen ganzen Berg Obst. Nach einer Weile schlug sein Manager vor, Madison und Jake sollten später zurückkommen.

„Er trainiert für den größten Kampf seines Lebens", erklärte der Mann. „Da muss er sich konzentrieren."

„Anscheinend zweifelt er keine Sekunde lang an seinem Sieg", meinte Madison.

„Schon dreiunddreißig Kämpfe hat mein Junge bestritten – und keinen einzigen verloren", betonte der Manager voller Stolz. „Jedes Mal schlug er seinen Gegner k. o. Wie ein Komet wird er ganz nach oben steigen."

„Nun, ich fühle mich geschmeichelt, dass ich ihn interviewen darf."

„Kommen Sie so gegen vier zurück. Dann reden Sie wieder mit ihm, und Ihr Fotograf soll Bilder schießen."

Hm ... Victor hat dem Manager eine Titelgeschichte versprochen. So, wie Antonio quasselt, wirds auch eine werden. Sieger kriegen alles, Titelgeschichten inklusive ...

Während Jakes schnuckelige Assistentin die Fotoausrüstung zusammenpackte, ging er zu Madison. Gegen ihren Willen gefiel er ihr – so groß und gut gebaut und sexy. Nein, ermahnte sie sich streng. Nicht einmal im Traum darfst du daran denken.

„Was hast du jetzt vor?" fragte er.

„Ich treffe Natalie zum Lunch", erwiderte sie und versuchte, dem eindringlichen Blick seiner braunen Augen auszuweichen.

„Ist Natalie hier?"

„Ja, sie dreht eine Reportage über den Boxkampf – für ihre TV-Sendung. Sie muss irgendwo im Trainingscamp sein."

„Kann ich mit euch essen?"

„Nein, Jake, tut mir Leid. Natalie und ich haben uns viel zu erzählen."

„Werde ich immer noch bestraft?"

„Bestraft? Wofür?"

„Als wir uns neulich über den Weg liefen, warst du sauer. Mit gutem Grund. Es stimmt, unsere gemeinsame Woche war fabelhaft. Vielleicht habe ich dich deshalb nicht angerufen."

„Wie bitte?"

„Das ist so schwierig, Madison ..." Unbehaglich zuckte er die Achseln. „Jedes Mal wenn ich eine Frau wirklich mag, passiert irgendwas Schlimmes. Und dir darf nichts zustoßen."

„Oh", entgegnete sie kühl, „das ist ja ganz was Neues. Normalerweise heißt es doch ... ‚Ich kann dich nicht wiedersehen, weil du zu gut für mich bist.' Warum hast du *diese* Ausrede nicht benutzt?"

„Hör mal, es war ein schwerer Fehler, dass ich dich nicht angerufen habe. Dafür entschuldige ich mich. Darf ich dich heute Abend zum Dinner einladen? Dabei können wir uns in Ruhe aussprechen."

Verwirrt und unschlüssig zögerte sie. Aus einem ersten Impuls heraus wollte sie zustimmen, aber ihr Instinkt warnte sie davor. „Am Nachmittag sehen wir uns wieder hier im Camp, dann reden wir drüber."

„Vermutlich heißt das nein", meinte er frustriert.

„Nicht unbedingt, es bedeutet – vielleicht."

„Und wie kann ich ein Vielleicht in ein Ja verwandeln?" fragte er und schaute ihr tief in die Augen.

„Du hattest deine Chance, Jake."

„Okay, ich weiß. In L. A. hatte ich auch eine gute Gelegenheit. Leider habe ich's vermasselt. Glaubst du, Las Vegas könnte mir Glück bringen?"

Madison ging zu ihrem Mietwagen. Eigentlich sollte sie ihm keine Chance mehr geben, weil sie kein zweites Mal verletzt werden wollte. Und er *würde* ihr wehtun. Offensichtlich war er so ein Typ. „Bis später."

„Klar", antwortete er mit einem coolen Lächeln und fügte in Gedanken hinzu: Wenn du glaubst, dass ich bis dahin die Luft anhalte ...

Jamie schenkte dem korpulenten Mann am Schalter ihr allerschönstes Lächeln. Obwohl der Flug nach L. A. überbucht war, fand er noch einen Platz für sie.

Höflich bedankte sie sich, eine traumhafte Vision in ihrem

langen blauen Kaschmirmantel, mit leicht zerzaustem, kurzem blonden Haar und makellosem Teint.

Der Mann fragte sich, wie es wohl wäre, diese moderne Prinzessin mit den hinreißenden hohen Wangenknochen und sinnlichen vollen Lippen ins Bett zu locken. Während er ihr nachschaute, gestand er sich bedauernd ein, dass er das wohl nie herausfinden würde.

Jamie ging an Bord, fand ihren Platz an der Seite einer Farbigen, die sich in ein Buch über Okkultismus vertiefte. Erleichtert atmete sie auf. Müsste sie neben einem Mann sitzen, würde er während des ganzen Flugs auf sie einreden.

Ja. Sie war auf dem Weg nach Vegas. Und Peter wusste nichts davon. Keine Ahnung hatte er. Nicht den geringsten Anhaltspunkt. Zweifellos würde Peter, ohne den sie seit der Hochzeit kaum einen Schritt unternommen hatte, einen gewaltigen Schock erleiden.

Nach Madisons Abreise war sie im Apartment der Freundin geblieben. Peter hatte ein paarmal angerufen, um sich nach ihr zu erkundigen. Aber sie ignorierte seine Nachrichten auf dem Anrufbeantworter. Soll er doch Blut und Wasser schwitzen, dachte sie wütend, dieser verlogene, hinterhältige Hurensohn! Wenn sie ihn nie wiedersehen würde – das wäre ihr völlig egal. Kimm hatte ihr nicht nur Fotos geliefert, sondern auch Bandaufnahmen von seinen intimen Handygesprächen mit seinem Liebhaber, einem aufstrebenden Wallstreet-Broker namens Brian.

Sobald sie beschlossen hatte, was sie tun würde, rief sie Anton im Büro an.

„Wo *steckst* du denn, Herzchen?“ fragte er. „Peter ist total ausgerastet. Wie ich höre, bist du letzte Nacht nicht nach Hause gekommen, du unartiges kleines Mädchen.“

„Sag Peter", beauftragte sie ihn ganz langsam und betonte jede einzelne Silbe, „vielleicht hilft ihm sein guter Freund *Brian*, mich zu finden. Außerdem kannst du ihm ausrichten, meine Anwälte werden sich bei ihm melden."

„Was ist eigentlich los?" Beinahe glaubte sie zu hören, wie Anton die Ohren spitzte.

„Ich mache Urlaub. Vorerst komme ich nicht ins Büro."

„Aber – Darling ...", begann Anton zu protestieren.

„Bemüh dich nicht", hatte sie ihn energisch unterbrochen. „Jeder Widerspruch ist zwecklos. Ich brauche diese Atempause." Und *niemand* würde sie von ihrem Entschluss abbringen.

Jetzt saß sie im Flugzeug, und sie wusste ganz genau, wie die Atempause verlaufen würde – ein amüsantes Wochenende in Vegas, wo sie Madisons Geburtstag feiern würde. Und *nach* der Party wollte sie mit Kris Phoenix bumsen.

Oh ja, Jamie hatte ihren Rachefeldzug sorgfältig geplant.

42. KAPITEL

Rosarita starrte die junge Frau im blauen Kaschmirmantel an, die auf der anderen Seite des Mittelgangs in der American-Airlines-Maschine saß, und hasste sie. Genau der Blondinentyp, der sich für große Klasse hielt – und auf den Joel vielleicht abfahren würde.

Und was Rosarita ganz besonders ärgerte – dieses Blond war anscheinend echt.

Miststück!

Sie ergriff ihr Glas, Orangensaft mit Champagner, und leerte es. Dann rief sie mit dem Summer nach der Stewardess, um noch einen Drink zu bestellen. Dexter schnarchte an ihrer Seite. Wie schaffte er es bloß, in einem Flugzeug zu schlafen? Wusste er nicht, dass es jederzeit abstürzen und sie alle in einen grausigen Flammentod schleudern konnte. Dieser Idiot! Wenn sie ihn los war, würde sie sich *himmlisch* fühlen.

Zwei Sitzreihen weiter vorn saßen Chas und Varoomba. Wie dumm von ihm, seine vulgäre Strip-Hure mitzuschleppen ... Wusste er denn nicht, dass es in Vegas von Stripperinnen nur so wimmelte. Genauso gut könnte er einen Mars-Riegel in eine Schokoladenfabrik mitnehmen.

Blöd! Blöd! Blöd!

In L. A. würden sie die Reise unterbrechen, weil Chas dort übernachten und im legendären Spago in Beverly Hills dinieren wollte.

„In Las Vegas gibts auch ein Spago“, hatte Rosarita eingewendet.

„Das ist nicht dasselbe“, hatte ihr Vater erwidert. „In Beverly Hills sehen wir die Filmstars.“

Na und? Rosarita musste keine Filmstars sehen. Immerhin

hatte sie den Sohn eines der allerreichsten Amerikaner so gut wie eingefangen.

Was mochte Joel gerade tun? Vermisste er sie? Wahrscheinlich merkte er gar nicht, dass sie New York verlassen hatte ...

Doch, natürlich. Und nach ihrer Rückkehr, wenn alles planmäßig lief, würde sie endlich frei sein. Dann konnte sie anfangen, richtig zu leben.

Joel saß in der Limousine, knirschte frustriert mit den Zähnen und wartete auf Carrie Hanlon. Schon seit fünfundzwanzig verdammten Minuten harrte er aus, wie der Obertrottel des Jahres.

Dreimal hatte er dem Chauffeur befohlen, auf den Klingelknopf ihres Apartments zu drücken. Und dreimal hatte ihre Antwort gelautet: „Ich komme gleich."

Als sie endlich erschien, hatte sich die lange Warterei gelohnt. Miss All-American-Sexy-Supermodel – eine glänzende kastanienrote Mähne, schimmernder Teint, schneeweiße Zähne, lange Beine.

Auf dem Gehsteig blieben Passanten stehen, um sie anzustarren, und Joel grinste voller Stolz. Dieses Traummädchen gehörte zu *ihm*.

Nur vorübergehend. Bald würde sie's mit einem Teenager treiben. Nun, über Geschmack ließ sich streiten, besonders über den Geschmack mancher Frauen.

„Hi, Jack", begrüßte sie ihn und kletterte in den Fond der Limousine.

Jack? Machte sie Witze? Jack! Heiliger Jesus Christus, dieses arrogante Luder konnte sich nicht einmal seinen verdammten Namen merken!

„Joel", stieß er sehr frustriert zwischen zusammengebissenen Zähnen hervor.

„Was auch immer …“ Carrie inspizierte den Inhalt des kleinen Kühlschranks. „Kein Champagner?“ beschwerte sie sich. Auf ihrer glatten Stirn zeigte sich eine winzige Falte.

„Es ist neun Uhr morgens.“

„Und?“

„Willst du Champagner?“

„Cristal.“

Joel klopfte an die getönte Glasscheibe, die den Fond vom Chauffeur trennte, und beauftragte ihn, bei der nächsten Vinothek zu halten. Wenn die verwöhnte Zicke Cristal wollte, sollte sie eine Flasche kriegen.

„Hallo, Baby!“ Natalies strahlendes Lächeln erhellte die Terrasse des Spago im Caesar's Palace.

Madison umarmte sie, und Natalie – eine temperamentvolle, einsachtundfünfzig große Farbige mit glänzender Haut und schönen braunen Augen – quietschte vor Freude. Dann trat sie einen Schritt zurück. „Wie schön du bist!“

„Dieses Kompliment muss ich dir zurückgeben.“

„Nun, ich hatte nicht erwartet, dass du *so gut* aussieht. Nach allem, was du am Telefon erzählt hast, gehts dir nicht besonders.“

„Stimmt.“ Madison zuckte die Achseln. „Aber du kennst mich ja, ich bin eine Überlebenskünstlerin.“

„Komm“, drängte Natalie und umfasste ihren Arm. „Ich habe einen Tisch im Lokal reservieren lassen.“

„Wollen wir nicht draußen sitzen und die Passanten beobachten? Vegas ist ein Zirkus, und ich liebe diese Action.“

„Oh, sehr gut. Heißt das vielleicht, dass wir später über die Blackjack-Tische herfallen?“ Natalie wandte sich an den Oberkellner und organisierte einen Zweiertisch auf der Terrasse.

„Da werde ich dir nur zuschauen. So, wie's in letzter Zeit um mein Glück bestellt ist ..." Madison verstummte.

Nachdem sie sich gesetzt hatten, schnippte Madison mit den Fingern, um die Aufmerksamkeit eines Kellners zu erregen.

„Drinks, Ladys?" fragte er, vermutlich ein Möchtegernschauspieler mit kunstvoll zerwühltem hellbraunen Haar und einem jungenhaften Grinsen.

„Perrier", sagte Madison.

„Für mich auch." Natalie lächelte ihn an. „Und bringen Sie uns zwei von Ihren köstlichen Pizzas."

„Wird gemacht."

„Hm – nicht schlecht." Anerkennend schaute sie ihm nach. „Netter Hintern."

„Denkst du jemals an was anderes als Sex?"

Natalie lachte schelmisch. „Gibts was anderes?"

„Böses Mädchen!"

„Und wie war Antonio ‚The Panther', oder wie immer er heißt?"

„Ein sexistisches Arschloch."

„Das dachte ich mir. Während deines Interviews sprach ich mit dem amtierenden Champ, und ich glaube, deiner ist ein bisschen süßer."

„Er ist nicht *meiner* und außerdem nicht süß, sondern ein Blödmann. Hättest du bloß die Scheiße gehört, die über seine dicken Lippen quoll! Wo lernen diese Kerle ihr miserables Benehmen?"

„He, er muss um die zwanzig sein. In diesem Alter denken die Jungs nun mal nur mit ihren Schwänzen, und da Antonio sein Geld mit den Fäusten verdient – was hast du erwartet, Mädchen? Einen Einstein?"

„Natürlich, du hast Recht.“ Madison schüttelte lachend den Kopf. „Dauernd vergesse ich, wie jung er ist. Jung und sehr selbstbewusst. Er glaubt felsenfest an seinen Sieg.“

„Klar, jeder muss sich an irgendwas klammern.“

Der Kellner brachte das Mineralwasser, und Natalie schenkte ihm wieder ein breites Lächeln.

„Nichts als Flirten im Kopf!“ tadelte Madison, nachdem er gegangen war.

„Dagegen kann ich nichts machen“, kicherte Natalie, „das liegt nun mal in meiner Natur.“

„Erzähl mir vom Champ“, bat Madison und nippte an ihrem Perrier.

„Schwarz, hektisch, mit Muhammad-Ali-Masche.“ Natalie winkte einem Bekannten zu.

„Hat er sich an dich rangemacht?“

„Oh nein!“ rief Natalie. „Er ist ein Muslim mit einer *niedlichen* schwangeren Ehefrau, die schweigend im Hintergrund sitzt und alles beobachtet. Oh Gott, ihre Blicke könnten einen erdolchen. *Niemals* würde er es wagen, eine andere auch nur anzuschauen. Sonst würde sie seine Eier zum Frühstück verspeisen, mit Zucker bestreut.“

Belustigt verdrehte Madison die Augen. „Auf was für Ideen du kommst – und deine Wortwahl ...“

„Ich tu mein Bestes.“

„Und wie verläuft Miss Natalie De Barges kompliziertes und stets hochinteressantes Liebesleben? Bist du immer noch mit diesem Footballspieler zusammen?“

„Mit Big Luther? Oh ja, wenn er in der Nähe ist.“ Nach einer vielsagenden Pause fuhr Natalie fort: „Er kommt, er geht. Wenn du meine subtile Andeutung verstehst.“

„Deine nicht *allzu* subtile Andeutung.“

„Und du? Irgendwas Neues, Aufregendes im Liebesbereich?“

„Ich habe dir doch von Jake Sicas Anruf erzählt. Erinnerst du dich?“

„Ja. *Und?*“

„Neulich war er in New York, und da kam es zu einem kleinen Zwischenspiel. Genau genommen hat es eine ganze Woche gedauert. In meinem Apartment.“

„Oh Mädchen!“ kreischte Natalie. „Also hast du’s endlich getan?“

„Schrei noch ein bisschen lauter!“ Unbehaglich sah sich Madison um. „Ich glaube, das Paar da drüben in der Ecke hat es nicht gehört.“

„Dem Himmel sei Dank! Ich dachte schon, du lässt dich nie wieder flachlegen.“

„Wie drastisch du dich ausdrückst!“

„Natürlich hats schon in L.A. zwischen euch gefunkt“, meinte Natalie und winkte einem anderen Bekannten,

„Diesmal auch“, bemerkte Madison trocken. „Sieben Tage lang waren wir unzertrennlich, dann flog er nach Paris, und ich hörte nichts mehr von ihm, bis ich ihn zufällig auf der Straße traf. Unglücklicherweise hatte ich ihm bereits diesen Fotojob in Vegas verschafft. Jetzt ist er hier und will heute Abend mit mir essen gehen – was ich selbstverständlich ablehnen werde.“

Der Kellner servierte die Pizzas. „Darf ich sagen, wie gut mir Ihre Sendung gefällt, Miss?“ wandte er sich an Natalie. Reizvoll fiel eine zerzauste Locke in seine Stirn.

„Das dürfen Sie“, antwortete sie sichtlich erfreut.

„Sind Sie wegen des Boxkampfs hier?“

„Gibts denn wirklich Leute, die momentan aus anderen Gründen nach Vegas kommen?“

„Gestern Abend war Bruce Willis bei uns“, vertraute er ihr an. „Und Leonardo DiCaprio.“

„Cool.“

„Werden Sie einen von beiden interviewen?“

„Vielleicht.“

„Das darf ich nicht verpassen.“

„Offenbar ist er scharf auf dich“, murmelte Madison, nachdem sich der Kellner entfernt hatte.

„Ein süßer Junge mit ausgezeichnetem Geschmack.“ Natalie grinste. „Und jetzt wieder zu dir. Weißt du, worin dein Problem liegt?“

„Sags mir.“

„Wenn's um Männer geht, bist du zu anspruchsvoll.“

„Und was genau bedeutet das?“

„Sei ein bisschen toleranter. Wahrscheinlich hat der arme Kerl eine Scheißangst vor dir. Eine Woche in deinem Apartment ... Da muss jeder das Fürchten lernen.“

„Welch ein nettes Kompliment“, spottete Madison. „So was brauche ich *dringend.*“

„Darauf weise ich dich nur ungern hin, Maddy, weil du weißt, wie sehr ich dich liebe. Aber deine extreme Cleverness schüchtert die Leute ein – vor allem die Jungs, die dir nicht das Wasser reichen können.“

„Hmmm ...“, murmelte Madison gedehnt und sarkastisch. „Soll ich mich dumm stellen?“

„Vermutlich glaubte Jake, er wäre dir nicht gewachsen. Also versuchte er erst gar nicht, mit dir mitzuhalten, und hat lieber die Flucht ergriffen.“

„Großer Gott, Natalie! Bin ich *wirklich* so schrecklich?“

„In gewisser Weise gleicht er David“, erklärte Natalie, unaufhaltsam in Fahrt. „Im Grunde *wusste* David, dass er nicht so schlau ist wie du. Also sank er in die Arme der ersten dummen Blondine, die er fand.“

„Das war seine Sandkastenliebe.“

„Dadurch wird die Frau nicht klüger.“

Ungeduldig seufzte Madison. Nun hatte sie genug von Natalies hausgemachter Philosophie. „Und weshalb fleht er mich jetzt an, ich soll zu ihm zurückkehren?“

„David?“ fragte Natalie und riss die Augen auf.

„Ja, *David*. Glaub mir, ich habe dir noch nicht einmal die Hälfte von alldem erzählt, was ich durchmachen musste.“

„Okay, Mädchen.“ Natalie lehnte sich in ihrem Sessel zurück. „Jetzt hören wir auf mit diesem idiotischen Perrier. Höchste Zeit, dass ich mir einen großen Martini mit Eiswürfeln bestelle. Danach bin ich richtig abgekühlt und verkrafte alles, was du zu sagen hast.“

Carrie schaffte es mühelos, Joel auf der ganzen Fahrt zum Privatflughafen, wo Leons G-4 wie ein gigantischer glänzender Raubvogel auf dem Rollfeld wartete, zu irritieren.

Sobald der Fahrer den Champagner gekauft hatte, öffnete Joel die Flasche und schüttete versehentlich eine ganze Menge auf sein Armani-Sportjackett. Nach diesem kleinen Missgeschick füllte er ein Glas für Carrie, und die dumme Kuh trank kaum einen Schluck. Stattdessen starrte sie gelangweilt aus dem Fenster und ignorierte seinen tapferen Versuch, Konversation zu machen. Das stellte ihn vor ein gewisses Problem. In der Limousine, wo es keine Zeugen gab, war das okay. Aber was würde im Flugzeug geschehen, wo er seinen gottverdammten Vater beeindrucken musste? Ganz zu schweigen von der asiatischen Gefängniswärterin.

Also musste sich Carrie Hanlon gefälligst zusammenreißen

und eine Show abziehen, oder er würde ernsthaft in Wut geraten.

Angestrengt dachte er nach. Sie schwamm selber im Geld, wurde von allen Männern bewundert und hatte eine phänomenale Karriere gemacht. Was konnte er ihr anbieten, was sie noch *nicht* besaß?

Natürlich, Eduardo. Aber der war schon gebongt und bezahlt und erwartete sie in einer luxuriösen Hotelsuite.

Womit sollte er das Miststück sonst noch ködern? So lautete die alles entscheidende Frage.

Und dann erlöste ihn ein Geistesblitz. Eine Filmkarriere. Ja! Alle Supermodels, die er kannte, wollten zum Film. Und alle hielten sich für die nächste Cameron Diaz.

„Sagen Sie mal, Carrie ...", begann er langsam, als der Wagen hielt. „Haben Sie Martin Scorsese schon mal getroffen?"

„Nein", erwiderte sie nicht sonderlich interessiert.

„Warum ich frage ... Er kommt nach Vegas und schaut sich den Boxkampf an. Zufällig ist er ein guter Freund von mir."

Etwa eine Minute lang dachte sie über seine Worte nach.

„Ein *sehr* guter Freund", fügte er hinzu, falls sie's beim ersten Mal nicht begriffen hatte.

„Hm ..." Mit einer erstaunlich spitzen rosa Zunge fuhr sie sich über ihre vollen Lippen. „Ich habe schon einen Film gedreht."

„Der leider ein Flop war." Joel erinnerte sich an ihr Debüt in einem Titten-und-Arsch-Debakel. Da war sie vom Regisseur gezwungen worden, in einem nassen T-Shirt mit einem faden Hauptdarsteller herumzulaufen.

„Ein Action-Abenteuer-Film", behauptete sie eingeschnappt.

„Nein, Darling", verbesserte er sie, sehr zufrieden mit sich selbst, „ein echtes Stück Scheiße."

„Nach *Ihrer* Meinung“, murmelte sie.

„Die das gesamte amerikanische Publikum mit mir teilte“, schätzte er völlig korrekt. „Sehen Sie, Carrie, in der Filmbranche schafft man's nur, wenn man mit erstklassigen Regisseuren zusammenarbeitet.“

„Wie Scorsese.“ Endlich schien sie zu verstehen, was eine Begegnung mit dem Regiestar bedeuten mochte.

„Mit seiner Hilfe wurde Sharon Stone berühmt.“

„Die musste ihre Muschi herzeigen.“

„Bei Scorsese nicht. *Sein* Film brachte ihr eine Oscar-Nominierung ein.“

„Tatsächlich?“

„‚Casino.‘“

„Oh.“

„Toll, nicht wahr?“

„Mein Agent sagt ...“

„Vergessen Sie die Agenten“, fiel er ihr ins Wort. „Die haben null Ahnung. Was *Sie* brauchen, ist ein persönlicher Kontakt mit einem Spitzenregisseur.“

„Wenn ich es will, kann ich mich mit *jedem* verabreden“, fauchte sie herausfordernd.

„Natürlich“, versuchte er sie zu besänftigen. „Aber wissen Sie – solche Leute am richtigen Ort zur rechten Zeit zu treffen, das bringt einen weiter. Und da Marty so ein enger Freund der Familie ist ...“ Seine Stimme erstarb, und er ließ ihr Zeit, darüber nachzudenken. Was sie tat.

„Machen Sie mich mit Scorsese bekannt“, verlangte sie.

„Okay, wenn Sie in Gegenwart meines Alten nett zu mir sind ...“

Und so vereinbarten sie einen Deal. Joel fragte sich, wie zum Teufel er das hinkriegen sollte. Er kannte Martin Scorsese nicht einmal und hatte keine Ahnung, ob sich der Mann in Vegas aufhalten würde.

Irgendwie würde er Mittel und Wege finden. So wie immer.

„Hat Jamie dich angerufen, Natalie?“ fragte Madison und kostete den unwiderstehlichen Apfelkuchen, den ihnen der Patissier des Spago geschickt hatte.

„Sollte sie denn?“

„Du wirst es sicher bald hören ...“ Zögernd fuhr Madison fort: „Ich wollte eigentlich, dass du es von *ihr* erfährst.“

„Was denn?“

„Über ihre Ehe.“

„Worum gehts?“

„Um ein ziemlich großes Problem. Sie hat eine Privatdetektivin auf Peter angesetzt, und es sieht wirklich schlimm aus.“

„Unmöglich!“ stöhnte Natalie. „Nicht Jamie und Peter, mein Traumpaar!“

„Unglücklicherweise hat das Traumpaar den Karren an die Wand gefahren.“

„Treibt er’s mit jemand anderem?“

„So könnte man’s nennen.“

„Kennt Jamie diese Frau?“

„Das verrate ich nicht.“

„Warum nicht?“ Offenbar war Natalie fest entschlossen, der Freundin die Wahrheit zu entlocken.

„Weil sie es dir selber sagen soll.“

„*Warum?*“

„Wenn du Zeit hast, wäre es vielleicht eine gute Idee, ein paar Tage in New York zu verbringen. Im Augenblick braucht sie Freunde.“

„Wann fliegst *du* zurück?“

Madison holte tief Atem. Allein schon der Gedanke an eine Heimkehr drehte ihr den Magen um. Was erwartete sie zu Hause? Michael und seine Lügen? Nein, vorerst war sie ohne ihren Vater besser dran, der ihr fremd geworden war, und wann immer sie an ihn dachte, lief ihr beinahe ein Schauer über den Rücken.

„Eh – ich hatte gehofft, ich könnte einige Wochen in L. A. bleiben", antwortete sie vage.

„Oh, wundervoll!" rief Natalie entzückt. „Darüber wird sich Cole genauso freuen wie ich. Mein kleiner Bruder ist ganz verrückt nach dir."

„Was auf Gegenseitigkeit beruht."

„So ein Jammer, dass er schwul ist", meinte Natalie. „Ihr beide wärt ein großartiges Paar."

Entgeistert schüttelte Madison den Kopf. „Also wirklich, ich kenne keinen unrealistischeren Menschen als dich."

Natalie kicherte. „Auf diese Weise macht das Leben viel mehr Spaß."

„Wahrscheinlich", gab Madison zu. Seufzend dachte sie an die Ereignisse der letzten Monate. „Nach allem, was ich ertragen musste, wäre ein bisschen Fantasie sicher hilfreich. Neulich sagte ich zu Jamie – ich glaube, ich gehöre in die ‚Jerry Springer Show'."

„Ausgerechnet du?" Skeptisch zog Natalie die Brauen hoch. „Miss High Society in diesem Skandalspektakel?"

„Erspar mir diesen Quatsch." Energisch schob Madison das verlockende Dessert beiseite. „Wie gehts Cole?"

„Okay. Anscheinend sind mein kleiner Bruder und Mr. Mogul das Paar des Jahres, und das freut mich."

„Ich dachte, du hasst Mr. Mogul?"

„Anfangs hatte ich Bedenken. Aber jetzt ist er schon eine

ganze Weile mit Cole zusammen, und das beruhigt mich. Früher soll er die hübschesten Jungs von L. A. reihenweise vernascht und dann eiskalt abserviert haben."

„Cole ist ein fabelhafter Mensch. Und klug. Warum sollte ihn irgendjemand abservieren?"

„He, ich bin einfach nur die kritische Schwester, die sich für ihr Brüderchen das Allerbeste wünscht."

Verständnisvoll nickte Madison. Sie genoss dieses Gespräch. So wie Jamie war auch Natalie mit einer Schwester zu vergleichen, die sie stets vermisst hatte.

Beim Lunch hatte sie der Freundin ihr Herz ausgeschüttet, eine wohltuende Katharsis. Aber nun war es an der Zeit, wieder an die Arbeit zu gehen. Sie schaute auf ihre Uhr. „Sosehr ich's auch bedauere, ich muss mich verabschieden. Natürlich darf ich den künftigen Champion nicht warten lassen."

„Auch mich ruft die Pflicht. Ein Termin mit Jimmy Smits. Da will ich mich nicht verspäten."

„Was für ein Glückspilz du bist! Statt in Washington einen Politiker zu interviewen, plage ich mich mit einem strohdummen Boxer herum."

„Sei froh – Politiker sind viel schlimmer als Boxer. So geil, dass sie einem fast Leid tun. Letzte Woche habe ich einen Senator interviewt. Was meinst du, wie hoch ich in die Luft springen musste, weil er seine Hand unter meinen Rock schob!"

„Ah, das Clinton-Syndrom", konstatierte Madison und lächelte grimmig.

„Mein Kameramann krümmte sich vor Lachen."

„Was hast du getan?"

„Ich habe das Interview fortgesetzt. Was sonst? *Niemand* soll mir jemals vorwerfen, ich wäre kein Profi."

„Jedenfalls bist du große Klasse."

„Erzähl mir mehr davon.“

Madison bat den Kellner um die Rechnung, und Natalie bestand darauf, sie einzuladen.

„Nein, das geht auf meine Kosten“, protestierte Madison. „Dafür zahlt die *Manhattan-Style*-Redaktion.“

„Alles schon erledigt“, verkündete der Kellner und strich eine widerspenstige Locke aus seiner Stirn. „Mit den besten Empfehlungen von Wolfgang Puck.“ Vielsagend zwinkerte er Natalie zu. „Unser Boss sieht Ihre Show auch sehr gern, Miss.“

„Oh, vielen Dank.“ Natalie beglückte ihn wieder einmal mit einem betörenden Lächeln. „Wie heißen Sie?“

„Willem.“

„Sie haben ein Trinkgeld verdient, Willem.“

„Nicht nötig.“

„Doch“, widersprach sie in entschiedenem Ton. „Ändern Sie Ihren Namen. Einen besseren Lohn als diesen Rat werden Sie niemals kriegen.“

43. KAPITEL

„Eine Frau zu bumsen – das ist wie eine Mahlzeit“, erläuterte Antonio „The Panther“ Lopez, den Oberkörper entblößt, in orangeroten Shorts, weißen Socken und braunen Schnürstiefeln.

„Warum denn das?“ fragte Madison mit möglichst neutraler Stimme.

„Sehen Sie mal ...“ Er legte die Stirn in Falten, als hätte er gründlich und ernsthaft über dieses Thema nachgedacht. „Es gibt so viele verschiedene Frauentypen. Und jede Menge verschiedener Speisen.“ Zufrieden mit seiner kleinen Ansprache, nickte er. „Zum Beispiel einen Hot Dog oder Steaks, einen Burrito oder eine Pizza. Verstehen Sie's?“

„Nein. Erklären Sie mir, was Sie meinen.“

Antonio starrte sie ungläubig an. Offenbar hielt er sie für furchtbar begriffsstutzig. Dann begann er seine Philosophie darzulegen. Zum Glück war sein Manager außer Hörweite. „Man sitzt im Restaurant und bestellt ein Steak. Das vergleicht man mit einer Schauspielerin oder Tänzerin oder Sängerin, weil's was Besonderes ist, und man genießt es. Ein andermal haut man sich seinen alltäglichen Burrito rein, einen schnellen Snack. Den isst man und vergisst ihn.“ Antonio lachte schallend. „Manchmal will man danach kotzen.“ Noch ein brüllendes Gelächter.

„Und was essen Sie gerade?“

„Spitzenklasse“, prahlte er. „Ein viel geilerer Arsch als Jennifer Lopez.“

„Haben Sie eine Beziehung?“

„Nein, aber eines Tages werde ich sie ficken.“

Madison verdrehte die Augen. Nun hatte sie genug von Antonio und seinen albernen sexistischen Theorien. Das Material, das sie gesammelt hatte, würde sogar für mehrere Storys reichen.

Also wars an der Zeit, sich zu verabschieden. „Danke." Sie stand auf und schaute sich nach Jake um, der gerade seine Vorbereitungen für die offiziellen Porträts traf und seiner jungen Assistentin Anweisungen gab.

Seit ihrer Rückkehr ins Trainingscamp hatte Madison keine Gelegenheit gefunden, mit ihm zu reden. Wenn er arbeitete, schien er alles andere zu vergessen. Sie beobachtete ihn, sein Gesicht hinter der Kamera, angespannt und konzentriert. Deutlich erkannte sie, wie sehr ihn sein Beruf faszinierte – Bilder zu komponieren, die den Betrachter in ihren Bann zogen und seine Fantasie anregten. Allerdings wusste sie, dass es nicht zu seinen Lieblingsjobs gehörte, Prominente zu knipsen.

Sie winkte Antonios Manager zu. „Ich gehe jetzt!" rief sie. „Bis morgen Abend!"

„Morgen werden Sie einen Sieger sehen." Angeberisch ließ Antonio seine Muskeln spielen. „Überlegen Sie noch mal, was ich Ihnen empfohlen habe, Lady, und schließen Sie eine Wette ab. Dann werden Sie steinreich."

„Wie ich bereits sagte, ich wette nicht", erwiderte sie und wünschte, er würde seine große Klappe halten.

„Tun Sie's mir zuliebe." Seine Goldzähne funkelten. „Damit Sie mir Glück bringen."

Hastig eilte der Manager herbei und begleitete sie zu ihrem gemieteten Auto. „Ab und zu sagt Tonio Dinge, die er nicht ernst meint. Aber ich sehe, Sie sind eine nette, anständige Lady, und Sie werden nichts schreiben, was ihm schaden würde. Nicht wahr?"

„Ich schreibe immer nur die Wahrheit", antwortete sie in sanftem Ton, „und ich erfinde nichts."

„Nein, nein, Schätzchen, verstehen Sie mich nicht falsch." Der Mann sprach viel zu schnell. „Natürlich vertrauen wir Ihnen. Es ist nur ... Also, manchmal sagt Tonio irgendwas über Frauen, das einige Leute respektlos finden könnten. Aber so ist er nun mal – er liebt die Frauen viel zu sehr."

„Freut mich zu hören."

„Eh – kommen Sie morgen Abend vor dem Kampf in die Garderobe? Da wirds wie in einem Tollhaus zugehen. Aber Sie sitzen in einer ruhigen Ecke, machen sich Notizen ... So läufts doch bei Ihnen, oder?"

„Genauso."

Jack merkte gar nicht, dass sie das Camp verließ. Hm – anscheinend sollte nichts aus einem gemeinsamen Dinner werden. Kein Problem ... Sie hätte ihm ohnehin einen Korb gegeben. Trotzdem wäre es nett gewesen, wenn er seine Einladung wiederholt hätte.

Zur Hölle mit ihm! Warum musste sie dauernd an ihn denken?

Andererseits – wie könnte sie ihn nach der wundervollen Woche vergessen, die sie zusammen verbracht hatten? Warum musste es so traurig enden?

Im Augenblick wusste sie nichts mit sich anzufangen. Aber Natalie hatte versprochen, später im Hotel anzurufen. Und Natalie plante immer irgendwas. „In dieser Stadt werden ein paar Tausend Partys gefeiert", hatte sie erklärt, „und ich will möglichst viele abklappern. Außerdem gibt Kris Phoenix ein Konzert. Darüber soll ich eine Reportage machen. Wenn du nicht mit Jake essen gehst, nehme ich dich unter meine Fittiche, okay?"

Das Letzte, was Madison reizte, war eine Party. Im Gegensatz zu Natalie, einem typischen Partygirl, blieb sie lieber daheim. Und an diesem Abend wollte sie auf keinen Fall miterleben, wie ihre Freundin Kris Phoenix interviewte. Alternde Rocker interessierten sie nicht.

Doch der Gedanke, allein im Hotelzimmer zu sitzen, erschien ihr auch nicht besonders verlockend, und deshalb würde sie vielleicht mit Natalie um die Häuser ziehen.

Warum auch nicht? Sonst gab es nichts zu tun.

Auf der Fahrt vom Flughafen nach Beverly Hills redete Rosarita ohne Punkt und Komma. Aber Dexter hörte ihr nicht zu. Stattdessen dachte er an Gem. Endlich hatte er das Mädchen seiner Träume gefunden. Und jetzt war er in einer Ehe mit einer Frau gefangen, die nichts mit ihm zu tun haben wollte. Obwohl sie schwanger war, wusste er, dass sie nicht bei ihm bleiben wollte. Und er würde ihr nur zu gern den Laufpass geben, seit er Gem begegnet war.

Doch Rosarita erwartete ein Kind von ihm. Deshalb saßen sie beide in der Falle.

Aber wie sollte er Gem vergessen – dieses wundervolle Mädchen mit dem unschuldigen Gesicht?

„Das ist doch blöd!“ kreischte Rosarita.

„Was ist jetzt schon wieder blöd?“ murrte Chas, genervt von seiner anstrengenden Tochter.

„Dieser Zwischenstopp in L. A.!“ jammerte sie. „Wenn ich schon nach Beverly Hills komme, will ich nicht nur eine Nacht hier verbringen.“

„Sei froh, dass wir überhaupt da sind. Und ich habe noch eine Überraschung – ich habe Matt und Martha eingeladen, und wir treffen uns alle im Spago.“

„Scheiße!“ schrie Rosarita und erschreckte den Fahrer, der zusammenzuckte und sofort das Tempo drosselte, um eventuelle Schwierigkeiten im Straßenverkehr zu vermeiden. „Warum hast du denn *das* getan?“

„Was meinst du wohl, warum er's getan hat?“ fragte Dexter

gekränkt. Was störte sie denn so sehr, wenn sie seine Eltern bereits in L. A. wiedersahen?

„Ich dachte, sie wollten sich Vegas anschauen", fauchte Rosarita. „War das nicht der Sinn dieser Reise?"

„Nun, ich habe ihnen zusätzlich diesen Trip nach L. A. spendiert", erklärte Chas. „Machts dir was aus?"

„Natürlich nicht." Mühsam bezwang sie ihren Zorn. „Ich finde es nur idiotisch. Wie gern würde ich am Rodeo Drive einkaufen gehen! Aber nein, wir rasen ins Hotel, dann rasen wir zum Dinner, und morgen früh rasen wir zum Flughafen zurück."

„Du wirst schon ein bisschen Zeit für deine Einkäufe finden", erwiderte Chas.

„Nicht genug!" beschwerte sie sich.

„Hat dir eigentlich schon mal jemand gesagt, dass du schrecklich verwöhnt bist?"

„Vielleicht bin ich verwöhnt." Rosarita zog einen Schmollmund. „Und wem habe ich das zu verdanken?"

Nun mischte sich Varoomba in das Gespräch ein. „Ich war schon mal in Beverly Hills. Eine Woche lang."

Niemand nahm Notiz davon, niemand war sonderlich interessiert.

Kurz danach hielt die Limousine vor dem Beverly Hills Hotel, und alle stiegen aus.

„Hier habe ich gewohnt", zirpte Varoomba. „In einem Bungalow." Klugerweise erwähnte sie ihre damaligen Bettgenossen nicht, zwei saudi-arabische Prinzen, die sie bei einer Pokerpartie gewonnen hatten.

Dexter holte tief Atem. In Kalifornien roch die Luft anders als in New York. Er betrachtete die Palmen, die üppige Vegetation vor dem luxuriösen Hotel. *Daran könnte ich mich gewöhnen. Und Gem wäre begeistert ...*

„Beeilt euch!“ mahnte Chas. „Der Tisch ist für sieben Uhr bestellt.“

„Für sieben?“ schrie Rosarita. „Warum so früh?“

„Weil das Spago ab acht ausgebucht ist.“

„Sicher nicht, wenn man die richtigen Leute kennt. Das hätte *ich* erledigen sollen.“

„Willst du anrufen und fragen, ob wir um acht einen Tisch kriegen?“

„Jetzt ist es zu spät!“ zischte sie. „Wenigstens habe ich vorher noch Zeit, um einkaufen zu gehen.“

„Da komme ich mit“, sagte Dexter. „Ich wollte schon immer mal den Rodeo Drive entlangschlendern.“

„Nein, Dex“, widersprach sie in scharfem Ton, *„du* bleibst bei deinen Eltern. Oder willst du nicht mit ihnen zusammen sein?“

„Darf *ich* Sie begleiten?“ fragte Varoomba, um Rosaritas Freundschaft bemüht. „Ich kenne die besten Läden.“

Lässig winkte Rosarita ab. „Das ist sehr freundlich von Ihnen, meine Liebe. Aber *mir* braucht niemand zu helfen, die schicksten Läden zu finden.“

Eins musste Joel seiner Begleiterin lassen. Wenn Carrie Hanlon ihren Charme versprühte, betörte sie alle ihre Mitmenschen. Im Augenblick bezauberte sie Leon Blaine, der nicht gerade leicht zu beeindrucken war. Sogar Marika blühte auf – vor allem, während sie mit Carrie ein lebhaftes Gespräch über diverse Pariser Designer und deren sexuelle Neigungen führte.

Zum ersten Mal sah Joel die Asiatin lächeln.

„Was für ein reizendes Mädchen!“ bemerkte Marika, als sie sich am Buffettisch in Leons Privatjet trafen.

Joel legte Räucherlachs, Frischkäse und einen Bagel auf seinen Teller. „Ja“, bestätigte er und genoss seinen Triumph. „Ich sagte doch, sie ist ein nettes Mädchen.“

„Nicht nur das – eine echte Schönheit.“

„Freut mich, dass du sie magst.“ Was sie dachte, war ihm völlig egal. Nur seinem Vater wollte er imponieren.

„Gewiss, Carrie ist entzückend“, fuhr Marika begeistert fort. „Hoffentlich kannst du sie bei der Stange halten.“

Bei der Stange halten? Was zum Teufel meinte sie damit?

Schweigend verbarg er seinen Groll.

„Hi.“ Jamie schenkte dem Empfangschef ein sanftes Lächeln, und er verliebte sich sofort in die klassische blonde Schönheit im langen blauen Kaschmirmantel. „Vielleicht können Sie mir helfen?“

Diesem Engel *helfen*? Über glühende Kohlen würde er gehen, um sie zu erobern. „Ja, Ma'am?“ Aufgeregt räusperte er sich. „Was kann ich für Sie tun?“

„Also, das ist so ...“ Flehend schaute sie ihn mit ihren aquamarinblauen Augen an. „Ich möchte eine Freundin an ihrem Geburtstag überraschen. Unglücklicherweise musste ich so überstürzt aus New York abreisen, dass ich vergessen habe, ein Hotelzimmer zu bestellen.“

„Leider sind wir völlig ausgebucht, Ma'am“, antwortete er bedrückt. „Morgen Abend findet der große Boxkampf statt, und jedes Zimmer ist besetzt.“

„Gewiss. Aber – sehen Sie, meine Freundin ist Madison Castelli, und sie interviewt Antonio Lopez für *Manhattan Style*. Außerdem treffe ich noch eine andere Freundin – Natalie De Barge, die TV-Reporterin. Und so dachte ich – wahrscheinlich halten Sie einige Räume bereit, für VIPs, die in letzter Minute ankommen. Natürlich bin ich kein VIP. Trotzdem glaube ich, Sie können mir helfen, nicht wahr?“

Erst vor wenigen Minuten hatte er einen einsneunzig großen Texaner abgewiesen. Und der hatte ihm zweitausend Dollar für eine einzige Übernachtung angeboten. Aber Geld war nicht alles. Und diese hinreißende Blondine hatte Recht – für VIPs standen immer ein paar Zimmer zur Verfügung. Bis zum nächsten Nachmittag würden sie alle vergeben sein.

„Oh – würden Sie eine Minute warten? Mal sehen, was sich machen lässt."

„Oh, Sie sind *wundervoll*", murmelte sie.

Letzte Nacht hatte ihm seine Frau vorgeworfen, er sei ein elender Versager. Zumindest im Bett. Und diese traumhafte Blondine fand ihn wundervoll.

Was stimmte denn nun?

Wie auch immer, sie würde ein Zimmer bekommen, und wenn's ihn seinen Job kostete.

44. KAPITEL

„Hi." Fröhlich wie eh und je drang Natalies Stimme aus dem Telefon. „Wie ists gelaufen?"

„Großartig", stöhnte Madison. „Wie üblich hat er den sexistischen Widerling hervorgekehrt."

„Jake oder der Boxer?"

„Ha, ha, sehr komisch."

„Im Ernst – hast du dich mit Jake verabredet?"

„Nein, er war viel zu sehr damit beschäftigt, Antonio zu knipsen."

„Also nehme ich an, du bereitest dich *nicht* auf eine lange Nacht voller Leidenschaft vor."

„Wohl kaum."

„Dann gehst du mit mir zum Kris-Phoenix-Konzert, Schätzchen."

„Muss das sein?"

„Oh ja. Du hast mir erzählt, in Miami seis amüsant gewesen. Warum willst du in Vegas *keinen* Spaß haben?"

„Weil es eine schlechte Idee ist, sich zu betrinken und mit einem blutjungen Kerl ins Bett zu hüpfen."

„Ich dachte, dein Liebhaber in Miami wäre richtig scharf gewesen."

„Neunzehn Jahre alt, Nat. Eher dein Typ als meiner."

„Heißt das, ich treibs mit jedem?" kicherte Natalie.

„So könnte man es ausdrücken. Blicken wir den Tatsachen ins Auge – so warst du schon auf dem College."

„Ha! Wäre ich ein Mann, würdest du mich bewundern. Ich benutze die Jungs einfach nur so, wie sie uns benutzen. Was ist schlimm daran?"

„Hätte ich bloß die Hälfte deines Temperaments ...", seufzte

Madison. „Ich wäre auch gern so. Aber irgendwie krieg ich's nicht so hin wie du."

„Biest!" rief Natalie und lachte schallend.

„Ich kenne dich nun mal."

„Okay, okay, genug gequatscht. In einer halben Stunde treffe ich mein Kamerateam unten in der Hotelhalle. Bis dahin musst du dich für die Partynacht herausputzen."

„Ich überlegs mir", sagte Madison. Vielleicht war es doch besser, allein im Hotelzimmer herumzuhängen, als mit ihrer unkontrollierbaren Freundin durch Vegas zu ziehen.

„Vergiss es", befahl Natalie. „Du kommst mit, ob es dir passt oder nicht. In einer halben Stunde geht es los. Und versuch möglichst spektakulär auszusehen."

Im restlos ausgebuchten Spago von Beverly Hills war der Teufel los.

Chas steckte der jungen Frau am Empfang einen Zwanziger zu, um sich einen guten Service zu sichern. Aber sie gönnte ihm nur ein flüchtiges Lächeln. „Tut mir Leid, Sie müssen an der Bar warten, Ihr Tisch ist erst in fünfzehn Minuten frei." Dann entdeckte sie Dexter, und ihr Verhalten änderte sich sofort. „Oh – *Mr. Falcon!*" sprudelte sie hervor. „Wie ich mich *freue,* Sie im Spago willkommen zu heißen! Ich glaube, Sie waren noch nie bei uns. Gehören Sie zur Vincent-Gesellschaft?"

„Eh – ja", stammelte Dexter. Bescheiden verbarg er, wie sehr es ihn beglückte, dass er erkannt worden war.

„Ihr Tisch ist schon fast eingedeckt. Lassen Sie mich mal nachsehen."

„In Hollywood sind Schauspieler – selbst unbedeutende – wohl hoch angesehen", spottete Rosarita.

Typisch für dieses miese Weibsstück, dachte Dexter.

Wenige Minuten später kehrte die Empfangsdame zurück und lächelte strahlend. „Folgen Sie mir, Mr. Falcon", bat sie und führte ihn mitsamt seiner Begleitung zu einem Tisch auf der Terrasse.

„Nicht schlecht." Chas schaute sich um, nachdem alle Platz genommen hatten. „Hier gefällts mir. Wirklich große Klasse."

„Siehst du irgendwelche Filmstars?" fragte Rosarita sarkastisch.

„Klar ... Ist das nicht Tony Curtis, der grade reinkommt?"

Alle drehten sich um und begafften den alternden Schauspieler an der Seite seiner großen, vollbusigen blonden Ehefrau. Nur ganz knapp bedeckte ihr Goldlamékleid die Oberschenkel. Tony trug ein Smokingjackett aus Samt und ein stolzes Grinsen zur Schau. Offensichtlich entzückte ihn die Aufmerksamkeit, die er erregte.

„In der Tat, *das* nenne ich einen Filmstar", sagte Chas bewundernd. „Ist schon weiß Gott wie lange im Geschäft und sieht immer noch toll aus neben seiner jungen Frau. Ja, *das* ist ein Star. Und genau dafür haben wir einen Zwischenstopp in Beverly Hills gemacht."

„So?" murmelte Rosarita gelangweilt. Lange würde sie das alles nicht mehr ertragen. Sie konnte es kaum erwarten, nach Las Vegas zu fliegen und Dexters Ableben zu organisieren. Jetzt, wo dieser Zeitpunkt immer näher rückte, erkannte sie, welch radikale Maßnahmen sie ergreifen würde. Armer Dex ... Vielleicht wäre auch er zum Star avanciert. Stattdessen würde er in einem Sarg landen.

Nach der Ankunft im Hotel hatte sie sofort den Rodeo Drive erkundet und innerhalb einer Stunde ein paar Tausend Dollar ausgegeben – die Rechnungen würden erst in ein paar Wochen an ihren Vater gehen, also musste sie sich nicht sorgen.

Warum auch? Mit dem Geld anderer Leute ein bisschen Luxus zu genießen – das gehörte zu den kleinen Freuden des Lebens.

Da die Maschine der Cockrangers verspätet gelandet war, dauerte es noch zwanzig Minuten, bis sie im Restaurant erschienen.

„Ach, du meine Güte!“ rief Martha entnervt. „Unser Flugzeug ist in so heftige Turbulenzen geraten, dass ich befürchtet habe, wir würden *abstürzen.*“ Ächzend umarmte sie Dexters mannhafte Schultern. „Wie gehts meinem kleinen Jungen?“

Verlegen befreite er sich von dem übertriebenen mütterlichen Liebesbeweis. „Lass das“, flüsterte er.

„Ja, das war ein höllischer Flug“, bestätigte Matt und starrte in Varoombas üppig gefüllten Ausschnitt. „Ich hatte eine Scheißangst ... Verzeihen Sie meine Ausdrucksweise, Chas.“

„Jetzt sind Sie ja hier“, konstatierte Chas jovial, stets der großzügige Gastgeber. „Im berühmten Spago. Wie finden Sie den Schuppen?“

„Einfach umwerfend“, japste Martha und setzte sich. „Heiliger Himmel, sehe ich da drüben Tony Curtis?“

„Darauf können Sie Ihren hübschen kleinen Arsch wetten“, erwiderte Chas und grinste selbstgefällig, als hätte er die Anwesenheit des Stars arrangiert.

Martha klimperte mit den Wimpern. „Oh, ich *liebe* Tony Curtis“, verkündete sie ehrfürchtig. „Schon seit meiner Jugend.“

„Reg dich ab, Mom“, mahnte Dexter.

„Kann ich rübergehen und ihn um ein Autogramm bitten?“

„Nein, Martha“, protestierte Rosarita hastig, um einen so haarsträubenden Unsinn zu verhindern. „Willst du, dass wir wie blöde Touristen aussehen?“

„Sind wir das nicht?“ fragte Matt fröhlich, und Rosarita warf ihm einen strafenden Blick zu.

Chas studierte die Speisekarte. „Da macht alles den Eindruck, als wäre es genießbar."

„Wie witzig du bist!" gurrte Varoomba und schmiegte sich an ihn, wobei sie fast vom Stuhl fiel.

Um Gottes willen, dachte Rosarita, das ist ja widerwärtig ... „Ich friere", klagte sie. Zitternd schlang sie ihren neuen Siebenhundert-Dollar-Pashmina-Schal um die Schultern.

„Hör zu nörgeln auf", warnte Chas. „Wo wir auch sind – ständig musst du jammern. Was ist eigentlich los mit dir?"

„Hab ich doch gesagt!" fuhr sie ihn an. „Ich bin verwöhnt. Das hast du dir selber eingebrockt, also beschwer dich nicht. Jetzt ist es zu spät."

„Was empfehlen Sie?" fragte Dexter den Kellner, der desinteressiert neben dem Tisch stand.

„Bei uns ist alles gut."

„Warum soll ich mich anstrengen und diese lange Liste lesen?" Chas drückte dem verwirrten Kellner die Speisekarte in die Hand. „Bringen Sie uns erst mal eine große Platte mit Ihren besten Vorspeisen."

„Kann ich stattdessen eine Räucherlachspizza haben?" erkundigte sich Varoomba.

„Das nennen wir jüdische Pizza", erklärte der Kellner. „Räucherlachs, Käsecreme und ein bisschen Kaviar."

„So einen Mist habe ich noch nie gehört", knurrte Chas. „Pizza ist Pizza – Käse, Tomaten, Peperoni."

„Versuch doch mal die Spago-Spezialität", ermunterte ihn Varoomba. „Die habe ich gegessen, als ich letztes Mal hier war."

„Du warst schon mal hier?" fragte Chas ärgerlich. „In diesem Restaurant?"

„Ja, ich habs doch erzählt – ich bin eine Woche lang in Beverly Hills gewesen", murmelte sie. Wäre es nicht nett, wenn er ihr irgendwann wenigstens mit *halbem* Ohr zuhören würde?

„Mit wem?“

„Ach, mit einer Freundin ...“, antwortete sie ausweichend. Sicher war es besser, ihm keine Einzelheiten über ihre ereignisreiche Vergangenheit zu verraten.

„Okay, diese Pizza für alle“, wandte er sich an den Kellner.

Und so nahm der Abend seinen Lauf.

Je schneller ich nach Vegas komme und meinen Plan durchführe, dachte Rosarita, desto eher bin ich frei.

Was Gem wohl gerade macht, fragte sich Dexter. Denkt sie an mich? Weiß sie überhaupt, dass es zwischen uns gefunkt hat?

Hoffentlich packt meine schwachsinnige Haushälterin Varoombas Sachen, dachte Chas. Inzwischen geht sie mir echt auf den Sack. Titten hin, Titten her, das Mädchen ist für mich gestorben.

Wenn sich Grams in Vegas ordentlich benimmt, habe ich gute Chancen, Chas einzufangen, sagte sich Varoomba. Langsam wirds Zeit ...

In Marthas Kopf schwirrte es: Tony Curtis, Tony Curtis, Toni Curtis. So hübsch war er und ist es immer noch.

Ob diese Alice Chas einen bläst, überlegte Matt. Jedenfalls sieht sie wie ein verdorbenes Mädchen aus, das so dreckige Sachen macht.

Und dann wurde die Pizza serviert.

Joel wusste nicht recht, ob er sich ärgern oder freuen sollte, weil Carrie und sein Vater so großartig miteinander auskamen. Während der ganzen Reise plauderten die beiden angeregt.

Anfangs hatte Marika die Anwesenheit des weltberühmten Supermodels genossen, das sie ebenso wie ihren Lebensgefährten entzückte. Aber nach einer Weile merkte sie, dass Carrie ihre Aufmerksamkeit ausschließlich auf Leon – den Milliardär – konzentrierte und ihr die kalte Schulter zeigte. Auch Joel wurde ignoriert, was ihn seltsamerweise zu belustigen schien.

Kurz bevor sie in Vegas landeten, kochte Marika vor Wut. „Diese albernen jungen Dinger!“ fauchte sie Joel an, den sie zu ihrem Verbündeten erkor. „Die halten sich für Megastars.“

„Nun, Marika“, entgegnete er in unschuldigem Ton, „das sind sie doch. Überall werden sie wie Göttinnen behandelt. Und meinem Vater gefällt sie ganz offensichtlich. So gut gelaunt habe ich ihn schon lange nicht mehr gesehen.“

Marikas Augen verengten sich zu schmalen Schlitzen. Nachdem er Leon mit Carries Gesellschaft beglückt hatte, war Joel ihr gegenüber im Vorteil, und das ging ihr gegen den Strich.

Inzwischen kostete Carrie den Luxus aus, der ihr geboten wurde. Sie schwärmte für Privatjets. Und für Milliardäre. Trotz seines Alters fand sie Leon Blaine sehr interessant. Er war braun wie eine Walnuss, schlank und dank seines täglichen Tennistrainings topfit. Und mangelnde Jugendfrische wurde durch extreme Macht wettgemacht, das hatte sie schon zu Beginn ihrer Karriere gelernt.

Jederzeit würde sie Leon Blaine seinem Sohn vorziehen. Und zum Vergnügen wollte sie's mit Eduardo treiben. Oh, wie sie den Geruch eines jungen Körpers liebte! Der ultimative Kick ...

Arm in Arm mit Leon stieg sie die Gangway hinab, gefolgt von Marika und Joel.

Auf dem Rollfeld warteten zwei Limousinen.

„Sie fahren mit mir, Carrie“, entschied Leon schnell, so zufrieden, wie es nur ein betagter Milliardär an der Seite eines schönen jungen Models sein konnte. „Marika und Joel, ihr nehmt bitte den anderen Wagen.“

Verdammt noch mal, dachte Joel, mein Alter entwickelt Frühlingsgefühle ... Irgendwie musste er das ausnutzen.

Keine allzu glückliche Gefängniswärterin, kletterte Marika in die zweite Limousine und setzte sich stocksteif neben Joel. „Immer wieder lässt sich dein Vater von einem hübschen Gesicht becircen. Vielleicht glaubt er, du wirst das Mädchen heiraten. Hast du das vor?“

„He, ihr habt nie geheiratet, Dad und du“, bemerkte er möglichst beiläufig. „Das halte ich für einen klugen Entschluss. Warum sollte *ich d*as Ehejoch auf mich nehmen?“

Marika schwieg erbost. Seit Jahren wollte sie Leon Blaine heiraten. Dieses Ziel strebte sie mit verzweifelter Energie an, denn eine Geliebte würde niemals die gleiche gesellschaftliche Position einnehmen wie eine Ehefrau.

Auf der Fahrt in die Stadt verschwand das zweite Auto aus dem Blickfeld. Als Marika und Joel das Hotel erreichten, schauten sie sich vergeblich nach Leon und Carrie um.

Leicht verwirrt ging Joel zur Rezeption. „Wir gehören zu Mr. Leon Blaine.“

„Ah – sehr wohl, Sir.“ Vor lauter Ehrfurcht krümmte sich der Empfangschef beinahe. „Mr. Blaine ist soeben mit seiner Begleiterin eingetroffen und gleich nach oben gegangen. Nun werde ich sofort jemanden rufen, der Sie beide zu Ihren Suiten führt.“

Wenn Joel geglaubt hatte, Marika wäre schon wütend gewesen, zeigte sie erst jetzt das ganze Ausmaß ihres Zorns. „Wie unhöflich!“ Vor Missbilligung kniff sie die scharlachroten Lippen zu einem dünnen Strich zusammen. „Warum hat Leon nicht in der Halle auf uns gewartet?“

„So ist er nun mal“, erwiderte Joel und zuckte die Achseln. „Er war schon immer ein selbstsüchtiger Hurensohn. Darüber hat sich Mom oft genug beklagt.“

„Ich bin nicht deine Mutter", betonte sie kühl.

„Nicht einmal meine Stiefmutter", ergänzte Joel.

Sie warf ihm einen giftigen Blick zu, und als er sich abwandte, um ein selbstzufriedenes Grinsen zu verbergen, sah er Madison Castelli auf sich zukommen. „Oh!" rief er enthusiastisch. „Was machen *Sie* denn hier?"

Es dauerte eine Weile, bis sie ihn erkannte. „Oh – hi", begrüßte sie ihn. *Typisch für mein Pech, ausgerechnet diesem Trottel über den Weg zu laufen ...* „Ich bin aus beruflichen Gründen hier."

„In Vegas? Was haben *Sie* denn in dieser Stadt zu tun?" Eifrig versprühte er, was er für seinen ganz besonderen Charme hielt.

„Ich schreibe einen Artikel für *Manhattan Style*", erklärte sie vage.

„Interviewen Sie jemanden?"

„Antonio Lopez."

„Also, *ich* wette auf den anderen Burschen. Aber es ist sicher interessanter, mit dem Verlierer zu reden."

„Oh, Antonio ist kein Verlierer. Verbringen Sie ein paar Stunden mit ihm, dann wissen Sie, warum."

„Glauben Sie, er wird den Kampf gewinnen?"

„Das glaubt *er*. Allzu viel verstehe ich nicht vom Boxen. Jedenfalls ist Antonio felsenfest von seinen Fähigkeiten überzeugt."

Joel trat einen Schritt näher zu Madison. „Wie hinreißend Sie aussehen ..."

Auf der Suche nach einem Fluchtweg sah sie sich in der Halle um, wo reges Leben und Treiben herrschte.

„Was haben Sie für heute Abend vor?" fragte Joel.

„Eh – ich treffe mich mit Freunden." Hastig schaute sie auf ihre Uhr. „Und – verdammt, ich bin schon spät dran."

„Vielleicht werden wir uns später noch einmal begegnen."

„Ja – vielleicht", stimmte sie zögernd zu. *Hoffentlich nicht mehr in diesem Leben ...*

„Eh – Madison, kennen Sie Marika? Sie ist seine – uh – wie nennst du dich, Marika? Freundin, das klingt so unmaßgeblich."

„Ich bin Mr. Blaines Lebensgefährtin." Aus Marikas Schlangenaugen schienen gefährliche Dolchstöße zu schnellen und Joel zu durchbohren. „Damit meine ich Mr. *Leon* Blaine", fuhr sie fort, falls Madison dem albernen Irrtum erliegen sollte, sie wäre mit dem Junior zusammen. Gott bewahre!

„Hallo, ich bin Madison Castelli."

„Ich habe schon mehrere Ihrer Reportagen gelesen, und ich muss sagen – ich bewundere Ihren eigenwilligen Stil."

„Freut mich zu hören", entgegnete Madison höflich.

„Oh ja", bestätigte Joel, als wäre Madison seine beste Freundin. „Sie ist eine sehr kluge Frau."

„Danke, Joel." Am liebsten hätte Madison hinzugefügt: *Ich wünschte, Sie könnten nicht lesen.*

„Ihr Artikel über die Callgirls in Hollywood hat mir besonders gut gefallen", erklärte Marika. „Sehr informativ. Und ziemlich traurig."

„Nun ja ..." Madison konnte es kaum erwarten, den beiden zu entrinnen. „War nett, Sie kennen zu lernen. Wenn Sie mich jetzt entschuldigen – ich muss mich beeilen." Ehe Joel noch ein Wort hervorbrachte, rannte sie zum Lift.

45. KAPITEL

Das Alter konnte Kris Phoenix nichts anhaben. Etwa Mitte fünfzig, war er immer noch ein charismatischer, kantiger Typ, der ewige Rockstar – mit wasserstoffblondem Haar, intensiven eisblauen Augen, Sonnenbräune aus dem Solarium und verwegenen, attraktiven Gesichtszügen. Zweifellos hatte sich die Rock-Ikone, einst ein talentierter Junge aus Maida Vale in London, gut gehalten. Kris beherrschte immer noch unangefochten die Szene, dank seiner Hits, stets ausverkaufter Konzerte, treuer Fans – und zahlloser Frauen. Ob jung, alt oder in mittleren Jahren – seine Bewunderinnen liebten und begehrten ihn, den Mann ihrer Träume.

Derzeit war er mit Amber Rowe liiert, einer temperamentvollen jungen Schauspielerin, die in diesem Jahr einen Oscar gewonnen hatte. Sie war groß und schlaksig, hatte glattes braunes Haar, erstaunlich lange Beine und absolut keinen Busen. Trotz des Altersunterschieds von über dreißig Jahren glaubte Kris, er hätte endlich die Richtige gefunden, und er fragte sich ernsthaft, ob er sie bitten sollte, in sein Haus zu ziehen.

Von einem unterwürfigen Gefolge umringt, hielt er im Vorzimmer seiner Garderobe Hof. In etwa einer Stunde sollte seine Vegas-Show im Ballsaal des kürzlich renovierten Magiriano-Hotels beginnen.

Widerstrebend betrat Madison mit ihrer Freundin und der Kameracrew den überfüllten Raum. In einem kurzen weißen Versace-Kleid und einer Lederjacke sah Natalie umwerfend aus. „Mein spezielles Rock-'n'-Roll-Outfit", erklärte sie kichernd. „Da ich im TV keine *richtigen* Nachrichten verkünden kann, versuche ich nun eben dieser Scheiße möglichst viele amüsante Aspekte abzugewinnen."

„Nur zu.“ Madison eilte in eine etwas ruhigere Ecke, während Natalie zu arbeiten begann.

Bald danach floh Amber Rowe in dieselbe Ecke. „Wie ich diese Publicity *hasse!*“ klagte sie und kaute an ihren kurzen Fingernägeln. „Für mich *allein* ist es schon schlimm genug. Zusammen mit *Kris* habe ich ein echtes Problem. Wir können praktisch *nichts* ohne eine Paparazzi-Meute im Schlepptau tun.“

Nicht zum ersten Mal gesellte sich ein völlig fremder Mensch zu Madison, um ihr seine Sorgen anzuvertrauen. Das geschah immer wieder. Offenbar fühlten sich die Leute gedrängt, mit ihr zu reden, und manchmal verrieten sie mehr, als sie sollten.

„Nun, Sie könnten zu Hause bleiben“, schlug sie vor.

„Ha!“ rief Amber und blinzelte nervös. „Das müssten Sie mal *Kris* empfehlen! Er hält es nicht aus, daheim herumzusitzen. Dauernd bildet er sich ein, er würde da draußen irgendwas versäumen.“

„Zwingen Sie ihn zur Häuslichkeit. Die wird ihn an zwei oder drei Abenden pro Woche nicht umbringen.“

„Gute Idee“, meinte Amber und lachte kindlich. „Das werde ich mal versuchen.“

Am anderen Ende des Raums flirtete Natalie schamlos mit Kris, der in die Kamera grinste. Dieses Spiel beherrschte er aus dem Effeff. Aber nach dem Interview wussten beide, was zu tun war. Kris hielt sofort eine Besprechung mit seinem PR-Manager ab, Natalie mit dem Kameramann und dem Produzenten ihrer Sendung.

Inzwischen plauderten Madison und Amber, bis Natalie herüberschlenderte.

„Okay, Maddy, verschwinden wir. Soeben ist die Crew von Entertainment Tonight TV aufgekreuzt, und deshalb will ich so schnell wie möglich weg.“

„Sehen wir uns beim Konzert?“ wandte sich Amber fast flehend an Madison.

„He!“ Sobald Natalie das dünne Mädchen erkannte, witterte sie eine fabelhafte Chance. „Können wir uns vor der Kamera unterhalten?“

„Tut mir Leid“, erwiderte Amber hastig, „ich gebe nur Interviews, wenn ich einen Film drehe, und im Augenblick ist das nicht der Fall.“

„Ach, kommen Sie schon!“ Natalie setzte ihr bestes Überredungslächeln auf. „Wie wärs mit ein paar Infos über Kris?“

„Nein, das geht nicht.“ Voller Unbehagen wich Amber vor Natalie zurück, die sich manchmal etwas zu aufdringlich benahm – vor allem, wenn sie ein Interview an Land ziehen wollte.

„Was ist da los?“ Kris durchquerte den Raum, in einer hautengen Hose, das Haar wie üblich zu seiner Stachelfrisur hochgekämmt. „Sind Sie hinter meinem Mädchen her?“

„Warum nicht?“ konterte Natalie und lächelte noch breiter. „Sie beide sind doch zusammen, oder? Darf ich ein paar Fragen zu diesem Thema stellen?“

Entschieden schüttelte er den Kopf. „Amber will nichts über ihr Privatleben erzählen. Also fallen Sie ihr nicht auf die Nerven, okay?“ Mit einer energischen Geste umfasste er den Arm seiner jungen Freundin und entfernte sie aus Natalies Reichweite.

„Alles klar, Kris!“ rief Natalie seinem Rücken nach. „Bis später! Wenn Sie das Konzert hinter sich haben, sehen wir uns noch mal!“ Kurze Pause. „Blöder Wichser“, murmelte sie.

„Können wir gehen?“ drängte Madison.

„Natürlich.“ Natalie winkte dem Produzenten zu und folgte ihrer Freundin nach draußen. „Trinken wir was. Dabei erzähle ich dir, wie sehr ich diesen Job hasse.“

„Obwohl deine Show ein toller Erfolg ist? Was findest du denn so schrecklich?“

„Dass ich mit selbstgefälligen Kotzbrocken reden muss. Darin liegt mein Problem. Nur ätzende Klatschgeschichten. Ist Ricky Martin schwul? Wer hat sich liften lassen? Wer bumst wen? Dafür interessiere ich mich nicht die Bohne. Ich will mich nicht mit albernen VIPs rumschlagen, sondern eine vernünftige Nachrichtensendung moderieren.“

„Wem sagst du das?“ fragte Madison ironisch, während sie das Hotelcasino betraten. Mühsam bahnten sie sich einen Weg durch das dichte Gedränge.

„Wenigstens kannst du dir deine Opfer aussuchen“, wandte Natalie ein.

„Wobei Victor kräftig nachhilft.“

Wenig später fanden sie einen freien Tisch in einer der Cocktailbars und setzten sich.

„Bevor ich Kris' Show durchstehe, brauche ich einen Drink.“ Natalie schnippte mit den Fingern, um die Aufmerksamkeit einer Kellnerin auf sich zu ziehen.

Wieder einmal fragte sich Madison, wo Jake stecken mochte. Verdammt, warum konnte sie ihn nicht vergessen?

Bei einer fröhlichen Rothaarigen im gefransten Minikleid bestellte sie eine eisgekühlte Margarita, verdrängte Jake aus ihren Gedanken und konzentrierte sich auf ihre Freundin, die sich ihren Kummer von der Seele redete.

„Wie ich aussehe – das ist am allerschlimmsten“, jammerte Natalie.

„Also ist Schönheit neuerdings ein Fehler?“

„Ich wirke viel zu sexy.“

„Wenn's anders wäre, würdest du dich maßlos ärgern.“

„Oh nein.“

„Doch. Du lebst von dem Interesse, das du erregst."

„Unsinn!" protestierte Natalie ärgerlich.

„Wenn du willst, dass man dich ernst nimmt, musst du dein Image ändern."

„Unmöglich! Wo soll ich meine Titten verstecken?"

„Hm – mal sehen. Was hältst du von einer chirurgischen Brustverkleinerung?"

„Sei nicht albern."

„Das würde ich dir *wirklich* empfehlen."

„Mach dich nicht lächerlich!"

„Okay, was gedenkst du zu unternehmen?"

„Für Jungs ists einfacher. Matt Lauer, der NBC-Starreporter, ist irre sexy. Trotzdem nimmt man ihn ernst. So wie er wäre ich auch gern."

„Also brauchst du eine weiße Haut, musst dir einen Schwanz wachsen lassen und dein Haar abschneiden."

Beide brachen in Gelächter aus.

In diesem Moment pirschte sich Jamie von hinten an ihre Freundinnen heran und schrie: „Überraschung!"

„Ach, du meine Güte!" rief Natalie und sprang auf. „Wo kommst *du* denn her?"

Carrie Hanlon befand sich in einem Dilemma und war völlig verwirrt. Innerhalb weniger Stunden hatte man ihr alles geboten, was sie sich nur wünschen konnte. Obwohl sie ohnehin schon alles hatte. Ruhm. Erfolg. Geld. Die Welt lag ihr zu Füßen. Wovon sollte ein Mädchen sonst noch träumen? Sie hatte allen Grund, glücklich zu sein.

Trotzdem – in der Tiefe ihres Herzens lauerte die Angst, sie würde eines Tages verlieren, was sie sich erarbeitet hatte. Einfach so. Und dann wäre sie wieder die arme kleine Clarice

O'Hanlon aus dem falschen Stadtteil. Dieser Gedanke verfolgte sie Tag und Nacht.

Im Lauf ihrer Karriere war sie vielen reichen Männern begegnet, die sie bereitwillig verwöhnt hatten. Doch so reich wie Leon Blaine war keiner gewesen. Und wie sie sich eingestand – längst nicht so faszinierend. Leon Blaine strahlte etwas ganz Besonderes aus – etwas Machtvolles, Erregendes.

Offenbar beeindruckte sie ihn genauso wie er sie. Auf dem Flug nach Vegas hatte er sie zu hofieren begonnen. Nicht mit den üblichen Angeboten: *Ich kaufe Ihnen einen Bentley oder Harry-Winston-Aktien, wenn Sie nur ein einziges Mal in meine Richtung schauen.* Nein, er ließ sich ganz was anderes einfallen.

„Während meines langen Lebens bin ich um den ganzen Globus gereist, Carrie, und ich habe viel gesehen – aber keine einzige Frau, die so schön gewesen wäre wie Sie."

Das hatte sie schon oft gehört. Erst seine *nächsten* Worte überwältigten sie beinahe.

„Sie sind die Frau, die fähig wäre, mein Geld zu erben."

„Wie bitte?" entgegnete sie kühl. „Darf ich Sie dran erinnern, dass wir uns kaum kennen?"

„Ich bin ein Mann, der seinen Impulsen folgt. Auf diese Weise habe ich ein Vermögen erworben. Und nun suche ich seit zehn Jahren jemanden, dem ich's vermachen kann."

„Tatsächlich?"

„Wissen Sie, meine Liebe – Joel verdient es nicht."

„Warum nicht?"

„Weil mein Sohn ein armseliger Witz ist. Er wird ein paar Millionen aus einem Trustfonds bekommen und leichtsinnig verspielen. Aber wir reden von Milliarden, und die sollen an die richtigen Personen gehen." Eine bedeutsame Pause. „Eine dieser Personen könnten *Sie* sein, Carrie."

Milliarden! Carrie besaß Millionen, nicht allzu viele. Und Leon sprach von Milliarden! Also würde es sich lohnen, ihm zuzuhören.

Carries Augen leuchteten. „Und was müsste ich tun, um Sie zu beerben, Leon?“ fragte sie und neigte sich näher zu ihm.

„Schenken Sie mir ein Kind, einen Nachfolger, der meinen Ansprüchen genügt.“

„Ich dachte, Sie wären verheiratet“, erwiderte sie und wies mit dem Kinn zur anderen Seite des Jets, wo Marika saß und sie unentwegt beobachtete.

„Oh, Marika ist eher meine persönliche Assistentin. Ja, eine Zeit lang haben wir zusammengelebt. Trotzdem würde ich ihr niemals mein Vermögen hinterlassen. Glauben Sie etwa, *diese* Frau soll die Mutter meines Sohnes werden?“

„Was für ein kaltherziger Mann Sie sind.“

„Und Sie sind wahrscheinlich eine kaltherzige Frau. Wie auch immer, ich sehne mich nach Ihrer Schönheit und Jugend. Und nach einem Sohn. Wenn Sie mir diesen Wunsch erfüllen, werden Sie sich mein Vermögen mit meinem Erben teilen. Das ist ein geschäftliches Angebot.“

„Ein geschäftliches Angebot?“

„Ja. Meine Anwälte werden einen Vertrag abfassen. Darin setze ich Sie zu meiner Erbin ein, unter der Bedingung, dass Sie innerhalb eines bestimmten Zeitraums schwanger werden.“

„Und wenn das nicht klappt? Was passiert, wenn ich die Bedingung nicht erfüllen kann?“

„Dann werden Sie großzügig entschädigt.“ Eine Zeit lang hatte er geschwiegen und dann hinzugefügt: „Vermutlich finden Sie meinen Vorschlag bizarr. Das verstehe ich. So oder so, als Sie heute Morgen an Bord kamen, wusste ich sofort – Sie sind die Frau, die ich suche.“

Und nun wanderte sie verwirrt durch ihre Suite im Hotel Mirage. Unentwegt hallten Leons Worte in ihrem Gehirn wider.

Vor fünf Minuten hatte Joel angerufen und erklärt, er würde sie in einer Stunde abholen.

„Wozu?" hatte sie verständnislos gefragt.

„Wir gehen ins Magiriano, zum Kris-Phoenix-Konzert."

„Ach ja ..." Vage erinnerte sie sich an ihre Affäre mit Kris vor einem Jahr. Schon bald hatte sie herausgefunden, dass er nicht ihr Typ war. Rockstars wollten einfach nur daliegen und sich bedienen lassen. Und Carrie hatte ihm eine Überraschung bereitet – Models erwarteten das Gleiche. Seite an Seite lagen sie in einem riesigen Wasserbett auf den Bahamas, und jeder erwartete, der andere würde die Initiative ergreifen.

Das war kein besonders aufregendes Erlebnis gewesen.

Vorhin hatte sie Eduardo in ihrer Hotelsuite angetroffen und ihn weggeschickt, immer noch aufgewühlt nach dem Gespräch mit Leon Blaine. „Komm später noch mal zu mir."

„Wann?" hatte Eduardo, sichtlich enttäuscht über ihre mangelnde Leidenschaft, gefragt.

„Gegen Mitternacht", hatte sie desinteressiert geantwortet.

An diesem Wochenende musste sie eine Entscheidung treffen. Das hatte Leon Blaine von ihr verlangt. Und so verrückt sein Angebot auch erscheinen mochte – sie fand es unwiderstehlich.

„Also ehrlich, du bist verrückt", schimpfte Madison.

„*Ich*?" rief Jamie empört, die Wangen hochrot. „Und was ist der Bastard, den ich in New York zurückgelassen habe?"

„Wahnsinn, dieses Outfit." Natalie musterte Jamie, die ein enges schwarzes Kleid mit gewagtem Dekolletee trug. „Mädchen, beinahe quellen deine Möpse raus."

„Was für ein großartiger Empfang!“ fauchte Jamie. „Da fliege ich eigens nach Vegas, um euch beide zu treffen ... Eigentlich habe ich mir eine herzlichere Begrüßung vorgestellt.“

„Würde mir *bitte* jemand erklären, was los ist?“ stöhnte Natalie.

Bereitwillig nickten ihre Freundinnen. Madison erzählte den Anfang der Geschichte, Jamie das Ende.

„Oh Gott!“ Natalie verdrehte die Augen. „Da ist ja wirklich die Kacke am Dampfen! Peter und ein *Kerl!*“ Fassungslos schüttelte sie den Kopf.

„Nie wieder setze ich einen Fuß in unser Apartment“, verkündete Jamie in beiläufigem Ton. „Mein Entschluss steht fest.“

„Und was hast du vor?“ fragte Madison. „Willst du dich in Vegas niederlassen?“

„Nein“, entgegnete Jamie, ihrer Sache völlig sicher. „Heute Nacht bumse ich erst mal mit Kris Phoenix ...“, eine Beifall heischende Pause, „und danach sehen wir weiter.“

46. KAPITEL

Während Rosarita im Badezimmer der Hotelsuite rumorte, saß Dexter auf der Bettkante und überlegte, wo er Gem telefonisch erreichen könnte. Sie hatte das Restaurant erwähnt, in dem sie kellnerte. Nun versuchte er sich verzweifelt zu erinnern, wie das Lokal hieß. Und dann fiel es ihm endlich ein.

Blitzschnell griff er zum Telefon, rief die Auskunft an und ließ sich die Nummer geben. Bis Rosarita ihr allabendliches Schönheitsritual beenden würde, blieben ihm noch mindestens zehn Minuten. Erst pflegte sie ein ausgedehntes Bad zu nehmen, danach behandelte sie ihr Gesicht mit diversen sündhaft teuren Cremes, um die Haut glatt und geschmeidig zu halten, und schließlich salbte sie ihren Körper mit einer duftenden Lotion.

Rosarita war sehr stolz auf ihre Haut. „Makellos", erklärte sie ihrem Ehemann immer wieder. „Völlig makellos."

Kein Wunder. Zweimal pro Monat suchte sie den besten und teuersten New Yorker Dermatologen auf.

Dexter wählte die Nummer des Restaurants. „Verzeihen Sie die Störung", bat er die Frau, die sich meldete. „Bei Ihnen arbeitet eine Kellnerin – eh –, ich bin mir nicht sicher, wie sie mit Nachnamen heißt. Jedenfalls lautet ihr Vorname Gem. Wissen Sie, wen ich meine?"

„Tut mir Leid, dieser Anschluss ist nur für Reservierungen bestimmt. Auf dem nehmen wir keine Privatgespräche fürs Personal entgegen."

„Gibts einen speziellen Anschluss für das Personal?"

„Okay, ich kann ja mal eine Ausnahme machen", gab sie nach. „Bleiben Sie dran – ich glaube, da drüben sehe ich Gem."

Nervös klopfte er mit seinem Zeigefinger auf den Hörer. Wenn Rosarita früher als erwartet aus dem Bad kam und merkte, dass er mit einem Mädchen telefonierte – das wäre eine Katastrophe. Er kannte seine Frau. Sobald sie eine Konkurrentin witterte, rastete sie aus.

„Hallo?" Wie sanft und melodisch ... Ja, das war Gems Stimme.

„Hi", erwiderte er, von heißer Freude erfasst. „Hier ist Dexter Falcon."

„Dexter?"

„Ja."

„Wo sind Sie denn?"

„In – in Kalifornien ..." Einfach lächerlich. Er brachte kaum ein Wort hervor. „Genau genommen in Beverly Hills."

„Oh!" murmelte sie beeindruckt. „Dort würde ich vor lauter Ehrfurcht umfallen."

Er lachte leise. „Eines Tages werden Sie und ich ..." Abrupt verstummte er. Wie konnte er Pläne machen, während seine schwangere Ehefrau nebenan im Badezimmer war?

Warum hatte er das Mädchen überhaupt angerufen? Reiner Wahnsinn ...

„Eh, ich – ich wollte nur Hallo sagen", stammelte er und wusste, wie albern das klang. Aber ihm fiel nichts Besseres ein.

„Oh, tatsächlich?"

Wenigstens schien sie sich über seinen Anruf zu freuen. „Ja ... Würden Sie mir Ihre Privatnummer geben?"

Bevor sie seinen Wunsch erfüllte, zögerte sie kurz. Er kritzelte die Nummer auf den Notizblock, der neben dem Telefon lag, riss den Zettel ab und steckte ihn in seine Hosentasche.

„Vielleicht rufe ich Sie später noch mal an, Gem."

„Das wäre nett. Wie lange bleiben Sie in L. A.?"

„Nur noch heute Nacht. Morgen fliege ich dann weiter für zwei Tage nach Las Vegas."

„Wie cool Sie das sagen!“ Gem lachte perlend. „So würde ich auch gern reden.“

Eines Tages wirst du’s können, dachte er. Wenn du mit mir zusammen bist. So glücklich werden wir sein ... „Okay, vielleicht melde ich mich noch mal.“

„Wo werden Sie in Vegas wohnen? In einem Luxusschuppen?“

Ohne zu überlegen, nannte er den Namen des Hotels, was er sofort bereute. Wenn sie dort anrief ...

Nein, das würde sie nicht tun.

Er legte auf. Zu seiner eigenen Verblüffung fühlte er sich so wundervoll wie schon lange nicht mehr. Ein paar Sekunden später schlenderte Rosarita aus dem Badezimmer. Also war sein Timing richtig gewesen.

„Ist das zu fassen? Deine Mutter wollte Tony Curtis um ein Autogramm bitten.“ Sorgsam verstrich sie eine Lotion auf ihren Armen.

„Warum auch nicht? Mom mochte ihn schon immer. Für sie war es ein ganz besonderes Erlebnis, im Spago zu dinieren und einige Filmstars zu sehen.“

„Wirklich?“ fragte Rosarita ironisch.

„Du bist übersättigt und abgestumpft.“

„Was?“ schrie sie. „Abgestumpft? *Ich?*“

„Viel zu weltgewandt.“

„Oh ja, *dieses* Wort gefällt mir besser. Klar, ich *bin* weltgewandt. Vielleicht ist das der Grund, warum wir beide nicht zusammenpassen. Wie sagt man so schön? Man kann den Jungen aus der Kleinstadt holen, aber die Kleinstadt niemals aus dem Jungen rauskriegen.“

„Das verstehe ich nicht.“

„Hab ich auch gar nicht erwartet.“ Gähnend kletterte sie ins Bett und schloss die Augen.

„Jetzt gehe ich unter die Dusche“, sagte er. Wenn er lange genug im Bad blieb, würde sie hoffentlich einschlafen, bevor er ins Schlafzimmer zurückkehrte.

„Warum müssen wir so früh ins Bett?“ beschwerte sich Varoomba, die Hände in ihre Hüften gestemmt.

„Eh?“ Chas hatte ihre Pinzette im Badezimmer entdeckt, auf der Ablage über dem Waschbecken. Nun stand er vor dem Vergrößerungsspiegel und zupfte an seinen buschigen Brauen.

In einem engen, aufreizenden gelben Kleid und Stilettos trat sie hinter ihn, für das Nachtleben von Beverly Hills gerüstet. „Es ist noch nicht einmal neun!“ jammerte sie.

„Morgen startet das Flugzeug in aller Herrgottsfrühe.“

„Na und? Können wir nicht wenigstens in die Polo Lounge runtergehen und was trinken?“

„Willst du das?“ Emsig zupfte er ein Haar nach dem anderen aus.

„Oh ja. Diese Bar ist besonders beliebt. Da könnten wir einen Pfirsichbrand trinken und reden.“

Chas runzelte die Stirn. „Worüber sollen wir denn reden?“

„Über irgendwas“, erwiderte sie und zog einen Schmollmund.

„Habe ich nicht soeben gesagt, wir fliegen morgen zeitig ab?“

„Weißt du ...“, begann sie und schlang von hinten ihre Arme um seine Taille. „In Vegas möchte ich dich mit meiner Grams bekannt machen.“

„*Was?* Wen meinst du?“

„Meine Großmutter. Die hat mich aufgezogen – eine tolle Frau.“

Angewidert schnitt er eine Grimasse. Musste er sich diesen

Quatsch anhören? Varoomba erfüllte nur einen einzigen Zweck – im Schlafzimmer seine Bedürfnisse zu befriedigen. Und jetzt nervte sie ihn mit ihrer gottverdammten Familie!

„Sicher wirst du Grams mögen", fuhr sie fort, als stünde es bereits fest, dass er der alten Schachtel begegnen würde.

„Glaubst du das wirklich?" Chas legte die Pinzette beiseite. „Sieht sie so aus wie du?"

„Wie witzig du bist!" quietschte Varoomba. „Natürlich nicht!"

„Zieh dich aus, mein Hühnchen", befahl er und griff nach ihren Brüsten. „Und halt um Himmels willen deine blöde Klappe!"

„Ist dir aufgefallen, was Rosarita gegessen hat?" Martha drehte ihr Haar auf rosa Schaumstoffwickler.

„Nein", erwiderte Matt, inspizierte den Inhalt der gut bestückten Minibar und überlegte, was er trinken sollte.

„Ein Steak mit Sauce."

„Ja – und?" fragte er und nahm eine Bierdose aus der Bar.

„Das ist ziemlich ungesund für eine Schwangere." Missbilligend kräuselte Martha die Lippen.

„Sei bloß still!" warnte er sie. „Vergiss nicht – wir sind hier eingeladen. Deshalb dürfen wir nicht rumnörgeln."

„Aber – Matt ..."

„Kein Aber!" fuhr er sie an. „Wenn du dich mit dem Mädchen anlegst, kriegen wir Ärger."

„Das ist mir egal", erklärte sie eigensinnig. „Immerhin erwartet Rosarita unser erstes Enkelkind, also werde ich ihr sagen, sie soll sich vernünftig ernähren."

Erbost starrte er seine rundliche Ehefrau an. „Okay, verdirb uns den Trip!"

„Ich werde gar nichts verderben, Matt.“
„Doch. Wie üblich.“

Ein paar Zimmer weiter lag Dexter neben Rosarita im Bett, bis er sicher war, dass sie schlief. Dann schlich er ins Bad, zog sich hastig an und eilte nach unten zur Telefonzelle. Erwartungsvoll wählte er die Nummer, die Gem ihm gegeben hatte. Es läutete und läutete – niemand meldete sich. Offenbar war sie noch nicht zu Hause.

Verdammt!

Auf dem Rückweg zum Lift sah er Catherine Zeta-Jones und Michael Douglas durch die Halle gehen – Catherine hochelegant, Michael mit einem breiten Grinsen.

Warum soll er auch nicht grinsen? Alles hat er – eine bildschöne, berühmte Frau, die Position eines Stars, Kinder, einen Oscar ...

Oder hatte er gar keinen Oscar? Das wusste Dexter nicht so genau. Jedenfalls war Michael Douglas schon mal nominiert worden.

Eines Tages werde ich ein Star sein und die Halle des Beverly Hills Hotels durchqueren. An Gems Seite. Lange wirds nicht mehr dauern ...

47. KAPITEL

„*Das* ist seine Freundin?“ fragte Jamie spöttisch.

„Allerdings“, bestätigte Natalie. „Ein Riesentalent. Dieses Jahr hat sie den Oscar gewonnen.“

„Interessiert mich nicht“, entgegnete Jamie gereizt. „Ich bin hier, um mit Kris Phoenix zu bumsen. Und genau das werde ich tun.“

Sie saßen an einem der vorderen Tische in dem Ballsaal, wo Kris auftreten würde.

„Wow! An Selbstbewusstsein scheint es dir nicht zu mangeln. Aber du hast ja schon immer jeden abgeschleppt, den du wolltest.“

„Mehr oder weniger.“ Jamie trank Wodka-Martinis, ein schlechtes Zeichen. Und sie war schon halb betrunken.

„Vielleicht gibts da ein Problem.“ So schonend wie möglich versuchte Madison, ihre Freundin in die Realität zurückzuholen. „Kris scheint Amber sehr zu lieben.“

„Ah, ich verstehe“, zischte Jamie. „Nennst du die süße kleine Amber bereits beim Vornamen?“

„Heute Abend haben wir uns kennen gelernt, sozusagen hinter den Kulissen. Ein sehr nettes Mädchen. Blutjung.“

„Und was bin *ich*? Eine alte Vettel?“ Jamies Augen verengten sich.

„Nein. Nimms nicht persönlich. Er ist eben mit ihr zusammen, und die beiden sind praktisch verlobt. Ich glaube nicht, dass du Chancen hast.“

„Aber nicht verheiratet. Nach meiner Ansicht ist er immer noch Freiwild.“

„Also, das muss ich mir anschauen“, warf Natalie ein. „Die schöne Jamie in Aktion. Kindchen, ich wette auf dich.“

„Ich *nicht*", betonte Madison. „Damit will ich nichts zu tun haben."

„Besten Dank!" höhnte Jamie. „Wie großartig du mir in meiner Not beistehst! Wenn man so treue Freundinnen hat, kann man von Glück reden."

„Moment mal! Kris ist gebunden. Willst du ihm alles vermasseln?"

„Und wenn schon? Ist er vielleicht kein Mann? Er kriegt nur, was er verdient."

„Was heißt denn *das?*"

„Errätst du es nicht? Erst verführe ich ihn, und danach erzähle ich es seiner Freundin."

„Was für ein gemeines Mädchen du geworden bist ...", bemerkte Natalie.

„So etwas würdest du auch tun", konterte Jamie.

„Dreht euch nicht um", sagte Madison. „Gerade geht Mr. Leon Blaine, der Megamilliardär, zu unserem Nachbartisch, begleitet von seinem Sohn, dem Megatrottel, und – ob ihr's glaubt oder nicht – Carrie Hanlon."

„Machst du Witze?" Prompt spähte Natalie über ihre Schulter.

„Oh Gott", stöhnte Madison, „du bist ungefähr so cool wie ein Hummer im Kochtopf."

„Ist es denn so schlimm, wenn man Promis anguckt? Wow, die sieht atemberaubend aus!"

„Wer?" fragte Jamie.

„Carrie Hanlon."

„Übrigens, wieso hast du diesen fabelhaften Tisch bekommen, Natalie?" wollte Madison wissen.

„Weil es Mr. Moguls Tisch ist. Eigentlich wollte er sich mit meinem kleinen Bruder die Show ansehen. Aber sie sind irgendwo eingeladen, und so haben sie mir den Tisch zur Verfügung gestellt. Sonst würden wir hinten bei meiner Crew stehen. Toll, nicht wahr? Erstaunlich, was man fürs große Geld bekommt ..."

„Ja", stimmte Madison zu. „Vor allem, wenn das große Geld jemand anderem gehört."

Der Hotelmanager, seine Frau und ein weiteres Paar saßen bei den Blaines. Zu Marikas Missvergnügen hatte Leon die Sitzordnung arrangiert und ihr gegenüber neben Carrie Platz genommen. Tapfer trug sie ein kühles Lächeln zur Schau und ertränkte ihren Zorn in Pernod on the rocks.

Als Joel sich umschaute, entdeckte er Madison Castelli am Nachbartisch und fragte sich, unter welchem Vorwand er hinübergehen könnte. Für diese Frau interessierte er sich brennend. Kein Vergleich zu den Supermodels, mit denen er ausging, von Rosarita ganz zu schweigen. Schönheit, Klasse, Intelligenz. Oh ja, sie verkörperte alles, was er sich von einer Frau wünschte. Da gab es nur ein einziges Problem – sie schien nichts von ihm zu halten.

„Haben Sie über meinen Vorschlag nachgedacht, Carrie?" fragte Leon leise.

„Wie ernst haben Sie es gemeint?" Carrie warf ihre kastanienrote Mähne in den Nacken und ließ ihren Blick durch den Saal schweifen.

„Wenn's um wichtige Dinge geht, scherze ich niemals."

„Dies ist der falsche Ort für ein solches Gespräch", wandte sie nervös ein. „Die ganze Zeit werden wir von Ihrer Freundin beobachtet, und das ist mir unangenehm."

„Achten Sie nicht auf Marika. Sie tut, was ich sage."

„Wie chauvinistisch ..."

„Ich bin nun mal ein chauvinistischer Mann. Aber das würden Sie ertragen, nicht wahr?"

„Gewiss, Leon. Dank meiner grandiosen Karriere habe ich gelernt, *alles* zu verkraften."

„Genießen Sie Ihren Ruhm?"

„Manchmal."

„Oder fürchten Sie, eines Tages alles zu verlieren?"

Verwirrt blinzelte sie. „Wieso wissen Sie das?"

„Weil ich es in Ihren Augen lese."

„Welch eine merkwürdige Situation ...", seufzte sie.

„Finden Sie das?" Leon klopfte mit den Fingern auf den Tisch. „Sicher glauben Sie an das Schicksal."

„Nun – ja", gab sie zögernd zu.

„Dann vertrauen Sie Ihrem Schicksal."

„Vielleicht werde ich das tun."

„An meinem Sohn sind Sie nicht interessiert. Warum haben Sie uns hierher begleitet?"

„Weil ich es wollte", antwortete sie ausweichend.

„Joels wegen sicher nicht. Einem Mann von seiner Sorte sind Sie haushoch überlegen, Carrie. Eigentlich sollte ich meinen Sohn gar nicht als Mann bezeichnen."

„Besonders freundlich sind Sie *nicht* zu ihm."

„Er ist ein Idiot."

„Wie grausam das klingt ..."

„Mein Vermögen habe ich nicht mit meinem Charme gemacht."

„Dauernd reden Sie über Ihre Milliarden."

„Für die meisten Leute ein faszinierendes Thema – was auch für Sie gilt, Carrie."

„Wie Sie wissen, besitze ich mein eigenes Geld."

„Und wer kümmert sich drum?"

„Mein Vermögensverwalter."

„Passen Sie auf, dass er Sie nicht betrügt."

Marika beugte sich vor. „Worüber redet ihr beide?" fragte sie und versuchte, liebenswürdig zu lächeln. Aber Joel sah ihr an, wie wütend sie war.

„Über nichts, das dich interessieren würde", entgegnete Leon abweisend.

Marikas Züge schienen sich in Eis zu verwandeln. Wenn er einen Kampf heraufbeschwören wollte – sie war gerüstet.

Jede Minute strahlte der illustre Glanz des Publikums, das den Saal füllte, noch heller. Gwyneth Paltrow, George Clooney, ein oder zwei Baldwins, Al King, Gloria Estefan, die unverwüstliche Whoopi Goldberg. Der Boxkampf hatte zahlreiche Prominente nach Vegas gelockt. Nun setzten sie sich an die besten Tische, um Kris Phoenix zu bewundern, und erzeugten eine glamouröse Atmosphäre.

„Der Traum einer Showbiz-Reporterin", bemerkte Natalie bitter. „Solange sie glauben, ich könnte ihrer Karriere nützen, sind sie meine besten Freunde. Andernfalls würden sie mich nicht einmal wiedererkennen und sich gar nicht erinnern, welche Sendung ich moderiere. ‚Access', ‚Showbiz Today', ‚E. T.' Wer gibt schon was drauf? *Die* sicher nicht. Berühmtheiten! Ha! Die sollte man alle ungespitzt in den Boden rammen."

„Hm ...", murmelte Madison. „Warum bist du so sauer?"

„Keine Ahnung." Natalie zuckte die Achseln. „Vielleicht, weil Kris Phoenix so verdammt arrogant ist. Diese so genannten Stars schauen auf uns runter. Für die sind wir ein notwendiges Übel, das ihre Waren anpreist."

„Mag sein. Aber im Augenblick haben wir andere Sorgen.

Wir müssen Jamie von Kris fern halten. Glaub mir, das Letzte, was sie gebrauchen könnte, wäre eine Abfuhr."

Jamie war zur Toilette gegangen. In der Zwischenzeit wollte Madison eine Strategie entwickeln, um die Freundin zu schützen. Bedauerlicherweise war Natalie keine Hilfe. Statt an der Lösung des Problems mitzuwirken, verunglimpfte sie die Hollywood-Prominenz – in gewisser Weise verständlich, weil die meisten Stars Arschlöcher waren.

Doch das spielte im Moment keine Rolle.

Auf dem Rückweg von der Toilette wurde Jamie mit Antonio Lopez und seinem Gefolge konfrontiert.

„*Mamma mia!*" stöhnte Antonio und leckte sich über die Lippen. „Wie schön Sie sind, Lady!"

Sie hatte keine Ahnung, wer er war. Selbst wenn sie ihn gekannt hätte, wäre das belanglos gewesen, weil sie sich auf Kris Phoenix konzentrierte. Gnadenlos würde sie durchziehen, was sie sich vorgenommen hatte. Niemand konnte sie davon abbringen. Schon gar nicht Madison und Natalie, die dauernd von seiner Freundin faselten.

„He, Baby!" Antonio schnalzte mit der Zunge. „Wollen Sie am Tisch des künftigen Champs sitzen?"

„Lieber nicht", erwiderte sie und musterte ihn von oben herab. Und weil sie dringend noch einen Martini brauchte, um sich zu stärken, kehrte sie zu ihrem Tisch zurück, vor dem Joel stand und albern grinste. „So viele schöne Frauen auf einmal habe ich noch nie gesehen", verkündete er. „Und Sie, Madison, sind das Sahnehäubchen."

Gequält verdrehte Madison die Augen. Was war nur los mit diesem Kerl? Warum stellte er ihr immer wieder nach? Merkte er denn nicht, wie sehr er sie nervte?

„Hi, Joel", begrüßte sie ihn müde.

„Möchten die Ladys an unseren Tisch kommen, statt ganz allein hier zu sitzen?“

„Danke, nein, wir erwarten Freunde.“

„Ich habs Ihnen schon mal gesagt, Babe“, murmelte er und neigte sich zu ihr hinab. „Sie sehen wirklich heiß aus.“

„Reden Sie nicht so mit mir, Joel, okay?“

„Eh?“

„So sollten Sie nicht mit jemandem sprechen, den Sie kaum kennen. Das ist unhöflich. Wie würden *Sie* denn reagieren, wenn *ich* kein Blatt vor den Mund nähme?“

„Probieren Sie's aus“, konterte er anzüglich.

„Okay, Schätzchen.“ Ostentativ starrte sie zwischen seine Beine. „Sie sehen wirklich irre geil aus.“

Bestürzt trat er einen Schritt zurück. „Moment mal!“ protestierte er entrüstet. „Habe ich irgendwas gesagt, das einen normalen Menschen beleidigen würde?“

Da brach Natalie in lautes Gelächter aus. „Madison ist nicht normal, Süßer. Um das zu merken, müssten Sie meine Freundin erst mal richtig kennen lernen.“

Nun lenkte er seine Aufmerksamkeit auf Jamie. „Wo ist denn Ihr Mann?“ fragte er und starrte in ihren Ausschnitt. „Eine solche Schönheit dürfte er nicht allein lassen.“

„Peter ist in New York. Wo er hingehört.“

„Oh, ein Ehekrach?“

„Nein“, mischte sich Madison hastig ein. „Gehen Sie an Ihren Tisch zurück, Joel.“

„Warum sind Sie immer so eklig zu mir?“ klagte er. „Weil Sie mich mögen und das nicht zugeben wollen?“

„Klar“, stimmte sie sarkastisch zu. „Wahrscheinlich liegts an Ihrer erotischen Ausstrahlung – die macht mich so an, dass ich keinen klaren Gedanken fassen kann.“

Um neben Leon zu sitzen, tauschte Marika mit der Frau des Hotelmanagers die Plätze.

Da er angeregt mit Carrie plauderte, bemerkte er Marika erst, als er ihre Finger mit den spitzen Nägeln auf seinem Arm spürte. Ehe er zu Wort kam, flüsterte sie ihm ins Ohr: „Erinnerst du dich an die Hure in Saigon? Weißt du noch, was du ihr angetan hast, Leon?"

„Wovon redest du?" fragte er erschrocken.

„Denk doch nach. Sicher fällts dir wieder ein."

„Das war vor vielen Jahren", erwiderte er ärgerlich.

„Ah – aber ich habe die Fotos", zischte sie triumphierend. „So hübsche Souvenirs! Die habe ich gut verwahrt."

„Warum erzählst du mir das ausgerechnet jetzt?" stieß er hervor.

Mit einem dünnen Lächeln schaute sie ihm in die Augen. „Weil ich dir klar machen möchte, dass *ich* dich besser kenne als sonst jemand."

Antonio und seine Begleiter saßen drei Tische von Madison entfernt. Als sie hinüberspähte, stockte ihr Atem. Sie traute ihren Augen nicht. Dann schaute sie noch einmal hin. Zu seiner Tischgesellschaft gehörten Jake und seine junge Assistentin.

Unglaublich – Jake Sica spielte ein Speichel leckendes Groupie. Das hätte sie nicht von ihm erwartet.

Okay. Noch ein Versager. Wie schade ...

48. KAPITEL

Wie eine Rakete raste Kris Phoenix auf die Bühne. In seiner knallengen Lederhose, das Haar frisch gegelt, sprang er temperamentvoll umher und grinste herausfordernd. An diesem Energiebündel schienen die Jahre spurlos vorüberzugehen, und die Zuschauer tobten. Das war guter alter Rock 'n' Roll, wie sie ihn liebten.

Wehmütig dachte Madison an ihre erste Kris-Phoenix-Show. Michael war mit ihr zu einem Open-Air-Konzert in den Central Park gegangen, und sie hatte sich aus weiter Ferne in den Schlagzeuger verliebt. Damals war sie fünfzehn gewesen und hätte alles dafür gegeben, hinter die Bühne zu gelangen. Ein unerfüllbarer Wunsch. Auf dem Heimweg hatte sie mit ihrem Dad an einer Fifth-Avenue-Ecke Hot Dogs gegessen. Welch eine wundervolle Erinnerung ...

Michael. Daddy. Sie hatte versucht, ihn aus ihren Gedanken zu verbannen. Doch es gab Momente, wo sie es nicht schaffte. Er war ihr Vater, sie liebte ihn. Und die Entfremdung lag wie eine schwere, schmerzliche Last auf ihrer Seele.

Bedrückt gestand sie sich die Wahrheit ein – sie vermisste ihn.

Wie kannst du ihn vermissen, fragte eine verächtliche innere Stimme.

Weil er mir nun mal fehlt.

Unsinn! Er ist der MÖRDER DEINER MUTTER.

Das ist nicht erwiesen.

Aber du weißt es ...

„Ich bin gleich wieder da“, flüsterte sie Natalie zu.

„Wohin gehst du?“

„Auf die Toilette.“ Madison stand vom Tisch auf und eilte

zum Ausgang des dunklen Saals. Im Rampenlicht tanzte Kris im Rhythmus eines seiner erfolgreichsten Hits. Das interessierte sie nicht. Hätte sie sich keine Sorgen um Jamie gemacht, wäre sie davongelaufen.

In der Toilette traf sie nur eine alte Frau mit hochtoupiertem Haar an, die neben einer Schüssel voller Fünf- und Zehndollarscheine saß. Was das Trinkgeld betraf, waren die Gäste dieses Hotels und Kris' Publikum nicht kleinlich.

„Hallo, Liebes, lassen Sie sich die Show entgehen?" fragte die Toilettenfrau mit ausgeprägtem Cockney-Akzent.

„Sieht so aus."

„Vorhin war Farrah Fawcett da, die hat immer noch ihre prachtvollen Haare."

„Wie schön für sie", murmelte Madison und schloss sich in einer Kabine ein.

Zum Teufel mit Jamie! Warum war sie nach Vegas gekommen? Eine *sehr* schlechte Idee. Nun musste *sie*, Madison, die Karre aus dem Dreck ziehen und ihre Freundin beschützen. Auf Natalie konnte sie sich nicht verlassen. Das war so unfair! Hatte sie mit sich selber nicht schon genug um die Ohren?

Als sie die Kabine verließ, seufzte die alte Frau traurig. „Früher hatte ich auch so schönes Haar, da war ich ein Showgirl. Beinahe wäre ich mal mit Bugsy Siegel ausgegangen. Der hat damals mit seinem Partner das legendäre Flamingo-Casino betrieben."

Madison holte einen Zwanziger hervor und legte ihn in die Schüssel. Dann stürmte sie aus der Toilette und stieß mit Jake zusammen. Buchstäblich.

„Weißt du, was ich hasse, Madison?"

„Dates mit Teenagern?" fragte sie atemlos.

„Alternde Rockstars in zu engen Hosen – mit Socken, die sie sich in den Schritt stopfen."

„Weißt du, was *ich* hasse?"

„Sags mir."

„Männer, die eine Woche lang in meinem Bett schlafen, nach Paris fliegen und kein einziges Mal anrufen."

„Weißt du, was ich *mag*?"

„Oh, ich brenne vor Neugier."

„Ein beschauliches Dinner für zwei in einem romantischen Restaurant. Glaub mir, solche Lokale sind in Las Vegas leicht zu finden."

„Klingt gut", murmelte sie wehmütig.

„Okay, gehen wir." Jake ergriff ihren Arm.

„Nein, unmöglich."

„Warum?"

„Das kann ich dir nicht erklären. Es ist zu kompliziert."

„Was ist kompliziert?"

„Alles."

„Komm schon, Madison, ich habe keine Zeit für alberne Streitereien."

„Versuch doch, es zu verstehen. Ich würde wirklich gern mit dir essen gehen. Aber meine Freundin Jamie ist hier, und sie hat Probleme."

„Welche?"

„Natürlich dreht es sich um einen Mann."

„Erzählst du mir davon? Vielleicht kann ich dir helfen, das Problem zu lösen – ich bin nämlich ein Mann."

„Ach, tatsächlich?" Sie hob belustigt die Brauen. „Das hätte ich fast vergessen."

„Sehr witzig", meinte er und grinste.

Sie liebte dieses Grinsen, das jungenhaft wirkte – und gleichzeitig sehr maskulin.

Warum bestrafe ich mich selber? Wäre es denn ein Fehler,

wenn ich mich mit Jake amüsieren und die Beziehung nicht allzu ernst nehmen würde? Morgen werde ich dreißig. Und das muss irgendwie gefeiert werden.

„Also gut, hör dir die beklagenswerte Geschichte an. Jamie hat herausgefunden, dass ihr Ehemann eine Affäre hat."

„Passiert so was nicht alle Tage?"

„Er treibts mit einem Kerl."

„Oh – das ist *wirklich* ein Problem."

„Genau", bestätigte Madison.

„Wie möchtest du ihr helfen?"

„Heute ist Jamie nach Vegas gekommen, um mit Kris Phoenix zu schlafen."

„Kennt sie ihn?"

„Natürlich. Eine Zeit lang war er hinter ihr her. Aber inzwischen hat er eine feste Freundin namens Amber Rowe."

„Die Schauspielerin?"

„Ja."

„Und wie will Jamie ihn ins Bett locken?"

„Das ist es ja – ich muss sie daran hindern, sich lächerlich zu machen, denn Amber ist eindeutig in der stärkeren Position, aber Jamie glaubt, sie kriegt jeden Mann, auf den sie's abgesehen hat. Meistens stimmt das."

„Also kannst du nicht mit mir essen gehen, weil du sie beschützen musst?"

„Darin liegt der Sinn einer Freundschaft, nicht wahr?"

„Beschützen wir sie doch beide."

„Und was machst du mit deiner kleinen Assistentin? Die dort drüben am Tisch sitzt?"

„Was soll ich denn tun?" fragte Jake verständnislos.

„Du bist mit ihr hier, oder?"

„Nein, Antonio hat uns eingeladen. Trinee ist ein enthusiastischer Kris-Phoenix-Fan. Und ich bin mitgegangen, weil ich dich sehen wollte."

„Hör mal, du darfst sie nicht mit Antonio allein lassen. Dieses Raubtier verschlingt die Frauen mit Haut und Haaren. Und sie ist noch ein Kind."

„Ich mache dir einen Vorschlag. Nach dem Konzert setze ich sie in ein Taxi und schicke sie heim. Du bringst deine Freundin in ihr Hotelzimmer, und wir beide genießen unser romantisches Dinner. Wie gefällt dir das?"

„Eh – ich weiß nicht recht ..."

„*Ich* finds großartig. Klar, du hältst mich für einen unzuverlässigen Schuft, und wahrscheinlich bin ich das auch. Aber ich dachte, beim Dinner in L. A. hätte ich dir erklärt, dass ich mir die Schuld am tödlichen Autounfall meiner Frau gebe ..." Eine Herzschlagpause. „Madison – ich will nicht, dass dir was zustößt ..." Noch eine Pause. „Ich weiß, das klingt verrückt. Jedenfalls ist das der Grund, warum ich vor einer festen Bindung zurückschrecke."

„Von einer festen Bindung war nie die Rede", entgegnete sie hitzig. „Ich hatte eben erst eine angeblich feste Beziehung mit einem Kerl, der mich sitzen ließ. Deshalb bin ich nicht besonders scharf auf Typen, die verschwinden und nicht anrufen. Außerdem", fügte sie hinzu, „hast du nicht erwähnt, du seist von deiner Frau getrennt gewesen, als sie starb?"

„Stimmt. Aber in jener Nacht trafen wir uns, und es kam zu einem heftigen Streit, bevor sie in ihr Auto stieg. Deshalb war sie vermutlich unkonzentriert ... Keine Ahnung, Madison. Wie auch immer – irgendwie fühle ich mich verantwortlich."

„Okay, Jake. Nach dem Konzert bringe ich Jamie in ihr Hotel, du verfrachtest deinen Teenager in ein Taxi, und dann unterhalten wir uns in aller Ruhe."

„Klingt vernünftig", meinte er und schaute ihr forschend in die Augen. „Genau das mag ich an dir, Madison."

„Was?" fragte sie leise.

Schon wieder dieses überwältigende Grinsen.

„Du bist die klügste Frau, die ich kenne."

„Verschone mich mit deinen Vorträgen, Maddy – ich will auf die Party gehen", fauchte Jamie starrsinnig.

„*Keine* gute Idee." Inständig wünschte Madison, ihre Freundin würde sich beruhigen. Jamie war nicht an Alkohol gewöhnt. An diesem Abend hatte sie zu viel getrunken, und das merkte man ihr an.

„Was hast du daran auszusetzen?" Aggressiv reckte Jamie das Kinn.

„Wie oft muss ich es dir denn noch erklären?" stöhnte Madison erschöpft.

„Spar dir die Mühe, sie hört ohnehin nicht auf dich", mischte sich Natalie ein. „Ihre Gedanken sind woanders. Aber ich weiß was – wir trommeln mein Kamerateam zusammen und schauen uns die Party ein paar Minuten lang an. Dabei kann Jamie Hallo zu Kris sagen, und dann hauen wir ab."

„*Begreift* ihr denn nicht, was ich vorhabe?" schimpfte Jamie.

„Doch, doch", erwiderte Madison. „Aber du solltest deinen Plan möglichst auf morgen verschieben. Heute Nacht wird Kris keine Zeit für dich finden."

„Okay, heute Abend begrüße ich ihn nur, und morgen erledige ich alles Weitere. Bist du jetzt zufrieden?"

„Wenn du zu trinken aufhörst."

„Großer Gott", murmelte Jamie. „Warum fühle ich mich wie auf dem College?"

„Weiß Peter, wo du bist?"

„Wen interessiert das?"

„Du solltest ihm wenigstens mitteilen, dass du noch lebst. Sonst verständigt er womöglich die Polizei."

„Was er denkt oder unternimmt, ist mir völlig egal. Er hat mein Leben ruiniert."

„Nein", widersprach Madison sanft, „dein Leben liegt noch vor dir. Vergiss das nicht."

„Oh Maddy, was ist eigentlich los mit dir?" Plötzlich schimmerten Tränen in Jamies Augen. „Du hast die Fotos gesehen. *Verstehst* du nicht, was er mir antut?"

„Also willst du ihn bestrafen."

„Ja, allerdings." Jamie griff nach ihrem dritten Martini. „An diese Strafe soll er sich bis zu seinem letzten Atemzug erinnern."

Nach zehn Verbeugungen winkte Kris seinen hingerissenen Fans zu und verschwand. Nun war es für die geladenen Gäste an der Zeit, das Penthouse des Magiriano-Hotels aufzusuchen, wo die Party stattfinden würde.

Madison erhob sich vom Tisch, entdeckte Jake, der ihren Blick erwiderte, und nickte ihm zu.

Hm ... Ist es richtig, dass ich mich später mit ihm treffe? Zum Teufel, warum sollte sie sich *nicht* mit ihm amüsieren? Sie wollte ihn nicht heiraten, wünschte sich nur ein bisschen Liebe und Aufmerksamkeit, vielleicht wundervollen Sex. War das so schlimm?

Die Blaine-Gesellschaft hatte den Saal schon vor der letzten Verbeugung des Rockstars verlassen, von einem dienstbaren Geist durch das Gedränge eskortiert.

„Behalt Jamie im Auge, Natalie", bat Madison. „Ich muss mit Jake reden. In ein paar Minuten komme ich zurück."

„Oh, *redest* du wieder mit ihm?" Natalie lächelte anzüglich.

„Ja, wenn du's erlaubst, Nat."

„Was immer dich in dieser Nacht beglücken mag, Mädchen – meinen Segen hast du."

„Vielen Dank", entgegnete Madison sarkastisch.

„Schade, dass er kein *echtes* Schnäppchen ist", meinte Natalie. Nachdenklich runzelte sie die Stirn. „Wenn er im Geld schwimmen würde – wie cool das wäre ... Dann könnten wir in seinem Privatjet um die Welt fliegen, und so weiter. Nimm dir ein Beispiel an Carrie Hanlon – die saß heute Abend mit zwei stinkreichen Typen zusammen."

„Glaubst du, sie schläft mit Joel Blaine?"

„Nein, der ist ein Ekel."

„Aber auf rustikale Art sexy", warf Jamie ein.

„Oh, bitte!" protestierte Madison. „Nach deinem Martini-Konsum würdest du sogar den *Kellner* sexy finden."

„Das ist er auch", kicherte Jamie. „Hast du seinen süßen kleinen Knackarsch gesehen? Vielleicht halte ich mich an *ihn*, wenn es mit Kris nicht klappt."

„Allmächtiger", flehte Natalie, „rette diese Frau vor sich selbst!"

49. KAPITEL

Als die drei Freundinnen das Penthouse erreichten, drängten sich diverse TV-Teams und Partygäste zum VIP-Sektor des Raums.

„Da gehe *ich* nicht hin“, entschied Natalie und rollte mit den Augen.

„Natürlich nicht, wer will das schon!“ stimmte Madison zu.

„Zum Beispiel *ich!*“ rief Jamie.

Ehe die beiden sie zurückhalten konnten, bahnte sie sich einen Weg durch die Menge. Am Eingang zum Heiligtum verwehrten ihr zwei bullige Leibwächter den Zutritt.

„Ich bin Mr. Phoenix' Innenarchitektin“, verkündete sie hochnäsig. „Würden Sie ihm bitte sagen, dass ich hier bin? Jamie Nova aus New York.“

„Ja, Ma'am, aber Sie müssen warten, bis wir Sie reinlassen dürfen.“ Einer der Leibwächter legte eine schwere Pranke auf ihren Arm, die sie empört abschüttelte.

„Wenn Sie so freundlich wären, mich nicht anzufassen ...“, mahnte sie in gebieterischem Ton.

„Verzeihen Sie, Ma'am, wir müssen fragen, ob Sie willkommen sind.“

„Dann gehen Sie, ich warte.“

Inzwischen hatte sich Madison zu ihr vorgedrängt. „Was hast du denn vor?“

„Ich möchte mich mit Kris für morgen verabreden“, lallte Jamie. „Bist du damit einverstanden?“

„Sieh erst mal zu, dass du nüchtern wirst.“

„Klar.“ Jamie lächelte gönnerhaft. „Wenn ich morgen mit Kris bumse, bin ich stocknüchtern.“

Leon Blaine wollte spielen; Joel Blaine wollte die Kris-Phoenix-Party besuchen; Carrie Hanlon wollte in ihre Hotelsuite zurückkehren und mit Eduardo schlafen; und Marika wollte Las Vegas verlassen – bloß weg von Leons neuester Flamme.

Selbstverständlich trug Leon den Sieg davon, und so wurde er samt seiner Begleitung zu einem Roulettetisch eskortiert, zu dem die anderen Gäste ab sofort keinen Zugang mehr hatten. Der Milliardär begann zu spielen und häufte bergeweise Chips auf den Tisch, als würden sie demnächst aus der Mode kommen. Zu Joels Leidwesen vermehrten sie sich in Windeseile, und der glückliche alte Bastard gewann wieder einmal ein Vermögen.

Nach einer Weile drückte Leon ein paar Chips in Carries Hand. „Cheval neunundzwanzig", befahl er.

„Was bedeutet Cheval?"

„Legen Sie Ihre Jetons zwischen die Neunundzwanzig und die Dreißig."

Während sie gehorchte, gesellten sich mehrere Zuschauer hinzu, die von Leibwächtern in Schach gehalten wurden.

„Dieser Tisch ist für die Öffentlichkeit gesperrt", erklärte einer der Männer einem übereifrigen Fan, der die weltberühmte Carrie Hanlon aus der Nähe begaffen wollte.

„*Dürfen* Sie das tun?" fragte eine Frau aus Ontario in orangeroten Bermudashorts.

„In diesem Casino dürfen wir machen, was uns beliebt, Ma'am", erwiderte der Leibwächter.

Joel warf ein paar Chips auf den Tisch, zur Fünfunddreißig, seiner Glückszahl.

Und Leon setzte tatsächlich Chips im Gesamtwert von zwanzigtausend Dollar auf die Neunundzwanzig. Der Croupier ließ die Scheibe kreisen.

„Komm schon, Fünfunddreißig", flüsterte Joel. „Nun mach schon, verdammt noch mal!"

Wenigstens beim Roulette wollte er seinen Vater übertrumpfen.

„Neunundzwanzig", verkündete der Croupier.

„Scheiße!" murmelte Joel. Er schaffte es einfach nicht. Und Leon, einer der reichsten Männer der Welt, hatte soeben über eine halbe Million Dollar gewonnen.

Erfreut klatschte Carrie in die Hände. Oh ja, das machte *Spaß!* „Wie viel habe ich gewonnen, Leon?"

Er nippte an seinem Drink. Nach seiner Erfahrung gab es nichts, was eine Frau noch glücklicher machte, als ein Haufen Geld. Und obwohl das Supermodel wahrscheinlich enorme Gagen einheimste, war das sinnliche Vergnügen, in Hundertdollarscheinen zu wühlen, viel erstrebenswerter.

„Genug", antwortete er und griff nach einer kubanischen Zigarre.

„Allmählich nimmt dein New Yorker Apartment Gestalt an", erklärte Jamie und befingerte die dünne goldene Kette mit dem zierlichen Diamantkreuz, die an ihrem schlanken Hals hing.

„Danke, meine Liebe." Wohlgefällig musterte Kris Phoenix die appetitliche Blondine.

Jamie setzte jenes schmachtende Lächeln auf, das die Herzen der meisten Männer schmelzen ließ. „Wann kommst du wieder nach New York, Kris?"

„Je nachdem", erwiderte er und bewunderte ihre kleinen, aber perfekten Brüste.

„Wovon hängt es ab?"

„Von dir, meine Schöne." Eindringlich schaute er ihr in die Augen. „Ich glaube, wir beiden würden ..." Bevor er weitersprechen konnte, erschien Amber an seiner Seite. „Wo hast du denn gesteckt, Schätzchen?“ fragte er und zog sie schuldbewusst an sich.

„Ich habe mit deinem Manager gesprochen – und versucht, der Presse auszuweichen. Überall treibt sich diese Meute herum, Kris.“

„Hat sich mein Manager an dich rangemacht, dieser geile alte Bock?“

„Natürlich nicht“, antwortete Amber angewidert. „Oh Kris, du weißt doch, auf solchen Partys bleibe ich lieber im Hintergrund.“ Die Stirn gerunzelt, starrte sie Jamie an.

„Eh – habt ihr euch schon kennen gelernt?“ fragte er. „Das ist Jamie – uh ...“

„Nova“, ergänzte Jamie, ein wenig indigniert, weil er sich nicht an ihren Nachnamen erinnerte.

„Ach ja, Jamie Nova, meine – eh – Innenarchitektin in New York. Gerade richtet sie das Penthouse ein.“ Freundschaftlich legte er einen Arm um Jamies Schulter. „Das musst du dir bald mal ansehen, Schätzchen.“

„Nächste Woche bin ich in New York“, sagte Amber.

„Wieso?“

„Ich muss in der Letterman-Show auftreten. Das hasse ich.“

„Warum machst du's dann?“

„Weil ich's versprochen habe. Und ich halte immer mein Wort.“

„Natürlich wohnst du in meinem Apartment. Ist es schon fertig, Jamie?“

„Nein, Kris, das dauert noch ein paar Monate.“ Verdammt, dachte Jamie. Offensichtlich interessierte er sich *brennend* für dieses Mädchen. Nicht, dass Amber weiß Gott was zu bieten hätte – dünn und kindlich, mit kantigen Gesichtszügen und glattem langen Haar. Was *sah* er bloß in ihr?

Aber Jamie ließ sich nicht so leicht entmutigen. Sie *musste* sich an Peter rächen. Und welche Rache wäre süßer als ein One-Night-Stand mit Kris Phoenix? „Treffen wir uns morgen noch mal, Kris?“ schlug sie vor. „Ich möchte ein paar Entwürfe mit dir besprechen. Wann wärs dir recht?“

„Eh – ich weiß nicht“, murmelte er. „Vielleicht am Nachmittag.“ Er wandte sich zu Amber. „Was unternehmen wir morgen?“

„Irgendwas ...“, antwortete sie vage und schirmte ihr Gesicht gegen eine Kamera ab, die sie ins Visier nahm.

„Amber ist sehr scheu“, bemerkte Kris.

„Wirklich, wir sollten in Ruhe miteinander reden.“ Jamie schaute ihn unschuldig an. „Nur wir beide. Das Apartment soll dir doch gefallen, Kris. Bisher habe ich nur mit deinen Leuten verhandelt. Und jetzt ist es an der Zeit, den Boss nach seinen Wünschen zu fragen.“

„Okay, meine Liebe“, stimmte er fröhlich zu. „Ruf mich um eins an.“ Herausfordernd zwinkerte er ihr zu.

Jamie nickte siegessicher. Nur noch wenige Stunden – dann würde das ersehnte Ereignis stattfinden.

Erst nach Mitternacht fanden Madison und Jake eine Gelegenheit, ein romantisches Dinner in Betracht zu ziehen.

Lachend schüttelte sie den Kopf, als sie in der dicht bevölkerten Hotelhalle standen, vom Klimpern der Spielautomaten umgeben. „Das ist lächerlich. So spät kann ich nichts mehr essen.“

„Dann verzichten wir auf ein Restaurant und wenden uns an den Zimmerservice“, schlug er vor.

„An welches Zimmer denkst du?“

„Je nachdem, wer das schönere bewohnt.“

„Aus deinem Mund klingt das ziemlich seltsam."

„Wieso?"

„Weil dir das Ambiente völlig egal ist. Ständig bist du auf Achse, legst keinen Wert auf Äußerlichkeiten. Warum interessiert es dich, wer das schönere Zimmer bewohnt?"

„Sehen wir's mal so – wer hat das üppigere Spesenkonto?"

Verblüfft starrte sie ihn an. „Wovon redest du?"

„Ich bin in der Stimmung für Kaviar und Champagner."

„Was – *du* willst Kaviar und Champagner?"

„Immerhin sind wir in Vegas, und das bedeutet, dass wir uns was gönnen sollten."

„Hm ... Zweifellos ist *mein* Spesenkonto etwas großzügiger bemessen. Also entscheiden wir uns für *mein* Zimmer." Ein sanftes Lächeln umspielte Madisons Lippen. „Offen gestanden, nichts würde mir größeren Spaß machen, als Victor eine gesalzene Rechnung zu präsentieren."

„Ich weiß – du hältst mich für unzuverlässig", begann Jake zögernd. „Aber du sollst wissen, ich habe dich wirklich vermisst."

„He, ich dich auch."

„Die beste Neuigkeit seit Wochen."

„Schmeichler!" spottete sie, fest entschlossen, ihn nicht ernst zu nehmen.

„Wollen wir an den Automaten spielen, bevor wir nach oben gehen?"

„Wir sind doch keine Kinder. Wie wärs mit Blackjack?"

„Das habe ich noch nie versucht. Zu kompliziert."

„Oh Jake, was für ein Unschuldslamm du bist!"

„*Ich*?" protestierte er. „Wer hat denn das Kriegsgeschehen in Bosnien und weiß der Geier wo *sonst* noch fotografiert? Meine Unschuld habe ich längst verloren."

„Reg dich ab, ich wollte dich nicht beleidigen. Du hast nur – so was Unverdorbenes an dir. Und das gefällt mir."

„Tatsächlich?"

„Oh ja. Im Trainingscamp konnte ich beobachten, wie du diesen Boxer fotografiert hast. Du gehst völlig in deiner Arbeit auf. Und das finde ich großartig."

„Dich würde ich viel lieber fotografieren. Ich hole rasch die Kamera aus meinem Zimmer. Okay?"

„Keine Chance", erwiderte Madison und schnitt eine Grimasse. „Ich *hasse* es, vor einer Kamera zu posieren."

„Keine Bange, du musst nicht posieren. Lass dich heute Nacht fotografieren."

„Bist du *verrückt*?"

„Manchmal."

Hastig wechselte sie das Thema. „Wozu entschließen wir uns? Zimmerservice? Blackjack? Oder Spielautomaten?"

„Was du willst. Solange ich deine Gesellschaft genieße, bin ich mit allem einverstanden."

„In diesem Fall entscheide ich mich für den Zimmerservice."

Hand in Hand schlenderten sie durch das Casino, wo es immer noch hoch herging. Plötzlich fühlte sich Madison so wohl wie schon lange nicht mehr. Sie hatte Jamie in ihr Hotelzimmer gebracht, Natalie war mit ihrer Kameracrew zu einer anderen Party aufgebrochen, Jake hatte seine junge Assistentin in ein Taxi gesetzt. Und jetzt fanden sie endlich Zeit füreinander.

Sie stiegen in den Lift, der glücklicherweise leer war. Zu beiden Seiten ihres Kopfs stützte Jake seine Hände gegen die Wand. Und dann begann er, sie zu küssen.

Diese Kunst beherrschte er in höchster Vollendung. Lange, seelenvolle Küsse, die Madisons Herzschlag beschleunigten ...

„Mit wie vielen Mädchen hast du in Paris geschlafen?" flüsterte sie, wütend auf sich selbst, weil sie danach fragte. Doch sie konnte sich nicht zurückhalten.

„Warum willst du denn *das* wissen?"

„Reine Neugier."

„Ha!"

„Schon gut, du hast Recht – es geht mich nichts an."

„Und mit wie vielen Kerlen bist *du* in die Kiste gehüpft, während ich mich in Paris abgerackert habe?"

„Allzu viele warens nicht", antwortete sie leichthin. „Natürlich habe ich sie nicht gezählt."

„Du schlimmes Mädchen!" mahnte er und drohte ihr mit dem Finger.

„Bin ich das?"

„Ja – ein schönes, sehr schlimmes Mädchen", bekräftigte er und küsste sie wieder. „Von der Sorte, in die ich mich mühelos verlieben könnte."

„Wie nett das klingt, Jake – so süß und altmodisch ..."

„Was meinst du?"

„Das Wort – verlieben. Wer sagt so was heutzutage noch?"

„Ich", betonte er und setzte sein verführerisches Grinsen auf.

Sekunden später hielt der Lift in der Etage, wo Madisons Zimmer lag. Zwei dicke Männer in Hawaiihemden standen im Flur, schrien sich an und stritten über irgendeine verlorene Wette.

„Guten Abend", murmelte Madison, eilte an ihnen vorbei und steckte ihre Schlüsselkarte in den Schlitz.

Sobald sie den Raum betreten hatten, ergriff Jake die Speisekarte des Zimmerservice. „Was darfs sein? Eine Flasche Dom Perignon? Und Beluga?"

„Fährst du wirklich auf Kaviar ab?"

„Ich muss zugeben – ich habe noch nie welchen gegessen."

„Für Kaviar braucht man einen exquisiten Geschmack."

„Nein, meine Süße, für *dich*. Und ich kanns kaum erwarten, dich wieder auf meiner Zunge zu spüren."

Madisons Puls beschleunigte sich. „Mit solchen Komplimenten wirst du *immer* dein Ziel erreichen", hauchte sie.

Lachend sanken sie aufs Bett und umarmten sich in wachsender Leidenschaft.

50. KAPITEL

„Verdammt!“ fluchte Rosarita. „Zur Hölle mit diesem Jet! Dieses Geruckel ertrage ich nicht!“

„Gestern haben wir einen viel schlimmeren Flug erlebt“, bemerkte Martha selbstgefällig und beugte sich über den Mittelgang zu ihr. „Inzwischen sind wir dran gewöhnt – erfahrene Passagiere. Nicht wahr, Matt?“

Statt zu antworten, grunzte Matt nur, mit der Betrachtung einer attraktiven Stewardess und insbesondere ihrer Beine beschäftigt. Um die Turbulenzen kümmerte er sich nicht.

„Wen interessiert denn *euer* holpriger Flug?“ zischte Rosarita. „Wenn diese Maschine abstürzt, geht unsere ganze Familie drauf, und Venice würde alles erben, was Gott verhüten möge!“

Martha schüttelte den Kopf, schockiert darüber, wie ihre Schwiegertochter manchmal redete.

Irritiert klopfte Rosarita ihrem Vater auf die Schulter. „Ich hoffe, du hast eine Limousine bestellt, die uns am Flughafen erwartet. Bilde dir bloß nicht ein, ich würde in ein Taxi steigen!“

„Reg dich nicht auf, ich habe einen Wagen bestellt.“ Chas kratzte sich am Kinn. „Und wieso steigst du in kein Taxi? Was bist du denn? Eine gottverdammte Fürstin?“

„Ich bin schwanger, Daddy. *Schwanger.* Das scheinst du immer wieder zu vergessen. Man muss mich schonen und rücksichtsvoll behandeln.“

„So?“

„Ja, allerdings!“ fuhr sie ihn an. Bald würde man ihr äußerst respektvoll begegnen. Als Mrs. Joel Blaine, die Mutter des Milliardenerben, würde sie tatsächlich oder zumindest gewissermaßen die Position einer Fürstin einnehmen. Und dann würde es einigen Leuten Leid tun, dass sie nicht netter zu ihr gewesen waren.

Ganz langsam kehrte Madison aus ihrem Tiefschlaf in die Wirklichkeit zurück, streckte einen Arm aus und berührte einen anderen Körper. Im ersten Moment war sie völlig desorientiert, dann erinnerte sie sich. Las Vegas. Jake.

Und heute habe ich Geburtstag. Alles Gute, Maddy.

Oh Gott, dreißig! Plötzlich fühlte sie sich furchtbar alt.

Jake schlief immer noch. Auf einen Ellbogen gestützt, musterte sie ihn – unfähig, der Versuchung zu widerstehen, mit ihren Fingerspitzen über seine Brust zu streichen. Dabei entdeckte sie eine kleine Narbe an seiner rechten Schulter. Seltsam, die hatte sie während der Liebeswoche in New York nicht bemerkt. Seither schien eine halbe Ewigkeit vergangen zu sein.

Wie schön, dass wir wieder zusammen sind, dachte sie. In der letzten Nacht hatten sich alle ihre Wunschträume erfüllt. Jake hatte sie liebkost, zum Lachen gebracht und das Gefühl heraufbeschworen, zwischen ihnen würde tatsächlich eine einzigartige Beziehung entstehen. Nach beglückenden Sexspielen war sie in seinen Armen eingeschlafen. Genauso sollte es sein.

Und wenn es nicht von Dauer war? Wenigstens amüsierten sie sich.

Nun bewegte er sich und öffnete die Augen. „He“, murmelte er und unterdrückte ein Gähnen. „Ich glaube, ich liege in einem fremden Bett.“

„Was kommt dir denn so fremd vor?“ fragte sie, ohne eine Miene zu verziehen.

Jake schenkte ihr sein umwerfendes Lächeln. „Habe ich dir jemals gesagt, wie Leid es mir tut, dass ich dich damals so lange nicht angerufen habe?“

„Allmählich darfst du aufhören, dich zu entschuldigen."

„Bedeutet das – du hast mir verziehen?"

„Das müsste dir mittlerweile klar geworden sein."

„Ja. In dieser Nacht."

„Sehr gut."

„Und jetzt möchte ich dir etwas versprechen."

„Was?"

„Nie wieder werde ich es vermasseln."

„Du kannst tun, was du willst, Jake, weil du ein freier Mensch bist, ebenso wie ich."

„Ah, jetzt kehrst du deine Unabhängigkeit hervor", konstatierte er und richtete sich auf. „Erst benutzt du mich, um deine Lust zu stillen, und dann – bye-bye, Seemann?"

„Seemann?" wiederholte Madison und kicherte. „Was soll denn *das* bedeuten?"

„Ich bin oft unterwegs."

„Ja, das ist mir bereits aufgefallen."

„Übrigens ...", begann er und streichelte ihre Wange. „Heute Morgen siehst du wunderschön aus."

„Danke."

Jake sprang aus dem Bett. „Warte, ich hole meine Kamera."

„Nein, keine Fotos. Das habe ich dir doch gesagt."

„Was stört dich dran?"

„Auf Fotos sehe ich schrecklich aus", erklärte sie und rümpfte die Nase.

„Selbst wenn du dich drum bemühen würdest, könntest du nicht schrecklich aussehen."

„Warum bist du so nett zu mir?"

„Heute hast du Geburtstag."

„Wieso weißt du das?"

„Herzlichen Glückwunsch."

„Okay“, stöhnte sie, „erinnere mich auch noch dran, dass ich alt und gebrechlich bin.“

„Wie alt?“ fragte er und setzte sich auf die Bettkante.

„Das verrate ich nicht.“

„Sei tapfer.“

„Dreißig“, gestand sie.

„Dreißig! Nicht der Rede wert.“

„Für *dich* sicher nicht – für eine Frau ist der dreißigste Geburtstag ein Meilenstein.“

„Jetzt führst du dich wie ein Relikt aus den siebziger Jahren auf. Madonna und Sharon Stone sind über vierzig. Und beide sehen verdammt gut aus. Also, warum sorgst du dich?“

„Wieso weißt du, wie alt Madonna und Sharon Stone sind?“

„Vor einiger Zeit habe ich eine Fotoserie für *Newsweek* geschossen – ‚Frauen über vierzig‘.“

„Ich weiß nicht, Jake ...“, seufzte sie und setzte sich auf. „Was habe ich bisher geleistet? Gewiss, ich schreibe ein Buch. Aber dafür nehme ich mir nur selten Zeit. Es wird einfach nicht fertig.“

„Bald wirst du's schaffen“, versuchte er sie zu ermutigen.

„Nein, nicht bei dem Tempo, in dem ich daran arbeite. Ständig bin ich beschäftigt, laufe hierhin und dorthin und interviewe Leute, die mich nicht interessieren ...“ Sie unterbrach sich. „Oh *Gott*, jetzt rede ich wie Natalie.“

„Was heißt das?“

„Immer wieder beschwert sie sich über die Prominenz, mit der sie sich abplagen muss.“

„Wenn es dir so zuwider ist, mach eben was anderes, das dir besser gefällt.“

„Leicht gesagt. Und wovon soll ich leben?“

„Das kriegst du schon hin. Mir gelingt es ja auch."

„Sicher bist du nicht verrückt danach, Antonio Lopez zu fotografieren. Du erträgst es nur, weil es Kohle bringt, nicht wahr? Damit du nachher eine Zeit lang tun kannst, was du willst."

„Geld stinkt nicht."

„Stimmt."

„Und jetzt wechseln wir das Thema, okay?" schlug er vor und zog sie an sich. „Komm her."

„Du bist unersättlich", wisperte sie.

„Nur bei dir."

Wie ein Raubtier durchstreifte Joel Blaine das Casino. Die ganze Nacht war er aufgeblieben. Warum sollte er ins Bett gehen? Er würde ohnehin keinen Schlaf finden. Erst hatte sein Vater tierisch viel Knete gewonnen, was ihn maßlos ärgerte. Dann hatte der Alte Carrie ein dickes Bündel Dollarscheine in die Hand gedrückt. Wie ein aufgeregtes Schulmädchen hatte sie gequietscht – als würde sie selber keinen Cent besitzen.

Später war sie einfach verschwunden, um die Nacht mit Eduardo zu verbringen, hatte ihn, Joel, seinem Schicksal überlassen und er wusste nichts mit sich anzufangen. Bis er zwei alte Kumpel aus New York traf.

Sie nahmen sich ein Taxi und fuhren zum schärfsten Strip-Club von Vegas. Zwei Stunden lang saß er da und zahlte für diverse Table Dances. Ein Mädchen nach dem anderen – lauter Silikon-Titten und aufgespritzte rote Lippen, zu einem falschen Lächeln verzogen.

Huren. Alles Huren. Sonst würden sie so was nicht tun. Klar, jede erzählte eine Geschichte über ein Kleinkind zu Hause, eine sterbende Mutter oder irgendwen, den sie unterstützen musste. Warum jobbten sie nicht im Supermarkt, statt ihn mit ihren Problemen zu belästigen?

Natürlich gab er ihnen ein üppiges Trinkgeld. Was blieb ihm anderes übrig? Immerhin war er Joel Blaine, und niemand sollte sich den Mund über ihn zerreißen.

Nach dem Besuch im Strip-Club war er ins Casino zurückgekehrt. Drei Stunden lang würfelte er und verspielte ein Vermögen. Danach fuhr er mit dem Lift zu seinem Zimmer hinauf und überlegte, ob er eine Nutte zu sich bestellen sollte. Aber das reizte ihn nicht, und so war er wieder ins Casino gegangen, wo er noch ein paar Tausender eingebüßt hatte.

Jetzt fühlte er sich erschöpft und angeekelt. Er brauchte eine Dusche. Und er war verdammt sauer, weil er sich die ganze Nacht um die Ohren geschlagen und so viel Geld zum Fenster hinausgeworfen hatte.

Er schlenderte zum Roulettetisch, warf seinen letzten Hunderter auf die Fünfunddreißig und wappnete sich gegen eine weitere Enttäuschung. Zu seiner Verblüffung landete die Kugel auf seiner Zahl.

Scheiße, dachte er, habe ich endlich mal Glück? Er kassierte seinen Gewinn, eilte zu einem Telefon und rief Carrie an.

Offenbar hatte er sie geweckt.

„Was ist los?“ murmelte sie schläfrig.

„Bist du schon aufgestanden?“

Am anderen Ende der Leitung erklang ein herzhaftes Gähnen. „Eigentlich nicht.“

„Schade – beinahe hätten wir mit Scorsese frühstücken können.“

„Und warum können wir es *nicht*?“

„Weil er sich plötzlich an eine Besprechung erinnert hat, die er nicht versäumen möchte. Also versuchen wir später, an ihn ranzukommen. Wie war die letzte Nacht?“

Carrie gähnte wieder. „Okay."

„Hat dich schon jemand eine obszöne alte Frau genannt?"

„Nein, Joel", fauchte sie, „und ich hatte nicht erwartet, das aus *deinem* Mund zu hören."

„Marika ist sauer auf dich."

„Wieso?"

„Weil mein Alter scharf auf dich ist. Nur gut, dass wir nicht miteinander bumsen. Sonst wäre ich auch angesäuert."

„Ist es etwa meine Schuld, wenn Leon mich unwiderstehlich findet? Übrigens, so wirke ich auf die meisten Männer."

„Trotzdem solltest du der asiatischen Gefängniswärterin nicht in die Quere kommen, andernfalls könntest du Ärger kriegen."

„Oh, ich zittere in meinen Manolos!" erwiderte sie sarkastisch.

„In deinen *was*?"

„Vergiss es."

„Zieh dich an, wir treffen uns zum Frühstück."

„Warum sollte ich?"

„Heiliger Himmel! Muss man dauernd mit dir streiten?"

„Offenbar bringst du meine schlimmsten Wesenszüge zum Vorschein, Joel."

„Eigentlich sollten wir uns über Scorsese unterhalten, falls du Wert auf eine Filmkarriere legst. Wie lange wirst du noch als Model arbeiten? In der Filmbranche liegt deine Zukunft – das habe ich dir schon mal erklärt. Beeil dich, in einer halben Stunde erwarte ich dich im Café."

„Ach, du meine Güte, wie autoritär du bist!"

„Das gehört zu meinem Charme."

„Zu welchem Charme?"

Stöhnend öffnete Jamie die Augen. Sie hatte einen gewaltigen Kater. Daran war sie nicht gewöhnt. In ihren Schläfen dröhnte es, ihr Mund fühlte sich an, als wäre eine Ratte hineingekrochen und darin gestorben, und alle Knochen taten ihr weh.

Großer Gott, dachte sie, was für verrückte Dinge habe ich letzte Nacht getan?

Dann erinnerte sie sich. Nichts. Weil Kris Phoenix eine Freundin hatte, dem Himmel sei Dank, und das bedeutete, dass nichts geschehen war, was sie für den Rest ihres Lebens bereuen müsste.

Mühsam schleppte sie sich aus dem Bett und ins Bad. Im selben Augenblick läutete das Telefon.

„Ja – hallo?" meldete sie sich zögernd.

„Hi, Darling!"

Dieser Akzent war unverwechselbar. „Kris?"

„Derselbe."

„Oh – guten Morgen."

Ohne Umschweife kam er zur Sache. „Amber reitet gerade aus. Also dachte ich – warum besuchst du mich nicht?"

„Jetzt gleich?"

„Nein. Morgen." Kurze Pause. „*Natürlich* jetzt gleich."

„Und wo treffen wir uns?"

„In meinem Zimmer. Zum Frühstück. Nichts ist so erfreulich wie ein Frühstück zwischen Freunden."

Als die Maschine landete, war Dexters Arm blau und violett, weil Rosarita sich wie eine Klette an ihn geklammert hatte. Wie er zugeben musste, war die Landung tatsächlich etwas holprig verlaufen. Aber seine Gedanken hatten ihm geholfen, ruhig zu bleiben. Seine Gedanken an Gem. Immer wieder beglückte er sich selbst mit dem wunderbaren Spiel: Was wäre, wenn?

Wenn er zu Rosarita sagen würde: *Okay, leiten wir die Scheidung in die Wege. Aber ich verlange das Sorgerecht für unser Kind.*

Nein, damit wäre sie nicht einverstanden. Sie würde das Baby als Schachfigur benutzen.

Und *wenn* er eine Hauptrolle in einem bedeutenden Film bekäme, viel Geld verdienen und Rosarita auszahlen würde?

Auch das würde nicht klappen. Niemals würde sie ihm das Kind überlassen.

Oder *wenn* sie das Baby zur Welt brachte und kurz danach von einem Lastwagen überfahren würde?

Nein, mit einem solchen Glücksfall durfte er nicht rechnen. Also würde sich sein Traum von einem Leben an Gems Seite nie verwirklichen, wenn er das Baby behalten wollte. Und er würde gewiss nicht auf sein Kind verzichten, denn die Vaterschaft bedeutete ihm mehr als alles andere.

„Wie gehts unserem Baby?" fragte er Rosarita, während sie den Flughafen verließen.

„Was?" fragte sie missmutig.

„Wie gehts unserem Baby?" wiederholte er. Warum war sie ständig schlecht gelaunt? „Wie fühlt sich unser Baby in deinem Bauch an?"

„Verschone mich mit diesem beschissenen Unsinn!" herrschte sie ihn an.

Nicht einmal die Schwangerschaft verlieh ihr ein sanfteres Wesen.

51. KAPITEL

Ooooh und *Aaaah* hauchte Martha auf der ganzen Fahrt zum Hotel und zerrte schmerzhaft an Rosaritas Nerven. Konnte diese Frau denn *niemals* die Klappe halten?

Chas ging ins Hotel voraus, dicht gefolgt von Varoomba, während Rosarita ein wenig zurückblieb. In der Gesellschaft dieser Strip-Hure wollte sie nicht gesehen werden. Leonardo DiCaprio stand mit ein paar Freunden an der Rezeption.

Bei seinem Anblick fiel Martha fast in Ohnmacht. „Oh, mein Gott!“ japste sie. „Schaut doch, wer das ist! In Beverly Hills habe ich Tony Curtis gesehen – und jetzt Leonardo DiCaprio in Las Vegas. Das werden mir meine Freundinnen im Buchclub niemals glauben! Hätte ich bloß meinen Fotoapparat bei mir!“

Gepeinigt verdrehte Rosarita die Augen, obwohl sie zugeben musste, dass es etwas Besonderes war, Leonardo DiCaprio zu begegnen. Er war kleiner, als sie's erwartet hätte, und viel zu jung. Aber immerhin ein Star. Sie klammerte sich wieder an Dexter. Wenigstens stellte er eine gewisse Persönlichkeit dar. Wenn er auch nicht weltberühmt war, so trug er doch einen halbwegs bekannten Namen. Sicher würde ihn jeder, der Daily-Soaps sah, sofort erkennen.

Sie wartete, bis Chas sein Gespräch mit dem Empfangschef beendete. Dann schlenderte sie hinüber. „Ich bin Mrs. Dexter Falcon.“

„Ja, Ma'am?“ Der Empfangschef blickte auf. „Was kann ich für Sie tun?“

„Nun, ich möchte Sie darauf hinweisen, dass mein Mann in diesem Hotel wohnt – Dexter Falcon, der TV-Star. Vielleicht sollten Sie Ihre PR-Abteilung informieren. Soviel ich weiß, kommen an diesem Wochenende viele Prominente nach Vegas, um sich den Boxkampf anzuschauen. Falls irgendwelche VIP-Partys stattfinden, müssten wir eingeladen werden. Schicken Sie die Einladungen in unsere Suite. Dafür wäre ich sehr dankbar." Zufrieden mit ihrer Leistung, wandte sie sich von der Rezeption ab.

„Was hast du denn gemacht?" fragte Dexter.

„Unsere Position gesichert", antwortete sie voller Genugtuung.

„Welche Position?" murmelte er.

Carrie ließ Joel warten. Missgelaunt saß er im Café, stocherte in seinen Rühreiern mit Speck herum und überlegte, wann sie zu erscheinen geruhen würde. Inzwischen war aus der vereinbarten halben Stunde eine ganze geworden, und sein Zorn wuchs.

„Um Himmels willen, Carrie!" rief er, als sie endlich auftauchte. „Und ich habe dich für einen Profi gehalten."

„Was?" fragte sie gleichmütig.

„Warum hast du dich verspätet?"

„Habe ich das?" Carrie schaute auf ihre Uhr.

„Wie war der Knabe heute Nacht?"

„Ganz gut", erwiderte sie und inspizierte lässig die Speisekarte.

„Zum Lunch sollen wir den Alten und die Gefängniswärterin treffen. Worüber hast du gestern mit meinem Dad geredet? Den ganzen Tag musste ich mir dieses Getuschel ansehen. Was zum Teufel hat das zu bedeuten?"

„Das ist vertraulich."

„Machst du Witze?"

„Leon würde nicht wünschen, dass ich irgendjemandem von unserem Gespräch erzähle", erklärte sie und ignorierte Joels

Neugier. „Wo ist Mr. Scorsese? Hast du nicht angekündigt, er würde hier sein?"

„Nein, ich sagte, er hätte eine Besprechung. Aber ich habe mich mit ihm unterhalten und dich erwähnt. Irgendwann in nächster Zeit will er dich sehen."

„Ich gehe nicht zu Auditions."

„Wer redet denn von Auditions? Ich habe ihm versichert, du willst eine ernsthafte Schauspielerin werden. Niemals würdest du deinen Arsch und die Titten herzeigen."

„Weiß er, wer ich bin?"

„Großer Gott, um dich nicht zu kennen, müsste man ein Außerirdischer sein. Von jedem amerikanischen Titelblatt springt einem dein Gesicht entgegen."

Das gefiel ihr. Zufrieden lächelte sie. „Wann treffe ich ihn?"

„Später. Auf der Party vor dem Boxkampf."

„Gut."

„Was willst du heute unternehmen?" fragte Jake.

„Was willst *du* machen?" lautete Madisons Gegenfrage.

„Da ich genug Fotos von Antonio habe, muss ich nicht mehr ins Trainingscamp gehen. Hast du alles, was du für deine Story brauchst?"

„Ja, ich denke schon – blöde Sprüche, die ein ganzes Buch füllen würden. Dieser Kerl ist ein wandelndes Desaster, sein eigener schlimmster Feind."

„Also, was willst du tun?"

„Ich bin zu allem bereit."

„*Das* habe ich letzte Nacht herausgefunden."

„He!" schimpfte sie und schleuderte ein Kissen nach Jake. „Keine sexistischen Kommentare in diesem Bett."

Lachend warf er das Kissen beiseite. „Ich habe eine Idee.

Wollen wir ein Boot mieten und auf den Lake Mead rausfahren?"

„Hm ..." Madison streckte wohlig die Arme hoch. „Klingt verlockend. Okay, ich telefoniere mit Natalie und Jamie."

„Was? Müssen die mitkommen?"

„Natürlich nicht. Natalie arbeitet. Und Jamie ... Nun ja, ich hoffe, sie fliegt nach New York zurück und stellt ihren Mann zur Rede."

„Ist sie dazu bereit?"

„Ich glaube schon."

„Eine sehr schöne Frau ..."

„Versuchst du, mich eifersüchtig zu machen?" fragte sie sanft.

„Dazu neigst du nicht. Du bist viel zu selbstsicher."

„Bin ich das?"

„Zumindest erweckst du diesen Eindruck. Aber ..."

„Ja?"

„Ich habe auch deine verletzlichen Seiten entdeckt."

„Was du nicht sagst ..." Lächelnd griff sie zum Telefon und wählte die Nummer von Jamies Zimmer. Da sich die Freundin nicht meldete, rief sie die Zentrale an. „Ist Mrs. Nova abgereist?"

„Nein, Ma'am", antwortete die Telefonistin.

Madison rief Natalie an. „Nun, wie war die Nacht?"

„*Sehr* amüsant. Ich habe einen tollen Jungen kennen gelernt, einen Schauspieler. Also – ein Schauspieler ist er nicht direkt, eher ein Model. Schwarz und umwerfend! Genau mein Typ. Um ein Uhr nachts sind wir in den Pool gehüpft."

„Und was habt ihr im Pool gemacht?"

„Alles." Eine sekundenlange Pause. „Wie spät ist es jetzt?"

„Kurz nach zehn."

„Oh Gott, ich muss sofort aus den Federn kriechen und mit

meinem Produzenten besprechen, welche Arschgesichter ich heute interviewen soll. Was hast *du* vor?"

„Ich bin mit Jake zusammen."

„Was für wunderbare Neuigkeiten!" meinte Natalie und lachte leise.

„Wir wollen ein Boot mieten und auf dem Lake Mead herumfahren."

„Wie *romantisch!*"

„Das wirds ganz sicher."

„Dann bis später. Vergesst die Party nicht, heute Abend vor dem Boxkampf."

„Welche Party?"

„Die VIP-Party. Ich besorge euch eine Einladung."

„Nein, danke."

„He, Mädchen, du bist in Vegas. Was willst du denn *sonst* tun?"

„Oh, da fällt mir wahnsinnig viel ein."

„Melde dich noch mal."

„Versprochen."

„Also eine Bootsfahrt?" fragte Jake, sobald sie aufgelegt hatte.

„Okay", entschied sie und sprang aus dem Bett. „Heute habe ich Lust auf einen freien Tag."

„Diesmal *werde* ich meine Kamera holen", sagte er und ging zur Tür.

„Warum brauchst du sie?"

„Ohne meine Kamera gehe ich nirgendwohin. Und heute, Miss Castelli, wirst du fotografiert – ob's dir passt oder nicht."

Rosarita war gar nicht glücklich mit ihrer Unterkunft. „Wie ich dieses Zimmer hasse!" jammerte sie und marschierte im Kreis herum. „Viel zu klein."

„*So* schlimm ists nun wirklich nicht. Außerdem bleiben wir nur zwei Nächte hier." Dexter begann, seinen Koffer auszupacken.

„Welche Rolle spielt das schon? Zwei Nächte oder tausend? Mal sehen, was für ein Zimmer Chas hat. Ich wette, der hat eine Luxussuite für sich gebucht. Und uns steckt er in dieses miese kleine Loch. Nein, das dulde ich nicht."

„Dagegen kannst du nichts machen", meinte er und hängte seinen Anzug in den Schrank.

„Warts nur ab!" Rosarita griff zum Telefon und rief den Empfang an. „Hier ist Mrs. Dexter Falcon", meldete sie sich in gebieterischem Ton. „Mr. Falcon, der Star von ‚Dunkle Tage', sollte eine Suite zum selben Preis wie ein Zimmer bekommen. Offensichtlich ist Ihnen ein Irrtum unterlaufen. Würden Sie uns bitte jemanden heraufschicken, der unser Gepäck in eine Suite bringt?"

„Das schaffst du nie", warnte Dexter, nachdem sie das Telefonat beendet hatte.

„Wollen wir wetten? Mal sehen ... Wir haben nichts zu verlieren. Entweder geben sie uns eine Suite oder sie lassens bleiben."

„Du hast meinen Namen benutzt."

„Wozu hast du einen Namen, wenn wir keinen Vorteil draus ziehen können?"

„Das ist so peinlich, Rosarita. Wahrscheinlich wissen sie gar nicht, wer ich bin."

„Da hast du völlig recht, Dex – in der Tat, das wäre *furchtbar* peinlich. Aber du bist schon seit unserer Hochzeit eine einzige Peinlichkeit."

Gekränkt und wütend starrte er sie an. Wenn sie nicht schwanger wäre, würde er ihr jetzt sofort die Scheidung auf dem Silbertablett servieren.

In nüchternem Zustand wusste Jamie nicht, was sie wollte. Jedenfalls zog sie sich an, dann fuhr sie in einem Taxi zu Kris' Hotel. Während sie im Lift zu seiner Suite hinauffuhr, überlegte sie, was sie tun würde. Wollte sie tatsächlich mit einem Rockstar ins Bett gehen, nur um sich an ihrem untreuen Ehemann zu rächen?

Ja. Warum nicht? *Irgendwas* musste sie unternehmen. Sie konnte nicht einfach nur herumsitzen wie die arme, betrogene Ehefrau. Und wenn sie ihre Rachsucht gestillt hatte, würde sie es Peter brühwarm erzählen. *Oh, übrigens, Peter – während du mit deinem Freund zusammen warst, habe ich Kris Phoenix gebumst.*

Und sie wusste ganz genau, dass ihr Mann zu rasender Eifersucht neigte.

Hätte sie sich bloß mit einem Drink Mut gemacht ... Wenn sie beschwipst wäre, würde es ihr viel leichter fallen, ihren Plan zu verwirklichen. Aber nüchtern? Sie war sich nicht sicher, ob sie's schaffen würde. Außerdem litt sie immer noch an einem überdimensionalen Kater.

Kris erwartete sie in der Tür seiner Suite, nur mit einem Bademantel bekleidet. Seine Haare standen zu Berge. Im Sonnenschein sah er älter aus, trotzdem imposant und attraktiv. „Ich dachte, du würdest erst zu Mittag aufstehen", bemerkte sie.

„*Sehr* sexy, dieser Pullover", meinte er und zog sie ins Zimmer. Sie trug einen babyblauen Angorapullover, der ihre Augenfarbe betonte. Und das weiche Material machte alle Männer ganz wild.

In der Mitte des Salons stand ein Tisch mit großen Krügen mit frisch gepresstem Orangensaft und einer Kaffeekanne.

„So früh am Morgen kriege ich keinen Bissen runter", erklärte Kris und schnitt eine Grimasse.

„Wo ist Amber?"

„Letzte Nacht haben wir gestritten. Deshalb ist sie abgehauen, um auf einem Pferd zu reiten – oder sonst irgendwas Dummes zu tun."

„Worüber habt ihr gestritten?"

„Sie will nicht mit mir gesehen werden. Offenbar begreift sie nicht, dass man die Publicity genauso benutzen kann, wie man von ihr benutzt wird. Sie ist sehr jung und muss erst noch lernen, die Beine breit zu machen – bildlich gesprochen, wenn du verstehst, was ich meine."

„Wie alt ist sie?" Jamie schenkte sich starken schwarzen Kaffee ein.

„Zweiundzwanzig."

„Ich bin neunundzwanzig. Zu alt für dich, Kris?"

Seine Lippen verzogen sich zu einem herausfordernden Grinsen. „Glaub mir, meine Süße, *du* bist für niemanden zu alt. Komm her und umarme mich."

„Darf ich dich was fragen?" murmelte sie und trat einen Schritt zurück.

„Nur zu."

„Was genau trägst du unter diesem Bademantel?"

„Einen gigantischen Ständer und ein Lächeln." Fröhlich zwinkerte er ihr zu. „Hast du was dagegen?"

52. KAPITEL

Dank ihrer Beharrlichkeit gelang es Rosarita nicht nur, mit Dexter aus dem schlichten Doppelzimmer in eine Suite zu ziehen – sie beschaffte auch noch eine Einladung zu einer VIP-Party, die an diesem Nachmittag um sechs Uhr in der Magiriano Leopard Suite stattfinden würde. Triumphierend drehte sie die weißgoldene Karte hin und her. Man musste nur selbstbewusst auftreten. Meistens machte es sich bezahlt.

„Schau mal!" rief sie und schwenkte die Karte vor Dexters Nase. „Wir sind eingeladen, und wir gehen hin."

„Und die anderen?"

„Da sie *nicht* eingeladen sind, gehen sie *nicht* hin."

„Das ist unfair. Wo du doch weißt, wie gut meiner Mom so eine Party gefallen würde!"

„Was für ein Muttersöhnchen du bist!" spottete sie. „Du solltest endlich erwachsen werden. Während wir die Party besuchen, unternehmen sie eben was anderes, und später treffen wir uns."

„Kannst du für meine Eltern, Chas und Alice nicht auch eine Einladung kriegen?" bat er, in der festen Überzeugung, sie würde alles erreichen, was sie wollte.

„Nein, Dex." Verächtlich kräuselte sie die Lippen. „Das ist eine VIP-Party."

„Bist du sicher?"

„Ach, du meine Güte!" stöhnte sie. „Ich gehe jetzt einkaufen."

„Du hast schon gestern in Beverly Hills Unsummen ausgegeben."

„Zahlst *du* die Rechnungen?" fragte Rosarita gereizt. „Ist *das* dein Problem?"

„Nein, aber ich dachte, wir verbringen diesen Tag alle zusammen."

„Das dachte *ich* nicht. Später sehe ich euch beim Lunch."

„Chas hat das Spago erwähnt, und Mom ist schon ganz aufgeregt."

„Sogar eine *Zahnpastatube* würde sie aufregen."

„Sei nicht so ekelhaft, Rosarita. Früher warst du ganz anders."

„Vor langer Zeit, Dex."

„Wir sind noch nicht mal zwei Jahre verheiratet."

„Mir kommts wie zweiundzwanzig Jahre vor."

Es war sinnlos, mit Rosarita zu diskutieren, weil sie immer das letzte Wort behielt.

„Ich gehe jetzt joggen", erklärte er. „Wir treffen uns um eins im Spago – im Caesar's Palace. Komm nicht zu spät."

„Ich kanns kaum erwarten", murmelte sie.

Sobald er das Zimmer verlassen hatte, rannte sie ins Bad und nahm die Flasche mit dem tödlichen Gift aus ihrem Kosmetikkoffer. Jetzt, wo der große Augenblick immer näher rückte, begannen ihre Nerven zu flattern. Wenn das Gift nicht wirkte? Wenn Dexter *nicht* starb? Wenn sie für alle Zeiten an ihn gefesselt wäre?

Das würde sie nicht ertragen. Es *musste* klappen. Was konnte schon schief gehen?

Die allerwichtigste Frage: Wie sollte sie es anfangen? Ursprünglich hatte sie geplant, ein paar Tropfen von der mörderischen Substanz in Dexters Drink zu schmuggeln, bevor sie nach unten gingen. Aber dann würde man herausfinden, dass sie vor seinem Zusammenbruch mit ihm allein gewesen war, und sie beschuldigen.

Nein, sie wollte die Tat auf der Cocktailparty vollbringen.

Während sie von Leuten umringt waren, würde sie das Gift in sein Glas träufeln. Niemand würde sie verdächtigen.

Und wie sollte sie das unbemerkt bewerkstelligen?

Allzu schwierig dürfte es nicht sein. Rosarita verstand es geradezu meisterhaft, Probleme zu lösen.

Nach einem kurzen Nickerchen öffnete Chas die Augen und wurde sofort von einem heftigen Spieltrieb erfasst. „Komm mit", befahl er Varoomba und warf ihr ein paar Hundertdollarscheine zu. „Besorg dir Chips und schau dich im Casino um. Heute werden wir ein Vermögen gewinnen."

„Hast du einen Tisch für den Lunch bestellt?"

„Klar."

„Denk dran, dass du versprochen hast, meine Grams zu treffen."

„Gar nichts habe ich versprochen", knurrte er.

„Doch."

„Und?"

„Darf sie – eh – zum Lunch kommen?"

„Zum *Lunch*?"

„Da würde sie alle kennen lernen. Ich wünsche mir wirklich nur selten was von dir, Chas. Bitte, erlaube mir, meine Großmutter einzuladen."

„Heiliger Himmel!" Er hasste es, wenn er von Frauen angebettelt wurde.

„Ist das ein Ja?" fragte sie eifrig.

„Ein Vielleicht."

„Danke, mein Süßer!" jubelte sie und schlang die Arme um seinen Nacken. „So ein netter Sexy-Teddybär bist du, und ich liebe dich ganz wahnsinnig."

Sie *liebte* ihn? Bisher hatte dieses Wort nicht zu Varoombas

Wortschatz gehört, und dass sie es plötzlich aussprach, machte ihn nervös. Er nahm sich vor, daheim anzurufen und zu fragen, ob ihre Sachen schon gepackt waren.

Nichts dem Zufall überlassen – so lautete sein Motto.

Im hellen Tageslicht, in stocknüchternem Zustand fand Jamie ihren Racheplan nicht mehr so großartig. Doch würde sie etwas beenden können, das sie selbst angefangen hatte?

Kris besaß flinke, unglaublich agile Hände. Und seine Behauptung, er habe unter dem weißen Bademantel nichts an, war offenkundig keine Lüge gewesen. Jamie versuchte nicht hinzuschauen. Aber seine Erektion unter dem Frotteestoff war nicht zu übersehen.

Erst einmal küsste er sie. Die Hände in ihr Haar geschlungen, bog er ihren Kopf nach hinten. Seine Zunge spielte in ihrem Mund. Dann griff er unter ihren Pullover, wie ein Schuljunge bei einem Date, das ihn endlich ans ersehnte Ziel führen sollte.

„Immer mit der Ruhe, Kris", mahnte sie atemlos und zuckte zurück. „Nicht so schnell ..."

„Wir haben nicht viel Zeit, Darling. Legen wir los. Darauf hast du's doch abgesehen, nicht wahr?"

„Eigentlich dachte ich, du wärst hinter *mir* her. In New York hast du mich dauernd angerufen."

„Und das hat deinem Alten missfallen, nicht wahr?" Kris lachte heiser. „Wie läufts denn zwischen euch?"

„Er betrügt mich", erwiderte sie tonlos.

„Also *deshalb* bist du hier."

„Vielleicht ... Aber ich finde dich auch sehr attraktiv."

„Das sagen mir die Frauen immer wieder. Findest du mich attraktiv oder den Rockstar?"

„*Dich*, Kris. Dein Ruhm interessiert mich kein bisschen."

„Bist du sicher?"

„Natürlich."

Ehe sie wusste, wie ihr geschah, öffnete er mit geübten Fingern den Verschluss ihres BHs. Einerseits erschauerte sie wohlig, andererseits wusste sie nicht, ob sie sich so überstürzt verführen lassen sollte. Mit der Absicht zu prahlen, Kris Phoenix in ihr Bett zu locken – gewiss, das war eine Genugtuung gewesen. Trotzdem erschrak sie vor der Realität.

Die Hände immer noch unter Jamies Pullover, berührte er ihre nackten Brüste.

Als sie sich losriss und zurückwich, folgte er ihr.

„Jetzt werde ich dir was zeigen."

„Was?"

„Das da."

Er öffnete seinen Bademantel, um eine eindrucksvolle Erektion zu enthüllen.

Im selben Moment schwang die Tür auf, und Amber betrat das Zimmer.

53. KAPITEL

„Einfach himmlisch!" Madison lag auf dem Sonnendeck des Motorboots, das sie gemietet hatten, und genoss es, nichts zu tun, nichts zu denken, einfach nur mit einem Mann zusammen zu sein, den sie mochte.

„Mir gefällts auch." Unentwegt drückte Jake auf den Auslöser seiner Kamera. Doch das bemerkte sie kaum.

„Ich bin so herrlich entspannt." Nach dem Vegas-Job würde sie versuchen müssen, ihr Leben wieder auf die Reihe zu kriegen und die ganze Wahrheit über ihren Vater herauszufinden. Aber vorerst wollte sie das Glück des Augenblicks auskosten.

„Hast du heute Abend einen Platz am Boxring?"

„Vermutlich. Und ich kanns gar nicht abwarten, bis mich das Blut der beiden Kampfhähne bespritzen wird."

„Was für ein gruseliger Gedanke!"

„Boxen ist so ein *archaischer* Sport. Da schlagen zwei Jungs wie die Wilden aufeinander ein. Wozu? Um das Publikum zu unterhalten? Ist das nicht eine Rückkehr in römische Gladiatorenzeiten?"

Gleichmütig zuckte er die Achseln. „Gewisse Dinge ändern sich nie."

„Ah, ein Philosoph ..."

„Madison, diese Nacht war etwas ganz Besonderes für mich", beteuerte er, neigte sich zu ihr und küsste sie. „Bei dir fühle ich mich unglaublich wohl."

„Und ich mich bei dir."

„Könnten diese Emotionen bedeuten, wir werden uns in Zukunft öfter sehen?"

„Das hängt von dir ab." In beiläufigem Ton fügte sie hinzu: „Steht wieder eine Parisreise auf dem Programm?"

„Sehr komisch“, murmelte er und hauchte noch einen Kuss auf ihre Lippen.

„Ich meine es ernst, Jake. Wohin wird dich dein nächster Auftrag führen?“

„Keine Ahnung. Letzte Nacht hast du mich mit vollem Recht einen Landstreicher genannt. Genau das bin ich, weil ich kein Zuhause habe. Ich ziehe es vor, in Hotels zu wohnen.“

„Und wo sind deine Sachen?“

„Wer hat denn Sachen?“

„Normale Menschen.“

„Vermutlich bin ich nicht normal.“

„Für ein paar Wochen würde ich gern in L. A. leben“, erklärte sie und streckte sich träge. „Ich muss in Ruhe über meinen Vater nachdenken. Manchmal fehlt er mir, dann wiederum vermisse ich ihn überhaupt nicht. Ich liebe ihn und hasse ihn. Ergibt das einen Sinn?“

„Vielleicht.“

„Ich *muss* die Wahrheit rauskriegen.“

„Mit der Zeit wirst du's schaffen.“

„Jake“, sagte sie eindringlich, „ich erwarte nicht, dass du mir nach L. A. folgst. Bleiben wir in Verbindung, und treffen wir uns, wenn's uns beiden in den Kram passt. Ich bin nicht der Typ, der wie eine Klette an einem Mann klebt.“

„Das weiß ich. Glaub mir, ich kann es beurteilen und einige Geschichten über Frauen erzählen, die sich festklammern wollen.“

„Tatsächlich?“ fragte Madison belustigt.

„In meiner Vergangenheit hats nun mal ein paar Frauen gegeben.“

„Nein – *wirklich*?“

„Kleines Biest!“

„Was ist mit diesem blonden Callgirl passiert?"

„Musst du mich unbedingt daran erinnern?"

„Sie war *sehr* schön."

„Wie ich bereits sagte, sie war *hübsch*, und *du* bist schön."

„Du verstehst es, einem Mädchen zu schmeicheln."

„Und du hast die süßesten Lippen, die ich jemals geküsst habe."

Noch nie hatte Martha etwas so Erstaunliches und Faszinierendes erlebt wie ihren Streifzug durch das Magiriano-Hotel in Las Vegas. An diesem Vormittag war sie bereits einem berühmten Latino-Sänger und drei Filmstars begegnet – und Al King, ihrem ganz besonderen Liebling. Auf dem Weg zum Spago, den Strip entlang, wuchs ihre Aufregung noch.

„Das werden mir die Frauen im Buchclub *niemals* glauben", plapperte sie zum wiederholten Mal. „Als Dickie die Rolle in der Soap bekam, wars schon großartig genug. Und jetzt *das!*" Freudestrahlend hängte sie sich an Chas' Arm. „Ich bin Ihnen ja so *dankbar*, Chas. Was für ein wunderbarer Mann Sie sind! Und überaus spendabel, wenn ich das sagen darf."

„Nicht der Rede wert", wehrte er ab und schwelgte in der Rolle des Wohltäters.

Varoomba ging ein paar Schritte hinter ihnen, in einem roten Tank-Top ohne BH, das der Fantasie fast nichts übrig ließ. Zu Matts Entzücken zeichneten sich ihre ausgeprägten Brustwarzen deutlich unter dem dünnen Stoff ab. Den ganzen Vormittag hatte er sich vorgestellt, wie es wäre, daran zu saugen. Und nun fragte er sich, ob er hier einen Strip-Club besuchen könnte. Las Vegas war berühmt für tolle Table Dances. Aber er würde wahrscheinlich keine Gelegenheit finden, davonzuschleichen und sich in einem solchen Etablissement zu vergnügen. Dexter war nicht der Typ Sohn, der so was arrangieren würde. Und warum sollte sich Chas dafür interessieren, wenn er ein Klasseweib wie diese Alice zur ständigen Verfügung hatte?

„Sicher gibts in Vegas die besten Hotels von der Welt", schwärmte Martha. „So einen Luxus habe ich nie zuvor gesehen."

Varoomba hoffte inständig, ihre Großmutter würde sich nicht verspäten. Bedauerlicherweise neigte Renee zur Unpünktlichkeit. Und obwohl sie sofort nach der Ankunft in Vegas mit ihr telefoniert hatte – bei dieser Frau konnte man nie wissen. „Wir treffen uns zum Lunch im Spago", hatte sie ihr eingeschärft. „Sei bloß rechtzeitig da!"

„Oh Gott!" jammerte Renee. „*Muss* ich da hingehen?"

„Ja", beharrte Varoomba. „Ich habs doch gesagt. Vermutlich wird mein Freund mir einen Antrag machen. Möchtest du deine kleine Enkelin nicht glücklich verheiratet sehen, mit einem reichen Mann?"

„Hast du Geld mitgebracht?"

„Ein paar Hundert Dollar."

„Mehr nicht?" fragte Renee enttäuscht. „Wo du doch mit deinen falschen Titten ein Vermögen machst? Schäm dich!"

„Immerhin sind ein paar Hunderter besser als gar nichts. Wenn ich diesen Typ einfange, kriegst du viele Tausender."

„Okay, ich komme", hatte Renee versprochen.

Jetzt, nur noch wenige Schritte vom Caesar's Palace entfernt, überlegte Varoomba, ob das wirklich eine gute Idee war. Seit Jahren hatte sie Renee nicht mehr gesehen, und ihre Grams war wohl kaum der großmütterliche Typ. Wenn sie eins ihrer grauenhaften Outfits trug und zu viele Drinks in sich hineinschüttete ...

Oh nein – diesen Gedanken ertrug sie nicht.

Vor lauter Zerknirschung wäre Jamie am liebsten im Erdboden versunken. Nicht, dass *sie* ohne Unterhose ertappt worden wäre – aber *Kris*.

Wie sie zugeben musste, reagierte Amber ziemlich cool und gefasst.

„Hallo", grüßte die junge Schauspielerin und schlenderte in die Suite, als würde sie Kris' entblößten Penis nicht bemerkten.

„Eh – hallo, meine Süße." Hastig schloss Kris seinen Bademantel und verknotete den Gürtel. „So früh hatte ich dich nicht erwartet."

„Mein Pferd war ein bisschen zu temperamentvoll. Deshalb wollte ich nicht mehr reiten." Amber füllte ein Glas mit Orangensaft.

„Das verstehe ich."

Sie schaute zu Jamie hinüber. „Hoffentlich störe ich keine wichtige Besprechung."

„Keineswegs", versicherte Jamie nervös. „Wenn Sie mich entschuldigen würden – ich möchte mich nur kurz frisch machen ..."

Hinter der versperrten Tür des Gästebads schloss sie hastig ihren BH. Was für ein alberner Zwischenfall! Sie war nach Vegas geflogen, um mit Kris Phoenix zu schlafen. Bevor sich irgendwas Nennenswertes ereignet hatte, waren sie ausgerechnet von seiner Freundin ertappt worden. Wie ein schlechter Witz ...

Sie blickte in den Spiegel, bürstete ihr Haar, trug Lippenstift auf und eilte ins Zimmer zurück, um sich möglichst schnell zu verabschieden. „Eh, Kris – ich glaube, wir haben alles geklärt", sagte sie so ruhig, wie es unter den gegebenen Umständen möglich war.

„Klar, meine Liebe."

„Nun, dann höre ich in New York von dir."

Unbehaglich nickte er. „Darauf freue ich mich schon."

„War nett, Sie wiederzusehen, Amber."

„Gleichfalls, uh – Jamie, nicht wahr?"

„Stimmt."

„Nie wieder werde ich Ihren Namen vergessen", beteuerte Amber und lächelte vage.

„Kann ich mir denken", murmelte Jamie. „Bemühen Sie sich nicht, ich finde allein hinaus."

Als sie im Lift nach unten fuhr, fühlte sie sich zutiefst gedemütigt. An diesem Desaster war Peter schuld. Warum hatte er kein Geständnis abgelegt? Warum hatte er nicht gesagt: *Wir sollten uns scheiden lassen, weil ich gemerkt habe, dass ich Männer mag* ... Damit wäre das Problem auf zivilisierte Art gelöst worden.

Aber nein, so was brachte er nicht über sich, und so hatte sie's auf die harte Tour erfahren. Elender Bastard!

Sie holte ihr Handy hervor und versuchte Madison im Hotel zu erreichen. Keine Antwort. Auch Natalie meldete sich nicht. Sie musste unbedingt mit ihr über Maddys Geburtstagsdinner reden.

Hoffentlich hatte Natalie eine Torte bestellt.

Seufzend stieg Jamie in ein Taxi. Der Fahrer war furchtbar redselig. Obwohl sie ihm betont einsilbige Antworten gab, verstand er den Wink mit dem Zaunpfahl nicht. Als sie ihn vor ihrem Hotel bezahlte, sah sie Joel Blaine aus der Tür kommen. Sie stieg aus, und er ging ihr entgegen.

„He!" rief er. „Immer noch ohne Ehemann?"

„Das sagte ich doch, er ist in New York geblieben."

„Was muss das für ein Mann sein, der *Sie* in *Vegas* allein herumlaufen lässt?"

„Ein Schwachkopf."

„Oh – eine kleine Krise?"

„Wo ist denn Ihre Freundin, Joel? Sind Sie nicht mit Carrie Hanlon hierher gekommen?"

„Unglücklicherweise langweilt sie mich zu Tode. Wie diese Models sind, wissen Sie ja, die haben nicht viel zu sagen. Und wo ist Ihre Freundin Madison?"

„Heute habe ich sie noch nicht gesehen."

„Eine ganz besondere Frau. Ich mag sie."

„So?"

„Ja, ich bewundere ihre Intelligenz."

„Fragen Sie Maddy doch, ob sie mal mit Ihnen ausgeht."

„Glauben Sie, das würde sie tun?"

„Nein. Aber es kann nichts schaden, wenn Sie's ihr vorschlagen."

„Warum will sie nicht mit mir ausgehen?"

„Weil sie den Eindruck gewonnen hat, Sie seien ein Spieler."

„Ist das so schlimm?"

„Außerdem möchte Maddy nicht eine von vielen sein."

„Vielleicht würde ich mich für eine Frau von ihrem Kaliber ändern."

„Jetzt haben Sie erst mal Carrie Hanlon am Hals."

„Wie wärs mit einer Partie Blackjack?"

„Warum nicht?" Müde zuckte Jamie die Achseln. „Im Augenblick habe ich nichts anderes zu tun."

„Charlie?" kreischte Renee.

„Ren?" brüllte Chas.

Jubelnd fielen sie einander in die Arme, und Varoombas Kinnlade klappte nach unten.

Was? Ihre Großmutter und Chas *kannten* sich? Wie war das möglich? Sie war fassungslos.

„Wie viele Jahre ists jetzt her?“ fragte Renee und trat einen Schritt zurück.

„Jedenfalls zu viele“, meinte Chas grinsend. „Verdammt, du siehst sensationell aus!“

Damit traf er den Nagel auf den Kopf. Renee, ein hoch gewachsenes, attraktives Ex-Showgirl, ähnelte Rachel Welch. Mit siebenundfünfzig hatte sie nichts von ihrer Schönheit eingebüßt. Und das wusste sie.

„Lieber Himmel!“ rief Chas. „Was machst du denn hier?“

„Offensichtlich treffe ich dich hier, nicht wahr?“ Renee strich ihren schwarzen Minirock aus Kunstleder glatt.

„Klar. Willst du mit uns essen?“

„Nun, ich dachte, deshalb bin ich hergekommen.“

„Eh?“

Renee lachte laut auf. „Begreifst du's denn nicht, Chas? Ich bin Varoombas Grandma.“

54. KAPITEL

Hingerissen starrten die Passanten Leon Blaine an. Sobald sie merkten, dass ein Supermodel zu seiner Begleitung gehörte, gafften sie noch neugieriger. Einer solchen Gruppe machte man überall Platz. Natürlich wurde sie auf dem Weg vom Mirage zu der Limousine, die sie vor den Eingang des Caesar's Palace kutschieren sollte, von nicht besonders diskreten Leibwächtern umringt. In einem maskulinen hellblauen Nadelstreifenanzug mit tief ausgeschnittener Weste sah Carrie phänomenal aus.

„Marty hat versprochen vorbeizuschauen", teilte Joel ihr mit.

„Scorsese?"

„Genau, Babe."

Obwohl er sie nicht mochte, genoss er den ganz speziellen Kick, mit ihr gesehen zu werden. Wie die Leute Maulaffen feilhielten! Als wäre sie ein Filmstar!

Bisher hatte Joel nur einen einzigen Filmstar zum Dinner ausgeführt – ein totaler Misserfolg. Er hatte stets geglaubt, Models wären die schlimmsten Egoistinnen. Ein Irrtum. Auf diesem Gebiet gebührte den Filmstars die Krone, ganz zweifellos. Jene Lady hatte nur über ihren nächsten Film geredet, über ihren Co-Star, ihren Regisseur und alle Produzenten in der Stadt. Und dann hatte irgendein Prominenter das Restaurant betreten, und sie war sofort zu ihm gerannt. Wie eine heiße Kartoffel hatte sie Joel fallen lassen.

Nein, von Filmstars wollte er nichts mehr wissen.

Im Casino hatte er Amber gesehen. Kein Arsch, keine Titten. Nicht sein Stil. Wenn er auch zugeben musste, dass sie zu den erstklassigen Schauspielerinnen zählte.

Nach dem Frühstück mit Carrie war er von einem Casino

zum anderen gewandert. Nun würde er sich aufs Magiriano konzentrieren. Er musste enorme Spielschulden begleichen.

Na und? Er trug immer noch einen kreditwürdigen Namen.

Unterwegs hatte er Jamie Nova getroffen und ein paar Partien Blackjack mit ihr gespielt. Von solchen Spielen verstand sie nichts. Aber über sie würde er möglicherweise an Madison herankommen, und so versuchte er, sich gut mit ihr zu stellen.

Leon hatte Freunde zum Lunch eingeladen – einen bolivianischen Zinnmilliardär mit einer Jahrzehnte jüngeren Ehefrau, einen Jockey und seine hübsche Freundin, zwei Finanziers und einen Internet-Mogul.

Natürlich saßen sie am besten Tisch, den das Spago zu bieten hatte, und mehrere Amuse-Gueules wurden serviert.

Joel schob einen Bissen Entenpizza in den Mund und überlegte, ob er den Nachmittag im Strip-Club verbringen sollte, um sich vor dem Boxkampf die Zeit zu vertreiben.

Warum nicht? Vielleicht würde er eine Stripperin entdecken, die seinen sexuellen Appetit reizte.

Rosarita saß am anderen Ende des Lokals und beobachtete, wie Joel mit Carrie Hanlon hereinkam. Entgeistert schnappte sie nach Luft. Joel in Vegas, an der Seite eines der berühmtesten Supermodels? War das ein schlechter Scherz?

Hastig duckte sie sich. In *dieser* Gesellschaft durfte er sie nicht sehen. Daddy und Varoombas Grandma waren offensichtlich alte Freunde, die sich aus den Augen verloren hatten, und nun übertrumpften sie einander, um die verlorene Zeit nachzuholen.

Darüber schien sich Varoomba maßlos zu ärgern. Die Silikon-Titten vorgereckt, den Mund leicht geöffnet, lauschte sie Chas' und Renees Reminiszenzen.

„He, Chas, weißt du noch, wie du in Atlanta deine Hose nicht finden konntest?“ Renees Stimme hallte durch den ganzen Raum.

„An der Rennstrecke?“ Grinsend erinnerte er sich.

„Ja, und ich dachte, du wärst der geborene Sieger. Dabei hast du beim Wetten schamlos gemogelt.“

„Was behauptest du da? Hüte deine lose Zunge!“ mahnte er und brüllte vor Lachen. „Ich schwindle niemals. Sieh zu, dass du das in dein Spatzenhirn kriegst!“

„Spatzenhirn, eh?“ schrillte sie. „Immer noch besser als der erbsengroße Schwanz eines gewissen Kerls, den ich kenne.“

„Hör auf!“ japste er. „Da sitzt meine Tochter.“

„Sicher ist ihr das Wort ‚Schwanz‘ schon mal zu Ohren gekommen. Nicht wahr, meine Liebe?“

Nervös zuckte Rosarita zusammen. Sie hatte nicht zugehört und verstohlen zu Joel hinübergespäht. „Wie bitte?“

„Nichts, Schätzchen. Vergessen Sie's.“ Renee richtete ihre Aufmerksamkeit wieder auf Chas. „Dass wir uns hier über den Weg laufen ... Was für ein unglaublicher Zufall!“

„Das kannst du zweimal sagen.“

Varoomba blinzelte verstört. Nach diesem Gerede zu schließen, hatte es vor langer Zeit eine ernsthafte Affäre zwischen den beiden gegeben. Und jetzt entstand der Eindruck, sie wollten das erloschene Feuer wieder anfachen. Seit sie Chas kannte, hatte sie ihn nicht so animiert gesehen. Und ihrer Grams war's schon immer leicht gefallen, die Männer zu umgarnen. Trotz ihrer siebenundfünfzig Jahre bot sie einen fabelhaften Anblick. Allerdings litt sie an hoffnungsloser Trunksucht, und sie goss den Wein in sich hinein, ohne zu bedenken, dass es erst ein Uhr mittags war.

Typisch für mein Pech, dachte Varoomba. Da lerne ich endlich jemanden kennen, der mich vielleicht heiratet. Und was passiert? Er ist auf meine Großmutter scharf.

Sie wandte sich zu Matt, der schon die ganze Zeit ihre Titten anstarrte. „Ist das Leben nicht gemein?"

„Klar", stimmte er zu.

„Manchmal verstehe ich überhaupt nichts", jammerte sie.

„Ja, ich weiß, was Sie meinen", versicherte er – überglücklich, weil sie ihn beachtete.

Martha trat unter dem Tisch gegen sein Schienbein und wisperte: „Ermutige sie nicht."

„Was meinst du?" flüsterte er zurück.

„Du solltest Chas nicht aufregen. Merkst du denn nicht, was hier vorgeht? Seine alte Flamme entpuppt sich als Grandma seiner Freundin. Jetzt quatschst du mit Alice, und *sie* versucht, ihn eifersüchtig zu machen. Also hör auf damit. *Sofort!*"

„Großer Gott", murmelte Matt und runzelte die Stirn.

Von alledem nahm Dexter nichts wahr. Nach dem Jogging am Morgen war er im Pool des Hotels geschwommen. Und dann hatte er Gem angerufen.

Schlechte Neuigkeiten – am anderen Ende der Leitung hatte sich ein Mann gemeldet. Vor lauter Verwirrung hatte Dexter kein Wort hervorgebracht.

„Hallo, wer ist da?" hatte die männliche Stimme gefragt.

Einer Panik nahe, hatte Dexter aufgelegt. Lebte Gem mit jemandem zusammen? Hatte sie einen Freund? War sie verheiratet? Danach hatte er sich nicht erkundigt. Natürlich ... Warum sollte ein Mädchen wie Gem allein sein?

Jedenfalls musste er die Wahrheit herausfinden. Nach dem Dessert würde er auf die Toilette gehen und noch einmal bei Gem anrufen.

„Bin ich froh, dass ich dich hier getroffen habe!“ seufzte Jamie, als sie mit Natalie auf der Spago-Terrasse saß.

„Ich freue mich auch. Wenn ich nicht zu Mittag esse, bin ich eine ganz miserable Interviewerin. Ich denke fast ununterbrochen ans Essen.“

„Sicher nicht, wenn du dich mit Brad Pitt unterhältst.“

„Ganz egal, mit wem. Bevor ich mich mit diesen Typen herumschlage, muss ich was Anständiges im Magen haben.“

Jamie lachte und winkte Joel zu, der am anderen Ende der Terrasse saß.

„Oh Gott, dieser Trottel!“ stöhnte Natalie.

„Nein, er ist sehr nett. Heute hat er mir Blackjack beigebracht.“

„Und was hast du heute Vormittag sonst noch getrieben? Irgendwas, das ich *nicht* wissen sollte?“

„Was ich angedroht habe, ist nicht passiert“, gestand Jamie unbehaglich.

„Warst du nicht bei Kris?“

„Nun ja – er rief mich an, und ich ging hin. Und als wir gerade loslegen wollten, kam Amber ins Zimmer.“

„Was?“ Natalie brach in lautes Gelächter aus. „Meinst du – ihr wolltet gerade anfangen, und da kreuzte seine *Freundin* auf?“

Jamie nickte. „Oh Gott, es war so peinlich!“

„Hm – das dürfte bedeuten, dass du's nicht schaffen wirst, mit Kris Phoenix zu bumsen.“

„Irgendwas *muss* ich tun, bevor ich Peter wiedersehe und ihm den Laufpass gebe.“ Ärgerlich schüttelte Jamie den Kopf. „Ich kann nicht einfach sagen: ‚Übrigens, Peter, ich habe rausgefunden, dass du mich mit einem Kerl betrügst, und das ist völlig okay. Lassen wir uns scheiden.‘ Oh nein, er soll sich wie Scheiße fühlen. Verstehst du das?“

„Klar, Schätzchen", antwortete Natalie besänftigend. „Für dramatische Racheakte habe ich schon immer geschwärmt."

„Ich wills ihm so richtig heimzahlen."

„Gewiss, das ist dein gutes Recht."

Varoomba verließ den Tisch, um die Damentoilette im ersten Stock aufzusuchen. Während sie mit wiegenden Hüften das Restaurant durchquerte, starrten ihr alle Männer nach. Auch Joel.

Du meine Güte, dachte er, da geht meine Lieblingsstripperin – die kein einziges Mal in mein Büro gekommen ist. Was zum Teufel macht sie in Vegas?

Kurz entschlossen entschuldigte er sich bei seinen Tischgefährten und stand auf. Dieser Sache musste er auf den Grund gehen.

Als er ihr folgte, erkannte er Dexter Falcon, der ebenfalls nach oben ging. Obwohl sie sich nie kennen gelernt hatten, wusste Joel, wer das war – Rosaritas Ehemann, der schwachsinnige Seifenopernstar.

Bedeutete das irgendwas? Hatte Dexter eine Affäre mit der Stripperin?

Was für ein bemerkenswerter Gedanke, überlegte Joel. Falls das stimmt, kann ich Rosarita einiges erzählen, wenn ich wieder in New York bin. Sein Blick schweifte in die Richtung, aus der Dexter Falcon gekommen war. Zu seiner Verblüffung sah er Rosarita mit mehreren Leuten an einem großen Tisch sitzen.

Blitzschnell schaute er weg. Hatte sie ihn entdeckt? Und wenn schon! Sie machte ihn glücklicher als all die anderen Tussis. Und es wäre gar nicht so übel, wenn er's wieder mal mit ihr treiben würde. Am besten jetzt gleich. Oh, sie war verdammt sexy. Keins dieser hochgestochenen Supermodels konnte sich mit ihr messen. Er stieg hinter Dexter die Treppe hinauf und stellte fest, dass der Soap-Star überdurchschnittlich groß war, auf nichts sagende Art attraktiv.

Im ersten Stock ging Dexter nicht in die Toilette, sondern zu einem Münzfernsprecher. Joel blieb stehen. Interessant ...

Dexter wählte eine Nummer und wartete. Betont gleichmütig zündete Joel sich eine Zigarette an.

„Hallo“, sagte Dexter in die Sprechmuschel. „Sind Sie’s, Gem? Wo waren Sie gestern Abend? Ich habe Sie angerufen, und niemand hat sich gemeldet.“

Nun entstand eine längere Pause. Wer immer am anderen Ende der Leitung war, schien eine Erklärung abzugeben.

„Heute Morgen rief ich wieder an, und da hörte ich eine Männerstimme. Wer ist das?“ Noch eine Pause. Dann atmete Dexter erleichtert auf. „Oh, Ihr *Bruder*.“

Da wusste Joel, dass er eine brisante Entdeckung gemacht hatte.

„Wissen Sie was?“ fuhr Dexter fort. „Treffen wir uns, sobald ich nach New York zurückkomme. Ich muss Ihnen was erzählen.“

Spöttisch lächelte Joel vor sich hin. Also wollte sich Dexter Falcon an ein Mädchen ranmachen. Was würde Rosarita von dieser Neuigkeit halten?

55. KAPITEL

„Lassen wir die Party sausen“, schlug Madison auf der Rückfahrt zum Hotel vor.

„Welche Party?“ fragte Jake.

„Irgendein VIP-Event, zu dem Natalie uns schleppen will. Aber ich würde mir viel lieber anschauen, was in Antonios Garderobe passiert. Und du willst sicher noch ein paar Fotos machen und die Atmosphäre unmittelbar vor dem Boxkampf einfangen.“

„Gute Idee. Auf Partys bin ich ohnehin nicht versessen.“

„Ich auch nicht.“

„Übrigens, deine Freundin hat erwähnt, nach dem Kampf würden wir alle zusammen essen gehen.“

„Welche Freundin? Und wer sind *wir alle?*“

„Heute Morgen rief Natalie an, während du unter der Dusche warst, und lud uns zu einem späten Dinner ein.“

„Warum erzählst du mir das erst jetzt?“

„Weil ich's vergessen habe.“

„Danke, Jake, du verstehst es meisterhaft, Informationen weiterzuleiten“, hänselte sie ihn.

„*Dafür* brauchst du mich also? Ich soll dir Nachrichten übermitteln?“

„Nein, ich brauche dich wegen deines großen, starken, reizvollen ...“

„Ja?“

„*Körpers.*“

„Ich war neugierig, was du sagen würdest.“

„Darauf wette ich.“

„Wie auch immer, meine Süße, bist du mit dem Dinner einverstanden?“

„Der Zimmerservice würde mir besser gefallen“, gestand sie

wehmütig. „Wenn ich an die letzte Nacht denke und mich erinnere, was du alles mit Kaviar anfangen kannst ... Auf so was wäre ich nie gekommen."

„Von Champagner, den du zweckentfremdet hast, ganz zu schweigen."

„Jedenfalls habe ich keine Klagen gehört ..."

„Nun? Gehen wir zu diesem Dinner?"

„Okay, aber ich warne dich. Natalie *liebt* solche Feten. Und ich *hasse dieses Brimborium. Also, keine Geburtstagstorte. Ich wiederhole – keine Torte*. Kümmere dich drum."

„Ich kenne Natalie kaum. Wie könnte ich ihr irgendwas ausreden?"

„Sag ihr einfach, *ich will es nicht.* Das schaffst du doch, oder?"

„An deinem Geburtstag kriege ich alles hin, Darling."

Rosarita schlüpfte in ihren schicksten Escada-Fummel. Stundenlang hatte sie überlegt, was sie auf der VIP-Party vor dem großen Boxkampf tragen sollte. Das sündhaft teure schwarzweiße Kleid, das sie am Rodeo Drive gekauft hatte, eignete sich zweifellos am besten für diesen Anlass.

Den ganzen Nachmittag hatte sie an Joel gedacht. Wahrscheinlich war er wegen des Kampfs hierher gekommen. Warum hatte er ihr nichts davon erzählt? Hätte sie Bescheid gewusst, wäre es sicher möglich gewesen, ein Treffen zu arrangieren. Sie sehnte sich inbrünstig nach Sex, denn Dexter rührte sie nicht mehr an, seit er von ihrer Schwangerschaft erfahren hatte. Und ein Leben ohne Sex missfiel ihr gründlich.

Aber warum ärgerte sie sich über Dex? Er war und blieb ein Blödmann, und an diesem Abend würde er ihr wieder mal ganz gewaltig auf den Wecker fallen.

Zu Carries Leidwesen hatte Leon nicht mehr über Verträge, Erbschaften, Heirat und Milliarden gesprochen. Sie war wütend. Bildete er sich ein, er könnte mit ihr spielen? Nicht mit Carrie Hanlon. Oh nein. Mit Carrie Hanlon durfte sich *kein* Mann einen Spaß erlauben.

Von Marika wurde sie mit dem *bösen Blick* verfolgt. Den kannte sie, weil sie ihn oft genug in den Augen ihrer Kolleginnen sah.

Zur Hölle mit dieser Hexe.

Carrie hatte Joel verschwiegen, dass sie letzte Nacht Eduardos Reize verschmäht hatte. Das ging ihn nichts an. Seit dem Gespräch mit Leon war sie nicht in der richtigen Stimmung für ein junges männliches Spielzeug. Stattdessen wünschte sie, der schwerreiche alte Hosenscheißer würde sein Versprechen erfüllen.

Niemals würde Eduardo ihre sinnlichen Gelüste so restlos befriedigen wie Leon Blaines Dollarmilliarden.

Heute Abend wollte sie Leon in die Enge treiben und fragen, warum er sie so respektlos behandelte. Glaubte er etwa, er könnte ihr ein Angebot machen und es kurz danach vergessen?

Sie zog ein schlichtes, hautenges grünes Versace-Kleid an. Auf sensationelle Outfits konnte sie verzichten – Carrie Hanlon sah sogar in Sackleinen umwerfend aus.

„Wie kannst du mir das antun?“ jammerte Varoomba.

„Wovon redest du denn?“ fragte Chas gereizt.

„Du hast meine Grams zum Boxkampf eingeladen. Wieso hast du noch eine Eintrittskarte bekommen?“

„Weil ich gewisse Möglichkeiten habe“, antwortete er mysteriös.

„Das ist unfair.“ An ihren Wimpern hingen Tränen.

„Was?“

„Du und meine Grams.“

„Um Himmels willen, hör auf, sie Grams zu nennen! Sie heißt Renee und ist eine alte Freundin.“

„Hast du's mit ihr *getrieben*?“ fragte Varoomba misstrauisch. „Hattest du *Sex* mit meiner Grams?“

„Kümmere dich um deinen eigenen Kram!“ stieß er hervor.

„Oh, das geht mich ganz sicher was an. Immerhin ist sie meine Grams.“

„Verdammt, und wenn sie deine Schwester wäre – das ist mir egal! Was vor zwanzig Jahren zwischen Renee und mir passiert ist, hat nichts mit dir zu tun.“

„Gar nichts. Aber was ihr *jetzt* macht, hat *sehr viel* mit mir zu tun.“

„So?“

„Allerdings!“

„Bildest du dir etwa ein, du könntest Ansprüche an mich stellen?“

„Wir leben zusammen. Erinnerst du dich?“

„Darüber will ich schon die ganze Zeit mit dir reden.“

„Und was möchtest du mir sagen?“

„Ich habe ein Apartment für dich gemietet.“

„Für mich?“

„Ja. Während wir verreist sind, werden deine Sachen hingebracht. Es passt mir nicht, mit jemandem unter einem Dach zu wohnen. Das musst du verstehen – meine Kinder sind gar nicht glücklich drüber.“

„Deine *Kinder*?“ rief Varoomba verächtlich. „Das sind erwachsene Frauen.“

„Jedenfalls ists nun mal so. Ich gebe dir ein bisschen Geld, und du kannst tun, was dir gefällt.“

„Scheiße!“ schrie sie so entrüstet, dass ihre Silikonbrüste wackelten.

„Nimm mein Angebot an, oder lass es bleiben.“

„Daran ist *sie* schuld.“

„Wer ist *sie*?“

„Grams.“

„Unsinn, mit Renee hängt das nicht zusammen. Wie gesagt, wir sind alte Freunde.“

„Chas, du bist ein Bastard – ein hundsgemeiner Bastard!“

„Danke, Schätzchen, man hat mir schon schlimmere Namen gegeben.“

„So lasse ich mich nicht abschieben“, warnte sie ihn. „Klar, du hältst mich für eine strohdumme Stripperin. Aber du wirst dich noch wundern!“

56. KAPITEL

Bevor man die Magiriano-Leopard-Suite betreten durfte, wo die exklusive Party stattfand, musste man eine Einladung vorweisen.

„Mr. und Mrs. Dexter Falcon." Mit einer majestätischen Geste hielt Rosarita dem Mädchen, das mit einer Gästeliste am Eingang stand, ihre Einladung hin.

„Oh – hi, Mr. Falcon", grüßte das Mädchen, lächelte Dexter an und ignorierte Rosarita.

Offenbar war er in Vegas populärer als in New York. Aber auch dort würde man von ihm hören, wenn er an diesem Abend tot umfiel. Rosarita tätschelte ihre Handtasche, in der die Flasche mit dem Gift steckte. Nun musste sie es nur noch in seinen Drink schütten und dafür sorgen, dass er das Glas leerte.

Und dann, bye-bye, Dex – hallo, Joel.

Allerdings war mittlerweile ein neues Problem aufgetaucht. Wie sollte sie Joel dazu bringen, Carrie Hanlon fallen zu lassen? Natürlich könnte sie auch das Model vergiften ...

Ha, ha! Sehr komisch. Zur Serienmörderin wollte sie sicher nicht werden.

Außerdem – sobald sie Joel von dem Baby erzählte, würde er Carrie Hanlon vergessen.

Schon zu dieser frühen Stunde tummelten sich zahlreiche Leute auf der Cocktailparty. Rosarita erkannte ein paar berühmte Gesichter und genoss es in vollen Zügen, eine so glamouröse Fete zu besuchen. In diesen Kreisen würde sie bald öfter verkehren – wenn sie mit Joel zu den großen Boxkämpfen nach Vegas flog.

Da drüben stand Bruce Willis, unglaublich selbstbewusst, mit einem süffisanten Lächeln. Und George Clooney – wahnsinnig sexy. Martha würde sich wie im siebten Himmel fühlen.

„Warum mussten wir hierher kommen?“ fragte Dexter unbehaglich.

„Weil es deiner Karriere nützt, in dieser illustren Gesellschaft gesehen und fotografiert zu werden“, erklärte Rosarita geduldig. „Schau mal – Nick Angel! Und dort redet Al King mit Will Smith ... Oh Gott, als ich jünger war, habe ich für Al King geschwärmt. Lauter Megastars! Los, Dex, wir sollten uns unter die Leute mischen!“

„Wenn du meinst“, murmelte er und wünschte, er wäre in New York, bei Gem.

„Und ausgerechnet *du* erdreistest dich, mich übersättigt und abgestumpft zu nennen“, höhnte sie. „Da musst du dich an die eigene Nase fassen.“

Verblüfft runzelte er die Stirn. „Wie bitte?“

„Nicht so wichtig. Was trinkst du?“

„Ich habe keine Lust auf einen Drink.“

„Heiliger Himmel, Dex, wir sind in *Vegas!* Irgendwas *musst* du trinken.“

„Ich verstehe nicht, warum meine Mom nicht mitkommen durfte“, murrte er. „Hätte ich ihr bloß meine Einladung gegeben ...“

„Mach dich nicht lächerlich!“ fauchte Rosarita. „Dank *deiner* Einladung sind wir hier.“

„Sie wäre so glücklich gewesen.“

„Na und?“

„Wir hartherzig du bist! Sicher hättest du noch eine Einladung beschaffen können.“

„Nein. Diese Party ist *sehr* exklusiv. Also müssen wir froh sein, dass wir überhaupt hier sind. Weiß der Geier, wie ich's hingekriegt habe ...“

„Indem du mit meinem Namen hausieren gegangen bist.“

„Warum nörgelst du ständig an mir rum?"
„Weil ..."
„Nun? Weshalb?"
„Ach, vergiss es."

Mit Carrie eine VIP-Party zu besuchen – das war zweifellos ein ganz besonderes Erlebnis. Die wenigen Fotografen, die Zutritt erlangt hatten, rasteten sofort aus, und Joel badete in der Aufmerksamkeit, die man automatisch auch ihm schenkte.

Gewiss, er hatte sich daran gewöhnt, bei Vernissagen und Broadway-Premieren an der Seite bildschöner Models geknipst zu werden – aber Carrie Hanlon war das Supermodel des Jahres, ganz große Klasse.

Er schaute sich nach Madison um. Mit Jamies Hilfe würde er vielleicht an sie rankommen. Wer von all diesen Männern würde an eine andere Frau denken, wenn er mit Carrie Hanlon zusammen wäre? Kein einziger. Damit bewies Joel seinen ausgezeichneten Geschmack.

Am anderen Ende des Raums quatschte Marika seinem Vater die Ohren voll. Worüber mochte sie reden? Jedenfalls sah er Leons Unterlippe beben, was hellen Zorn bekundete.

Warum nahm sein Dad diese Scheiße hin? Wieso trat er sie nicht in den Hintern und suchte sich eine nettere Freundin? Klar, Marika war attraktiv, aber eine Schlange. Ziemlich beängstigend.

Nun, das ist nicht *mein* Problem, dachte Joel.

„Und das ist Mr. Mogul", verkündete Natalie.

„Freut mich, Sie kennen zu lernen", sagte Jamie geistesabwesend. Bevor sie zu der Party gegangen war, hatte Peter sie tatsächlich im Hotel aufgespürt und angerufen.

„Was zum Teufel treibst du?“ hatte er geschrien. „Bist du *verrückt*?“

„Wie hast du mich gefunden?“

„Welche Rolle spielt das schon? Jedenfalls habe ich dich aufgestöbert. Beweg sofort deinen Arsch hierher!“

„Nein, Peter.“ Ausnahmsweise würde sie sich gegen ihn behaupten.

„Was heißt – *nein*?“

„Es ist vorbei“, hatte sie erwidert, aufgelegt und das beharrliche Klingeln des Telefons ignoriert. Schließlich hatte sie ihr Zimmer verlassen, um Natalie zu treffen.

„Wie schön Sie sind“, bemerkte Mr. Mogul und musterte Jamie mit schmalen Augen.

„Keine Bange, er ist schwul.“ Cole, Natalies Bruder, hängte sich an seinen Arm. „Also brauchst du seine Komplimente nicht ernst zu nehmen.“

Mr. Mogul lachte herzhaft.

„Hallo, Cole!“ rief Jamie und nahm ein Glas Champagner vom Tablett eines Kellners, der gerade vorbeiging. „Wir haben uns seit dem College nicht mehr getroffen. Nun muss ich Madison zustimmen – du siehst toll aus.“

„Hat sie das gesagt?“ fragte er, sichtlich geschmeichelt.

„Oh ja. Ich erinnere mich an einen dünnen kleinen Teenager, der seiner Schwester ständig ein paar Dollars aus der Tasche zog. Und schau dich jetzt an!“

Als viel beschäftigter Hollywood-Fitnesstrainer achtete er sorgsam auf seine äußere Erscheinung.

„Wie habt ihr euch kennen gelernt, Mr. Mogul und du?“ Jamie leerte ihr Glas und ergriff ein zweites.

„Ich bin ihm an die Eier gegangen, und dann ist er über meine hergefallen“, antwortete Cole.

Liebevoll tätschelte Mr. Mogul seine Hand. „In der Öffentlichkeit redet man nicht über Eier, das ist unschicklich."

„Und ich dachte, genau deshalb magst du mich", konterte Cole grinsend. „Weil ich Dinge tue, die sich nicht schicken. Wo ist denn Madison?"

„Leider kann sie nicht zu dieser Party kommen", erklärte Natalie. „Sie muss einen der beiden Boxer interviewen."

„Was für ein beneidenswertes Mädchen ..."

„Später feiern wir ihren Geburtstag. Ihr Jungs macht doch mit?"

„Um nichts auf der Welt würde ich dieses Ereignis versäumen", beteuerte Cole. „Ich möchte Mr. M. mit ihr bekannt machen."

„Wirst du mich bis in alle Ewigkeit so nennen?" schimpfte Mr. Mogul gutmütig, ein älterer, kahlköpfiger, aber sehr attraktiver Mann mit einem gewinnenden Lächeln.

„Mit diesem Namen musst du dich abfinden", entschied Natalie. „Der ist auf meinem Mist gewachsen, weil ich dich anfangs gehasst habe. Jetzt mag ich dich, und du kannst sogar mein Schwager werden."

„Darf ich dich daran erinnern, dass die Ehe zwischen Männern verboten ist?"

„Verdammt, dann gib meinem Bruder eben irgendein Dokument, damit er alles kriegt, wenn du ins Gras beißt."

„Was für ein unverschämtes Mädchen du bist ..."

„Klar – niemand hat jemals was anderes von mir behauptet."

Schwarz befrackte Kellner servierten Cristal-Champagner. Auf den edlen Kelchen waren das Datum und der Schauplatz der Party in Gold eingraviert. Rosarita nahm zwei Gläser von einem Silbertablett und drückte eines Dexter in die Hand. „Die nehmen wir mit als Souvenir. Trink das, Dex, ich gehe mal für kleine Mädchen."

Mittlerweile hatte sie einen neuen Plan geschmiedet. Sie würde das Gift in ihren eigenen Cristal träufeln und ihn bei ihrer Rückkehr mit Dexters Glas vertauschen – eine perfekte Methode.

Auf der Toilette schloss sie sich in einer Kabine ein und nahm die Flasche aus ihrer Handtasche. Vorsichtig goss sie ein paar Tropfen in den Champagner. Ihr Herz schlug wie rasend, und sie konnte ihre Nervosität kaum bezähmen. Würde es dem Baby – Joels Baby – schaden, wenn sie mit diesem mörderischen Gift hantierte? Hoffentlich nicht ...

Den Kelch sorgsam in der erhobenen Hand, wie ein kostbares Juwel, eilte sie in den Partyraum zurück.

Dort stieß sie beinahe mit Joel zusammen. Keiner von beiden war überrascht.

„Warum hast du mir deine Vegas-Reise verheimlicht?" fragte er.

„Hast *du* mir etwa verraten, dass du hierher kommen würdest?" entgegnete sie.

„Ich bin im Privatjet meines Vaters hergeflogen, um mir den Boxkampf anzuschauen."

„Welch ein Zufall! Und ich bin mit *meinem* Dad hier."

„Ah, großes Familientreffen am Spieltisch", bemerkte er trocken.

„Und wen begleitet Carrie Hanlon?" Diese Frage konnte sie sich nicht verkneifen.

„Meinen Dad. Sie glaubt, er würde ihr einen lukrativen Auftrag verschaffen."

„Was für einen?"

„Irgendeinen Make-up-Deal", log Joel. „Mein Vater besitzt

unter anderem drei Kosmetikfirmen. Und du kennst ja diese Models – dauernd wollen sie *noch* mehr Geld scheffeln."

„Hat Carrie Hanlon das nötig? Das kann ich mir gar nicht vorstellen."

Er trat einen Schritt näher zu Rosarita. „Und was hast du bis jetzt in Vegas gemacht?"

„Nicht viel", erwiderte sie und fuhr sich mit der Zunge über ihre Lippen. „Und du?"

„Kein Sex, falls du das meinst."

„Auf diesen Gedanken bin ich gar nicht gekommen", erwiderte sie und lächelte sanft.

„Treffen wir uns vor dem Kampf?" schlug er vor. „Ich weiß, du bist mit deinem Mann hier. Aber du kannst doch sicher mal die Fliege machen ..."

Sie holte tief Atem. „Wo würden wir uns sehen?"

„Am Swimmingpool mit dem Brunnen."

„Ist das nicht ein bisschen *zu* öffentlich?"

„Da ist nicht viel los." Joel lachte und nippte an seinem Drink. „Aber wenn du meinst, es wäre zu riskant ..."

„Nein, keineswegs!" unterbrach sie ihn eifrig. Beinahe hätte sie einen Schluck von ihrem Champagner genommen und erinnerte sich gerade noch rechtzeitig, was für eine Katastrophe das wäre.

„In fünfzehn Minuten."

„In zwanzig." Dass sie *so* leicht zu haben war, sollte er nun auch wieder nicht glauben.

Auf der anderen Seite des Raums erregte ein plötzlicher Tumult Joels und Rosaritas Aufmerksamkeit.

„Was ist denn da los?" fragte sie.

„Oh Gott, mein Dad!" rief Joel und stellte seinen Champagnerkelch auf einen kleinen Tisch.

„Was ist passiert?“ fragte Rosarita.

„Er liegt am Boden. Heiliger Himmel, hoffentlich kein Herzanfall ...“

Ohne zu überlegen, stellte Rosarita ihr Glas neben seines und folgte ihm zu den Schaulustigen, die sich am Ort des Geschehens versammelt hatten.

„Lassen Sie mich durch!“ Vor Joels Augen tanzten Dollarmilliarden. Mit Hilfe seiner Ellbogen drängte er sich durch die Menge zu Leon, der nicht tot aussah, nur peinlich berührt.

„Dein Vater ist gestolpert“, erklärte Marika, „nichts Schlimmes.“

Mühsam erhob sich Leon, auf den Arm seines Sohnes gestützt. „Dieser gottverdammte Stuhl! Dieses Hotel werde ich verklagen!“

„Tu das, Dad, ein bisschen Schmerzensgeld kannst du gut gebrauchen.“ Genüsslich weidete sich Joel an der Wut und Verlegenheit seines Vaters.

Rosarita trat zurück. Oh Gott, wo hatte sie ihren Drink abgestellt? Dann erinnerte sie sich. Auf einem kleinen Tisch, neben Joels Glas. In aller Eile holte sie den Champagner und sah sich nach Dexter um.

Nun musste sie die Tat möglichst schnell vollbringen. Und dann würde sie sich mit Joel treffen. Sie begann zu schwitzen, was nur selten vorkam. Dieser nervlichen Anspannung war sie kaum gewachsen. Aber die Qual würde sich lohnen ...

Während ein erboster Leon Blaine von einem Leibwächter gestützt wurde, nutzte Marika die Gelegenheit, um Carrie in die Enge zu treiben. „Meine Liebe, ich muss Ihnen einen Tipp geben.“ In ihrer Stimme schien Eis zu klirren. „Nichts ist so, wie es scheint, müssen Sie wissen.“

„Wie bitte?" Lächelnd entblößte Carrie ihre strahlend weißen Zähne, um einen lauernden Fotografen zu beglücken.

„*Nichts* – ist – so, wie – es – scheint", wiederholte Marika langsam. „Da Sie eine halbwegs kluge Frau sind, sollten Sie das begreifen."

„Keine Ahnung, wovon Sie reden ..." Carrie warf ihr dichtes, schimmerndes Haar in den Nacken.

„Von Leon. Lassen Sie ihn in Ruhe", mahnte Marika. „Von diesem Mann dürfen Sie nichts erwarten. Bestenfalls Versprechungen."

„Aber ich will gar nichts von ihm. Ganz im Gegenteil ... Ich verdiene eine schöne Stange Geld."

„Das weiß ich. Trotzdem – man kann nie genug haben, oder?"

„Hören Sie ...", begann Carrie ungeduldig.

Die dünnen Brauen triumphierend erhoben, fiel Marika ihr ins Wort. „Wenn Leon herausfände, dass Sie letzte Nacht in Ihrer Hotelsuite von einem Teenager erwartet wurden, wäre er wohl kaum begeistert. Wie erbärmlich, wenn man sich Sex kaufen muss ..."

Fast unmerklich erbleichte Carrie. „Ich weiß nicht, was Sie meinen."

„Wirklich nicht? Nun, Sie müssen einfach nur beherzigen, was ich gesagt habe. Lassen Sie Leon in Ruhe."

„Und wenn ich nicht dazu bereit bin?" fragte Carrie herausfordernd.

„Ah – mal sehen ... Dann werden Sie zusammen mit Ihrem 16-jährigen Liebhaber die Titelblätter sämtlicher Boulevardzeitungen zieren. Ich sehe die Schlagzeilen schon vor mir – zum Beispiel: ‚Armes Supermodel kriegt keinen Mann und muss sich mit Knaben begnügen.'"

„Verdammtes Biest!“ zischte Carrie, und Marika schenkte ihr ein unergründliches Lächeln.

„Danke, gleichfalls.“

„Hi, Schätzchen!“ Rosarita fragte sich, ob Dex ihr Herz schlagen hörte. Jetzt hämmerte es so heftig gegen die Rippen, dass es in ihren Ohren dröhnte.

„Können wir gehen? Ich habe Mom versprochen, wir würden nicht lange wegbleiben.“

„Ach ja, das Muttersöhnchen!“ spottete sie. „Trink deinen Champagner. Dann verschwinden wir. Ich will die Gläser als Souvenir mitnehmen.“

Seufzend sah er sich um. „Ich weiß nicht mehr, wo ich meinen Drink hingestellt habe.“

„Nimm meinen“, murmelte sie und drückte ihm den Kelch in die Hand.

„Okay.“ Ohne Zögern schüttete er den Drink in sich hinein.

Dass es so reibungslos laufen würde, hatte sie nicht zu hoffen gewagt. Sie nahm ihm das leere Glas aus der Hand. „Warte hier, ich spüls rasch aus. Und dann gehen wir.“

„Ist das nicht idiotisch – einen Champagnerkelch zu einem Boxkampf mitzunehmen?“

„Was *du* idiotisch findest, Dex, kommt mir ganz anders vor“, erwiderte sie und eilte zur Damentoilette.

Dort traf sie glücklicherweise niemanden an. Sie stellte das Glas auf den Boden und zertrat es mit ihren hochhackigen Schuhen. Sorgsam wickelte sie die Scherben in ein Papiertuch und warf es in den Abfalleimer.

Obwohl sie kaum atmen konnte, wurde sie von einem heißen Glücksgefühl erfasst. Sie hatte es getan! Oh Gott, sie hatte es wirklich und wahrhaftig getan!

Wie lange würde es dauern, bis das Gift wirkte? Eine Stunde, zwei? Wenn es so weit war, durfte sie nicht mit Dex allein sein. Also musste sie drauf achten, dass sie stets von Menschen umgeben waren. Das dürfte ihr bei dem grandiosen Boxkampf nicht allzu schwer fallen.

„Gehen wir endlich?“ fragte er, sobald sie zu ihm zurückkehrte.

„Ja, Dex. Wir holen die anderen – dann auf zum Kampf.“

„Wird auch langsam Zeit.“

„Fühlst du dich nicht gut? Du siehst ein bisschen blass aus.“

„Mir gehts großartig.“

„Das freut mich.“ Erneut fragte sie sich, wann das Gift seine tödliche Wirkung ausüben würde.

57. KAPITEL

Fast greifbar knisterte die Spannung in der Luft, während der große Boxkampf immer näher rückte. In der Halle und im Casino des Magiriano-Hotels wimmelte es von Menschen. Einige fieberten dem Event entgegen, andere versuchten in letzter Minute Eintrittskarten zu ergattern. Mit großen Augen beobachtete eine Touristenschar die Parade der Prominenz auf dem roten Teppich, der sich zum Ballsaal erstreckte. Dort hatten bereits die Vorkämpfe begonnen.

Martha, bei ihrem Mann eingehängt, folgte Chas, Renee und Varoomba. Wie gern hätte sie sich zu den Fans gesellt ... Hier draußen die Stars zu bewundern – das wäre viel amüsanter, als ihren Platz am Boxring einzunehmen.

Nun konnte sie es kaum noch erwarten, heimzukehren und den Freundinnen ihre aufregenden Erlebnisse zu schildern. Überall schöne Frauen und attraktive Männer und Fernsehkameras ... Sie wusste gar nicht, wo sie zuerst hinschauen sollte.

Schüchtern klopfte sie Chas auf die Schulter, bevor sie den Saal betraten. „Wollten sich Dexter und Rosarita nicht mit uns treffen?"

„Die sehen wir drinnen, sie haben ihre Karten."

„Aber es wäre so nett, mit Dexter hineinzugehen", seufzte sie. „Vielleicht würde mich jemand mit dem Jungen fotografieren. Ich sehe immer wieder Fotos von berühmten Leuten mit ihrer Mom."

„Wenn wir rausgehen, wirds sicher klappen", meinte er leichthin. „Hängen Sie sich bei ihm ein, dann wird man sie ein- oder zweimal knipsen."

„Glauben Sie das wirklich?" fragte sie freudestrahlend.

„Ja, ja ..." Chas wollte sich lieber mit Renee unterhalten,

die in schenkelhohen Stiefeln, einem Minirock aus Schlangenleder und einer Jacke mit Schulterpolstern neben ihm dahinstolzierte. Trotz ihres Alters war die Frau reines Dynamit. Da kam Varoomba bei weitem nicht ran in ihrem albernen rosa Kleid, mit den Silikon-Titten, die wie Scheinwerfer hervorstachen.

An Renee war alles echt. Das konnte Chas beschwören.

In Antonios Garderobe tummelten sich unzählige Menschen, und Madison fand keine Gelegenheit, in seine Nähe zu gelangen. Nicht, dass sie sich danach sehnte – sie hatte genug dämliche Sprüche aus dem Mund des sexistischen Boxers gesammelt. Wahrscheinlich würde sie gar nicht alle verwenden.

Jake zwängte sich in diese oder jene Ecke, um die Film- und Sportstars, die Antonios Hand schüttelten und ihm viel Glück wünschten, aus verschiedenen Blickwinkeln zu fotografieren.

Nach zwanzig Minuten hatte Madison den Trubel satt. „Gehen wir?" fragte sie Jake.

„Je schneller, desto besser. Ich habe alles im Kasten, was ich brauche."

„Einfach verrückt, wie's hier zugeht", meinte sie auf dem Weg nach draußen. „Wie kann sich Antonio in diesem Wirbel konzentrieren? Müsste er nicht allein sein?"

„Wie ich vorhin gehört habe, lässt der Champ kaum jemanden in seine Garderobe – nur seinen Manager, zwei Trainer und seinen Sparringspartner."

„Schließen wir eine Wette ab?" schlug sie vor, plötzlich vom Vegas-Flair animiert.

„Was – du wettest?" Jake musterte sie skeptisch. „Ist das dein Hobby?"

„Nein. Deins?"

„Ganz sicher nicht. Aber weil du heute Geburtstag hast, werde ich fünfhundert Dollar auf Antonio setzen."

„Wie stehen die Chancen?"

„Ah, sie pflegt nicht zu wetten", bemerkte er grinsend, „trotzdem interessiert sie sich für die Chancen."

„Mach, was du willst. Mir ists egal." Und das stimmte. Sie fühlte sich glücklich, wenn sie einfach nur mit Jake zusammen war.

„Essen wir was vor dem Kampf? Oder wie wärs mit Sex? Was immer dich antörnt ..."

„Später."

„Okay – später. Ich bin halb verhungert. Hast du Lust auf einen Hamburger?"

„Ich dachte, du isst kein Fleisch", erwiderte sie anklagend.

„*Das* hast du geglaubt?"

„Ja, ich hielt dich für einen – eh – Tofu-Typen", hänselte sie ihn.

„*Mich*?" Er hob die Brauen.

„Dich."

„Großer Gott, du verstehst es, deine Mitmenschen zu beleidigen."

„Das habe ich schon in jungen Jahren gelernt."

„Ich kann genauso gut Hamburger essen wie Mr. McDonald persönlich", behauptete er und ergriff ihre Hand. „Gönnen wir uns dieses Festmahl, dann schauen wir uns den Kampf an, und danach ... Oh Scheiße!" Abrupt blieb er stehen.

„Was ist los?"

„Das habe ich ganz vergessen – dieses Dinner mit deinen Freundinnen."

„Ist das ein absolutes Muss?" Am liebsten hätte sie den Abend mit ihm allein verbracht.

„Ich fürchte schon."

„Wie auch immer." Kurze Pause. „Solange es keine Torte gibt ..."

„Ich habe meine Stola vergessen", sagte Rosarita.

„Was?" murmelte Dexter.

„Meine Stola", wiederholte sie und musterte ihn durch gesenkte Wimpern, um festzustellen, ob das Gift zu wirken begann. „Wahrscheinlich habe ich sie während der Party irgendwo liegen lassen."

„Und nun erwartest du, dass ich zurücklaufe und sie hole?" fragte er brüsk.

„Nein, geh nur weiter, Dex, das mache ich selber. Ich muss ohnehin noch mal für kleine Mädchen."

Wie rücksichtsvoll von Rosarita – das sah ihr gar nicht ähnlich.

„Nun, wenn du meinst ..."

„Gib mir meine Karte. Nachher treffen wir uns am Boxring."

„Okay." Er reichte ihr das Ticket, und sie eilte davon.

Sobald sie sich aus seinem Blickfeld entfernt hatte, änderte sie den Kurs und steuerte den Pool mit dem Brunnen an.

Der war nicht schwer zu finden, und wie Joel behauptet hatte, hielt sich um diese späte Stunde kaum jemand im Wellnessbereich auf. Nur ein paar Hotelgäste schlenderten umher.

Erwartungsvoll lächelte Rosarita. Was für gute Ideen Joel immer wieder hatte ...

Dexter rannte inzwischen zum nächstbesten Münzfernsprecher. In den letzten vierundzwanzig Stunden hatte sich sein Interesse an Gem zur Besessenheit gesteigert. Sie beherrschte alle seine Gedanken. Und er konnte nichts dagegen tun.

Diesmal meldete sie sich selbst. Kein Bruder. Dexter räusperte sich. „Hallo ..."

„Schon wieder Sie?" Gem lachte leise.

„Ja, ich."

„Haben wir nicht heute Mittag telefoniert?"

„Doch – ich weiß ... Jetzt gehe ich zum Boxkampf." Eine lange Pause. „Eh – Gem, ich muss Ihnen was sagen."

„Nur zu."

„Vielleicht kanns noch eine Weile warten. Morgen fliegen wir zurück."

„*Wir*?"

„Deshalb will ich ja mit Ihnen reden – mit *dir*."

„Worüber, Dexter?"

Er liebte es, wie sie seinen Namen aussprach. So sanft, so selbstverständlich kam er über ihre Lippen. „Ich – eh – bin verheiratet. Und ... Bald lasse ich mich scheiden."

„Oh", hauchte sie.

„Hör mal, ich meine – nicht, dass irgendwas zwischen uns beiden wäre ..." Seine Worte schienen sich zu überschlagen. „Aber ich glaube, wir haben eine gemeinsame Zukunft. Ich kenne nur noch einen einzigen Gedanken – ein neues Leben mit dir. Gewiss, das klingt verrückt, schließlich haben wir uns eben erst kennen gelernt. Trotzdem ... Noch nie ist mir eine Frau wie du begegnet. Du bist alles, was ich mir immer erträumt habe. Nicht nur äußerlich schön – auch innerlich."

„So hat noch niemand mit mir gesprochen", flüsterte sie.

„Und kein anderer wird jemals so mit dir reden", entgegnete er, von wachsendem Selbstvertrauen erfüllt. „Weil du zu mir gehörst. Heute Abend, nach dem Kampf, werde ich's meiner Frau sagen."

„Bist du sicher?" Kein einziger Protest kam über ihre Lippen.

„Oh ja. Wenn ich ein Ticket für einen Nachtflug kriege, bin ich in wenigen Stunden bei dir."

„Gut, Dexter. Bis später."

Ein strahlendes Lächeln auf dem attraktiven Gesicht, betrat er den Saal, wo der Boxkampf stattfinden würde.

Auf dem Weg zu dem Pool, an dem Rosarita wartete, wurde Joel von zwei Schlägertypen in die Mitte genommen und durchs Casino gezerrt.

„Was zum Teufel ...", begann er.

Zwischen seinen Rippen spürte er etwas, das sich verdächtig wie ein Revolverlauf anfühlte, und so verstummte er abrupt.

Sie verließen das Hotel durch eine Seitentür neben den Spielautomaten. Draußen wehte ihm die heiße Nacht wie ein feuriger Atemzug entgegen.

„Wohin bringt ihr mich?" fragte er wütend – und verängstigt, so dass sich sein Magen schmerzhaft zusammenkrampfte.

„Nirgendwohin", erwiderte der Schläger Nummer eins, ein klassischer Gangster mit mehrfach gebrochener Nase in einem zerknitterten braunen Anzug.

„Wisst ihr, wer ich bin?" fauchte Joel, in der festen Überzeugung, mit irgendwem verwechselt worden zu sein.

„Klar", sagte der Schläger Nummer zwei, jünger und noch bedrohlicher als der andere, obwohl der erste das Schießeisen umklammerte.

„Und wo liegt das Problem?" wollte Joel wissen.

„Das verdammte Problem ist eine verdammte Million", erläuterte der Mann im zerknitterten Anzug. „Bei Ihrem letzten Besuch waren's fünfhundert Riesen. Und jetzt sind fünfhundert dazugekommen."

„Wenn ihr mich kennt, müsst ihr doch wissen, dass ich niemandem was schuldig bleibe."

„Wissen wir", höhnte der Gauner. „Und deshalb will unser Boss das Geld heute Nacht haben."

„Seid ihr *verrückt*? Wer trägt denn so viel Kohle mit sich herum?"

„Beschaffen Sie die Million bis Mitternacht", verlangte der Jüngere. „Oder Sie sind tot."

Und dann landete eine harte Faust in Joels Gesicht, gefolgt von einer Rechten in den Bauch, die ihn zu Boden warf. Für den Fall, dass er die Botschaft nicht verstanden hatte, trat ihn der Kerl im braunen Anzug zwischen die Beine. Zweimal, zur Sicherheit. Danach verschwanden die beiden.

Stöhnend und taumelnd stand Joel auf. Aus seiner vermutlich gebrochenen Nase quoll Blut. „Scheiße", murmelte er. Sekunden später schwoll das Gemurmel zu einem Wutschrei an. „SCHEISSE!"

„Wo ist Rosarita?" fragte Chas in bester Laune, zwischen Renee und Varoomba platziert.

„Unterwegs", antwortete Dexter. „Sie hat ihre Stola in der Partysuite vergessen."

„Wars eine schöne Party, Darling?" erkundigte sich Martha in klagendem Ton. „Sicher habt ihr zahllose Stars gesehen."

„Darauf habe ich nicht geachtet."

„Aber Dick!" tadelte sie.

„Dexter", verbesserte er sie. Ärgerlich starrte er seine vergessliche Mom an.

„Verzeihung ..." Madison zwängte sich durch die Sitzreihe, an Dexter vorbei, der ihr vage bekannt vorkam.

„Hi." Auch er erkannte sie.

„Ah, der nette Jogger aus meiner Nachbarschaft, nicht wahr?“ Liebenswürdig lächelte sie ihn an.

„Derselbe. Was macht Ihr entzückender Hund?“

„Wahrscheinlich vermisst er mich und winselt in einem fort.“ Madison ging zu ihrem Platz. Nicht direkt am Ring, aber immerhin in der Nähe. Sie schaute sich nach Jake um und entdeckte ihn bei den anderen Fotografen.

Als er sie sah, winkte er ihr und warf ihr eine Kusshand zu.

Alles Gute zum Geburtstag, formten seine Lippen.

„Mit euch beiden scheints ja bestens zu klappen“, meinte Natalie, die bereits auf ihrem Platz saß. „Schon zwei Tage hintereinander, nicht wahr?“

„Würdest du bitte den Mund halten?“ Madison beugte sich über ihre Freundin hinweg und küsste Cole, der sie mit Mr. Mogul bekannt machte.

Und dann erklangen die Fanfaren, um den Auftritt der beiden Boxer anzukündigen.

Zuerst erschien Antonio – majestätisch in einem blau-goldenen Cape mit passenden Satinshorts, schwarzen Schuhen und weiß-silbernen Socken – und schwenkte seine muskulösen Arme durch die Luft, als hätte er bereits den Sieg errungen. Wie ein Tiger sprang er in den Ring, die Finger zum Victory-Zeichen gespreizt, und das Publikum jubelte seinem Favoriten ohrenbetäubend zu.

Der Champion, der eine Minute später in den Ring stieg, ganz in Weiß gekleidet, wirkte etwas seriöser. Aber sein glühender Blick bekundete, er würde jeden zusammenschlagen, der es wagte, ihn herauszufordern. Er war größer als Antonio, mit ebenholzschwarzer Haut und kahlem Schädel.

Beeindruckt schrien seine Fans: „Bull Ali! Bull Ali! Du bist der Champ! Bull Ali!“

Seine Frau, eine sanfte farbige Schönheit, nahm ihren Platz am Ring ein, eine Kette aus Diamanten und Gebetsperlen in der Hand.

Wenig später begann die erste Runde.

58. KAPITEL

Ein Taschentuch auf die Nase gepresst, um die Blutung zu stoppen, wankte Joel ins Hotel zurück. Seine Wut kannte keine Grenzen. Nicht zu fassen, dass *er*, Joel Blaine, von zwei elenden Gangstern so übel zugerichtet und gnadenlos gedemütigt worden war ...

Sein Vater konnte ganz Vegas kaufen und wieder verkaufen. Und diese Idioten sorgten sich um eine lumpige, lächerliche Million. Das war doch völlig irreal. Das ergab doch absolut keinen Sinn. Zur Hölle mit diesen Schurken! Er würde die Stadt verlassen und nie mehr zurückkommen. Sollten sie doch „The Star-spangled Banner“ pfeifen, um ihr lausiges Geld zu kriegen.

Auf der Herrentoilette stopfte er sich Kleenex in die Nasenlöcher und spritzte sich kaltes Wasser ins Gesicht. Dann ging er zum vorderen Teil des Gebäudes.

Jamie wollte den Boxkampf nicht sehen, obwohl Mr. Mogul versichert hatte, er könnte ihr eine Eintrittskarte besorgen.

„Kein Interesse“, hatte sie entgegnet. „Bis später. Bei Madisons Dinner sehen wir uns alle wieder.“

„Halt dich von Kris Phoenix fern!“ Warnend hob Natalie einen Zeigefinger.

„Natürlich.“

„Was machst du jetzt?“

„Wahrscheinlich werde ich Blackjack spielen. Joel Blaine hat mir alles beigebracht, was ich wissen muss. Das werde ich jetzt allein ausprobieren.“

„Diesem Kerl solltest du auch aus dem Weg gehen. Also, wir treffen uns im Restaurant.“

„Ruf mich auf dem Handy an, wenn der Kampf vorbei ist, damit ich nicht allein da rumsitze."

„Okay."

Jamie hatte niemandem von Peters beunruhigendem, kampflustigem Anruf erzählt. Wie konnte er es wagen, sie aufzuspüren und zu verlangen, nach Hause zu kommen? Glaubte er allen Ernstes, sie wäre zu dumm, um herauszufinden, was er tat? Immerhin war sie eine erfolgreiche Geschäftsfrau, und deshalb musste sie einiges auf dem Kasten haben.

Das hatte Peter leider nicht erkannt. Aber er würde bald merken, dass die Ehe gescheitert war.

Sie setzte sich an einen Blackjack-Tisch, und ein dicker, rotwangiger Mann in einem zu engen gestreiften Leinenanzug, der sich an ihre Seite gequetscht hatte, gab ihr einige Tipps. Da er den Champagner in Strömen fließen ließ, verflüchtigte sich Jamies Kater vom Vortag.

Oh ja, ein amüsantes Spiel, dazu ein paar Drinks – ein perfekter Zeitvertreib.

Ungeduldig ging Rosarita am Rand des Swimmingpools auf und ab. Mit jeder Minute wuchs ihr Zorn. Würde Joel Blaine sie tatsächlich versetzen? Was bildete der Kerl sich ein?

„Hi, Schätzchen", lallte ein Betrunkener, ein schmutziges Handtuch über dem Kopf. „Suchen Sie Gesellschaft?"

„Hauen Sie ab!" zischte sie.

„Vorhin hab ich zweihundert Dollar gewonnen. Und jetzt weiß ich, wie ich sie anlegen kann." Lüstern zwinkerte er ihr zu. „Verstehen Sie, was ich meine, Schnuckelchen?"

Wurde sie zu allem Überfluss auch noch für eine Nutte gehalten? Erbost stelzte sie davon.

Runde eins. Spielerisch tänzelte Antonio auf den Fußballen. Sofort in der Offensive, benutzte er seine Fäuste wie tödliche Waffen.

Mühelos wehrte Bull Ali die Angriffe ab. Hoch aufgerichtet. Unbeeindruckt. Immerhin war er der Champ.

Das Publikum feuerte beide an. Lautstark und enthusiastisch. Die Luft schien zu vibrieren.

Offensichtlich bahnte sich ein sensationeller Kampf an.

„Siehst du's?" Madison beugte sich vor. „Hab ich's nicht gesagt? Er strotzt geradezu vor Selbstbewusstsein."

„Und vor Sex", ergänzte Natalie und schob eine Hand voll Popcorn in den Mund.

„Fabelhafte Muskeln", meinte Cole.

„Sei bloß still!" mahnte Mr. Mogul. „Es ist unhöflich, in meiner Gegenwart den Körper eines anderen Mannes zu bewundern."

„Joel?" rief Jamie und umfasste seinen Arm, als er an ihrem Blackjack-Tisch vorbeiging. „Allmählich sollten wir aufhören, uns immer nur zufällig zu begegnen."

„Huh?" Er hatte es so eilig, hier rauszukommen, dass er nur widerstrebend stehen blieb.

„Wissen Sie was?" Jamie sammelte ihre Chips ein und stand auf.

„Was?" fragte er kurz angebunden. Der dicke Mann im gestreiften Anzug durchbohrte ihn mit bösen Blicken.

„Soeben habe ich tausend Dollar gewonnen. Sie sind ein guter Lehrer, Joel."

„So?" murmelte er, nicht im Mindesten interessiert.

„Was ist denn mit *Ihnen* passiert?" Erst jetzt bemerkte sie seine derangierte äußere Erscheinung. „Sie sehen ja furchtbar aus!"

„Eh – ich hatte Nasenbluten."

„Und Sie sind ziemlich blass. Warum schauen Sie sich den Kampf nicht an?"

War sie begriffsstutzig oder was? „Weil ich Nasenbluten hatte."

„Wirklich, Sie sehen *gar* nicht gut aus. Kommen Sie mit in mein Zimmer, ich bringe Sie wieder auf Vordermann."

„Sehr lieb von Ihnen, Jamie, aber – eh – großer Gott ..." Von einem plötzlichen stechenden Schmerz erfasst, krümmte er sich beinahe zusammen. „Vielleicht sollte ich Ihr Angebot annehmen."

„Genau, das sollten Sie", bestätigte sie und ergriff seinen Arm. „Das Mindeste, was ich tun kann – nachdem ich mit Ihrer Hilfe so viel Geld gewonnen habe."

„Okay", murmelte er. „Und ich dachte, Sie könnten nicht einmal um ein Stück Scheiße spielen."

„Besten Dank für die Blumen." Sie lachte sarkastisch. Dann führte sie ihn zum Lift.

Mühsam unterdrückte Joel ein Stöhnen. Seine Eier fühlten sich an, als wären sie durch einen Fleischwolf gedreht worden.

„Und warum sind *Sie* nicht beim Kampf?" würgte er hervor.

„Zu gewalttätig." Angewidert rümpfte sie die Nase. „Ich kann kein Blut sehen."

Während sich die Lifttüren schlossen, ging Rosarita vorbei. Nur um Haaresbreite hatte sie Jamies und Joels Anblick verpasst. Sie kochte vor Wut. Wenn sie Joel Blaine nächstes Mal zwischen die Finger bekam, würde er es büßen, dass sie vergeblich auf ihn gewartet hatte. Seinetwegen versäumte sie die ersten Runden des Boxkampfs.

Wie unhöflich! Überhaupt keine Manieren!

Erbost fluchte sie vor sich hin, durchquerte das Casino und erreichte den roten Teppich, der zum Ballsaal führte. Hier war niemand mehr zu sehen, alle saßen schon drinnen auf ihren Plätzen.

„Verdammt!“ fauchte sie, immer noch verärgert über Joel. „Verdammt, verdammt, verdammt!“

Nach einer Weile fand sie einen Türsteher und zeigte ihm ihre Eintrittskarte. „Jetzt können Sie nicht rein, Ma’am, die sind gerade mitten in einer Runde.“

„Kann ich mir denken.“

„Also müssen Sie warten.“

„Ich warte auf niemanden!“ fuhr sie ihn an. „Ich habe einen Platz direkt am Ring. Lassen Sie mich sofort rein!“

„In der Mitte einer Runde wollen die Leute nicht gestört werden“, erklärte der Mann und kam sich albern vor, weil er mit dieser Frau streiten musste.

„Zum Teufel mit den Leuten!“ schrie sie. „Lassen Sie mich rein, oder ich sorge dafür, dass Sie gefeuert werden, verdammt noch mal!“

„Sagen Sie mir die Wahrheit“, verlangte Jamie, als sie ihr Zimmer betraten. „Was ist passiert?“

„Welche Wahrheit?“ Erschöpft sank Joel in einen Sessel.

„Offen gestanden, Joel, Sie sehen so aus, als hätte man Sie zusammengeschlagen. Ihr Jackett ist zerrissen, und Sie sind so weiß wie ein Geist. Also? Ich wiederhole – was ist passiert?“

„Scheiße – keine Ahnung“, murmelte er. „Zwei Kerle sind

über mich hergefallen. Weil sie dachten, ich wäre ihnen Geld schuldig."

„Wie können *Sie* jemandem Geld schulden?" fragte sie ungläubig. „Schließlich gehört Ihr Vater doch zu den reichsten Männern Amerikas."

„Ja, ja, ja – wem sagen Sie das? Blöd, nicht wahr? Ein saudummer Witz."

„Tut mir Leid."

„Mir auch."

„Ich habe eine Idee. Warum bestellen wir nicht eine Flasche Champagner und feiern?"

„Was wollen Sie denn feiern?" fragte er mürrisch. „Ich habe nichts zu feiern."

„Aber *ich* – meine tausend Dollar." Jamie lächelte fröhlich. „Nicht schlecht für eine Anfängerin, was?"

„Ganz gut", gab er zu.

„Ein Mann hat mir ein paar Tipps gegeben. So schlau wie Sie war er allerdings nicht, Joel."

„Oh?" Allmählich begannen seine Lebensgeister wieder zu erwachen, denn wenn ihn nicht alles täuschte, machte sich Jamie an ihn heran.

„Oh Gott, ich habe zu viel Champagner getrunken." Seufzend warf sie sich aufs Bett. „Nun fühle ich mich irgendwie verrückt."

„Tatsächlich?" Joel musterte sie etwas genauer. Warum war er noch nie auf die Idee verfallen, Jamie Nova aus der sexuellen Perspektive zu betrachten? Weil er sich nicht mit ihrem Mann anlegen wollte? Nein, daran konnte es nicht liegen. Was interessierten ihn Ehemänner? Kein Thema für ihn, was seine Affäre mit Rosarita bewies. Um sich die Wahrheit einzugestehen – er fand Jamie nicht besonders sexy. Sie sah zu *rein* aus, zu unschuldig, wie Grace Kelly in diesen alten Filmen. Ganz eindeutig – sie hatte irgendwas an sich, das nicht zu seinem Stil passte. Allem Anschein nach zog sie *sauberen* Sex vor, keinen *dreckigen* – der *ihm* gefiel.

Andererseits – sie war zweifellos eine Schönheit. Und diese Beine! Heiliger Himmel, die hörten *niemals* auf.

Wusste sie, dass ihr Rock hochgerutscht war und ziemlich viel von einem wohlgeformten Schenkel enthüllte? Tat sie das absichtlich?

„Bestellen Sie den Champagner, Joel", murmelte sie und gähnte. „Ich bin furchtbar durstig."

Sollte er eine solche Gelegenheit nicht nutzen, wenn sie ihm ins Gesicht starrte?

„Klar", antwortete er und versuchte, seine schmerzenden Eier zu vergessen. „Ich bestelle den Champagner. Und Sie machen Musik."

„Musik?" wiederholte sie belustigt. „Versuchen Sie mich in Stimmung zu bringen, Joel?"

„Warum sollte ich?"

Jamie drehte sich auf den Bauch. „Wissen Sie, ich habe Sie schon immer *sehr* attraktiv gefunden", gurrte sie verführerisch.

„Ach, wirklich?"

„Oh ja." Leises Gelächter. „Um die Wahrheit zu gestehen – ich hatte sogar ein paar Fantasien, mit Ihnen in der Hauptrolle."

„Kein Witz?" Das lief ja noch besser, als er's gehofft hatte. „Erzählen Sie mir davon?"

„Nun ..." Eine provozierende Pause. „Irgendwie sind Sie *anders*, weil Sie eine ganz besondere Energie ausstrahlen. Peter ist zu verklemmt. Kein bisschen Energie – eine wandelnde, sprechende Ralph Lauren-Reklame."

„Im Ernst?“ fragte Joel grinsend. Plötzlich fand er den Schmerz in seinen Eiern gar nicht mehr so schlimm.

Die zweite Runde ging an Bull Ali. Darauf war er mächtig stolz, und Antonio blinzelte verblüfft. Die erste Runde hatte er für sich entschieden. Aber nun überfuhr ihn der Champ wie ein Schwerlaster. Und das gefiel ihm ganz und gar nicht. Er tat sein Bestes.

Aber Bull kannte keine Gnade.

Diesen frechen kleinen Köter mache ich zur Schnecke, sagte er sich.

Und das gelang ihm.

Rosarita quetschte sich an Bruce Willis vorbei und sorgte dafür, dass ihr Hintern seine Knie streifte. Hmmmm, dachte sie selbstzufrieden, das wird dem berühmten Filmstar zu denken geben.

Schließlich landete sie auf dem Sitz neben Dexter, außer Atem und immer noch wütend auf Joel.

„Wo warst du so lange?“ fragte Dexter.

„Das sagte ich doch, ich musste meine Stola holen.“ Verstohlen musterte sie ihn. Wirkte das Gift immer noch nicht? „Und dann war ich auf der Toilette eingesperrt.“

„Was? Auf der Toilette?“

„Ach, vergiss es“, erwiderte sie gereizt und richtete ihre Aufmerksamkeit auf den Ring.

Zwei halb nackte, verschwitzte Männer. Und in der Luft lag das Versprechen von Blut.

Konnte sich ein Mädchen noch mehr wünschen?

59. KAPITEL

Der Zimmerkellner war ein Kubaner – unglücklicherweise ziemlich klein, trotzdem recht attraktiv. Beflissen stellte er den Eiskübel mit dem Champagner und zwei Gläser auf den Tisch. Dann fragte er, ob er die Flasche öffnen sollte, und musterte Jamie, ohne sein Interesse zu verhehlen.

„Ja." Joel tastete in seiner Tasche nach einem Trinkgeld.

„Oh ja", stimmte Jamie kichernd zu. Was für ein reizender Kellner! Hätte sie Joel nicht in ihr Zimmer mitgenommen, wäre der Mann ein brauchbarer Kandidat.

In der dritten Runde versuchte Antonio erneut, den dominierenden Champ zu attackieren.

Keine Chance. Bull Ali glich einer Mauer aus stahlharten Muskeln, mit einer vernichtenden Rechten. Und die landete immer wieder in Antonios Gesicht. Damit machte er sich den Panther nicht zum Freund. Auf seine hübsche Visage legte der junge Mann sehr großen Wert.

Am Ende der dritten Runde klaffte ein Riss über Antonios linkem Auge, Blut rann über seine Wangen, und das Publikum johlte.

„Ihr Anrufbeantworter blinkt", verkündete Joel und ließ sich in einen Sessel sinken.

„Gießen *Sie* den Champagner ein, und *ich* höre meine Nachrichten ab." Ein köstliches Schwindelgefühl stieg Jamie zu Kopf. „Und danach sollten wir was für Ihre äußere Erscheinung tun. Am besten beordern Sie einen dienstbaren Geist hierher, der könnte Ihr Jackett flicken."

„Darum kümmere ich mich später in meinem Hotel."

„Wollen Sie sich nicht bei mir ausziehen?" Provozierend streckte sie ihm die Zunge heraus.

Ganz klar – dieses Baby *bettelte* geradezu darum, auf den Mount Everest zu klettern.

Da gabs bedauerlicherweise ein Problem – seine Eier schmerzten nach wie vor, und sein Magen drehte sich um. „Darf ich Ihr Bad benutzen?"

„Nur zu." Lächelnd drückte sie auf den Knopf des Anrufbeantworters.

„Jamie!" erklang Peters heisere, von Sorge erfüllte Stimme. „Was bildest du dir eigentlich ein? Verdammt noch mal! Ich weiß, du wolltest mit Madison ihren Geburtstag feiern. Aber einfach nach Vegas abzuhauen, ohne mich zu verständigen – das ist dumm und kindisch. Wenn mir diese Stadt nicht so verhasst wäre, würde ich dich holen. Wenn du zurückkommst, müssen wir in aller Ruhe miteinander reden. Dieses selbstsüchtige Verhalten dulde ich nicht. Du bist viel zu verwöhnt. Langsam solltest du erwachsen werden, Jamie. Und begreifen, dass du eine verheiratete Frau bist."

Empört schaltete sie den Anrufbeantworter aus. Peters Worte gellten in ihren Ohren. *Dumm. Kindisch. Verwöhnt. Selbstsüchtig.*

Was erlaubt sich dieser schwule Schuft?

Das war einfach zu viel – nach allem, was *er* ihr angetan hatte.

„Joel!" schrie sie, sprang vom Bett und zog ihr Kleid aus. „Komm sofort hierher! Jetzt werde ich dich vögeln, dass dir Hören und Sehen vergeht!"

Auch die vierte Runde entschied der Champion für sich, und Antonio geriet in ernsthafte Schwierigkeiten. Der Riss über seinem Auge hatte sich vertieft. Unaufhaltsam quoll Blut hervor. Bull Ali scheuchte ihn unbarmherzig durch den Ring. Und der Panther musste eine ganze Menge einstecken.

Mrs. Bull Ali zog ihre teuren Gebetsperlen an die Lippen und küsste sie. Voller Inbrunst dankte sie dem Allmächtigen.

Soweit sie das beurteilen konnte, war der Kampf entschieden.

„Wenn nur ein einziger Blutstropfen auf mein Kleid spritzt, verschwinde ich!“ klagte Rosarita in schrillem Ton.

„Dann geh doch“, erwiderte Dexter.

Entrüstet wandte sie sich zu ihm. „*Was* hast du gesagt?“

„Geh. Zieh Leine. Das willst du doch.“

Offensichtlich begann das Gift zu wirken. So hatte sich Dex noch nie benommen. „*Wie* bitte?“ zischte sie.

Als Bull Alis Faust noch einmal auf Antonios lädierter Augenbraue landete, johlte die Menge. „Ich sagte, du sollst gehen. Denn das werde *ich* jetzt tun.“

„Ha!“ spottete Rosarita. „Mit deinen Drohungen bist du ein bisschen zu spät dran.“

Chas beugte sich vor. „Würdet ihr verdammt noch mal die Klappe halten? Ich versuche mir dieses Gemetzel anzuschauen. Wer kann sich denn konzentrieren, wenn ihr zwei euch dauernd fetzt?“

„Nein, das seh ich mir nicht an.“ Madison legte eine Hand über ihre Augen. „Es ist zu brutal ...“

„Nein“, widersprach Mr. Mogul, „das sind einfach nur zwei Muskelprotze, die ihre Aggressionen aneinander auslassen.“

„Sei doch realistisch“, mischte sich Natalie ein. „Zwei geldgeile Kerle prügeln sich gegenseitig die Scheiße raus, weil sie die ganz große Kohle einheimsen wollen."

„Wie auch immer", seufzte Madison, „ich hasse es. So wie der Champ auf Antonio eindrischt, wird der Junge kein Gesicht mehr haben, wenn der Ringrichter das Schlachtfest abbläst. Muss er das nicht tun, falls es noch schlimmer wird?"

„Keineswegs", entgegnete Mr. Mogul. „Die Sponsoren richten sich nach den Wünschen des Publikums, nicht nach dem Wohl der Boxer."

„Ach, tatsächlich? Dann müsste man die Regeln ändern."

„Klar, die Zigaretten hat man ja auch verboten", bemerkte Natalie. „Autsch! Habt ihr das gesehen?"

Als Antonio in den Seilen hing, tat er Madison plötzlich ganz furchtbar Leid.

Eine solche Einladung hatte Joel noch nie abgelehnt. Hastig verließ er das Badezimmer. Miss Sauber-Sex hatte ihr Kleid ausgezogen. Nun lag sie mitten auf dem Bett, nur mit einem jungfräulich weißen Spitzen-BH und einem Bikinihöschen bekleidet. Nicht einmal ein Tanga, um ihn in Stimmung zu bringen.

Manche Jungs würde Jamie Nova zum Wahnsinn treiben – die klassische blonde Schönheit. Aber *ihn* regte sie einfach nicht auf.

Er schlüpfte aus dem zerrissenen Jackett, streifte seinen schwarzseidenen Rollkragenpullover über den Kopf und ließ die Hose fallen. Auf einen Ellbogen gestützt, schaute Jamie ihm zu. Joel war unglaublich gut gebaut. Oder wie Natalie sich ausdrücken würde: *Der Kerl ist behangen wie ein preisgekrönter Zuchthengst an einem guten Tag.* Oh ja, Natalies Sprüche musste man sich merken.

Um sich Mut zu machen, griff Jamie nach dem Champagner

und nahm einen großen Schluck aus der Flasche. Das war der One-Night-Stand, der ihre Rachegelüste befriedigen sollte. Nicht mehr und nicht weniger. Aber sie wollte es auch ein bisschen genießen.

Bedauerlicherweise schaffte sie das nur, wenn sie sich betrank.

Runde fünf. Und Antonio bezog immer noch Prügel. Unablässig traf ihn Bull Alis bösartige, unbarmherzige Rechte, und das Blut, das aus dem Riss floss, verschleierte den Blick des Panthers.

Mit blitzschnellen Schlägen, auf den Körper des Gegners gezielt, versuchte sich Antonio zu wehren.

Davon zeigte sich Bull Ali nicht sonderlich beeindruckt. Mit einem knallharten Fausthieb beförderte er Antonio in die Seile und dachte: Da sollte der kleine Dreckskerl auch bleiben.

Zu seinem Entsetzen bekam Joel keinen hoch. Noch nie im Leben war ihm das passiert. Gewiss, er hatte gehört, dass andere Jungs von so einem Missgeschick heimgesucht wurden. Aber *er*? Ausgeschlossen. Da lag er auf einer Tussi, die neunzig Prozent aller Männer auf Hochtouren bringen würde, und bei ihm rührte sich überhaupt nichts.

Hastig versuchte er, Rosaritas Bild heraufzubeschwören, in ihrem Tanga mit Leopardendruck und dem BH mit den Löchern über den Brustwarzen. Damit hatte sie ihn *immer* scharf gemacht.

Großer Gott ... Plötzlich erinnerte er sich an sein Date mit ihr, das er nicht eingehalten hatte. Nun würde sie vor lauter Wut ausflippen.

Andererseits – wenn sie seine Geschichte gehört hatte, würde sie's verstehen. Vor allem, wenn er die Ereignisse ein bisschen ausschmückte. Und das konnte er sehr gut.

Und wenn sie's nicht verstand – zum Teufel mit ihr. In New York liefen unzählige Rosaritas herum. Vielleicht war es an der Zeit, eine *neue* verheiratete Frau aufzureißen.

Doch die Gedanken an Rosarita würden sein Problem mit Jamie wohl kaum lösen. Wahrscheinlich klappte es nicht, weil seine Eier und sein Magen höllisch schmerzten. Außerdem war ihm übel. Das alles verdankte er diesen gemeingefährlichen bezahlten Schurken!

„Bist du okay?" Jamie merkte, dass nichts passierte. Natürlich gab sie sich selber die Schuld daran.

„Eh?" murmelte er. Wie ein Toter lag er auf ihr. „Nun – mir gehts nicht so gut."

„Oh ..." Jamie wand sich unter ihm hervor. „Hängt es irgendwie – mit mir zusammen?"

„Nein, Schätzchen, du bist süß", versicherte er. „Aber ich fühle mich beschissen. Das habe ich dir vorher nicht gesagt – aber diese Bastarde haben mich in den Bauch getreten, und ich glaube – oh Gott, ich fürchte, sie haben mir was ganz Schlimmes angetan."

„Tut mir Leid", beteuerte sie voller Mitleid, immer noch in der Unterwäsche, auf allen vieren. Und dann brach sie in Tränen aus.

Um Himmels willen, das hatte ihm gerade noch gefehlt – von unerträglichen Qualen gepeinigt und zu allem Überfluss auch noch eine schluchzende halb nackte Frau.

„Was ist los mit dir?" krächzte er. „Mit diesem Geheule zerrst du ganz gewaltig an meinen Nerven."

„Ach, ich bin so unglücklich. Wegen meines Mannes – und weil das alles passiert ist", jammerte sie. „Ich wollte mich an ihm rächen. Ursprünglich hatte ich geplant, mit Kris Phoenix zu schlafen. Aber dann kam seine Freundin dazwischen. Und jetzt kriegst du nicht einmal eine Erektion. Liegts an *mir*? Ist das der Grund, warum Peter es mit einem Mann treibt?"

Erstaunt hob Joel die Brauen. „Peter ist schwul?"

„Ja. Was glaubst du denn, warum ich das hier tue? Oh Gott, ich dürfte gar nicht hier sein!" klagte sie und sprang aus dem Bett.

„Ruf einen Arzt", stöhnte er und presste die Hände auf seinen Magen. „Schnell!"

„Fühlst du dich denn *so* schlimm?" Bedrückt starrte sie ihn an, in der festen Überzeugung, *sie* wäre für sein sexuelles Versagen verantwortlich.

„Reg dich ab, Babe – du hast nichts damit zu tun", keuchte er. „Diese gottverdammten Gauner – die haben mich grün und blau geschlagen ... Au!" Er drehte sich auf die Seite und schloss die Augen.

Erschrocken rüttelte sie ihn an der Schulter. „Joel? Wach auf! Was hast du denn?"

Wimmernd zog er seine Beine an die Brust. Dann entrang sich seiner Kehle ein lang gezogener, halb erstickter Schrei, er würgte ein bisschen, und schließlich rührte er sich nicht mehr.

60. KAPITEL

Runde sechs. Bull Ali war der Champion. Das wussten alle. Nur für Antonio stand es noch lange nicht fest. Zwischen den Runden hatte er zusammengesunken in seiner Ecke gesessen, von Trainern und Betreuern mit Anweisungen bestürmt.

„Kommandiert mich nicht dauernd herum!“ hatte er sie in der letzten Pause angeherrscht und erbost Blut in einen Eimer gespuckt. „Die ganze Zeit hab ich auf euch gehört. Und wohin hat es mich gebracht? Jetzt mach ich's auf *meine* Art.“

„Sei bloß cool und benimm dich vernünftig, Tonio“, hatte sein Manager gemahnt. „Mehr ist nicht für dich drin. Wenn er dich noch mal niederschlägt, bleib liegen, bevor er dich ernsthaft verletzt.“

„Geh zum Teufel!“ hatte der Panther gemurmelt. „Ich werde siegen. Darauf kannst du deine verdammten Eier wetten.“

Nun vermochte er mit dem linken Auge kaum noch zu sehen, aber er rechnete sich eine Chance aus, falls er an dieser Stelle nichts mehr einstecken musste. Und er kannte die große Schwäche des Champs – maßlose Arroganz.

Antonio landete ein paar schnelle Körpertreffer. Und dann folgte seine Spezialität – ein solider linker Haken ans Kinn, der Bull Ali überrumpelte und fast zu Boden warf.

Hellauf begeistert, brüllte das Publikum – der Underdog schlug zurück.

Bull Ali verstärkte seine Offensive. Aber jetzt wurde Antonio von Adrenalinstößen angefeuert, und er wusste, dass er die Gelegenheit beim Schopf packen musste, um den Kampf zu gewinnen.

Reiß dich am Riemen, befahl er sich. Ignorier die Schmerzen. Du, Antonio „The Panther“ Lopez, bist zum Champion geboren.

Plötzlich verwandelte er sich in einen wilden Dynamo. Blitzschnell auf den Beinen, wehrte er Bull Alis Attacken auf den Riss über seinem linken Auge geschickt ab und wurde dem Ruf eines geschmeidigen Panthers endlich gerecht.

Während er um seinen Gegner herumtänzelte, sondierte er die Lage. Nach Punkten konnte er nicht mehr gewinnen. Dafür war es zu spät. Also gab es nur noch eine einzige Rettung – ein K.-o.-Schlag musste die Entscheidung erzwingen.

Entschlossen legte er seine ganze Kraft in zwei weitere linke Uppercuts – ein Schmiedehammer nach dem anderen.

Zur Verblüffung des Publikums stürzte Bull Ali – und erhob sich nicht mehr.

„Eins – zwei – drei …", begann der Ringrichter zu zählen.

„Steh auf!" schrie die Menge. „Steh auf!"

„Vier – fünf – sechs …"

„Steh auf, du Arschloch!" kreischte Bull Alis schöne, sanfte Gemahlin.

„Sieben – acht – neun – *zehn!*"

Nun brach die Hölle los.

Der neue Champion hieß Antonio „The Panther" Lopez. So wie er es prophezeit hatte.

Aufgeregt diskutierten die Zuschauer, als sie den Saal verließen, zutiefst beeindruckt von dem grandiosen Kampf.

„Dass er's doch noch schafft, hätte ich nie erwartet", bemerkte Madison auf dem Weg zum Ausgang.

„Ich schon", erwiderte Cole, direkt hinter ihr. „Er hat Killeraugen."

„Bewundere ihn nicht schon wieder!" tadelte Mr. Mogul und blieb stehen, um Pamela Anderson, eine Vision in einem hautengen roten Minikleid, auf beide Wangen zu küssen.

„Mr. Mogul kennt *jeden*", betonte Cole.

„Und *du* kennst die schmutzigen kleinen Geheimnisse sämtlicher Stars", warf Natalie ein. „Wer Brust- oder Penis-Implantate und aufgespritzte Lippen hat – und so weiter."

„Wirklich, Cole?" fragte Madison belustigt. „Daraus könnte ich einen faszinierenden Artikel machen – die plastischen Wunderwerke von Hollywood. Victor wäre entzückt."

„Über die Lippen der Stars habe ich schon mal was in meiner Show gebracht", erzählte Natalie. „Diesen Beitrag wollte ich ‚Wer küsst wessen Arsch?' nennen. Leider war das Spatzenhirn, das den Sender leitet, dagegen."

Während sie sich durch das Gedränge zwängten, kam Jake zu ihnen und umarmte Madison. „Wir haben gewonnen!" jubelte er. „Nun kann ich dir ein Geschenk kaufen."

„*Wir* haben gewonnen?" Einfach lächerlich, wie unbändig sie sich freute, ihn wiederzusehen ...

„Klar, meine Wette – auf Antonio. Und unsere Titelgeschichte haben wir auch. Ich weiß schon, welches Foto Victor aussuchen wird."

„Am besten rufe ich ihn sofort an. So wie ich ihn kenne, wird er der Story begierig entgegenfiebern."

„Wo treffen wir Jamie?" fragte Cole.

„Oh, ich muss mich ja bei ihr melden." Natalie zog ihr Handy hervor. „Und dann ... Wie's euch geht, weiß ich nicht, aber *ich* nage jedenfalls am Hungertuch."

„Verdammt, wir haben verloren", knurrte Chas, „fünftausend Riesen!"

„*Du* hast verloren", wurde er von einer triumphierenden Renee verbessert. „Aber *ich* bin ein superschlaues Mädchen, und ich habe auf den Sieger gesetzt."

„Tatsächlich?"

„Hättest du bloß meinen Rat befolgt, Darling. Ich suche mir immer die Gewinner aus. Das weißt du doch."

„Ja, stimmt genau."

„Erinnerst du dich? Damals an der Rennstrecke ..."

„Als du mich gebeten hast ..."

„... auf das Pferd zu setzen, bei dem die offiziellen Quoten zwanzig zu eins standen ..."

„Ich sagte, das ist verrückt ..."

„Und *ich* sagte, *du* bist verrückt ..."

„Um Gottes willen", kreischte Varoomba hysterisch, „könnt ihr endlich aufhören, in euren blöden Erinnerungen zu schwelgen? Das macht mich ganz krank!"

„Was hast du vorhin eigentlich gemeint, Dex?" fragte Rosarita, vom Strom der Menschenmenge zum Ausgang des Saals getrieben.

„Es ging um uns", erklärte Dexter.

„Um uns?" Wann würde er endlich zusammenbrechen? Zum Teufel mit Holland und seinem minderwertigen Mailorder-Gift ...

„Ja. Ich verlasse dich, Rosarita."

„*Was* tust du?" rief sie ungläubig.

„Ich habe eine Frau kennen gelernt – eine warmherzige, anständige Frau, die mich sehr glücklich machen wird."

Oh, das war unbezahlbar. *Er* wollte *sie* verlassen. Bevor oder nachdem er tot umfallen würde?

„Inzwischen habe ich erkannt, dass du mich niemals respektieren wirst", fuhr er in ruhigem Ton fort und zügelte sein Temperament, denn er wollte trotz allem ein Gentleman bleiben. „Also ist unsere Trennung für alle Beteiligten am besten. Aber ich warne dich – wenn ich der Scheidung zustimme, die du dir so sehnlich wünschst, musst du das Sorgerecht für unser Baby mit mir teilen."

„Für *unser* Baby?" stieß sie wütend hervor. „Tut mir Leid, Dex – wie kommst du auf die idiotische Idee, du wärst der Vater?"

Im selben Moment, als sie diese Worte aussprach, näherten sie sich dem Presse-Pulk – und Martha sprang vor und umklammerte den Arm ihres Sohnes, als wäre er ein Rettungsanker auf stürmischer See.

„Oh Dickie!" schrie sie glückstrahlend, um die Gunst der Stunde zu nutzen. „Sag doch den Fotografen, sie sollen dich mit deiner Mom knipsen! Wäre das nicht wundervoll?"

„Sie will uns sehen", verkündete Natalie.

„*Wer* will uns sehen?" fragte Madison.

„Jamie."

„Natürlich. In ein paar Minuten treffen wir uns. Hast du ihr nicht gesagt, dass wir auf dem Weg zum Restaurant sind?"

„Doch, aber wir sollen in ihr Zimmer kommen. Nur wir beide. Sie besteht darauf."

„Nur du und ich?" Entschieden schüttelte Madison den Kopf. „Für wie dumm haltet ihr mich eigentlich?"

„Wieso?"

„Klar, sie öffnet ihre Tür, scheucht uns ins Zimmer, und da singt eine Riesenschar ‚Happy Birthday'. Dazu gibts eine Überraschungstorte und einen gut gebauten Polizisten, der sich in einen Stripper verwandelt. Ich kenne eure Spielchen. Und ich bin davon nicht begeistert."

„Glaub mir, Mads, nichts dergleichen wird passieren. Wir zwei sollen nur zu ihr gehen. Ohne die anderen."

„Wenn du mich zum Narren hältst, ermorde ich dich“, drohte Madison, die Stirn gerunzelt. „Das schwöre ich.“

„Tu ich nicht.“

Immer noch misstrauisch, drehte sich Madison zu Jake um. „Weißt du was darüber?“

„Nein“, versicherte er und hob die Hände. „Ich bin völlig unschuldig.“

„Darauf wette ich. Und ich bin der Kaiser von China. Keine Chance – ihr macht mir nichts vor.“

„Ruf Jamie an“, schlug Natalie vor.

„Oh ja! Garantiert wird sie mir die Wahrheit erzählen!“

„Die hörst du von *mir*. Vor lauter Aufregung brachte Jamie keinen einzigen vernünftigen Satz hervor.“

„Und was will sie von uns?“

„Vermutlich möchte sie uns erklären, *warum* sie sich aufregt“, erwiderte Natalie geduldig. „Du kennst sie doch. Mit Grenzsituationen kommt sie nicht zurecht. Ich glaube, Peter hat sie angerufen, und sie ist zusammengebrochen.“

„Okay, ihr geht zu Jamie, Mädchen“, mischte sich Jake ein, „und wir sehen uns später im Restaurant.“

„Tu mir einen Gefallen“, bat Madison kühl, „und nenn mich nicht Mädchen.“

„Wie soll ich dich denn sonst nennen?“

„Eine Frau. Wir *Frauen* gehen zu Jamie.“

„Also gut. Ihr Frauen geht zu Jamie. Und beeilt euch, ja?“

Auf dem Weg zum Lift beschwerte sich Madison: „Sicher ist das nur ein blöder Trick. So was ist mir aus tiefster Seele zuwider. Ich hasse Geburtstagstorten und Gesang und das ganze beschissene Brimborium. Vor allem *jetzt,* wo ich dreißig bin. Weißt du, wie alt man mit dreißig ist, Nat?“

„Ja, weil ich vor einem Monat meinen dreißigsten Geburtstag gefeiert habe, erinnerst du dich? Ich bin schon längst eine alte Schachtel. Und ich moderiere eine Show, die mir total auf den Geist geht."

„Quatsch, du *suhlst* dich in deinem neuen Ruhm. Vorhin hat dir Jack Nicholson zugewinkt, als wärt ihr alte Freunde."

„Jack flirtet mit allen Frauen."

„Tatsächlich?"

„Dauernd. Das gehört zu seinem zweifelhaften Charme."

Zusammen mit drei chinesischen Paaren betraten sie den Lift und fuhren zu der Etage hinauf, in der Jamies Zimmer lag.

„Eins sage ich dir...", begann Madison in warnendem Ton. „Ein einziger Stripper, eine einzige brennende Kerze auf einer Torte oder sonst was, und ich verschwinde."

„Ich habe keine Ahnung, worum es geht", beteuerte Natalie und klopfte an Jamies Tür. „Das schwöre ich dir."

„Wer ist da?" fragte Jamie.

„Wir!" rief Natalie. „Deine treuen Freundinnen. Kennst du uns noch?"

Jamie öffnete die Tür einen Spaltbreit, ohne die Sicherheitskette zu lösen.

„Hi", grüßte Natalie. „Dürfen wir reinkommen? Oder sollen wir im Flur Wurzeln schlagen?"

„Was ist eigentlich los?" wollte Madison wissen. „Warum trägst du einen Bademantel?"

„Vielleicht spielt *sie* den Überraschungsstripper", meinte Natalie kichernd.

„Seid ihr allein?" Nervös versuchte Jamie, an den beiden vorbeizuspähen. „Habt ihr niemanden mitgebracht?"

„Doch, Kris Phoenix und seine Freundin stehen direkt hinter uns", entgegnete Madison trocken. „Er hat irgendwas von einem One-Night-Stand mit dir gemurmelt."

„Das finde ich gar nicht komisch ...“, lamentierte Jamie. „Etwas Schreckliches ist passiert.“

„Was?“

„Wartet – ich mache die Kette los. Dann kommt so schnell wie möglich rein und schließt die Tür.“

„Führ dich nicht auf wie im Zeugenschutzprogramm!“ schimpfte Madison ärgerlich. „Ist Peter da?“

„Nein.“ Jamie öffnete die Kette, und sie gingen ins Zimmer.

Das Erste, was sie sahen, war ein nackter Joel Blaine, der bäuchlings auf dem Bett lag.

„Ich wusste es ja!“ stöhnte Madison. „Eine perverse Geburtstagsüberraschung!“

„Nein“, wisperte Jamie, die Augen angstvoll aufgerissen, „er ist tot.“

61. KAPITEL

Antonio „The Panther" Lopez war zum Champion geboren. Wie ein König wurde er auf den Schultern begeisterter Fans zur Party getragen und von Stars umringt. Ja, er war der gottverdammte Champ und überglücklich.

Inzwischen hatte man den Riss über seinem linken Auge ärztlich behandelt und unter einem Pflaster versteckt. Und obwohl sein Gesicht – zu seinem Leidwesen – geschwollen war, sah er immer noch gut aus, als er wie ein Tornado die Party stürmte und die Gratulationen entgegennahm.

Sein Manager, ein verschwitztes, zitterndes, freudestrahlendes Nervenbündel, sah dem Gedränge eine Zeit lang zu. Dann wehrte er die Bewunderer, Groupies und Reporter ab und flüsterte seinem Schützling zu: „Mr. Leon Blaine will dich kennen lernen. Weißt du, wer das ist, Tonio?"

„Nein, wer ist das?" fragte Antonio grinsend. „Irgendein großspuriger Hurensohn?"

„Keineswegs, sondern einer der reichsten Männer der Welt", flüsterte der Manager ehrfürchtig. „Und er ist mit Carrie Hanlon hier."

„Ah, jetzt weiß ich, was du meinst – die Muschi, die ich zum Lohn für meinen Sieg kriege?"

„Pass bloß auf, was du sagst!" mahnte der Manager und fragte sich, ob er Tonio jemals unter Kontrolle bringen würde – nachdem der Junge der neue Champion geworden war.

„Also, ich verstehe nicht, wo Joel bleibt", seufzte Carrie irritiert. In der Gesellschaft Leon Blaines und der asiatischen Gefängniswärterin, wie Joel die Assistentin seines Vaters so treffend genannt hatte, fühlte sie sich nicht besonders wohl.

„Wer weiß das schon bei diesem Kerl?“ erwiderte Leon. „Der ist ein Arschloch und wird immer eins bleiben – falls Sie meine Ausdrucksweise entschuldigen.“

„Sorgen Sie sich nicht?“ fragte sie beiläufig. „Zumal er den Kampf versäumt hat?“

„Solange er mich nicht zu viel Geld kostet, mache ich mir keine Sorgen um ihn.“

Missgelaunt ließ Carrie ihren Blick über das Partygetümmel schweifen, auf der Suche nach jemandem, der einen Privatjet besaß. *Alles* erschien ihr besser, als bei Leon und Marika zu bleiben.

Was mochte aus Eduardo geworden sein? Jetzt wäre sie in der richtigen Stimmung und konnte eine Abwechslung gebrauchen. Sex mit einem heißen jungen Körper, immer wieder ein willkommener Kick ...

Am anderen Ende des Raums sah sie Jack Nicholson mit Oliver Stone reden – zwei gute Bekannte. Ohne sich von Leon und Marika zu verabschieden, eilte sie hinüber und mischte sich in das Gespräch ein.

„Was für ein vulgäres Mädchen ...“, bemerkte Marika und schaute der entschwindenden Carrie nach.

Leon nickte. Oh ja, Marika war eine kluge Frau. Ein Glück, dass es sie gab – dass sie ihn jedes Mal rettete, wenn er allzu peinliche Indiskretionen plante.

Von wildem Zorn erfasst, fragte sich Dexter, ob Rosarita noch niederträchtiger war, als er es vermutet hatte. *Wie kommst du auf die idiotische Idee, du wärst der Vater?* Welche Ehefrau sprach so mit ihrem Mann?

Ja, er musste sie verlassen – ein völlig richtiger Entschluss, nachdem sie ihm praktisch ins Gesicht geschleudert hatte, das Baby stamme nicht von ihm.

Aber vielleicht log sie. Rosarita war eine exzellente Lügnerin. Das wusste er, denn er kannte sie gut genug.

Okay, er würde in die Scheidung einwilligen, die sie so inbrünstig herbeisehnte. Aber sobald das Kind geboren war, würde er auf einem Vaterschaftstest bestehen. Wenn sie glaubte, sie könnte ihn von seinem Baby fern halten, täuschte sie sich ganz gewaltig.

Er ging zu seinem Vater, der an einem Roulettetisch saß. „Hör mal, Dad, ich reise ab."

„Wie kannst du denn abreisen?" fragte Matt verständnislos.

„Ich kehre nach New York zurück. Sag Chas, es tut mir Leid."

„Wird Rosarita dich begleiten?"

„Nein."

„Morgen fliegen wir doch alle ab. Warum kannst du nicht so lange warten?"

„Weil ich was tun will. Sofort."

„Ich hole Jake", sagte Madison.

„Nein, das darfst du nicht", widersprach Jamie, einer Panik nahe.

„Irgendwas *müssen* wir unternehmen."

„Was ist eigentlich passiert?" fragte Natalie und wanderte um das Bett herum.

„Ein – ein Unfall", stammelte Jamie. „Er lag auf mir, und – und wir wollten miteinander schlafen. Aber er bekam keine Erektion. Und dann – wurde ihm schlecht."

„Offenbar *sehr* schlecht", ergänzte Natalie.

„Oh Gott, habe ich ihn umgebracht? Ist das meine Strafe, weil ich Peter verlassen habe?"

„Sei nicht so katholisch." Natalie breitete die Arme aus.

„Komm her, Baby. Du hast niemanden getötet. Wahrscheinlich hatte der Kerl einen Herzanfall."

„Nein, ich habe ihn ermordet! Das weiß ich!"

„Unsinn!" protestierte Madison.

„Nein! Ich habs getan!" beharrte Jamie.

„Am besten rufen wir den Notarzt", meinte Madison.

„Nein!" protestierte Natalie in scharfem Ton. „Überleg mal, wie das aussehen würde! *Bevor* wir irgendwen verständigen, müssen wir besprechen, wie wir vorgehen wollen."

„Deshalb brauche ich Jake. Soll *er* doch sein Gehirn anstrengen."

„Niemand darf es erfahren", wandte Jamie ein. „Nur ihr zwei."

„Und was sollen wir machen?" fragte Madison.

„Keine Ahnung!" Jamie brach in hysterisches Schluchzen aus, was nicht viel nützte.

„Heiliger Himmel!" Natalie betrachtete Joels behaarten Rücken. „Bist du sicher, dass er tot ist?"

Madison beugte sich über das Bett und tastete nach Joels Puls. „Mausetot."

„Was hast du eigentlich hier oben mit Joel Blaine getrieben?" Erbost drehte sich Natalie zu Jamie um. „Habe ich dich nicht vor diesem Kerl gewarnt?"

„Er war da – Kris Phoenix war nicht da ..." Tränen drohten Jamies Stimme zu ersticken. „Und ich *musste* doch irgendwas tun, um mich an Peter zu rächen."

„Zur Hölle mit Peter!" fluchte Natalie. „Mieser Schweinehund! Jetzt siehst du, in was für eine Lage er dich gebracht hat."

„Ich habe eine Idee ..." Nachdenklich starrte Madison vor sich hin. „In meiner Kindheit war mein Vater oft in Vegas, und er wohnte immer in diesem Hotel. Er erzählte mir, er müsse sich persönlich um irgendwelche Investoren kümmern. Ob er uns helfen kann, weiß ich nicht. Aber offensichtlich kennt er sich in Vegas aus. Versuchen wir's mal."

„Was?" fragte Natalie.

„Irgendwie müssen wir den Zwischenfall vertuschen. Blicken wir den Tatsachen ins Auge. Natürlich wird man Jamie verdächtigen, wenn Joels Leiche in ihrem Zimmer gefunden wird. Das würde einen Riesenskandal heraufbeschwören. Vielleicht kann Michael das Problem lösen."

„Du willst wirklich deinen Dad für mich anrufen?" fragte Jamie.

„Ja. Aber sofort, bevor ich mich anders besinne."

„Okay", hauchte Jamie kleinlaut.

„Nimm mein Handy", schlug Natalie vor. „Dann kann das Gespräch nicht aufgezeichnet werden."

Madison holte tief Luft und schaute auf ihre Uhr. In Vegas war es halb elf, in New York also nach Mitternacht. Sie hatte schon lange nicht mehr mit Michael gesprochen und beabsichtigt, sich erst bei ihm zu melden, wenn sie dazu bereit war. Aber jetzt ging es um einen Notfall, und sie hatte keine Wahl.

Während sie seine Nummer wählte, war ihre Kehle staubtrocken.

„Ja?" Seine Stimme klang belegt.

„Michael?"

„Bist du das, Maddy?"

„Ja."

„Oh Gott, wie spät ist es denn?"

„Sehr spät. Hast du schon geschlafen?"

„Hab ferngesehen und muss dabei eingenickt sein." Ein lautes Gähnen. „Was ist los?"

„Ich bin in Vegas."

„Was machst du da?“

„Ich habe jemanden interviewt. Aber – es ist was Schreckliches passiert.“

„Was?“ Plötzlich wirkte er hellwach.

„Also, meine Freundin Jamie – sie wohnt im Magiriano ... Und sie war mit einem Kerl im Bett. Zufällig ist es Joel Blaine, Leon Blaines Sohn.“

„Und?“

„Wahrscheinlich hat er einen Herzanfall erlitten. Er liegt tot auf ihrem Bett. Und wir wissen nicht, was wir tun sollen.“

„Wer sind ‚wir‘?“

„Jamie und Natalie, meine Freundinnen vom College.“

„Also stehst du jetzt mit deinen Freundinnen in einem Hotelzimmer, und der Sohn dieses Milliardärs liegt tot auf dem Bett?“

„Ja. Und ich rufe dich an, denn ich glaube – du bist der Einzige, der uns helfen kann.“

„Oh, dann bin ich wohl genau der Mann, an den man sich wendet, wenn man eine Leiche am Hals hat“, bemerkte er trocken.

„Michael, ich *bitte* dich um Hilfe – wir sind verzweifelt.“

„Welche Zimmernummer?“

„Fünfhundertdrei.“

„Bleibt da. Rührt euch nicht. In fünfzehn Minuten kommt jemand zu euch.“

„Wer?“

„Vince Castle. Hast du das verstanden? Vince Castle wird sich um alles kümmern. Genügt dir das?“

„Ja, Michael.“ Madison drückte auf die Aus-Taste und wandte sich zu Jamie und Natalie. „Alles klar.“

„Wovon redest du?“ fragte Natalie. „*Nichts* ist klar. Da liegt immer noch ein Toter. Weiß Gott, was die Polizei mit uns dreien machen wird!"

„Ich vertraue meinem Vater."

„Tatsächlich? Letzte Woche wolltest du nichts mehr mit ihm zu tun haben."

„Manchmal ändern sich die Dinge."

„Das kannst du zweimal sagen."

„Jedenfalls gehst du jetzt ins Restaurant und erzählst den anderen, Jamie hätte die Grippe bekommen oder sonst was und kann nicht mit uns feiern. Dann wird niemand Verdacht schöpfen. Sag ihnen, ich würde noch eine Weile bei ihr bleiben und später zur Party kommen."

„Was für ein verdammter Albtraum!" stöhnte Natalie.

„Ja, ich weiß. Aber das kriegen wir schon hin."

„Herzlichen Glückwunsch!" Zielstrebig eilte Varoomba zu Antonio und klimperte mit ihren langen falschen Wimpern. „Heute Abend haben Sie mich tief beeindruckt."

„Mamma mia!" gurrte Antonio und musterte sie. „Sie sind aber auch verdammt cool."

„Oh, das hat man mir schon oft gesagt", erwiderte sie kokett und reckte ihm ihre Titten entgegen.

„Was machen Sie denn so, meine Süße?"

„Ich bin Tänzerin – sozusagen eine Spezialistin."

„Im Ernst?" Antonio zwinkerte ihr vielsagend zu. „Vielleicht zeigen Sie mir mal Ihre Spezialitäten? Ganz *privat*? Noch heute Nacht, Schätzchen?"

Varoomba schaute in eine Ecke des Raums, wo ihre Großmutter und Chas einander lachend und scherzend umarmten.

„Ja, Champ", stimmte sie zu und starrte ihn schmachtend an. „Das wird mir ein ganz besonderes Vergnügen sein."

Abrupt verkündete Leon: „Ich will sofort abreisen. Sag den Piloten, sie sollen den Jet startklar machen."

„Und Joel?" fragte Marika.

„Der kann morgen mit einer Linienmaschine zurückfliegen. Hinterlass ihm eine Nachricht."

„Aber seine Freundin – Carrie?"

„Das Mädchen kann für sich selber sorgen."

„Gut, Leon." Triumphierend lächelte sie ihn an. „Ich werde alles arrangieren. In einer halben Stunde holt uns die Limousine ab."

62. KAPITEL

Bevor es an der Tür klopfte, hatte Madison eine völlig konfuse Jamie mit einiger Mühe dazu gebracht, sich anzuziehen und ihre Sachen zu packen.

„Wer ist da?“ fragte sie nervös.

„Vince Castle.“

Als sie durch den Spion spähte, sah sie einen hoch gewachsenen Mann. Nach kurzem Zögern löste sie die Sicherheitskette und ließ ihn eintreten.

Jesus Christus! Vince Castle war eine jüngere, noch attraktivere Version von Michael. Mitte dreißig, schwarze Locken, olivfarbene Haut, ausdrucksvolle grüne Augen ...

Sie starrte ihn an. Mindestens ebenso verblüfft starrte er zurück. „Sie sind also Madison?“

„Ja“, bestätigte sie und versuchte sich zu fassen.

„Und das ist Jamie?“

Bedrückt nickte Jamie.

„Also, Jamie – draußen wartet jemand, der Sie zum Airport bringen wird. Ihr Ticket liegt bereit. Fliegen Sie nach New York zurück und vergessen Sie, was hier geschehen ist. Kein Wort zu irgendjemandem. Haben Sie das verstanden?“

Wieder nickte sie.

„Niemand darf etwas erfahren. Und wenn ich niemand sage“, fügte Vince in drohendem Ton hinzu, „dann meine ich *niemanden.*“

„Schon gut, sie hats gecheckt.“ Madison umarmte ihre Freundin. „Keine Bange, alles wird geregelt. Geh sofort in mein Apartment. Morgen rufe ich dich an.“

Sobald Jamie das Zimmer verlassen hatte, zeigte Madison auf die Leiche. „Fragen Sie mich nicht, wieso – jedenfalls ist er tot.“

„Hatten die beiden Sex?“ Aufmerksam schaute Vince sich um.

„Das war geplant, aber anscheinend bekam er – eh – keinen hoch. Jamie hat erzählt, er sei auf dem Parkplatz von zwei Gangstern zusammengeschlagen worden, wegen irgendwelcher Schulden.“

„Leon Blaines Sohn?“

„Glauben Sie mir, Jamie hat ihn nicht ermordet.“ Seine unheimliche Ähnlichkeit mit Michael verwirrte sie immer noch. „Offenbar ein Herzanfall ...“

„Keine gute PR für das Hotel.“ Vince griff nach der fast leeren Champagnerflasche. „Deshalb kümmere ich mich drum.“

„Haben Sie mit dem Magiriano zu tun?“

„Sagen wir mal, ich bin ein Investor“, antwortete er und warf die Flasche in den Papierkorb.

„Wenn's auch verrückt klingt – Sie sehen wie mein Vater aus.“

„Das weiß ich.“ Nun landeten die beiden Champagnergläser im Papierkorb.

„Oh?“

„He, Sie sehen ihm auch ähnlich.“

„Wieso wissen Sie das?“

Der Schatten eines Lächelns. „Alles Gute zum Geburtstag, Madison.“

„Und wieso wissen Sie, dass ich Geburtstag habe? Wer hat Ihnen das gesagt?“

„Sie sind doch ein kluges Mädchen. Sicher haben Sie's inzwischen herausgefunden.“

„Was?“

„Wir sind verwandt.“

„Verwandt?“ wiederholte sie verständnislos.

„Setzen Sie sich lieber. Nun werde ich Ihre ganze Welt erschüttern."

„Wovon reden Sie?"

„Begreifst du's wirklich nicht? Ich bin dein Bruder."

„Aber – aber ich habe keinen Bruder", stotterte sie.

„Doch ..." Lange Pause. „Einen Halbbruder, den Michael nie erwähnt hat."

„Oh – mein Gott ..." Ihr Atem stockte. Gehörte das auch zu Michaels Überraschungen? Wusste sie denn gar nichts über ihren Vater?

„Besprechen wir's ein andermal", schlug Vince geschäftsmäßig vor. „Jetzt muss ich mich mit diesem – Zwischenfall befassen."

„Das ist kein Zwischen-, sondern ein Todesfall", protestierte sie empört. „Und ich finde, wir sollten die Polizei informieren. Vielleicht ist Joel Blaine an den Folgen der Schläge gestorben."

„Wie auch immer", bemerkte Vince kühl. „Jede Art von Publicity muss vermieden werden. Aus diesem Grund bin ich hier. Geh zu deiner Party, amüsier dich. Morgen wirst du abreisen und nie mehr an die Ereignisse in diesem Zimmer denken. Können wir damit rechnen, dass Jamie alles vergessen wird?"

„Moment mal", fauchte sie wütend, „du kannst mir nicht nebenbei mitteilen, du bist mein Halbbruder, und erwarten, ich würde die Sache auf sich beruhen lassen."

„Warum nicht?" fragte er ungerührt.

Verdammt, er benahm sich sogar wie Michael.

„Weil das unmöglich ist! Deshalb!"

„Okay, in groben Zügen ... Bevor Beth in Michaels Leben trat, war er mit meiner Mutter zusammen. Beth sollte nichts von ihr und mir erfahren. Also quartierte er uns in Vegas ein, wo er uns jeden Monat besuchte. Wir verstanden uns großartig, aber Mom und ich durften keinen Kontakt zu seiner anderen Familie aufnehmen. Als wir von Beths Ermordung hörten, wurde alles noch schlimmer. Und dann erschien Stella auf der Bildfläche. Warum er uns weiterhin versteckt hat, ist mir schleierhaft ... Denn es gab keine Beth mehr, die er schonen musste. Jedenfalls führte er ein Doppelleben, das war sein Geheimnis, dazu hat er sich nun mal entschlossen. Zufrieden?"

„Nein."

„Dein Pech."

„Und heute Abend? Er rief dich an ..."

„... und schärfte mir ein, dir nichts zu verraten."

„Mit jedem Tag wird er mir fremder. Keine Ahnung, wer er wirklich ist ..."

„Ein eigenartiger Mann, nicht wahr?"

Mit einem völlig Unbekannten würde sie nicht über ihren Vater diskutieren. Bruder hin, Bruder her. „Eh – was wirst du mit Joel machen?"

„Darum musst du dich nicht sorgen, alles wird erledigt."

„Und wie soll ich mit der Existenz eines Bruders fertig werden, von dem ich in all den Jahren nichts wusste?"

„Eines Tages werden wir uns treffen und drüber reden. Aber nicht jetzt. Ich habe zu tun. Geh nach unten und genieße deine Geburtstagsparty."

Erschöpft nickte sie. „Ja, Vince. Du musst nur verstehen – nachdem wir uns begegnet sind, will ich die *ganze* Wahrheit herausfinden."

„Okay", stimmte er zu, ohne eine Miene zu verziehen.

Halb benommen fuhr sie im Lift hinab. Als sie das Restaurant betrat, sprangen Natalie und die anderen auf und sangen „Happy Birthday", während ein eifriger Kellner eine überdimensionale Torte mit dreißig Kerzen herbeitrug, die Madison verabscheute.

Ihr Blick suchte Jake, den einzigen ehrlichen Mann in ihrem Leben. Nur bei ihm wollte sie noch sein. Impulsiv warf sie sich in seine Arme.

„Alles Gute, meine Süße", flüsterte er ihr ins Ohr und drückte sie an sich.

„Hab ich's nicht gesagt?" schimpfte sie. „Keine Torte!"

„Daran bin ich nicht schuld, ich war nur ein unbeteiligter Zuschauer. Und ich habe kein Geschenk für dich gekauft. Aber ich will dir was Nettes sagen."

„Was?" wisperte sie.

„Ich glaube, ich liebe dich", gestand er und presste sie noch fester an seine Brust.

Mit schmalen Augen starrte sie in sein Gesicht. „Du *glaubst*, du liebst mich? Was ist denn *das* für ein Quatsch?"

„Gut, dann sagen wir eben, ich bin mir sicher, dass ich dich liebe."

„Tatsächlich?"

„Ja."

„Nicht übel."

„Ganz meine Meinung."

„Damit kann ich leben."

„Schaffst du das wirklich?"

„Bestimmt." Welch eine Nacht, dachte sie. *Noch* verrückter dürfte es nicht werden.

„Und du?"

„Was ist mit mir?"

„Empfindest *du i*rgendwas, das du mir anvertrauen möchtest?"

„Eh ..."

„Komm her, Frau."

Und dann küsste er sie, lange und ausgiebig und seelenvoll, bis ihr die Luft wegblieb.

Endlich fühlte sie sich sicher.

EPILOG

Joel Blaine verschwand in der Versenkung. Wochen- und monatelang wartete Leon Blaine vergeblich auf einen Anruf der Leute, die seinen Sohn entführt haben mussten. Er war ebenso verwundert und verwirrt wie alle anderen. Aber nicht so traurig.

Sechs Wochen nach dem Vegas-Trip heiratete er Marika in einer standesamtlichen Zeremonie an Bord einer Yacht, die vor der Küste Sardiniens kreuzte.

Sie unterschrieb keinen Ehevertrag.

Wieder in New York, erlebte Carrie Hanlon aufregende Zeiten, während sie die verlassene, unglückliche Freundin des vermissten Milliardenerben spielte.

Sie bekam zwei Filmangebote, einen lukrativen Vertrag mit einer Kosmetikfirma und sechshundert Heiratsanträge.

Mit Martin Scorsese traf sie sich kein einziges Mal.

Varoomba umgarnte den Champ mit ihren speziellen Table Dances.

Nach ein paar Wochen voll heißer Leidenschaft übersiedelte sie von New York nach L. A. in Antonios brandneue Luxusvilla im Hancock Park.

Die Presse stürzte sich begierig auf die beiden. Bald avancierten sie zum Paar des Jahres. In vollen Zügen genossen sie die Publicity.

Hochbeglückt entdeckte Chas erneut Renees beträchtliche Reize. Gewiss, sie mochte schon etwas älter sein, aber sie war ihm in jeder Hinsicht ebenbürtig, und er liebte die Herausforderung.

Sie verkaufte ihren Telefonsex-Service in Vegas und eröffnete einen in New York, von ihrem Liebhaber finanziert.

So schnell wie möglich ließ sich Dexter scheiden, heiratete Gem und übernahm die Hauptrolle in einem Low-Budget-Action-Abenteuer-Film, der auf Sizilien gedreht wurde. Dazu hatte ihm seine Agentin geraten, weil sie ihn von ihrer täglichen Telefonliste streichen wollte. Wie konnte sie auch ahnen, dass der billige Film ein Kult-Hit und Dexter Falcon ein weltberühmter Action-Filmstar werden sollte?

Während Rosarita herauszufinden versuchte, was geschehen war, verlor sie beinahe den Verstand. Hatte Joel an Dexters Stelle einen qualvollen Tod erlitten? War der vergiftete Drink irgendwie mit einem anderen Glas vertauscht worden?

Aber wenn das stimmte – wo steckte Joels Leiche?

Unentwegt fürchtete sie den Tag, an dem er womöglich auftauchen und sie eines Mordversuchs bezichtigen würde.

Eines regnerischen Abends, als sie vor dem Bergdorf's sich mit einer Gesellschaftslöwin, einer Bohnenstange im schwarzen Nerz, um ein Taxi stritt, erlitt sie eine Fehlgeburt.

Nein, das war einfach nicht ihr Jahr.

Voller Angst vor den Gefahren der Außenwelt, versöhnte sich Jamie mit Peter – für genau sechs Wochen. Dann ertappte sie ihn bei einem schamlosen Flirt mit einem Hemdenverkäufer bei Barney's und entschied, es wäre an der Zeit, tapfer zu sein und einen neuen Anfang zu wagen.

Was sich in Vegas ereignet hatte, verbannte sie aus ihren Gedanken. Und sie trank nie wieder einen Tropfen Alkohol.

Mittlerweile vertauschte Natalie ihre äußerst populäre TV-Unterhaltungssendung mit einer Radio-Talk-Show, wo sie sich mit witzigen, gnadenlos ehrlichen und schockierenden Kommentaren an die Frauen wandte. Damit erzielte sie einen gigantischen Erfolg.

Madison nahm einen langen Urlaub und begleitete Jake auf einer Reise nach Indien und in den Fernen Osten. Dort erlebten sie traumhafte Wochen und vergaßen die hektische Atmosphäre von Vegas, New York und L. A. Sie hatte ihr Manuskript mitgenommen. Beinahe gelang es ihr, das Buch zu vollenden.

Nach New York zurückgekehrt, bekam Jake einen Auftrag von *Newsweek*, der ihn nach Russland führte, und Madison arbeitete wieder für *Manhattan Style.*

War sie glücklich? Das fragte sie sich immer wieder.

Nur eins stand fest – bald würde sie sich bereit fühlen, die Vergangenheit ihres Vaters zu erforschen und alles in Erfahrung zu bringen.

Nun hatte sie einen Bruder in Vegas und eine Tante in Miami, und sie würde beide näher kennen lernen, ob es ihnen passte oder nicht.

Madison war eine Überlebenskünstlerin, und das Leben ging weiter. Was ihr die Zukunft bringen würde, wusste sie nicht. Aber was es auch sein mochte – sie fühlte sich allen Anforderungen gewachsen.

– ENDE –

Charlotte Vale Allen

Abschied aus deinem Schatten

Der Selbstmord ihrer Schwester Claudia zwingt die junge Rowena Graham, sich endlich der bitteren Vergangenheit zu stellen – und einem schrecklichen Familiengeheimnis …

Band-Nr. 25102
7,95 € (D)
ISBN 3-89941-138-2

MIRA®

Sharon Sala

Eine fast perfekte Lüge

Als Macie Blaine dem CIA-Agenten Jonah Slade nach Jahren gesteht, dass er einen Sohn hat, ist es schon fast zu spät. Denn der Junge ist von einem skrupellosen Drogenboss entführt worden …

Band-Nr. 25103
7,95 € (D)
ISBN 3-89941-139-0

MIRA®

Christiane Heggan

Black Jack: Bei Anruf Mord!

Die attraktive Journalistin Kelly Robolo liebt das Spiel mit dem Feuer. Doch als sie sich auf die Suche nach einem verschwundenen Mann macht, hat sie nicht mit der Brutalität des mächtigen Casinobosses gerechnet, für den Kellys Leben nicht mehr wert ist als eine Spielkarte.

Band-Nr. 25094
7,95 € (D)
ISBN 3-89941-127-7

MIRA®

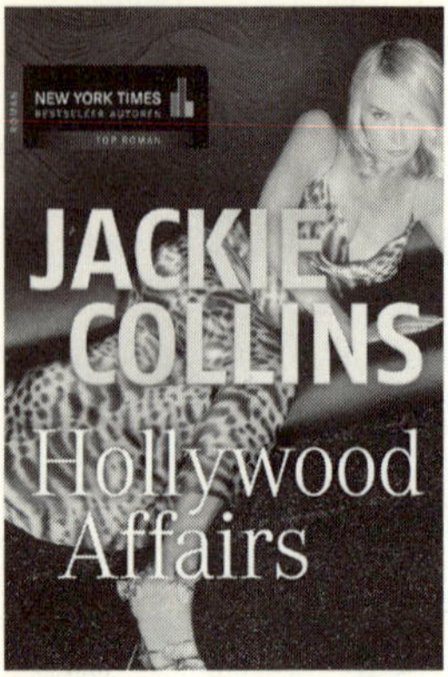

Jackie Collins
Hollywood Affairs
Band-Nr. 25062
7,95 € (D)
ISBN 3-89941-083-1

Erica Spindler
Stadt des Schweigens
Band-Nr. 25091
7,95 € (D)
ISBN 3-89941-124-2

Mary Alice Monroe
Nur dieser eine Sommer
Band-Nr. 25092
7,95 € (D)
ISBN 3-89941-125-0

Heather Graham
Am Anfang war der Tod
Band-Nr. 25083
7,95 € (D)
ISBN 3-89941-108-0